John Knittel

El Hakim

Roman aus dem Ägypten
der Vorkriegszeit

Engelhorn Verlag
Stuttgart

CIP-Kurztitelaufnahme der Deutschen Bibliothek

Knittel, John:
El Hakim: Roman aus d. Ägypten d.
Vorkriegszeit/ John Knittel. –
Stuttgart: Engelhorn Verlag 1986.
(Engelhorns Romanbibliothek)
ISBN 3-87 203-014-0

© 1936 Orell Füssli Verlag, Zürich
© 1986 Engelhorn Verlag, Stuttgart
Alle Rechte vorbehalten
Gesamtherstellung: May & Co., Darmstadt
Printed in Germany

EINLEITUNG

Der Verfasser dieses ungewöhnlichen Bekenntnisbuches war ein berühmter Chirurg. Ich sage – war, denn er ist nicht mehr. Eine schwere Krankheit, die er nach jahrelanger Tätigkeit in England nach Ägypten mit heimgebracht hatte, zwang ihn vorzeitig unter die Erde.

Er wohnte in einem kleinen weißen Hause, das, umgeben von einem Garten von Bäumen und Blumen, am Rande der Wüste lag. Um den wirklichen Namen nicht preiszugeben, will ich dieses Haus Ain Qamar nennen. Ich war sein Nachbar und lebte schon über ein Jahr lang nur einige Steinwürfe von ihm entfernt, bevor ich ihn zufälligerweise einmal hinter seiner Gartenmauer zu Gesicht bekam. Ich ritt ein großes Pferd und war deshalb imstande, einen unbescheidenen Blick über die Mauer zu werfen. Er lag auf einem Ruhebett und schrieb auf einem großen Block, den er mit den Knien stützte. Mich ergriff der Ausdruck seines Gesichtes. Es wirkte jugendlich, aber es war verwüstet und von einer goldenen Blässe überzogen.

Dreimal ritt ich an der Mauer vorbei, und jedesmal sah ich den fremden Mann in einer ähnlichen Haltung. Beim vierten Male erhob ich mich in den Steigbügeln und rief ihm einen Gruß zu. Er blickte durch seine Brille zu mir auf. „Bitte, kommen Sie herein, freundlicher Wanderer!" sagte er, und ein warmes Lächeln verlieh seinem ernsten Gesicht eine Heiterkeit, die mich tief beeindruckte.

Ich stieg vom Pferd, das Gartentor wurde geöffnet, und ein Diener, ein Berberini, lud mich mit breitem Lächeln ein, näherzutreten.

So lernte ich Dr. Ibrahim kennen.

Nach einiger Zeit wurde ich auch mit seiner Frau bekannt. Er nannte sie Malakah, das heißt Engel. Die auffallend schöne Frau war kaum älter als dreißig Jahre. Ihr Gesicht hatte die regelmäßigen, klassischen Züge der alten Ägypterinnen. Sie sprach tadellos Französisch mit Pariser Akzent. In den Ohren trug sie zwei große Perlen.

Sie lebte nur für ihren Mann und war nicht nur unablässig um sein Wohlergehen besorgt, sondern sie leistete dem Kranken auch all die kleinsten Dienste, die man nur von einer geschulten Pflegerin erwarten kann.

Sie war die verkörperte Verschwiegenheit. Niemals ließ sie sich in ein Gespräch über ihren Mann ein noch sprach sie anders als in der flüchtigsten Weise über ihr eigenes Leben. Bei aller anmutigen Würde ging ein großer Reiz von ihr aus, wenn auch ihr Lächeln vielleicht das Traurigste war, das ich je gesehen habe.

Der Diener Hussein erinnerte mich ganz und gar nicht an die Berberini, die ich kannte. Er sprach fließend Englisch und verkehrte mit seinem Herrn und seiner Herrin auf so vertrautem Fuße, wie ich es bei einem Diener nie für möglich gehalten hätte. Gelegentlich trug er ausgezeichnete Londoner Anzüge und trat auf wie ein Gentleman. Er war auch wirklich ein Gentleman, obwohl er, wie man später sehen wird, der Sohn eines Stallknechtes war. Ja, sein Vater bekleidete immer noch den Posten eines Grooms, eines ‚Oberstallburschen', wie der Trainer eines vornehmen Stalles in der Nachbarschaft ihn nannte.

Sehr viel Leute besuchten den kranken Arzt in seinem Hause. Es gab Tage, an denen sie zu zweit oder zu dritt gleichzeitig erschienen. Männer der verschiedensten Berufe, Politiker, sogar Kabinettsminister parkten ihre Autos am Straßenrand und gingen zu Fuß bis an den Rand der Wüste, um ihn aufzusuchen. Er pflegte zu sagen: „Mein Leichenbegängnis hat bereits begonnen!"

Ich muß mir das große Vergnügen versagen, das eine genaue Schilderung meiner Freundschaft mit Dr. Ibrahim mir bereiten würde. Ich will nur feststellen, daß er ein großherziger Mensch war und daß er, obwohl verhältnismäßig jung, in hohem Grade die Ziele der Philosophie erreicht hatte. Er konnte über seinen elenden Körperzustand scherzen, mit spöttischer Überlegenheit über die Weltereignisse sprechen, sich mit bitteren Worten über die menschliche Ungerechtigkeit äußern, aber man empfand dabei immer, daß er in der Tiefe seines großen Herzens die Welt und die Menschen liebte.

Einige seiner nächsten Freunde, die ich kannte, hielten ihn für ein Genie. Unter diesen Freunden waren Europäer und Amerikaner, meist ehemalige Patienten, die über das Meer kamen, um ihn zu besuchen. Aber seine Frau und sein Diener ließen nicht jeden in seine Nähe.

Dr. Ibrahim hatte umfangreiche literarische Kenntnisse. Sein Wissen war keineswegs einseitig, es erstreckte sich über viele Gebiete. In seiner Bibliothek fand ich sogar chinesische, malaiische und persische Dichtungen. Seine allgemeine Kultur war ganz erstaunlich. Es war wahrhaft tragisch, daß ein solcher Mann verurteilt war, so jung zu sterben. Tag und Nacht hing der Tod über ihm. Seine Lungen waren fast völlig zerstört, aber er hielt sich aufrecht und milderte seine Leiden durch all die Kunstgriffe seiner Wissenschaft. Erst wenige Tage vor seinem Tode verwehrte seine Frau sämtlichen Besuchern den Zutritt. Ich erkundigte mich täglich am Gartentor nach seinem

Befinden und entfernte mich dann traurig, denn ich hatte diesen Mann als einen wahren Freund lieben gelernt. Ich war aufs tiefste erschüttert, als mir eines Morgens einer meiner Diener mitteilte, Hussein habe die Nachricht gebracht, daß sein Herr verschieden sei. An der Leichenfeier in der Koptischen Kirche in Abbassiyeh nahm ich teil. Viele Menschen waren erschienen, Kopten, Moslems und Europäer aus allen Gesellschaftsschichten. Auch Malakah war, der Sitte europäischer Frauen folgend, anwesend, den schönen Kopf und die stolzen Schultern in den schwarzen Trauerschleier gehüllt. Bald danach hörte ich, daß sie in das Marien- und Josefskloster eingetreten sei. — —

Ein Jahr nach Dr. Ibrahims Tod erhielt ich mit der Post ein eingeschriebenes Paket, das einen dicken Stoß eng beschriebener Papiere und einen Brief von Dr. Ibrahim enthielt. Die Sendung kam von einem Rechtsanwalt in Kairo, der in einem Brief erklärte, daß die Schriftstücke gemäß den von Dr. Ibrahim hinterlassenen Weisungen und mit voller Zustimmung seiner Frau zwölf Monate nach seinem Tode mir übergeben werden sollten. Der Brief des Verstorbenen lautete folgendermaßen:

„Mein verehrter Freund!

Ich habe genügend Erfahrung, um zu wissen, daß die Freundschaft, die Sie mir unzweifelhaft entgegenbrachten, mit einem guten Teil Neugier gemischt war. Ich will zugeben, daß Sie mich ebenso neugierig gemacht haben — mit dem Ergebnis freilich, daß ich Sie weit besser kennengelernt habe als Sie mich kennen. Sie gehören zu den Menschen, die ihre Geheimnisse in den Augen tragen. Deshalb sehen Sie sich vor!

Ich habe meinem Diener Geld hinterlassen. Meine Frau befindet sich in sorgenfreier Lage. Sie will als Laienschwester in ein Kloster eintreten und arme Kranke pflegen. Diesen Entschluß hat sie schon vor meinem Tode gefaßt, und ich weiß, daß sie ihn durchführen wird. Das von mir gegründete Kinderkrankenhaus ist durch mich und meine Freunde so weit versorgt worden, daß es als kleines Denkmal zu meinem Gedächtnis erhalten bleiben wird. Und nun, da ich, wenn Sie diese Zeilen lesen, tot und dahin sein werde ohne die geringste Aussicht, jemals wieder in Fleisch und Blut aufzuerstehen, hinterlasse ich Ihnen meine privaten Aufzeichnungen. Sollten Sie glauben, daß darin Stoff für eine Selbstbiographie enthalten ist, wäre es mir lieb, wenn Sie sie in Ordnung brächten und womöglich einen Verleger fänden. Vielleicht könnte das Beispiel meiner Bestrebungen, meiner Fehlschläge, meiner Erfolge, meiner Freuden und Leiden von Nutzen sein für andere Menschen in meinem Vaterlande, etwas für die, die, wie einst ich, ausziehen, um das Leben zu erobern. Ich reiche Ihnen aus dem Grabe die Hand und danke Ihnen für Ihr Interesse und für all die Freundlichkeit, mit der Sie mich überhäuften, als noch Leben in meiner gequälten Brust war.

> Ihr für immer gegangener
> Ibrahim Gamal el Assiuti"

Um möglichst schnell Dr. Ibrahim das Wort zu erteilen, will ich nur noch hinzufügen, daß ich aus seinen Aufzeichnungen die wichtigsten Stellen, die sich auf sein Leben vor der Abreise aus Ägypten beziehen, ausgewählt und wegen Raummangel die Schilderung seiner verschiedenen Erlebnisse in England weggelassen habe. Ich habe ihn nur erklären lassen, warum und auf welche Weise er nach jahrelanger ärztlicher Tätigkeit in der vornehmen Harley Street in London in sein Heimatland zurückkehrte.

Dieses Buch wird in eine Welt hinausgegeben, in der die Bücher sich wie Berge zum Himmel türmen, in einer Zeit unerhörter geistiger und körperlicher Höchstleistung. Ich überlasse es all denen, in deren Hände es geraten wird, den ‚freundlichen Wanderern‘, sich ihre eigenen Gedanken über Dr. Ibrahim zu machen.

Eine längere Vorrede halte ich nicht für angezeigt. Kein noch so großes Lob aus meinem Munde könnte dem Leser dieses Buches das Herz des Verfassers näherbringen als alle die Dinge, die Dr. Ibrahim selbst zu sagen hat.

Nun also — —

ERSTES KAPITEL

ASSIUT

ein Freund, verweile und höre mir zu: Ich will dir mein Leben erzählen. Ich, der junge Kopte[1]) Ibrahim aus Assiut in Oberägypten! Ich biete dir keine prächtige Vase aus kostbarem antikem Porzellan, sondern zeige dir altes Töpferwerk, Trümmer irdenen Tons und gebrannten Lehm — keinen Lapislazuli, nicht einmal Alabaster! Ich kam als armer Junge zur Welt, und ich bin stolz darauf. Aber in Ägypten ist kein Junge so arm wie seinesgleichen in der übrigen Welt. Denn der bloße Staub, der seine Galabieh[2]) bedeckt, ist wertvoller Staub, von größerem Werte als Gold. Es ist heiliger Staub, der Staub der Freiheit. Wenn du nichts anderes besitzst als einen Bauch, dann durchstöbert dir niemand die Taschen. Das Licht, dem federleichten Winde im Schäfermonat gleich, ist mir das Leben, und der Anblick von Brot, Zwiebeln und einem dampfenden Linsengericht machen mich schwindeln vor Verlangen und Freude. Jeder kleine Junge im Said[3]) ist ein kleiner Dieb. Jeder kleine Hund in Said ist ein Räuber. Die Tauben, die den blauen Himmel verdunkeln, sind schweifende Banditen und Korndiebe, und selbst mein geliebter Esel fragt nicht danach, wessen Bersim er frißt.

[1]) Ägyptischer Christ [2]) Einheimisches Gewand [3]) Oberägypten

Ägypten ist ein reiches Land! Ägypten ist ein fruchtbares Land! Aus seinen Tiefen, tief unter dem Boden, den mein Fuß tritt, steigt der dunkle Atem von Jahrtausenden des Verfalls auf. Die Erde atmet schwer vor Sehnsucht, die Erde meines Vaters und aller meiner Vorväter. Es ist eine tausendfach heilige Erde. Vermähle das rote Blut der Nilfluten mit einem alten, grauen Staub und vermische das Gerstenkorn oder die winzigen Körner des Bersim mit dem Schlamm, und dann sieh das Wunder! Aus meiner prächtigen Erde schießen herrlich grüne Flächen hervor, prächtig anzusehen, eine Freude für das Auge. Und so ist es auch mit den Männern und Frauen, mit den Jünglingen und Mädchen, wenn sie sich vermischen und ihre schlanken Lenden zusammentun, um zärtlich zu sein und einander zu lieben. Ihr Same ist mächtiger und lebendiger als jeder andere Same auf Erden. Er ist das Fluidum, mit dem Gott Adam und Eva geschaffen hat, und wenn der Mensch klug, breitbrüstig und stolz ist — ist er dann nicht der erfreulichste Anblick, der sich dem Auge bieten kann? Wem sonst sollte der Mensch ähnlich sein als dem Schöpfer selbst? Was aber wird aus ihm, wenn er nicht Klugheit walten läßt, wenn der Stolz der Güte und eines freundlichen Herzens zu blutgieriger Leidenschaft aufgestört wird? Wenn das Feuer der Sonne, statt seinen Geist zum Himmel emporzuziehen, eine finstere Bürde wird und seine Seele verwirrt? Hüte dich vor dem Breitbrüstigen, der sein Haupt hoch hält und in seiner Faust den gewaltigen Kurbâg[1]) oder den mit Nägeln beschlagenen Nabut[2]) trägt! Weh mir, dem kleinen Ibrahim! Was habe ich von meinen Landsleuten leiden müssen! Wie oft habe ich Blut und empörenden Mord mit angesehen! Unvergeßliche Verbrechen, aus Unwissenheit und Dummheit

[1]) Peitsche aus Nilpferdhaut [2]) Hölzerne Keule

geboren! Es ist ein alltägliches Gesetz der Menschheit — eingemeißelt in die mächtigen Steinblöcke unserer uralten Tempel und Grabmäler — daß der Mensch immer nach Blut dürstet und deshalb alle friedlichen Geschöpfe rings um sich her vernichtet. Es ist wie eine Finsternis, die über ihn kommt, in der er sein Selbst verliert und quälen und töten muß. Und es ist nicht nur sein Bruder und Mitmensch, den er erschlägt, sondern er tötet das Ebenbild Gottes, das in ihm selbst ist. Und das ist das schlimmere Verbrechen.

Ich, der Knabe Ibrahim, bin reich in meiner Armut. Meine jungen Augen sehen viele Dinge, die meines Vaters Augen nicht gesehen haben. Als ich noch ein Kind war, sah ich nichts als Frauen. Überall Frauen. Dunkle Lehmhütten, Straßen voller Frauen. Ich sah meine Mutter mit untergeschlagenen Beinen dasitzen und meinen jüngeren Bruder säugen, der jetzt Richter an den Gemischten Gerichtshöfen ist. Ich sah sie am Rande des Kanals hocken und mit anderen Weibern schwatzen und waschen. Einmal sah ich eine Frau auf einer Matte liegen, eine unförmige Masse mit einem riesigen Bauch, seufzend, schreiend und blutend. Ich sah ein junges Leben aus ihrem Körper kommen, ein zappelndes, blasses Kind. Im Staube Ägyptens! Ich riß die Augen auf, ich litt und ich weinte. Ich schlich mich zu einer Ziege und schlief ein, die Wange an ihr warmes Euter gedrückt. Ich träumte. Ich fürchtete das Licht des Tages, ich fürchtete die Nacht. Ich war damals erst drei Jahre alt, aber ich habe ein altes Gedächtnis, viel älter als das Gedächtnis der meisten Menschen. Durch ein trübes Dunkel blicke ich viele Jahrhunderte zurück in die längst vergangenen Zeiten, da meine Vorfahren noch als Einsiedler in den Gräbern unserer längst erloschenen Kultur hausten, da breitschultrige, graubärtige Männer mit flammenden

Augen und ernstblickende Jünglinge, mit Haupt und Schultern eine kniende Gemeinde überragend, einander die Geschichte von dem größten, sanftesten Helden aller Zeiten erzählten, von ihm, der nie tötete, nie verwundete, der aber oft verwundet und sogar getötet wurde.

Wirst du meine Worte bezweifeln, Wanderer, wenn ich dir sage, daß alle die Geheimnisse, all der Heldenmut, all die sanften Gedanken an einen himmlischen Vater nicht von einer Bischofskanzel aus gelehrt werden können und daß man sie auch nicht wie die Mathematik und andere Wissenschaften auf einer Schulbank lernen kann? Sie sind gleichsam ein besonderes Fluidum, das wie eine Lebenskraft in den Adern des Körpers aufgespeichert ist. Ich war noch sehr jung, als dieses Serum in mir zu wirken begann. Sehr jung? Ich war kaum sechs Jahre alt, als ich schüchtern meine Hände ausstreckte, nicht, um irdischen Besitz zu erflehen, nicht, um jene zu verletzen, die zu verletzen damals schon in meiner Macht stand, stumme Tiere oder kleine Kinder. — Nein, es war eine Macht, die in mir erwachte, eine große Macht, die über mich kam und mich meine Hände zum Himmel erheben ließ in dunklem Flehen, er möge mir helfen, damit ich anderen helfen könne, er möge mich einen der Männer werden lassen, die Wunden und Leiden heilen. Eine Erleuchtung kam über mich, den kleinen Knaben Ibrahim. Glaube an eine Macht, Glaube an mich selbst stieg auf unsichtbaren Flügeln zu mir herab. Er entfachte ein tiefes Verlangen in mir, eine Leidenschaft: er befahl mir, zu wollen! Und so wollte ich! Mit sechs Jahren wollte ich ein Hakim werden, denn das ist der Name für einen Heilkundigen in Ägypten. Er bedeutet ‚Arzt!'

Ich kannte einen Barbier, der sich selbst Hakim nannte, einen kleinen dunkeläugigen Mann in einer schwarzen Galabieh. Oh, wie sein übler Atem ihn mir unleidlich machte! Er kam oft in den kleinen Laden meines Vaters. Mein Vater war ein Attâr. Er verkaufte Mandeln, Senna, Henna, getrocknete Rosenblätter und Alaunsalze, die das schmutzige Wasser klären und von Frauen benutzt werden, um das Vergnügen des Mannes zu steigern. Das hörte ich ihn sagen. Mein Vater hatte auch geheime Kräuter und getrocknete Datteln und Samen, Melasse und Wurzeln, aus denen er Mefattah bereitete, um, wie er sagte, die Fellachenmädchen für die Heirat fett zu machen. Da war Marasseela, das Berberiniweib, mit Schmutzkrusten an den Händen und einen ekelerregenden, süßlichen Geruch um sich verbreitend. Sie war die Dáyah, die Hebamme, und sie kaufte Kräuter und Samen, sooft sie in den kleinen Laden meines Vaters kam.

Ha, so also war es: Mein eigener Vater hatte mit ärztlichen Dingen zu tun!

Eines Tages brach an meinem ganzen Körper ein Ausschlag aus. Der Hakim betrachtete ihn. Sein Atem roch übel. Mein Vater kochte ein dickes braunes Gebräu, das ich trinken mußte. Zwei Tage lang lag ich in einem finsteren Winkel.

„Nehmt den Schmerz weg", rief ich, „gebt mir meinen Ausschlag zurück!"

Ich bekam Prügel, weil ich ein Übel gegen das andere austauschen wollte.

Meine Mutter brachte mir Schalen voll Milch, frisch aus dem Euter einer Gamoussah[1]), süße, würzige Milch. Tagelang bekam ich nichts anderes. Und ich genas. Der Hakim besah sich meinen nackten Körper.

„Er ist wieder gesund. Die Arznei hat ihn geheilt. Eine Kinderkrankheit. Sie wird nicht wiederkommen. Innscha'allah."[2])

[1]) Büffelkuh [2]) So Gott will

‚Innscha'allah!' sagte mein Vater.

Er sagte immer ‚Innscha'allah', obwohl er Kopte war wie meine Mutter und alle unsere Vorfahren. Auch ich sagte ‚Innscha'allah', obwohl ich wußte, daß nur das Milchtrinken mir geholfen hatte, das Gebräu des Hakim zu überwinden. Und so entdeckte ich, der junge Ibrahim, im frühen Alter, daß frische Milch von der Mutterkuh mehr Heilkraft hat als des Hakims teuflische Verschreibungen. „Wenn ich einmal Hakim bin, werde ich den Leuten Milch und Brot und Zwiebeln und Bohnen und Linsen geben", sagte ich zu mir. „Die heilen die Übel des Körpers schneller als dunkle Tränke. Ich werde eines Tages ein Hakim sein, einer jener großen Hakims, wie ich sie durch ein Fenster im Regierungsspital gesehen habe in einem weißen Kittel und mit Gläsern vor den Augen."

Tag für Tag schlich ich von Hause weg. Stundenlang irrte ich durch die Straßen der Stadt oder hockte mit einer Schar von Weibern und Kindern vor dem Tore des Spitals, um mehr von den Hakims zu sehen.

„Ich bin krank! Ich habe große Schmerzen im Bauch!" schrie ich durch das Tor. „Laßt mich hinein! Ich sterbe!" Aber ein stämmiger Tamargi, ein Spitalpfleger, kam heraus und schlug mir mit einem Stock auf den Kopf. Er glaubte nicht an meine Krankheitssymptome. Ich lief davon wie ein Hund, der Fleisch hat stehlen wollen und kam an einen Wassertümpel, der von lauter Unrat umgeben war. Das Wasser war schwarz wie Tinte und stank. Dort hockte ich mich hin und weinte. Ich sah ein dickes Weib auf mich zukommen.

„Hast du deine Mutter verloren?"

Sie schien von Natur aus zornig.

„Scher dich weg von hier, oder ich verprügle dich!" schrie sie. Dann jagte sie ein kleines Mädchen weg, das hinter ihr herging.

„Möchtest du hier mit diesem verlassenen Bengel gesehen werden? Mach, daß du nach Hause kommst!"

Darauf beugte sie sich nieder und füllte eine Coulah mit Wasser. Sie trank von dem Wasser. Wie ein durstiges Tier trank sie mit geschlossenen Augen. Ein großer Durst brannte auch in mir. Ich ging gleichfalls an den Rand des schwarzen Tümpels, um zu trinken. Aber als ich meine Hand hineintauchte, um eine Handvoll Wasser zu schöpfen, schrak ich, ohne recht zu wissen warum, vor dem üblen Geruch zurück.

„Nein, solches Wasser will ich nicht trinken. Ich will klares Brunnenwasser trinken, das nicht stinkt."

Durstig kehrte ich nach Hause zurück. Meine Mutter hatte stets sauberes, frisches Wasser im Hause, Brunnenwasser. Wir hatten reiche Verwandte im Menshiyeh-Viertel. Sie wohnten in einem großen, drei Stock hohen Hause und besaßen sogar einen von einer hohen Mauer umgebenen Garten ganz für sich allein. Wasif Hanna Beys Haus! Er war Rechtsanwalt und Grundbesitzer. Nicht nur lose Bande der Verwandtschaft verknüpften uns mit diesen Leuten, sondern sie waren echte Blutsvettern meines Vaters, obgleich sie es nicht zu wissen schienen. Aber mein Vater sagte, Wasif sei sein Vetter, und er rief den Fluch des Himmels auf das Haupt des Beys herab. Das änderte nichts an den Dingen. Die kleinen Söhne des Beys fuhren in einer von zwei Schimmeln gezogenen Kutsche durch die Stadt. Sie trugen Hosen und Hemden und grellrote Tarbusche, während ich, der kleine Ibrahim, halbnackt an den dunklen Mauern hockte und zu mir sagte:

„Ich will ein großer Hakim werden!"

Ein sehr hagerer Mann kam in den kleinen Laden meines Vaters. Er trug ein schwarzes Gewand und eine hohe, schwarze Emma[1]) auf seinem langen Haar, und er strählte mit der feinen, weißen Hand seinen schwarzen Bart.

„Girgis Gamal", sagte er mit tiefer Stimme, „du mußt recht tief in der Gnade Gottes gesunken sein. Nie sehe ich dein Gesicht in der Gemeindeversammlung. Du bist ein verlorenes Schaf!"

Mein Vater stand mit gebeugtem Rücken da.

„Ich gehe nicht dorthin, wo meine reichen Verwandten beten. Ich bin kein verlorenes Schaf. Ich bin nicht schlechter als die andern und verkaufe meine Ware mit sehr geringem Gewinn."

„Sind das deine Kinder?" fragte der große Mann und sah mich an.

Ich saß auf dem Fußboden, hielt meinen zwei Jahre alten Bruder Morqos auf dem Schoß und beobachtete die Fliegen, die über sein Kindergesicht krochen. Ich sah die zwei großen leuchtenden Augen des Gottesmannes auf mich gerichtet.

„Ich will ein Hakim werden", sagte ich. „Ein großer Hakim!"

„Wie heißt du, mein Junge?"

„Ibrahim."

„Gehst du zur Schule?"

„In welche Schule muß ich gehen, um ein Hakim zu werden?"

Mein Vater unterbrach uns.

„Er soll diesen Laden übernehmen, wenn ich sterbe", sagte er mürrisch. „Ich habe kein Geld, um ihn auf die Schule zu schicken. Ich bin kein reicher Anwalt, kein Bey, auch kein Khedive."

„Du mußt diesen Jungen zur Schule schicken", sagte der große Mann, „er macht einen aufgeweckten Eindruck."

[1]) Kopfbedeckung der koptischen Priester

„Schule, Schule!" sagte mein Vater böse. „Ich bin erst mit elf Jahren in die Schule gekommen, und ich kann lesen und schreiben wie nur irgendeiner."

„Girgis Gamal", sagte der große Mann mit dröhnender Stimme, „gib mir einen kleinen Betrag, und ich werde dafür sorgen, daß deine Söhne eine gute Erziehung bekommen."

Ich sah, wie mein Vater den alten Schrank aufschloß, eine Schachtel öffnete, einige Silbermünzen herausnahm und sie unserem Priester gab. Der nahm sie hastig an sich.

„Ich werde mit deinem Vetter sprechen", sagte er, „und sein Gewissen wachrufen."

„Eher wirst du eine Nilflut wachrufen als dieses Gewissen", sagte mein Vater, und ich sah, wie sein Gesicht sehr zornig wurde.

Nun segnete der Priester den kleinen Laden meines Vaters und verschwand.

„Ich will ein Hakim werden", sagte ich.

„Hakim oder nicht Hakim, du sollst dir dein Brot erarbeiten", erwiderte mein Vater. Er wandte mir den Rücken zu und zählte all das Geld, das er in der Kommode hatte.

Ein mächtiger Scheik — ein hoher religiöser Würdenträger bei den Moslems — kam in unser Viertel. In wallenden Gewändern und einem blendend weißen Turban wanderte er in der Mitte der Straße dahin; seine Augen traten groß unter der Stirn hervor. Eine große Menschenmenge folgte ihm, viele Kinder liefen ihm nach. Sie riefen seinen Namen und waren sehr aufgeregt.

„Scheik Abd-el-Aziz! Scheik Abd-el-Aziz!"

Er ging schweren Schrittes, als trüge er die Bürde des Volkes auf seinem Rücken. Ja, er war ein großer Mann, sogar in Kairo. Ich hob meine Galabieh auf, rannte hinter der Menge her und rief: „Scheik Abd-el-Aziz!" Ich sah Kinder und Erwachsene nach dem Gewand des Scheiks greifen und es küssen. Da blieb ich stehen. Nein, das würde ich nicht tun. Das Kleid eines Scheiks küssen! Nie würde ich so etwas tun.

Ein kleiner Junge, den ich kannte, kam zu mir heran. Er trug ein hübsches neues Gewand und hatte einen kleinen Tarbusch auf.

„Rufail", sagte ich verwundert, „ist dein Vater reich geworden?"

Er zog voller Verachtung den Mund schief.

„Ich gehe zur Schule!"

Und er kehrte mir den Rücken zu. Tiefe Verzweiflung überkam mich.

Ich wanderte durch die Straßen. Mein Herz trieb mich in die Nähe des Spitals. Ich kletterte am Gitter hoch und blickte nach dem Fenster, hinter dem ich einen großen Hakim in einem weißen Kittel gesehen hatte. Nun sah ich ihn und zwei weitere Hakims an einem grünen Tische sitzen und Kaffee trinken. Mein Herz schlug heftig.

„Ich bin krank!" schrie ich. „Ich habe Schmerzen in meinem Bauch! Ich sterbe!"

Niemand hörte mich. Ich rief wieder und wieder. Dann kam ein Mann mit blanken Knöpfen an seinem Rock auf mich zugelaufen. Er hatte einen großen Stock, und schneller als eine Katze sprang ich vom Gitter herab und lief dann, so rasch ich konnte.

2.

Soll ich über meine erste Anatomie-Lektion berichten oder nicht? Ich bete, daß ein gütiger Engel einen Schleier über meine Erinnerungen breiten möge, bevor ich sterbe, damit sie mich nicht in meinen letzten Augenblicken verfolgen. Ich wünschte nur, daß alle meine Kollegen das mit angesehen hätten, was ich gesehen habe, damit sie mehr Respekt vor den lebenden Geschöpfen Gottes und ein bißchen weniger Hochachtung für unsere verdammt abstrakte Wissenschaft empfänden. Ein Messer in die Hand nehmen, um einen lebenden Körper zu erforschen, ist gleichbedeutend mit einer religiösen Handlung! Die ärztliche Kunst einen Beruf nennen, das beweist, wie sehr alle Werte durch ständigen Gebrauch herabgewürdigt worden sind. Die Arzneikunst ist vor allem Heilkunst, eine heilige und hohe Kunst. Man erzähle mir nicht, daß nur die menschliche Seele geheimnisvoll sei und nicht auch der Körper. In ein paar hundert Jahren werden wir weit besser über den Körper und die Seele Bescheid wissen, ja, künftige Wissenschaftler werden über unsere barbarischen Stümpereien lachen. Keine Menschenschicht auf der Welt hat mehr Irrtümer begangen und mehr Fehler gemacht als wir Ärzte. Auch ich habe aus Unwissenheit und aus Leichtsinn Menschen unter die Erde gebracht, aber ich habe auch Menschen geheilt und Wunder gewirkt. Es gleicht sich so ziemlich aus. Ich stehe jetzt an der Schwelle des Todes und scheue mich nicht, die Wahrheit zu bekennen. Niemand gab sich auch nur die geringste Mühe, den kleinen Ibrahim in die Schule zu schicken. Die Leute pflegten mir nachzuäffen: „Ich will ein Hakim werden!" Aber sie wurden dessen bald müde und sagten nur noch einfach: „Guten Morgen, Ibrahim el Hakim!" Die Knaben nannten mich: „Hakim Effendi[1]", und dieser Name ist mir in meinem Heimatort geblieben bis auf den heutigen Tag.

Mein Vater geriet in eine Unglückssträhne. Er wurde vor Gericht geladen, zu einer Geldstrafe verurteilt, weil er

[1]) Respektvolle Anrede in der bürgerlichen Klasse

etwas verkauft hatte, das er nicht hätte verkaufen dürfen;
aber er bezahlte die Strafe nicht, bevor die Regierungsbeamten kamen und drohten, unser elendes Haus mit all
den elenden Sachen, die darin waren, zu beschlagnahmen.
Erst dann ging mein Vater in einen der hinteren Räume,
grub den Boden auf und holte eine hölzerne Kiste hervor;
zu jedermanns Erstaunen legte er zwei Goldstücke auf
den Ladentisch, unter heftigen Worten, die ätzender
waren als der Inhalt seiner sämtlichen Fläschchen. Er
mußte auch dem Inspektor, der mit einer Durchsuchung
des Ladens drohte, ein ansehnliches Bakschisch[1]) in die
Hand drücken.

„Vater", sagte ich, „bitte, gib Ibrahim Geld!"

„Prügel wirst du bekommen, wenn du Geld von mir
verlangst. Ich habe nicht eine Millieme übrig. Hast du
nicht mit deinen eigenen Augen gesehen, wie die Regierung mich heute ausgeplündert hat? Fort mit dir!"

Mein Vater hob die Hand, ich lief weg. Die Sonne
brannte hernieder. Die Luft in den Straßen war angefüllt
mit heißem weißem Staub, so dick wie Nebel. Ich flüchtete
vor der wilden Sonnenglut in den Basar. Dort verkaufte
ein Bekannter meines Vaters glasierte Töpfe, Flaschen,
Pfeifenköpfe, Kästchen und Spazierstöcke. Er saß auf
einem umgestülpten Eimer und verscheuchte die Fliegen
von seinem Gesicht. Ich stellte mich vor ihn hin. Er schien
mich nicht einmal zu sehen. Sehr reich mußte er sein; er
war Kopte. Warum kannte ich nicht einige der Zauber-
formeln, die sie in der Kirche gebrauchen? Warum war ich
so unwissend und so voll Angst vor meiner Unwissenheit?
Sein Turban war sehr sauber, sein Bart gekämmt. Sein
Fliegenwedel war mit goldenen Fäden durchwirkt. Er wird
dir Geld geben, damit du ein Hakim werden kannst, dachte

[1]) Geschenk

ich. Ich versuchte, ihn anzureden, aber mein Mund war trocken, trocken vor Scham. Nein, ich konnte ihn nicht um Geld bitten. Das wäre Bettelei gewesen. Ich konnte niemals ein Bettler sein.

Ein Schmerz, ein unbestimmter dumpfer Schmerz ergriff mich; ich wußte nicht warum. Noch heute ist dieser Schmerz groß. Er ist mein ständiger Begleiter, mein ewiges Leiden, und ich kenne seine Ursachen. Ich habe alle meine Mitmenschen lieben gelernt, die Geringsten unter ihnen mehr als die, die hoch über mir sind; aber der Schmerz ist mir geblieben. Ich bin allmählich dahin gelangt, ihn zu lieben. Ich würde ihn vermissen, wenn ich von ihm befreit werden würde.

Schließlich landete ich in der Nähe des Marktes. Wie in einem Nebel, durch den die Sonnenstrahlen drangen, sah ich große Tierherden, Esel, Kamele, Büffel, Schafe und Ziegen. Ein wildes Getöse erfüllte den Midan, eine heulende Menge kaufte, verkaufte und feilschte. Ein riesiger Beduine führte zwei Kamele am Halfter. Sie waren beide ungebärdig, schnaubten wild und wollten nicht von der Stelle.

„Ya Walad!" schrie der Beduine. „Verstehst du ein Kamel zu führen?"

„Wohin, ya Saidi?"[1])

„Nach dem Schlachthaus. Ich habe beide Tiere dem Schlächter verkauft, und sie müssen noch heute getötet werden, denn morgen ist Youm el Goma'a."

„Was gibst du mir für den Dienst?"

„Allah!" jammerte er. „Wie geldgierig werden die Kinder der Stadt geboren!"

„Ich bin gar nicht geldgierig, aber ich will einen Piaster. Das Schlachthaus ist weit draußen auf dem Weg zu den Gräbern."

[1]) Oh Herr!

„Du bekommst einen halben Piaster!"
„Ich nehme nicht weniger als einen ganzen Piaster."
Er gab mir einen Stock und einen Strick.
„Yalla!"
Und ich folgte ihm auf den Fersen. Als wir in eine stille Straße kamen, blieb ich stehen. Hatte ich nicht immer sagen hören, daß die Araber und die Beduinen Räuber seien?

„Ya Sidi!" sagte ich, „bezahle mich jetzt und ich folge dir weiter."

„Ich bezahle dich, wenn wir zum Schlachthaus kommen." Ich machte eine Bewegung, als wollte ich ihm den Strick zurückgeben, den ich doch so sehr zu behalten wünschte. Er suchte in seinem Gewand, holte einen halben Piaster hervor und reichte ihn mir.

„Das ist nur ein halber — du hast mir einen ganzen versprochen."

„Den andern halben bekommst du, wenn wir zum Schlachthaus kommen."

„Schwöre es."

„Bei dem Licht meiner Augen", rief er wütend, und wir marschierten langsam weiter.

Soll ich es erzählen? Soll ich es nicht erzählen? Ich muß es erzählen. Was ich dort in dem Schlachthause sah, hat nicht nur tiefen Eindruck auf mich gemacht, sondern mich für mein ganzes Leben gezeichnet!

Bevor wir zu dem Eingang kamen, bog der Beduine jedem der beiden Kamele das eine Vorderbein hoch und umwickelte es am Knie mit einem festen Strick. Auf ihren drei Beinen begannen die Tiere einen unheimlichen Tanz zu vollführen und kehrten ihre Augen und ihre langen Hälse von den Mauern ab. Unruhig fingen ihre Nüstern an zu zittern, als sie den Gestank fauligen Blutes witterten.

Ihre Flanken flogen, als sich wie ein Wolkenschatten die dichtgedrängte Masse schwarzer Geier, krächzender Krähen und anderer himmlischer Straßenkehrer in fiebernder Erwartung über unseren Köpfen zusammenballte. Über die Mauern her kam aus den großen Gewölben des Schlachthauses das Echo schreiender Menschenstimmen.

Im Tor erschien ein Mann, der aussah, als sei er eben einem Blutbad entstiegen. Er troff von Blut, die Wollmütze auf seinem Kopfe war blutgetränkt. Seine nackten Beine schimmerten rot.

Ihm folgten einige Jungen, viel älter als ich, und einer von ihnen trug den Kopf eines Schafes in der Hand. Mit Stöcken und Peitschen fielen sie über die sich sträubenden Kamele her und trieben sie in den viereckigen Hof, wo am anderen Ende drei große Wölbungen gähnten, unter denen mächtige Tierkadaver hingen. Hier floß das Blut in Strömen. Ich sah den abgeschnittenen Kopf eines Büffels vor mir, und ein furchtbares Zucken überfiel meinen Körper wie ein Krampf. Meine nackten Füße glitten in dem Blut aus, ich fiel hin und stand wieder auf. Als ich das Blut an mir sah, ergriff mich ein schreckliches Gefühl des Leidens. Ich brach in Tränen aus. Das wilde Gelächter der Jungen scholl mir ans Ohr. Jetzt stand der Schlächter neben den Kamelen.

„Eech! Eech!" schrie er, aber die Kamele wollten nicht niederknien.

Ich sah, wie sie den Blick ihrer Kamelaugen langsam auf den geköpften Büffel richteten. Eine philosophische Ironie schien in diesem Blick zu liegen. Da packte plötzlich einer der Jungen das Bein des einen Kamels, riß heftig daran, und das Kamel fiel hin. Ich sah ein großes Messer durch die Luft blitzen, ich hörte ein tiefes Stöhnen, und im nächsten Augenblick sprang eine große Blutfontäne in die

Luft und bespritzte die Umstehenden, die nicht einmal den Versuch machten, zurückzuweichen. Ein kräftiger junger Bursche drückte den Kopf des Kamels gegen den Boden. Dann trennte der Schlächter den Hals vom Körper. Währenddessen schrie das zweite Kamel durchdringend und voll Pein, es tanzte auf drei Beinen einen unheimlichen Tanz. Es biß einen der Jungen in den Arm und warf verzweifelt den Kopf hin und her. Einer der Burschen stieß einen Blasebalg in das tote Kamel und begann es aufzupumpen. Schnell schwoll es zu einer riesigen, unförmigen Masse. Eine wilde, aufgeregte und lärmende Erörterung entspann sich, wie dem zweiten Kamel beizukommen sei. Es ließ jetzt niemand in seine Nähe. Es stand in einer Mauerecke und versuchte verzweifelt, sich zu wehren. Da sah ich den kräftigen Burschen, den das Kamel gebissen hatte, geschickt unter das Tier schlüpfen. Die Augen des Kamels röteten sich vor Zorn. Weißer Speichel troff ihm vom Maul.

„Er ist vom Teufel besessen!" schrien die Schlächter.

Aber in der nächsten Minute wurde das Tier plötzlich ganz still. Der Bursche hatte ihm von unten her die große Sakinah ins Herz gestoßen. Es stand da und zitterte wie im Fieber, als ob es plötzlich friere. Die Wut verschwand aus seinen Augen, und in seinem veränderten Blick lag plötzlich ein Ausdruck tiefen Friedens. Seine Beine begannen zu zittern, sein Kopf sank herab, und es stürzte zusammen. Alles brach in lautes Triumphgeschrei aus. Sie schnitten dem Kamel die Kehle durch. Abermals stieg eine Blutfontäne hoch.

Ich erinnere mich, daß ich rückwärts gehend den Schlachthof verließ, ohne den Blick von dem Schauspiel zu wenden. Ich ging um die Mauer herum. Dort war ein schwarzer Tümpel, der sehr tief zu sein schien und endlos wie ein Meer. Einige Weiber, wie ich sie noch niemals gesehen hatte, füllten Körbe mit blutgetränkter Erde und trugen sie zu einem kleinen Esel, der in der Nähe stand und zu schlafen schien, denn seine Augen waren fast geschlossen. Der Tümpel war nicht tief. Geier, größer als ich, standen bis an den Leib darin, so daß es aussah, als hätten sie keine Beine. Sie gaben kleine Gurgellaute von sich und schrille Schreie. Zwei von ihnen lagen in einem seltsamen Wettkampf. Jeder hatte anscheinend das Ende eines Strickes im Schnabel, und während sie wütend daran zerrten, dehnte der Strick sich immer mehr aus. Der Himmel war schwarz von diesen bösen Vögeln. Reihenweise saßen sie auf der Mauer, fett und vollgefressen, ein wenig hin und her schwankend wie Betrunkene in leichtem Schlummer. Ich stand versteinert da. War ich im Land des Todes? Ein Haufen Abfälle wurde über die Mauer geworfen und fiel dicht bei mir zu Boden. Das Zeug sah sonderbar aus, nicht wie Fleisch, viel leichter und heller gefärbt. Heute weiß ich, daß es eine Lunge war. Im Nu stürzten einige der großen Vögel darüber her, krallten sich darin fest und kämpften miteinander. Mir war, als erwachte ich plötzlich. Ein blinder, stummer Zorn überfiel mich. Ich erblickte einen Stock, nahm ihn auf und ging auf die Vögel los. Sie ließen sich nicht so leicht verjagen. Ich schlug auf sie ein. Ihre mächtigen Flügel rauschten um mich her. Ich schlug drauflos. Noch heute sehe ich ihre wuterfüllten runden Augen vor mir. Schließlich gelang es mir, sie zu vertreiben. Schnell packte ich diese rosig schimmernde, schlüpfrige blasige Masse und schleppte sie mit beiden Händen weg. Ich kann mich nicht mehr entsinnen, wohin ich ging. Aber ich erinnere mich, daß mir zumute war, als trüge ich in meinen Armen etwas Heiliges, das ich schützen mußte. Ich setzte mich dicht neben einen

Kanal und betrachtete mit tiefer Verwunderung das seltsame tierische Organ, das noch warm war. Es schien sich sogar zu bewegen, so furchtbar lebend sah es aus. Ich kann mich nicht erinnern, wie lange ich dort am Kanal gesessen habe. Aber ich weiß noch, daß ich schließlich meinen Fund ins Wasser warf und dann gegen die langsame Strömung einige Meter weit watete, bis ich mich auszog, meine Galabieh wusch und meinen Körper badete. Bevor ich nach Hause ging, zog es mich unwiderstehlich nach dem Schlachthause zurück. Ich spähte hinein und sah zwei alte Männer den Boden säubern. All das Fleisch, die jungen Burschen und die Schlächter waren verschwunden, aber ich fuhr fort, in den Hof hineinzustarren, und es war mir, als ginge ich in eine fremde, einsame Wildnis, in eine Finsternis, in die nur der Tod ein Kind führen kann, ein Kind ohne Freund und ohne Wissen.

Was war es nur, das mich mit zwingender Gewalt immer wieder nach dem Schlachthaus zog? War es die Ahnung des Leidenmüssens, die allen Menschen angeboren ist? Die feierliche und mächtige Anziehungskraft des Todes? Oder war es der leidenschaftliche Drang nach Wissen, der meine kindliche Seele trieb?

Ich gewöhnte mich an den Anblick dieser grauenhaften Schlachtszenen. Die Tötung eines Tieres, die mich so tief erschüttert hatte, erfüllte mich nicht mehr mit so unmittelbarem Grauen wie beim ersten Male. Töten schien ein Teil eines höheren Systems zu sein, eine wohldurchdachte Notwendigkeit, eine alltägliche Übung, und obwohl es mich empörte, konnte ich nichts daran ändern. Heute weiß ich, daß Neugier mich trieb. Ich bin so geboren. Ich bin geboren, um ein Arzt zu werden, und stets hat mich jenes hartnäckige, geduldige Verlangen beherrscht, die Sinne zu überzeugen. So pflegte ich mich an Schlachttagen aus dem

Hause wegzuschleichen, mich neben das Tor des Bluthauses zu stellen und den Schlächtern begierig bei der Arbeit zuzusehen. Es gab nichts Interessanteres, als zu beobachten, wie alle diese Tiere ausgeweidet wurden. Ich empfand kein Ekelgefühl mehr, sondern war nur noch voll gespannter Erwartung. Ob es ein Schaf war, ein Ochse oder ein Kamel, ich merkte bald, daß ihre verschiedenen Organe an den gleichen oder sehr ähnlichen Stellen ihres Körpers saßen. Ich fing an, meinen eigenen Körper abzutasten, und überzeugte mich davon, daß auch ich ganz ähnlich gebaut war wie diese Tiere. Und sehr bald begann ich tiefer über den geheimnisvollen Organismus nachzugrübeln, den man Körper nennt. Ich zog meine Galabieh eng um die Lenden und trat näher an die getöteten Tiere heran. Ich beobachtete alles aus nächster Nähe. Ich begann Fragen zu stellen und beherrschte sehr bald den gesamten Wortschatz der Schlächter. Zu meiner äußersten Verwirrung entdeckte ich, daß zwischen Männchen und Weibchen ein Unterschied besteht. Eines Tages nahm ich ein kurzes, scharfes Messer und versteckte es mit einem Gefühl des Triumphes in meinem Gewand. Ich hatte mein erstes Instrument gefunden! Nun wartete ich hinter den Mauern des Schlachthauses, dort, wo sie die Abfälle hinüberwarfen, lieferte den Geiern, Gabelweihen und Krähen heftige Schlachten und erkämpfte mir meine anatomischen Stücke. Die schleppte ich dann mit mir. Klopfenden Herzens verschwand ich in einem Zuckerrohrfeld, nahm das entwendete Messer und versuchte, meine Beute zu sezieren. Und meine Neugierde wurde immer größer. Am meisten wunderte mich, daß ein mit weichen Organen gefülltes Tier aufrecht stehen konnte, laufen, fressen, Lasten tragen und der Stimme eines Herrn gehorchen. Ich lebte in einer Wildnis unlösbarer Geheimnisse.

Sehr selten einmal gab es zu Hause Fleisch. Bei besonderen Gelegenheiten bereitete meine Mutter eine gebratene Taube oder ein Huhn, oder über einem Holzfeuer geröstete Lammstücke. Ich aß immer Fleisch, wenn ich es bekommen konnte. Ich dachte beim Essen an die Tiere, aber das verdarb mir nicht im mindesten den Geschmack am Fleisch. Mein Körper hungerte stets nach Vitaminen. Als ich ein wenig älter wurde, stahl ich, was und wo ich nur konnte, um den ständig nagenden Hunger zu stillen. Ich fragte mich oft, warum ich denn überhaupt Fleisch äße. Ich glaube, ich habe schon als Kind gewußt, daß zwischen totem Fleisch und lebendem Fleisch ein großer Unterschied ist. Totes Fleisch ist Nahrung, Stoff für den Körper, während das lebende Fleisch den unsichtbaren Lebenshauch enthält, der beim Menschen Seele oder Geist genannt wird. Diese Erkenntnis, daß der Mensch ein geistiges Wesen sei, anders als alle anderen Geschöpfe, ist der erste Schritt, der den Menschen zur Ewigkeit hinführt. Ich muß das schon sehr frühzeitig in meinem Leben erkannt haben. Deshalb urteile man nicht zu hart über den kleinen Ibrahim, denn er war sich moralischer und ethischer Begriffe nur dunkel bewußt. Er war nur von dem einen Gedanken besessen, ein Hakim zu werden, ein Heiler der Krankheiten und Linderer der Schmerzen. Und was für Schmerzen habe ich selbst durchgemacht! Das alles werde ich später erzählen. Im Augenblick kommt es mir noch darauf an, dir mitzuteilen, daß das Schicksal mich mit einer gewissen Rücksicht, wenn nicht gar mit Auszeichnung behandelte. Von dem Schlachthause, aus dem Leben eines Straßenjungen, aus dem Dasein eines schmutzigen kleinen Diebes, der freilich kein Dieb sein wollte, führte mich das Schicksal mit einer jähen Wendung in die Elementarschule.

3.

In Ägypten einen Jungen zur Schule zu schicken, ist für arme Leute eine kostspielige Sache. Eltern und Verwandte müssen oft jahrelang die härtesten Opfer bringen. Meine Verwandten, die Wassifi, waren für Opfer nicht zu haben. Sie rührten nie einen Finger für uns Gamali. Für mich waren sie Fremde. Und trotz ihrer geldstolzen geizigen Art hat keiner meiner Vettern es im Leben sehr weit gebracht. Der eine starb jung, der andere wurde in irgendeinem Dorf aus Gründen, die unaufgeklärt blieben, ermordet.

Ein Leben, wie ich es führte, frei von jeder väterlichen Aufsicht, hatte seine Vorteile und seine Nachteile. Ich konnte meinen ‚anatomischen Selbstunterricht' fortsetzen. Ich lieferte den Geiern hinter dem Schlachthaus gewaltige Kämpfe, und es gelang mir, meine seltsamen Streifzüge geheimzuhalten.

An Markttagen schlüpfte ich durch die eisernen Gitterstäbe, durch die mein Kopf und meine Schultern gerade noch hindurch konnten, auf den Marktplatz, machte mich nach Kräften unter meinen geschäftigen Mitmenschen nützlich und verdiente auf diese Weise ab und zu ein paar Piaster. Ich sparte das Geld, immer mit dem einen Ziel vor Augen: die Schule besuchen zu können. Langsam kam mir die Erkenntnis. Ich merkte zu meinem Schrecken, daß rings um mich her alles litt. Wohin ich auch blickte, sah ich kranke Menschen. Die Blinden und Lahmen, die Alten und Siechen, die Kranken und die Krüppel schienen mir ohne Zahl. Oft fürchtete ich um meine eigene Gesundheit, denn ich konnte nicht glauben, daß es mir möglich sein sollte, in einer so kranken Welt gesund zu bleiben. Manchmal aber sah ich doch gesunde junge Männer vom Lande kommen, mit kräftiger Brust, breiten Schultern und blitzenden weißen Zähnen, wie ich sie selbst hatte. Dann freuten sich meine Augen und mein Herz, weil ich fühlte, daß ich mit diesen gesunden jungen Fellachen mehr gemein hatte als mit den kranken Massen der Stadt. In der heißen Jahreszeit schlief ich auf einem Bündel getrockneter Maisstengel auf dem flachen Dach des Hauses. Ich blickte zu den hellen Sternen empor und wünschte, alle Menschen auf Erden wären gesund, breitschultrig und starkbrüstig. Vor allem fiel mir auf, daß gesunde Menschen eine ganz andere Haut hatten als kranke, eine Haut von ganz anderem Glanz. Manchmal sah ich sogar Lichter in schönen Farben von ihr ausstrahlen; das machte mich froh und zufrieden. Es tat wohl, Gesundheit zu sehen. Außerdem entdeckte ich, daß unter gesunden Menschen eine deutliche Ähnlichkeit festzustellen war; sie schienen einander zu gleichen wie Brüder. Und wenn ich sie beim Baden beobachtete und ihre geschmeidigen Körper sah mit den harten Muskeln, ihre geraden Rücken und schlanken Lenden, ihre langen Glieder, ihre hellen Augen, wenn ich ihre lebendigen Stimmen hörte, wünschte ich abermals, alle Menschen in Ägypten wären ihnen gleich. Ich folgte dann ihrem Beispiel und badete im Nil.

Von Frauen wußte ich damals sehr wenig. Sie waren für mich ein verschlossenes Buch, schwarze, bewegliche Bündel, manche groß, manche klein, manche mager, andere fett, alle aber stattlich in ihrem Gang. Wenn ich sie in langer Reihe, die frisch mit Wasser gefüllten Jarrahs auf den Köpfen, dahinwandern sah, schwatzend, lachend oder sich zankend, fragte ich mich voll geheimer Scheu, ob das Innere ihrer Körper wohl dem Innern der Büffelkühe oder Eselinnen ähnlich sei. Daß sie Kinder gebären, wußte ich. Daß sie Milch geben, wußte ich auch. Darüber hinaus aber konnte ich nichts begreifen. Nur eine unbestimmte

Angst zitterte in mir, als hätte ich gewußt, daß ich, wenn ich erst einmal das letzte Geheimnis enträtselte, nicht mehr derselbe Ibrahim sein würde.

Mein Vater war alles in allem ein recht sonderbarer Mann. Wahrscheinlich hat er sich selbst nie gekannt, hat nie zu ergründen versucht, wer und was er denn eigentlich sei — wie das bei den meisten Menschen der Fall ist. Er schien einfach dahinzuleben, versunken in ein Dasein lässiger Eintönigkeit, Tränke und Arzneipflanzen verkaufend. Er war im großen und ganzen ein sanfter und ernster Mann, ab und zu nur bekam er einen Anfall von Wut oder Verzweiflung; dann handelte er gegen jedermann ungerecht, auch gegen sich selbst. Meine Mutter war einfach, aber dabei nicht unintelligent. Sie wuchs sozusagen mit uns Knaben heran; denn als wir älter wurden, wechselte sie ihre kleinen Gewohnheiten, ja sogar ihre äußere Erscheinung veränderte sich. Mit der Zeit gewann unser Haus ein anderes Ansehen. Möbelstücke tauchten auf, ich wußte nicht woher; Matten, Geräte und viele andere anheimelnde Sachen. Sogar eine Uhr begann zu ticken hoch oben auf einem Schrank, wo weder Morqos noch ich sie erreichen konnten. Sonnabends wusch meine Mutter mit einer alten Negerin im kleinen Hinterhof unsere Wäsche in einer großen flachen Zinnwanne. Wenn das Waschen vorüber war, mußten Morqos und ich uns in die Wanne stellen; wir wurden vom Kopf bis zu den Füßen eingeseift und abgespült. Ich sah Morqos gern, weil er eine kräftige Brust und schmale Hüften hatte und seine Haut ebenso hell und licht war wie die meine. Unsere Mutter erhielt uns bei guter Gesundheit. Sie gab uns Gerstenbrot und viel Zwiebeln zu essen, auch zerlassene Butter und Bohnen. Die Wunder nahmen kein Ende. Mein Vater ließ auf sämtlichen Wandbrettern in seinem Laden Glasplatten befestigen und kaufte einen alten grünen Plüschsessel, den er vor die Ladentür stellte. In diesem Sessel saß er fast den ganzen Tag und betrachtete das Leben in der schmalen Straße. Er kaufte einen Fliegenwedel und verscheuchte die Fliegen von seinem Gesicht und vom Ladentisch, genau so, wie es die reichen koptischen Kaufleute in den besten Vierteln der Stadt machten. Ein Mann brachte fünf große Zal'at. Sie wurden in einem dunklen, engen Raum hinten im Hause untergebracht, während Morqos und ich dabeistanden und voll tiefen Staunens zusahen. Dort legte nun meine Mutter wie eine geschäftige Biene einen großen Vorrat von Lebensmitteln an — Korn, Mais, Käse und gesalzene Butter —, besprengte alles mit Öl und verklebte die großen irdenen Krüge mit getrocknetem Lehm. Vorräte für ein ganzes Jahr! Sie sagte zu uns, daß nun endlich das Haus eine anständige Wohnung geworden sei; von nun an würde es unter unserem Dache keinen Hunger mehr geben. So handelte sie gemäß einer Tradition, die neben vielen anderen Gebräuchen aus den Zeiten der Pharaonen auf uns gekommen ist. Von diesem Tage an trug meine Mutter ihren Stolz zur Schau. Umständlich zog sie ihren Schleier vors Gesicht, wenn sie das Haus verließ, und ging langsamen Schrittes dahin, frei die schlanken Arme schwenkend, damit alle Leute wissen sollten, daß sie zu Hause einen reichen Vorrat habe und eine Frau von Rang sei.

Mein Vater fing an, sich mehr um mich zu kümmern. Er begann Fragen zu stellen. Wohin ich ginge, woher ich käme! Er beobachtete mich genauer, verfolgte mich mit seinen Blicken, als habe er neues Interesse an mir gefunden.

„Ibrahim", sagte er eines Morgens zu mir, „du läufst umher wie ein armer Junge, der keine Aussichten hat. Warum ist deine Galabieh immer schmutzig?"

„Ich habe nur diese eine."

„Ich werde dir ein neues Gewand kaufen. Es soll nicht heißen, daß ich meinen Sohn vernachlässige."

Diese plötzliche Wandlung überraschte mich. Meines Vaters Worte tönten wie Musik in meinen Ohren.

„Ich habe dich lange nicht sagen hören, daß du ein Hakim werden willst", fuhr er fort. „Hast du dich eines anderen besonnen?"

„Ich werde noch Mittel und Wege finden, um einer zu werden", sagte ich entschlossen. „Alle anständigen Jungen werden von ihren Eltern zur Schule geschickt, nur ich nicht."

„Hast du dich mit deiner Mutter verabredet, mir das zu sagen?" Er zog mich zwischen seine Knie.

„Nun, Ibrahim", sagte er mit weicher Stimme, „ich bin kein schlechterer Vater als andere Väter. Es gibt einen guten Beruf, der immer etwas einträgt, ich weiß es aus Erfahrung: Geld gegen gute Sicherheiten verleihen. Aber ich möchte nicht, daß du ein Geldverleiher wirst."

„Ein Geldverleiher? Ich habe kein Geld zu verleihen!" sagte ich.

„Ja, ich habe in der letzten Zeit viel über dich nachgedacht und mit deiner Mutter über dich gesprochen. Sie ist eine kluge Frau. Also höre mich an. Dein Onkel, der Baumwollhändler in Mansourah, ist gestorben. Wir haben zweihundert Pfund geerbt. Ich werde Chalom, dem Dieb, der mir vor zwei Jahren zehn Pfund geliehen hat, nicht einen Piaster zurückzahlen. Dieses Geld soll zu deiner Erziehung dienen. Du wirst in die Regierungsschule gehen und dort lesen und schreiben lernen. Wenn du erst ein wenig größer geworden bist, werde ich selbst dich lehren, ein Hakim zu werden. Ich bin ein größerer Hakim als alle Hakims. Ich habe gewaltig starke Pulver und Arzneien und kenne alle ihre Geheimnisse. So soll es geschehen, mein Sohn Ibrahim; du wirst jetzt in die Regierungsschule gehen. Das kostet vier Pfund im Jahr, und für dieses Geld kannst du Gelehrsamkeit im Werte von tausend Pfund lernen."

Ein Gefühl tiefer Zärtlichkeit für meinen Vater überwältigte mich.

Ich konnte kaum das große Glück begreifen, das nun so plötzlich vor mir lag. In die Regierungsschule gehen! Einer der wenigen unter den Tausenden und aber Tausenden junger Ägypter zu sein, die eine Regierungsschule besucht haben!

„Ich will ein großer Mann werden", sagte ich. „Ich werde dir für jedes Pfund, das du für mich ausgibst, tausend Pfund zurückbezahlen."

Und ich weinte fast vor Freude.

Ich habe mein Versprechen gehalten. Mein Vater ist jetzt über achtzig Jahre alt und fast blind. Er wird mich überleben, glaube ich, denn er ist immer noch von kräftiger Gesundheit und einer der angesehensten Bürger in Assiut.

Es gab zu Hause eine Auseinandersetzung über die Frage, ob ich kurze Hosen, Hemd, Jacke und Tarbusch tragen sollte wie der Sohn eines Effendi oder eine Galabieh. Meine Mutter (o Frauen!) hegte insgeheim den ehrgeizigen Wunsch, daß ich meine Schullaufbahn in kurzen Hosen beginnen sollte. Die Regierungsbeamten trugen Hosen, und was konnte ein Mann in Ägypten Höheres erstreben, als Regierungsbeamter zu werden? Mein Vater aber, der eifrige Patriot, wollte davon nichts hören.

„Ich will nicht, daß einer meiner Söhne die von Fremden eingeführten Gebräuche nachahmt! Hast du nicht gehört, was Scheik Abdallah vorige Woche zu der versammelten Menge gesagt hat? Die Ausländer nehmen unser Land in Besitz. Den Ausländern gehört unser fruchtbarer Boden, sie zwingen uns ihre Gesetze und Sitten auf. Und Scheik Abdallah hat recht. Welchen Nutzen bringen die Inglesi, die Fransabi, die Griechen, die Syrer, das ganze Pack unserem Lande? Bilden sie sich vielleicht ein, weil sie Hosen tragen, daß sie mehr sind als wir? Sind wir Ägypter mit einem eigenen Willen oder sind wir nur Sklaven wie die Fellachen auf den Feldern? Sind wir Gamals nicht bessere und ältere Christen als alle diese ausländischen Christen? Unser Priester soll dir einmal erzählen, was für eine alte und große Rasse wir sind. Pfui! Ibrahim soll eine Assiut-Galabieh tragen, und ich selbst will sie ihm kaufen. Er soll zwei Galabiehs haben, eine für die Schule und die andere für den Sonntag. Meine Söhne sollen anständige Männer werden, nicht geckenhafte Müßiggänger!"

Meine Mutter aber hatte einen sehr harten Kopf.

„Wenn du Ibrahim eine Hose und eine Jacke kaufst, wird er angesehener sein, und es kostet nicht viel mehr."

„Galabieh!" rief mein Vater.

Er wurde zornig.

„Oh, Dandousha! Warum widersetzest du dich immer meinem Willen? Hose und Jacke! Freilich! Siehst du denn nicht, daß unser Ibrahim so schnell wächst wie das Zuckerrohr im Nilschlamm? Hose und Jacke! In zwei Monaten platzt er aus ihnen heraus mit all der Weisheit, die sie in der Regierungsschule in ihn hineinstopfen werden."

Mein Vater hatte wahrscheinlich recht; aber erst später, viel später erkannte ich den wahren Unterschied zwischen Hose und Galabieh. Heute sehen Hunderttausende meiner jungen Landsleute in der europäischen Kleidung eine Art Auszeichnung, und sie glauben, es genüge, wie ein Effendi auszusehen, um ein Effendi zu sein. Wie schnell vergessen sie, daß Kleider nur nach außen hin Leute machen. Auch ich habe diesen hohen Stolz auf das erste Paar Hosen in meinem Leben empfunden. Ich war damals ein junger Dummkopf und dachte, mit Geschrei und Steinewerfen könne man die Fremden aus meinem Lande vertreiben. Ich glaubte, auf Grund meiner Hosen über den Fellachen erhaben zu sein, der auf dem Felde arbeitete.

4.

Ich wurde nicht in der Liebe zu meinem Lande erzogen. In meiner Kindheit hat niemand, außer vielleicht ab und zu mein Vater, mir zu Bewußtsein gebracht, daß ich überhaupt einer Nation angehörte. Ich wuchs unter gleichaltrigen Kindern heran und ahnte nicht, daß Ägypten ein Land und die Ägypter eine Nation waren. Niemand flößte uns die heilige Macht des Nationalstolzes und der persönlichen Ehre ein. Unser Schulinspektor war ein Engländer. Er kam aus Kairo. Ich glaube, er verdiente zwölfhundert Pfund im Jahr. Am Tage vor seiner Ankunft ging unser Schuldirektor durch die Klassenzimmer.

„Morgen wird Seine Exzellenz Mister Soundso hier erscheinen. Es gehört sich, liebe Kinder, daß ihr bei diesem ehrenvollen Anlaß alle sehr sauber in die Schule kommt und eure Bücher in Ordnung habt."

„Aiwah, Effendi."

Am folgenden Tage standen wir in langen Reihen im Schulhofe. Ein magerer Herr in weißem Anzug, einen elfenbeinernen Fliegenwedel in der Hand, stolzierte vor uns auf und ab, begleitet von unserem Direktor, der sehr beflissen und ängstlich dreinblickte.

„Lieber Mann! Lieber Mann!" Ich höre den Engländer heute noch zu unserem Direktor sprechen: „Lieber Mann! Lieber Mann!" Und unser Direktor erwiderte höchst servil: „Ja, Exzellenz! Ja, Exzellenz!" Dabei war der Mann gar keine Exzellenz. Zum Teufel mit diesem Wort Exzellenz! Es hat, ich weiß nicht wie viele meiner Landsleute, verführt, eine Exzellenz zu werden!

„Nun — warum geht ihr in die Schule, meine lieben jungen Freunde?"

„Um Staatsdiener zu werden."

„Was — ihr alle?"

Ein gespanntes Schweigen; keine Antwort mehr.

„Ich will ein Hakim werden!" rief ich.

Die Blicke Seiner Exzellenz blieben an mir haften.

„Oh!" (Pause.) „Und warum mein Junge?"

„Um meine Landsleute von ihren Krankheiten zu heilen."

„Oh!" (Pause.) „Deine Landsleute?"

„Aiwah!"

Hinterher bekam ich von dem Direktor eine Tracht Prügel. Man sagte mir nicht, warum. Ich wurde ganz einfach verhauen. Heute kenne ich den Grund, aber heute bin ich auch imstande, in den Herzen der Herren wie in den Herzen der Sklaven zu lesen.

Ich wurde durch ein primitives Unterrichtssystem hindurchgejagt, das mit medizinischer Wissenschaft nichts zu tun hatte. Ich lernte ein wenig Naturgeschichte, Biologie und Anatomie. In der Schulhalle hingen Wandbilder: ein Schaf, ein Pferd und ein Mensch, auf Pappe gemalt. Der Mensch hatte zwei Lungen, einen Magen, ein Herz, zwei Nieren, zwei Beine, zwei Arme, ein Nervensystem, einen Hals, einen Kopf, ein Gehirn. Ich hatte bereits mit meinen eigenen Händen einen toten Esel seziert. Ich hatte drei Tage an ihm gearbeitet, bis ich es nicht länger ertragen konnte. Doch das allergrößte Geheimnis war mir verschlossen geblieben. Was ist Verwesung? Warum dieser Abscheu vor einem toten und zerfallenen Körper? Es gab darauf nur eine Antwort. Nicht etwa die Antwort der medizinischen

Wissenschaft: daß die Gewebe zerfallen. Auch junge Menschen mit unzerstörten Geweben sterben und verwesen. Die Antwort ist die, daß alles Leben eine geistige Kraft ist, und ohne diese Kraft bleibt nichts als Staub.

So kam es, daß der junge Ibrahim mehr vom Leben wußte als der Lehrer, der ihn die Wahrheit des Lebens lehren wollte.

Wanderer, ich will dich nicht damit aufhalten, daß ich dir erzähle, wie ich reif geworden bin. Unsere Sonne läßt aus einer heißen Erde hitzige Leiber wachsen. Drei Jahre lang war ich wie ein junger Mensch im Sturm, und es war ein Sturm der Sinne. Während dieser Zeit fühlte ich, wie ich hinunter in die Tiefe glitt. Mein Geist geriet in Unordnung. Ich wurde ein schlechter Schüler. Tag und Nacht trieb ich dahin, wie eine Wolke am Himmel dahintreibt. Aber da ich keine Ausnahme war, da alle meine Kameraden waren wie ich, oft noch schlimmer, weit schlimmer, konnte ich in der Schule bleiben.

„Bis zu einem gewissen Alter sind diese Knaben gescheit und aufmerksam. Dann aber steht ihnen plötzlich der Verstand still. Ihre Leistungen und ihre Arbeitskraft nehmen ab. Sie werden zerstreut, unruhig, streitlustig. Sie brauchen strenge Aufsicht und Disziplin. Man muß sie für ihre schlechten Gewohnheiten hart bestrafen. Es ist eine Schande wie ihre Bücher aussehen."

„Ja, Eure Exzellenz."

„Wie kommt das?"

Man mußte das Achselzucken unseres Direktors sehen, den unbestimmten Ausdruck der Enttäuschung in seinen Zügen. Die Enttäuschung des ägyptischen Schullehrers. Er kannte seine Jungen! Er war ja selbst nur ein aufgeschossener kleiner Junge.

„Das ist in Ägypten ein ernstes Problem, Eure Exzellenz."

Ja, so ernst, daß eine andere Exzellenz, der Minister für öffentlichen Unterricht, abermals in der Klemme steckt. Regierungskommissionen! Aiwah! Jetzt werden wir das Problem mit wissenschaftlichen Methoden anpacken. Wir brauchen Sachverständige. Her mit den Sachverständigen! Fünftausend Pfund für einen Fachmann. Zehntausend Pfund, was liegt daran? Ägypten ist reich, Ägypten ist freigebig, Ägypten ist modern. Und von allen Fachleuten erscheinen die allermodernsten: Professor Dr. Soundso, ein Pädagoge, ein Psychologe von Weltruf und andere mehr, aus England, aus Frankreich, aus Deutschland, aus Amerika oder aus der Schweiz.

„Hier sind wir, Eure Exzellenz — wir bleiben drei Monate, auch sechs Monate, wenn sie es wünschen! Aber der ägyptische Sommer ist uns zu heiß. Wir werden also im Sommer wegfahren müssen und nächstes Jahr wiederkommen."

„Keine Eile, meine verehrten Herren Professoren! Erziehung in Ägypten ist ein sehr langsames Geschäft."

„Wann sollen wir beginnen, Eure Exzellenz?"

„Sie haben freie Hand, meine Herren, und die volle Unterstützung der Regierung. Ich erwarte mit größter Spannung Ihre Berichte."

Das Ministerium demissioniert. Ein neues tritt an seine Stelle. Unsere Archive sind mit Berichten vollgepfropft. Blutproben werden uns von einem ausländischen Professor abgenommen, der sehr darauf erpicht scheint, der ägyptischen Frage dadurch auf den Grund zu kommen, daß er unser Blut in Glasröhren prüft. Weisheit für fünftausend Pfund, und dann der Nilorden zweiter oder dritter Klasse, je nach dem Einfluß des Ministers. Uns Ägyptern kann es gleich sein, wer da kommt und geht. Ma'alesh![1]) Wir sind dazu verurteilt, daß man mit uns macht, was man will.

Aber unsere Lebenskraft, die geheimen Kräfte unseres Volkes versiegen allmählich, und da heißt es nicht mehr: Ma'alesh!

————„Ich will ein großer Hakim werden! Ein Hakim soll Ägypten regieren!"

5.

Die Höhere Schule durchlief ich mit einer gewissen ziellosen Sehnsucht nach einem anregenden Dasein. Das Studium der Medizin schien immer noch in weiter Ferne zu liegen, und ich wäre es müde geworden, mir Mathematik, Sprachen, Geographie und Literatur in den Kopf stopfen zu lassen, wenn nicht in der Tiefe meines Herzens der brennende Wunsch lebendig geblieben wäre, Arzt zu werden. Ich lernte sehr viel Englisch und Französisch, aber nur sehr wenig, eigentlich fast gar nichts über mein eigenes Land. Unser Unterricht vermittelt eine Importware wie Havannazigarren und Whisky. Sein Hauptzweck ist, aus dem jungen Ägypter ein gelehriges, unterwürfiges Wesen zu machen, das gänzlich von der Anschauung durchtränkt ist, Ägypten könne sich nicht selbst regieren, es sei niemals dazu imstande gewesen und werde niemals dazu imstande sein. Ach, junger Ibrahim, zeige nicht, daß du die Eigenschaften eines Kämpfers in dir hast, verrate nicht deine Männlichkeit, dein Blut, deine Natur, sonst wird der Kurbag auf deinem Rücken tanzen, und es wird dir als einem unbrauchbaren Bengel der Hinauswurf drohen. Sklaverei ist dein Schicksal, mein Junge, auch wenn du zu

[1]) Ein vielgebrauchter Ausdruck für „Einerlei" oder „Es kommt nicht darauf an"

hohen Ehren emporsteigst, ein großer Wissenschaftler, Premierminister oder sogar König werden solltest! Was immer auch geschieht, bedenke stets, daß du einem höheren Herrn dienen mußt. Er ist auch nicht etwa ein unsichtbarer Herr, sondern man kann ihn mit Händen greifen. Er unterhält eine Armee, Tanks und Flugzeuge in deinem Vaterland. Er hat seine Hand auf deinem Gelde. Seine Ideen sind gut genug für dich.

Es war gerade dieses Blut in meinem Körper, dieses uralte Blut, das nicht einen Tropfen solcher ausländischen Propaganda in sich aufnehmen wollte, diese fast unsichtbaren Gifte, mit denen der Plan unseres Unterrichtes vermischt war. Aber ohne meinen Vater wäre wahrscheinlich auf die Dauer auch mein Blut verseucht worden.

Als ich älter wurde, lernte ich ihn schätzen. Mit dreizehn Jahren, als ich mich zum Besuch der Höheren Schule rüstete, mußte ich einen europäischen Anzug anziehen. Man hätte mich mit Hohngelächter von der Schule gejagt, wenn ich in einer Galabieh erschienen wäre. Meine Mutter triumphierte, als sie mich endlich in Hosen erblickte. Ihr Stolz kannte keine Grenzen. Sie briet bei dieser Gelegenheit zwei Tauben für mich. Mein Vater aber warf mir durch seine silberumrandete Brille einen unmutigen Blick zu und schob den Turban aus seiner breiten Stirn.

„Ibrahim", sagte er, „vergiß nicht dich selbst über diesen Wechsel. Ein Anzug ist nur eine äußere Hülle, die man trägt, weil der öffentliche Anstand es erfordert. Laß daher alle Ausländer merken, daß sie nur deine äußere Erscheinung verändern konnten, nicht dein Inneres."

Mit siebzehneinhalb Jahren verließ ich die Höhere Schule. Ich erhielt mein Baccalaureus-Diplom und war sehr stolz, ja, ich fühlte mich bereits als Hakim. Ich verstand wahrscheinlich damals schon mehr von Medizin und Anatomie als eine große Zahl unserer fachlich ausgebildeten Leute, die ihren Beruf ausübten. Ein Chirurg vom staatlichen Spital lieh mir eine Menge Bücher. Ich lernte viele medizinische Ausdrücke auswendig. Ich kämpfte auch meinen ersten Kampf gegen die Behörden. Ich wollte der gemeinen und brutalen Methode der Viehschlachtung ein Ende setzen. Aber da geriet ich in ein Wespennest. Religion, Tradition, sonderbare Gesetze, die angeblich von Allah stammen, erhoben sich vor mir wie eine hohe Mauer. Meine Freunde lachten mich aus. Ich hatte das Gefühl, als stünde mein eigenes Land in Waffen gegen mich. Übergehen wir das mit Schweigen, denn die Stimme der Wissenschaft ist wie die Stimme des Rufers in der Wüste. Aber niemand wird mich dazu bringen, Tiere nicht zu lieben! Wenn ich meine Arbeit noch einmal von vorn anzufangen hätte, weiß ich nicht, ob ich nicht meine Heilkräfte ganz unseren stummen Freunden zuwenden würde, die im besonderen Maße des Himmels Kinder sind.

ZWEITES KAPITEL

DER NIL

Um in Kairo Medizin zu studieren, ging ich bald von Hause weg. Meine Mutter weinte. Mein Vater saß stumm in seinem Plüschsessel und verscheuchte die Fliegen von seinem Gesicht. In seinen Augen lag ein Ausdruck finsterer Ergebenheit. Ich hatte vier Pfund in der Tasche. Damit sollte ich mein neues Leben in Kairo bestreiten. Um unterwegs etwas Geld zu ersparen, beschloß ich, mich nach einem Platz auf einer der zahllosen Quayassahs[1]) umzusehen, die auf dem Nil stromauf und stromab Handel trieben. Ihre großen, stolzen Segel waren meilenweit ins Land hinein sichtbar. Ich stand am Damm der Schleuse, beobachtete die hindurchfahrenden Schiffe und rief die Kapitäne an: „Eine Fahrt nach Kairo! Eine Fahrt nach Kairo! Wer nimmt mich mit?" Mancher dunkle, mit dem Hakenkreuz bemalte Bug glitt vorbei. Die Schiffsleute blickten auf, sahen einen jungen Mann in Hosen auf einer hölzernen, mit zwei eisernen Griffen versehenen Kiste sitzen. „Fahr mit der Eisenbahn, junger Effendi!" rief der eine zurück. — „Warum schwimmst du nicht oder gehst zu Fuß?" schrie ein anderer. Endlich aber kam eine Quayassah, ein dunkles Boot, bis an den Rand mit Goulahs und irdenen Töpfen beladen. Die Spitze seines

[1]) Große, mit Waren beladene Flußboote

großen Segels schien sich in den blauen Himmel zu verlieren. Es führte eine gelbe Flagge mit einem Skorpion. In einer Entfernung von nur einem halben Meter fuhr es an mir vorbei. Ich konnte nicht mehr widerstehen und sprang an Bord. Auf der Quayassah befanden sich drei Schiffsleute, ein Junge und eine Frau. Sie steuerte das Boot dicht am Ufer entlang, bis wir uns über den Fahrpreis geeinigt hatten. Zehn Piaster. Für die ganze Strecke. Mein Essen mit eingeschlossen. Ja, ich wurde nicht beraubt!

Ein frischer Wind führte uns weiter. Das Schiff war schwer beladen, wir fuhren sehr langsam. Mein Herz wurde traurig. Eine sonderbare Schwermut ergriff mich, als ich Assiut entschwinden sah, und ich fühlte, wie sehr ich mit meinem kleinen Heim verbunden war, wie sehr ich meine Mutter, meinen Vater, meinen Bruder Morqos liebte. Wir würden einander oft, sehr oft schreiben! Ich würde ihnen alles berichten, was ich erlebte. Hatte mir nicht die Mutter einen Schreibblock und billige Umschläge gekauft? Lagen sie nicht wohlverwahrt in meiner Kiste neben dem neuen Anzug, den neuen Hosenträgern und den Büchern? Meinen Büchern, meinen eigenen Schulbüchern! Und besaß ich nicht eine kleine Reiseapotheke, die ich an meinem letzten Geburtstage in Assiut gekauft hatte, meinen größten Stolz? Und vier Goldstücke in einem kleinen Säckchen an der Innenseite meiner Jacke eingenäht? Und einen Talisman, den meine Mutter von dem Priester hatte segnen lassen und der nun an einer silbernen Schnur unter dem Hemd an meinem Halse hing? Hatte ich nicht zwei Empfehlungsbriefe an zwei Bürger von Assiut, die in Kairo lebten, den einen von meinem früheren Schuldirektor, den andern von dem Chirurgen des Spitals? Ja, und die Bootsleute waren lustige Leute. Sie sangen und schwatzten leichten Herzens. Ich sprach anders als sie, denn ich holte mein bestes Schularabisch hervor und betonte die Vokale schön mit lauter Stimme. Das machte großen Eindruck auf sie. Ich rezitierte lange Stellen aus dem Koran, den ich in der Elementarschule auswendig gelernt hatte. Wie ein großer Scheik sprach ich zu ihnen, und sie betrachteten mich mit Ehrfurcht. Ich erzählte ihnen stolz, daß ich ein junger Hakim sei. Da sagte einer der Männer zu mir:

„Allah hat dich auf unsere Quayassah gesandt. Ich habe meine Mutter bei mir, die sehr krank ist und eine große Geschwulst am Halse hat. Weißt du kein Mittel für sie, denn sie leidet viel Schmerzen und schreit unablässig um Hilfe?"

„Was ist das für eine Geschwulst? Offen oder geschlossen?"

„Es sieht aus wie der Mond, der über der Wüste aufgeht."

Ich machte eine sehr wichtige Miene.

„Wie kann ich bei solchem Vergleich ein Urteil fällen? Der Arzt muß den Patienten sehen, bevor er sich für eine Behandlung entscheidet. Ich könnte euch sonst etwas Falsches raten."

„Meine Mutter ist dort drüben", sagte der Mann. „Ich werde ihr sagen, daß wir einen großen Hakim bei uns haben."

„Allah weiß, wie groß ich bin!" sagte ich.

Er blieb lange weg. Sie wollte nicht einem Hakim, einem jungen Burschen ihren Hals zeigen. Schändlich! Sich entschleiern! Lieber würde sie die schrecklichsten Qualen erdulden. Ich hörte das alles mit an, dann stand ich auf und ging zu ihr.

„Ya, Sitti[1]", sagte ich, „Hofni hat mir von deinem Leiden erzählt. Betrachte mich nicht als einen Fremden, nicht

[1]) O Dame!

einmal als einen Mann. Ich bin nur ein Diener der Wissenschaft, die alle Übel heilt. Meine Absichten sind redlich."

Sie richtete sich auf und musterte mich durch ihren schmutzigen schwarzen Schleier. Ihr Sohn redete ihr zu.

„Höre, was der Hakim sagt! Kannst du nicht hören, wie er spricht? Wie ein großer Scheik!"

Ich kauerte neben ihr nieder und nahm die Handgelenke der alten Frau in meine Hände.

„Du hast eine Geschwulst so groß wie der Mond, aber auch diese Geschwulst werde ich heilen."

Sie schaukelte stöhnend hin und her.

„Sie hat große Schmerzen", sagte ihr Sohn.

„Der Schmerz wird sie verlassen", sagte ich und blickte ihr in die Augen.

Ihr Körper straffte sich. Ihre zuckenden Arme wurden still. Ich drehte ihr Gesicht zur Seite und nahm ihr den Schleier ab. Sie hatte eine große Beule am Hals, die tatsächlich dem aufgehenden Monde glich.

„Das ist keine bedeutende Sache. Wenn du den Mut hast, zu sagen ‚Heile mich', will ich es sofort tun. Und du wirst sehr wenig spüren."

Vorsichtig untersuchte ich den Umfang der Geschwulst. „Hast du viele solcher Beulen gehabt?"

Sie schüttelte den Kopf. Ein großes Selbstvertrauen kam über mich. Ein Vertrauen, das mich mein ganzes Leben hindurch nie verlassen hat: Der Glaube an mich selbst, an meine Mission. Und ich fühlte plötzlich eine seltsam süße Macht. Ich wußte, ich konnte sie heilen.

„Hast du jetzt Schmerzen?" fragte ich.

Die Frau holte stockend Atem und antwortete: „Ja."

„Trotzdem werde ich dieses Übel an deinem Halse zerstören", sagte ich, „und zwar sofort."

Sie unterwarf sich völlig meinem Willen und entblößte ihr Gesicht.

„Halte dich ruhig", sagte ich, sanft ihre Stirn berührend, „während ich die Heilung vorbereite."

Es war der erste chirurgische Eingriff, den ich in meinem Leben vorgenommen habe. Ich folgte meinem Instinkt, obwohl es falsch gewesen sein mag. Ich holte meine Apotheke hervor, die weiter nichts war als ein billiges, in Deutschland hergestelltes Erste-Hilfe-Kästchen. Ich glühte mein Messer in dem Kohlenbecken aus. Ich wusch zuerst die Beule mit Karbollösung.

„Du wirst nichts spüren", sagte ich zu der Frau.

Und merkwürdigerweise hielt sie völlig still und gab keinen Ton von sich, als ich mit einem kühnen Entschluß die Geschwulst öffnete und ihren Inhalt in einen Wattebausch entleerte. Dann legte ich mit Karbolwasser getränkte Watte auf die Wunde und wickelte einen Verband um ihren Hals.

„Es ist vorbei, und du wirst wieder gesund sein", sagte ich. Sie bewegte den Kopf langsam hin und her.

„Ich bin gesund!" sagte sie. „Hofni!" rief sie plötzlich, „der Hakim hat mich geheilt!"

Nach dieser Operation wurde ich der große Mann auf der Quayassah. Hofni kam zu mir und gab mir das Geld zurück, das ich ihm für die Fahrt bezahlt hatte.

„La", sagte ich mit stolzer Entschlossenheit, „glaubst du, du kannst mit Geld bezahlen, was ich getan habe? Glaubst du, ich bin ein Ausländer, der in unser Land gekommen ist, um an den Kranken Geld zu verdienen? Kranke heilen ist eine Gabe Gottes, und wer diese Gabe für Geld verkauft, ist nicht würdig, sie zu besitzen. Ist es für mich nicht eine größere Freude, deine Mutter von ihren Schmerzen befreit zu sehen, als nach Kairo zu reisen, ohne

Fahrgeld zu bezahlen? Sie ist eine gute Frau. Sie soll ein paar Tage lang eure gewürzte Nahrung nicht essen; gebt ihr nur frische Milch und Gerstenbrot. Dann wird ihr Blut sauber werden, und sie wird nicht noch einmal unter einer Geschwulst am Halse zu leiden haben."

Vor Einbruch der Nacht sah ich noch einmal nach meiner Patientin. Ich wusch ihr den Hals und legte einen neuen Verband an. Die Wunde sah sauber und ordentlich aus. Mit jener großen Würde, die selbst der ärmsten Ägypterin angeboren ist, machte sie eine einladende Geste.

„Setze dich hierher. Ich will mit dir sprechen."

Erstaunt setzte ich mich. Die Bootsleute hockten essend um eine Schüssel mit gedämpften Bohnen und Zwiebeln. Die Stimme der alten Frau wurde so leise wie der sanfte Wind, der vom Lande kam.

„Du bist jung", sagte sie, „du wirst ein großer Heilkünstler werden."

Ich sah ein unheimliches Glitzern in ihren Augen.

„Ich sehe die ganze Zukunft in deinem Gesicht", fuhr sie fort. „Du wirst sehr groß sein. Ich sehe eine goldene Kette um deinen Hals. Aber eines der Glieder ist nicht von Gold. Eine Blume steckt darin, so daß du nicht sehen kannst, daß es nicht aus Gold ist. Dieses Glied, das nicht aus Gold ist, wird zerbrechen, und du wirst die goldene Kette verlieren. Du wirst nach ihr vergebens suchen. Nur die Blume wirst du finden, und du wirst sie bis ans Ende deiner Tage behalten."

„Was für eine Blume ist das?"

„Ich weiß es nicht. Aber nicht einmal das Amulett deiner Mutter, das du um den Hals trägst, wird dich vor diesem Schicksal schützen."

Ich war bestürzt und verwirrt. Was wußte sie von meinem Talisman?

„Was bedeutet die goldene Kette?"

„Die Reichtümer, die du durch deine große Heilkunst erwerben wirst."

„Ich will keine Reichtümer erwerben."

„Das weiß ich, doch du wirst sie bekommen. Du wirst sie bekommen, nicht für dich, sondern für andere."

Sie nahm meine Hände und schüttelte traurig den Kopf.

„Nur die Blume wirst du bis ans Ende deines Lebens behalten, nicht aber die goldene Kette."

„Wie lange werde ich leben?"

„Du wirst lange genug leben, um ein Mann zu werden."

„Was bedeutet die Blume? Sag es mir!"

„Ich weiß es nicht, was sie bedeutet. Aber du wirst sie aufheben, sie verlieren und wiederfinden."

Sie ließ meine Hände los und zog den Schleier vors Gesicht. Ich sah hinaus zum westlichen Horizont; die letzten Himmelsfeuer verschwanden hinter den libyschen Bergen. Ringsum war tiefe Stille. Wir kamen an einer Gruppe von Palmbäumen vorbei, die schwarz und drohend in die blasse Dunkelheit ragten. Ich blickte zum Mastbaum auf. Das Segel schien über meinem Kopf in die Nacht zu entschwinden. Hoch oben aber glitzerte ein Stern.

Ich bemühte mich, den Sinn der Weissagung zu erfassen. Es gelang mir nicht.

Hofnis Quayassah trieb langsam dahin. Der Gegenwind war sehr stark. Grau und still trieb sie dahin, als ob sie lauter Särge mit ihren Insassen befördere. Der Nil war stumm und düster wie seine Geschichte, und beide Ufer lagen in Dunkel gehüllt. Nur die Hunde der Fellachen bellten, und ab und zu flog der Schrei eines Schakals über das Wasser. Die Luft wurde schnell kühler. Mir war, als ob in einer solchen Nacht heimliche Sehnsucht alle Körper ergriffe. Ich sehnte mich nach den Armen eines Mädchens, dessen Mund einer eben gereiften Dattel glich und dessen Atem duftend war wie von Mandeln. Sie würde mich froh gemacht haben, ja, vielleicht hätte sie mich vergessen lassen, daß ich mich weiter und weiter von meiner Heimat entfernte und ganz allein meinen Weg vorwärts tastete in die unermeßliche Welt. Plötzlich ging ein leiser Ruck durch das Boot. Es drehte sich langsam, und das Bild des Himmels über mir veränderte sich. Der Schiffer fluchte laut, und ich hörte ihn nach der Stange greifen, die ihm helfen sollte, von der Sandbank klarzukommen. Die Sterne über mir drehten sich im Kreise.

Plötzlich kamen Stimmen vom Ufer. Sie riefen uns zu, an Land zu kommen. Hofni rief zurück, daß er nicht an Land gehen würde. Eine laute Stimme befahl: „Halt! Legt an!" Hofni wurde böse. „Räuber und Diebe!" schrie er über das Wasser hinweg. „Glaubt ihr, ich bin ein Neuling auf dem Bahr[1]). Kommt nur heran, und ich fange euch mit meiner Stange wie Fische und schlage euch die Schädel ein!"

„Die Polizei spricht mit dir!" brüllte eine Stimme zurück.

„Ja, Polizei! Glaubt ihr, ich bin ein solcher Dummkopf? Gott schütze mich vor der Polizei, sie ist das schlimmste Pack in Ägypten!"

„Man wird dich ins Gefängnis stecken!"

Hofni lachte.

„Gefängnis! Ich muß mit meiner Quayassah nach Mansourah, und ich habe ein Papier von meinem Schiffsherrn!"

Nun kamen Rufe vom andern Ufer.

„Halt! Haltet diese Quyassah an!"

Hofni knirschte mit den Zähnen.

„Komm, Wind!" rief er. „Komm, großer Wind und

[1]) Fluß

fülle meine Segel! Führe mich an dieser verhexten Provinz von Assiut vorüber! Alle Teufel sind erschienen, um mich zu erschrecken. Die bösen Geister gehen um!"

Ich saß da und lauschte den Stimmen vom Ufer. Plötzlich sah ich ein Boot. Am Bug war eine grelle weiße Laterne befestigt. Flinke Ruderer tauchten im Takt ihre Ruder ins Wasser. Sie kamen näher. Ich erblickte Uniformen.

„Hundesöhne!" rief ein hochgewachsener Offizier, der im Boote stand. „Ich habe euch gesagt, ihr sollt an Land kommen, warum gehorcht ihr nicht?"

„Oh, großer Herr! Ich dachte, der Teufel ruft", erwiderte Hofni.

„Ja, gewiß, der Teufel! Steuert sofort das Westufer an!"

„Aiwah!"

Ich sah trotz der Finsternis Hofnis große weiße Zähne blitzen.

„Ihr seid in Quarantäne!" schrie der Offizier. „Wenn ihr versucht zu entwischen, schießen wir!"

2.

Quarantäne, ja! Was ist denn los? „El hauwa el asfar", hatten sie uns zugerufen, „die gelbe Luft", die aus dem Osten kommt! Aus China oder Indien! Unsere Quayassah lag Bord an Bord mit zahlreichen anderen Booten, die sämtlich angehalten worden waren. In Gruppen saßen die Bootsleute zusammen, in ihre Mäntel gehüllt, und sprachen mit leiser Stimme. Sie alle fürchteten die gelbe Luft, die furchtbarer ist als der Löwe, der Tiger oder die Schlange. Sie fürchteten sie mehr als die Beamten des Khedive, weil sie ein unsichtbarer Feind ist. Sie überfällt dich blitzschnell von innen her, und du liegst auf der Nase.

„Herr Offizier", fragte ich, „was ist geschehen?"

Er sah mich erstaunt an. Meine Stimme war furchtlos, obwohl ich mich in einem Zustand tiefer Erregung befand.

„Was machen Sie hier?" fragte er mit einem Blick auf meine europäische Kleidung. „Sie sind mit dieser Quayassah gekommen?"

„Ja, Effendi. Ich bin Student der Medizin." (Ich hatte das Gefühl, daß ich die Wahrheit sagte.)

„Wohin wollen Sie?"

„Nach Kairo."

„Unmöglich. Sie müssen hierbleiben, bis Sie die Erlaubnis zur Weiterfahrt erhalten."

„In welcher Gegend wütet die Seuche?"

Er zuckte die Achseln.

„Sie brach in Mousha aus und verbreitete sich schnell."

„Auch in dieser Gegend?"

„Überall. Sogar in Unterägypten."

„Darf ich fragen, warum diese vielen Soldaten hier sind?"

„Um einen Sanitätskordon zu bilden."

„Aber was hat das für einen Zweck, wenn sich die Epidemie bereits ausgebreitet hat?"

„Befehl ist Befehl", erwiderte er resigniert.

Ein junger Mensch kam auf mich zu. Er war hochgewachsen, etwas eckig und hatte ein freundliches, dunkles Gesicht mit blitzenden Augen und Zähnen.

„Habe ich recht gehört? Sie sind Student der Medizin?" fragte er mit freundlicher Stimme.

Ich konnte mich nicht mehr zurückziehen, darum nickte ich.

„Ich bin Ahmad Gadalla aus Zagazig", sagte er und reichte mir die Hand. „Ich habe als Doktor der Medizin promoviert. Ich freue mich, Sie kennen zu lernen."

Wir reichten einander die Hand.

„Ich bin Ibrahim Gamal aus Assiut."

Ein Strom von Sympathie überflutete mich.

„Was machen Sie hier, Ahmad?"

Er nahm mich bei der Hand, und wir entfernten uns von den Soldaten.

„Ich bin seit zwei Tagen und zwei Nächten hier", sagte er. „Jetzt warte ich auf den Tagesanbruch, Freund Ibrahim, damit ich den Weg finden kann. Ich besitze ein Dokument des Departements für das Gesundheitswesen, das mir den Zutritt zu den verseuchten Gebieten ermöglicht."

„Was wollen Sie dort machen?"

Er zuckte die Achseln.

„Helfen. Weiter nichts. Einfach helfen. Ich will mitten drin sein. Ich will kämpfen! Kämpfen!"

Wir blieben stehen.

„Ahmad", sagte ich, „Sie haben ein mutiges Herz. Ich will Ihrem Beispiel folgen. Auch ich will kämpfen."

„Aber Sie sind doch erst Student."

„La", sagte ich, zur Wahrheit zurückkehrend. „Als ich das behauptete, habe ich gelogen. Ich will erst Student werden. Ich bin nach Kairo unterwegs, um mit dem Studium zu beginnen."

Er lächelte nur.

„Immer versuchen zu sein, was man werden will — das ist der beste Weg, um seine Wünsche in Erfüllung gehen zu lassen."

„Ahmad", sagte ich, „es ist der Traum meines Lebens, Arzt zu werden. Ich habe heute meine erste Operation durchgeführt."

Ich schilderte ihm, was sich ereignet hatte, und er lächelte beifällig.

„Ich verstehe schon einiges von Medizin. Ich will hier mithelfen. Das ist gerade die Gelegenheit, die ich brauche!"

„Besitzen Sie einen Erlaubnisschein?" fragte er.

„Muß ich einen haben?"

„Ja. Aber alles, was die Regierung tut, geschieht auf schriftlichem Wege. Jeder Erlaubnisschein muß von dem Leiter der Epidemieabteilung beglaubigt sein. Er ist Engländer."

„Ahmad, morgen gehe ich in die Abteilung. Ich begleite Sie! Ich werde Ihr Assistent sein!"

Der Offizier rieb sich das Kinn und winkte mit der Hand. Der Gedanke an den Tod starrte aus seinen Augen.

„Alles stirbt", sagte er düster. „Allah sei mit Ihnen, Hakim!"

Wir wanderten dahin. In einer Entfernung von einigen Meilen ragten die Minaretts einer kleinen Stadt in die Höhe. Wie im Schlummer lagen zu unserer Linken die Dörfer. Ahmad sah sehr ernst aus. Ich erinnere mich, daß ich von einer bösen Ahnung für ihn erfüllt war, als umschatteten ihn bereits die Schwingen des Todes.

„Fällt Ihnen nichts auf?" fragte er mit einem traurigen Lächeln.

„Nein... Aber weshalb kommen Sie hierher, um fremden Menschen zu helfen, während doch in Ihrer Heimatstadt die Cholera wütet?"

„In meiner Heimatstadt gibt es genug Ärzte, hier aber, soviel ich sehen kann, nicht einen."

Wir wanderten weiter.

„Fällt Ihnen wirklich gar nichts auf?" fragte er abermals.

„Sehen Sie sich um! Nirgends ein Mensch oder ein Tier! Das habe ich in Ägypten noch nie gesehen. Überall stößt man sonst auf Männer, Frauen, Kinder, auf Kamele, Esel und Büffel. Es ist, als ob der Kommabazillus sie alle davongescheucht hätte... Ehrliche Arbeit wartet auf uns, Ibrahim... Hören Sie jetzt gut zu, und vergessen Sie nicht, was ich Ihnen sage. Wenn Sie sich nicht an meine Vorschriften halten, werden Sie Ihre Eltern nicht wiedersehen."

„Ich habe keine Angst vor dem Tode", sagte ich. „Ich habe ihm schon ganz aus der Nähe ins Gesicht geblickt."

„Wenn der Tod ihm naht, wird der Mensch oft weich. Glauben Sie mir! Sie sind noch jung. Ihr Herz hat noch nicht die Enttäuschungen der Liebe kennengelernt und ist noch nicht durch die Ungerechtigkeit der Menschen, die Sie am meisten lieben, zur Verzweiflung getrieben worden. Versprechen Sie mir also, daß Sie keine Nahrung anrühren, von der Sie nicht wissen, daß sie frisch ist und bazillenrein. Trinken Sie nicht einen Tropfen Wasser, das nicht ganz sauber ist und nicht wenigstens einige Minuten lang gekocht hat. Waschen Sie so oft wie möglich Ihre Hände mit Seife und einer Lösung von übermangansaurem Kali. Berühren Sie nie Ihren Mund mit den Händen. Es würde mir leid tun, Sie sterben zu sehen, denn Sie gefallen mir sehr."

Wir steuerten auf ein großes Zelt zu, das für sich allein auf einem großen Felde stand, weit von den Häusern entfernt, und stellten uns einem Arzt vor. Unsere Namen wurden aufgeschrieben. Ja, ich könne mich nützlich machen, sagte man mir, solange ich den Anweisungen Dr. Ahmads Folge leiste.

Rings um uns herrschte ein furchtbarer Wirrwarr, der deutlich genug den Mangel jeglicher Organisation verriet. Polizisten und Offiziere, ein Inspektor und einige Pfleger in weißen Kitteln schwatzten und schrien durcheinander. Mein Blick fiel auf eine weißbeschürzte Pflegerin, die mich anlächelte. Sie machte einen ruhigen und selbstbeherrschten Eindruck. Ihr Name war Miß Howard. Sie reichte uns die Hand. Sie war Engländerin, und der Himmel möge sie segnen, denn sie war eine Heilige. Unter all den Männern führte sie das Zepter, denn ihre Gedanken waren klar, und sie hatte eine vorzügliche Haltung. Sie wurde von jedermann nicht nur geachtet, sondern auch geliebt — wie sie es verdiente — mit einer Liebe, die heilig war, Aiwah! Auch sie liebte die Ägypter. Und die Ägypter lieben heißt gegen sie gerecht zu sein.

Ich war oft mit Krankheiten in Berührung gekommen. Ich hatte mich mit dem tierischen Körper so vertraut gemacht wie kaum ein Mensch. Ich hatte erlebt, wie Kinder zur Welt kamen und Menschen starben, aber ich hatte noch nie den Spirillum am Werk gesehen. Ahmad hatte recht. Ich war nicht nur unerfahren, sondern ich hatte nicht die leiseste Ahnung von der zerstörenden Macht dieses teuflischen Bazillus.

Eine Anzahl bewaffneter Polizisten patrouillerte mit geladenen Gewehren außen um die Stadt.

„Warum tun sie das, Ahmad?" fragte ich meinen Freund.

„Um die Leute am Verlassen der Stadt zu hindern. Alle wollen flüchten."

„Würden sie auf die armen Leute schießen?"

„Sicherlich. Außerdem bewachen sie die Felder der Grundbesitzer, damit nicht Fremde die Gelegenheit benutzen, die Ernte zu stehlen."

„Es ist wie im Kriege, nicht wahr?"

„Es ist ein Krieg!"

Wir gingen weiter. Wir zogen die weißen Mäntel an, die man uns zugeteilt hatte. Sie rochen stark nach Karbollösung.

„Wohin gehen wir, Ahmad?"

„Zu den Hospitalzelten, die drüben auf der anderen Seite vor der Stadt liegen."

„Hat man die Kranken dort untergebracht?"
„Aiwah!"
Die Polizei ließ uns passieren. Die Leute sahen mürrisch aus; sie schienen erschöpft und überanstrengt. Auf manchen Gesichtern lag ein Ausdruck von Verzweiflung wie im Vorgefühl des nahen Todes. Unmittelbar am Rande der Stadt hockte im Schatten eines riesigen Baumes, eng aneinandergedrängt, eine Schar von Männern, Weibern und Kindern. Als sie uns erblickten, standen sie auf und riefen:
„Hakim, wir wollen weg. Wir sterben, wenn wir hierbleiben! Hakim, führe uns weg von der hauwa el asfar!"
Soldaten liefen herbei und jagten die Armen mit großen Kurbags unter den Baum zurück. Die Verzweiflung des Todes verlieh ihren Armen Kraft. Mir war zumute, als sausten die Schläge auf meinen eigenen Rücken.

„Nicht die geringste Organisation!" sagte Ahmad, mich an der Hand weiterziehend. „Und keine Spur von Material! Ich habe soeben Atropin, Spritzen, Kochsalz, Kalziumchlorid verlangt. Aber es ist nichts da! Nichts! Nur übermangansaures Kali! Es ist herzzerreißend. Was nützt es, Arzt zu sein, wenn man überhaupt nicht helfen kann! Aber wir wollen sehen, was wir tun können."

Wir kamen in die Stadt. Noch vor kurzem mußte in allen Straßen, durch die wir jetzt gingen, ein reges Leben geherrscht haben, das fiebernde Leben einer Bevölkerung von vielleicht vier- bis fünftausend Menschen, die in lauter schmalen, kleinen, mit Schmutz, Unrat und unsäglichen Gerüchen angefüllten Gassen zusammengepfercht ist. Zahllose halb verhungerte Hunde schnüffelten in dem Unrat herum, aber kein Mensch war zu sehen. Alle Häuser waren verschlossen und von innen verriegelt, und bis auf den gedämpften Laut einer Frauenstimme dann und wann oder einen Schrei aus Todesnot oder das Jammern eines eingesperrten Tieres herrschte eine Stille, die mich bedrückte und peinigte. Nachdem wir den größten Teil der Stadt durchwandert hatten, stießen wir auf einen Trupp von Männern. Sie grüßten uns.

„Was sollt ihr denn machen?" rief Ahmad.

„Wir haben Befehl, alle Brunnen zu sperren."

„Werden wir frisches Wasser bekommen?"

„Wenn Gott will."

„Wer leitet die Wasserversorgung?"

Sie wußten es nicht. Ahmad biß sich auf die Lippen.

„Kein reines Wasser und keine Kessel! Es hat gar keinen Zweck, einen Wasservorrat anzufordern. Der Inspektor muß erst Order erteilen. In unserem Lande geschieht alles nur nach altgewohntem Schema. Alles wird von oben herab angeordnet, um dem einzelnen jede Tatkraft zu nehmen. Kommen Sie, junger Ibrahim! Wir wollen versuchen, den Inspektor zu finden. Sie werden bald merken, daß ich recht habe."

„Wo ist der Gesundheitsinspektor?" fragte er, sich abermals an die Leute wendend.

Sie zeigten die Straße entlang.

„Er ist zu den Zelten vor die Stadt gegangen."

Wir kamen am Postamt vorbei. Die Tür stand offen, aber es saß niemand hinter den Schaltern.

„Immerhin gibt es hier ein Telephon", sagte Ahmad erleichtert.

Armer Ahmad! Als er ein wenig später das Telephon benutzen wollte, entdeckte er, daß einer der Postbeamten den Draht durchgeschnitten hatte, weil er sich einbildete, die Cholera könne durch das Telephon weiterverbreitet werden. Wir gingen weiter durch die verseuchten Straßen und kamen schließlich wieder ins Freie. Schnellen Schrittes wanderten wir die Landstraße entlang. Wir kamen an einem großen, zweirädrigen Eselskarren vorbei. Ich sah hinten aus dem Karren einige menschliche Beine und Füße ragen. Manche der Glieder bewegten sich, andere wieder stachen starr wie hölzerne Stangen ins Leere. Der Kutscher war von Kopf bis Fuß in alte Lumpen gehüllt, aus denen er kaum heraussehen konnte.

„Wo stehen heute die Zelte?" fragte Ahmad.

Der Kutscher zeigte nach vorn. Er sagte kein Wort. Der Esel strengte sich gewaltig an und schleppte den Karren weiter. Wir setzten langsam unseren Weg fort. Plötzlich erblickten wir in einiger Entfernung ungefähr zwanzig Zelte. Wir eilten hin und warfen einen Blick in einige von ihnen. Wir sahen eine wirre Masse leidender Menschen in allen Stadien der Krankheit. Etliche lagen mit eingesunkenen, rotumränderten Augen fast teilnahmslos da. Manche schienen ganz zufrieden und verfolgten in völliger Wachheit alles, was um sie herum vorging. Andere wieder, mit eingeschrumpfter Haut, von Krämpfen geschüttelt und von Durst gequält, standen dicht vor dem Zusammenbruch. Die Armen hockten so dicht beieinander, daß es unmöglich war, auch nur einen Fuß zwischen sie zu setzen.

„Hier ist keine Diagnose nötig", sagte Ahmad kalt.

Er hatte die Kraft eines Engels. Er fragte nach dem Inspektor. Der war vor einer Weile hier gewesen, war aber auf seinem Esel wieder fortgeritten. Wir gingen zu dem größten der Zelte. Dort fanden wir Tische, Stühle, einen mit Chlorkalium gefüllten Eimer und einen nagelneuen Pasteur-Filter, der genügend groß war, um gleichzeitig für etwa vier Menschen sauberes Wasser herzustellen. Aber es gab kein Wasser, das man hätte filtrieren können. Ahmad knirschte mit den Zähnen.

„Irgend ein Kerl in Kairo verdient an diesen Filtern."

In einer Entfernung von ungefähr dreißig Metern stand

für sich allein ein zweites Zelt, aus dem nun, durch unser Kommen aufgescheucht, drei Männer traten, Tamargies. Ahmad rief sie heran. Sein Gesicht wurde streng wie eine Maske.

„Ich bin Dr. Ahmad Gadalla", sagte er. „Ich bin der Arzt, der die Arbeit hier leiten soll. Was soll das alles heißen? Hunderte von Patienten, und niemand kümmert sich um sie! Wo ist der Inspektor? Seid ihr allein hier?"

Die Männer nahmen sich ein wenig zusammen, als sie seine Autorität spürten, aber ihre Verzweiflung war offensichtlich. Sie breiteten die Arme aus und sagten kein Wort.

„So behandeln wir unser Volk!" schrie Ahmad. „Es ist eine Schande! Ein Verbrechen!"

Er setzte sich hin, schrieb hastig ein paar Zeilen auf einen Zettel, gab ihn dem kräftigsten von den drei Tamargies und befahl ihm, das Schreiben sofort zu Miß Howard zu bringen.

„Sie ist die einzige, auf die ich mich verlassen kann", knurrte er. Dann klatschte er in die Hände, als wolle er sie vom Staube säubern. „Das ist die ägyptische Tragödie", murmelte er vor sich hin.

Er trat an den Zelteingang und blickte zu den Reihen der mit kranken und sterbenden Ägyptern vollgepfropften Zelte hinüber.

„Ich möchte sie alle heilen!" sagte ich.

„Heilen!" rief er. „Heilen! Es handelt sich nicht um das Heilen, es handelt sich um die Vorbeugung!"

Er wandte sich zu mir.

„Wenn ich hier lebend herauskomme, werde ich einen höllischen Lärm schlagen!"

Um die heiße Mittagsstunde erschien Miß Howard in Begleitung des Gesundheitsinspektors. Sie schien zu fühlen, daß Dr. Ahmad der einzige war, der eine gewisse Autorität besaß.

„Sie sind ja nicht ganz ohne Unterstützung!" sagte sie und wandte sich mit einem Lächeln an mich, das mir zu Herzen ging.

„Er ist mein Gehilfe", sagte Ahmad.

„Weiß er, wie er sich vorzusehen hat?"

„Er könnte selbst Arzt sein."

Sie blickte durch die Öffnung der Hospitalzelte mit einem so schmerzlichen Gesichtsausdruck, daß ich fast zu Tränen gerührt war. Aber ich nahm mich zusammen, um mich als Mann zu zeigen. Sie ging allein hinaus, und ich sah, wie sie ein Zelt nach dem andern besuchte. Blaß, aber sehr ruhig kehrte sie zurück.

„Ich werde zurückgehen und Hilfe holen", sagte sie.

„Die Toten müssen sofort begraben werden."

Verzweifelt sahen wir hinaus. Der Eselskarren holperte heran. Der Kutscher hielt. Er schirrte den Esel los und kippte den Karren um. Eine Ladung menschlicher Wesen kollerte auf die Erde. Gelassen richtete er den Karren in die Höhe, schirrte seinen Esel wieder an und fuhr davon. Wir sahen uns an und wagten einen Augenblick lang nicht zu sprechen.

„Ibrahim", sagte Dr. Ahmad, „kommen Sie mit!"

Ich folgte ihm.

„Binden Sie sich Ihr Taschentuch vor's Gesicht", sagte er. Ich gehorchte. Auch er maskierte sich Mund und Nase. Dann gingen wir hinaus zu dem Menschenhaufen. Wir zerrten die Leiber auseinander und legten sie Seite an Seite hin. Sie lebten alle noch.

„Vorwärts, schaffen wir die Toten aus den Zelten und legen wir diese Patienten an ihre Stelle", sagte Ahmad.

Wir gingen nun in die Zelte. Viele waren gestorben;

wir schleppten sie hinaus und legten sie in einiger Entfernung auf die Erde. Dann holten wir die Patienten, einen nach dem andern, und trugen sie an die leer gewordenen Plätze in den Zelten. Die Sonne brannte. Ich hatte ein Gefühl der Übelkeit. „Sie sind ein kräftiger Kerl", sagte Ahmad. „Versuchen Sie sich vorzustellen, daß Sie Holzblöcke schleppen, weiter nichts. Lassen Sie ja nicht Ihre Phantasie spielen bei diesem Geschäft. Veranlassen Sie Ihr Unterbewußtsein, Ihnen Zuversicht einzuflößen. Reden Sie sich ein, daß dies eine Wirklichkeit ist, die Sie nichts angeht. Auf jeden Fall — denken Sie! Denken Sie an den Tag, da wir bekannte Ärzte sein werden. Dann werden wir uns dieses wunderbaren Erlebnisses erinnern."

Mit solchen und ähnlichen Bemerkungen ermunterte mich Ahmad, und ich fühlte große Kraft in mir erwachen, eine tiefe Todesverachtung.

„Ich trage nur Holzklötze!" sagte ich laut zu mir.

„So ist's recht", lächelte Ahmad. „Holzblöcke, Gerstensäcke, Ziegenschläuche! Was Sie wollen!"

Nachdem wir unsere Arbeit beendet und die ‚Patienten' in die Zelte getragen hatten, versagten mir einen Augenblick lang die Beine. Ahmad nahm meinen Arm, und wir gingen zu dem großen Zelt. Dann sahen wir plötzlich die Tamargies wieder.

„Wo seid ihr gewesen?" schrie er sie an. „Ihr habt euch versteckt! Ich habe euch überall gesucht!"

Er versetzte ihnen mit aller Kraft einen Hieb in den Nacken, so daß sie hinfielen.

„Ihr Auswürflinge!" schrie er. „Steht sofort auf! Marsch, an eure Arbeit, und einer von euch holt den Inspektor! Schickt soviel Leute hierher, als nur möglich. Ich will auch mit dem leitenden Polizeioffizier sprechen!"

Sie standen auf und liefen, so schnell sie nur konnten,

aus dem Zelt. Ahmad nahm eine Handvoll Permanganatpulver und rieb sich damit ein. Ich folgte seinem Beispiel. Wir sahen beide aus wie rote Teufel, aber keiner lacht über den andern.

„Ich habe die Burschen nicht auf den Mund geschlagen", bemerkte Ahmad, „sie hätten daran sterben können."

Miß Howard hatte den ganzen Bezirk auf die Beine gebracht. Wie sie das angefangen hatte, weiß ich nicht. Aber berittene Polizei erschien. Sie trieb mit Schaufeln bewaffnete arme Teufel vor sich her und schwang mit lässiger Grausamkeit die Kurbags. Unverzüglich wurden große, viereckige Gruben gegraben, von denen jede dreißig bis vierzig Leichen aufnehmen konnte. Gegen Abend trafen zwei Wasserwagen und eine Feldküche ein, die einstmals der Armee Napoleons gehört haben mochte, so altmodisch sah sie aus. Der Gesundheitsinspektor erschien auf seinem weißen Esel, baumwollene Handschuhe an den Händen und ein Stück Musselin über dem Kopf. Auch unsere Tamargies kehrten wieder, in neuen weißen Kitteln, mit Verbandzeug beladen.

„Sieh einer an!" sagte Dr. Ahmad und ergriff mich am Arm. „Sie bringen Verbandzeug! In Kairo scheint man zu glauben, daß hier eine Epidemie von Beinbrüchen herrscht!" Zum erstenmal hörte ich ihn schrecklich fluchen. Es war das einzige Mal. Sobald das Wasser kam, wuschen und desinfizierten wir uns, und Ahmad füllte den Pasteurfilter.

„Dieses Wasser ist für Sie und mich", flüsterte er.

Aber unmittelbar darauf änderte sich seine Miene. Er nahm einen Eimer und desinfizierte ihn.

„Ibrahim", sagt er, „bedienen Sie jetzt den Filter. Tun Sie nichts anderes. Das ist Ihre Aufgabe, bis der Eimer voll ist. Aber trinken Sie nicht davon. Warten Sie auf das gekochte Wasser. Ich traue diesem Filter nicht."

Allmählich füllte sich der Eimer mit filtriertem Wasser. Es schien eine Ewigkeit zu dauern. Dann kehrte Ahmad mit einem Blechbecher zurück.

„Tragen wir jetzt das Wasser zu den Kranken hinüber", sagte er. „Sie werden glauben, Mohammed persönlich sei erschienen, um sie zu erfrischen."

Wir gingen von Zelt zu Zelt, um den Sterbenden Wasser zu reichen, und ich sehe noch heute diese vom Fieber versengten Augen vor mir mit dem Ausdruck stummer Dankbarkeit für die Erleichterung, die wir ihnen brachten. Unmittelbar darauf wurde Ahmad abgerufen. Da griff ich mir aus eigener Initiative zwei Tamargies heraus und organisierte die Versorgung der Kranken mit Wasser. Diese beiden Männer hatten weiter nichts zu tun, als die Sterbenden mit filtriertem Wasser zu erfrischen.

Karren auf Karren mit sterbenden und toten Menschen kamen, mit Männern, Frauen, Kindern. Es war eine endlose Prozession. Ahmad zählte die Toten. Zuerst wurden sie behutsam in die Gräber gelegt, als ob es sich um eine Art von Totenfeier handelte. Allmählich aber wurden die Totengräber müde, die Leichen sorgsam zurechtzulegen; schließlich warfen sie sie einfach in die Grube, eine auf die andere, so schnell es nur gehen wollte. Die Grube wurde hastig zugeschüttet, als ob das Ende der gespenstischen Choleraepidemie von der Schnelligkeit abhinge, mit der man die Toten begrub. Ahmad erzählte mir nachher, er selbst habe es so befohlen, da die Luft in der ganzen Umgebung durch die Ausdünstungen bereits verseucht sei.

Zwei Tage lang ging das so weiter. Gräber, Gräber, Gräber! Immer weitere Zufuhren langten an, teils auf Eseln, teils von Soldaten gebracht.

Miß Howard erschien und verschwand wieder. Sie sprach nicht viel, sie sah sich bloß alles an und entfernte sich dann. Wir begrüßten ihr Fortgehen fast noch mehr als ihr Kommen, denn stets, nachdem sie weggegangen war, trafen neue Vorräte oder neue Helfer ein. Am dritten Tage übersiedelten wir in ein neues Lager, da das alte sich mehr oder weniger in einen Friedhof verwandelt hatte.

Der Chefinspektor, der schließlich auch aufgetaucht war, ersuchte Ahmad, eine Inspektionspatrouille durch die Stadt zu führen, da man befürchte, daß in den Häusern noch viele Tote lägen, die die Verwandten nicht herausgeben wollten. Ich begleitete Ahmad. Wir begegneten in einer der Straßen Miß Howard. Sie sprach mit Frauen und Mädchen. Sie deutete uns mit einer Handbewegung, weiterzugehen und uns nicht einzumischen.

„Was sie tut, ist wohlgetan", sagte Ahmad. „Ich möchte gerne ein Hospital mit ihr als meiner Oberin haben."

Der Polizeioffizier und seine Leute, die inzwischen ein wenig Mut von uns gelernt hatten, klopften an eine Haustür nach der anderen. Oft mußten wir uns den Zutritt in die Häuser erzwingen. Ahmad untersuchte die Bewohner. In vielen Fällen war es gar nicht nötig, denn Väter und Mütter und ganze Familien lagen regungslos in einem Haufen beisammen, und der Polizeioffizier machte nur ein Zeichen an die Tür. Meist hatten die verstörten Leute zuvor ihre Hühner, ihre Esel, ihre Büffel oder sonstigen Haustiere in die Häuser eingesperrt und alle Löcher verstopft, damit keine Luft eindringen könne. Viele der Tiere lagen entkräftet auf dem Boden, erschöpft vor Hunger und Durst. Ich stürzte hinaus, um Miß Howard zu suchen, und entdeckte sie in einer Seitenstraße. Ich erzählte ihr von den Tieren. Sie legte ihre weiße Hand auf meine Schulter und sah mir tief in die Augen.

„Ich weiß, junger Mann", sagte sie, „ich habe getan, was ich konnte. Man wird die armen Tiere töten."

Sie war sehr ruhig.

„Warum töten?" fragte ich.

„Weil das noch das Menschlichste ist."

Ich verließ sie und lief zu Ahmad zurück. Ein Gefühl grauenhafter Unsicherheit und Verlassenheit überkam mich. Unterwegs schrie ich Ahmads Namen heraus. Ich konnte mich nicht mehr beherrschen. Aus einer Seitengasse erschien ein alter Mann. Er machte den Eindruck eines Wahnsinnigen und zerschnitt mit einer großen Schere die Luft.

„Ich bin Aboubekhit, der Schneider!" knurrte er. „Ich zerschneide die hauwa el asfar!"

Er hatte schon einmal eine Epidemie überlebt in einer Zeit, da noch alle sich einbildeten, man könne mit einer Schere die gelbe Luft entzweischneiden.

Ich fühlte mich nicht eher erleichtert, als bis ich Ahmad wiedergefunden hatte. Eines der Häuser mußten wir mit Gewalt aufbrechen. Als die Tür nachgab, strömte uns ein entsetzlicher Gestank entgegen, so daß wir alle zurückwichen.

„Man müßte die Lebenden wegschaffen und die ganze Stadt anzünden", sagte Ahmad zu mir, und zum erstenmal sah ich einen Ausdruck der Furcht in seinen Augen.

Drei Tage hintereinander setzten wir unsere Inspektionsrunden fort. Am zweiten Tage sah ich unter den Polizisten neue Gesichter, und alte waren verschwunden. Meine Gedanken verwirrten sich. Eine schreckliche Verzweiflung überkam mich, ein irres Verlangen, fortzulaufen, hinwegzufliegen, mich in den Nil zu stürzen, um zu schwimmen, ja, um zu ertrinken. Zuweilen, wenn ich völlig erschöpft in dem großen Zelt lag, begann ich, Pläne zu schmieden, wie ich aus dieser sengenden Hölle entrinnen könnte. Nein, da war in der ganzen Welt kein Mann stark genug, das zu ertragen, und ich war doch kaum mehr als ein Junge! Die beständige Vorsicht beim Trinken, Waschen und Säubern ging mir auf die Nerven. Manchmal fühlte ich einen Schmerz in meinen Eingeweiden.

„Ahmad, Ahmad!"

Mein großmütiger Freund kam. Seine Augen waren größer denn je und von einem fast frommen Glanz erfüllt. Er untersuchte meinen Puls, meine Augen, meinen Hals.

„Sie sind ganz gesund", sagte er, „aber Sie müssen Ihre Phantasie ausschalten. Denken Sie nur an eines: Jede Epidemie setzt ein wie ein Feuerwerk, aber sie erlischt auch wie ein Feuerwerk. Denken Sie an das Ende!"

„Ahmad", bat ich, „streichen Sie mit Ihrer Hand über meine Augen und meine Stirn. Das gibt mir Zuversicht."

Er legte die Hand auf meine Stirn. Seine Hände waren immer kühl.

„Und, Ibrahim, Sie leisten eine große Arbeit! Nur wenige Männer in Ägypten würden es Ihnen gleichtun."

Ich fühlte eine beruhigende Kraft durch meine Adern rinnen und schämte mich, daß ich daran gedacht hatte, das Schlachtfeld zu verlassen.

„Eines Tages werden Sie ein großer Hakim sein", sagte Ahmad, „Sie haben Chirurgenhände."

Diese Worte gaben mir neuen Mut, mehr als alles andere. Es war am Morgen des sechsten Tages, kurz nach Sonnenaufgang, da bemerkte ich, daß Miß Howard, die die Nacht in unserem Zelt verbracht hatte, ein seltsam fremdes Aussehen hatte. Ihre blauen Augen schienen versonnen zu lächeln. Ich sah, wie sie sich an die Zeltstange lehnte, ihre Lippen bewegten sich, als ob sie bete. Dann sank sie plötzlich zu Boden. Ich stieß einen Schreckensschrei aus und starrte sie an. Ich griff mir an die Kehle. Ahmad war sofort zur Stelle. Er legte sie auf sein eigenes Feldbett. Sie dankte ihm für seine Hilfe mit einer matten Handbewegung und einem Lächeln, das ich nie vergessen werde.

„Bitte, Dr. Ahmad", sagte sie, „schaffen Sie mich in ein Hospitalzelt."

„Ich denke nicht daran", erwiderte Ahmad mit leiser Stimme. „Ich werde Sie hier pflegen."

Sie versuchte aufzustehen, aber Ahmad legte ihr sanft die Hand auf die Stirn, und sie gab nach. Miß Howard litt schweigend. Ihre Augen blieben hell und wach, und erst, als die dunklen Schwingen des Todes sie umschatteten, wich das ergebene Lächeln von ihren Lippen.

Ihr Tod lähmte für den Augenblick jegliche Tätigkeit. Wir begruben sie in einem besonderen Grab. Ich schnitzte ein kleines Kreuz aus Holz und pflanzte es auf den Hügel. Der Gesundheitsinspektor weinte.

3.

Es war eine heiße Nacht. Ahmad und ich hatten unsere Feldbetten ins Freie getragen. Der Vollmond schien. Sein Licht war so hell, daß wir die Hügel der östlichen Wüste sehen konnten, und das Zeltdach sah aus, als hätte es jemand mit Milch übergossen.

Ahmad saß mit untergeschlagenen Beinen auf seinem Feldbett und rauchte eine Zigarette nach der anderen. Seine Augen schimmerten feucht.

„Ahmad", sagte ich, „ich erinnere mich an ein Haus in der Stadt, dort habe ich gesehen, wie ein kleiner Esel einen schmutzigen Tuchfetzen fraß. Ich muß morgen früh nachsehen, ob er noch am Leben ist."

Er wandte mir seine feuchten Augen zu und lächelte.

„Ein kleiner Esel? Wir alle haben unsere Schrullen. Sie wollen einen Esel retten? Vielleicht hat man ihn bereits erschossen." Er rauchte weiter.

„Ich werde Bakteriologie studieren", fuhr er fort, „und ich werde mich dann ganz besonders mit dem Spirillum beschäftigen." Er seufzte.

„Illusionen über Illusionen! Ich bin hierhergekommen, um Menschenleben zu retten. Ich habe nicht ein einziges gerettet. Das hübsche Mädchen, das heute morgen gebracht wurde, ist schon gestorben. Sie liegt bereits unter der Erde. Ich habe es mit Injektionen versucht. Was für liebe Augen sie hatte, wie reizend sie war! Warum mußte auch sie sterben? . . . Ich bin hierhergekommen, um die Toten zu begraben, das ist alles!"

Er blies den Rauch von sich.

„Allah, Allah! Nichts von sanitären Vorkehrungen! Überall Ansteckung! Sämtliche Kanäle sind Flüsse des Todes. Wenn ich Wasser sehe, packt mich ein Schauer."

Ein Zittern war in seiner Stimme.

„Und Miß Howard ist fort — das arme liebe Geschöpf."

Wir schwiegen lange, als wollten wir ihr Dahinscheiden ehren.

4.

Kurz vor Tagesanbruch stand ich auf. Ahmad hatte sich bereits entfernt. Ich fühlte mich bedrückt und unruhig und hatte ein Gefühl der Schwäche in den Augen. Ziellos wanderte ich umher. Plötzlich fand ich mich in der Stadt. Fast unbewußt suchte ich nach dem Hause, wo ich den kleinen Esel einen Tuchfetzen hatte fressen sehen. Ich hielt mich dicht an den Hauswänden. Übelkeit packte mich. Ich trat durch eine offene Tür in ein Haus und fiel vornüber in einen Haufen Unrat. Ich versuchte aufzustehen, aber eine Tonnenlast schien mich niederzudrücken. Ich fiel abermals mit dem Gesicht nach vorne zu Boden. ‚Ibrahim!' hörte ich mich rufen. Ich wurde eine Beute des Entsetzens. Schmerzhafte Krämpfe überfielen mich, und ich hatte das Gefühl, als löse sich mein ganzes Inneres auf. Ich verlor jeden Zeitbegriff. Den ganzen Tag lang brannte die Sonne in die Hütte, in der ich lag. Ich riß mir die Kleider vom Leibe. Myriaden von Staubteilchen tanzten in den Sonnenstrahlen. Ich hörte einen Karren mit kreischenden Rädern durch die Straße fahren, ich hörte einen Mann zu einem Esel sprechen. Dann trat abermals tiefe Stille ein. Der Sonnenstrahl näherte sich mir, er kroch über mich hinweg und erfüllte mein Hirn mit einem qualvollen Verbrennungsgefühl. Die Sonne verblich, es kam die Nacht, schwarz, undurchdringlich. Ich zitterte, in kalten Schweiß gebadet. Hunde besuchten mich. Ich fühlte ihre Schnauzen an meinen Händen, an meinem Gesicht; ich roch ihren üblen Atem, aber sie bissen mich nicht. Ich fühlte mich weit, weit weg von allem, und mir war, als ob der Tod sich mir näherte, Zoll um Zoll. Ich sah den neuen Tag kommen. Ich versuchte, mich auf die Seite zu drehen, aber es gelang mir nicht. Wieder mußte ich erbrechen. Ich schrie nach Ahmad, so laut ich konnte, aber die Stimme in meiner Kehle war nur ein schwaches Rasseln. Dann hörte ich abermals das Kreischen der Räder. Leute kamen herein und sahen nach mir. Sie schleppten mich hinaus und warfen mich auf den Karren. Ich hörte die schwache Stimme eines Sterbenden unter mir, ich fühlte eine Hand an meinem Bein zerren. Ich war unfähig, mich zu bewegen. Ich trat eine Fahrt an, die kein Ende zu nehmen schien, die Fahrt nach den Zelten. Dann wurde ich in einem der Zelte auf die Erde gelegt. Jemand gab mir Wasser. Ich lag da wie ein Toter. Aber irgendwo in den Tiefen meines Wesens lebte die felsenfeste Überzeugung, daß dies nicht mein Ende sein könne. Obwohl ich den Griff des Todes fühlte und rings um mich das Schlagen seiner dunklen Fittiche hörte, obwohl ich die Gewalt über meinen Körper verloren hatte: meine Sinne waren immer noch wach, und ich fühlte eine unerklärliche, fremde Kraft in mir, eine Art von zweitem Ich, die sich beharrlich gegen den Tod wehrte. Ich sah Leute kommen und gehen, ich sah, wie sie rund um mich Männer und Frauen hinausschleppten, deren Körper bereits steif waren. Die Nacht kam, und ich begann innerlich zu schluchzen. Der Fremdling in mir schien zu weinen. Und an diesen Fremdling appellierte ich, wie man an einen Freund appelliert. „Ibrahim Nummer zwei", sagte ich zu ihm, „nimm dich des jungen Ibrahim Nummer eins an. Was auch geschieht, du mußt ihn durchbringen!" Als die Dämmerung kam, versank ich in tiefe, selige Teilnahmlosigkeit. Ich fühlte mich aufgehoben von meinem Platz, auf eine Bahre gelegt und davongetragen wie in einem auf sanften Wellen schaukelnden Boot. Dann ein Ruck, ich fiel abwärts. Mit einer letzten Anstrengung öffnete ich die Augen und sah über mir ein großes Dreieck des blassen Himmels. Hoch oben standen Menschen. Ich bewegte den Arm. Meine Hand berührte ein hartes, starres Gesicht, und ich stieß einen Schrei aus. Dann hörte ich aus weiter Ferne Ahmads Stimme:

„Was macht ihr denn hier? Wollt ihr Leute lebendig begraben? Seht euch den da an!"

Ich hörte ihn plötzlich meinen Namen rufen. Ich blickte zu ihm auf. Einen Augenblick später fühlte ich, wie ich emporgezogen wurde. Ahmad hielt mich in seinen Armen.

Schluchzend trug er mich weg. Er legte mich nieder. Ich fühlte die Spitze einer Nadel in meinem Schenkel. Mein Mund wurde mir mit Gewalt geöffnet und eine Flüssigkeit hineingegossen, die ich schluckte. Sie schmeckte wie Feuer.

5.

Ich erinnere mich nicht mehr, wie ich ins Leben zurückgekehrt bin. Ich muß tagelang geschlafen haben und war hinterher in einem derartigen Zustand der Erschöpfung, daß die Zellen meines Gehirns zeitweilig außer Tätigkeit gesetzt waren. Ich erinnere mich aber lebhaft der tiefen Erschütterung, die mich befiel, als man mir sagte, daß Dr. Ahmad Gadalla an Cholera gestorben und begraben worden sei. Zuerst, als mir zum Bewußtsein kam, daß ich diesen Freund für immer verloren hatte, wollte ich selbst nicht mehr weiterleben. Aber so ist das Leben, daß es oft leichter ist, sich von einer schweren seelischen Erschütterung zu erholen als von einem gewaltsamen Eingriff in die Körpergewebe. Ich habe es bisweilen sonderbar gefunden, daß der Mensch ganz leicht ohne jenen geistigen Besitz leben kann, den ich Seele nennen möchte, während der Mensch ohne Magen, ohne Leber, ja, sogar ohne Schilddrüse unweigerlich sterben muß. Ahmad hat meinen Charakter für das ganze Leben geprägt. Männer wie ihn findet man selten in Ägypten. Die Wissenschaft machte ihn zu einem wahrhaft guten Menschen. Die Liebe zu seinem eigenen Volk trieb ihn in den Tod, und er hat für immer seinen Platz unter den unbekannten Helden meiner Nation. Vielleicht hat mein Land durch seinen Tod einen großen Revolutionär verloren. Vielleicht! Und es gibt für Ägypten keinen schlimmeren Verlust als den Verlust eines Revolutionärs. Nur ein Revolutionär kann den Millionen

Fellachen, die in Wirklichkeit Ägypten sind, das Licht des zwanzigsten Jahrhunderts bringen. Wo in der Welt gibt es ein so geduldiges Volk, wie es auf den flachen Feldern Ägyptens sich müht? Wo in der Welt gibt es ein ärmeres Volk? Ihm hat Ahmad angehört, und ihm, vor allen Völkern, will ich angehören.

Eine Frau nahm mich mit sich. Ich traf sie nach meiner Entlassung aus dem Hospitalzelt. Sie saß neben mir auf einem Karren, der nilwärts fuhr. Wir waren unterwegs, um das verseuchte Gebiet zu verlassen. Sie sagte, sie habe dem Inspektor ein Bakschisch gegeben, damit er ihr gestatte, mich mitzunehmen. Sie sah mager und verhärtnet aus, war aber noch jung. Ja, sie hatte Schreckliches durchgemacht; sie hatte nicht nur um ihr Leben gekämpft, sondern auch um ihre Kleider, die sie nun gesäubert und desinfiziert zurückerhalten hatte. Es waren wertvolle Kleider, Hülle um Hülle; um den Hals trug sie Ketten von Perlen und Münzen, goldene Münzen. Ihre Stirn und ihre Hände waren tätowiert. Sie gehörte zu einer besonderen Kaste von Mädchen.

„Ich will nach Masr[1])", flüsterte sie mir ins Ohr. „Ich habe dort eine Freundin. Sie stammt aus meinem Dorf." Sie erzählte mir ihre Geschichte. Ich erzählte ihr die meine. Sie war sehr bekümmert über den Verlust meines Anzuges und der vier Pfund, die in sein Futter eingenäht waren. Sie beugte sich ein wenig zurück und betrachtete mich neugierig, als wolle sie mich genau prüfen. Sie war ein großmütiges Geschöpf.

„Ich leihe dir vier Pfund!" flüsterte sie. „Du bezahlst mir das Geld in Masr zurück. Ich werde nach Assiut schreiben. Dein Vater wird meinen Brief an dich weiterschicken, und du wirst mich in Masr aufsuchen."

[1]) Kairo

In diesem Augenblick machte der Karren einen jähen Satz. Sie biß die Zähne zusammen und versetzte dem Kutscher vor uns einen Fausthieb in den Nacken.

„Bruder eines Misthaufens!" schrie sie wütend. „Gib auf den Weg acht!"

Sie legte ihre Lippen an mein Ohr.

„Du wirst sagen, daß ich deine Schwester bin, damit die Polizei mich durchläßt."

„Aiwah! Ich werde sagen, daß du meine Schwester bist."

Sie schob mir einige kleine Münzen in die Hand und zwang mich, sie zu behalten. Dann zog sie mit einer müden Armbewegung ihren Schleier zurecht.

Am Abend landete ich am Ostufer des Nils. Ich war allein. Meine Begleiterin war auf geheimnisvolle Weise verschwunden, nachdem wir die Sperre passiert hatten. Ich hatte mich vergebens nach ihr umgesehen; natürlich hatte sie mir die vier Pfund nicht geliehen. Ich steuerte auf ein nahes Dorf zu. Die Seuche schien diese Gegend verschont zu haben. Die Frauen saßen schwatzend in kleinen Gruppen vor den Häusern, aber bei meinem Herannahen flüchteten sie und verriegelten die Türen. Männer blickten um die Ecke und verschwanden, sobald sie mich sahen. Wahrscheinlich glaubten sie, ich sei ein Gespenst in meinem groben weißen Baumwollhemd, das nach Desinfektionsmitteln roch. Ich ging durch das Dorf. Überall widerfuhr mir das gleiche. Ich war froh, als ich schließlich wieder draußen war. Nachdem ich noch eine ziemliche Strecke zurückgelegt hatte, fand ich in der Nähe des Kanals eine leere Hütte. Ich trat ein. Als ich auf dem Fußboden eine saubere Grasmatte sah, sank ich völlig erschöpft nieder. Eine große Ruhe kam über mich. Endlich war ich den Bildern des Grauens entronnen. Ich war allein, nach Wochen seelischer Verwirrung in jenem Hospitalzelt, dieser Hölle des Leidens und des Todes. Durch die geöffnete Tür blickte ich in einen kleinen Garten. Ein Esel knabberte geduldig an einem Haufen Tebn[1]), etliche Hühner liefen schnarrend umher, und Turteltauben gurrten auf den getrockneten Maisbüscheln auf dem Dache. Die Sonne ging in hellen Flammen unter. Ich hatte Hunger und Durst, aber ich war zu schwach, um weiter zu wandern. Ich beschloß, zu bleiben und die Rückkehr des Eigentümers abzuwarten. Als es dunkel wurde, kam der Esel herein. Er beugte sich über mich, beschnüffelte mich, legte sich dann anscheinend befriedigt an meiner Seite nieder und rührte sich kaum, bis die Morgendämmerung herankroch. Dann war er mit einem Ruck auf den Beinen, schrie, lief auf ein anstoßendes Feld und begann zu fressen. Nach einiger Zeit hörte ich eine Stimme.

„Ya, Abd-er-rahman!"

Es war eine Mädchenstimme.

„Hier ist kein Abderrahman!" rief ich. „Ich bin Ibrahim Gamal aus Assiut." Und im besten klassischen Arabisch, wie es mich der Scheik von Alhazar gelehrt hatte, fuhr ich fort: „Allah! Da kommt ein gütiger Engel. Ich höre es an dem sanften Ton der Stimme. Ich bin ein Wanderer, den die Weisheit Allahs in diese unglückliche Gegend verschlagen hat. Man hat mir meine Kleider und mein Geld geraubt. Ich bin hungrig und durstig. Komm, gütiger Engel, befreie mich aus meinem Mißgeschick, und ich werde dich tausendfach belohnen."

Nachdem ich dieses Klagelied vorgebracht hatte, richtete ich mich auf und sah in dem hellen Türrahmen die schlanke Gestalt eines Mädchens stehen. Sie hielt mit zwei Fingern den Schleier fest, als fürchte sie, ihn fallen zu lassen, und starrte mich an.

[1]) Häcksel

„Wohnst du hier?" fragte ich.

Sie schüttelte den Kopf.

„Wem gehört dieses Haus?"

„Abderrahman, dem Ghafeer[1])."

„Oh — Ghafeer? Wo ist er?"

Sie hob die Schultern und ließ sie wieder sinken.

„Ist er dein Vater?"

„La! Er ist der Bruder meines Vaters."

Sie machte kehrt und entfernte sich. Ich blieb ganz still sitzen. Nach kurzer Zeit kam das Mädchen zurück. Sie brachte einen Laib Brot mit, einen Büschel grüner Zwiebeln und etwas Wasser.

„Iß", sagte sie, „und trink!"

Es klang wie ein Befehl. Aber man brauchte mir das Essen nicht zu befehlen. Ich aß gierig, voll freudiger Begeisterung und trank ab und zu einen Schluck Wasser dazwischen.

Aziza, so hieß das Mädchen, beobachtete mich regungslos und hielt immer noch den Schleier vors Gesicht.

„Bist du verheiratet?" fragte ich.

„La!"

„Wirst du heiraten?"

„La!"

„Aber du bist ein großes Mädchen."

Sie gab keine Antwort.

„Wo wohnst du?"

Sie sah mich träumerisch an.

„Im Dorf."

„Allein?" neckte ich sie.

Sie schüttelte fast entsetzt den Kopf.

„Mein Vater wohnt im Dorf."

„Ist er ein Fellah?"

[1]) Wächter

Sie richtete sich auf, gerade wie ein Rohr.

„Mein Vater besitzt zwei Feddans[1]). Er hat eine Sakeeah[2]) und verkauft Mais. Er hat einen Gamouß, einen Esel, einen Hund und Hühner."

„Oh! Er ist ein reicher Mann! Aber warum bist du nicht verheiratet?"

„Ist el hauwa el asfar in eurem Dorf gewesen?"

„La!"

„Glückliches Mädchen! Sieh mich an! Ich bin inmitten der Seuche gewesen und habe mich bemüht, die Kranken zu heilen. Ich wurde selbst von dem Übel befallen und wäre beinahe lebend begraben worden. Du siehst mich mit einem elenden Hemd bekleidet. Meine Kleider und mein Geld hat man mir gestohlen. Ach, Allah muß mich hierhergeschickt haben, damit so gütige Hände wie die deinen mir Speise und Trank reichen. Aber ich sitze im Hause eines Fremden. Er wird mich vielleicht wegschicken, wenn er zurückkommt."

„La", sagte sie. „Abderrahman wird wie ein Vater zu dir sein." Sie ging weg.

Bald darauf erschien ein hochgewachsener Mann.

„Salaam aleikum[3])!"

„Aleikum es-salaam[3])!"

Sein Turban war sauber und ebenso seine indigofarbene Galabieh. Er begrüßte mich mit königlicher Würde und sagte, seine Tochter habe ihm mitgeteilt, daß ich in großer Not sei. Ich schilderte ihm meine Leiden, während er mit ernster Miene zuhörte. Ich bat ihn, er möge so freundlich sein, mir Papier und Bleistift zu besorgen; ich wollte an meine Eltern nach Assiut schreiben. Er ging und kehrte nach einiger Zeit mit Schreibpapier, einem Briefumschlag

[1]) Ungefähr 8400 Quadratmeter [2]) Wasserrad
[3]) Orientalische Begrüßungsformel und Antwort

und einem Bleistift zurück. Er beobachtete mich mit respektvollen Blicken, während ich schnell Zeile um Zeile schrieb. Als ich endlich den Umschlag zumachte und einige meiner Lage angemessene Koranverse rezitierte, redete er mich als einen Scheik an und versprach bei dem Licht seiner Augen, daß er persönlich den Brief zur Post tragen würde.

6.

Im Dorf gab es eine kleine Moschee, und dicht daneben wohnte ein heiliger Mann. Fünfmal am Tage ging er beten, er betrachtete das Gotteshaus gleichsam als seine Privatwohnung, und fünfmal am Tage vollführte er das Wadoo[1]), rollte seine Ärmel bis an die Ellbogen hoch, wusch sich dreimal die Hände und die Unterarme und sprach mit lauter Stimme:

„Ich wasche mich nun zum Gebet."

Dann sang er in näselndem Ton:

„Im Namen Allahs, des Mitleidigen, des Barmherzigen! Gelobt sei Allah, der uns das Wasser zur Reinigung gesandt hat."

Und er sang weiter durch die Nase von den Gärten der Freude und den Wohnungen des Friedens, in denen alle Rechtgläubigen leben werden, selbst die Geringsten unter ihnen, mit Tausenden von schönen Jünglingen und entzückenden schwarzäugigen Huriyahs. Dann zog er drei Handvoll Wasser durch die Nase und schneuzte sich, einen Nasenflügel nach dem anderen mit den Fingern zusammenpressend, so geräuschvoll, daß man es noch außerhalb der Moschee hören konnte. Und er sang weiter:

„Allah! Laß mich die Gerüche des Paradieses riechen·

[1]) Rituelle Waschungen, wie sie der Prophet Mohammed vorschrieb

und segne mich mit seinen Freuden! Schwärze nicht mein Gesicht an dem Tage, da du die Gesichter deiner Feinde schwärzen wirst."

Dann fuhr er sich mit der befeuchteten Hand über den Schädel und betete demütig:

„O mein Gott, schenke mir deine Gnade. Gieße deinen Segen auf mich herab!"

Schließlich strählte er seinen weißen Bart mit der befeuchteten rechten Hand, steckte die Fingerspitzen in die Ohren, drehte sich herum und strich mit dem Daumen über die Rückseite seiner Ohrmuscheln.

„Allah! Mache mich zu einem von jenen, welche hören, was gesagt wird, und das tun, was am besten ist!"

Wenn er dies alles getan hatte, ruhte er sich ein wenig aus, dann fing er an, sich die Füße und Knöchel zu waschen. Und während er heftig die Haut rieb und den Schmutz zwischen den Zehen entfernte, psalmodierte er:

„O Gott, o Gott! O mächtiger Gott! O verzeihender Gott! Du bist unvergleichlich! Ich bezeuge, daß Mohammed dein Diener und Prophet ist."

Mit einem Seufzer richtete er sich zu guter Letzt auf, aber nur, um wenige Augenblicke später wieder niederzusinken und in inbrünstigem Flüsterton von neuem zu beten.

Ya salaam![1])

Dieser heilige Mann besuchte mich und erkundigte sich nach meinen Umständen. Er war der Vater des Dorfes. Ya salaam! Was wäre aus mir geworden, wenn ich zur Zeit der Osmanli gelebt hätte, als wir Kopten in befestigten Gebäuden hausten und niemals unseres Lebens und Eigentums sicher waren? Christenhunde! Ja, diese Zeit war zum Glück vorbei! Ägypten kannte nur noch ein

[1]) Arabischer Ausruf: Ja wahrhaftig! Du lieber Himmel!

Volk. Mohammedaner und Kopten haben gelernt, wie Brüder zusammenzuleben.

Dem Scheik folgten viele andere Leute. Ich empfing zahlreiche Besucher. Sie wunderten sich alle über meine Bildung und mein Wissen. Sie stellten mich über den Pascha, dem das Dorf und alles umliegende Land gehörte. Ich rezitierte vor ihnen aus dem Koran mit tief gurgelnden Tönen und einem Tremolo in meiner Stimme, besser als der Scheik es konnte. Ein Scheik, der von der großen Alhazar kam, hatte es mich in der Elementarschule gelehrt. Die Leute aus dem Dorf beklagten sich bitterlich, weil die hauwa el asfar sie von den anderen Bezirken abgeschnitten hatte. Seit über einem Monat waren sie nicht auf einem Markte gewesen.

„Aiwah!" sagte ich. „Aber es ist nicht die hauwa el asfar, es ist eine unsichtbare Mikrobe, Spirillum genannt, die euch hier isoliert hat."

Ich hielt lange Vorträge über die Cholera und erläuterte ihnen die Bedeutung des medizinischen Ausdruckes „Prophylaxe". Aus Kairo kam eine Zeitung. Die Leute versammelten sich, und der Scheik las ihnen laut vor. Die Epidemie, hieß es, sei im Abflauen begriffen, sie habe dank den Maßnahmen der Regierung ihren Höhepunkt überschritten.

„Allah!" sagte ich. „Was für eine Unwahrheit muß ich hören! Glaubt irgendeiner von euch, was in dieser Zeitung gedruckt steht? Die Maßnahmen der Regierung! Ich will euch sagen, warum die Epidemie abgeflaut ist: Weil die Mehrzahl der Bevölkerung gestorben ist!"

Bald darauf wußten die Dorfbewohner, daß ich die Wahrheit gesagt hatte, denn drei Wochen nach meiner Ankunft wurde die Sanitätssperre aufgehoben, und sie durften den benachbarten Markt aufsuchen, wo sie vergebens nach vielen ihrer Verwandten und früheren Freunde Ausschau hielten. Die Seuche hatte den größten Teil der Bevölkerung hinweggerafft. Die armen Leute kehrten zurück, beweinten die Toten und warfen sich betend nieder, weil Allah ihr Leben geschont hatte. Und sie versammelten sich wieder um den alten Scheik, küßten ihn und trugen ihn zu der kleinen Moschee, denn zweifellos war er es, der ihnen durch seine Frömmigkeit und Heiligkeit den besonderen Schutz Allahs gebracht hatte.

Abderrahman, der Ghafeer, kehrte niemals zurück. Ich sorgte für seinen Esel und für seine Hühner. Nach einiger Zeit kam Nachricht, daß er von der Seuche hinweggerafft worden war, als er viele Meilen von hier am Nil Nachtwächterdienste getan hatte. Auf diese Weise erbte Sadeq, Azizas Vater, das Eigentum Abderrahmans, seine Hütte. Abderrahman war als Witwer gestorben. Alle seine Kinder hatten vor ihm das Irdische gesegnet.

Inzwischen erhielt ich Nachricht aus Assiut, und hier ist der Brief meines Vaters:

„Oh, junger Teufel von einem Sohn! Was für Sorgen hast Du Dir und Deinen Eltern gemacht! Willst Du uns wirklich durch Deine heidnischen Sitten das Herz brechen? Ich würde Dir viel lieber meinen Segen schicken als meine Vorwürfe. Ich würde schweigen wie das Grab über den Verlust Deiner Kleider, wenn Du nicht auch die in den Rock eingenähten vier Pfund verloren hättest. Ich würde den Verlust Deiner Hose und des Rockes segnen, wenn ich wüßte, daß Du von nun an eine ehrenhafte Galabieh tragen wirst. Jetzt aber wirst Du nicht nur weitere vier Pfund brauchen, sondern auch einen neuen Anzug, der abermals ein Pfund kosten wird. Du junger Teufel! Würdest Du Dein eigenes Mißgeschick beklagen, wenn Du wüßtest, daß in Deiner Heimat viele Tausende braver

Menschen gestorben sind? Daß es selbst heute noch unmöglich ist, normale Geschäfte zu machen? Aber trotz Deiner vielen Lumpereien hat Gott Deinen Vater, Deine Mutter und Deinen Bruder Morqos geschützt. Seit zwei Monaten haben wir keinen Tropfen Wasser getrunken, den wir nicht zuvor gekocht hätten, und wir haben Tag und Nacht unsere Türen verschlossen gehalten. Von der Familie meines Vetters Wasif ist nicht einer gestorben, was mir großen Kummer bereitet. O mein Sohn Ibrahim, den ich mehr liebe als den Schlag meines Herzens, verfalle nicht der Wollust und den Gewohnheiten der Unmäßigkeit. Mögen die vier Pfund, die ich Dir sende, schwer wiegen in Deinen Händen, denn sie halten das Opfer Deines Vaters. Geliebter Sohn! Verlaß dieses Dorf, bevor Du der Trägheit des Dorflebens zum Opfer fällst. Warte nicht einen Tag länger, als Dein durch die Krankheit geschwächter Körper zur Genesung Zeit braucht, und begib Dich auf den Weg nach Masr. Der Freund des Doktors, an den Du ein Empfehlungsschreiben hattest, erwartet Dich. Vergiß nicht, daß Dir der Opferwille eines Vaters Deine Erziehung ermöglicht hat, und darum bringe Ehre auf mein altes Haupt und werde ein großer Hakim."

Ich muß zu meiner Beschämung gestehen, daß ich mir die Ermahnungen meines Vaters nicht sehr zu Herzen nahm. Ich war achtzehn Jahre alt. Aziza war dreizehn. Ihre Augen waren nach alter Sitte mit einem Schönheitsmittel gefärbt, das aus Milch, aromatischem Harz und Weihrauch hergestellt wird. Mein Vater verkaufte das Zeug in seinem kleinen Laden, deshalb wußte ich genau Bescheid. Auch etwas Rußschwärze, aus verbrannten Mandelschalen hergestellt, war beigemischt. Ach, wie diese teuflisch schönen Augen mich lockten! In der ganzen Welt gab es keine schöneren Augen, so erfüllt von dem sanften Glühen schlummernder afrikanischer Lust. Sie hatte zwei Brüder und eine Schwester. Ihre anderen Geschwister waren gestorben. Die Nägel ihrer Finger und Füße waren mit Hennah gefärbt, und ein süßer Geruch strömte von ihrer Haut aus. Ihre Zähne glitzerten in zwei blanken Reihen, und ihre braune Haut leuchtete vor Gesundheit. Wie wohl tat es, den Glanz zu sehen, der in strahlenden Lichtern von ihr ausging. Nicht einmal die plumpen Bauernkleider konnten ihre üppigen jungen Brüste verbergen. Ihre Stimme war süßer als das Gurren der Taube in den gefiederten Tamarisken, die den Weg zum Dorf überschatteten. Ihre Zurückhaltung nahm in demselben Maße ab, wie mein Ansehen und meine persönliche Vertrautheit mit den Dorfbewohnern wuchs.

Leichten Herzens ging sie an die Arbeit auf den Feldern, plagte sich, wie alle Frauen und Kinder unter dem blauen Dom des ägyptischen Himmels sich plagen. Am Nachmittag, wenn die Luft vor Hitze zitterte, saß sie im Schatten neben der Sakeeah ihres Vaters, einer ihrer kleinen Brüder ritt nackt auf dem Esel, der mit verbundenen Augen das Rad in Gang hielt, und sie sang endlose Kadenzen über einen Mann und eine Gamoussa. Das Rad ächzte, das Wasser plätscherte aus den irdenen Gefäßen hervor und verbreitete Kühle rund um uns her, denn auch ich saß dort und betrachtete mit Bewunderung das liebliche Oval von Azizas Gesicht. Erzählt mir nicht, daß wir Neger, Araber oder Semiten seien! Was für ein Unsinn! Daß die Fremdherrschaft unserer Rasse körperlich und geistig das Stigma der Bastardierung aufgeprägt hat, daß die Sklavenweiber aus dem Sudan uns schwarzes Blut in die Adern gebracht haben, will ich nicht bestreiten. Aber nicht in uns alle! Schlagt auf die Seiten unserer alten Geschichte, betrachtet die Gesichter auf unseren Tempelmauern und Sarkophagen, diese schönen, ewigen Urgesichter, und dann behauptet, daß dieses reine Blut, dieses uralte Blut von Welterbauern im heutigen Ägypten nicht mehr lebendig sei. Um euch vom Gegenteil zu überzeugen, braucht ihr nur den jungen Kopten Ibrahim und die junge Moslemitin Aziza anzusehen.

Man kann von einem achtzehnjährigen jungen Ägypter nicht erwarten, daß er vernünftig sei, mag er auch die Vorteile einer halb wissenschaftlichen, halb volkstümlichen Erziehung genossen haben, die wie Whisky, Haschisch und andere Übel über Alexandria und Port Said eingeführt wird. Obwohl in der Seele dieses jungen Menschen ein großer weltlicher Ehrgeiz brannte, war es nur natürlich, daß alle Tünche von ihm abfiel, als er zum erstenmal seinen Arm um ein Mädchen wie Aziza legte und seinen Mund auf ihre Lippen preßte. Und so geschah es.

O Vater Gamal! Dieser junge Teufel bekennt seine Missetaten in den Nächten des Vollmondes, wenn die Sterne an langen Silberfäden von Leib, Brüsten und Gesicht der lieblichen Hathor hängen. Es war der Gott Show, der sie in den Armen Gebs ertappte und sie im Schöpfungsakte selbst von ihm trennte. Und nun wölbte dieser gestirnte Himmel sich über Aziza und Ibrahim, und nur aus diesem Grunde, um solcher Liebe wie der unsrigen willen, atmete schwer rings um uns der Erdgott. Ägyptens Kinder opferten sich ihm. Hinter Hassan Sadeqs Haus lag ein ummauerter Garten. Eine der Mauern hatte ein Loch, das in der Nacht mit Zweigen und Dornen verstopft wurde. Tagsüber war es der Durchgang für die Kinder und den Hund, des Nachts aber wurde es das Tor der Liebe, die goldene Pforte, durch die Aziza schlangengleich ihren Körper zwängte, die Augen glühend vor Liebe und zitternder Furcht. Wie ein dunkles Tierchen huschte sie über eine offene Strecke in den kreisförmigen Schatten, den der Mond rund um einen riesigen Baum warf, und mit einem Seufzer sank ihr zitternder Körper in meine Arme. Auch ich zitterte zuweilen, daß man uns entdeckte. Hätte man sie verheiratet, was durchaus möglich war, obgleich sie mir das Gegenteil erzählte, für mich wäre das der Tod gewesen.

Glaubt nicht, daß Aziza klug war! Lesen und schreiben konnte sie nicht. Aber sie konnte sanfte Gedanken und wilde Gedanken denken, und in ihrer Rede war oft ein dichterischer Sinn. Sie hatte das gleiche Verlangen wie ich, sich auszudrücken, und sie hatte ihre Träume wie ich die meinen. Ich erinnere mich einer Nacht. Aziza saß mir gegenüber mit untergeschlagenen Beinen. Ihr rechter Mundwinkel war ein wenig schief nach unten gezogen und ihre Nasenflügel leicht zusammengepreßt, das gab ihr einen Ausdruck von Hochmut.

„Wirst du mich heiraten?"

„Ich würde dich sofort heiraten, Aziza, aber es gibt ein Hindernis, so breit wie der Nil. Ich bin Christ, und du bist Moslemitin."

Ich erklärte ihr das zum hundersten Male.

„Ich bin ein Mädchen", war ihre stoische Antwort. „Ich komme mit dir."

Sie legte den Kopf an meine Brust, stumm und hingebungsvoll, und sprach kein Wort mehr über ihren Kummer.

Eines Nachts schliefen wir eines in des andern Armen ein. Mir träumte von Hofnis Mutter auf der Quayassah, die Goldene Kette hing mir um den Hals, ein Glied war unecht. Eine Rose steckte in diesem Glied. Ich sah Azizas Hand die Blume fortnehmen, die Kette zerbrechen und zu Boden fallen. Ich erwachte aus meinem Schlaf. Sie atmete fast unhörbar. Ich rührte mich nicht, denn es blieben uns noch einige Stunden bis zum Anbruch der Dämmerung. Aber ein tiefer Kummer kam über mich wie eine dunkle Vorahnung der Zukunft. Auf dem Gipfel meines Glücks stellte der Schmerz sich ein. Jener Teil in mir, der mein Schicksal war, hatte gesprochen. Ich schwankte. Sollte ich meine ganze Zukunft preisgeben und für immer hierbleiben in den Armen einer jungen Moslemitin? Ich blickte in das geliebte Gesicht. Mein Herz war von Kummer zerrissen. Und dann sah ich einen blassen Streifen, ein farbloses Licht über der Wüste des Ostens emporsteigen und rüttelte sie leise wach. Ein Kind erwachte, nicht eine Frau. Ich begegnete den Blicken eines unschuldigen Herzens, das sich wundert, daß der Schlaf nicht ewig dauert. Ich fühlte die Enttäuschung eines jungen Körpers, der in völlige Ruhe versunken war. Nein, sie wollte nicht glauben, daß es Zeit sei zu gehen. Sie wandte mir ihr Gesicht zu und legte sich wieder zum Schlafen zurecht. Ich richtete sie auf, hielt sie an den Schultern fest und schüttelte sie sanft. Da verließ das Kind sie, und die Frau lächelte, als wolle sie mir bedeuten, daß sie die ganze Zeit über gewußt habe, es sei Zeit aufzuwachen, daß sie mir aber habe zeigen wollen, wie schwer es sei, mich zu verlassen. Sie drückte sich fest an mich, küßte mich ungestüm auf den Mund, dann sprang sie schnell auf und lief weg.

An diesem Morgen war das Dorf in festlicher Stimmung. Der Pascha, ein Großgrundbesitzer, dem das Dorf und alles, was darin war, gehörte, wurde zu Besuch erwartet. Sein großes Landhaus lag ungefähr eine Meile weiter gegen Norden zu. Nachdem er zwei Monate lang durch die Seuche am Kommen gehindert worden war, erschien er nun endlich, um das Geld von seinem Grund und Boden einzusammeln. In der Hoffnung, ihn freundlich zu stimmen, zogen die Dorfbewohner frisch gewaschene Kleider an, und vom frühen Morgen an spielten die Männer auf Kamangas[1]) und Pfeifen und schlugen mit flinken Händen die grollende Daraboukka[2]). Es gibt gute Paschas und schlechte Paschas. Manche behandeln die Fellachen mit patriarchalischer Rücksicht und kümmern sich wirklich ein wenig um ihr Wohlergehen, eingedenk vielleicht des alten Sprichwortes: „Sind die Diener zufrieden, dann hat der Herr einen vollen Bauch." Andere wieder glauben nur an den Kurbag und sehen in diesem Hilfsmittel nicht nur ein Werkzeug schmerzhafter Bestrafung, sondern ein Mittel, ihren Willen durchzusetzen, der in Ägypten nur allzuoft mit dem Namen Gerechtigkeit bezeichnet wird. Natürlich gibt es Gerichte, vor denen ein Fellah, dem Unrecht geschehen ist, seine Beschwerden vorbringen kann; aber Allah sei ihm gnädig, wenn er das wagt! Da sind der Omdah, der Dorfvorsteher, der Mamour, der Stadtvorsteher, und der Moudir, der Bezirksvorsteher. In Masr sitzen Hunderte von Paschas und Beys und andere Großgrundbesitzer, aus denen die Regierung besteht. Und über ihnen thront England und übt in allen die Verwaltung Ägyptens betreffenden Fragen eine nicht immer wohlwollende Neutralität. So genießt bis zum heutigen Tage der Fellah ebensoviel Bürgerrechte und soziale Freiheiten wie der Muschik des Zaren im neunzehnten Jahrhundert. Aboud Pascha Said war kein schlechter Mensch. Er erschien auf einem großen weißen Esel mit seinem Aufseher und seinem Sohne, einem dicken, dunkelhäutigen sechzehnjährigen Burschen mit wulstigen Lippen, der seines Vaters Augapfel und der Liebling der Familie war. Die Dorfbewohner kamen angelaufen, um dem Pascha die Hand zu küssen, und er sprach zu ihnen in väterlichem Tone mit einer leisen, hohen Stimme. Die Musikanten

[1] Violinen [2]) Kleine Trommel

fingen an zu spielen, und ich sah zu meinem Erstaunen, daß die jungen Mädchen kleine Tänze aufführten. Unter ihnen sah ich Aziza mit ihren langen, schmalen, reizenden Füßen den Staub aufwirbeln. Geduldig betrachtete der Pascha und sein Sohn die Tänzerinnen. Die Dorfbewohner drängten sich heran und klatschten in die Hände. Aber der Pascha beachtete sie alle nicht. Er sah nicht die Blinden und die Augenkranken, die Blutarmen und die Milzsüchtigen. Er sah nicht einmal den Aussätzigen, der hinter seinem Esel stand. In stolzer Erhabenheit saß er auf seinem weißen Tier und dachte nur an sich. Als der Tanz zu Ende war, ritt er durch das schmale Gäßchen zwischen den Lehmhütten und hielt seinen Esel vor Hassan Sadeqs Tür an.

„Salaam aleikum!"

„Aleikum es-salaam!"

„Hassan", sagte der Pascha, „wo ist deine Tochter Aziza?"

„Sie ist hier, mein Vater und Herr."

„Ich habe Gutes von ihr gehört. Bring sie zu der Herrin Aboud Pascha Said. Die Herrin braucht eine Magd und wird Aziza in ihre Dienste nehmen. Aziza wird wie eine meiner Töchter sein und gut aufgehoben."

Hassan verbeugte sich mit der Würde eines Königs.

„Mein Herr und Gebieter, was kann für ein Vaterherz erfreulicher sein, als seine Tochter im Hause seines Herrn wohlaufgehoben zu sehen."

Ich sah auf dem Gesicht des Paschasohnes ein zufriedenes Lächeln erscheinen.

„Sieh zu, Vater", sagte er, „daß er unserer Mutter die wirkliche Aziza und nicht ein anderes Mädchen bringt."

„Mein Sohn", erwiderte der Pascha ein wenig vorwurfsvoll, „es ziemt sich nicht für dich, so zu reden, Hassan ist ein ehrlicher Mann."

Und zu Hassan gewandt: „Komm heute mit deiner Tochter in unser Haus, damit die Herrin sie sehen kann."
„Allahs Wille geschehe!" sagte Hassan ehrfurchtsvoll.
Denn nach seiner Auffassung war es nicht der Gutsherr, sondern Allah selbst, der den Befehl gab, seine Tochter Aziza in das Haus des Herrn zu bringen. Alle Befehle kamen von Allah.

Es waren aber, wie ich später zu meinem Kummer erfuhr, weder Allah noch Aboud Pascha Said daran schuld, daß Aziza ihr Heimatdorf verließ, sondern jener überfütterte junge Mann mit den fetten Beinen, der auf dem Rücken eines großen Esels hockte. Mein liebendes Herz war wach. Ich fühlte mich tief unglücklich. Ich saß unter dem Baum und wartete auf Aziza. Die Stunden der Nacht vergingen. Der Schlaf floh meine Augen, und ich versank in dunkle Grübeleien über die Zukunft. Endlich, als ich fast die Hoffnung aufgegeben hatte, sie noch zu sehen, kam Aziza. Ich sah ihre Augen im Mondschein leuchten und streckte die Arme nach ihr aus. Sie fiel vor mir in die Knie und küßte meine Hände.

„Aziza", sagte ich in großer Erregung, „mein Herz liegt mir schwer wie ein Stein in der Brust. Ich war heute morgen dabei, als der Pascha mit deinem Vater sprach. Was wird jetzt aus deinem Geliebten Ibrahim werden? Ich werde wie ein einsamer Palmbaum in der großen Wüste sein."

„Rose meines Lebens", sagte sie, „mein Herz ist voll Angst. Ich war bei der Herrin, und sie sprach freundlich mit mir. In drei Tagen kehrt sie nach Masr zurück. Ich soll sie begleiten und ihre Töchter bedienen."

„Eine Sklavin", sagte ich, „ohne alle Rechte. Ist es nicht eine fluchwürdige Ungerechtigkeit, daß der Grundbesitzer über die Menschen verfügen darf, die für ihn arbeiten?

Man wird dich in den Harem sperren, und du wirst nie mehr das Licht des Tages erblicken, nie deine Familie, dein Dorf oder deinen Freund Ibrahim wiedersehen."

„Rose meines Herzens! Was soll ich tun? Wenn ich nicht dem Befehl meines Vaters gehorche, schlägt er mich!"

Wir lagen lange Zeit beisammen auf der Erde. Wir liebten einander, und unsere Tränen vermischten sich. Dann fühlte ich endlich, daß ich etwas tun müsse, um ihr zu beweisen, daß ich ein wirklicher Mann sei.

„Aziza", sagte ich, „bevor der Tag anbricht, wollen wir zusammen fliehen. Ich habe genug Geld, um bis nach Masr zu kommen. Wir gehen an den Nil und suchen dort eine Quayassah, die uns mitnimmt. Ich werde dich schützen und mit meinen Freunden über dich sprechen. Du wirst zur Schule gehen und lernen, und wenn ich ein Hakim bin, wirst du meine Gehilfin sein. Aiwah! Du wirst den Frauen Ägyptens zeigen, was du kannst und unserem Lande ein Beispiel geben."

Wie ein Teil meiner Vorschläge sich später verwirklichte, hoffe ich noch erzählen zu können. Für den Augenblick lag Aziza in meinen Armen, mit weit offenen Augen zu dem sternbeladenen Himmel emporstarrend. Ihr Herz flatterte wie das eines Vogels. Sie schien geheimnisvoll zu träumen und außerstande, sich auch nur ein ungewisses Bild von meinen Plänen zu machen. Allmählich aber schien sie zu einem Entschluß zu kommen.

„Ich werde mit dir gehen", sagte sie.

Wenn ich jetzt an diese Flucht zurückdenke, wundere ich mich über meinen Mut, daß ich, der ich die Sitten meines Landes kannte, es wagte, ein Mädchen aus einem Dorfe zu entführen, ein Mädchen, das jeder kannte, das die halbe Einwohnerschaft des Bezirkes zu Blutsverwandten hatte und über das man genau Bescheid wußte, die Tatsache inbegriffen, daß man sie noch für unberührt hielt. Nun, wir flohen miteinander. So schnell unsere Beine uns tragen konnten, wanderten wir an den Nil und folgten dann viele Meilen weit dem Ufer, bis wir in der Hitze des Tages bei einer Sakeeah niedersanken, um uns mit Wasser zu erfrischen. Wir legten einen heiligen Eid ab, daß wir uns nie voneinander trennen würden, daß wir aber, wenn Allah uns auseinanderrisse, nicht mehr essen und nicht mehr trinken würden, bis unsere Leiber vertrocknet wären und der Tod käme, um uns beide durch die Tore des Paradieses zu führen. Ich rief die stromabwärts fahrenden Boote an. Ich will die Antwort nicht wiedergeben, die die Bootsleute zurückriefen. Aziza schlug vor, zu Fuß bis nach der kleinen Marktstadt zu gehen, wo viele der Boote auf ihrem Wege haltmachten. Wir setzten uns nun in einen kühlen Palmenhain, schmiedeten Plan um Plan und liebkosten einander in großer Verzweiflung. In diesem Palmenhain ereilte uns das Schicksal und trennte uns mit grausamer Schnelligkeit. Vier Männer näherten sich uns, der Sohn und Augapfel des Paschas war unter ihnen. Bevor wir noch Zeit hatten, uns zu erheben, fielen sie über mich her, schlugen mit ihren Naboots auf mich los, und Aboud Saids Sohn schmetterte mir ein Stück Leder ins Gesicht. Ich hörte Aziza einen lauten Schrei ausstoßen, dann verlor ich das Bewußtsein.

Als ich zu mir kam, war es Nacht. Ich hatte das Gefühl, als seien alle meine Knochen zerbrochen, und mein Gesicht war mit Blut überkrustet. Ich versuchte vergeblich, mich zu bewegen. Abermals verlor ich das Bewußtsein, bis das Tageslicht und eine Stimme mich weckten.

„Allah! Ya salaam! Was sehe ich! Ein junger Mensch ermordet unter meinen Bäumen! Lo! Ist dies das friedliche

Land meiner Vorväter, wo Wanderer vor den Augen ehrlicher Leute erschlagen werden?"

Der gute Samariter goß mir Wasser übers Gesicht.

„Hat man dich überfallen und beraubt?" fragte er.

Instinktiv tastete ich nach dem Platz, wo ich mein Geld aufbewahrte. Das Geld war da.

„Man hat mich überfallen", sagte ich, „aber nicht beraubt. Und wenn dein Herz so freundlich ist wie deine Stimme, wirst auch du mich nicht berauben."

Zwei Männer hoben mich auf einen Esel und brachten mich in ein nahe gelegenes kleines Dorf.

DRITTES KAPITEL

KAIRO

as Mekka der Medizinstudenten in Ägypten ist die Kasr'El-Aini. Das Hospital ist vergrößert und modernisiert worden. Neue Gebäude sind entstanden: Endlich besiegt das zwanzigste Jahrhundert diesen Haufen von Schmutz, Schmerz und Kummer. Sonderbar, daß so viele unserer Studenten arm sind. Das ist anscheinend auch in Europa oft der Fall. Nur in Amerika findet man Millionärssöhne, die die schlichte Schulbank drücken. Zu Beginn des zweiten Jahres meines medizinischen Studiums trug ich eine geflickte Hose. Der Flecken paßte nicht ganz zum Stoff, aber wen kümmerte das? Und da ich die ausgefransten Ränder meiner Ärmel bereits dreimal weggeschnitten hatte, waren die Ärmel sehr kurz geworden. Nur ich schien es zu bemerken. Ich hatte keine Unze überflüssiges Fleisch an meinem Körper, von Fett ganz zu schweigen. Meine Stiefel — nun — man hätte zwischen Oberleder und Sohle ein ordentliches Beefsteak stopfen können, so hungrig klafften sie. Ich hauste in einer kleinen Gasse gleich neben der Sharia Saida Zenab. Es gab dort keine Straßenreinigung. Das gibt es auch heute noch nicht. Abfälle und Unrat verfaulen und werden allmählich zu stinkendem Staub. Ziegen, Schafe, Hühner und Hunde, sämtlich von Ungeziefer bedeckt, gesellen sich zu

den Hausbewohnern. Da gibt es keine Stadtbehörde, kein Gesetz, um diese Zustände zu ändern. Die Europäer nennen das den Orient. Freundlicher Wanderer, sei nicht allzu hart gegen uns! Geh nach London, Birmingham, Sheffield, Manchester, Liverpool, Glasgow und kehre dann zu uns zurück! Britischer Bettler, ich möchte lieber in meinem Lande hausen als in deinem! Wir wollen alle vor unseren eigenen Türen kehren.

Armut ist die beste Lebensschule. Sie ist hart, unnachgiebig, grausam. Sie fordert mich zum Kampfe heraus, wie sie Tag für Tag Millionen und aber Millionen meiner Gefährten zum Kampfe herausfordert. Im Kampfe gegen die Armut entstehen alle großen menschlichen Leistungen. Es müßte das Ziel jedes auch nur einigermaßen wertvollen Menschen sein, den Kampf gegen die Armut in den Mittelpunkt seines Lebens zu stellen. Nicht nur gegen die eigene Armut, sondern auch gegen die Armut seines eigenen Volkes. Armut ist das Übel, das alle andern Übel zeugt. Aber es ist heilbar. Ich, der Arzt, der Heilkünstler, behaupte, das ist das wichtigste Problem, welches wir alle zu lösen haben. — —

In der Kasr-el-Aini überschattete Verzweiflung mein Leben. Das ganze Viertel, das ganze Hospital, der Hörsaal, der riesige Komplex schäbiger Gebäude wurden für mich zu einem Gefängnis der Wissenschaft. Semester um Semester, Jahr um Jahr trottete ich auf dem gleichen Pflaster dahin, ein Mensch mit zwei Seelen: Die eine kämpfte um das nackte Dasein, hungerte und litt Not, die andere schwebte in die Zukunft empor, zu dem Stern meines Schicksals, meiner Lebensaufgabe.

Bei Georgi, in dem griechischen Café, und bei Panajoti, gleichfalls einem Griechen, gaben wir schäbigen Studenten unsere Millièmes und kleinen Piaster für Kaffee und Zigaretten aus, spielten Schach und Domino und unterhielten uns über unsere Professoren, über Politik und über anatomische Probleme. Wir waren elf Burschen, intelligente vielversprechende junge Leute voller Energie. Ich habe viele von ihnen aus den Augen verloren, von anderen höre ich zuweilen, ja, und ein paar treue Seelen sehe ich auch heute noch ab und zu. Professor K. war damals Leiter des Medizinischen Instituts. Er war mit Lord Cromer befreundet, und daraus erklärte sich seine Stellung. Er war Spezialist für Ohren, Nase und Hals; früher war er Militärarzt im Sudan gewesen. Ein verrücktes Huhn! Er hatte eine kranke Leber und lebte fast nur von Whisky.

Abbas, Mansour, Aboubakr und ich waren zweifellos die gewissenhaftesten und ehrgeizigsten unter der Menge der Medizinstudenten. Wir waren fast immer zusammen. Aboubakr war mein bester Freund, arm wie ein Fellah, breitschulterig und mit einem kräftigen Brustkasten, ein Mann — fähig, dem Leben die Stirn zu bieten und seinen schlimmsten Streichen standzuhalten. Er war der Sohn einer Tscherkessin, blond und stolz wie ein Krieger.

Der Diktator von Kasr-el-Aini war Abd-el-Kadr, Bashtamargi oder mit anderen Worten Oberpfleger. Das passende Gegenstück zu einem völlig verrückten Chef. Wir Studenten und selbst die Ärzte fürchteten ihn. Ohne die Zustimmung dieses wildblickenden, knurrenden Pflegetigers kam kein Patient in ein Krankenbett. Was kümmerte sich die Regierung um das größte Spital Kairos? Was kümmerte sie Abd-el-Kadr? Angeblich sollten die Patienten unentgeltlich behandelt werden. Er sorgte dafür auf seine Art, er, der Chef der Tamargies, der Führer der Bande erpresserischer Pfleger. Wehe dem Patienten, der kein Geld oder keine begüterten Verwandten hatte! Kaffee, Suppe, Milch und Brot, alles hatte in der Kasr-el-Aini seinen Preis.

Dieser Bandenführer operierte auch. Er verstand es, schnell zu amputieren. Ich sah ihn einmal in einem Operationssaal, wo die Infektionsgefahr am größten ist, offene Wunden verbinden, während einer der Patienten, der sich eine Milchration verdienen wollte, den Boden fegte und Staubwolken aufwirbelte. Es gab damals ein vielverbreitetes Sprichwort über die Hospitäler:

„Wer hineinkommt, ist tot,
Wer herauskommt, ist neugeboren."

Kranke fürchteten den Weg ins Hospital, wie man das Sterben fürchtet, und die Schwerkranken blieben oft lieber zu Hause, um in Frieden zu sterben. Die meisten der eingelieferten Fälle waren daher Leute, die in Raufereien, gewaltsamen Auseinandersetzungen und Blutrachefehden verwundet worden waren, und sehr oft auch Personen, die die Polizei bis zur Bewußtlosigkeit geprügelt hatte. Es ist sonderbar, daß aus dieser ärztlichen Schule einige wirklich erstklassige Wissenschaftler stammen.

Ich hatte unglaubliche Schwierigkeiten, Geld aufzutreiben. Unter allen meinen Kollegen schien Mansour der einzige, der sich etwas leisten konnte. Sein Vater besaß hundertundfünfzig Feddans Baumwolland im Delta. Mein Vater gab mir zwanzig Pfund im Jahr; das war für ihn ein Vermögen. Abgesehen von meinen Studien war meine Zeit ständig durch die Versuche in Anspruch genommen, ein wenig Geld zu verdienen. Aboubakr und ich pflegten miteinander bei Georgi zu sitzen und alle möglichen verrückten Pläne auszuhecken. Stehlen war unter unserer Würde. Wir hielten uns für weit höher stehend als unsere ungebildeten Landsleute, selbst wenn diese reich waren und einen hohen Rang bekleideten. Ich kam auf den Gedanken, eine Kleinkinderschule zu gründen. In der Straße, in der wir wohnten, gab es nicht nur Ziegen, Hühner und Hunde, sondern auch sehr viele Kinder, eine Brut junger Menschen, die wild und schmutzig aufwuchsen, und von denen die Hälfte an irgendwelchen Krankheiten litt. Aboubakr war mit meinem Vorschlag nicht einverstanden.

„La!" sagte er in seiner selbstsicheren, hochmütigen Tscherkessenart. „Wenn du unser Land erziehen und reformieren willst, mußt du oben anfangen. Du mußt sämtliche Paschas und Beys aufhängen und eine Armee kräftiger junger Männer organisieren. Du mußt diese jungen Männer im Waffenhandwerk üben und ihnen nur einen einzigen Gedanken einpflanzen: Sich für die Freiheit Ägyptens zu opfern."

Ich kann nicht behaupten, daß sein Programm mir gefallen hätte. Außerdem waren meine Pläne weit bescheidener.

„Beginnen wir von unten!" sagte ich. „Mit unsern kleinen Kindern! Und sehen wir zu, was wir fertigbringen."

„Ibrahim, du bist ein Kopte!" Aboubakr lächelte und zeigte seine wunderbaren Zähne, die zwei Reihen elfenbeinerner Raubtierzähne glichen.

Ich zuckte immer nur die Achseln, wenn seine tscherkessische Wut ihn überkam.

„Du bist ein Ägypter, so gut wie ich. Nur daß ich ein echterer Ägypter bin als du. Ich bin reinblütig."

Das brachte ihn zur Raserei. Einmal hatte er bei einer solchen Gelegenheit mit einem einzigen mächtigen Fausthieb die Marmorplatte eines kleinen Tischchens bei Georgi zerbrochen — so stolz war er auf seine tscherkessische Mutter, und so wild pulste ihr Blut in seinen Adern.

Während des Winters bestand unsere tägliche Nahrung aus Zuckerrohr, Bohnen, Brot und Zwiebeln. Ab und zu verließen wir das Zimmer, das wir gemeinsam bewohnten, und zogen aus, um eine richtige Mahlzeit zu erobern. Wir marschierten quer durch Kairo nach Bab-el-Bahr oder in irgendein anderes schäbiges Viertel, und Aboubakr wählte eines der kleinen Gasthäuser, in denen die kleinen Kaufleute und armen Handwerker scharenweise zusammensaßen.

„Überlaß das nur mir, Ibrahim!" pflegte er zu sagen. „Nicht Geld, sondern Schlauheit und Kraft regieren die Welt."

Dann ging er zu dem Wirt und verlangte mit der Miene eines jungen Königs, der zu einem Untertanen spricht, Lammkoteletts, Reis, Tauben, Salat, Milchpudding und Brot. Natürlich kannte man uns sehr bald, wußte, daß wir junge angehende Hakims waren, und begrüßte uns mit dem Respekt, der den Jüngern der Wissenschaft in einem höchst unwissenschaftlichen Lande gebührt. Und nun die Bezahlung. Wir bezahlten nie.

„Hör zu, Bruder eines schwarzen Käfers", sagte Aboubakr zu dem Wirt, „hier sitzen ein paar Dutzend Leute, die Taschen voll von unrechtmäßig erworbenem Geld, obgleich sie, ich will das zugeben, wie ehrliche Männer aussehen und sich auch so benehmen. Sieben Piaster willst du haben? Unmöglich! Wir Männer der Wissenschaft verachten den schmutzigen Gewinn, der das Grundübel des menschlichen Daseins ist. Geh und sammle bei deinen Gästen das Geld für unsere Mahlzeit. Wenn einer unter ihnen zufällig krank ist — Allah weiß, es sind lauter kranke Schafsköpfe und Düngerhaufen — soll er zu mir kommen, und ich werde ihm eine gute Medizin verschreiben. Und wenn er eine Beule, einen Tumor, eine Zyste oder ein Krebsgeschwür hat, dann wird mein Freund Ibrahim Effendi aus Assiut, der beste Chirurg in Masr, ihn kostenlos operieren. Außerdem will ich dir sagen, daß wir heute in einer Woche wieder hier erscheinen werden, denn das Lamm und die Tauben waren ausgezeichnet, und wir gedenken mehr davon zu verzehren, so oft es uns paßt. Vergiß nicht, du Küchenschabe, daß wir eines Tages in naher Zukunft die Beherrscher Ägyptens sein werden, und dann sei Gott dir gnädig, sofern du nicht jetzt im Augenblick dich geneigt zeigst, uns behilflich zu sein."

Durch solche und ähnliche Methoden kamen wir dazu, uns von Zeit zu Zeit den Magen ordentlich vollzustopfen. Aber es gehört dazu ein Aboubakr, ein Tscherkesse voll Mut und Unverschämtheit. Aboubakr war faul. Ich arbeitete. Ich arbeitete sehr angestrengt. Ich las. Ich lernte auswendig. Ich studierte, lernte Französisch und Englisch. Ich war der erste, der in die Bibliothek kam, und der letzte, der sie verließ.

Ich kannte nur ein heiliges Verlangen, vorwärtszukommen, Fortschritte zu machen, Erfolg zu haben.

Ich litt schweren Kummer um den Verlust Azizas. Immer noch liebte ich sie und konnte an keine andere Frau denken. Die schrecklichen Prügel, die ich ihretwegen erlitten hatte, erhöhten nur in meinen Augen ihren Wert. Oft schlich ich mich weg, ging zum Hause des Aboud Pascha Said, das hinter dicken Mauern stand und einen immer gut bewachten Eingang hatte, blickte verzweifelt an den Mauern empor und dachte an Aziza, das liebliche Fellachenmädchen, das mein gewesen war. Ich schlug niemals über die Stränge, wie es meine Kollegen so oft taten. Ich hatte kein Verlangen nach Ausschweifungen, das bei meinen Landsleuten so häufig anzutreffen ist. Ich hatte eine kostbarere Liebe mein eigen genannt, als sie hier zu finden war.

Eines Nachts schweiften wir beide, Aboubakr und ich, hungrig durch die Straßen Kairos. Wir fanden schließlich ein Café, in dem wir schon früher einmal eine requirierte

Mahlzeit verzehrt hatten. In kräftiger Sprache, aber ohne jeden Verlust an Würde bestellte Aboubakr eine großartige Speisefolge. Der Besitzer protestierte. Sein Protest wurde durch ein Übermaß von genossenem Alkohol verschärft. Er drohte, einen Polizisten zu rufen. Es gehörte nicht viel dazu, um Aboubakr in Hitze zu bringen.

„Ein Sklave, ein Schwein!" betitelte er den Besitzer und warf ihm die schändlichsten Schimpfworte an den Kopf. Bevor Worte zu Taten wurden, näherte sich ein fremder Mann und legte sanft die Hand auf Aboubakrs Schulter.

„Effendi", sagte er, während in dem Lokal völlige Stille herrschte. „Es ist gefährlich, mit einem mageren Wolf zu streiten. Setzen Sie sich zu mir, und Sie sollen in Frieden Allahs Ihre Mahlzeit haben!"

Wir betrachteten den Mann. Ich sah sofort, daß er ein Effendi war. Seine Augenlider hingen schwer herab. Er litt an Ptosis. Sein Gesicht war verwüstet, sein Äußeres schäbig. Aboubakr wollte essen. Er schob den Tarbusch aus der Stirn zurück.

„Salaam aleikum!" sagte er hochmütig. „Sie sind ein großmütiger Freund! Aber ich denke nicht daran, an der Futterkrippe dieser elenden Küchenschabe zu sitzen. Gehen wir anderswohin."

Der Fremde begleitete uns in liebenswürdiger Weise. Auf der Straße stellte er sich vor: Dr. Abdallah. Seine Ordinationsräume lagen zufällig nicht weit von unserer Wohnung entfernt. Wir aßen uns satt, hinterher ließ er für uns Whisky mit Soda kommen. Es war das erstemal in meinem Leben, daß ich Whisky trank, und ich fand den Geschmack abscheulich. Dann drehte Dr. Abdallah drei Zigaretten. Er bot jedem von uns eine Zigarette an. Ich lehnte ab.

Dr. Abdallah nahm es mir nicht übel. Er beugte sich zu uns über den Tisch und sagte:

„Meine jungen Freunde, auch ich habe Medizin studiert, und ich weiß, was das heißt. Sie sind bereits ziemlich weit vorgeschritten, deshalb will ich Ihnen einen Rat geben. Fangen Sie in Ihrem Wohnviertel eine kleine Praxis an! Sie werden ohne Schwierigkeit als Ärzte gelten können. Die Rezepte, die Sie ausstellen, schicken Sie mir zu, und ich werde sie unterzeichnen. Wir arbeiten auf der Grundlage einer Beteiligung. Ich bekomme als meinen Anteil zwei Drittel des Geldes, das Sie einnehmen. Wie gefällt Ihnen das?"

2.

In den heißen Nachmittagsstunden pflegte ich zu schlafen. Gegen Abend stand ich auf und ging zu Georgi. Ich traf dort meine Freunde, lungerte so lange herum, bis mir jemand einen Kaffee bezahlte, ging dann nach Hause, zündete meine Petroleumlampe an und fing an zu studieren. Auf der Straße wurde es still, nachdem die Kinder schlafen gegangen waren und die Hunde sich davongeschlichen hatten, um in anderen Gegenden nach Futter zu suchen. Oft, wenn ich zu müde oder zu hungrig war, um zu arbeiten, kauerte ich auf dem Bettrand und dachte voll Verzweiflung über meine Zukunft, mein Land und meine Eltern nach. Ich war völlig einsam. Hätte nicht das heilige Feuer in meiner Seele mich aufrechterhalten, ich glaube, der Staub würde mich verschlungen haben!

Aboubakr kam für gewöhnlich erst später nach Hause. Ich merkte, daß er Haschischzigaretten zu rauchen begann. Manchmal hatte er Geld in der Tasche. Er trug Dr. Abdallahs Rezeptformulare mit sich herum, nannte sich Arzt und hatte heimlich angefangen zu praktizieren. Ich warnte ihn.

„Man wird dich erwischen, und du wirst ernste Schereien haben."

„Ich bin kein Esel", sagte er, „und solange Dr. Abdallah alle Rezepte unterschreibt, wird es der Apotheker nie erfahren, daß ich sie ausstelle."

„Bald wirst du selbst ‚Abdallah' unterschreiben, und dann ist das Unglück passiert."

„Natürlich unterschreibe ich ‚Abdallah!' Warum denn nicht? Solange er die Unterschrift beglaubigt, ist alles in Ordnung."

„An deiner Stelle würde ich doch ein wenig mehr für die Prüfung arbeiten."

„Ich fürchte mich nicht vor dem Examen."

Noch einmal warnte ich ihn.

„Dr. Abdallah hat einen sehr schlechten Ruf. Er war früher Arzt an der geschlossenen Abteilung des Hospitals. Er wurde entlassen, weil er kranken Prostituierten Gesundheitsatteste ausstellte, damit sie das Krankenhaus verlassen konnten. Natürlich haben sie ihn dafür gut bezahlt. Der Mann ist ein Verbrecher. Du wirst dir deine Karriere ruinieren!"

Aboubakr atmete den Haschischrauch ein und lächelte.

„Mach mir keine Vorwürfe, weil ich ein bißchen Geld verdiene. Ägypten ist ohnedies durch und durch käuflich. Etwas mehr oder weniger Korruption, was liegt daran?"

„Es liegt sehr viel daran", erwiderte ich. „Ich bemühe mich auch, Geld zu verdienen, aber ich werde es auf ehrenhafte Weise tun."

Er lachte. „Du hast einen Moralkomplex."

„Ich liebe mein Land", sagte ich.

„Ich auch!" rief er heftig. „Wenn es auch bis ins Mark verrottet ist!"

„Du und ich haben die Aufgabe, es zu erneuern."

Er warf sich auf das Bett.

„Wie willst du denn Geld verdienen?"

„Ich eröffne eine Kinderschule."

„Puh, wieder dieser Unsinn! Wo und wie? Für welche Kinder?"

„Hier. In unserm Viertel. In unserer Straße. Unten sind zwei Räume frei."

„Schmutzige Löcher! Voller Ratten!"

„Einerlei. Du wirst schon sehen."

Ich kannte alle Leute in unserer Straße und in den Seitenstraßen. Ich hatte mir in aller Stille bei den armen Teufeln, die unser Viertel bewohnten, ein gewisses Ansehen erworben. Ich hatte mehrere Kinder, die an eitriger Bindehautentzündung litten, ins Krankenhaus geschickt und mancher schwangeren Frau gute Ratschläge erteilt. Ich hatte die Leute gebeten, ihre Wohnungen nicht zu beschmutzen und nicht allen Unrat auf die Straße zu schütten. Ich hatte am Eingang meines Hauses eine große Goulah mit einem Trinkbecher aus Blech hingestellt und jeden Tag aus dem eine Meile entfernten Trinkwasserbrunnen frisches Wasser geholt. Das hatte mich so ermüdet, daß ich schließlich ein Weib aus dem Sudan beauftragen mußte, Wasser zu holen. Sie erhielt für ihre Arbeit etwas Obst oder Gemüse, aber nicht von mir, sondern von dem Grünkramhändler, der in unserer Straße wohnte und sich mit mir besonders anfreundete. Er hatte am Bein ein Geschwür, das ich behandelte. Ab und zu bot er mir als Entgelt für meine Dienste etwas Obst an. Zuweilen borgte ich ein wenig Geld von ihm, und er weigerte sich meist, es zurückzunehmen.

Als nun die langen Sommerferien kamen, organisierte ich meine Schule. Ich ging in sämtliche Häuser des Viertels und warb um Kinder zwischen sieben und zehn Jahren.

Ich sammelte achtzehn dieser kleinen Geschöpfe, zehn Mädchen und acht Jungen, alle mehr oder weniger gesund. Über fünfzig Kinder wies ich als moralisch und physisch ungeeignet für jeglichen Unterricht zurück. Das Schulgeld betrug fünf Piaster[1]) pro Kind im Monat. Sechsmal in der Woche zwei Stunden Unterricht. Eine Unterrichtsstunde frühmorgens, eine zweite abends gegen fünf Uhr. Die Kinder mußten Schiefertafeln mitbringen, die im Schulzimmer aufbewahrt wurden. Mein Hauswirt war Schuhmachergehilfe. Ich hatte eine lange vertrauliche Unterredung mit ihm, und er ließ sich bewegen, mir die beiden Räume im Erdgeschoß umsonst zu überlassen. „Alles für Ägypten", schrieb ich mit blauen Lettern an die Holztür.

Wir wohnten natürlich in einem unvollendeten Hause. Die meisten Häuser in Ägypten sind unvollendet. Es war aus Lehmziegeln errichtet, und die Treppe war so steil wie eine Hühnerleiter. Ich brachte die Räume im Erdgeschoß selbst in Ordnung. Die Steine und den Unrat ließ ich von zwei Knaben in Körben zu einer großen Baufläche tragen. Ich tünchte die Wände und entfernte allen Schmutz. Da der Fußboden aus Erde bestand, besprengte ich ihn mit Wasser, strich den Lehm nach allen Seiten hin glatt und ließ ihn trocknen. Auf diese Weise erhielt ich eine harte, saubere Fläche.

Den Vater eines der Kinder, einen Korbmacher, bat ich um einige Grasmatten. Von dem Pförtner des Medizinischen Instituts besorgte ich mir eine alte Schultafel und Kreide. Meine Schule war fertig. Schließlich suchte ich sämtliche Eltern auf.

„Nächste Woche beginnt die Schule. Eure Kinder haben gründlich gewaschen und in sauberen Galabiehs zu er-

[1]) Ungefähr ein englischer Schilling

scheinen, wie es sich für anständige ägyptische Kinder gehört. Mehr verlange ich von euch nicht. Wir haben große Vorfahren, und wir werden einmal wieder so mächtig sein wie sie. Ich werde euren Kindern Lesen und Schreiben und Sauberkeit beibringen, und ihr sollt die Arbeit, die ich leiste, respektieren und mich jeden Monat regelmäßig bezahlen."

Meine guten Worte hatten nur wenig Erfolg. Am Tage des Schulbeginns hatte ich es mit einer heulenden, schmutzigen Schar kleiner Straßenkinder zu tun, die in ihren Gewohnheiten und in ihren Reden völlig unerzogen waren.

Ich saß vor ihnen, mit gekreuzten Beinen, ziemlich verzweifelt. Einen nach dem andern blickte ich scharf an; es gelang mir schließlich, sie zum Schweigen zu bringen. Dann erzählte ich ihnen ein Märchen. Bald glühten ihre Augen wie im Fieber, und ich bekam sie völlig in meine Gewalt. Nachdem ich meine Geschichte beendet hatte, setzte ich die Jungen auf die eine Seite und die Mädchen auf die andere. Ich lehrte sie, im Chor zu sagen: „Wir sind anständige Kinder. Wir sind ägyptische Kinder." Ich ließ es sie wieder und wieder sagen. Diese Worte sollten sich ihrem Hirn und ihrem Herzen einprägen. Sie mußten sie auswendig lernen. Dann schickte ich sie nach Hause.

Am Nachmittag kamen sie alle wieder. Sie mußten sich auf die ihnen zugewiesenen Plätze setzen. Lärmend verlangten sie ein Märchen. Ich befahl ihnen, still zu sein, und blickte sie wieder scharf, eines nach dem anderen, an. „Ich will nur reines Wasser trinken", mußten sie fünfzigmal wiederholen. Dann mußten sie die Worte in gutem, fehlerfreiem Arabisch aussprechen. Schließlich erzählte ich ihnen wieder ein Märchen. Es waren lauter überraschend feinfühlige Kinder. Bevor sie weggingen, ließ ich sie der Reihe nach aufmarschieren, untersuchte ihre Augen, ihren Mund, ihre Haut und befahl sämtlichen Jungen, sich das Haar stutzen oder wegrasieren zu lassen. Binnen einer Woche hatte ich mich mit den Kindern sehr gut angefreundet. Ich füllte ihr Gedächtnis mit flammenden Lehrsätzen.

„Ich will keinem Tier weh tun. Die Tiere sind die Freunde des Menschen."

„Ich will meinem Herrn, dem Hakim, gehorchen."

„Ich will meinen Körper sauber halten."

Für Sauberkeit zu sorgen, war sehr schwer. In dem ganzen Viertel gab es kein reines Wasser. Schließlich organisierte ich einen Wasserträgerdienst, und jeden Tag wurden sechs Goulahs mit frischem Wasser in die Schule gebracht und in einer kleinen Laube hinter dem Hause aufgestellt. Zwei Goulahs wurden für Trinkwasser, der Rest zum Waschen benutzt. Es war eine fast hoffnungslose Aufgabe, und oft geriet ich in Verzweiflung, wenn meine Kinder, die mit sauberen Händen und Gesichtern die Schule verlassen hatten, am nächsten Tag schmutzig wie nur je wieder erschienen. Mit der Zeit aber besserte sich das ein wenig. Ein leichtes Glücksgefühl erwachte in mir.

Von all diesen Millionen wirst du achtzehn retten! sagte ich zu mir.

Nach vier Wochen konnten die Kinder sagen:

„Ich bin ein anständiges ägyptisches Kind. Ägyptische Kinder sind nicht schlechter als ausländische Kinder. Unser Land ist eines der größten der Welt. Ägyptische Kinder müssen kräftig und gesund aufwachsen. Wir sind die Zukunft des Landes. Wir arbeiten zuerst für unser Land."

Aboubakr war während der Sommerferien zu einem Verwandten nach Qalyub gefahren. Er kehrte im September zurück, als ich gerade meinen Kindern eine Lesestunde erteilte. Erstaunt blieb er stehen und lächelte spöttisch.

„Allah! Was hast du da für ein Gesindel beisammen!"

Ich ließ die Kinder aufstehen und im Chor sprechen. Sie machten es so gut, daß ich stolz auf sie war. Aboubakr betrachtete sie mit nachdenklicher Miene.

„Du wirst nie etwas Anständiges aus ihnen machen", sagte er. „Sie haben nicht das richtige Blut in den Adern."

„Aboubakr, mein Freund", erwiderte ich, „mit ein paar Worten beleidigst du eine Nation von Millionen, der du selbst angehörst."

Er schien ein wenig bestürzt.

„Ich gehe zu Georgi", sagte er. „Wir sehen uns später."

Zur bestimmten Frist versuchte ich, bei den Eltern der Kinder das Schulgeld einzusammeln. Nur wenige von ihnen wollten bezahlen. Ich mußte eine große Überredungskunst aufbieten, um sehr viel weniger als ein Pfund in kleinen Münzen hereinzubekommen. Für den Rest mußte ich mich mit mündlichen Versprechungen begnügen.

Mein bester Schüler hieß Hussein. Er war ein Berberini und stammte aus Wadi-Halfa. Sein Vater war Sais[1]) in einem vornehmen Rennstall. Er hatte eine sehr dunkle Haut und war intelligent, willig und manierlich, ein richtiger kleiner Aristokrat aus einem edlen Stamme, der sonderbarerweise seit Jahrhunderten den Ägyptern die besten Diener liefert. Der Junge war ungefähr zehn Jahre alt. Er fragte mich, ob er zu mir ziehen und nicht nur mein Schüler, sondern auch mein Diener sein dürfe. Ich fragte Aboubakr, ob er etwas dagegen habe. Aboubakr legte seine Hand auf den hübschen kleinen Krauskopf.

[1]) Reitknecht

„Das brauchen wir gerade!" rief er. „Einen kleinen Sklaven können wir gut gebrauchen."

Hussein besuchte mich mit seinem Vater, der uns sehr viel über Wettrennen und Rennpferde erzählte. Der Vater kannte sämtliche Rennstallbesitzer und Jockeys und wußte die meisten Pferdenamen. Eines Abends, als wir nach Hause kamen, saß er vor unserer Tür. Er teilte uns mit, daß am nächsten Tage in Alexandria in einem der Neulingsrennen ein Pony laufen würde. Er kenne das Pferd genau, es würde bestimmt gewinnen und eine hohe Quote bringen.

„Wir sind Studenten", sagte ich. „Wir haben kein Geld für Rennwetten."

Aboubakr zählte seine Schäkels. Er hatte ungefähr vierzig Piaster.

„Setze auf Mataraoui, Hakim Effendi, und du wirst viel Geld gewinnen."

Er sah mich mit seinen dunklen, schmachtenden, leuchtenden Berberaugen an.

„Effendi, hast du kein Geld?"

„Woher soll ich Geld haben?" sagte ich. „Du gehörst auch zu den Vätern, die für ihre Söhne kein Schulgeld bezahlen."

„Ist nicht mein Sohn Hussein dein Diener?" fragte er. „Arbeitet er nicht für seinen Unterricht?"

„Ja, aber ich muß ihn erhalten. Wenn du so sicher bist, daß das Pony Mataraoui morgen gewinnen wird, dann ziehe deinen Beutel heraus und gib mir ein Pfund. Ich mache dir einen Vorschlag. Wenn das Pony gewinnt, teilen wir den Betrag, wenn es verliert, zahle ich dir das Pfund zurück."

Der ehrenwerte Berber zog tatsächlich den Beutel und gab mir ein Pfund. Ich konnte meinen Augen kaum trauen.

Am nächsten Tage gingen Aboubakr und ich in das Wettbüro. Wir setzten auf Mataraoui. Das brave Pferdchen gewann, und wir bekamen zehn Pfund für jeden Dollar[1]). Ich taumelte fast vor Freude. Die Taschen voll Geld, gingen wir zu Georgi und feierten mit unseren Kollegen ein lärmendes Fest.

„Ägypten ist der schönste Ort auf Erden!" schrie Aboubakr.

Ich kaufte mir einen neuen Anzug, neue Hemden und einen neuen Tarbusch. Ich richtete mir eine Küche ein, kaufte Geschirr, Bettücher und in Erwartung der kalten Jahreszeit Decken und einen Mantel. Den Kindern kaufte ich neue Galabiehs, und immer noch blieb mir eine Menge Geld übrig. Ich richtete im Hause eine kleine Apotheke ein mit Watte, Augentropfen, Kastoröl, Scheren, Jod, einem Thermometer und zahlreichen anderen kleinen Utensilien. Ich untersuchte die Kinder sorgfältig jede Woche und gab ihnen besonderen Unterricht in einfacher Hygiene. Diese Kinder sollten einmal, komme was da wolle, ins Leben treten mit dem Wissen um die grundlegenden Gesundheitsregeln, stolz auf ihr Volk, voll Ehrliebe und Wahrheitsliebe.

Meine größte Sorge war immer der Schmutz auf der Straße gewesen. Ich bemühte mich, meinen Kindern einen ehrlichen Abscheu vor allem Schmutz anzuerziehen. Sie sollten den Schmutz hassen wie den Teufel. Aber dieser Teufel lauerte beständig an der Schwelle unserer Tür. Mit äußerster Geduld brachte ich sie schließlich so weit, daß sie zu revoltieren begannen. Die kleinen Geschöpfe kehrten in ihre Wohnungen zurück und wiederholten die Sätze, die ich ihnen eingeprägt hatte. Man kann sich die Gefühle der Eltern vorstellen, wenn sie ein acht- oder neunjähriges

[1]) 1 Dollar = 20 Piaster

Kind mit der Beharrlichkeit eines Papageis laut durch das Haus plärren hörten:

„Der Schmutz ist der Feind der ägyptischen Kinder. Krankheit und Tod wohnen im Schmutz. Ehre und Freiheit sind die Brüder der Sauberkeit. Eine gute Regierung gibt dem Volk sauberes Wasser."

Eines Tages brach der Aufruhr los. Männer und Weiber belagerten während des Unterrichts mein Haus. Man hörte sie rufen:

„Warum lehrst du unsere Kinder nicht die Worte des Propheten!"

„Er ist ein Kopte!" schrie einer aus der Menge.

Ich ging an die Tür.

„Leute!" sagte ich, und sie waren sofort still. „Es mag euch weh tun, wenn ihr die Kleinen mit lauter Stimme die Wahrheit sprechen hört. Ihnen gehört die Zukunft, euch die Vergangenheit. Eure Sache ist es, sie in eine Schule zu schicken, wo sie die Worte des Propheten lernen. Ich bemühe mich nur, seine Worte in die Tat umzusetzen!"

Ich zitierte mit ernster Stimme einige schöne Stellen aus dem Koran, die sogleich ihren Beifall fanden.

„Schämt euch!" fuhr ich fort. „Pfui! Geht und beklagt euch im Hause Mustapha Kemals, und er wird euch für eure Undankbarkeit auspeitschen lassen. Ich verbiete euch, mich noch einmal zu beleidigen."

Ich blickte sie an. Eine schreckliche Traurigkeit befiel mich.

„Krankheit und Armut sind eure Eltern!" sagte ich. „Ihr beklagt euch, aber ihr leidet mit der Geduld eines Esels. Ist denn nicht einer unter euch, der etwas tun möchte, um dieses Übel zu bekämpfen? Pfui! Seht euch nur einmal eure Straße an! Habt ihr keine Augen für den Schmutz, keine Nase für die üblen Gerüche? Ich befehle jetzt, daß binnen weniger als vierundzwanzig Stunden diese Straße gesäubert und gesund gemacht wird. Alle müßt ihr mithelfen, sie zu fegen, und ihr sollt Wasser holen, um die Erde hart zu machen. Jeden Tag muß die Straße mit Wasser besprengt und sauber gefegt werden. Ich werde in eure Wohnungen kommen und sie besichtigen. Es soll als eine Schande für unser Land gelten, wenn einer eine schmutzige Wohnung hat."

Eine tiefe Stille trat ein. Allmählich aber erhoben sich einige leise Stimmen des Beifalls. Dann wuchsen sie zu einem wilden Begeisterungssturm an.

„Lang lebe Mustapha Kemal! Lang lebe der Hakim Effendi!"

Ich denke mit Erstaunen und Freude an diesen Tag zurück. Männer, Frauen, Kinder gingen mit fast religiösem Eifer daran, die Straße zu säubern. Am nächsten Tag saßen sie voll Stolz vor ihren Türen und betrachteten das Wunder. „Sharia Nadif", nannten sie von diesem Tag an die Straße. Das heißt: „Saubere Straße."

3.

Unsere heutige Zivilisation ist krankhaft. Man müßte sie wie eine Geisteskrankheit behandeln. Außerdem behaupte ich, daß sie eine Frauenkrankheit ist, denn sie ist unmännlich und weichherzig. Glaube mir, freundlicher Wanderer, wir Ärzte wissen, wie eine wahre Zivilisation aussehen müßte! Ich wenigstens stand mit dabei in der ersten Reihe. Ich bin zuweilen stärker gewesen als der Tod. Ich habe Männern und Frauen, die es überhaupt kaum verdienten zu leben, so nutzlos waren sie für sich und ihre Mitmenschen, eine neue Frist geschenkt, und ich habe die Erfahrung machen müssen, daß mir diese elenden Leute selten auch nur dankbar waren. Aber anstatt ihre Geschwüre und Tumore zu operieren, hätte ich ihre Hirne operieren sollen. Der erste Schritt, den man machen muß, wenn man seinen Nächsten kennenlernen will, besteht darin, daß man sich vorzustellen versucht, wie einem an seiner Stelle zumute sein würde, und ihn nicht mit rascher Kritik in Stücke reißt. Wenn man aber das Gefühl hat, daß man ihm seine Lumpen wegnehmen müsse, dann soll man das nicht eher tun, als bis man imstande ist, ihm ein neues und besseres Kleid zu liefern. Man stelle sich nur vor, wie ich mit Aboubakr und einem andern Studenten, dem jungen Nahas, eines Tages in unserem Lehmhause in der Sharia Nadif saß. Es war Abend. Wir tranken Kaffee und rauchten. Wir sprachen über weiß Gott was. Meine Schulzimmer zu ebener Erde waren leer, die Kinder waren nach Hause gegangen. Plötzlich kam Lärm von der Straße. Eine Menschenmenge versammelte sich vor unserem Hause. Wir gingen hinunter und öffneten die Tür, um nachzusehen, was da los war. Da stand ein magerer rotwangiger Polizeioffizier in Begleitung eines Chaouish und zweier Polizisten. Bevor ich etwas sagen konnte, bekam ich von dem einen Polizisten, einem Landsmann, einen Schlag über den Kopf und verlor fast das Bewußtsein. Die Menge begann zu heulen. Sie schien gegen das Eingreifen der Polizei zu protestieren. Weitere Polizisten erschienen. Sie stürzten sich auf die Menge und jagten die Leute brutal davon. Ich wurde in das Schulzimmer geschleppt. Der englische Polizeioffizier und seine Leute überschütteten mich mit den schlimmsten Schimpfworten. Sie sahen sich in dem Zimmer um.

„Eine schöne alte — Schule!" schrie der Offizier.

„Haha! Seht euch das an! Was soll denn das bedeuten?"

Zu meinem Unglück hatte ich alle möglichen Inschriften an die Wände geschrieben.

„Ich will meinem Herrn, dem Hakim, gehorchen."

„Ich bin ein anständiges ägyptisches Kind."

„Ägyptische Kinder sind nicht geringer als ausländische Kinder."

„Ägypten ist das größte Land der Welt."

„Wir sind die Zukunft Ägyptens."

„Heißen Sie Ibrahim Gamal el Assiuti?" schrie der Offizier mich an.

„Sie haben den richtigen Mann geschlagen!" sagte ich.

„Haben Sie die Erlaubnis vom Unterrichtsministerium, Unterricht zu erteilen?"

„Erlaubnis? Nein! Ich wußte nicht, daß man Erlaubnis braucht, um kleine Kinder zu unterrichten."

„Oh, das wußten Sie nicht! Sind Sie nicht Medizinstudent? Warum kümmern Sie sich nicht um Ihre eigene Erziehung? Haben Sie diese Worte geschrieben?"

Ich beachtete den Engländer nicht und sprach zu den ägyptischen Polizisten:

„Ich habe diese Sätze geschrieben. Lest sie, wenn ihr könnt! Sie sind für euch ebenso bestimmt wie für die Kinder. Schämt euch, daß ihr euch von einem Engländer hierherführen laßt. Ihr verdient Prügel! Ihr seid Verräter an eurem Lande!"

Ich sagte viele närrische Dinge, denn ich wußte noch nicht, daß in meinem Lande wahrer Patriotismus ein Verbrechen ist, daß die Liebe zum eigenen Volk nicht laut verkündet werden darf. Meine eigenen Landsleute gingen nun daran, mich zu schlagen, bis ich das Bewußtsein verlor.

Ich ging den abscheulichen Weg durch unsere Gefängnisse und Gerichtshöfe. Man beschuldigte mich revolutionärer Umtriebe, aber die Anklage war verschleiert. Sie lautete: „Ausübung des Lehrerberufes ohne erforderlichen Auftrag." Jung und unerfahren, bereit, als Held aufzutreten, begegnete ich meinen Richtern mit Furchtlosigkeit. Ich verfaßte eine lange Verteidigungschrift, die ich aber, vielleicht zu meinem Glück, nicht verlesen durfte. Die einheimische Presse half mir nicht, und das ist nicht weiter verwunderlich, da viele unserer Zeitungen bis zum heutigen Tage ausländischen Interessen dienen. Ich fühlte mich jämmerlich allein und verlassen in der Finsternis eines Gefängnisses, unter Mitmenschen, von denen viele niemals hätten geboren werden sollen. Ich sah meine Laufbahn zerstört, meinen Namen mit Schande bedeckt, meine Eltern an gebrochenen Herzen sterben. Mein Unglück aber bestimmte meinen Bruder Morqos, Rechtswissenschaften zu studieren, und er wurde mit der Zeit einer unserer besten Richter an den gemischten Gerichtshöfen, einer Einrichtung, die zu beseitigen er unermüdlich tätig ist, damit es endlich einmal in Ägypten nur noch ägyptische Gerichte und ägyptisches Recht gibt.

Während meiner Haft waren meine Freunde am Medizinischen Institut nicht untätig. Aboubakrs Tscherkessenblut kochte vor Wut. Er rief die Studenten zusammen. Er sprach zu ihnen kaum zehn Minuten lang. Dann machten sich meine Kollegen daran zu beweisen, daß im ägyptischen Volke noch genug Männlichkeit übriggeblieben war, trotzdem es Jahrhunderte hindurch von Ausländern unterdrückt worden war. Sie fingen an, die Möbel zu zertrümmern, die Bücher zu zerreißen, alles, was ihnen in die Hände kam, zu zerstören und zu vernichten, und als schließlich Dr. K. eilig ein großes Polizeiaufgebot holen ließ, um die Kasr-el-Aini vor völliger Zerstörung zu retten, nahmen sie Steine, Stöcke und Eisenstangen und lieferten der Polizei eine gewaltige Schlacht für die Freiheit Ägyptens. Schließlich wurden sie durch überlegene Polizeikräfte aus dem Gebäude verjagt, aber sie versammelten sich sofort wieder in den Straßen und riefen den Streik aus. Der junge Abbas, ein Kerl, so mager wie ein Zuckerrohr, führte sie zum Hause Adli Paschas. Dort erhoben sie lauten Protest. Die Polizei erschien in großer Anzahl und jagte sie abermals weg. Es gab Verwundete, aber zum Glück wurde niemand getötet. Der Vertreter der Regierung Seiner Britischen Majestät fiel sogleich über den Premierminister her.

„Was bedeutet denn dieser Spektakel? Das muß sofort aufhören!"

„Ich werde schnellstens die Ursachen dieser Ruhestörung untersuchen, Exzellenz!"

„Bitte, tun Sie das! Und vergessen Sie nicht, disziplinarische Maßnahmen gegen die Anführer zu treffen!"

„Gewiß, Exzellenz!"

„Sonst werde ich es selbst tun müssen, Exzellenz!"

„Eure Exzellenz möge versichert sein, daß ich diesen Studentenstreik rücksichtslos unterdrücken werde."

Aber meine Studienkameraden ließen sich nicht so leicht einschüchtern. Sie versammelten sich vor dem Gefängnistor und schlugen solchen Lärm, daß ich ihn in meiner Zelle hören konnte. Sie verlangten meine Freilassung. Unsere Polizei, geführt von englischen Offizieren, die unsere hübschen weißen Pferde ritten, zerstreute sie nach allen Richtungen. Sie sammelten sich wieder vor den Toren der Kasr-el-Aini. Die Türen des Hospitals und des Medizinischen Instituts waren verschlossen. Sie riefen im Chor nach Dr. K. Sie schimpften ihn einen Scharlatan, einen Quacksalber, einen Trunkenbold, einen Schlächter und Mörder. Die Polizei rückte mit starken Kräften an. Der Polizeichef, ein baumlanger Engländer mit einem blassen Gesicht und scharfblickenden hellblauen Augen, ritt vor die Front seiner Leute und hob den Arm.

„Wir wollen ihn reden lassen!" rief Aboubakr.

Er ging auf den Polizeichef zu und stellte sich mit verschränkten Armen vor ihn hin.

„Ja, Sir?"

„Nun, ihr Studenten!" rief der Polizeichef! „Kommt her! Ich will euch etwas sagen!"

„Hier sind wir!" Sie umringten ihn und verstummten.

„Wenn ihr Beschwerden vorzubringen habt", sagte der Polizeichef, „warum wählt ihr nicht den ordnungsgemäßen Weg? Warum benehmt ihr euch so pöbelhaft? Ihr wollt Medizinstudenten sein. Ihr habt euch einen edlen Beruf ausgesucht. Dieses Verhalten ist euer nicht würdig. Vorwärts, seid doch vernünftig! Ihr macht uns eine Unmenge überflüssiger Scherereien."

„Gebt uns unsern Freund zurück, den ihr verhaftet habt!" sagte Aboubakr.

„Sie sind also der Rädelsführer?" sagte der Polizeichef mit jenem Lächeln, das wir alle so gut kannten.

„Wir alle sind Rädelsführer!" riefen die Stimmen im Chor.

„In diesem Fall fordere ich euch alle auf, sofort nach Hause zu gehen, oder ich lasse euch allesamt verhaften."

„Geben Sie acht, Sir!" sagte Aboubakr in gutem Englisch, mit rollendem R. „Wir fordern sehr wenig. Wir wollen als Ehrenmänner behandelt werden. Wir haben keinen Anlaß, uns mit den Engländern zu streiten. Wir verlangen von euch nur, daß ihr es uns überläßt, unsere häuslichen Streitigkeiten allein zu bereinigen. Wir fordern Gerechtigkeit. Wir fordern die sofortige Freilassung des Ibrahim Gamal el Assiuti und aller unserer Kollegen, die man verhaftet hat."

„Ihr müßt eure Beschwerden an die zuständige Behörde richten. Wendet euch an eure Minister. Und nun vorwärts, oder ich muß Gewalt anwenden und euch verhaften lassen."

Der Polizeichef machte kehrt und ritt davon, begleitet von seinen zwei ägyptischen Ordonnanzen. Meine Kameraden entfernten sich nun in geordnetem Zug und zerstreuten sich in die Caféhäuser der Gegend. Polizeipatrouillen marschierten in den Straßen auf und ab. Aboubakr und einige andere aber konnten ihre heftigen Gefühle nicht bezähmen. Sie stürzten auf einen Bimbashi[1]) los, und Aboubakr sagte zu ihm:

„Oh, du Bruder eines Düngerhaufens, Sohn von sechzig Hunden! Ich würde dein Schicksal beklagen, wenn ich dich nicht seit meiner Kindheit in Qalyub kennen würde, wo du durch deine Unehrlichkeit und Schlauheit berühmt warst. Niedriger Sklave! Glaubst du, daß du jetzt, weil du deinen Ehrgeiz verwirklicht und eine Polizistenuniform angezogen hast, etwas Besseres bist als ein gewöhnlicher anständiger ägyptischer Bürger? Du kannst weder lesen noch schreiben. Alle deine Kniffe hast du von den englischen Offizieren gelernt. Oh, du elender Niemand!" Und er wandte sich an die Menschenmenge, die sich um ihn versammelt hatte. „Leute, Brüder! Was sind wir für ein bewunderungswürdiges, friedliches Volk, daß wir solche Ungerechtigkeiten in unserem Lande dulden! Wo in der Welt gibt es ein solches Volk? Tag und Nacht werden wir von unseren eigenen Herren, die die Knechte der Ausländer sind, ausgesogen. Bewunderungswürdig! Man zwingt uns, arm zu bleiben — ein Zustand, der unwürdig ist! Man hindert uns an dem Ausbau unseres Unterrichtswesens, damit wir folgsame Sklaven der fremden Interessen bleiben. Die erbärmlichsten Schurken aus unseren

[1]) Offizier

Städten und Dörfern erhalten Machtstellung. Die gesamte Staatsverwaltung ist ein einziger Düngerhaufen der Korruption. Gerechtigkeit gibt es für niemand. Und wir tun nichts! Wir dulden es!"

Das war Aboubakrs letzte Heldentat. Eine Polizeiabteilung erschien auf dem Schauplatz, es kam zu einem Zusammenstoß. Acht Leute wurden verwundet, einige von ihnen ernsthaft. Aboubakr wurde verhaftet und wanderte für ein Jahr ins Gefängnis.

Nach drei Monaten wurde ich aus dem Gefängnis entlassen. Man teilte mir mit, daß ich meine Freiheit der Großmut des neuen Unterrichtsministers verdankte. Ich machte nicht einmal den Versuch herauszubekommen, ob das stimmte, sondern schlich sogleich in die Sharia Nadif zurück, nach der elenden Hütte, die mein Studentenheim gewesen war. „Saubere Straße!" Ja! ich mußte hier zwischen Unrat und Abfallhaufen den Weg zu meiner Schwelle suchen. Das Haus stand offen. Das Schulzimmer zu ebener Erde war leer, und ein halbwilder Hund stürzte heraus. Ich ging hinauf. Meine Zimmer waren leer, meine sämtlichen Habseligkeiten verschwunden. Das Bett, meine Kleider, meine Bücher, meine Lampe, meine Apotheke — alles. „Ibrahim", seufzte ich, „jetzt bist du ein Bettler." Und als ich mich nach meinen Kindern umsah, fand ich sie in einem elenderen Zustande vor als zu der Zeit, da ich sie zusammengelesen hatte. Der Schmutz hatte sie wieder verschlungen.

Wenn wir Ägypter eine so große Vorliebe für die Deutschen haben, dann deshalb, weil der deutsche Geist schöpferische Eigenschaften besitzt und der deutsche Charakter eine unkomplizierte Gründlichkeit birgt, die in harmonischer Weise mit unserer seelischen Einstellung übereinzustimmen scheint. Ich sage das in ewiger Dankbarkeit für Dr. Hermann, den Chef der pathologischen Abteilung des Medizinischen Instituts. Als ich die Sharia Nadif verließ, um bei Panajoti meine Kollegen zu suchen, war mein Herz voll Empörung und Schmerz. Was sollte ich nun beginnen ohne Geld, in Lumpen, halb verhungert und den ganzen Körper von einem schrecklichen Ekzem bedeckt?

Ich hatte alles verloren bis auf meinen Stolz und den eisernen Willen, Arzt zu werden. Aber kaum hatten einige der Studenten mich erkannt, da trugen sie mich im Triumph zu Georgi und veranstalteten ein lärmendes Freudenfest.

Sie erzählten mir alle Neuigkeiten. Dr. K., der Leiter des Instituts, war aufgefordert worden, sein Rücktrittsgesuch einzureichen. Versehen mit einer angemessenen Pension für die Dienste, die er zuerst als Militärarzt im Sudan und dann in Ägypten der Regierung geleistet hatte, fuhr er auf einem Schiff der P. & O.-Linie, trinkend wie immer, nach England zurück. Seine Stellung war einem Ägypter gegeben worden.

Das alles freute mich sehr, aber wenn ich heute daran zurückdenke, bin ich anderer Meinung. War es wirklich ratsam, diesen wichtigen wissenschaftlichen Posten einem meiner Landsleute anzuvertrauen, nur weil er Ägypter war? Besaßen sie die nötige Eignung? Ich weiß heute, daß das bei einigen von ihnen nicht der Fall war.

Nach der Zusammenkunft bei Georgi suchte ich Dr. Hermann auf. Dieser prächtige alte Herr mit seinem erstaunlich großen rosigen Kahlkopf und der goldgeränderten Brille, hinter der zwei sehr ruhige Augen, stark vergrößert, funkelten, mit dem weichen, weißen Bart als Rahmen eines Gesichts, das einen fast erhabenen Ausdruck trug, verwendete sich für mich bei der Regierung.

Zwei Wochen nach meiner Entlassung aus dem Gefängnis wurde ich mit Bewährungsfrist wieder in die medizinische Fakultät aufgenommen. Ich begann vom frühen Morgen bis in die späte Nacht zu arbeiten.

4.

Abdou, der Gemüsehändler in der Sharia Nadif, gab mir Obdach, ich war hoffnungslos arm und besaß buchstäblich nichts außer den alten Kleidern, die ich am Leibe trug. Vergebens bemühte ich mich, von einigen der Eltern, deren Kinder meine Schule besucht hatten, das kleine Honorar einzutreiben, das sie mir noch immer schuldeten. Sie waren selbst arm. Ich fand nicht den Mut, an meinen Vater zu schreiben. Ich hoffte nur, daß er von meinem Unglück nichts erfahren hatte. Schließlich wandte ich mich in meiner Verzweiflung an Dr. Hermann und legte ihm meinen Fall dar. Er war sehr freundlich.

„Ibrahim", sagte er, „Sie gehören zu meinen begabtesten Schülern. Sie müssen noch zwei Jahre studieren, bevor Sie das Doktorat machen können. Leider sind Sie nicht der einzige arme Student, der von mir Hilfe erwartet. Aber ich will tun, was ich kann. Ich besitze einen alten grauen Anzug, den ich Ihnen schenken will. Tragen Sie ihn zu einem Schneider und lassen Sie ihn ändern, ich werde die Kosten tragen."

Ich wollte mich bedanken, aber er winkte mit seiner großen weißen Hand ab.

„Als junger Student in Heidelberg trug ich immer die alten Kleider meines Vaters. Ich pflegte sie wenden zu lassen." Mir kamen fast die Tränen. — Dr. Hermann ging in sein Schlafzimmer hinauf und kehrte mit dem in Packpapier eingewickelten grauen Anzug zurück.

„Lassen Sie sich das eine Lehre sein, Ibrahim! Bleiben Sie bei Ihrer Arbeit. Lassen Sie sich nicht wieder in solche Dinge hineinzerren. Behalten Sie Ihren Stolz für sich und denken Sie nur an das Studium. Der Weise steht in dieser Welt wie eine geistige Burg, nichts kann ihn verwunden... Wenn Sie jeden Samstagabend zu mir kommen wollen, werde ich Ihnen eine Methode zeigen, die Ihnen sehr rasch vorwärtshelfen wird. Ich habe oft bemerkt, daß Sie bei Ihren diagnostischen Versuchen leicht ausrutschen. Sie sind zu intuitiv. Intuition ist eine wertvolle Gabe, aber Sie müssen stets die Intuition durch die Tatsachen bestätigen lassen und sich von ihr nicht mitreißen lassen. Dr. Phipps soll Ihnen die Kunstgriffe beibringen; davon versteht er mehr als ich. Ich aber will Ihnen die gesunden Grundprinzipien zeigen. Ich glaube an Sie."

Voll Dankbarkeit verließ ich Dr. Hermann und ging mit meinem Paket zu einem kleinen Schneiderladen. Der Schneider betrachtete den Anzug und durchsuchte zugleich mit seinen flinken Fingern sämtliche Taschen. In der Hosentasche entdeckte er einen Briefumschlag. Ich nahm den Umschlag und las: „Für Ibrahim Gamal." Als ich ihn öffnete, fand ich zwei Pfunde darin. Ich fühlte, wie mir das Blut zu Kopf stieg, ich wäre fast in Schluchzen ausgebrochen. Nun suchte ich mir ein neues Quartier. Von meinem alten Platz auf der Bank im Medizinischen Institut konnte ich durchs Fenster die Insel Rhoda mit ihren schaukelnden Palmen und den riesigen Hainen von Mango- und Feigenbäumen sehen. Während meiner Gefängniszeit hatte ich gelernt, daß Einsamkeit und Natur wertvolle Schätze bergen, und ich sehnte mich von Herzen danach, in einem Garten friedlich unter Bäumen zu leben. Ich überschritt also die Mohammed-Ali-Brücke und wanderte auf der Insel umher. Schließlich lächelte mir das Glück.

Ich entdeckte einen großen alten Garten. Nach längeren Verhandlungen mit dem Gärtner und Hausbesorger, der dort wohnte — und nachdem ich Versprechungen gemacht hatte, von denen ich hoffte, daß ich sie bald würde erfüllen können — ließ ich mich dicht neben dem kleinen Häuschen des Gärtners nieder.

Wochenlang schlief ich unter einem Mangobaum in dem alten Garten. Das Mondlicht fiel durch die Zweige, und in der Nähe plätscherten die Wasser des Nils. Sherif Paschas Gärtner war ein Sa'idi. Er war freigebig und tief religiös. Ich aß an seinem Tische, und seine kleinen Kinder schlossen mich in ihr Herz. Am frühen Morgen nahm ich ein Bad im Nil und trocknete mich in der Sonne. Sehr bald fühlte ich mich kräftig und gesund und durchaus fähig, die Anstrengungen eines beschleunigten Studiums zu ertragen, die ich mir auferlegen mußte, um das nachzuholen, was ich während der mir aufgezwungenen Ferien im Gefängnis versäumt hatte. Ich hauste nun in einer Hütte, die nur einen Raum enthielt. Die Hütte war aus gebackenem Lehm gebaut. Auf dem Boden lag eine Grasmatte. Ein paar Kisten dienten mir als Tisch und Regale und enthielten meine Bücher und Schreibmaterialien. Durch die offene Tür sah ich eine Gruppe schöner Palmen und einen großen weißen Palast auf dem Gizeh-Ufer des Nils. Abends zeigte der westliche Horizont wunderbar rosige Farben, und zerfetzte Wolken, safrangelb, orangefarben und purpurrot, hingen am Himmel. Die großen Segel der Feluken und Dahabiahs glitten lautlos auf dem Wasser vorbei, das rot war wie glühendes Eisen. Vom Dach meiner Hütte aus konnte ich die Pyramiden sehen. Am anderen Ende des Gartens stand ein alter, vornehmer Palast, der aber, wie man mir erzählte, seit den Tagen des Khedive Ismail unbewohnt war. Das ganze Gebäude zerfiel. Unkraut und Gesträuch überwucherten die Terrassen, Schwärme von Fledermäusen flogen durch die zerbrochenen Fenster aus und ein. Es hieß, das Haus wimmle von den bösen Geistern ermordeter Männer und Frauen. Die Eigentümer begnügten sich mit den Einkünften aus dem großen Garten, der jährlich Hunderte von Pfunden eingebracht haben muß.

In ganz geringer Entfernung vom Hause fand ich in einem Palmenwäldchen leere Tierkäfige, einige kleinere, die vielleicht einmal Wölfe oder Füchse beherbergt haben mochten, und andere, so groß wie Löwenkäfige in einem modernen Zoo. Es gab in dem Garten massenhaft Schlangen und Skorpione. Überall sah man ihre Spuren. Einem dieser giftigen Geschöpfe verdanke ich sehr viel, nämlich die Freundschaft mit Prinz Ali. Ich wüßte so viel Seltsames über ihn zu berichten, daß ich, wenn ich ein geschickter Schriftsteller wäre, ein dickes Buch damit füllen könnte. Der Prinz war ein paar Jahre älter als ich, groß und breitschulterig. In seinen Adern floß ein Tropfen von dem männlichen Blut des großen Mohammed Ali. Er wurde von den „Pères de L'Enfant Jésus" und einer englischen Kinderfrau erzogen, hatte bereits in frühem Alter große Reisen gemacht und sich die Welt angesehen. Er kannte viele Leute und führte ein großes Haus.

Eines späten Nachmittags saß ich in meiner Hütte und studierte klinische Chirurgie. Da hörte ich Männer- und Frauenstimmen im Garten. Der älteste Sohn des Gärtners saß vor der Tür und schrieb die Buchstaben des Alphabets auf eine Schiefertafel.

„Abdou", sagte ich, „geh und sieh nach, was diese Leute hier machen."

Ehe ich meinen Satz zu Ende gesprochen hatte, war er bereits verschwunden. Er kehrte bald zurück und berichtete, ein Prinz und einige englische Herren und Damen seien mit einem Boot gelandet, der Prinz rede sehr viel. Von einer entschuldbaren Neugier getrieben, ging ich dem Geräusch der Stimmen nach und erblickte eine Gruppe junger und hübscher Menschen, in ihrer Mitte Prinz Ali in einem tadellosen weißen Flanellanzug. Er zeigte bald hierhin, bald dorthin und erzählte seinen Freunden offenbar die Geschichte des Gartens. Sie spazierten langsam umher, ich aber blieb regungslos auf meinem Platz stehen und traute mich nicht näher heran. Nach einiger Zeit hörte ich einen Aufschrei, den Schreckensruf einer Frau. Fast im gleichen Augenblick schrie die ganze Gesellschaft. Prinz Alis laute Stimme übertönte alle andern. Dann trat Stille ein, und ich hörte nur die Frau stöhnen. Ich wußte nicht, was geschehen war, aber Abdou hatte es bereits ausgekundschaftet.

„Hakim, Hakim! Eine Schlange hat die inglisi Sitt gebissen!"

Nun rannte ein Mann in panischer Aufregung den Gartenpfad entlang. Er lief an mir vorbei und machte den Eindruck eines Verrückten.

„Ya Mohammed! Mohammed!" dröhnte die Stimme des Prinzen durch den Garten.

Ich eilte ihrem Klange nach und stieß auf eine Gruppe von Menschen, die vor Verwirrung und Verzweiflung nicht aus noch ein wußten. Drei Männer stützten eine junge Frau, die das eine Bein hochgezogen hatte und sich mit so entsetzten Blicken umsah, daß ich fast erschrak.

„Schnell ins Motorboot", sagte jemand. „Wir fahren ins Hotel zurück und holen einen Arzt."

Der Prinz erblickte mich und starrte mich an.

„Wer bist du? Was willst du?"

Er nahm offenbar Anstoß an meinem Erscheinen, wahrscheinlich, weil ich in dem grauen Anzug wie ein Effendi aussah; Prinzen können Effendis nicht leiden und sehen in ihnen eine Klasse gebildeter Ägypter, die vielleicht eines Tages ihren Untergang herbeiführen wird.

„Effendina", sagte ich, „vielleicht kann ich behilflich sein. Was für eine Schlange hat diese Dame gebissen?"

„Was für eine Schlange? Eine Giftschlange, verdammt nochmal! Bei Gott, ich schlage dir den Schädel ein, wenn du nicht verschwindest."

„Mein Schädel ist sehr hart", sagte ich. „Ich bin zufällig Student der Medizin, ein ägyptischer Student, und ich habe mich schon als Kind besonders mit Schlangenbissen beschäftigt."

„Verlieren wir keine Zeit!" rief ein Mann in einem weißen Tropenhelm. „Um Himmels willen, schaffen wir sie schnell weg!"

Die Frau war einer Ohnmacht nahe. Sie führten sie zu den nahen Stufen der alten Terrasse, wo sie sich niedersetzte. Mohammed, der Gärtner, kam mit einem riesigen Klumpen Nilschlamm gelaufen.

„Gott ist barmherzig", sagte er. „Er hat uns in seiner ewigen Weisheit den Nilschlamm geschenkt als ein sicheres Heilmittel gegen den Biß gefährlicher Schlangen."

Ich schob Mohammed beiseite.

„Wenn Sie nicht tun, was ich sage, wird die Dame sterben", erklärte ich der Gesellschaft.

Die Frau sah mich an. Ich blickte ihr in die Augen. Ich sah, daß sie eine zarte Konstitution hatte, sie war feinknochig und blaß; wahrscheinlich litt sie an Blutarmut und irgendwelchen nervösen Störungen. Ich sagte nichts mehr, sondern beugte mich nieder und zog ihr den Schuh und den Strumpf aus. Dicht oberhalb des Knöchels waren auf der Haut zwei kreisförmige Bißwunden sichtbar mit einer Reihe kleiner Stiche, die von den Gaumenzähnen einer

Kobra herrührten. Schon machte sich eine häßliche Schwellung bemerkbar.

„Fühlen Sie Übelkeit?" fragte ich.

Sie starrte mich an.

„Um Gottes willen, tut doch etwas!" stöhnte sie.

Ich nahm mein Taschentuch und legte über dem Knie, dem die Schwellung sich bereits zu nähern begann, einen festen Verband an. Dann befahl ich Mohammed, schnell einen Wagen zu holen. Ich nahm die kalten Hände der Frau in meine Hände.

„Eine Kobra hat Sie gebissen", sagte ich.

Zwei von den Leuten begannen gleichzeitig zu reden.

„Sie hat die Handtasche fallenlassen, und als sie sie aufhob, trat sie mit dem einen Fuß auf einen Haufen von Zweigen und Unrat."

„Muß ich sterben?" fragte sie mich.

„Gewiß", erwiderte ich, „wenn Sie nicht das tun, was ich Ihnen sage. Niemand darf sich meinen Anordnungen widersetzen."

Sie stöhnte und nickte.

„Sie werden nicht sterben", sagte ich, stand auf und gab Befehl, sie aus dem Garten hinauszutragen. „Wir müssen sie sofort in die Kasr-el-Aini schaffen."

Ein Mann klopfte mir auf die Schulter.

„Wir werden Ihre Anordnungen befolgen", sagte er. „Aber sie wird nicht sterben, nein?"

Ich sah das blasse leidende Gesicht eines Mannes.

„Nein, Sir", sagte ich, „die Frau, die sie lieben, wird am Leben bleiben. Sie werden gut zu ihr sein. Sie ist nicht sehr glücklich."

Er wandte sich unvermittelt ab. Wir fanden einen Wagen. Eine knappe halbe Stunde später lieferte ich meine Patientin im Spital ab. Ich bat die Oberschwester, sofort

Dr. Tewfik zu rufen. Prinz Ali und die andern warteten stumm.

„Effendina", sagte ich zu dem Prinzen, „ich würde Ihnen und Ihren Freunden raten, einen Rundgang durch das Hospital zu machen. Es schadet keinem, wenn er einmal die Leiden seiner Mitmenschen sieht. Man fühlt sich gereinigt und wird ein besserer Mensch."

Er befolgte meinen Rat nicht. Dann nannte mir der Mann seinen Namen: Lord H. (Es widerstrebt mir, in meinen Erinnerungen die Personen bei ihrem richtigen Namen zu nennen.)

„Ich bin Ihnen sehr dankbar, junger Mann!"

Dr. Tewfik erschien in seinem weißen Mantel. Sie trugen die Dame in den Frauensaal, dort erhielt sie die notwendigen Seruminjektionen, die ihr ermöglichten, am nächsten Morgen völlig geheilt das Hospital zu verlassen und ihren sorgenvollen Lebensweg fortzusetzen.

Drei Tage nach diesem Ereignis, als ich vom medizinischen Institut nach Hause kam, sah ich vor dem kleinen Gartentor einen Wagen warten. Eine Menge Kinder lungerten umher. Groß war mein Erstaunen, als ich Lord und Lady H. erblickte, die sich in Begleitung eines Dragomans mit dem Gärtner unterhielten.

„Oh, da ist er!" rief Lady H., als sie mich erblickte. (Sie trug lederne Reitstiefel.)

„Guten Tag, Mr. Ibrahim Effendi!"

„Ich heiße Ibrahim Gamal el Assiuti", sagte ich, „und ich weiß, daß Ihnen das zu lang ist. Bleiben wir bei Ibrahim."

„Oh, Dr. Ibrahim", sagte sie mit einem reizenden Lächeln, das mir ungeheuer schmeichelte.

„Ich bewundere Ihren Mut", sagte ich. „Wenige Frauen würden es wagen, in diesen Garten zurückzukehren, nachdem sie von einer Kobra gebissen worden sind."

„Oh, ich bin Engländerin", erwiderte sie rasch. „Und außerdem habe ich diesmal Stiefel an."

„Sie sind ein famoser Kerl, Ibrahim!" sagte jetzt ihr Mann. „Prinz Ali wird gleich erscheinen und ein paar Schlangenbeschwörer mitbringen. Die Burschen sollen sämtliche Schlangen einfangen und vertilgen."

„Warum vertilgen? Schlangen sind völlig harmlos, solange man sie nicht angreift oder zufällig auf sie tritt. Sie haben in der Natur ihre Aufgabe zu erfüllen genau wie wir. Wenn Sie alle Schlangen in diesem Garten vertilgen, werden wir uns bald vor Ratten, Mäusen und anderem Ungeziefer nicht retten können."

„Ah! Aber wir wollen uns rächen!" sagte er und klopfte mir auf die Schulter.

„Die schönste Rache wäre es", sagte ich, „wenn ihr Engländer euch bemühen wolltet, uns Ägypter ein wenig besser zu verstehen. Ihr könntet uns außerordentlich behilflich sein, unserer Schwierigkeiten Herr zu werden, wenn ihr euch bloß die Mühe machen wolltet."

Ich sah, wie Lady H. ihrem Mann einen heimlichen Blick zuwarf. Er nickte etwas verlegen. Dann fügte er mir eine jener Beleidigungen zu, gegen die ich heute bereits sehr abgehärtet bin.

„Ja, sehen Sie, ich wollte Ihnen noch etwas sagen, Ibrahim. Wir sind Ihnen wirklich sehr dankbar. Sie sind unserer Überzeugung nach sehr liebenswürdig gewesen und haben wahrscheinlich durch Ihre Geistesgegenwart Lady H. das Leben gerettet. Und da Sie bald Arzt sein werden, hoffe ich, Sie werden nicht nein sagen, wenn ich Sie bitte, ein bescheidenes Geschenk von uns anzunehmen. Sie können es als ein wohlverdientes Honorar betrachten. Ja, so meine ich es eigentlich. Bitte, nehmen Sie von uns diese Fünfpfundnote!"

Gott weiß, wie arm ich damals war und was fünf Pfund für mich bedeuteten. Aber das Blut stieg mir in die Schläfen. Ich hatte nicht im mindesten an Geld gedacht.

„Ich weiß, daß Ihre Gewohnheiten und Ihre Denkungsart die des europäischen Westens sind", sagte ich. „Den kleinen Dienst, den ich Lady H. erwiesen habe, hätte ich auch dem ärmsten, erbärmlichsten Bettler erwiesen, ohne Rücksicht auf seine Nationalität. Ich nehme Ihren Dank an, aber ein Honorar nehme ich nicht."

„Ich verlange nicht von Ihnen, daß Sie die fünf Pfund als eine Ablösung meiner Dankesschuld betrachten sollen", erwiderte Lady H.

„Gut", sagte ich. „Behalten Sie die fünf Pfund und Ihre Dankbarkeit."

Ich wandte mich ab und ging in meine Hütte. Ich konnte es nicht länger ertragen, mich in Anwesenheit eines ägyptischen Dragomans demütigen zu lassen.

Ich will hier betonen, freundlicher Wanderer, daß die Engländer großmütig sind, wenn sie es auch selbst oft nicht wissen. Ihre Gefühle sind tief in ihrer Brust verborgen, oft schlummern sie ganz, oder sie stehen zumindest unter einer starken Kontrolle. Deshalb kommen sie nicht leicht und selbstverständlich zum Ausdruck, wenn sie einmal aufgestört werden, sondern sie wirken ungeschickt, manchmal sogar komisch. Viele Jahre nach diesem Vorfall „entledigte" sich Lady H. ihrer Dankesschuld, indem sie sich ganz in meine Hände gab. Das geschah in London, wo ich ihr wahrscheinlich ein zweites Mal das Leben gerettet habe.

Kurz nachdem ich mich in meiner Hütte niedergesetzt hatte, hörte ich im Garten lautes Lärmen.

„Bei Gott!" rief eine schrille Stimme. „Ich beschwöre

dich, zu Soleiman zu kommen! Du wirst der Stimme deines Herrn gehorchen! Komm heraus! Bei dem größten aller Namen, komm heraus! Hier ist dein Herr, Soleiman! Kein Gift auf der Welt kann ihn verletzen. Ihn schützt der allgütige Gott! Komm heraus! Komm heraus!"

Ich verließ die Hütte und beobachtete aus der Ferne den Schlangenbeschwörer. Er hatte zwei junge Gehilfen bei sich, die Schlangenkörbe trugen. In einigem Abstand folgte ihm eine Gruppe von Leuten, unter der sich auch Prinz Ali befand. Ich fürchtete, sie würden wieder zu mir kommen, deshalb verließ ich den Garten und ging zu Georgi, um die Freunde aufzusuchen und ein paar Piaster von ihnen zu borgen.

Zu jener Zeit pflegte ich viel nachzudenken. Ich saß auf einem flachen Stein unter einem Mangobaum am Ufer des Nils, die Beine untergeschlagen, den Rücken steif und gerade, die Hände mit emporgekehrten Flächen im Schoß ruhend. Ich bin heute noch verwirrt, wenn ich daran zurückdenke. Ich wandte dabei eine Methode zu geistiger und seelischer Förderung an, wie sie die indischen Yogis seit Jahrhunderten, vielleicht sogar seit Jahrtausenden lehren. Heute wäre ich dazu nicht mehr imstande. Meine Gesundheit ist elend, und die zehn Jahre meines Aufenthaltes in Westeuropa haben nicht nur meinen Körper, sondern leider auch meinen Willen zerstört. Damals aber konnte ich Stunden hintereinander dasitzen, ohne einen Muskel zu bewegen. Der Hunger, unter dem ich ständig litt — ein erzwungener Hunger, wie ich zugeben will, keine mystische, selbstauferlegte Kasteiung — hielt mein Hirn und mein Gedächtnis in einem Zustand dauernder Bereitschaft. In meinem Körper war eine solche Leichtigkeit, daß es mir schien, ein Gedanke könnte ihn vom Boden emporheben und in die unbekannten Regionen davontragen. Zuweilen empfand ich ein tiefes, fast seliges Glücksgefühl.

Zwei Tage nach der Schlangenjagd ruhte ich so unter einem Baume, da hörte ich plötzlich in der Ferne Prinz Alis laute Stimme rufen.

„Hakim Effendi, freilich! Ich will ihn sehen! Ich will zu ihm! Der Hund! Sohn von sechzig Hunden! Gott sei ihm gnädig!"

Solche und ähnliche Äußerungen tönten mir immer näher in die Ohren, und bald darauf erschien der Sprecher selbst, in weißen Lederhosen, blanken Reitstiefeln und Sporen, eine elegante Erscheinung, aber in einem Zustand höchster Erregung. Mit vorgestrecktem Kopf stelzte er auf mich zu und maß mich mit der Wildheit eines angreifenden Nashorns.

„Ya kalb!" brüllte er. „Was tust du hier? Warum stehst du nicht auf? Muß ich meine Reitpeitsche gebrauchen, damit du aufstehst?"

Ich war etwas verwundert und musterte ihn aufmerksam, auf das Schlimmste gefaßt. Er blieb stehen und schlug mit der Reitpeitsche gegen seine Stiefel.

„Hakim Effendi! Hakim Effendi!" knurrte er verächtlich. „Steh auf, du Hund, ich werde dir die Haut abziehen. Wie kannst du es wagen, vor einem Prinzen der Königlichen Familie sitzen zu bleiben?"

Ich stand langsam auf.

„Ich werde vor dem Prinzen der Königlichen Familie aufstehen, wenn er mir die Zeit dazu läßt."

„Du eingebildeter Hund! Glaubst du, weil du Medizin studierst, hast du das Recht, mir Belehrungen zu erteilen? Ya kalb! Ich schlage dich zu Brei! Wie kannst du dich unterstehen, vor meinen Freunden so vertraulich mit mir zu reden?"

Er hob die Peitsche hoch, bereit zuzuschlagen, ließ sie

aber langsam wieder sinken. Er überschüttete mich mit einer Flut von Schimpfworten. Ich machte nicht einmal den Versuch, ihn zu unterbrechen. Er richtete zahllose wütende Fragen an mich, ließ mir aber keine Zeit, auch nur eine von ihnen zu beantworten. Schließlich stöhnte er voll tiefen Abscheus:

„Hunde wie du sind der Fluch Ägyptens! Ich möchte jeden Engländer umbringen, der euch eine Schule besuchen läßt! Nie dürfte man erlauben, daß ihr die Felder verlaßt. Man müßte euch zur Fronarbeit zwingen!"

Er hielt plötzlich inne, klemmte ein Monokel in sein linkes Auge und streckte den Kopf nach vorn, hielt ihn aber etwas seitwärts geneigt als Zeichen seiner Bereitwilligkeit, alles, was ich als Antwort auf seinen Ausbruch zu sagen haben würde, anzuhören.

„Effendina", sagte ich so ruhig als möglich, „Gott schütze in seiner Weisheit die Königliche Familie. Ich wünsche Ihnen Wohlstand und Glück. Aber ich fürchte, es stehen Ihnen unangenehme Dinge bevor, Sir. Binnen weniger Jahre werden Sie leberkrank sein, weil Sie zu viel Whisky trinken. Das Getränk ist für ägyptische Männer nicht geeignet."

„Hund", rief er ungeduldig, knirschte mit den Zähnen und mißhandelte seine Stiefel mit der Peitsche, ohne auch nur im mindesten den Kopf zu bewegen. „Oh, du Hund! Wie kannst du es wagen, du lausiger Bettler, ein reiner Niemand, Abkömmling eines schlechtrassigen oberägyptischen Esels, fünf Pfund zurückzuweisen, die dir einer meiner Freunde anbietet? Wie kannst du es wagen, mir Belehrungen zu erteilen?"

„Effendina, ich habe in aller Bescheidenheit gewagt, Eurer Hoheit einige gute Ratschläge zu erteilen."

„Wozu?" schrie er.

Ich betrachtete sein gerötetes Ohr und die geschwollenen Adern.

„Sie werden an einem Schlaganfall sterben!" hätte ich beinahe gesagt, aber ich besann mich schnell.

„Oh, Herr Ägyptens!" sagte ich, und als ich sah, daß er beifällig nickte, fuhr ich fort: „Oh, Herr im Lande der Pharaonen! Ein Prinz ist immer edel. Nur der König selbst steht höher als er. Wo immer er geht, gehört alles ihm, und alle Menschen sind gleichsam sein Eigentum. Kann ein Prinz sich mehr wünschen? Ich habe Eure Hoheit gebeten, das Hospital zu besuchen, weil ich weiß, daß Eure Hoheit mit den armen Leidenden Mitleid haben und stets bereit sind, ihnen zu helfen."

„Das ist mir völlig neu", sagte Prinz Ali und richtete seine Augen auf mich.

„Vielleicht, Effendina, aber es ist wahr."

Er zögerte und schluckte.

„Woher stammst du?"

„Aus Assiut."

„Der Stadt der Hunde!"

„Und Ägypter", murmelte ich.

„Der barmherzige Gott stehe dir bei! Bin ich nicht deshalb zu dir gekommen, weil ich einer englischen Dame etwas zu schnell beteuert habe, daß ich dich gern im Nil ertränken lassen würde? Sie hat dir fünf Pfund angeboten! Du hast das Geld zurückgewiesen! Stimmt das?"

„Ja, Hoheit."

„Ich habe dir erklärt, daß es in Ägypten nicht einen Menschen gibt, der ein Geschenk von fünf Pfund zurückweisen würde, und wenn es einen gäbe, müßte ich ihn sehen." Damit nahm er eine Fünfpfundnote aus der Tasche.

„Du wirst jetzt das Geld der Dame nehmen, oder ich lasse dich auspeitschen."

„Ich werde das Geld der Dame nicht nehmen", sagte ich, „auch wenn man mich auspeitscht."

„Du wirst aber das Geld von mir nehmen!" rief er, trat schnell einen Schritt näher und schob mir den Schein in die Tasche.

„Ich nehme das Geld von Effendina", sagte ich, „und bin dankbar dafür."

Seine Haltung änderte sich plötzlich vollkommen. Er fing so heftig an zu lachen, daß die Bootsleute auf dem Nil ihn in meilenweiter Entfernung hätten hören können.

„Ibrahim! Du! Du!" seufzte er schließlich. „Du nimmst das Geld von mir, aber nicht von der englischen Lady?"

„Effendina", sagte ich, „Sie sind ein Prinz. Es ist das Vorrecht eines ägyptischen Prinzen, einem armen Ägypter etwas zu schenken."

„Ibrahim! Ibrahim!" rief er und legte fast liebevoll den Arm um meine Schultern, „ich habe eine Wette gewonnen! Lord H. hat mit mir um zehn Pfund gewettet, daß ich dich nicht werde zwingen können, die fünf Pfund von seiner Frau anzunehmen."

„Ich habe sie nicht von ihr angenommen", erwiderte ich. „Ich nehme sie nur als ein persönliches Geschenk Eurer Hoheit an einen armen Ägypter."

„Du hast sie genommen! Du hast sie genommen! Ich kann ihr erzählen, daß du sie genommen hast!"

Ein heftiger Hustenanfall packte ihn, vermischt mit Gelächter. Er entfernte sich sehr zufrieden mit seinem Erfolge. Auch ich war zufrieden. Überdies hatte ich das Gefühl, daß jetzt endlich das Rad des Glücks sich zu meinen Gunsten gedreht hatte, und ich versank in Grübeln über meinen neuen Wohlstand.

5.

Zu meiner Überraschung erschienen Arbeiter, um die Tierkäfige im Garten auszubessern. Prinz Ali kam jeden Tag, um die Arbeit zu beschleunigen. Ich merkte, daß sein Benehmen sich verändert hatte. Er schrie und fluchte nicht mehr so viel. In seiner Stimme lag ein fast kläglicher Ton. Zuweilen versank er in tiefes Brüten, als ob er mit seinem zweiten Ich Zwiesprache halten wollte. Eines Nachmittags geruhte Seine Hoheit, mich zu besuchen.

„Ya Ibrahim!"

Ich stand auf und verbeugte mich.

„Nenn mir ein gutes Mittel", sagte er. „Die Käfige müssen gewaschen und desinfiziert werden."

„Ich würde Lysol nehmen, Effendina, eine Tasse voll auf einen Eimer Wasser und damit die Käfige gut ausbürsten."

„Schreib es auf."

Ich schrieb das Wort Lysol auf einen Zettel. Prinz Ali reichte den Zettel einem prunkvoll gekleideten Diener und befahl ihm, sofort etwas Lysol zu holen. Dann setzte er sich nieder und bat mich, gleichfalls Platz zu nehmen. Einige Augenblicke hing er seinen Gedanken nach. Dann fragte er mich:

„Woher wußtest du, daß meine Leber nicht in Ordnung ist?"

„Ich konnte es sehen."

„Wieso sehen?"

„Ich sehe bei vielen Leuten auf den ersten Blick, was bei ihnen nicht in Ordnung ist."

„Du hast einfach geraten!"

„Natürlich geraten, aber ich habe richtig geraten."

Und fügte hinzu:

„Es ist eine besondere Begabung."

„Merkwürdig", sagte er. „Der Arzt meines Onkels hat mich untersucht und hat festgestellt, daß meine Milz und meine Leber etwas vergrößert sind."

„Es handelt sich bei Eurer Hoheit um ein Erbleiden. Hoheit haben diese körperliche Schwäche von Ihrem Vater geerbt. Er hat das gute Essen zu sehr geliebt."

„Das tue ich auch, und wie!"

„Ich weiß. Aber Effendina müssen mit dem Trinken vorsichtig sein und diät leben."

„Wie ist es mit dem Kaffee?"

„Kaffee ist gut, aber nicht für Effendina."

„Und Zigarren?"

„Schlecht für das Herz!"

Er dachte nach.

„Du bist Arzt?" fragte er.

„Ich bin das, was Effendina mich zu Anfang genannt haben", sagte ich unerschrocken. „Eure Hoheit geruhten, mich als einen lausigen Bettler zu bezeichnen. Das bin ich auch. Aber ist es nicht eine sonderbare Welt? Der, dessen höchstes Verlangen es ist, anderen Gutes zu tun, muß ein Bettler sein, jeden Tag kämpfen, Hunger und Entbehrungen erleiden, damit er endlich seinen einzigen Ehrgeiz befriedigen kann, seinen Mitmenschen zu helfen."

Effendina legte seine Reitpeitsche über die Knie.

„Ist es wahr, daß ein Leberleiden sehr schmerzhaft werden kann?"

„Millionen Menschen in Ägypten sind leberkrank", sagte ich.

„Werde ich Schmerzen haben?"

„Ich weiß es nicht. Ich habe Effendina nicht untersucht."

„Willst du versuchen, mich zu heilen?"

„Ich bin nicht befugt, Patienten zu behandeln. Ich bin noch Student."

„Willst du mich untersuchen?"

„Das darf ich nicht, Effendina."

Ich sah wieder den wilden Nashornblick in seine Augen kommen.

„Ich befehle dir, mich zu untersuchen", sagte er und knirschte mit den Zähnen. „Und höre zu", fuhr er wie in einer plötzlichen Eingebung fort. „Ich bin jung; ich will das Leben genießen! Ich will mich nicht von einer kranken Leber quälen lassen! Der Arzt meines Onkels gefällt mir nicht. Ich mache dir ein Angebot. Ich gebe dir zwei Pfund die Woche, bis du mit dem Medizinstudium fertig bist. Aber nur unter einer Bedingung: du mußt dich besonders dem Studium der Milz- und Leberkrankheiten widmen und dich vor allem um meine Leber kümmern."

Mir war zumute, als stünde ich unter einer sanft rieselnden Dusche.

„Ibrahim", fuhr er fort, „ich habe mich erkundigt, was das Studium kostet. Hundert Pfund im Jahr sind eine Menge Geld. Aber, wie gesagt, nur unter einer Bedingung!"

„Effendina", sagte ich mit stockender Stimme, „Milz und Leber sind zwei der wichtigsten Organe des menschlichen Körpers. Jeder Medizinstudent muß sich bemühen, sie genau zu studieren."

„Du aber sollst ein Leberspezialist werden", sagte er in befehlendem Tone. „Unser Hausarzt ist ein dummer, alter Kerl und wird bald sterben."

„Möge Gott ihn so lange am Leben erhalten, bis ich ein Leberspezialist geworden bin!"

„So ist es! So ist es!" Und Prinz Ali brach in ein lautes

Gelächter aus. Er schloß mit seinem gewohnten Seufzer und fragte dann: „Abgemacht?"

„Ich werde mich natürlich gern mit dem besonderen Studium der Leberkrankheiten beschäftigen, um Effendina einen Gefallen zu tun. Aber ich kann ein so großmütiges Angebot nicht ohne Bedingungen annehmen."

„Was? Du willst Bedingungen stellen?"

Seine Stimme wurde wieder zornig. Man konnte sie durch den ganzen Garten hören.

„Keine Aufregung!" sagte ich zu ihm. „Jäher Blutandrang zum Kopf ist gefährlich, mein Prinz. Ich bitte, eine einzige Bedingung stellen zu dürfen, die sicherlich der Großmut Eurer Hoheit gefallen wird. Wenn Hoheit mir meine Bitte nicht erfüllen, kann ich das Stipendium nicht annehmen."

„Worum handelt es sich?"

„Ich habe einen Freund namens Aboubakr. Er ist Medizinstudent. Man hat ihn für ein Jahr ins Gefängnis gesperrt."

„Wenn sie ihm ein Jahr gegeben haben, wird er fünf verdienen!" rief Prinz Ali. „Warum hat man ihn eingesperrt?"

„Weil er eine Zusammenrottung verursacht hat in der Absicht, sich der Autorität der Regierung zu widersetzen, und wegen Beleidigung der Polizei." „Wie?"

Prinz Ali sprang auf und peitschte seine Stiefel.

„Dafür müßte er den Nilorden bekommen."

„Das denke ich auch."

Ich schilderte dem Prinzen den Verlauf der Ereignisse. Er hörte ungeduldig zu und wurde dann wütend.

„Ich werde mit meinem Onkel über Aboubakr sprechen! Was, zum Teufel, bilden diese Polizisten sich ein? Wofür bezahlen wir sie? Ich werde dafür sorgen, daß dieser Bimbashi eine Tracht Prügel bekommt! Ich werde mit meinem Onkel sprechen!"

Dann erinnerte er sich an den ärztlichen Rat, schluckte seinen wachsenden Ärger hinunter und blieb schließlich mit weitgespreizten Beinen vor mir stehen.

„Ich bewillige dir, was du verlangst!" sagte er mit einem grandiosen Schwung seiner rechten Hand, die die Peitsche hielt. „Ich werde Aboubakr aus dem Gefängnis befreien! Die Regierung beleidigt! So so! Wir sind die Regierung Ägyptens! Es gibt keine andere Regierung, die man beleidigen könnte. Hol der Teufel alle anderen Regierungen!"

In der Bibel heißt es: „Traue den Fürsten nicht!" Ich aber setzte Vertrauen in Prinz Ali, und er hielt sein Wort. Seine Großmut bedeutete für mich eine neue Welt. Ich konnte nun in aller Ruhe meinen Studien nachgehen, befreit von der ewigen nervenzerrüttenden Jagd nach Geld. Ich beschloß, ein anständiges Leben ohne jeden Luxus zu führen und hoffte sogar, einigen meiner weniger glücklichen Kollegen eine kleine Unterstützung geben zu können. Ich möchte hier erwähnen, daß fünfzehn Jahre nach unserem Gespräch im Garten Prinz Ali nach London kam und sich in meine Hände gab. Bevor er narkotisiert wurde, lächelte er mich unterwürfig an.

„Ibrahim", sagte er mit jenem sonderbar wachen Blick der Menschen, die dicht vor einer Operation stehen, „vergessen Sie nicht, daß ich Ihr Studium bezahlt habe. Also, verpfuschen Sie mich bitte nicht."

„Möge Gott mir die Hand führen!" erwiderte ich. „Insha'llah!"

Fürs erste waren es zwei Pfund die Woche. Ein Vermögen! Genug sogar, um meiner Heimatstadt Assiut einen langen Ferienbesuch abzustatten und dort Aufsehen zu erregen. Genug sogar, um eine kleine Reserve zurückzulegen, Dr. Hermann die zwei Pfund zurückzuzahlen und auch alle andern kleinen Schulden zu regeln. Mein Arbeitseifer erhielt einen gewaltigen Anstoß. Ich arbeitete mit gesteigertem Vergnügen. Zu meiner großen Freude kam Aboubakr aus dem Gefängnis heraus. Er war der Held des Tages. Wir führten ihn blumenbekränzt durch die Straßen von Kairo und schrien uns heiser.

„Ägypten den Ägyptern! Lang lebe Mustapha Kemal!"

6.

Freundlicher Wanderer, sei nicht überrascht, wenn ich dich jetzt mit einem seltsamen Vorfall in Sherif Paschas Garten aufhalte.

Prinz Ali hatte einen Vetter, Prinz Taher Ahmad, einen eifrigen Jäger, der soeben mit einer Anzahl gefangener Tiere aus den wilden Einöden von Innerafrika, aus Uganda und Tanganjika zurückgekehrt war und seine Beute wie gewöhnliche Ware auf Quayassahs den Nil herabbefördert hatte.

Ali, Taher Ahmad und mehrere andere Prinzen erschienen mit einer kleinen geladenen Gesellschaft in meinem Garten, um die gefangenen Tiere in Empfang zu nehmen. Ich stand als stiller Beobachter hinter einem Baum. Zu meinem Erstaunen entdeckte ich, daß der größte Teil der Tiere Affen waren. Unter ihnen befand sich ein prächtiger Gorilla namens Wamba Amba, der Held einer eigenartigen Geschichte. Sechzehn Mann waren nötig, um ihn in einem Käfig zu seinem Gefängnis zu tragen. Ein kleiner dünner, weiß gekleideter Mann schritt voran. Er hieß Professor Larson und schien ein angesehener schwedischer Arzt zu sein, der in Pariser und Berliner wissenschaftlichen Kreisen recht bekannt war. Dr. Hermann teilte mir aber später mit, daß er den Ruf des Professors kenne und ihn für einen jener Abenteurer halte, die der Fluch der ärztlichen Wissenschaft sind.

Professor Larson war ein Mann Anfang der Sechzig mit rosigen Wangen, einem kurzen grauen Bart und einer hohen gewölbten Stirn, die eher auf Phantasie und Kunstsinn als auf rein wissenschaftliche Begabung schließen ließ. Er hatte ein unangenehmes Zucken in der Oberlippe und lispelte beim Sprechen. Er war mit Prinz Taher Ahmad sechs Monate lang auf der Affenjagd gewesen; die wissenschaftlichen Neigungen des Prinzen waren bekannt, er war ein gebildeter Mann und interessierte sich sehr für Dr. Larsons Experimente im Zusammenhang mit einer „neuen" Wissenschaft, die soeben in Mode gekommen war: Drüsentherapie und Verjüngung.

Die Affen, groß und klein, einschließlich des majestätischen Wamba Amba, wurden in ihre Käfige gesteckt, und man reichte ihnen Bananen, Orangen, Nüsse und Zwiebeln. Wamba Amba erhielt eine Kokosnuß und eine Ananas. Die meisten der Gefangenen weigerten sich zu fressen. Professor Larson sagte, sie würden zweifellos für ein bis zwei Tage in den Hungerstreik treten, bis sie sich an ihre neue Umgebung gewöhnt hätten.

Er bestellte Kuhmilch und Zuckerrohr. Prinz Taher Ahmad gab die Anordnung weiter, und prunkvoll gekleidete Diener wurden sofort weggeschickt, um die gewünschten Nahrungsmittel herbeizuschaffen.

Mitten im Garten wurde ein Zelt aufgestellt. Große Kisten wurden hineingeschafft. Ein junger Franzose, Sekretär des Professors, überwachte das Auspacken. In einiger Entfernung wurden drei kleinere Zelte für die Tierwärter errichtet. Nach zweistündigem Geschrei und Gelärm verließen die Gäste den Garten, und nur Dr. Larson, der Sekretär und die Wärter blieben zurück. Schließlich, mit dem Heranrücken der Nacht, entfernten sich auch der Professor und sein Sekretär; die Wärter, hochgewachsene Leute, versammelten sich, nachdem sie ihre Gebete hergesagt hatten, um ein offenes Feuer und kochten ihr abendliches Mahl. Der Gärtner brachte ihnen Brot und setzte sich zu ihnen. Von den schwarzen Schiffen, die ganz in der Nähe vor Anker lagen, kamen Leute und schlossen sich dem Kreise an. Von Neugier getrieben, ging auch ich zu ihnen.

„Salaam aleikum!"

„Aleikum-es-salaam!"

Ich setzte mich schweigend. Sie unterhielten sich in der ruhigen, würdigen Art, die den Männern aus dem Süden eigen ist. Einer von ihnen, Abdel-hai, ein Jäger, mit der Brust und den Gliedern eines Riesen, besaß eine außerordentliche Erzählergabe. Ich erkannte in ihm sehr schnell den geborenen Geschichtenerzähler, voll von Einfällen und von einem gewissen dichterischen Schwung. Er berichtete von einer großen Jagd an den Ufern des Kongo, in tiefen, düsteren Wäldern und auf sonnversengten Savannen. Man mußte das Arabische schon sehr gut verstehen, um ihm folgen zu können. Mir klingt meine Muttersprache schöner als alle anderen Sprachen. Ich kann mich an ihrem gewaltigen Rhythmus berauschen. Sie ist eine männliche Sprache und enthält dennoch alle die zarten Töne, die von den Lippen einer Frau kommen. Kraft und betörender Reiz mischen sich in ihrer Melodie. Sie ist die Sprache der Wüste, aus der Liebe in den Frauenzelten geboren. Und sie ist streng wie das Leben der grenzenlosen Horizonte, der Räume, die dem Blick, aber nicht der Seele entrückt sind.

Abdel-hai erzählte seine Geschichte ohne Stocken. Seine großen, schwarzen Sudanesenaugen schimmerten hell, und die roten Flammen des Feuers warfen ein rötliches Leuchten auf seine schwarze Haut.

„Der Jäger kommt zu Prinz Ahmad und sagt: ‚Wir haben ihn gesehen, wir haben ihn gehört! Seine Stimme ist schrecklicher als die des Elefantenbullens, der über seine Kühe und ihre Walads wacht.'— ‚He, Herr Prinz! He, Herr Prinz!' ruft der Jäger inglisi: ‚Einen Kopf größer ist er als jeder Mensch, so groß wie der inglisi Gouverneur in Somali. Wamba Amba, der größte aller Affen ist er und Herr über den finsteren Wald!' Ich nehme die große Ombeyah[1]) und blase das Kriegssignal, das alle Männer aufruft, eine große Tat zu tun. Safari! Safari! Sechshundert Männer marschieren behutsam in zwei Reihen vorwärts. Esmah! So still umzingeln sie Wamba Amba, stiller als die silberne Spange, die der Liebende um den Knöchel seiner Geliebten legt. Mann an Mann rücken wir langsam vor. Ein großes Nashorn scheuchen wir aus dem Schlummer auf. Es trollt sich davon. Ich höre einen Schuß. Ich erkenne die Stimme der Waffe. El Prinz! El Prinz! Tak tak. Er hat das Nashorn erledigt — es fällt tot um.

Eine kleine Gazelle springt über meinen Kopf weg, zu schnell für eine Kugel. Sie läuft schneller als die Kugel aus dem Mund einer Flinte fliegt. Singend gehen wir weiter. Wamba Amba! Wamba Amba! Ich sehe nicht den großen Affen. Aber ich sehe einen Löwen. Ich sehe ihn in die Höhe springen und sich dann flach ins Gras legen, daß er flacher aussieht als eine Schildkröte. Er peitscht sich mit dem Schweif, peitscht sich härter als der gute Herr seinen faulen Sklaven peitscht. Ich höre einen Schuß fallen. Schnell noch einen zweiten. El Prinz! El

[1]) Sudanesisches Instrument

Prinz! Tak, tak! Ich sehe den Löwen in die Höhe springen, so hoch, daß er die Wolken am Himmel berührt; ich sehe ihn wieder fallen und so schwer stürzen, daß die Erde unter meinen Füßen zittert. Jetzt höre ich die Ombeyah! Sie spricht zu mir in süßen Tönen. Wamba Amba! Und der Rais[1]) peitscht die Luft mit der großen Peitsche. Der große Affe! Ah, der große Affe! Da ist er! Leise, leise — fangt den großen Affen! Ich sehe ihn schwarz und hoch wie einen großen Baumstamm. Er hat eine Frau, und sie trägt ein Kind an der Brust. Ich fürchte mich nicht. Ich gehe weiter. Ich höre wieder die Flinte sprechen. Tak, tak! Ich sehe Wamba Ambas Frau fallen. Sie schreit laut, lauter als ein Schwein, das man lebend röstet. Ich sehe Wamba Amba an seine Brust schlagen. Sie ist hohler als der Hohlraum eines schwarzen Schiffes. Er kniet neben seiner Frau nieder. Allah! Er liegt auf seinen Knien, das will ich beschwören, das Gesicht nach Sonnenaufgang gewandt wie alle rechtgläubigen Pilger. Allah, Allah! Was sehe ich? Der Rais knallt mit der großen Peitsche. ‚Vorwärts! Vorwärts! Auf ihn los! Treibt ihn weiter! Unter die Bäume!' Brüder der Nachkommen eines Hundes, seht ihr nicht das große Netz dort drüben? Ist es nicht besser, leise einen Affen zu fangen als die Fische des großen Sees, die euch das Blut vergiften? Vorwärts, Brüder von Hunden! Vorwärts! Dort drüben wartet der große Prinz aus Masr mit seinen weißen Jägern. Sie werden euch erschießen, wenn ihr nicht weitergeht! Ich fürchte mich nicht. Ich gehe weiter. Ich höre Wamba Amba schreien; er schreit schrecklicher als hundert Elefanten. Ich sehe ihn seine Frau aufheben und sie wegtragen, und sein Baby springt ihm auf die Schultern. Ich sehe, wie er schnell von uns weggeht und sich immerfort umsieht. Er geht schnell, so

[1]) Häuptling

schnell wie das Beduinenpferd, und er läuft zu den Bäumen. Wir laufen hinter ihm her. Ich sehe, wie er stehenbleibt, wie ein großes Netz über ihn fällt, und fünfzig Männer höre ich rufen: ‚Fangt ihn!' Und sie fangen ihn, wie man einen springenden Floh fängt. Ich sehe, wie der Hakim inglisi, Mr. Larson, Wamba Amba mit einem kleinen, silbernen Stock sticht, und Wamba Amba schläft ein. Er schläft wie ein Kind, das voll süßer Milch ist. Wir nehmen ihn und stecken ihn in den großen Käfig."

Bis tief in die Nacht hinein hörte ich mir Abdel-hais Geschichte an. Wamba Ambas Weibchen war offenbar dem jungen französischen Sekretär zu nahe gekommen und hatte ihn zu fassen versucht, worauf er sie getötet hatte, um sein Leben zu retten — entgegen den Befehlen des Prinzen. Den kleinen Gorilla hatte man einer Negeramme zum Säugen gegeben, aber er war nach einer Woche gestorben. So war nun Wamba Amba, der Herr Afrikas, ein einsamer Witwer.

Am folgenden Nachmittag stattete ich Dr. Larson einen Antrittsbesuch ab. Er empfing mich in seinem Zelt und hörte mit zuckender Oberlippe meinen Wunsch an, mir die Affen aus der Nähe anzusehen. Der Umstand, daß ich Medizin studierte, schien ihn nicht zu interessieren.

„Gehen Sie hin!" sagte er. „Aber necken Sie die Tiere nicht, und geben Sie ihnen nichts zu fressen!"

Mich interessierte vor allem Wamba Amba, und ich verbrachte ziemlich viel Zeit vor seinem Käfig. An den Gitterstangen war eine Emailletafel mit der Inschrift befestigt: „Gorilla. 1,86 groß. Fünfundzwanzig Jahre alt!"

Wamba Amba saß dicht am Gitter, die Ellbogen gegen die Knie gestützt und hielt sich mit beiden Händen den Kopf. Seine Zehen umklammerten die Gitterstäbe. Tief im Schatten seiner runden, vorstehenden Stirn schimmerten zwischen runzeligen Fleischwülsten seine schwarzen Augen. Ihr unsteter Blick irrte wild umher. Er sah mich nicht an. Aber er gähnte, öffnete weit das Maul, um mir seine großen Zähne zu zeigen; vielleicht wollte er mich mit seinen Fangzähnen erschrecken, die viel größer waren als die eines Tigers. Wenn auch sein Anblick mir nicht gerade großes Vertrauen einflößte, so erfüllte doch die Lage, in der er sich befand, und seine verzweifelte Haltung mein Herz mit Mitleid.

„Lieben Sie Tiere?" hörte ich plötzlich dicht neben mir Dr. Larsons Stimme.

„Ja", sagte ich. „Mir tut dieser Gorilla leid."

„Unnötig. Er ist gut versorgt."

„Sein Weib und sein Kind erschossen — und er in einem Käfig?"

„Sie sagten, daß Sie Medizin studieren."

„Ja."

„Dann wird es Sie interessieren, daß ich an diesem Menschenaffen ein wertvolles Experiment durchführe."

„Das würde mich interessieren."

„Halten Sie ihn für einen gewöhnlichen Gorilla?"

„Ich weiß es nicht. Ich bin kein Fachmann."

„Fällt Ihnen gar nichts Sonderbares an ihm auf?"

„Ich sehe nichts Sonderbares."

„Auch nicht in dem Ausdruck seiner Augen?"

„Nein."

„Nun, in ein paar Monaten werden Sie große Veränderungen bemerken."

Ich sah ihn überrascht an. Dr. Larson klopfte mir gönnerhaft auf den Rücken.

„Eines Tages werden Sie das Diagnostizieren erlernen."

„Hoffentlich. Ich werde auch Chirurg."

„Interessiert Sie die Chirurgie? Dann sollten Sie die Drüsentherapie studieren."

„Ich habe Drüsentherapie studiert."

„Ah! Aber warten Sie, bis Sie zu dem praktischen Teil kommen. Das ist nicht so einfach, wie Sie wahrscheinlich glauben. Wir befinden uns nämlich erst am Anfang neuer Methoden."

Ich überlegte einen Augenblick.

„Wollen Sie die Drüsen der Affen für Ihre Experimente benützen?"

„Einige", sagte Dr. Larson.

Er streckte die Hand nach Wamba Amba aus, als wolle er ihn streicheln, aber der Gorilla stand plötzlich auf und nahm eine drohende Haltung ein. Uns den Rücken zukehrend, schwang er sich an einem stämmigen Baumast im Käfig empor und ließ sich auf seinem aus Stroh und Zweig bestehenden Bett hoch oben auf einem Wandbrett nieder. Dr. Larson beobachtete ihn genau.

„Wir werden sehen, welche Wirkung die Drüsen dieses jungen Negers auf ihn haben werden. Ich habe ihm eine ganze Menge Drüsen eingesetzt. Er hat den Burschen durch einen unglücklichen Zufall umgebracht — Biß in den Kopf. Warum mit den Toten so verschwenderisch umgehen? Gesunden jungen Leuten, die plötzlich sterben oder durch einen Unfall umkommen, sollte man stets die Drüsen herausnehmen, bevor sie begraben werden. Ihre Drüsen können den Lebenden sehr nützlich sein. Zahllose Krankheiten und Defekte kann man durch die Einpflanzung von Drüsen heilen. In der Zukunft wird es einmal zwei und zweieinhalb Meter große Menschen geben, die bis zu zweihundert Jahren alt werden."

Dr. Larson entfernte sich ohne ein weiteres Wort, er ging langsam an den Käfigen vorbei und verschwand. Ich hatte ein unbehagliches Gefühl. Ob der Mann im Kopfe ganz richtig war? Die vorgewölbte Stirn, das Zucken der Oberlippe, das Lispeln... Hundert Jahre wollte er alt werden... Ich fragte mich, ob er nicht gefährlicher sei als Wamba Amba. Was hatte er vor? Wollte er aus einem Affen einen Menschen machen?

7.

Ich weiß nicht, ob Professor Larsons geheimnisvolle Versuche von Erfolg gekrönt waren, aber sie brachten ihm zweifellos große Summen ein. Im Besitze von fürstlichen Geldern, umgeben von einer Schar aufgeregter Personen, die ihn wie einen Heiligen verehrten, machte Professor Larson stets einen tiefen Eindruck auf alle, die mit ihm in Berührung kamen. Aboubakr, ich und zwei weitere Kollegen interessierten uns sehr für ihn, und ich persönlich erwarb mir im Umgang mit diesem etwas wunderlichen Wissenschaftler ein umfangreiches Spezialwissen, das mir in meiner späteren Laufbahn von großem Nutzen war. Seine Theorien ähnelten denen Woronoffs, die ein paar Jahre später in Mode kamen.

Im Spätfrühling stellte die Gesellschaft für Ackerbau Professor Larson einen großen Hörsaal für einen Vortrag mit Vorführungen zur Verfügung. Objekt dieser Vorführungen sollte Wamba Amba sein, der König der Wälder.

Die Einladungen wurden privat versandt. Wir Studenten erhielten eine bestimmte Anzahl zugewiesen und verlosten sie unter uns. Ich hatte das Glück, eine Karte zu gewinnen. Aboubakr gewann gleichfalls eine, verkaufte sie aber für ein Pfund an einen Dragoman vom Semiramis-

Hotel. Die Vorlesung fand um drei Uhr nachmittags statt, weil Wamba Amba etwas erkältet war. Der Professor erklärte der Presse, es würde der Gesundheit des Affen nicht zuträglich sein, wenn er nach fünf Uhr noch auf wäre. In den Ankündigungen hieß es, daß der Vortrag unter dem Patronat seiner Hoheit des Prinzen Taher Ahmad Pascha, Ehrenpräsidenten der Gesellschaft für Ackerbau, stattfinde. Unsere Prinzen erschienen in voller Zahl und saßen in der ersten Reihe auf vergoldeten, mit grünem Samt überzogenen Stühlen. Die wichtigsten Persönlichkeiten der ausländischen Kolonien waren anwesend. Diplomaten, Minister, Staatssekretäre und hohe Regierungsbeamte stellten sich ein. Es gab fast mehr Frauen als Männer.

Die ausgelassenen jungen Leute vom Medizinischen Institut lachten und johlten herzhaft, als der Gorilla von zwanzig Männern in einem riesigen Käfig hereingetragen wurde, den der Mudir des Zoologischen Gartens eigens für diesen Anlaß bereitgestellt hatte. Das Innere des Käfigs war einfach. Es standen ein fester Tisch darin und auf dem Tisch ein viereckiger niedriger Hocker. Sobald die Träger den Käfig auf einige große Holzblöcke gestellt hatten, erschien Professor Larson auf der Szene, in tadelloses Weiß gekleidet, das nervöse Zucken in der Oberlippe. Zwei Diener trugen Tabletts mit Flaschen und Projektionsbildern. Unter lebhaftem Applaus zog der Professor das Manuskript seines Vortrages aus der Tasche. Der Gorilla schwang seinen gewaltigen Körper auf den Tisch hinauf, zog die Knie hoch, stemmte die Ellbogen dagegen, stützte den Kopf in die Hände und musterte die Versammelten mit unruhigen Blicken. Ab und zu reckte er einen riesigen behaarten Arm empor und krümmte ihn, um sich ein wenig den Rücken zu kratzen. Er gähnte, seufzte und gab mit den Lippen komische Schmatztöne von sich, die unter den Zuhörern große Heiterkeit erregten. Prinz Alis Gelächter übertönte den allgemeinen Lärm. Er schüttelte sich vor Vergnügen. Nun wurde der Saal verdunkelt. Professor Larson begann vorzutragen und in sehr drastischer Weise die operativen Methoden zu erläutern, die er bei Wamba Amba angewendet habe. Nachdem dieser Teil der Veranstaltung beendet war, wurden die Fensterläden wieder geöffnet, und der Professor begann mit der eigentlichen Vorlesung. Zuerst dankte er den ägyptischen Wissenschaftlern, daß sie ihn ohne Vorurteile empfangen und ihm, einem Fremden, gestattet hätten, seine Forschungstätigkeit auszuüben. Dann dankte er Prinz Taher Ahmad, dem Präsidenten der Gesellschaft, dem großen Gentleman und Sportsmann, für seinen unschätzbaren Beistand und Schutz auf einem neuen Gebiete der medizinischen Wissenschaft. Nachdem er so eine formelle Atmosphäre geschaffen hatte, kam er auf den Menschenaffen zu sprechen, dessen Name Wamba Amba in der Negersprache „Herr des Waldes" bedeutet. Ich saß ganz hinten im Saal und sah die Köpfe der Zuhörer beständig sich von dem Vortragenden zu dem Gorilla und wieder zurückwenden. Wamba Amba benahm sich jetzt ausgezeichnet. Er saß ganz still da, die Brauen etwas hochgezogen, und beobachtete eine Fliege, die über seinen Arm kroch.

„Eigentlich müßte ich um Verzeihung bitten, daß ich unseren Freund in einen Käfig sperre", fuhr der Professor fort. „Ja, er könnte ganz gut unter uns sitzen, und niemand brauchte sich vor ihm zu fürchten. Es wäre jedoch falsch anzunehmen, daß er gezähmt sei. Ein gezähmter Gorilla kann ebenso gefährlich werden wie ein wilder. Nein. Wamba Amba ist nicht gezähmt. Weder Zwangsmethoden noch Tierbändigermethoden sind angewendet worden, um ihn zu einem sanften und unterwürfigen Gentleman zu machen, dem man gerne auf der Straße begegnen würde. Alle eingetretenen Veränderungen sind nicht auf irgendwelche pädagogischen Besserungsversuche zurückzuführen, sondern entspringen ausschließlich der wohltätigen Wirkung menschlicher Hormone in seinem Blut. Wamba Amba hat keine Kunststücke gelernt. Seine Handlungen sind wie früher rein instinktiv. Während aber früher seine Instinkte weder freundlicher noch sozialer Art waren, wie Eure Hoheit zweifellos bezeugen können, haben sie sich jetzt völlig geändert — in so weitgehendem Maße, daß Wamba Amba bereits die dauernde Neigung zu einem freundlichen Verhalten zeigt. Statt, von Argwohn geplagt, in steter Angriffsbereitschaft zu sein, hat er nur noch den Wunsch, gestreichelt und gehätschelt zu werden."

Lauter Beifall setzte ein, auf den tiefe Stille folgte. Wir waren jetzt in einem Zustand angespannter Neugier.

„Man könnte es einen Triumph nennen!" rief Professor Larson.

Prinz Ali applaudierte heftig — ganz allein. Die Quaste auf seinem Tarbusch pendelte hin und her, bis Prinz Taher Ahmad mit einem Elfenbeinstock seine Beine berührte.

Aber Prinz Ali rief mit seiner gewaltigen Stimme: „C'est formidable! C'est formidable!"

Wir Studenten lachten. Leute drehten sich wütend um. Augen warfen uns giftige Blicke zu.

„Still, Kollegen", murmelte der junge Nahas. „Ärgert nicht diese erhabene Gesellschaft."

Die Unterbrechung schien Professor Larson nicht unwillkommen. Er rief seine Assistenten, und während im

Saal völlige Stille herrschte, ging er zu seinem geliebten Gorilla in den Käfig. Wamba Amba ließ sich langsam von dem Tische herabkollern. Die massigen Arme hoch emporgereckt, näherte er sich mit dem unsicheren Schritt eines Betrunkenen oder Betäubten dem Professor und legte langsam die Arme um ihn. Einen Augenblick verharrten sie beide in dieser zärtlichen Umarmung. Das Auditorium brüllte vor Lachen und rief „bravo". Das Lachen steigerte sich zu wilden Heiterkeitsausbrüchen, als Wamba Amba das Taschentuch aus der Tasche des Professors zog und sich damit seine schwarze gespaltene Nase abwischte. Der Lärm im Saal wurde immer lauter, und Wamba Amba wälzte sich schließlich mit einer schwerfälligen Bewegung des einen Armes und des einen Beines auf den Tisch zurück, richtete sich in die Höhe, begann plötzlich, sein großes Maul auf und zu zu machen und auf seinen dicken schwarzen Füßen auf und ab zu hüpfen.

Nachdem Professor Larson seine Lehre hinlänglich demonstriert hatte, verließ er den Käfig, kehrte an sein Pult zurück und beendete seinen Vortrag mit einem Hinweis auf die wunderbaren Möglichkeiten, die durch seine Entdeckungen die Zukunft in sich berge. Die gute Gesellschaft Kairos muß einen verblüffenden Eindruck von diesem Zauberer mit nach Hause genommen haben.

Aber wenige Stunden später versetzte ein erstaunliches Ereignis ganz Kairo in Erregung. Wamba Amba war entsprungen. Wie konnte das geschehen? Niemand wußte es genau, aber es stellte sich schließlich heraus, daß die Tür des Käfigs nicht richtig verschlossen gewesen war. Einer der Diener hatte das Schloß gestohlen. Die eiserne Zwinge war nicht einmal mit einem Eisenbolzen, sondern mit einem einfachen Stück Holz befestigt gewesen. Das ist die übliche Manier in Ägypten. Ist kein Schloß da, nehmen wir ein Eisenstück oder ein Rohr, ist kein Eisen da, verwenden wir Holz, ist kein Holz zur Hand, nehmen wir ein Stück Draht, ist kein Draht da, nehmen wir ein Stück Bindfaden oder vielleicht einen alten Tuchfetzen. Ma'alesh! Wer wird denn die Tür öffnen? Niemand! Und wenn jemand sie öffnet, gut — ma'alesh!

Wamba Amba entfloh auf dem Wege zwischen der Kasr-el-Nil-Brücke und dem Midan Ismailieh aus seinem Käfig. Professor Larson, der sich dicht dahinter befand, sprang aus dem Wagen, und wir Studenten, die wir acht Mann hoch in einem zweiten Wagen saßen, folgten seinem Beispiel. Wie der Blitz schwang sich Wamba Amba über eine niedrige Mauer und sprang auf den Hof, auf dem englische Soldaten Fußball spielten. Der Professor sprang in seiner Aufregung hinter dem geliebten Affen her, seltsamerweise ohne sich dabei weh zu tun. Ein paar Sekunden später sah man den großen Affen in schnellem Tempo über das Spielfeld laufen und mit fürchterlicher Stimme brüllen, so daß die Fußballer und Zuschauer nach allen Richtungen auseinanderstoben, während sein Herr mit zuckendem Gesicht hinter ihm her rannte, immer weiter zurückblieb und mit schriller Stimme rief:

„Haltet ihn auf! Haltet ihn auf!"

Binnen wenigen Sekunden war die britische Armee völlig verschwunden. Niemand stellte sich Wamba in den Weg. In der Freude über die neuerworbene Freiheit sah das Tier weder nach links noch nach rechts, sondern steuerte geradewegs auf das Ägyptische Museum zu. Schaukelnd lief er die Stufen hinauf, verjagte die paar Leute, die sich in der Nähe befanden und davonliefen, als ob er die leibhaftige Pest wäre, und da er offenbar hinter den ehrwürdigen Museumsmauern eine Atmosphäre der Si-

cherheit witterte, trat er schleunigst durch das offene Tor
ein, mit einem Triumphgeheul, daß den wenigen letzten
Besuchern im Innern des großen Museums sicherlich die
Haare zu Berge gestanden haben. Das Echo seiner mächtigen Waldesstimme schien Wamba Amba mit wildem
Jubel zu erfüllen. Er brüllte — nach den Worten Abdel-
hais am Feuer — wie eine Herde von Elefantenbullen.
Schließlich kletterte er auf einen königlichen Sarkophag,
hockte sich auf die Hinterbeine und betrachtete mit
melancholischen Blicken seine neue Umgebung. Tödlich
erschreckt gaben die Besucher, die Wächter und die Aufseher Fersengeld. Im Nu war das Museum verlassen, und
die Tore wurden von außen verschlossen.

Professor Larson erschien in Schweiß gebadet und völlig
außer Atem.

„Wo ist er? Wo ist er?"

„Drinnen!" sagte jemand mit einem amerikanischen
Akzent. „Er dürfte kein Eintrittsgeld bezahlt haben."

„Gott sei Dank!" rief der Professor und drängte sich
durch die Menge. „Ich werde ihn holen."

Er ging zur Tür, aber ein Polizeioffizier vertrat ihm den
Weg. Inzwischen brüllte im Innern des riesigen Gebäudes
der Affe und trommelte auf seiner Brust. Der Polizeioffizier
und der Kurator des Museums erschienen auf dem Schauplatz. Die Menschenmenge wurde rasch größer. Man sah
den Professor oben auf der großen Treppe stehen und
verzweifelt mit den Armen fuchteln. Jemand lief eilig ans
Telephon. Von den in der Nähe gelegenen Baracken
sauste ein kleines Auto heran. Ein Engländer mit rotem
Gesicht und schwefelgelbem Schnurrbart stieg schwer-
fällig aus. Er trug eine große Repetierbüchse, und hinter
ihm sprang ein Diener mit einem doppelläufigen Jagd-
gewehr aus dem Wagen.

„Wo ist dieser Gorilla?" fragte er, fast erstickend vor blutdürstiger Erregung.

Professor Larson griff nach dem Gewehr des Obersten.

„Ich verbiete Ihnen, das Tier zu erschießen!" rief er wütend. „Es gehört Seiner Hoheit Prinz Taher Ahmad!"

Der Oberst entwand dem wütenden Wissenschaftler das Gewehr.

„Man kann nicht einen wilden Gorilla frei herumlaufen lassen. Das geht nicht! Es sind die gefährlichsten Biester der Welt!"

„Er ist zahmer als Sie!" kreischte Professor Larson.

Ich drängte mich vor, um zu hören, was sich da abspielte. Eine halbe Stunde lang stritten die Polizei, der Professor, der Kurator des Museums, der englische Oberst und eine Anzahl zufälliger Zuschauer miteinander, was zu tun sei. Sie wurden durch ein wiederholtes, heftiges Pochen an der verschlossenen Tür, das von innen kam, gestört. Der Oberst spannte sogleich den Hahn seiner Büchse. Aber nun ertönte von drinnen eine gedämpfte Frauenstimme.

„Bitte, laßt mich hinaus!"

Das Tor wurde einen Spalt breit geöffnet, und heraus kam eine kleine Dame in mittleren Jahren, unverkennbar englischer Nationalität, Malgeräte unter dem Arm.

„Du lieber Gott!" rief der Oberst. „Hat er Sie nicht angefallen?"

Die Malerin gewann schnell ihre Fassung zurück.

„Warum sollte er mich anfallen, wenn ich fragen darf?"

„Wo ist er? Wo ist er? Laßt mich zu ihm! Holt einen Käfig! Ich hole ihn heraus!" rief Professor Larson wie ein Verrückter.

Er stürmte auf das Tor los, wurde aber von der Polizei und den Umstehenden zurückgehalten.

Inzwischen erschienen einige weitere Persönlichkeiten auf dem Schauplatz.

Zuerst kam der Chef der Polizei von Kairo mit drei Ordonnanzen. Sie waren wohlbewaffnet. Dann tauchte der Leiter des Departements für Altertümer auf, strich sich gelassen den schönen Patriarchenbart und verteidigte seine Autorität. Niemand außer ihm habe innerhalb der Grenzen des Ägyptischen Staatsmuseums irgendwelche gesetzlichen Befugnisse.

„Sehr gut, Exzellenz!" sagte der Polizeichef. „Was soll nun geschehen?"

„Der Gorilla muß entfernt werden, Exzellenz!"

Während sie einander die Exzellenzen an den Kopf warfen, erschien der stämmige Sekretär des Innenministeriums. Man hatte ihn telephonisch herbeigerufen. Er leitete sogleich eine erschöpfende Untersuchung ein, und Professor Larson, der sich nun etwas beruhigt hatte, erklärte, daß Wamba Amba als Eigentum seiner Hoheit des Prinzen Taher Ahmad königliches Eigentum sei.

„In diesem Falle", sagte der stämmige Sekretär, „müssen wir uns mit dem Generaldirektor der königlichen Hausverwaltung in Verbindung setzen."

„Keine Spur!" mischte der englische Oberst sich ein. „Öffnen Sie das Tor und lassen Sie mich hinein. Ich werde ihn erschießen, und damit Schluß."

Nun geriet Professor Larson abermals in Hitze.

„Wenn Sie meinen Gorilla erschießen, bringe ich Sie um!"

„Sir! Ist das eine Drohung?"

„Ja!"

„Oh, seien Sie doch bitte einen Augenblick ruhig!" unterbrach sie der Polizeichef.

Da kamen auch schon Prinz Taher Ahmad, Prinz Ali,

ihre Freunde und ihr Gefolge mit halsbrecherischer Geschwindigkeit angesaust. Alles seufzte erleichtert auf. Prinz Taher Ahmad stieg langsam die Treppen empor. Er nickte nach links und nach rechts, Begrüßungen erwidernd, lächelte heiter und freundlich und ließ sich mit äußerster Gelassenheit genau schildern, was geschehen war. Nachdem er sich unterrichtet hatte, nahm er den Arm des Professors und ging mit ihm beiseite. Das Ergebnis dieser Unterredung war, daß einige Polizeibeamte weggeschickt wurden, um einen Käfig zu holen. Dann nahm der Prinz den Generaldirektor für Altertümer beiseite, der gleich darauf einen Befehl erteilte, und das Tor des Museums wurde geöffnet, gerade nur so weit, daß die schlanke Gestalt Professor Larsons in das Gebäude schlüpfen konnte. Das Tor wurde sofort wieder geschlossen. Zwei Polizisten, mit Flinten bewaffnet, die wahrscheinlich noch von Napoleons Armee stammten, wurden als Posten aufgestellt. Ebenso wurden alle Ein- und Ausgänge des Gebäudes besetzt. Kurz darauf sah man auf dem Dach zahlreiche Polizisten auftauchen, die verschiedenen Exzellenzen zogen sich zurück, und bald darauf erschienen auch sie auf dem Dache, und man konnte sehen, wie sie durch die Dachfenster und Lichtöffnungen in die großen Säle hinablugten. Der Oberst unterhielt sich mit dem Prinzen auf der Treppe, sie tauschten Erinnerungen an die Großwildjagd aus. Inzwischen hatte sich eine Menge von nahezu dreitausend Menschen angesammelt. Die Polizei mußte in großer Anzahl ausrücken, um Ordnung zu halten. Die Prinzen berieten miteinander und beschlossen dann, sich zu entfernen. Eine Stunde verstrich, und nichts geschah, abgesehen davon, daß ein großer Käfig herangeschleppt und mit der geöffneten Seite gegen das Museum aufgestellt wurde. Offenbar erwartete man,

Wamba Amba würde durch das große Portal herauskommen und mit einem fröhlichen Winken seiner schwarzen Pfote in den Käfig hüpfen.

Auf Grund der Mitteilungen, die ich nachher erhalten habe, will ich jetzt die Vorgänge im Innern des großen Museums erzählen.

Zuallererst stelle man sich die tiefe Stille in den riesigen Sälen vor, wo im Halbdunkel die in Stein gehauenen Standbilder uralter Gottheiten stehen. Man bemühe sich, die Kolossalstatuen des Sesostris aus Abydos und die Kolosse des lächelnden Amenophis und seiner verzauberten Königin Teye vor dem inneren Auge erscheinen zu lassen. So überwältigend prächtig war ihr Anblick, daß Wamba Amba sich versucht fühlte, auf den Schoß der Königin zu klettern, und ihr von dort auf den Kopf zu springen. Dann hüpfte er mit einem Satz auf den Kopf des Amenophis, wo er eine Weile sitzenblieb und gemächlich die riesige Mittelhalle, die unter ihm lag, betrachtete. Vielleicht — wer weiß? wunderte er sich über die Verrücktheit seines großen Bruders, der alles, was ihm in die Finger kommt, aus der natürlichen Umgebung wegholt, um es in Sammlungen aufzuspeichern.

Inzwischen tönte des Professors schrille Stimme durch die Galerie.

„Coco! Coco!" Das war der Name, mit dem der Professor Wamba Amba unter vier Augen rief — „Coco! Coco! Wo bist du, Coco?"

Plötzlich erblickte er den Gorilla auf seinem hohen Sitz, und die Beobachter auf dem Dache sahen, wie er den Affen aufforderte herunterzusteigen und verzweifelte, zärtliche Armbewegungen machte. Wamba Amba antwortete nicht im geringsten auf die Überredungsversuche seines Herrn. Ganz im Gegenteil, er benahm sich mit außerordentlicher

Geringschätzung, grinste, schmatzte und gab in äußerst ungezogener Weise zu verstehen, daß er nicht die leiseste Absicht habe, von seiner luftigen Höhe herabzusteigen. Professor Larson begann zu drohen. Er schüttelte die Fäuste und teilte Coco mit, daß er streng bestraft werden würde, wenn er nicht gehorche. Coco blieb ruhig sitzen und stützte das Gesicht in die Hände. Der Professor lief in großen Sätzen die Treppe hinauf, und gleich darauf sah man, wie er sich dicht neben Wamba Amba über die Brüstung der Galerie beugte.

„Nun, Coco, sei vernünftig! Komm! Spring zu mir herauf! Ich helfe dir!"

Aber er streckte vergeblich den Arm aus. Wamba Amba, der weder die heiligen Götterstatuen noch die steinernen Denkmäler der Könige respektierte, behandelte seinen Herrn mit äußerster Verachtung. Von hoch oben kam durch ein Dachfenster eine Stimme.

„Brauchen Sie Hilfe?"

„Ich möchte gern ein Bündel Bananen haben", rief der Professor zurück; dabei lispelte er so sehr, daß der wohlmeinende Freund auf dem Dache laut auflachte. Die Betrachtungen des Gorillas nahmen jählings ein Ende. Offenbar war in seinem Schilddrüsenhirn ein Gedanke erwacht. Mit größter Gleichgültigkeit kletterte er vom Kopf des Amenophis herunter, sprang auf den Fußboden der Vorhalle, steuerte unter lauten Freudenrufen schnurgerade auf die Treppe los und war ein paar Sekunden später auf der Galerie. Er landete auf der Ehrengalerie, dem Pantheon der Ägyptologen; als er dahinter eine dunkle Nische erblickte, lief er auf sie zu. Vielleicht wollte er sich verstecken.

So kam er in den Raum, wo unter Glas die Tiermumien aufbewahrt wurden. Unter ihnen befanden sich auch einige Affenmumien. Niemand weiß genau, was sich in diesem

Raum abgespielt hat. Man hörte plötzlich das Geräusch splitternden Glases. Dann ertönten hintereinander laute Entsetzensschreie. Man sah Professor Larson durch die Galerie laufen. Als er die Stufen des Pantheons erreicht hatte, kam der Gorilla in voller Hast aus dem Affenkabinett und reckte seine riesigen Arme senkrecht in die Höhe.

„Coco! Lieber Coco!" schmeichelte der Professor, da er anscheinend der Meinung war, Wamba Amba wollte jetzt zu ihm kommen, streckte er einladend die Arme aus. Der Gorilla ging auf den Mann zu und umschlang ihn mit seinen langen Armen. Es folgte ein Schrei, diesmal ein menschlicher Schrei, dann das Geräusch zerbrechender Knochen. Man sah, wie der große Affe dem Professor den Hals durchbiß. In einem plötzlichen Wutanfall riß er seinem Herrn den linken Arm aus. Schließlich packte er die leblose Beute und schleppte sie hinter sich her, wie ein Kind sein Spielzeug nachschleift. Seine Augen starrten bald dahin, bald dorthin. Sein Haar sträubte sich. Er zerrte den Toten rund um die ganze Galerie.

Kurze Zeit später fiel vom Dache her ein Schuß. Wamba Amba ließ seine Beute los, warf sich mit unglaublicher Schnelligkeit herum und stieß ein schreckliches Geheul aus. Ein zweiter Schuß kam durch ein Fenster an der Ostwand des Museums. Die Kugel warf ihn zu Boden. Der Oberst stieß einen triumphierenden Ruf aus. „Getroffen!" Aber Wamba Amba erhob sich und wanderte mit unsicheren Schritten weiter. Sein lautes Schnaufen war in dem ganzen Museum zu hören. Er wälzte sich die Treppe hinunter, eine Blutspur hinter sich lassend, stand unten wieder auf und setzte stumm, mit schäumendem Maul, seinen Weg fort.

Ich stand vor dem Museum und wartete. Die Dämmerung brach herein.

Prinz Taher Ahmad kehrte zurück. Der Direktor für Altertümer trat auf ihn zu.

„Hoffentlich werden Eure Hoheit nicht mich für den Tod Professor Larsons verantwortlich machen?"

Der Oberst erschien mit seinem Diener, der die Flinte trug.

„Ich traf den Burschen zweimal. Aber er ist nur verwundet."

Der Prinz machte ein ernstes Gesicht. Er sagte einen Augenblick lang kein Wort.

„Ich bin der Meinung, daß mir niemand verbieten darf, den Gorilla zu töten", sagte der Oberst. „Der Teufel soll mich holen, wenn ich jetzt nicht hingehe und ihn wegputze."

„Nun", sagte Prinz Taher Ahmad, „es ist wohl besser, wenn man das Tier jetzt von seinen Leiden erlöst. Vorwärts, Herr Oberst! Aber versprechen Sie mir, nicht auf seinen Kopf zu schießen. Ich möchte ihn für meine Trophäensammlung ausstopfen lassen."

„Verdammt nochmal, Sir! Er hat Ihren Freund umgebracht."

„Er hat seinen eigenen Freund umgebracht", sagte der Prinz.

„Ma'alesh!"

Der Oberst und eine Abteilung ängstlicher Polizisten wurden durch das große Tor hineingelassen. Wir warteten ziemlich lange. Dann hörten wir einen Schuß. Einen einzigen Schuß. Ich wartete auf den zweiten, aber er kam nicht. Nach einer Pause erschien der Oberst gemächlich im Eingang zum Museum, stopfte sich die Pfeife und sagte: „Sie können jetzt die Tore öffnen. Er ist mausetot."

Professor Larsons Leichnam wurde in die anatomische

Abteilung des Hospitals befördert. Auf Verlangen der schwedischen Gesandtschaft nahmen Professor Phipps und Dr. Hermann eine Obduktion vor. Am Morgen darauf wurde der Tote auf dem britischen Friedhof begraben. Tagelang hatte Kairo kein aufregenderes Gesprächsthema.

VIERTES KAPITEL

KASR-EL-AINI

it zweiundzwanzig Jahren legte ich meine Prüfungen ab und erhielt mein Diplom. Ich trug keine besonderen Auszeichnungen davon. Ich gebe zu, daß zweiundzwanzig Jahre ein jugendliches Alter für den Beginn einer ärztlichen Laufbahn sind. Aber Ägypten braucht Ärzte. Ich hätte eigentlich für weitere zwei Jahre nach Europa gehen müssen, um meine Studien zu vervollständigen. Einige meiner Kollegen, die mehr vom Glück gesegnet waren als ich, konnten sich diesen Ausflug leisten und profitierten sehr viel von den Erfahrungen, die sie in England und Frankreich sammelten. Aber ich hatte nicht solches Glück. Ich war schon froh, daß ich die erste Zeit nach dem Examen in der Kasr-el-Aini verbringen und dann als zweiter Assistent in der Frauenabteilung beginnen durfte. Ich bewarb mich bei dem Gesundheitsministerium um einen frei werdenden Posten als chirurgischer Assistent in einem staatlichen Hospital, hatte aber nicht die leiseste Ahnung, wann und wo ein Posten für mich verfügbar werden würde. Inzwischen verdiente ich ungefähr zehn Pfund im Monat, die mir damals als ein Vermögen erschienen.

Ich fuhr zu Besuch nach Assiut und blieb dort drei heiße Monate lang bei meinen Eltern, die jetzt wie wohlhabende

Bürger in einem sehr anständigen Hause wohnten. Mein Bruder Marqos studierte Rechtswissenschaften, und wir spazierten stolz, Hand in Hand, durch die Straßen von Assiut, Rosenknospen im Knopfloch, um die Leute merken zu lassen, daß wir etwas geworden waren. Ich merkte nicht ohne Vergnügen, daß ich in der Achtung meiner Mitbürger gestiegen war. Der stolzeste Mensch in Assiut aber war mein Vater. Er lud seine Freunde und alle unsere Verwandten mit Ausnahme der verhaßten Wasifs zu sich ein. Sie kamen mit Frau und Kind in ihren besten Kleidern, saßen stumm im Kreise und starrten mich an wie ein Wundertier. Ab und zu veranstalteten meine Eltern ein üppiges Festmahl. Sie hatten einen guten Koch und einen schwarzen Diener, meine Mutter hatte sogar eine schwarze Zofe. Anscheinend war mein Vater viel geschickter, als ich gedacht hatte. Bodenspekulationen, Geldverleih, der Handel mit Baumwolle und Zucker hatten ihn zu Wohlstand gebracht. Ich ließ die Katze aus dem Sack. „Lieber Vater", sagte ich, „ich habe als Student in tiefer Armut gelebt. Ohne die Großmut des Prinzen Ali wäre ich sicherlich verhungert."

Er verstand den Vorwurf.

„Mein Sohn", sagte er, „hat nicht gerade der Mangel an Geld dich zu einem großen Manne gemacht? Willst du jetzt sagen, ich hätte dir Geld geben sollen? Wärest du der Freund eines Prinzen geworden, wenn ich dir nicht jede Unterstützung vorenthalten hätte? Wenn ich dich unterstützt hätte, würde ich dir dann nicht deine Begierden genommen und dein Verlangen, ein großer Mann zu werden, abgetötet haben? Glaube mir, mein Sohn, es ist tiefe Weisheit in dem Herzen eines guten Vaters."

Als wolle er die versäumten Gelegenheiten wiedergutmachen, schenkte er mir zwanzig Pfund in Gold.

„Hier, mein Sohn! Das habe ich für den großen Tag deiner Rückkehr beiseite gelegt. Vergeude es nicht in sinnlosen Vergnügungen, sondern lege es sicher auf eine Bank, denn es wird vielleicht der Tag kommen, an dem du es brauchen wirst."

Ich nahm das Geld an und kaufte für die Hälfte davon allerlei Geschenke, die ich meiner Mutter brachte. Sie war voll Freude, meine kleine, bescheidene Mutter, nahm mein Gesicht zwischen ihre Fingerspitzen und küßte mich langsam wie einen Liebhaber. Dann versteckte sie die Geschenke in einer Lade. Aber ich veranlaßte sie, eines Abends die schönen Seidengewänder und Stickereien hervorzuholen und zu tragen. Mein Vater, der bis zum Geiz sparsam war, zog die dichten Brauen hoch.

„Was sehe ich? Woher stammen diese überflüssigen Kleider?"

„Vater", sagte ich, „das ist ein Geschenk von mir. Was hast du dagegen? Möchtest du, daß dein Sohn nur an sich selbst denkt? Möchtest du, daß er an einem solchen Tag seine Mutter vergißt? Hat sie nicht alle Sorgen deines Lebens geteilt, und ist sie nicht eine gute Mutter gewesen? Ja, Morqos und ich meinen, daß unsere Mutter an diesem großen Tage schön aussehen muß."

„Habe ich nicht immer deine Mutter hoch geachtet?" erwiderte mein Vater. „Hat sie nicht immer so gelebt, wie es sich für die Herrin eines wohlhabenden Hauses gehört? Sollen die Leute sagen, daß ihr ihre Söhne Kleider kaufen müssen?"

„Die Leute werden glauben, daß du sie ihr gekauft hast", sagte ich.

„Gut also, zum ersten und letzten Male!"

Die Zukunftspläne, die mir durch den Kopf gingen, waren vielfältiger Art. Mein höchster Ehrgeiz war, Chef eines großen Hospitals zu werden, ein Krankenhaus zu leiten, ein schönes modernes Krankenhaus, vollendet eingerichtet, mit allen möglichen Bequemlichkeiten; so ein Krankenhaus, wie ich es in amerikanischen und europäischen Zeitschriften abgebildet gesehen hatte; ein erstklassiges Krankenhaus, wie es bis dahin in meinem geliebten Ägypten noch nicht existierte. Aber in der Jugend hat man hochfliegende Gedanken und viele Träume.

Jeden Morgen um sechs Uhr früh trat ich in der Frauenabteilung meinen Dienst an. Um sieben Uhr begannen die Operationen. Bis zehn Uhr hielt ich mich für gewöhnlich mit den Chefärzten im Operationssaal auf. Ihre Ansichten über mich waren geteilt. Dr. Hermann hielt mich für ein junges Genie. Dr. Tewfik äußerte mehr als einmal die Meinung, daß ich ein Idiot sei. Ich gab die Komplimente zurück. Dr. Phipps, unser englischer Chirurg, hatte viel Vertrauen zu mir. Oft übergab er mir die Instrumente, besonders wenn es sich um einen Tumor handelte, meine große Spezialität.

In der Frauenabteilung wurden auch werdende Mütter aufgenommen, natürlich nur arme Frauen, die die Verzweiflung im letzten Augenblick in das Krankenhaus trieb. Unsere neue englische Oberin sorgte mit äußerster Energie für die Befolgung auch der kleinsten Vorschriften. In ihrem breiten, eckigen Gesicht saß ein eisernes Kinn, und sie scheute sich nicht, im Notfall auch Ohrfeigen auszuteilen. Wir waren enge Freunde. Ich saß oft abends mit anderen Pflegerinnen und jungen Ärzten in ihrem Zimmer; wir spielten Domino oder Karten. Sie lehrte mich Bridge spielen und Pfeife rauchen und hatte stets eine Flasche Whisky und eisgekühltes Sodawasser zur Hand. Für sie wie für die meisten Engländer im Orient war der Whisky das Wasser des Lebens.

Eines Morgens, als ich in meine Abteilung kam, um die Patienten zu besuchen, begegnete mein Blick den Augen eines jungen Mädchens, das aufrecht in seinem Bett saß, von Kissen gestützt. Neben ihr in einem Kinderbettchen lag ein kleines dunkelhäutiges Baby mit schwarzem krausem Haar. Ich blickte wieder weg, denn ich hatte es mir zur Regel gemacht, den Frauen in meiner Abteilung niemals neugierig zu erscheinen. Ich besuchte nacheinander sämtliche Betten. Vier Kinder waren im Laufe der Nacht geboren worden. Ihre Farbe war sehr verschieden. Das eine hatte die gleiche Hautfarbe wie seine Mutter, die anderen hatten eine dunklere oder hellere Haut; das war in einer so großen Stadt mit einer so gemischten Bevölkerung wie Kairo nicht verwunderlich.

Während ich meine Runde machte, fühlte ich, daß die Blicke des Mädchens, das in seinem Bett saß, mich unablässig verfolgten. Aber ich wehrte mich gegen die Versuchung, zu ihr hinzusehen, und setzte meinen Weg fort, bis sie an die Reihe kam. Dann fühlte ich ihr den Puls. Die Aufmerksamkeit der Oberschwester wurde gerade von einer Frau in einer entfernten Ecke des Saales in Anspruch genommen. Sie ging zu ihr hin.

Ich sah das Mädchen an. Sie lächelte ganz leise. Ihre schöngeformten Nasenflügel zuckten ein wenig, die Mundwinkel waren etwas hochmütig hinaufgezogen. Da erkannte ich sie. Mein Herz begann heftig zu klopfen.

„Aziza!"

„Sa' ida, ya Hakim Basha."

Sie hatte eine weiche, schöne Stimme.

Ich legte den Finger an die Lippen. Sie nickte und senkte den Blick. Ich untersuchte sie und wußte, daß sämtliche Frauen in der Abteilung mich entweder offen oder heimlich beobachteten. Ich sprach zu ihr mit leiser Stimme und stellte nur Fragen, so daß sie mit Ja oder Nein oder mit einem einzelnen Wort antworten konnte.

„Wer ist der Vater deines Kindes?"

„Abbas."

„Der Sohn des Paschas?"

„Aiwah."

Ich sah sofort, daß sie sehr blutarm war.

„Ich werde einen Schein ausstellen, damit du drei Wochen hierbleiben kannst", sagte ich. In der Regel wurden die jungen Mütter nach ein paar Tagen weggeschickt, um für andere Platz zu machen.

Ihre Augen leuchteten. Eine heiße Schmerzenswelle überflutete mich. Die Schwester kam heran.

„Wann wurde das Kind geboren?" fragte ich.

„Gestern nacht um elf."

„Die Mutter ist jung", sagte ich in möglichst gleichgültigem Ton, „sehr jung. Und sie ist blutarm. Ich glaube, man sollte sie einer Behandlung unterziehen."

Ich wußte, welche Gedanken der Schwester durch den Kopf gingen. Nein, ich durfte Aziza nicht drei Wochen lang hierbehalten. Das würde Verdacht erregen. Ich mußte mir einen besseren Plan ausdenken. Ich entfernte mich und schrieb ihren Schein aus.

Tagelang lebte ich in meinen Erinnerungen. Beständig wanderten meine Gedanken nach dem kleinen Dorfe zurück, der Wiege meiner ersten wirklichen Liebe, einer Liebe, die mich nie verlassen hatte. Oft hatte ich in Träumen und in wachen Stunden an Aziza gedacht, immer mit einer tiefen, reinen Zuneigung. Der Umstand, daß sie jetzt Mutter war, gab meinen Gefühlen eine besondere Zärtlichkeit. Seltsamerweise konnte ich jetzt ohne jeden Haß an Abbas, den dicken jungen Sohn des Paschas zurückdenken. Wie oft hatte ich mir geschworen, daß ich mich eines Tages an ihm rächen würde! Wenn ich aber jetzt an ihn dachte und mich erinnerte, wie schrecklich er und seine Leute mich zugerichtet hatten, empfand ich nichts als ein Gefühl des Kummers und des Mitleids. Das überraschte mich. Die Empfindlichkeit früherer Jahre war offenbar völlig in mir erloschen. Ich war kein Jüngling mehr, sondern ein Mann. Es war für mich eine ziemliche Erschütterung, als ich merkte, daß ich keiner unverantwortlichen Handlung mehr fähig war, daß das Leben, welches ich mir ausgesucht hatte, ein Leben der Pflicht und Aufopferung war, und nicht ein Leben des Vergnügens.

Ich wohnte damals immer noch mit Aboubakr zusammen. Er mußte noch ein Jahr studieren, und wir hatten uns so aneinander gewöhnt, daß mir das Zusammensein mit ihm so natürlich erschien wie mit einem Bruder. Wir hatten uns oft gezankt. Zum ersten Male gleich nach seiner Entlassung aus dem Gefängnis, als ich ihn aufforderte sich bei dem Prinzen Ali zu bedanken, daß er ihn befreit habe. Mein Vorschlag versetzte ihn in grimmigen Zorn.

„Wie? Ich soll mich bei dem Prinzen bedanken, weil er seine Pflicht getan hat? Ihr alle hättet streiken müssen! Das ganze Volk! Ihr hättet die Gefängnistore einschlagen müssen! Oh, wie ich euch verachte! Ihr seid ein Haufen ängstlicher Esel. Sklavenblut fließt in euren Adern. Ich soll mich bei dem Prinzen bedanken! Alle diese Prinzen und Paschas sind nur die Puppen Englands und saugen unser Land aus. Ich warte auf den Tag der Freiheit, auf die Befreiung Ägyptens, auf den Tag, da man sämtlichen Ausländern und sämtlichen Ägyptern, die den Interessen der Ausländer gedient haben, den Hals abschneiden wird! Allah, gib mir zehntausend Tscherkessen! Dann fallen wir über dieses flache Sklavenland her und lehren diese Männer, wie man zu leben hat! Wir nehmen ihnen ihre Frauen weg und pumpen neue Männlichkeit in die Rasse!"

„Freiheit ohne Halsabschneiderei und die Tscherkessen!" erwiderte ich. „Dafür bin ich."

„Oh, du Kopte!" schrie er mich an. „Du bist von deiner Geburt an ein Schwächling!"

In seiner Wut versetzte er mir einen Faustschlag und lief davon.

Er war mehrere Tage und Nächte verschwunden. Nicht einmal im Medizinischen Institut ließ er sich blicken. Schließlich aber kehrte er in einem Zustand stummer Unterwürfigkeit zurück, nachdem er in den Armenvierteln mit einigen verkommenen Freunden herumgesumpft hatte. Ich rechnete mit ihm ab.

„Du Lump!" sagte ich. „Warum prahlst du immer mit deinem tscherkessischen Blut? Ist das ein so wunderbarer Saft? Glaubst du, ich sei zu schwach, um mich gegen deine ungerechten Angriffe zu verteidigen? Es gibt Tausende echter Ägypter, Kopten oder Moslems, die dich körperlich und moralisch mühelos erledigen könnten. Ich rate dir, dich bei mir zu entschuldigen."

Er saß ganz still auf dem Teppich und starrte vor sich hin.

„Ich bin hungrig, Ibrahim", sagte er schließlich, „und ich habe kein Geld."

Seine Stimme klang so bitter, der Blick seiner hellen Augen schien so voll schwerer Selbstvorwürfe, daß ich, von Mitleid überwältigt, die Arme um seine Schultern legte. Dann kamen aus der Tiefe seiner Seele die Worte, die mir immer im Gedächtnis bleiben werden: „Wir Ägypter gehören zu den Schwächsten und Ärmsten der Welt. Ma' alesh!"

Obgleich Aboubakr und ich enge Freunde waren und

jeder den Charakter des andern bis in alle Einzelheiten kannte, lag zwischen uns doch eine weite Kluft, ein Niemandsland. Der Hauptunterschied zwischen uns lag wohl in unserer verschiedenen Haltung den Frauen gegenüber. Für Aboubakr war die Frau ein Tier, ein Vergnügungsobjekt. Ich hatte mehr Achtung vor den Frauen. Für mich war die Frau ein Geheimnis, ein unerforschliches Kapitel des Lebens. Ich hatte nur ein paar Abenteuer mit einigen der zahllosen Houriyat[1]) gehabt, die mit klirrenden Armreifen durch die schmalen Straßen des alten Kairo spazieren, aber jedesmal war mir nichts davon geblieben, als für Wochen ein schlechtes Gewissen. Und, seltsam genug, in den Augenblicken der Versuchung stand immer die Gestalt meiner Mutter vor mir, dieser lieben, kleinen bescheidenen Frau, die kaum lesen und schreiben konnte und die so wenig vom Leben und von der Welt wußte. Sie war meine Schutzheilige. Sie war rein. Mein Glaube an sie und ihre Reinheit stellte sich stets zwischen mich und die Ausschweifung. Und dann, je genauer ich das Leben beobachtete, je mehr Menschen ich kennenlernte, je weiter ich in dem endlosen Bereich der Wissenschaft vorwärts schritt, um so klarer erkannte ich, daß ein Leben dieser Art sich niemals mit meinen höheren Zielen vereinen ließe. Es ist leicht, den Körper zu waschen, aber sehr schwierig, die Seele zu entgiften!

Als ich Aziza wiederfand, war es mir klar, daß ich kein anderes Verlangen hegte, als ihr zu helfen. Nachdem dieser Wunsch erst einmal Gestalt angenommen hatte, fragte ich mich, wie ich ihn am besten verwirklichen könne. Ich konnte sie nicht länger im Hospital zurückbehalten, als die Oberschwester es gestattete. Anämie war kein hinlänglicher Grund. Die Hälfte aller ägyptischen Frauen leidet

[1]) Freudenmädchen

an Anämie. So entschloß ich mich endlich, mit Aboubakr über Aziza zu sprechen und ihn um Erlaubnis zu bitten, sie in unserer Wohnung unterbringen zu können, bis ich einen besseren Platz für sie gefunden hätte.

Er hockte auf dem Teppich, ein Buch auf dem Schoß. In seinem Zimmer roch es nach Haschisch. Er war nicht gerade Sklave dieses Giftes, aber er rauchte es, so oft er es von seinem Freunde Dr. Abdullah bekommen konnte, für den er immer noch tätig war und ungesetzliche Rezepte ausschrieb.

„Aboubakr!" sagte ich, „im Spital liegt ein Mädchen, das ein Kind bekommen hat. Sie ist sehr jung. Sie stammt aus einem Dorf in Oberägypten. Sie ist furchtbar arm. Sie heißt Aziza. Hast du etwas dagegen, wenn ich ihr Unterkunft anbiete, bis sie ein neues Heim gefunden hat?"

Aboubakr atmete den Rauch ein und blinzelte mich an. Nach sekundenlangem Nachdenken sagte er:

„Ich denke, wir sind feierlich übereingekommen, niemals ein weibliches Wesen in unsere Wohnung zu lassen, solange wir zusammenhausen?"

„Ich weiß es, aber es handelt sich hier um einen ganz besonderen Fall. Das Mädchen ist völlig schutzlos. Wenn ich sie aus den Augen lasse, kann ihr weiß Gott was passieren. Glaubst du nicht, daß wir sie für ein bis zwei Wochen unterbringen könnten?"

„Ist sie Moslemitin?"

„Ja."

Er blinzelte wieder.

„Bist du der Vater des Kindes?"

„Nein."

„Warum interessierst du dich dann so sehr für die Mutter?"

Ich schilderte ihm ausführlich meine erste Begegnung

mit Aziza, die so viele Jahre zurücklag. Er war beleidigt.

„Warum hast du mir das nicht schon früher erzählt? Nennst du das Freundschaft?"

Er lächelte grausam.

„Wenn du mir etwas gesagt hättest, würde sie jetzt nicht das Kind haben. Ich hätte längst diesen dicken Abbas totgeschlagen."

Er zögerte.

„Wie willst du sie denn unterbringen, wenn sie herkommt?"

„Wenn wir beide uns das eine Zimmer teilen, wie wir es vor zwei Jahren gemacht haben, kann sie das andere Zimmer bewohnen."

„Und das Mädchen wollen wir auch unter uns aufteilen?"

Ich stieß mit einem Fußtritt das Buch von seinem Schoß.

„Ich habe nicht solche Gedanken wie du. Ich will diesem unglücklichen Mädchen helfen. Ich habe nichts anderes im Sinn, als ihr Leben wieder in Ordnung zu bringen."

„Idealist! Ein Fellachenmädchen wieder in Ordnung zu bringen! Sie ist nie in Ordnung gewesen. Nicht einmal, bevor du sie kennengelernt hast. Ich will nichts mit ihr zu tun haben. Ich werde ihr mein Zimmer nicht abtreten. Ich würde es nicht einmal tun, wenn das Kind von mir wäre! Ein Fellachenmädel! Eine Sklavin!"

Ich war tief verletzt.

„Behalte dein Zimmer und deine Freiheit!" sagte ich. „Ich werde für sie und ihr Kind ein zweites Bett in mein Zimmer stellen."

„Wenn du das Mädchen hierherbringst, gehe ich!" sagte er heftig.

„Bedenke doch, was aus Aziza werden soll, so allein in Kairo, ohne Geld, mit dem kleinen Kind." —

„Was aus ihr werden soll? Wenn sie hübsch ist, wird sie es nicht schwer haben, ihr Leben zu fristen."

„Sie ist hübsch. Sie ist sogar schön."

„Schön? Nun, das ändert die Sache. Ich neige mich stets vor der Schönheit. Wenn sie wirklich schön ist, bring sie her. Schönheit ist selten. Bring das Juwel Aziza hierher, aber mach mich nicht für die Folgen verantwortlich. Ich werde schwach, wenn ich Schönheit sehe. Meine Willenskraft versiegt. Ich unterliege. Bring mir dieses Juwel Aziza. Ich will sie sehen!"

„Ich werde sie auch vor dir zu schützen wissen", sagte ich.

In jenen Tagen erlebte ich eine sonderbare Spaltung der Gefühle in meinem Herzen. Sobald ich mich entschlossen hatte, Aziza in meinen Schutz zu nehmen, regte sich in mir eine wachsende Zärtlichkeit für das arme Geschöpf. Ich hielt mich soviel als möglich im Krankensaal auf, nur um in ihrer Nähe zu sein und die köstliche Empfindung zu genießen, die mein Entschluß, sie zu beschützen, mir gab. Ich konnte nicht viel mit ihr sprechen. Links und rechts von ihrem Bett lagen Frauen, die uns gewissermaßen belauerten, und wenn die Oberschwester in die Nähe kam, überfiel mich eine unerklärliche Scheu. Andererseits fragte ich mich, ob meine Gefühle für Aziza nicht übertrieben seien. Da waren so viele Frauen und junge Mädchen, die sich in viel schlimmerer Lage befanden. Tiefer Kummer überfiel mich. Ich wünschte, ich wäre stark, mächtig und reich genug, um all diesen armen Müttern zu einem besseren Leben zu verhelfen und sie alle in meinen Schutz zu nehmen. Ich kann nicht leugnen, auch auf die Gefahr hin, daß man mich für einen Dummkopf hält, daß die Liebe zum Mutterlande laut in mir ihre Stimme erhob, daß das Elend dieser Frauen mich quälte und mich hundert Eide schwören ließ, mein Leben, mein Blut und meinen Verstand keinen anderen Zwecken zu widmen als der Aufgabe, ihr Los in jeder Beziehung zu verbessern.

2.

Ich erinnere mich noch sehr gut an den Tag, als ich an der Ecke der Mohammed-Ali-Brücke auf Aziza wartete. Ich kann die tiefe Zärtlichkeit nicht schildern, die sich meiner bemächtigte, als ich sie auf mich zukommen sah, groß, schlank, in einen dunklen Schleier gehüllt, das Kind auf dem linken Arm. Wie verschieden von dem Mädchen erschien sie mir, das ich vor Jahren gekannt hatte. Als sie ihre Glieder in dem feierlich anmutigen Rhythmus bewegte, der für unsere Fellachenfrauen so charakteristisch ist, kam mir plötzlich die lange Frist zum Bewußtsein, die seit unserer ersten Begegnung verstrichen war. Ich sah eine Frau auf mich zukommen, die mir fremd war. Sie streckte ihre lange schmale Hand aus, nicht um mich zu begrüßen, sondern um wortlos eine Frage an mich zu richten. Ich zeigte auf den Wagen, der in der Nähe stand. Sie ging sofort auf ihn zu und stieg ein. Ich befahl dem Kutscher, in mein Stadtviertel zu fahren. Es war ein sehr warmer Abend. Ihre Kleidung roch nach Desinfektionsmitteln. Ihr Schleier stand ein wenig offen. Sie blickte mit einem Auge aus ihm hervor.

„Wohin fahren wir?" fragte sie.
„Ich bringe dich in meine Wohnung."
„Wo ist das?"
„Eine Straße in der Nähe der Sharia-Sheikh-Selim."

„So nahe bei El Hilmieh?"

„Ich werde dich und dein Kind bei mir unterbringen. Fürchte dich nicht. Ich weiß, daß Medani Paschas Haus ganz in der Nähe ist, aber du wirst Abbas nicht begegnen."

Sie lachte tief in der Kehle. Ihr Kind wimmerte. Sie preßte es an die Brust.

Sobald der Wagen hielt, führte ich sie die Treppe hinauf. Ich schloß die Wohnungstür auf, und sie glitt vor mir hinein. Ich verschloß die Tür wieder. Ich erklärte ihr, daß ich mit einem Freunde zusammenwohne. Sie fuhr zurück und äußerte ihr Erstaunen; es war ihr nicht angenehm.

„Fürchte dich nicht", sagte ich. „Er ist ein Hakim wie ich."

Sie sah sich um. Eine heimliche Enttäuschung glitt über ihr schönes Gesicht.

„Natürlich sind wir keine Paschas", sagte ich. „Bei uns gibt es keinen Luxus."

Als ich sah, daß sie noch unzufriedener wurde, änderte ich mein Verhalten.

„Sei dankbar für das, was ich dir anbiete", sagte ich fest. „Das ist dein Bett. Ich habe diesen Vorhang angebracht, um das Zimmer zu teilen."

Ich zog den Vorhang beiseite.

„Aboubakr schläft nebenan. Wir haben eine kleine Küche und ein Badezimmer."

Ich führte sie durch sämtliche Räume. Fast geistesabwesend betrachtete sie die Shell-Benzinkanne, die an der Decke hing und mit ihrem durchlöcherten Boden als Brause diente.

„Ich werde dir neue Kleider kaufen", sagte ich. „Du sollst Strümpfe und Schuhe haben!"

Sie ging mit wiegenden Hüften auf und ab. Dann drehte sie sich plötzlich zu mir um.

„Willst du mich heiraten?"

„Nein, Aziza, ich will dich nicht heiraten. Ich will nur für dich und dein Kind sorgen, bis ich einen passenden Ort gefunden habe, wo du unterkommen und dir auf ehrliche Weise dein Brot verdienen kannst."

Sie stand da wie angewurzelt.

„Ich will Tänzerin werden", sagte sie.

„Tänzerin?"

Ich war verblüfft. Sie lächelte mir zu, legte das Kind auf das Bett und begann tänzerische Bewegungen zu machen. Dazu sang sie ein Liedchen in türkischer Sprache und klatschte in die Hände.

„Wer hat dich tanzen gelehrt?" fragte ich.

„Mamounah!"

„Wer ist das?"

„Die Tochter Medani Paschas."

„Abbas Schwester?"

„Aiwah."

„Du wirst nicht Tänzerin werden", sagte ich. „Schlage dir das aus dem Kopf!"

Sie starrte mich an wie einen Feind und wandte sich ihrem Kinde zu. Aboubakr kam nach Hause. Er ging sofort in sein Zimmer. Ich rief ihn. Er kam herein. Aziza verschleierte ihr Gesicht, richtete sich kerzengerade auf und schien ihn prüfend zu mustern.

„Da ist sie", sagte ich. „Wir drei werden gute Freunde sein."

„Wie steht es mit dem Essen?" fragte er. „Wo wird sie essen? Wir können sie doch nicht ins Restaurant mitnehmen. Kann sie kochen? Sie wird für sich kochen müssen."

„Ich kann für euch kochen."

„Das wird ein nettes Essen sein."

„Versucht es einmal!"

„Kennen Sie denn die Gegend — wissen Sie, wo Sie einzukaufen haben?"

„Das werde ich in einem Tage wissen."

Ich muß zugeben, daß ich an diese kleinen, aber wichtigen Einzelheiten nicht gedacht hatte. Aboubakr und ich pflegten abends zusammen in einem der zahllosen Lokale der Nachbarschaft zu essen. Der Pförtner brachte unsere Wohnung in Ordnung und kochte uns Kaffee. Manchmal brachte er uns Brot, Käse, Zwiebeln, Milch oder was wir eben brauchten. Unsere Küche war recht kläglich eingerichtet. Wir besaßen gerade nur die allernötigsten Kochgeräte. Und wenn wir einmal zu Hause aßen, dann aßen wir aus einer Schüssel.

Aboubakr lachte herzhaft.

„Ich werde selbst einholen gehen!" sagte er. „Dieser große Anlaß muß durch ein Fest gefeiert werden."

Er entfernte sich sofort, um seine Absicht auszuführen. Ich war sonderbar verlegen. Um der peinlichen Lage ein Ende zu machen, ersuchte ich Aziza, sich hinter dem Vorhang in den ihr gehörenden Teil des Zimmers zu begeben, während ich das Baby nahm und es auf das Bett der Mutter legte. Das kleine Mädchen hatte eine sehr dunkle Hautfarbe, dicke, wulstige Lippen und ein kleines Kinn. Aziza nahm den Schleier ab und hockte sich stumm nieder. Sie sah mich erwartungsvoll an. Ihre leuchtenden Augen waren voll Unschlüssigkeit, als wollte sie Fragen an mich richten und brächte es nicht fertig. Ich erriet ihre Gedanken.

„Wir sind heute nicht mehr die, die wir waren", sagte ich sanft. „All diese Jahre hindurch hast du dein Leben gelebt, und ich habe das meine gelebt. Gott ist gnädig gewesen, daß er uns wieder zusammengeführt hat. Ich werde dir jetzt wie ein Bruder sein. Du mußt aufrichtig sein und an mich glauben."

Sie wischte sich die Tränen aus den Augen. „Ma'alesh."

„Nein", sagte ich, „du wirst mir alles erzählen, was du erlebt hast, bevor wir weitersprechen. Alles! Dann werde ich überlegen, was ich für dich tun kann."

„Ibrahim, Geliebter!" sagte sie. „Halte Aziza nicht für undankbar. Ich muß dich kennen, bevor ich dir alles erzähle."

„Aber du kennst mich doch. Hast du kein Gedächtnis?"

Sie sah mich verständnislos an. Ich setzte mich dicht neben sie, nahm ihre Hände und blickte ihr in die Augen.

„Sprich zu mir, sprich zu deinem Bruder, der dich mehr liebt als alle die Liebhaber, die du gehabt hast."

Sie blickte kalt und streng zur Erde.

„Ich habe nur einen Liebhaber gehabt", sagte sie so leise, daß ich es fast nicht hören konnte.

„Wer war das?"

Sie richtete den Blick auf mich, einen schweren durchdringenden Blick.

„Und Abbas?" flüsterte ich.

Sie senkte die Augen und schnalzte entsetzt mit der Zunge.

„Aber dieses Kind ist von ihm."

„Ich konnte es nicht vermeiden!"

Ich ließ ihre Hände los. Sie zog sie langsam zurück und legte sie träge in den Schoß. Minutenlang schwiegen wir, ohne uns auch nur einmal anzusehen. Alle meine Gedanken schüttete ich auf sie, um ihr Frieden und Kraft zu geben. Als ich schließlich wußte, daß sie nun ganz getröstet war, berührte ich ihr Knie.

„Jetzt erzähle mir alles", sagte ich.

Sie holte tief Atem.

„Wohlgemerkt, alles!" fuhr ich fort. „Und sage die volle Wahrheit!"

Ihre Haltung veränderte sich seltsam. Ihre schönen schwarzen Augen weiteten sich und wurden feucht. Dann begann sie ihre Geschichte zu erzählen. Ihre Arme und Hände beschrieben dabei die sonderbarsten Gebärden, als wollte sie die Luft ringsumher zu Gestalten kneten, um das Bild ihrer Geschichte zu formen. Ich beugte mich vor und lauschte nicht nur mit den Ohren, sondern mit der ganzen Seele. Ihre Stimme, kaum lauter als das Rascheln eines hohlen Rohrs, das ein sanfter Wind berührt, sprach unablässig in einem monotonen klagenden Rhythmus. —

Nie wurde ein Mädchen heftiger geschlagen als die junge Aziza, die auf dem Rücken eines jungen Esels nach Hause zurückkehrte. Nie wurde ein Mädchen mit soviel Schande überhäuft wie Aziza, die Tochter des Hassan Sadek. Sämtliche Dorfbewohner versammelten sich, um ihrer Bestrafung beizuwohnen. Ihr Herz weinte. Nicht um der Schmerzen willen, die man sie leiden ließ, sondern um den Geliebten, von dem sie getrennt war, um Ibrahim. Und als der Naboot auf ihren Rücken niedersauste, schrie sie laut, aber nicht um Gnade, sondern nach ihrem Liebsten, daß er zurückkehre und sie befreie. Sie hatte einen wunden Rücken, aber viel wunder noch war ihr Herz. Hört, an diesem selben Tage wurde sie an Händen und Füßen gefesselt und in das Haus Medani Paschas gebracht, das viele Stockwerke hoch sich in der Nähe der Bahr erhebt. Große Ställe mit Pferden und Kühen und ein ganzes Dorf voller Menschen umgeben es. Aziza wurde in ein finsteres Zimmer gebracht; dann erschien eine Frau, um ihr Nahrung zu reichen. Aber Aziza rührte nichts an. Ihr Magen war nicht hungrig. Nur ihr Herz hungerte nach dem Liebsten, den sie für tot zurückgelassen hatte unter den Bäumen am Nil. So verbrachte sie viele Stunden und weinte um Ibrahim, den Totgeglaubten. Tagelang weigerte sie sich, zu essen, zu trinken und zu schlafen, bis ein dunkles Vergessen über sie kam, schwärzer als jede Nacht. Dann träumte Aziza. Sie lag wieder in den Armen ihres Geliebten; er liebkoste und entführte sie in ein fremdes Land, wo es keinen Hunger und keinen Durst gab, wo alle Menschen freundlich und gut waren wie die Engel des Paradieses.

Aziza gewahrte eine Dame, die freundlich auf sie einsprach. Auch andere Frauen waren da, die gleichfalls freundliche Worte an sie richteten. Aziza glaubte, daß das wirkliche Engel seien, und als sie ihr Milch, süßen Honig, Nüsse und köstliches Obst reichten, aß Aziza dankbar davon. Sie hörte ihren Namen nennen und verlangte nach dem Lied der Engel des Paradieses. Eine der Frauen hieß Mamounah, ein dunkelhäutiges, schönes junges Mädchen. Sie spielte auf vielen Saiten eine süße Melodie und sang dazu mit einer tiefen Stimme, die Aziza alles vergessen ließ.

„Dies ist nicht das Paradies", sagte die freundliche Dame. „Dies soll in Zukunft dein Heim sein."

Sie badeten Aziza und salbten ihren Körper mit wunderbaren Gerüchen und brachten ihr schöne Kleider. Zwei Tage lang glaubte Aziza, daß sie immer noch träume, bis die freundliche Stimme der Dame sich plötzlich veränderte. Sie veränderte sich, wie der Himmel im Khamsin sich verändert, wenn er blau ist und plötzlich schwarz wird.

„Sie ist eine Bäuerin! Sie ist faul! Sie ist unwissend!"

Aiwah! Erst jetzt begriff Aziza, daß sie nicht im Paradiese war, und der Kummer kehrte zurück und quälte sie schrecklicher als vorher, aber sie weinte nicht wieder. Sie erkannte die Wahrheit. Sie verstummte ...

Das Baby auf dem Bett fing an zu weinen und zu strampeln. Aziza hob es auf und reichte ihm die Brust. Wie eine ägyptische Königin saß sie da mit gekräuselten Lippen. Ihre Augen, beschattet von langen schwarzen Wimpern, blickten nieder auf das Kind.

Ich bat sie, ihre Geschichte fortzusetzen, und fragte sie, was ihr widerfahren sei, nachdem man sie in das Haus des Paschas gebracht hatte. Sie wechselte den Tonfall.

„Die Dame sprach Arabisch, Türkisch und Französisch. Es war Madame Said Medani Pascha. Und da waren ihre beiden Töchter, Mamounah und Naila. Aber mehr als die Töchter, mehr als ihren Mann, liebte sie Abbas, ihren Sohn. Wir reisten alle zusammen in einem großen Eisenbahnwagen nach Kairo, vom Bahnhof fuhren wir nach dem großen Haus in El Hilmieh."

„Wie oft bin ich an diesem großen Hause vorübergekommen", sagte ich. „Ich habe zu seinen Fenstern emporgeblickt und zu den großen Räumen, die die hohe Gartenmauer überragen. Oh, Aziza! So nahe warst du mir in all diesen Jahren, und dennoch bin ich dir erst jetzt begegnet."

„Jahrelang hat Aziza dieses Haus nicht verlassen!" sagte sie. „Hinter dem Garten ist ein zweites großes Haus, dort wohnte ich mit Madame und den Mademoiselles. Es gab eine zahlreiche Dienerschaft, lauter Frauen, und auch sie gingen niemals aus. Aber jeden Monat und jede Woche kamen Kaufleute aus der Stadt und brachten Seide und Tücher und Juwelen. Immer kaufte Madame und gab viel Geld aus. Und jede Woche kam ein Arzt."

Ich war ganz überrascht, als ich sie französische Worte aussprechen hörte, und fragte sie, ob sie Französisch könne.

„Pas beaucoup!" sagte sie lächelnd. „Mais un peu."

„Woher?" fragte ich verwundert.

„Wir hatten eine französische Gouvernante, die Mamounah und Naila aus Büchern unterrichtete. Sie sprechen

Französisch und auch Türkisch. Madame Medani Pascha stammt aus der Türkei."

„Wie sieht sie aus?"

„Wie eine Europäerin."

„Sind ihre Töchter so schwarz wie Abbas?"

„Nicht ganz, aber alle haben sie dicke Lippen."

„Warum sind sie alle so dunkelhäutig?"

„Die Mutter des Paschas stammt aus dem Sudan."

„Er ist der Sohn einer Sklavin?"

„Ja."

Aziza nahm das Kind von der Brust, legte es auf das Bett und setzte sich wieder mir gegenüber.

„Hat die französische Gouvernante auch dich unterrichtet?" fragte ich.

„La! Mademoiselle Perrin wollte mich unterrichten, aber Madame sagte: ‚Nein, sie ist eine Fellachin, eine Bäuerin! Sie darf nicht lesen und schreiben lernen. Sie soll mit ihren Händen arbeiten, Kupfer putzen und Samt reinigen, Schleier und Strümpfe stopfen, guten Kaffee bereiten und süßen Kuchen mit Milch, Mandeln, Zitronen und Zucker; aber sie soll nicht lesen und schreiben!'"

„Sie wollte dich nichts lernen lassen?"

„La", sagte Aziza und legte die Hand auf meinen Arm.

„Aber sie war auf andere Weise gut zu Aziza."

„Gut!" rief ich. „Das Ergebnis ihrer Güte war gar nicht gut. Was ist aus dir geworden! Du bist nichts weiter gewesen als eine Hausangestellte, die für die Familie schuftete. Hat man dir etwas bezahlt?"

„Aziza hat von niemand Geld bekommen."

„Wer hat dich tanzen gelehrt?"

„Mamounah und Naila. Jeden Tag wurde Musik gemacht, und sie brachten mir die Tänze bei, so daß ich jetzt besser tanzen kann als irgend eine Frau in Kairo."

Mein Herz füllte sich mit Mitleid.

„Wenn diese Mädchen wirklich deine Freundinnen gewesen wären und nicht nur deine Herrinnen, dann hätten sie nicht geduldet, daß man dich einfach entläßt. Nette Freundinnen das!" Meine Stimme klang erbittert. „Hatten sie Liebhaber?"

„Mamounah!" sagte Aziza, und ein merkwürdiger Ausdruck trat in ihre Augen. „Sie hatte einmal einen Liebhaber."

„Wie war denn das möglich? Du erzählst doch, daß sie immer zu Hause eingesperrt waren."

„Sie hat sich voriges Jahr einen Liebhaber genommen in Sammoritz."

„Wo ist das?"

„Suisse!"

„In der Schweiz? Oh, sie reiste nach Europa!"

„Ich war auch in Europa."

Man kann sich mein Erstaunen vorstellen.

„Du warst in der Schweiz? Voriges Jahr?"

„Ich fuhr mit der Familie nach der Schweiz und nach Paris, der großen Stadt in Frankreich, und mit dem Schiff nach Marseille."

In dem Augenblick, da ich erfuhr, daß Aziza in Europa gewesen war, ging mit meinen Gefühlen eine seltsame Umwälzung vor. Ich empfand eine wachsende Entfremdung zwischen uns. Jetzt konnte ich die Veränderungen begreifen, die sich in ihr vollzogen hatten. Jetzt konnte ich verstehen, wie tief sich ihr Inneres gewandelt hatte. Sie war nicht mehr das einfältige Geschöpf, das ich früher einmal kannte. Nein, hier saß eine vielerfahrene junge Frau, die manches vom Leben gesehen hatte. Zu meinem äußersten Erstaunen ging sie plötzlich von ihrer malerischen Redeweise ab und begann in einer sachlichen

Art die Ereignisse zu schildern, die sie gezwungen hatten, im Krankenhaus Zuflucht zu suchen. Ich muß ihre Geschichte erzählen ...

Der dicke junge Abbas lebte wie ein Prinz in diesem Weiberreich. Da er der Liebling seiner Eltern war, wagte niemand, ihn zu tadeln. Er galt als ein hübscher Bursche, als gut erzogener junger Herr, und er sprach sowohl Englisch wie Französisch gut genug, um auf seine Umgebung Eindruck zu machen. Er bezog ein reichliches Taschengeld, und alle seine Wünsche wurden erfüllt. Er hielt Rennpferde, hatte sich ein amerikanisches Auto gekauft, einen der ersten hundert Wagen, die nach Ägypten kamen, besuchte Cafés und Restaurants, tanzte am Sonnabend und Sonntag im Shepheard-Hotel, zechte, flirtete, trank wie ein Fisch, und weiß Gott, was er sonst noch anstellte! Sein schlimmste Handlung aber war der Vorschlag an seine Mutter, Aziza in ihre Dienste zu nehmen.

Seine Mutter hatte offenbar die ganze Sache mit vollendetem weiblichen Geschick eingefädelt. Sie hoffte, ihr geliebter Sohn würde seine wilde Lebensweise ein wenig mäßigen, wenn er Gelegenheit erhielt, sich für die hübsche Dienerin zu interessieren. Abbas oder „Iswid Khaleß", das heißt „sehr schwarz", wie ihn jedermann hinter seinem Rücken nannte, hatte die mütterliche Ermunterung gar nicht nötig. Er hatte seine Augen sofort auf Aziza geheftet, als er sie zum erstenmal in einem der Dörfer seines Vaters erblickte. Wenn er das Mädchen zuerst nicht über Gebühr verfolgte und sie nicht mit seinen Aufmerksamkeiten belästigte, dann geschah das nur deshalb, weil sie ihm seiner Meinung nach zu ungeschliffen und zu bäuerisch war. Er wollte ihr Zeit lassen, sich der Atmosphäre ihrer neuen Umgebung anzupassen. Er wollte warten, bis sie ein wenig Musik machen, singen und tanzen konnte, um ihn zu amüsieren. Erst dann wollte er mit seiner Werbung beginnen. Er bat also seine Mutter und seine Schwestern, Aziza nicht wie eine Dienerin und Sklavin zu behandeln, sondern ihr freundlich zu begegnen und sie in Musik, Singen und Tanzen zu unterrichten. Die Zeit verging. Und als er schließlich Aziza Fortschritte machen sah, hielt er den Augenblick für gekommen, um von der Beobachtung zur Tat überzugehen. Das Schicksal aber hatte ihm eine Enttäuschung vorbestimmt.

Wochen- und monatelang war Aziza seitdem seinen Verfolgungen ausgesetzt, dunklen Machenschaften, wie sie nur ein sudanesisches Hirn ersinnen kann. Aber der dicke junge Bey stieß auf einen eisernen Widerstand. Aziza trug mein Bild, meine Liebe im Herzen. Sie hatte mich nicht vergessen. Abbas suchte ihr zu schaden, soviel er konnte. Er erzählte seiner Mutter Lügen über Aziza und erhob nichtswürdige Beschuldigungen gegen sie. Er lauerte ihr in den dunklen Gängen des riesigen Gebäudes auf. Er weinte vor ihr. Er kniete vor ihr nieder und versuchte ihre Schuhe zu küssen. Er bedrohte sie. Aber sie gab nicht nach. Sie erzählte auch keinem Menschen von diesen abscheulichen Angriffen auf ihre Tugend. Nur in der Nacht ließ sie manchmal ihren Tränen freien Lauf. Wenn man sie ertappte, schrieb sie ihren Trübsinn einem körperlichen Unbehagen zu, und der Hausarzt wurde gerufen, um ihr einen kühlenden Trunk zu verschreiben.

Schließlich sprach das Mädchen, von Verzweiflung getrieben mit der Mutter. Die Mutter nannte sie einen Dummkopf und kanzelte sie ab, weil sie ihren Sohn hochmütig behandle, pries die zahllosen Tugenden ihres Lieblings und wies Aziza darauf hin, daß sie in der ganzen Welt keinen besseren Mann finden könne.

Aziza wußte Bescheid. Sie wußte, daß der Schwarze mit

einem reichen Mädchen verlobt war. Ganz abgesehen von dem körperlichen Abscheu, den Abbas ihr einflößte, war sie auch stolz genug, um die Aussicht, nichts als seine Geliebte zu werden, gründlich zu verachten. Sie sprach mit seinen Schwestern. Die Schwestern nahmen für sie Partei. Die französische Gouvernante wurde zu den geheimen Beratungen hinzugezogen. Sie nahm sich der Sache an und sprach mit Madame, im Bewußtsein der Autorität, die einer gebildeten Französin in kritischen Augenblicken zu Gebote steht. Madame, die gern viel und gut aß und in Frieden verdauen wollte, sah mit Entsetzen unabsehbare Schwierigkeiten sich auftürmen. Sie ging in dem großen Saal umher, schlug die Hände zusammen und schrie mit gellender Stimme:

„Je veux la paix! Je veux la paix!"
„Ich brauche Ruhe! Ich brauche Ruhe!"
Inzwischen grübelte „Iswid Khaleß" weiter.

Er wartete auf den günstigen Augenblick, da seine Mutter, seine Schwestern und die Gouvernante in die Oper gefahren waren, um Pariser Gäste zu hören. Er schickte die Dienerinnen fort und schlich sich in Azizas Räume. Dort fiel er über sie her, warf ihr ein Kleid über Kopf, Schultern und Arme und schleppte sie die Treppe hinauf. Es gelang Aziza, den Mund freizubekommen und laut um Hilfe zu rufen. Anwar, ein alter Diener, der ihr immer sehr ergeben war, hörte unten ihre Stimme und eilte hinauf, um nachzusehen, was geschehen war. Kurz darauf rannte er so schnell wieder herunter wie noch nie in seinem Leben. Er verschwand in den Privatgemächern des Paschas, wo dieser an der Miene seines Dieners sehen konnte, daß etwas Unangenehmes passiert sein mußte. Der Pascha erhob sich, verließ den Raum und folgte Anwar, der ihm erzählte, was er gehört hatte.

Said Medani Pascha war ein Ehrenmann. Er war sehr religiös und wußte, daß der Prophet ein solches Verbrechen, wie sein eigener Sohn es eben hatte begehen wollen, streng verbot. Er wußte nicht, welche Schritte er tun sollte, er wußte nur, daß alle seine Maßnahmen recht schwächlich ausfallen würden, weil er seinen Sohn mehr als seinen Augapfel liebte. Für den Augenblick aber untersagte er seinem Sohn, in Azizas Nähe zu kommen. Er zog einen seiner Freunde zu Rate, einen Scheich von der Alhazar, einen klugen und gebildeten Philosophen, der alle Vorschriften des Propheten genau kannte, zugleich aber ein Mann mit modernen Anschauungen war. Gemeinsam erwogen sie Abbas' Zukunftsaussichten. Medani Pascha hatte den Ehrgeiz, seinen Sohn etwas werden zu sehen. Er sollte eines Tages, dem Beispiel seines Vaters folgend, in die Regierung eintreten und Kabinettsminister werden. Nach einer ganzen Woche gewichtiger Überlegungen wurde beschlossen, Abbas auf eine Privatschule nach England zu schicken. Dort würde er westliche Sitten erlernen, sich westliche Anschauungen aneignen und auf diese Weise die nötige Eignung für den schwierigen Beruf eines ägyptischen Staatsmannes erwerben. Said Medani Pascha hatte viele Vorzüge. Einer der nützlichsten war der, daß er stets an einem einmal gefaßten Entschluß festhielt. Abbas wurde also nach England geschickt, und Aziza hatte wieder Frieden. Aber kein Friede dauert ewig. Friede und Stetigkeit sind nicht von Dauer auf Erden. Sie herrschen nicht einmal im Reich der Pflanzen und Gesteine.

„Iswid Khaleß" machte anscheinend in England große Fortschritte. Da es ihm nie an väterlichen Zuschüssen fehlte, die von der unablässigen, schlecht bezahlten Arbeit der Tausende von Fellachen herrührten, die sich auf unserer reichen ägyptischen Erde abmühen, konnte der junge Bey all die Vergnügungen und Zerstreuungen genießen, die das freigebige England den fremden Besuchern bietet. Er bewegte sich in der Londoner Gesellschaft wie ein schwarzer Salamander im Goldfischteich. Nach zweijähriger Anglisierung besserten sich seine Manieren. Der größte Teil seines Fettes schmolz dahin, so daß er größer wirkte als früher. Das Wissen, das fleißige Lehrer ihm in sein Hirn trichterten, ließ diesen Teil seines Körpers erheblich anschwellen. Das Klima Englands gefiel ihm so gut, daß er oft seine ägyptische Herkunft vergaß, und selbst, wenn er in den Spiegel blickte, erinnerte ihn seine schwarze Haut nicht mehr daran, daß seine Wiege in Afrika gestanden hatte. Hochgeschätzt von den Frauen der weißen Rasse, die weder Gewissen noch Rassenstolz besitzen, bemaß er nach ihrer Schätzung seinen eigenen Wert. Seine Ferien verbrachte er in Biarritz, Cannes, Deauville und anderen europäischen Badeorten, aber er dachte nicht daran, seine Heimat zu besuchen, obgleich seine Familie sich oft bemühte, ihn für einige Zeit zurückzuholen. Ja, er büßte jeden Respekt vor dem ägyptischen Volke ein. „Ein Land voll unwissender, schmutziger Fellachen", pflegte er zu sagen und schämte sich nicht einmal, seinen englischen Freunden zu erklären, es sei gut, daß sie uns regierten. Said Medani Pascha fing an, über die lange Abwesenheit seines Sohnes und Erben zu klagen. Madame bekam eine Lungenentzündung, die sie fast dahinraffte. Die Töchter wurden unruhig. Mademoiselle Perrin hatte ihnen so viel von Frankreich erzählt, daß sie nur noch den einen, allbeherrschenden Wunsch kannten: Das Land zu sehen, das ihnen, wie man sie gelehrt hatte, als das kultivierteste, zivilisierteste und schönste Land in der Welt erschien. Madame hustete und verlor ihren Appetit. Der Hausarzt erklärte schließlich, ein Luft- und Klimawechsel sei für ihre Genesung unerläßlich, und er empfahl das Hochgebirge. So kam es, daß die Familie Said Medani sich zu einer Europareise rüstete, entschlossen, ungeheure Mengen Gepäck und zahlreiche Diener mitzunehmen, unter ihnen auch Aziza, die zur persönlichen Bedienung der Dame des Hauses bestimmt wurde. Mit einem dicken Kreditbrief versehen, schifften sie sich in Alexandria ein.

Über Europa lag der Sommer. In gemächlichen Etappen reisten sie von Genua in die Schweizer Berge, nachdem sie vorher in einem der fürstlichen Hotels in „Sammoritz" Zimmer bestellt hatten. Wie groß war ihre Freude, als sie endlich im Engadin ankamen, dessen grüne Wiesen, blaue Seen und schneebedeckte Berge etwas ganz Neues für ihre Augen waren! Auf dem Bahnhof wartete der geliebte Sohn und Bruder Abbas auf sie in einem nagelneuen schottischen Knickerbockeranzug, eine karierte Sportmütze schief auf dem Sudanesenkopf. Das Wiedersehen mit seiner Familie schien ihn ehrlich zu rühren, und er weinte heftig, als sein Vater und seine Mutter ihn umarmten und die treuen Diener sich niederbeugten, um seine Hände mit Küssen zu bedecken. Auch Aziza mußte ihm die Hand küssen.

Noch mehr als für die Familie ihres Herrn war für sie der Wechsel vom flachen Ägypten zu diesem Bergparadiese ein beseligendes Erlebnis. Alles, was sie sah, war für sie neu und überwältigend. Sie konnte nur den Mund aufsperren, mit erstaunten dunklen Augen um sich schauen und sich wundern.

Abbas Beys Liebenswürdigkeit, Höflichkeit und gänzlich verändertes Benehmen machten auf sie Eindruck. Er schien die Vergangenheit vergessen zu haben. Darüber war sie froh, obgleich sie ihm in der Tiefe ihres Frauenherzens noch immer mißtraute. Said Medani Pascha war ein Mann alter Tradition. Obwohl er sich jetzt in einem anderen Lande befand, änderte er nichts an seinen hergebrachten Gewohnheiten. Nur mit größter Mühe konnte ihn seine Familie in Mailand überreden, einen Hut zu kaufen, einen schwarzen Borsalino, der ihm viel zu groß war, den er aber mit Würde trug. Die Damen erschienen natürlich mit ihren prunkvollen Kleidern aus einem Shariah-Kasr-el-Nil-Geschäft, entdeckten aber zu ihrer Bestürzung, daß ihre Modelle völlig veraltet waren, und eilten in den nächsten Modesalon, um sich neu ausstatten zu lassen. Aziza, die nur ein einfaches schwarzes Kleid mitgebracht hatte, erhielt zwei von Nailas Kleidern geschenkt, da Naila ungefähr die gleiche Größe hatte wie sie.

Bedenke, freundlicher Wanderer, daß diese reiche ägyptische Familie über zwei Monate in einem Hotelpalast wohnte, umgeben von jeglichem Luxus und in der Lage, jede noch so flüchtige Laune zu befriedigen, daß ihnen in dieser Umgebung jeder Tag wie ein Festtag erscheinen mußte, daß sie Hunderte bekannter Leute aus allen Weltgegenden kennenlernten, alte Herzoginnen, Prinzen, Prinzessinnen und Marchesas aus Italien, Deutschland, Spanien, Millionärinnen aus Amerika und junge elegante Herren aus Brasilien, Peru und Polen. Sogar einen König lernten sie kennen! Man male sich die fröhlichen Abende aus, wenn die Orchestermusik die Ohren der Tanzenden kitzelte und die Champagnerkorken flogen! Man stelle sich die Trinkgelage vor! Und man denke an die zahllosen Liebesgeschichten, die in dieses Getriebe hineinspielten!

Arme kleine Aziza! So unschuldig in dieses neue Leben zu geraten! Mit ihren eigenen Augen sah sie Mamounah sich in einen jungen Peruaner verlieben. In ihre Ohren flüsterte die junge Herrin die Geheimnisse ihrer Liebe. Mitten in der Nacht schlich sie sich aus ihrem Schlafzimmer, das sie mit ihrer jüngeren Schwester teilte, und verschwand in den dunklen Gängen, während ihre großen Augen afrikanisches Feuer sprühten. Sie verlor jede Bescheidenheit. Ihre Stimme wurde schrill, ihr Benehmen herrisch. Mit einem einzigen Sprung setzte sie über den Abgrund, der die Jugend von der Reife trennt.

Inzwischen begann ein bettelarmer junger italienischer Marchese sich an Naila heranzumachen. Madame Medina Pascha wurde ein Opfer der Spielleidenschaft. Nur der Pascha blieb der würdige Mann, der er war, und verbrachte den größten Teil seiner Zeit in der Gesellschaft eines früheren ägyptischen Kabinettsministers, der zufälligerweise in einem benachbarten Hotelpalast wohnte; die beiden unterhielten sich stundenlang mit gewohnter Feierlichkeit über die Nachrichten aus Ägypten.

Aziza mußte sich unter den Dienstboten aufhalten. Sie mußte sich allen Launen ihrer Herrin fügen. Nach einiger Zeit aber beorderte man sie an den großen runden Tisch im Restaurant, wo zu allen Mahlzeiten eine Schar von Gästen die ägyptische Gastfreundschaft des freigebigen Paschas genoß. Ein wenig später durfte sie dann nach dem Essen am Tisch ihrer Herrin sitzenbleiben, die oftmals bis Mitternacht den Töchtern beim Tanzen zusah. Viele Männer erblickten die schöne Aziza, viele luden sie zum Tanze ein, aber ihr war verboten, eine solche Einladung anzunehmen, weil sie eine Dienerin und Haussklavin war. Schließlich erschien „Iswid Khaleß". Er trug einen tadellosen Anzug, geschneidert von einem „Künstler" aus der Savile Row und machte den Eindruck eines sehr eleganten, jungen, dunkelhäutigen Gentlemans. Nachdem er ein paar Worte mit seiner Mutter gewechselt hatte, die ihrem Liebling nichts verweigern konnte, entführte er Aziza und tanzte mit ihr. Er ließ sich herbei, mit ihr arabisch zu reden. Er flüsterte ihr viele Geschichten von seinen Heldentaten ins Ohr. Er geruhte, ihren Vater zu erwähnen, den guten Hassan Sadeq, der in diesem Augenblick in seiner kleinen Lehmhütte in einem Dörfchen am oberen Nil ruhig schlummerte, und bat, hoffen zu dürfen, daß sie gute Nachrichten von ihrer Familie habe. Diese Freundlichkeit stimmte Aziza weich. Sie war, ist und wird immer eine Fellachin bleiben. Einerlei, mit welchem Firnis man uns bestreicht, unser Innerstes bleibt unberührt.

„Iswid Khaleß" trug ein schönes weißes Hemd mit Brillantknöpfen und Saphirknöpfen. Der leichtfüßige Tanz Azizas entfachte sein Verlangen nach ihr zu neuer Flamme. Er bemerkte mit Freuden, daß seine Worte sie milde gestimmt hatten. Im Nu waren seine Abenteuer mit weißen Frauen vergessen. Dieses braune Mädchen aus Ägypten verdrängte sie ganz. Jeden Abend tanzte er ein- oder zweimal mit ihr, und eines Nachts nahm er sie sogar in die Bar mit, wo man bis in die frühen Morgenstunden beisammen war. Dort brachte er Aziza den Geschmack am Trinken bei, und sie, eine richtige Saidia, von Geburt an zur Enthaltsamkeit und zu nüchternem Leben erzogen, erfuhr zu ihrem immerwährenden Schmerz, daß Mohammed den Kindern Allahs eine weise Vorschrift gegeben hat, als er sie lehrte, den Alkohol zu meiden. Da sie wußte, daß Abbas nach England zurückkehren sollte, daß er vielleicht für lange Zeit nicht nach Ägypten kommen würde, war sie geneigt, ihn nicht allzu hart zu behandeln: sie ließ sich herbei, ihm ab und zu eine kleine Gunst zu gewähren, einen Kuß extra oder eine schnelle Umarmung.

Eines Nachts, als die Schwestern auswärts aßen und im Suvretta tanzten, beide bis über die Ohren in Abenteuer verstrickt, schüttete Abbas heimlich ein Pulver in Azizas Champagner. Wie eine schnelle Flamme stieg ihr der Wein zu Kopf. Binnen kurzem war ihr Hirn eine Beute von

Halluzinationen. Ihr Wille schlief ein. Er schlug ihr vor, schlafen zu gehen, und begleitete sie an den Lift. Aber der Lift hielt nicht in ihrem Stockwerk, sondern in dem seinen. Er führte sie in sein Zimmer. Um ihren Zorn zu besänftigen, versprach er ihr die Heirat, wußte aber genau, daß ein solches Versprechen ohne Zeugen wertlos war. Unsere Männer haben die Gesetze des Korans sehr geschickt zu ihren Gunsten verdreht.

Aziza gestand mir, daß es ihr von diesem Augenblick an ziemlich einerlei war, was mit ihr geschah. Sie wußte, daß sie verloren war. Sie wehrte sich nicht gegen ihr Schicksal. Sie war eine Ägypterin.

Im Herbst kehrte sie mit der Familie Said Medani nach Kairo zurück. Abbas war nach London abgereist und hatte beteuert, daß ihm die Trennung von ihr schwerfalle. Sie bemühte sich, an seine Aufrichtigkeit zu glauben.

In Kairo nahm sie ihr altes Leben in dem riesigen Palast wieder auf. Madame und die jungen Damen aber hatten sich völlig verändert. Ihre Reisen in Europa, ihre schrankenlose Freiheit unter Menschen, die ganz anders waren als sie, hatten einen starken Einfluß auf sie ausgeübt. Ihr Benehmen und auch ihre moralischen Anschauungen hatten sich gründlich geändert. Mamounah schmachtete nach ihrem Liebhaber und wartete nur auf den Tag, da er nach Ägypten kommen, Moslem werden und sein Versprechen, sie zu heiraten, erfüllen würde. Naila wurde traurig vor Sehnsucht nach einem jungen Franzosen. Madame war bridgetoll geworden und begann die gute Gesellschaft von Kairo zu durchstöbern, um einen Kreis von Freundinnen zusammenzubringen, mit denen sie Bridge spielen konnte. Die Rückkehr Abbas' wurde für den Frühling erwartet. Sein Vater hatte ihm einen kleineren Posten im Außenministerium verschafft. Zu ihrem Erstaunen sah Aziza, daß umfangreiche Vorbereitungen für seine Hochzeit getroffen wurden; aber er sollte nicht sie heiraten, sondern die Tochter des Mahmoud Pascha Ali, eines mächtigen und einflußreichen Mannes, der Tausende von Feddans fruchtbaren Landes besaß. Inzwischen fühlte sie seltsame Veränderungen mit sich vorgehen. Die eifrigen dunklen Augen ihrer Herrinnen und der anderen Dienerinnen entdeckten gleichzeitig diese Veränderung. Mademoiselle Perrin sprach mit ihr. Verzweifelt gestand Aziza der französischen Gouvernante alles.

„Ah, mon enfant! Mon pauvre enfant! Qu'est-ce-que tu as fait!"

Was sollte man tun? Beichten? Konnten denn nicht alle sehen, was los war? Den Ursprung des Unglücks erzählen? Wie? Mißtrauische Blicke verfolgten alle ihre Bewegungen. Madame behandelte Aziza von oben herab, richtete aber keine Fragen an sie. Schließlich sprach ihr Gönner, der alte Anwar, mit ihr.

„Wer ist es, Aziza? Ist es unser Herr, der Pascha, selbst?"

Allmählich merkte Aziza die wachsende Kälte ringsumher. Sie fühlte sich vereinsamt. Ihre Herrinnen sprachen kaum noch mit ihr, und wenn es einmal geschah, war ihr Benehmen voller Verachtung.

Schließlich gestand sie in einem Anfall von Verzweiflung ihr Geheimnis.

„Abbas ist der Vater meines Kindes!" rief sie. „Und er hat versprochen, mich zu heiraten! Oh, wie groß ist jetzt mein Kummer! Ich sehe, daß man seine Hochzeit mit einer anderen vorbereitet. Wehe über mich! Mein Kind wird vaterlos sein. Meine Brüder werden mich töten. Ich bin heimatlos."

Sie schalten sie Lügnerin, Närrin, Herumtreiberin und gaben ihr noch andere zügellose Schimpfnamen. Sie erhob ein lautes Jammergeschrei, das durch das ganze Haus schallte. In jäher Wut riß sie sich die Kleider vom Leibe und warf sich in den Staub. Aber niemand hatte Mitleid mit ihr. Im Gegenteil, sie wurde geschlagen, und man wies ihr die schmutzigste Arbeit im Hause zu, fern von den Frauengemächern, unter den niedrigsten Dienstboten. Als sie schließlich revoltierte, mit den Fäusten gegen die Tür zu den Privaträumen Said Paschas trommelte, laut nach Gerechtigkeit schrie und die Strafe Gottes auf das verruchte Haus herabbeschwor, wurde sie von den Torhütern weggeschleppt, auf die Straße gestoßen, und es wurde ihr bei Strafe der Auspeitschung verboten, das Haus je zu betreten. Sie wußte, daß bei ihrem jetzigen Zustand eine Auspeitschung verhängnisvoll sein würde. In jäh erwachtem Stolz stellte sie sich an das Gitter, verfluchte das Haus des Said Medani Pascha und schleuderte ihre Verwünschungen auf das Haupt jedes einzelnen Mitgliedes der Familie. Schließlich ging sie weg und irrte durch die Straßen, bis ein Mann sie ansprach. Sie erkannte seine Stimme. Er war der Besitzer der Wäscherei, in der die Familie Said Medani waschen ließ. Sie klagte ihm ihr Leid. Er hatte Mitleid mit ihr, bejammerte die Ungerechtigkeit des Schicksals, die Schurkerei der Menschen und bot ihr Obdach und Essen an, falls sie sich bereit erklärte, für ihn zu arbeiten. Sie ging mit ihm. Zwei Monate lang lebte sie in der Familie dieses Mannes, arbeitete fleißig und fühlte sich sicher. Alle bedauerten ihr Mißgeschick und behandelten sie mit Achtung. Auf irgendeine Weise aber bekamen die Said Medanis doch heraus, wo sie Zuflucht gefunden hatte.

Abderrahman, der Eunuche, erschien eines Tages in seinem schwarzen Frack, einen Elfenbeinstock in der Hand. Er teilte dem Wäschereibesitzer mit, der Pascha sei schwer beleidigt, daß einer seiner entlassenen Dienstboten hier ein Heim gefunden habe, und wenn Aziza nicht augenblicklich entlassen würde, könne der Pascha die Wäsche seines Hauses dem Beschützer Azizas nicht mehr anvertrauen. Der Eunuch sparte nicht mit Beschimpfungen Azizas. Er schwor sogar bei dem Licht seiner Augen, das Mädchen habe in Europa mit einem ungläubigen Christen Umgang gehabt, und drohte, der Pascha würde allen seinen Freunden Bescheid sagen, die dann ebenfalls ihre Wäsche in ein anderes Geschäft schicken würden.

Der Wäschereibesitzer, der sein Geschäft und seinen Lebensunterhalt aufs ärgste bedroht sah, versprach dem schwarzen Abderrahman in unterwürfigen Worten, daß er Aziza zu den Hunden jagen und noch außerdem seine beste Galabieh und neue Schuhe anziehen würde, um sich sogleich zum Palaste des Paschas zu begeben und sich persönlich zu entschuldigen; er behauptete zugleich, sie habe ihm ihre frühere Beschäftigung verschwiegen.

Aziza hatte diese Szene mit angehört. Abscheu packte sie gegen den Eunuchen, mehr noch als gegen Abbas und den Teufel. Sie wartete gar nicht erst auf die Rückkehr ihres Brotgebers, sondern wickelte die paar Sachen, die ihr gehörten, in ein kleines Bündel und entfernte sich mit langsamen Schritten, denn ihre Zeit war nahe.

Drei Tage lang trieb sie sich in den Straßen der alten Stadt umher, streckte manchmal die Hand aus, um ein wenig Essen zu erbetteln, oder ging einen oder den andern Fremden an, der auf sie einen gutmütigen Eindruck machte, um ihm zu sagen, daß sie arm, sehr arm sei. Ein Polizist Seiner Majestät griff sie schließlich auf. Es war seine Absicht, sie zu mißbrauchen, aber das verhinderte sie durch eine kräftige Ohrfeige. Daraufhin nahm er sie fest, brachte sie zum Karakol[1]) und beschuldigte sie, daß sie ihn tätlich angegriffen habe. Der Polizeichef, ein kluger und erfahrener Mann, schenkte ihr Glauben, versetzte dem Polizisten mit einem dicken Stock einen gewaltigen Hieb über den Rücken und hielt es für das beste, das vagabundierende Mädchen in die Frauenabteilung des Kasr-el-Aini-Hospitals einzuliefern. — — —

3.

Mein neuer Haushalt erwies sich schnell als sehr ungemütlich. Aziza mit ihrer Schlamperei und ihren unordentlichen Gewohnheiten konnte geradewegs aus ihrem Dorfe gekommen sein. Weder ihre Erfahrungen im Hause des Paschas noch ihre Europareise, noch auch die wenigen Tage der Hospitaldisziplin hatten sie geändert. Ich ging abends in Aboubakrs Zimmer, damit sie Zeit hatte, ihr Kind zu säubern, es zu nähren und selbst zu Bett zu gehen. Nach einer Stunde legte auch ich mich schlafen. Aber selbst wenn meine Gedanken Ruhe gefunden hätten, würden doch die Geräusche hinter dem Vorhang mich am Schlafen gehindert haben. Aziza atmete in halbersticktem Keuchen, als ob sie mit dem Tode ringe. Diese Laute gaben mir beinahe das Gefühl, als würde ich selbst erwürgt. Lange Zeit fand ich mich damit ab, schließlich aber wurde ich unruhig und stand auf. Ich warf einen Blick durch die Vorhänge und sah ein schwarzes Kleiderbündel auf dem Bett liegen. Aziza hatte sich und das Kind völlig eingemummt, als sollten sie miteinander in einem schwarzen Bahrtuch begraben werden. So wickeln unsere Leute in den Dörfern sich des Nachts in ihre Kleider. Ich bemühte mich, Aziza zu wecken. Sie war aber so tief in Schlaf versunken, daß

[1]) Polizeistation

es sehr lange dauerte, bis sie die Augen aufschlug. Ich wickelte sie aus den Kleidern. Schweißtropfen standen auf ihrer Stirn, und das Kind begann sofort zu schreien. Ich erklärte ihr, daß sie den Kopf nicht zudecken dürfe, weil sie und das Kind ersticken könnten; aber ich brauchte lange Zeit, um sie zu überzeugen. Schließlich bat ich sie, sich auszuziehen und nicht in den staubigen Kleidern zu schlafen, und kehrte in Aboubakrs Zimmer zurück, um dort zu warten.

„Hol der Teufel deine verdammte Familie!" brummte er. Ich rauchte ein paar Zigaretten und dachte bekümmert über die nächste Zukunft nach.

Ich hatte damals viel zu tun. Wenn ich hundert Hände gehabt hätte, es hätte für sie alle Arbeit in der Kasr-el-Aini gegeben. Ich sammelte Erfahrung und Wissen auf vielen Gebieten. Eines Tages wurde ich zu einem sehr kritischen Fall in den Operationssaal gerufen. Zufällig war außer mir kein Chirurg im Hause, und ich sollte nun meine erste große Operation durchführen. Ich kann hier nicht auf Einzelheiten eingehen, aber nach einundeinhalb Stunden tiefster Willensanspannung zog ich mich auf mein Zimmer zurück, um auszuruhen. Kurz vor Mittag wurde ich zum Chefarzt gerufen. Der Arzt, der mir assistiert hatte, war zugegen. Der Chef fragte mich, ob die Patientin meiner Meinung nach am Leben bleiben würde.

„Ihr Leben liegt in Gottes Hand", erwiderte ich.

Er lächelte höhnisch. Dann richtete er einige technische Fragen an mich, die ich beantwortete. Er machte mich, seinen ehemaligen Schüler, darauf aufmerksam, daß ich mich nicht an das übliche Verfahren gehalten hätte und die Verantwortung zu tragen haben würde. Ich betonte die Tatsache, daß ich, sehr jung allerdings, ausgebildeter Chirurg sei und daß ich nach bestem Wissen gehandelt hätte. Ich wußte genau, daß ich alles, was nur möglich war, getan hatte. Der Fall war an und für sich ziemlich hoffnungslos.

„Gut, wir werden sehen! Wir werden sehen!"

In tiefer Erregung stürzte ich mich sofort auf meine Bücher und entdeckte zu meinem Entsetzen, daß ich tatsächlich die feststehenden chirurgischen Vorschriften nicht befolgt hatte. Ich kann die Gefühle nicht beschreiben, die mich damals packten. Die Welt schien wie ausgelöscht. Meine Seele versank in tiefe Qual. Vielleicht hatte ich einen Menschen ermordet. Als ich aber abends nach Hause ging, sagte mir eine dunkle Stimme, daß ich richtig gehandelt hatte. Ich erinnerte mich an den ersten Schnitt, einen sicheren und entschiedenen Schnitt. Von einem bestimmten Instinkt geleitet, hatte ich keine Sekunde lang geschwankt. Ich erinnerte mich, daß ich ein wichtiges Instrument beiseite geworfen und meinem Assistenten erklärt hatte, ich brauche es nicht. Aber eine tödliche Einsamkeit umgab mich jetzt. Ich zweifelte an mir. Ich versuchte, in Azizas und Aboubakrs Gesellschaft für einen Augenblick Vergessen zu finden. Dann schützte ich vor, sehr müde zu sein, und ging zu Bett. Aber ich konnte nicht schlafen. Stundenlang lag ich wach und hörte zu, wie meine Freunde sich mit leiser Stimme unterhielten. Ich sah Azizas Schatten hinter dem Vorhang, während sie zu Bett ging. Ich hörte die äußere Türe zufallen und wußte, daß Aboubakr ins Caféhaus gegangen war. Zweifel folterten mich.

„Sie werden die Verantwortung zu tragen haben", hörte ich unablässig Professor Phipps' Stimme sagen.

Schließlich warf es mich fast aus dem Bett, als ob eine unwiderstehliche Kraft mich trieb. Ich zog mich schnell an, und nachdem ich mich überzeugt hatte, daß Aziza schlief, verließ ich das Haus und rannte fast zur Kasr-el-Aini. Wenige Augenblicke später war ich in der Frauenabteilung und stand am Bett meiner Patientin. Sie war am Leben und sah mich in dem trüben Zwielicht aus dunklen, hohlen Augen an. Ich blieb eine halbe Stunde bei ihr, gab der Nachtschwester einige Anweisungen und ging dann wieder nach Hause. Unterwegs wurde ich ruhiger. Die Angst wich von mir. Ich wußte nun, daß ich richtig gehandelt hatte, selbst wenn meine Patientin starb.

Zu meiner größten Freude aber blieb die Patientin am Leben. Zwei, drei Tage verstrichen, und meine erfahrenen Kollegen fingen an, miteinander zu flüstern. Professor Phipps' überlegenes Lächeln verschwand. Er wurde neugierig auf mich. Nach zwei weiteren Tagen war meine Patientin außer Gefahr. Wie die Oberschwester mir mitteilte, hatte Dr. Hermann erklärt, ich hätte ein Wunder vollbracht. Ich suchte ihn auf.

„Ibrahim!" sagte er, „Sie sind temperamentvoll. Beherrschen Sie Ihre Empfindungen und schildern Sie mir von Anfang bis Ende den Verlauf der Operation."

Als ich fertig war, stand er auf und klopfte mir auf die Schultern.

„Was immer Sie für Erfolge haben mögen, bleiben Sie bescheiden", sagte er freundlich.

Nach einer Pause fügte er hinzu:

„Lassen Sie sich nie durch berufliche Eifersucht Ihrer Kollegen beeinflussen. Im übrigen gratuliere ich Ihnen, Sie haben eine neue Methode gefunden, eine bessere als die bisher bekannte. Lassen Sie sich dadurch nur nicht den Kopf verdrehen, bleiben Sie bescheiden!"

Ich blieb eine halbe Stunde bei ihm (Gott segne sein Andenken), erörterte mit ihm meinen Fall, und er riet mir, eine Abhandlung für die Fachzeitschriften zu schreiben.

Man möge mir verzeihen, daß ich über meinen ersten Triumph eine tiefe Freude empfand. Voll Dankbarkeit faßte ich den Entschluß, bescheiden zu bleiben und fortzufahren, meiner Wissenschaft nach besten Kräften zu dienen. Aber trotz all meiner guten Vorsätze konnte ich ein Gefühl leisen Stolzes nicht unterdrücken. Dieser erste Erfolg trug mir den Beifall meiner Kollegen ein. Er brachte mich mit einem Male in die vorderste Reihe. Ich schrieb für die englische Fachzeitschrift „Lancet" einen Aufsatz, den Dr. Hermann in seiner meisterhaften Art überarbeitete. Der Aufsatz erschien. Von diesem Augenblick an erwachte mein Ehrgeiz, und ich beschloß nun, alle ungewöhnlichen Erfahrungen in der Form von Artikeln der medizinischen Literatur einzuverleiben. Diese Gewohnheit, die ich Jahre hindurch befolgt habe, führte mich auf andere Gebiete der Schriftstellerei. Meine privaten Aufzeichnungen sind in dieser Richtung mein letzter Versuch.

Ich veranlaßte Aziza, ihr Kind zu entwöhnen. Sie war viel zu blutarm, als daß sie ihr Kind noch weiterhin nähren durfte. Das Baby nahm die Gamoussah-Milch mit willigem Eifer, und ich behandelte die Mutter mit Injektionen, die die Beschaffenheit ihres Blutes verbesserten.

In unserem Haushalt veränderte sich wenig. Wir drei und das Kind gewöhnten uns mit echt ägyptischer Sorglosigkeit an ein äußerst unbequemes Leben. Aziza machte den Eindruck, als ob es ihr völlig gleichgültig sei, was der nächste Tag bringen würde. Sie kochte für uns, und ich bemühte mich ständig, sie an regelmäßige Arbeit zu gewöhnen. Aboubakr setzte sein altes Leben fort; wenn er gerade Lust hatte, gesellte er sich zu uns, sonst aber hielt er sich abseits Ich wußte nicht, was ich mit Aziza anfangen sollte. Ihre Nähe freute mich. Ich konnte mich in ihrer Gesellschaft ausruhen, meinen Geist und meine Nerven völlig entspannen. Sie war immer lustig und lebhaft, immer bemüht, mir zu gefallen, auch wenn es ihr nicht immer gelang. Meine überaus zärtliche Neigung für sie wuchs mit der zunehmenden Verantwortung.

Manchmal tanzte uns Aziza etwas vor. Dann war sie bezaubernd. Ihre Stimme hatte einen sehr sinnlichen Reiz. Es war eine jener Stimmen, die mich immer ergreifen. Ihr Singen war nicht nur eine mechanische Verrichtung des Kehlkopfes, sondern alle Organe und jede Bewegung schienen zu dem Zauber ihrer Stimme beizutragen. Eine so verführerische Anziehungskraft strömte von ihr aus, daß ich mich manchmal wie von einem Sturmwind gepackt und geschüttelt fühlte. Ich war froh, daß Aboubakr bei uns war. Seine Nähe besänftigte meine dunkle Unruhe. Ich war schließlich doch nur ein Mensch. Mich banden so süße Erinnerungen an Aziza, daß es verzeihlich gewesen wäre, wenn ich die Selbstbeherrschung verloren und in ihr das gesucht hätte, was nicht zu suchen ich fest entschlossen war. Ich wußte, wenn ich ihrem Zauber verfiel, würde ich den uneigennützigen Impuls einbüßen, der mich getrieben hatte, ihr Beschützer zu sein. Sie fühlte meine Ergebenheit. Das Tier in ihrer Seele setzte manchmal zum Sprunge an. Mit ihren Augen, ihren Lippen, mit allen ihren Bewegungen forderte sie. Ich versuchte sie im Zaume zu halten. Ich sprach mit ihr über die Zukunft. Aber was konnte ich sagen, das ihr die Zukunft in helleren Farben erscheinen ließ? Ich wußte nichts vorzuschlagen.

Sie hatte kein Gefühl für die Zukunft. Und sie dachte auch niemals über die Vergangenheit nach. Sie war da, für den Augenblick, für den Tag, die Nacht. Das war alles. Es genügte ihr, daß sie lebte. Sie war durch und durch eine Ägypterin. Nach einiger Zeit begann sie, mich des Nachts zu beunruhigen. Sie verließ ihr Kind, schlich sich durch den Vorhang und legte sich neben meinem Bett auf den Fußboden. Sie gab keinen Laut von sich in der Dunkelheit, aber sie stemmte den Fuß gegen mein Bett und erschütterte es durch sanfte Tritte, bis ich erwachte. Sobald ich aber die Kerze anzündete, stellte sie sich schlafend. Kaum hatte ich die Kerze ausgelöscht, fing sie wieder an, gegen mein Bett zu stoßen. Diese zärtliche Komödie setzte sie Nacht für Nacht fort. Wenn ich ihr am Tage Vorwürfe machte, behauptete sie, nichts davon zu wissen, oder sie erzählte mir mit äußerster Gelassenheit, daß sie nicht in ihrem Bett schlafen könne.

Aboubakr hörte, was vorging.

„Du bist mir ein netter Kerl", sagte er. „Siehst du denn nicht, was sie will? Ich glaube, du quälst sie absichtlich."

„Was würdest du an meiner Stelle tun?" fragte ich ihn.

„Ich würde sie glücklich machen! Warum nicht? Ich würde mich mit ihr belustigen, und wenn ich genug hätte, würde ich sie hinausschmeißen!"

Zum erstenmal fühlte ich einen wirklichen Haß gegen den Freund in mir aufsteigen. Aber ich schluckte meinen Zorn herunter. Er lachte mich aus. Ich wußte, er verachtete mich. Ich war damals kein Mann von Welt. Ich hatte sehr schlichte Auffassungen.

Ich glaubte mit solchem Ernst an den Wert der Aufrichtigkeit und der Tugend, daß es mir schien, kein Mensch könne gänzlich ohne sie sein. In meinen Augen war Aziza schweres Unrecht zugefügt worden. Sie war eine Märtyrerin. Ihre Aufmerksamkeiten für mich verwirrten mein Herz. Aber ich wehrte mich gegen die Versuchung. Ich hielt fest an meinem ersten Entschluß, ihr zu helfen, sie zu beschützen und nichts anderes von ihr zu verlangen als eine stille Zuneigung. Eines Nachts, als sie wieder zu mir kam, sagte ich zu ihr:

„Mädchen, ich habe dich nicht aus dem Elend befreit, um dein Liebhaber zu werden. Du läßt mich sehr leiden. Nicht aus Mangel an Zuneigung weigere ich mich, das Verlangen deiner Liebe zu befriedigen, sondern ich bin entschlossen, dir Bruder zu sein. Ich will dich befreien aus deinem jetzigen hoffnungslosen Zustand. Du bist kein Tier. Du hast nicht nur einen Körper, sondern auch eine Seele. Diese Seele in dir will ich suchen. Ich will dir helfen, sie zu finden und an sie zu glauben."

Yasalaam! Es wurde mir schwer, so zu ihr zu sprechen, während sie neben mir lag. Aber sie hörte zu. Sie wurde sogar ängstlich.

„Was befiehlst du mir zu tun?" fragte sie.

Wir hörten nebenan Aboubakr husten und hielten den Atem an. An seinem Husten merkten wir, daß er wach war. Nach einer Weile legte sie den Kopf an meine Schulter und wiederholte flüsternd ihre Frage. Da wußte ich plötzlich, was ich tun mußte. Es war wie eine Eingebung.

„Du sollst zu mir wie eine Schwester sein", flüsterte ich. „Du sollst mich mit schwesterlicher Liebe lieben. Und durch mich wirst du unser ganzes ägyptisches Volk lieben lernen, alle die Millionen, die an so vielen Übeln und Krankheiten leiden. Morgen fange ich an, dich zur Pflegerin, zur Kinderpflegerin auszubilden. Ich werde dich zu einem neuen Leben erziehen, zu einem großen und edlen Leben. Wir werden wie Bruder und Schwester zueinander sein, und ich werde dich überallhin mitnehmen, wohin ich auch gehe. Stell dir vor: Du wirst eine der wenigen Frauen sein unter Millionen, die nicht länger mehr das Leben eines Tieres führen wollen. Du wirst frei sein. Weder Armut noch Finsternis noch Unwissenheit werden dich mehr das Leben fürchten lassen. Und wenn du eines Tages in dein Heimatdorf zurückkehrst, werden dich deine Leute voller Achtung empfangen wie eine Königin. Glaube nicht, kleine Aziza, daß dein Geschlecht alles ist, was du besitzt."

Ich streichelte sanft ihre Stirn. Sie zitterte. Ich sah ihre dunklen Augen weit offen ins Leere starren.

„Hörst du mir zu?"

„Aiwah, mein Bruder!"

Ich fühlte nun, daß ich sie ganz in meiner Gewalt hatte.

„Du mußt wissen, so hübsch und verführerisch du bist, in deinem Kopf sind noch viele ungeborene Gedanken. Es ist leicht, allzuleicht, dir von einem Manne ein Kind geben zu lassen, aber es ist eine größere Aufgabe, auf eine Stimme zu hören, die in deiner Seele Gedanken zeugt. Hätte ich gleich das erstemal diesen Geist in dir erwecken können, als ich dich im Said traf, dir wären viele Leiden erspart geblieben. Du wärest nie die Beute eines Iswid Khaleß geworden. Echtes Wissen verleiht Kraft. Wenn unser Volk wirklich Wissen besäße, niemals würden uns die Fremden beherrschen! Weil die Fremden mehr Wissen haben, deshalb sind sie unsere Herren. Ich weiß, daß du mich liebst, Aziza. Ich liebe dich auch, gerade jetzt; nur nicht so wie früher, denn als ich dich damals liebte, war ich unwissend. Heute aber sehe ich vieles ein. Ich sehe die Seelen der Menschen, wie ich das Innere ihrer Körper sehe. Wenn aber ihre Körper schwach und krank sind, dann sind es auch ihre Gedanken. Du sollst anders sein als die andern Frauen. Du sollst stark sein. Ich will, daß du mir gehorchst. Willst du es tun?"

„Aiwah", flüsterte sie.

Aber ich bezweifelte, daß sie mich verstand. Nach einem langen Schweigen legte ich die Lippen an ihr Ohr.

„Geh jetzt in dein Bett und bleibe dort", sagte ich. „Ich werde morgen wieder mit dir sprechen."

Mit einer Gleichgültigkeit, die mir weh tat, verließ sie mich und ging in ihr Bett.

„Ya Ibrahim", sagte sie, „du hast mir vieles erzählt. Ich werde jetzt allein schlafen und mich morgen früh an nichts mehr erinnern."

Aboubakr hustete nebenan. Ich schämte mich ein wenig.

„Du wirst es auch nicht vergessen!" sagte ich zu ihr, laut genug, daß Aboubakr es hören konnte.

Dann begann ich angestrengt über meine Lage nachzudenken. Der Entschluß, Aziza zur Pflegerin auszubilden, hatte mir einen Stein vom Herzen genommen. Andererseits fühlte ich, daß ich meine Lebensweise ändern müsse. Ich konnte mein Leben nicht mehr mit Aboubakr teilen. Ich konnte es nicht mehr ertragen, daß ein Dritter mit mir und Aziza lebte. Ich hatte die höhnischen Bemerkungen satt. Ich empfand einen unbeschreiblichen Widerwillen, Aboubakr die tieferen Gründe mitzuteilen, die mich bewogen, nicht so zu handeln, wie er gehandelt haben würde. Ich, einer unter Millionen, mußte mir selbst ein Beispiel setzen. Und wenn auch alle Männer Ägyptens mich verlachten, ich durfte nicht so handeln wie sie. Solange die Begierden meines Fleisches stärker waren als meine Ungeduld, mich kraft meines Denkens über jede Wollust zu erheben, würde ich ein Sklave bleiben, Sklave meiner selbst und daher Sklave der andern. Nicht Ketten, nicht Polizisten, nicht Ausländer machen meine Landsleute zu Sklaven, sondern wir Ägypter versklaven uns selbst! Die Wollust zwingt uns zu Boden, die Hingabe an die körperlichen Freuden. Darf man von einem Adler erwarten, daß er sich emporschwingt und die köstliche Freiheit in grenzenlosen Weiten kostet, wenn er an den Erdboden gefesselt ist?

Nun wirst du, freundlicher Wanderer, verstehen, warum das Schicksal der jungen Aziza mich so tief beunruhigte. Ich sah in ihr nur eine von vielen Millionen und wußte, wenn ich an ihr sündigte, würde ich mich an Millionen versündigen. Eine flüchtige Befriedigung meiner Sinnlichkeit würde genügt haben, mich eine Zeitlang alle meine geistigen Bestrebungen vergessen zu machen. Sie wäre stark genug gewesen, mich in jene Tiefen hinabzuziehen, über die ich mich so mühsam zu erheben versuchte. Meine Aufgabe war es, zu heilen, Krankheiten auszutilgen, bis an die Wurzel des Übels vorzudringen. Man wird viele Steine auf mein Grab werfen. Aber aus dem Staube werden meine Worte zu euch dringen und euch zu großen Taten anspornen. Ma'alesh oder nicht ma'alesh!

Bevor in meinem dreißigsten Jahr das Glück anfing, mich zu begünstigen, fehlte es mir immer an Geld! Für meine Arbeit im Krankenhaus erhielt ich zwar ein Gehalt, aber die Vorschriften erlaubten mir nicht, meinen Patienten für die Behandlung oder die Operation etwas zu berechnen. Es kam mir auch nie in den Sinn, diese Vorschriften zu übertreten.

Von Sonnenaufgang bis Sonnenuntergang war meine Zeit vollkommen in Anspruch genommen. Nun hatte ich mir noch die zusätzliche Arbeitslast aufgebürdet, Aziza lesen und schreiben zu lehren und ihr neben anderen nützlichen Kenntnissen auch die Grundregeln der Kinderpflege beizubringen. Zum Glück lernte sie schnell, und nach Verlauf zweier Monate bat ich die Oberschwester des Hospitals, Miß Wilcox, ihr einen Anfängerposten zu geben. Miß Wilcox begegnete mir jetzt mit dem größtmöglichen Respekt und sogar mit einer gewissen Zuneigung. Zuweilen freilich versuchte sie immer noch, mich in ihrer englischen Art zu begönnern. Sie sprach mit dem Mädchen, und das Produkt meiner Erziehung gefiel ihr. Sie behandelte Aziza sogar äußerst zuvorkommend. Ich schilderte ihr meine gegenwärtigen Beziehungen zu Aziza wahrheitsgetreu. Ich hatte keinen Grund, ihr irgend etwas zu verschweigen. Sie wußte, daß ich die Wahrheit sprach, und ebenso wie ich erkannte sie, daß Aziza gescheit war und alle ursprünglichen Eigenschaften hatte, um eine gute Pflegerin zu werden. So kam eines Tages Aziza abermals in die Kasr-el-Aini, um jedoch diesmal eine ganz andere Rolle zu spielen als das erstemal. Jeden Abend waren wir nun zusammen in dem Hause der Schmerzen und taten unsere Arbeit, jeder nach seinen Fähigkeiten.

Prinz Ali, den ich lange nicht gesehen hatte, ließ mich eines Tages bitten, ich möge ihn aufsuchen. Mit einem Herzen voll Dankbarkeit begab ich mich in den Palast meines Wohltäters in Gizeh und wurde von Seiner Hoheit mit einem gewaltigen und verheißungsvollen Schlag auf den Rücken empfangen.

Zuerst einmal mußte ich die prinzliche Leber und Milz untersuchen und eine Diagnose stellen. Das besorgte ich recht gründlich und entdeckte eine weitere Vergrößerung seiner Milz. Ich sagte dem Prinzen, was er alles nicht tun dürfe — keinen Alkohol trinken, nicht zu viel essen, nicht zu viel schlafen, nicht zu viele Zigaretten rauchen — und er nickte geduldig zu meinen Ratschlägen. Als ich mit meiner Aufzählung fertig war, erhob er sich und stand mit gespreizten Beinen vor mir.

„Yasalaam!" schrie er. „Du nennst dich Arzt! Ich habe dich nicht gerufen, damit du mir sagst, was ich nicht tun darf. Ich will wissen, was ich tun darf!"

„Den lieben Gott um eine neue Leber bitten!" erwiderte ich.

Da gerade damals die Baumwolle an den Börsen ziemlich hoch notierte, war Prinz Ali in freundlicher Laune.

„Darf ich Polo spielen?"

„Wenn Sie Pferde haben, die so kräftig sind, daß Sie Ihr Gewicht tragen können."

„Soll ich heiraten?"

„Warum nicht, wenn das ein neuer Versuch ist?"

Effendina teilte mir dann mit, er habe sich noch nie in seinem Leben wohler gefühlt. Seine Leber mache ihm wenig Beschwerden. Er führte mich in ein Badezimmer und zeigte mir einen Schrank voll Tabletten und Pillen jeglicher Art.

„Das alles ist unnützer Kram", sagte ich. „Ich rate Ihnen zu einer Abmagerungskur in einem kräftigen Klima."

Effendina brüllte:

„Du willst mich schon jetzt verhungern lassen! Oho! Warte, bis mein Onkel mir alle meine Ländereien und mein ganzes Geld weggenommen hat! Dann werde ich vielleicht deinen Rat befolgen!"

Prinz Ali hatte das gleiche Temperament wie die arabischen Hengste: immer sich aufbäumen, die Augen rollen, drohen und es dabei gar nicht böse meinen. Viel Geschrei und wenig Wolle! Nachdem er dieses Gespräch noch eine Weile fortgesetzt hatte, kam er auf den eigentlichen Zweck meines Besuches. Er hatte ungefähr dreißig Diener, immer einen für jede besondere Arbeit. Er hatte eine Menge Kammerdiener — der eine mußte sich um die prinzlichen Hosen kümmern, der zweite um die Röcke und Jackette, der dritte um die Unterwäsche, die Socken, Hemden und Westen. Ein anderer wieder war für die

Schuhe und Stiefel Seiner Hoheit verantwortlich, und wehe ihm, wenn sie nicht spiegelblank glänzten. Zwei junge Burschen bedienten Seine Hoheit im Bade. Vier Mann dienten als Lakaien. Ein Diener besorgte den Rauchschrank, säuberte die Pfeifen und stopfte sie mit frischem Tabak. Wenn Effendina einmal in die Hände klatschte, dann hieß das: Zigaretten; zweimal: eine Zigarre; dreimal: eine Pfeife. Ein Bursche hatte Kaffee zu servieren, ein anderer Zitronenlimonade. Die Hausbediensteten hatten ihre eigenen Kammerdiener, die für ihre Uniformen sorgen mußten. Zwischen der Küche und den Dienstbotenräumen hausten ein halbes Dutzend junger Burschen, die Botendienste zwischen dem vorderen und dem hinteren Teil des Hauses verrichteten. Fast über jedem Sessel hing eine Klingel. Wenn Prinz Ali sich nach seinem Landhaus im Delta begab, beanspruchte seine Dienerschaft einen ganzen Waggon zweiter Klasse. Damals war der Prinz noch berechtigt, den Bahnhof in Kairo durch das Königliche Tor zu betreten und auf einem roten Teppich zum Bahnsteig zu gehen. Ich erinnere mich, wie er vor Wut tobte, als ihm später dieses Privileg auf Anordnung des Oberhauptes des Königlichen Haushalts entzogen wurde. Prinz Ali bot mir Kaffee und Zigaretten an. Er teilte mir mit, daß unter seinen Dienstboten eine Art Epidemie, ähnlich den Masern, ausgebrochen sei, und ernannte mich zu seinem Hausarzt. Es wäre unanständig gewesen, wenn ich sein Anerbieten abgelehnt hätte. Ich schuldete ihm sehr viel. Ich willigte also sofort ein und beteuerte, daß es eine höchst unerwartete Ehre sei. Der Prinz lachte.

„Wie soll ich denn je mein Geld zurückbekommen, wenn ich dich nicht für mich arbeiten lasse?"

Ihm gefiel sein Scherz viel besser als mir.

„Wollen wir nicht gleich anfangen?" schrie er.

„Gewiß, warum nicht?" erwiderte ich sehr sanft.

So wurde mir an diesem Tage eine neue Arbeitslast aufgeladen, die gar nicht nach meinem Geschmack war. Von all den prinzlichen Dienstboten waren nur zwei ganz gesund. Zehn von ihnen litten an unheilbaren Krankheiten. Die übrigen befanden sich in einem derartigen Zustand, daß kein gewissenhafter Arzt sie ohne Behandlung entlassen hätte. Ich nahm diese unerwartete Arbeit ernster, als der Prinz angenommen hatte. Um Zeit zu sparen und der Bequemlichkeit wegen schlug ich vor, Effendina solle seine Bediensteten zu mir in eine Ordination in der Kasr-el-Aini schicken. Noch nie hat ein Vorschlag von mir einen solchen Wutausbruch auf mein Haupt herabbeschworen! Prinz Ali war außer sich.

„Wie? Ich soll meine Diener in dieses schmutzige Loch von einem Spital schicken und sie dort wie das liebe Vieh umbringen lassen?"

Minutenlang beschimpfte er die sanitären Einrichtungen unseres Landes und verleumdete mindestens ein Dutzend Personen aus dem Gesundheitsministerium und dem Kabinett. Mich aber nahm er in taktvoller Weise von seinen Beschimpfungen aus. Sein Groll nahm so riesenhafte Ausmaße an, daß ich vor ihm zurückwich, in einen Sessel sank und schließlich von einem Lachkrampf befallen wurde. Prinz Ali fiel das Monokel aus dem Auge. Sofort reichte ihm ein Diener auf einem silbernen Tablett ein neues, das der Prinz nahm und mechanisch ins Auge klemmte, als sei er es gewohnt, den ganzen Tag lang Eingläser fallen zu lassen.

„Stimmt es denn nicht, was ich sage?" schrie er in höchster Wut.

Ich zog die Beine hoch und lachte, bis mir die Tränen

kamen. Prinz Ali wandte sich ab. Er knirschte mit den Zähnen, putzte sein Glas und brach dann selbst in stürmisches Lachen aus; schließlich krümmte er sich zusammen und sank mit einem schrillen Seufzer in einen großen Lehnstuhl mir gegenüber. Dann starrte er mich an, als hätte er mich noch nie gesehen, und klatschte in die Hände. Vier Diener erschienen, nein, sie waren plötzlich da, als ob sie sich hinter unserem Rücken versteckt gehalten hätten.

Bald kam es so weit, daß mich Leute auf der Straße anhielten, Leute, die ich nicht kannte, die aber mich kannten oder von mir gehört hatten. Und während ich weiterging, erzählten sie mir von ihren Beschwerden oder von den Krankheiten ihrer Eltern und Verwandten. Es geschah häufig, daß ich ganz schnell den Fall eines Fremden in einer kleinen Nebenstraße oder sogar in einer belebten Verkehrsstraße diagnostizierte und ihm ein Rezept ausstellte. Manchmal wurde bei meinem Hauswart Geld für mich hinterlegt, öfter aber ersuchte mich ein hingekritzelter Brief, in dieses oder jenes Haus zu kommen, wo jemand im Sterben liege. Ein endloser Strom unbekannter Frauen verfolgte mich. Mein Name wurde allmählich in der ganzen Gegend bekannt. In weniger als einer Woche hätte ich ein ganzes Krankenhaus füllen können. Meine Zeit gehörte nicht länger mir. Ich wurde unweigerlich in einen Wirbel von Leiden hineingezogen; ich spaltete mich gleichsam in ein halbes Dutzend verschiedener Ärzte und betrachtete mit Erstaunen meine gemächlichen Kollegen, die immer freie halbe Tage zu ihrer Verfügung hatten und viel Geld verdienten, obwohl sie viel weniger zu arbeiten schienen als ich. Aber sie waren schließlich Ärzte, die nur für eine bestimmte Arbeit an einem bestimmten Ort engagiert waren, während ich immer und überall Arzt war.

Ich hatte nicht einen Beruf auszuüben, sondern eine Mission zu erfüllen. Wenn ich jetzt auf die zwanzig Jahre meiner Arbeit zurückblicke, entsinne ich mich nur sehr weniger Tage, die nicht mit Arbeit bis zum Rande angefüllt waren, und in den kurzen Urlaubszeiten, die ich mir gönnen konnte, verbrachte ich die meisten Stunden mit Lesen und Studieren. Ich staune jetzt, wenn ich bedenke, daß ich trotz allem so oft im Theater und in Konzerten gewesen bin, daß ich bei Hunderten von Gelegenheiten auswärts gegessen habe, und daß ich daneben noch Zeit gefunden habe, die besten Schriftsteller, Philosophen und Dichter Frankreichs, Englands und Deutschlands zu lesen. Es ist wirklich erstaunlich, was Körper und Geist an Tätigkeit und Energieaufwand leisten und ertragen können. Aber das Ergebnis ist doch, daß ich heute ein hoffnungsloses Wrack bin!

Ich muß zu Aziza zurückkehren. Ich fühle mich fast versucht, alles, was ich von ihr weiß, von Anfang bis Ende zu erzählen. Ihr Leben ist ein bunter und abenteuerlicher Roman. Aber ich glaube, ich darf die Reihenfolge meiner eigenen Erlebnisse nicht unterbrechen, sonst laufe ich Gefahr, den Zusammenhang zu zerstören. So will ich denn für den Augenblick nur berichten, wie mein Versuch, ihr Leben zu gestalten, zu meinem tiefsten Schmerz und Kummer scheiterte.

Ungefähr vier Wochen nach ihrem Eintritt in das Krankenhaus bemerkte ich eine Veränderung an ihr. Ich war sehr empfindlich und hellhörig bei allem, was sie sagte oder tat. Sie sah aus wie ein Engel, und wie ein Engel schwebte sie durch den Krankensaal. Ich verehrte sie so sehr, wie es mir einer Frau gegenüber überhaupt möglich war. Außerdem schrieb ich in meiner tiefen Zuneigung ihrem Charakter alle möglichen Vorzüge zu, die sie wahrscheinlich nie besessen hat. Für mich war sie das Symbol ägyptischer Weiblichkeit. Ich liebte sie. Aber meine Liebe war keiner anderen zu vergleichen. Sie enthielt ein Element kindlicher Verehrung, die fast unirdisch war. Ich hätte Aziza zu meiner Geliebten machen können. Aber ich entdeckte in mir eine Gegenkraft, die stärker war als ich. Mein Wunsch, sie völlig frei zu machen, hatte sich so sehr in mir festgesetzt, daß Aziza glaubte, ich sei ihr gegenüber hart und unbeugsam geworden. Sie fühlte, daß ich sie überwachte, sie wußte, daß ich unerbittlich war, wenn sie Launen hatte, und unnachgiebig wie eine Mauer, wenn sie in Wut geriet. Ich gebe zu, daß ich einen Fehler machte. Ich kannte das Frauenherz nicht. Ich hielt es für ausgemacht, daß sie meine Liebe begreifen mußte. Nun, sie hat sie nicht begriffen. Sie konnte den tieferen Sinn der Schulung nicht erfassen, der ich sie unterwarf. Sie hatte ihre eigenen Gedanken. Sie vergaß dabei Einzelheiten. Immer wieder mußte ich sie an diese oder jene Kleinigkeit erinnern, und ich versuchte durch alle Hinweise ihren Geist zu wecken und ihr klarzumachen, wie wichtig es war, sich nur mit den Dingen zu beschäftigen, die man gerade tat. Aber ihre Gedanken schweiften immer ab. Sie wanderten in die fernen Regionen unerfüllter Wünsche, in denen sie danach strebte, die Qualen ihrer feurigen Natur zu besänftigen. Sehr bald entdeckte ich zu meinem Kummer, daß ich von ihr zu viel verlangt hatte, daß sie anders war als ich, und daß wir einander nicht ähnlich werden konnten. Ich weiß, daß Aziza nach meinem Tode diese Seiten lesen wird; dennoch will ich bei der Wahrheit bleiben. Meine Erinnerungen werden sie veranlassen, tiefer über jene Zeit nachzudenken, als ich ohne Erfolg versuchte, ihr Schutzengel zu sein. Sie wird jetzt vielleicht die Leiden verstehen, die ich um ihretwillen durchgemacht habe — jetzt, sage ich, weil sie seit jener Zeit durch grenzenlose Demütigungen gegangen ist. Sie hat die hohe Schule der Leidenschaften verlassen. Sie ist heute vollauf berechtigt, den Namen zu tragen, mit dem ich sie einst taufte — Malakah! Mein Engel! Und Engel sind verständnisvoll, sanft und voll Verzeihung für die Mängel der Menschen.

Miß Wilcox bemerkte damals gleichfalls eine Veränderung an Aziza und beklagte sich bei mir.

„Sie denkt an andere Dinge", sagte ich. „Die Disziplin beginnt sie zu ermüden. Sie hat nicht das Temperament einer Pflegerin."

„Sie ist in mancher Beziehung ein sehr nettes Mädchen; sie liebt saubere Wäsche. Aber sie ist sehr entschlossen und eigenwillig. Es sollte mich nicht wundern, wenn sie uns bald einige harte Nüsse zu knacken geben wird."

Ich bewunderte heimlich Miß Wilcox' Scharfsinn: Wäsche — Entschlossenheit — Scherereien — eine durchaus logische Folge. Ich war nicht der einzige, der den Versuch machte, Azizas Leben in eine neue Richtung zu lenken. Miß Wilcox opferte endlose Zeit, um sie zu unterrichten. Indem sie ihr großes Vertrauen schenkte, versuchte sie, ihren Stolz zu wecken und Verantwortungsgefühl in ihr großzuziehen. Aber Azizas Geist weilte anderswo. Die Vergangenheit hatte die Oberhand in ihr gewonnen. Wenn wir zusammen waren, sprach sie über ihre Europareise. Sie erinnerte sich an erstaunlich viele Einzelheiten, beschrieb mir Hotels, Dörfer, große Städte, die Gesichter und Manieren der Europäer, die sie kennengelernt hatte, und ich fühlte, daß eine starke Unzufriedenheit mit der Gegenwart in ihr aufwallte. Sie war mit ihrem Vaterland unzufrieden. Ich erinnere mich an den Tag, als sie ihren Schleier ablegte.

„Sollen die anderen Frauen Sklavinnen bleiben!" sagte

sie erbittert. „Ich will frei sein. Ich habe kein krankes und häßliches Gesicht zu verstecken. Ich bin keine unwissende Fellachin! Ich bin ein moderner Mensch!"

Ich gab ihr Geld, damit sie sich ein Kleid kaufen konnte. Sie gab drei Pfund aus, und das war mehr, als ich mir damals leisten konnte. Aber ich kehrte mich nicht daran. Wenn europäische Kleidung ihr zu wirklicher Freiheit verhelfen konnte, dann sollte Aziza sie haben. Einige Zeit später fing sie an, oft allein auszugehen. Sie hatte die Gewohnheit, ihr Baby bei einer Frau in der Nachbarschaft zu lassen, während sie im Krankenhaus arbeitete. Abends brachte sie dann das Kind nach Hause. Aber als sie ihre Kleidung wechselte, hörte sie auf, das Kind heimzubringen. Ich machte ihr Vorwürfe. Sie schlug die Hände gegeneinander, als wolle sie Staub wegklopfen.

„Schluß! Ich habe genug davon! Dir liegt ebensowenig an dem Kind wie mir. Es gehört Iswid Khaleß. Ich will keine Sklavin aufziehen. Dort, wo es jetzt ist, geht es ihm gut. Ich will es hier nicht wieder haben."

Dann beklagte sie sich über unsere Wohnung. Wie lange ich ihr noch zumuten würde, hier, in einem Zimmer mit mir hinter einem Vorhang zu hausen! Warum ich Aboubakr nicht wegschickte? Warum ich mir nicht eine neue Wohnung nähme und ein Leben anfinge, wie es sich für einen Arzt gehöre? Ich müsse mir eine Praxis einrichten, sagte sie, viel Geld verdienen und ein Leben führen wie andere Ärzte auch.

Ich sagte ihr nicht, daß ich mindestens zweihundert Pfund brauchen würde, um außerhalb des Krankenhauses eine Praxis zu eröffnen, und daß ich vielleicht eine größere Praxis hätte als irgendein anderer Arzt in Kairo, wenn sie mir auch sehr wenig einbrachte. Sie saß mir gegenüber, voll von aufgespeicherter Nervosität.

„Was hast du eigentlich vor? Sag es mir! Was willst du von mir? Ich gehöre nicht dir. Ich gehöre niemand!"

Ich sah ihre Augen zornig aufblitzen.

„Ibrahim", sagte sie, den Ton wechselnd, „liebst du mich? Dann werde ich ein neues Kind von dir bekommen. Kein Sklavenblut!"

Ich geriet in schmerzliche Verwirrung und schwieg. Aziza verließ mich mit einem Laut unsäglicher Verachtung.

Bald danach bemerkte ich in Aboubakrs Benehmen eine große Veränderung. Während er früher sehr oft die Abende mit seinen Zechkumpanen in den benachbarten Cafés verbracht hatte, blieb er seit einiger Zeit gern zu Hause. Er bereitete sich fleißig auf seine Prüfungen vor.

„Ich bin um zwei Jahre zurück, aber ich werde dich einholen!" sagte er.

Abends saßen wir auf unserem kleinen Balkon, der auf die trostlose Straße hinaussah, plauderten eine Stunde lang, scherzten entweder über unseren wunderlichen Haushalt oder staunten über uns selbst, daß wir drei, zwei Männer und eine Frau, unter so außerordentlichen Bedingungen zusammenlebten. Allmählich aber wurde Aboubakr immer schweigsamer. Er gab sich Grübeleien hin, war zerstreut und nervös und schrieb diese Veränderung seiner Arbeit zu. Kurze Zeit später mußte ich im Krankenhaus Nachtdienst tun. Meine Arbeit nahm einen solchen Umfang an, daß ich beschloß, mein Leben auf eine neue Grundlage zu stellen. Ich entschloß mich, die Räume zu beziehen, die mir in einem Nebengebäude des Hospitals zur Verfügung standen, und Miß Wilcox zu bitten, sie möge Aziza bei einer der im Krankenhaus wohnenden Pflegerinnen unterbringen. Aboubakr würde begreifen, daß es nicht Mangel an Freundschaft war, wenn ich unser jetziges Zusammenleben zerstörte. Das Alleinsein würde für ihn sogar von Vorteil sein, denn er konnte seine Bemühungen dann ganz auf die Erlangung des Diploms konzentrieren. Was Aziza betraf, so hatte ich das Gefühl, daß es nur einen Weg gebe, um etwas aus ihr zu machen, nämlich sie unter Frauen des gleichen Berufs zu bringen und unbarmherzig die Schrauben der Disziplin anzuwenden.

Es sollte anders kommen!

In meinem Zimmer im Hospital besuchte mich einer meiner Vorgesetzten, der allgemein Willy genannt wurde; er stammte wie ich aus Assiut und war damals bereits als außerordentlich begabter Arzt bekannt. Zwischen uns bestanden Bande beruflicher Hochachtung sowohl als persönlicher Sympathie, einer Sympathie, die bis heute angedauert hat. Dr. Willy erzählte mir, er habe zwei schlimme Fälle operiert, die ihn sehr beunruhigten, er wolle die ganze Nacht in Bereitschaft bleiben. Da er sah, daß ich vor Müdigkeit beinahe umfiel, bot er mir an, mich für die Nacht zu vertreten. Ich weigerte mich zuerst, seine Freundlichkeit anzunehmen, aber er blieb so hartnäckig bei seinem Anerbieten, daß ich schließlich einwilligte. Ich ging frohen Herzens nach Hause, allerdings nicht ohne den leisen Argwohn, daß Willy nur einen Vorwand ersonnen hatte, um mir Ruhe zu verschaffen, eine Vermutung, die sich später als richtig erwies. Ich nahm mir einen Wagen.

Als ich vor unserem großen düstern Hause ausstieg, sah ich Licht in Aboubakrs Zimmer. Der Hausdiener schloß mir das Tor auf. Ich ging hinauf. Ich versuchte, mit meinem Schlüssel die Tür zu öffnen, aber sie war von innen verriegelt. Ich war gezwungen, mich bemerkbar zu machen, und klopfte heftig. Eine Zeitlang schien mich niemand zu hören. Dann aber hörte ich die Innentür gehen. So still war es im Hause, daß ich Azizas Stimme drinnen hören mußte. Ich rief durch die Tür! Da trappelten Füße, und nach einer Pause, die mir eine Ewigkeit schien, öffnete Aboubakr die Tür. Ein Blick in seine Augen genügte. Ich ging in mein Zimmer. Aziza war gerade im Begriff, den Vorhang zuzuziehen. Sie sah mich nachdenklich an. Ich hörte Aboubakr seine Tür schließen. Ich blickte in Azizas Augen. Ich wußte alles.

Mein erster Instinkt war: Mord. Aber mit einer ungeheuren Anstrengung beherrschte ich mich. Ich wußte, jetzt oder nie mußte ich mir selbst beweisen, daß ich ein Mann war. „Ich bin sehr müde", sagte ich. „Ich muß schlafen. Ich bete zu Gott, du mögest eines Tages begreifen, daß ich nicht um meinetwillen versucht habe, dir ein Freund zu sein." Der Vorhang trennte uns. Ich konnte ihren raschen Atem hören. Sie litt auf ihre Weise. Ich durfte ihre Demütigung nicht vergrößern.

„Ibrahim", flüsterte sie, „du wolltest mich nicht lieben!"

„Nein, ich wollte nicht. Ich bemitleide dich, ich bemitleide dich!"

Ich hörte Aboubakrs Tür knarren. Er kam an meine Tür und blieb dort in herausfordernder Haltung stehen.

„Und?" sagte er. „Was ist los? Weiber sind wie Katzen. Sie schmeicheln um dich herum und wollen, daß man sie streichelt."

Ich empfand einen so heftigen Schmerz, daß ich ihn kaum ertragen konnte. Armer Aboubakr! Wie wenig er mich kannte! Mir war, als lebten wir in zwei verschiedenen Welten.

„Jedenfalls bist jetzt du für sie verantwortlich."

„Ma'alesh! Was ist passiert? Ein bißchen Liebe ist das Unschuldigste von der Welt. Es kann dir doch nicht weh tun! Du wolltest sie doch nicht haben. Wenn du ein Mann gewesen wärst, wäre das nicht geschehen. Ich hätte dich gern mit ihr glücklich gesehen; aber du hast nur ihre Natur verdorben. Du wolltest etwas aus ihr machen, wozu die Natur sie nicht bestimmt hat."

„Du liebst sie nicht einmal", sagte ich.

„Doch. Aber ich habe natürlich nicht das geringste dagegen, wenn du sie auch lieben willst."

Ich wandte mich zu Aziza.

„Was sagst du?"

Sie ging auf und ab, sich in den Hüften wiegend, mit einer Ruhe, die mich ganz aus der Fassung brachte. Schließlich stellte sie sich vor mich hin und sah mich aus den Augenwinkeln heraus an.

„Aboubakr ist ein Mann", sagte sie, wandte sich unvermittelt ab und brach in lautes Gelächter aus.

„Trotzdem", sagte ich zu ihr, „habe ich dich geliebt. Ich habe dich mehr geliebt, als Aboubakr dich je lieben kann. Wenn du glaubst, das sei männlich, was er getan hat, dann laß dir gesagt sein, daß dir jeder Mann genügen wird."

„Es ist nicht meine Schuld, daß es nicht genug Frauen gibt, die mir gefallen!" protestierte Aboubakr. „Wir bilden uns, und je mehr Wissen wir erwerben, desto fremder werden uns unsere Frauen. Was haben wir schließlich mit ihnen gemein? Ich habe eben deinen Altruismus, deine Enthaltsamkeit, deine philosophische Kälte nicht mitbekommen!"

„Nein, du bist ein kaltschnäuziger Wissenschaftler, das weiß ich!"

„Du hast sie in meine Arme getrieben! Wärst du ein wirklicher Freund, dann würdest du jetzt froh sein und nicht mehr Lärm darüber schlagen."

Meine Augen wanderten zu Aziza. Sie saß auf dem Bett, die Knie hochgezogen, einen rätselhaften Ausdruck im Gesicht; das lange schwarze Haar fiel in Wellen über ihre Schultern. Nein, ich durfte nicht zugeben, wie sehr ich sie liebte. Ich durfte ihr nicht zeigen, was sie für mich bedeutete — daß sie nun mit einem Atemzug mein innerstes Glück zerstört hatte. Mir war zumute, als ob nicht nur sie, sondern mein Land mich verraten hätte.

„Ich überlasse sie dir!" rief ich schließlich. „Ich will weg von hier!"

Mit Tränen der Wut stolperte ich die finstere Treppe hinunter auf die Straße.

„Er wird sie zugrunde richten!" murmelte ich vor mich hin. „Er wird dein ganzes Werk zugrunde richten."

Als ich die Straße entlang ging, hörte ich eine Frauenstimme jammern. Es war das schreckliche Weib, das vor kurzem in unser Viertel gekommen war, um unsere Nachtruhe zu stören. Sie saß, ein Bündel Lumpen, unter der glimmenden Straßenlaterne an der Wand unseres Hauses, ein Kind auf dem Schoß, den langen, hageren Arm ausgestreckt, die Hand gewölbt, weil sie nicht einmal eine Bettelschale besaß. Mit tiefer, gequälter Stimme sang sie Koranverse.

„Bleib stehen, freundlicher Wanderer! Im Namen Gottes, des Allbarmherzigen und Weisen, hab Mitleid mit den Blinden und den Armen! Wer gibt, soll in alle Ewigkeit belohnt werden! Im Namen Gottes!"

Sie war blind. Oft hatte ihre Stimme mich im Schlafe gestört, und ich hatte sie verflucht, wie man eine schweifende Katze verflucht, die mitten in der Nacht vor dem Fenster lärmt. Jetzt aber ergriff mich der Klang ihrer Stimme mit unwiderstehlicher Gewalt. Es klang wie die wimmernde Qual von Millionen Enterbter, der unberührbaren lebenden Leichname, die ihre Leiber durchs Leben schleppen und sich nur ganz dunkel seiner Ungerechtigkeiten bewußt sind. Als die Frau mich herankommen hörte, fing sie an, lauter zu jammern. Hunger und Verzweiflung verliehen ihrem Klagegeschrei eine unheimliche Würde. Ich gab. Ich ging weiter und wußte, daß ich meinen Kampf um Azizas Glück verloren hatte. Abermals war das Schicksal mir vorausgeeilt.

„Ibrahim! Willst du mich lieben? Dann werde ich ein Kind von dir bekommen!"

Ich wußte alles!

In meinem Zorn wanderte ich blindlings weiter, bis ich zu der Moschee des Sultans Hassan kam. Ich blickte zu dem großen Minarett empor, das sich von dem gestirnten Himmel abhob. Ich hörte die Stimme aus der Höhe, und es wurde mir kalt ums Herz, als mir mit bitterer Eindringlichkeit zu Bewußtsein kam, wie groß der Abgrund immer noch war, der mich von Menschen wie Aboubakr trennte. Weit voneinander getrennt lebten unsere Seelen. Denn ich verehrte das Leben als eine heilige Macht. Ich sehnte mich fanatisch nach einer Veränderung zum Besseren. Ich achtete die Gefühle meiner Mitmenschen so sehr, daß ihre Kümmernisse mich zur Verzweiflung treiben konnten.

Als ich dort im tiefen Schatten stand, unter den riesigen Mauern, eine kleine gebrechliche Gestalt, über der hohe Bogen und Pfeiler sich türmten — uralte Steine von den Pyramiden meiner Vorfahren — da fühlte ich mein Blut in mir singen. Armer Aboubakr! Wie wenig kannte er mich! Er hatte kein „inneres Auge", um die kleine ewige Flamme zu sehen, die unauffällig in meinem Menschenherzen brannte. Er hatte kein „inneres Ohr", um den Rhythmus der ungesungenen Melodien einer anderen

Welt als der des Fleisches zu erfassen. Ihm fehlte seltsamerweise jedes Verständnis für die wahre Wirklichkeit. In seinen Augen spiegelte sich das Leben ohne Tiefe. Ich fühlte mit scharfem Schmerz, daß sich von jetzt an unsere Wege trennten.

Ich entfernte mich von der Moschee. Es trieb mich zum Krankenhaus. Allmählich wurde ich ruhiger, ich verbrachte die Nacht in meinem Privatzimmer. Frühmorgens trat ich meine Tätigkeit an. Miß Wilcox fragte mich, was mit Aziza geschehen sei, das Mädchen sei nicht erschienen.

„Ist Ihnen nicht aufgefallen, daß sie sich in der letzten Zeit sehr verändert hat?"

„Ich habe keinen Einfluß mehr auf sie", sagte ich offen. „Sie denkt an andere Dinge. Die Disziplin hat sie ermüdet. Es sollte mich nicht wundern, wenn sie nicht mehr hierherkäme."

„Das habe ich erwartet", sagte Miß Wilcox. „Wenn diese Fellachenmädchen erst einmal achtzehn oder neunzehn Jahre alt sind, hat es keinen Zweck mehr, ihnen Disziplin beibringen zu wollen. Man muß sie aus der Wiege holen, wenn man etwas erreichen will. Ich habe viele solche Mädchen gehabt wie Aziza. Wahrscheinlich ist sie mit einem jungen Mann weggelaufen, um zu heiraten?"

„Wahrscheinlich. Wer weiß?"

An diesem Morgen betäubte ich mich buchstäblich mit Arbeit. Ich fürchtete mich vor dem Augenblick, da ich den weißen Kittel ausziehen würde, um in meine Wohnung zurückzukehren. Ich erinnere mich, wie ich zögerte, bevor ich schließlich die Tür zu meinem Zimmer aufmachte. Was sollte ich Aziza sagen?

Als ich eintrat, sah ich, daß Aziza verschwunden war. Alle ihre Sachen waren weg. Ich warf einen Blick in

Aboubakrs Zimmer; auch seine Sachen waren verschwunden. Ich brauchte keine weiteren Beweise, um zu wissen, daß ich jetzt ein einsamer verlassener Narr war. Mein bester Freund und das Mädchen, für das ich mehr getan hatte als der liebevollste Bruder, beide hatten mich verlassen. Aboubakr hatte ein Briefchen zurückgelassen, das meinen Kummer vollendete.

„Wenn Du ein Mann wärst, wäre das nicht geschehen. Ich habe mich in Aziza verliebt, als ich sie zum ersten Male sah. Ich habe viel Kummer gelitten, weil ich sah, daß sie Dich liebte. Und aus Freundschaft zu Dir habe ich mich abseits gehalten. Ich wollte Dich und Aziza glücklich sehen. Auch Du wolltest sie glücklich sehen, aber nicht auf ihre Art. Ich habe weiter nichts hinzuzufügen, als daß ich jetzt mein eigenes Leben führen werde.

Dein Freund Aboubakr."

„So viel Gerede über Liebe und doch keine wirkliche Liebe!" schrieb ich auf einen Zettel, den ich in einen Umschlag steckte und durch den Hausdiener in das Café Panajoti schickte, damit er Aboubakr ausgehändigt würde. Von diesem Tage an richtete ich mich im Krankenhaus ein und wohnte unter meinen Kollegen in meinen Privaträumen. Ich wußte, daß früher oder später noch einmal mein Weg den Azizas kreuzen würde; fürs erste aber versuchte ich, sie zu vergessen. Wenn ich aber an sie dachte, was oft, ja fast unaufhörlich geschah, empfand ich tiefe Reue und machte mir bittere Vorwürfe. Aber von diesem Tage an mißtraute ich meinen Gefühlen gegenüber dem anderen Geschlecht. Ich wußte, daß Frauen größere Teufel sein können als die Männer.

FÜNFTES KAPITEL

DAMNOORAH

Ehe ich euch in die Stadt Damnoorah im Delta führe, wohin ich auf Befehl des Gesundheitsministeriums versetzt wurde, um den Posten eines chirurgischen Assistenten am Regierungshospital zu bekleiden, ehe ich diesen Abschnitt meines Lebens schildere, muß ich einige Worte sagen, die ich früher oder später ohnedies hätte sagen müssen.

Falls einige meiner Kollegen meine Geschichte lesen, will ich betonen, daß ich die kommenden Abschnitte nicht in der Absicht verfaßte, meinen Beruf „in den Schmutz zu ziehen", und daß ich nicht wünsche, die wenigen Vorzüge, die ich besitze, durch die Anprangerung ihrer ärztlichen Fehler hervorzuheben. Wenn mein Unglück es gewollt hat, daß ich mit dem Abschaum meines Berufes, mit Verbrechernaturen in Berührung kam, so habe ich auch das Glück gehabt, guten Ärzten zu begegnen, Männern lauteren Charakters mit fast unübertrefflichen Kenntnissen und Fähigkeiten, Männern, die mich haben begreifen lassen, wie klein ich eigentlich bin, die in mir ein so gewaltiges Ehrgefühl wachgerufen haben, daß ich auf der Welt keinen Beruf kenne, der den höchsten Bestrebungen des Menschen eine so tiefe Befriedigung gewährt wie die Wissenschaft, deren einziges großes Ziel die Befreiung der Menschheit von ihren mannigfachen Qualen und Leiden ist.

Als ich die Mitteilung erhielt, daß ich nach Damnoorah versetzt sei, war ich sehr erfreut. Ich hatte die geistigen Wachstumsschmerzen eines jungen Chirurgen hinter mir. Ich begrüßte die Gelegenheit, Kairo zu verlassen und an einen Ort zu gehen, wo ich eine größere Verantwortung tragen und vielleicht imstande sein würde, einige meiner heimlichen Organisationspläne zu verwirklichen. Außerdem hoffte ich, daß meine Arbeit etwas weniger anstrengend sein würde. Denn, um ganz ehrlich zu sein, ich war völlig überarbeitet und oft so erschöpft, daß ich in jedem Augenblick, selbst auf einem harten Stuhle sitzend, einschlafen konnte. Ich hatte ungefähr fünfzig Pfund in der Tasche, das Ergebnis einer zweijährigen Tätigkeit.

Erinnert man sich noch an den jungen Hussein, den Sohn des Sais von den Rennställen? Man hat ihn vor Jahren in meiner kleinen Schule in der Sharia Nadif kennengelernt. Eines Tages, nach meinem Tode, wird man ihn in einem kleinen Laden in Wadi Halfa sitzen sehen, wohlversorgt durch das kleine Kapital, das ich ihm in meinem Testament hinterlassen werde. Treuer Hussein! Ich habe dir manchmal eine Ohrfeige gegeben, aber es war nötig! Hussein war ungefähr sechzehn Jahre alt, als er in die Kasr-el-Aini kam, um seinen Vater einzuliefern, dem ein Rennpferd einen Hufschlag in den Bauch versetzt hatte. Hussein hatte mich nicht vergessen. Er hatte bereits ein recht abenteuerliches Leben hinter sich, hatte vielen Herren gedient und die verschiedensten Erfahrungen gesammelt. Sein Vater, der Stallknecht, war ein wirklicher Gentleman. Nachdem ich mich vier Wochen lang um ihn gekümmert und die bösen Nachwirkungen des Hufschlages beseitigt hatte, bot er mir zwei Pfund. Ich nahm das Geld und steckte es ihm in die Tasche, worauf er meine Hand ergriff und auf der anderen Seite die Hand seines Sohnes nahm.

„Oh, mein Sohn!" sagte er feierlich. „Es war Gottes Wille, daß ich mich von dem gewaltigen Tritt erholt habe, den mir ‚Franzosenbraut' versetzt hat. Es war Gottes Wille, daß der Hakim Pascha ein Mann mit einem großmütigen Herzen ist. Nicht einmal zwei Pfund will er von dem dankbaren Abderrani, dem Groom, nehmen. Wo gibt es noch so einen Mann in Masr? Hör zu, mein Sohn Hussein, du hast vielen Herren gedient, seit Hakim Pascha dich in seine Schule aufnahm. Möge Gott ihn dafür beschützen! Hier ist dein großer neuer Herr, der Hakim Pascha! Ihm werde ich dich jetzt übergeben. Du sollst sein treuer Diener sein und für ihn sorgen, wie du für deinen eigenen Vater sorgen würdest. Gehorche deinem Vater und laß mich von deinem neuen Herrn nur Gutes über dich hören, sonst bekommst du einen Fußtritt, der gewaltiger ist als einer von den Hufen eines guten Rennpferdes."

Der junge Hussein schien mehr als erfreut darüber, daß ihn sein Vater so dem Hakim Pascha ‚übergab'. Er küßte mir die Hand, und sein dunkles Gesicht strahlte vor Vergnügen. Er erzählte mir in einem Atemzug, daß er kochen, Stiefel putzen, aufwarten, reiten und radfahren, lesen und schreiben, einkaufen, feilschen und im Notfall sogar für mich stehlen könne. Der Umstand, daß der Junge meine Kinderschule besucht hatte, flößte mir ein Gefühl freundschaftlicher Zärtlichkeit für ihn ein. Ich nahm ihn in meine Dienste.

„Hussein", sagte ich, „glaube nicht, daß ich ein reicher Mann bin. Ich kann dir keine Versprechungen machen. Aber ich werde dich nähren und kleiden, auf deine Gesundheit achten und dich bestrafen, so oft ich der Meinung bin, daß du Strafe verdienst. Wenn du lügst oder stiehlst, wird die Strafe sehr hart sein. Wenn ich dagegen in dir einen vertrauenswürdigen Freund finde, werde ich dir ein vertrauenswürdiger Herr sein."

Ich kaufte Hussein auf der Stelle eine neue Galabieh und einen hellroten Tarbusch. Von diesem Augenblick an folgte er mir wie ein Sklave, arbeitete für mich, kochte für mich, schlief vor meiner Tür und betrachtete sich ohne weiteres als mein persönliches Eigentum. Abgesehen vielleicht von einigen wenigen Gelegenheiten ist er stets davon überzeugt gewesen, daß ich restlos für ihn verantwortlich sei. Als der Termin meiner Übersiedlung nach Damnoorah heranrückte, war er so gut erzogen wie ein braver kleiner Hund. Ich war damals noch so dumm, daß ich mich um eine Klasse höher dünkte als er, und hielt es für nötig, zweiter Klasse nach Damnoorah zu reisen, während er in der dritten Klasse fuhr. Aber kaum hatte der Zug den Bahnhof verlassen, da kam er in meinen Waggon und setzte sich draußen im Gang auf die Holzkiste, die meine Kleider und meine Schuhe enthielt. Seine Nähe machte mir Freude, denn ich muß ehrlich gestehen, ich fühlte mich sehr allein auf der Welt.

2.

Man stelle sich ein viereckiges, barackenartiges, einstöckiges Gebäude vor, vergitterte Fenster, einen Innenhof, das Ganze einige Steinwürfe vom Nilufer entfernt, zwischen Feldern, die jedes Jahr monatelang überschwemmt sind. An der einen Ecke das Haupttor. Man tritt ein. Unmittelbar links liegt das Büro des Principal Medical Officer, des P. M. O., wie er genannt wird. Dann kommt der Vorratsraum. Es folgen das Privatzimmer des

Assistenten und der Saal für die Prostituierten mit zwanzig Betten. Anschließend die Waschküche und die Küche, diese keine sechs Quadratmeter groß. Dann kommt eine Mauer, und man wendet sich nach rechts. Jetzt stößt man auf das Hauptgebäude. Zuerst kommt der Frauensaal mit zwanzig Betten, dann, durch eine Lehmwand von ihm getrennt der Männersaal mit vierzig Betten. Hinter diesem Gebäude liegt ein großer staubiger Hof mit einer Hütte, der Abteilung für die Außenpatienten. Zur linken liegen die Isolierabteilung und die Gefängniszellen. Es gibt ferner noch eine Leichenhalle, ein gewöhnliches dunkles Zimmer, das selten ohne einen stummen Bewohner ist. In der östlichen Ecke des Gebäudes befindet sich ein Raum, in dem die Operationen vorgenommen werden. Weder ein antiseptischer Raum noch ein Röntgenzimmer noch ein Laboratorium sind vorhanden. Man stelle sich die Staubwolken vor, die Moskitoschwärme und die schwarzen Fliegenkolonien, dann hat man eine Vorstellung von dem Regierungshospital in Damnoorah, der Hauptstadt der Deltaprovinz, einer Stadt mit nahezu hunderttausend Einwohnern. So war es vor Jahren. Aber es ist heute nicht viel besser, ja, eigentlich noch schlimmer, denn die Baracken sind erweitert worden, so daß sie zweihundertzwanzig Betten fassen, während das Personal und die technischen Einrichtungen ziemlich unverändert geblieben sind. Dieses Krankenhaus ist eine Schande, ein Beweis für die Unfähigkeit der Regierung, ein Denkmal bürokratischer Nachlässigkeit und politischer Versumpfung! Und doch ist es ein Palast im Vergleich zu vielen anderen Hospitälern, die unsere reichen Provinzen verunzieren. Nur ein paar Jahre später enthielt das Jahresbudget mehr als zwölfeinhalb Millionen Pfund für die Gehälter der ägyptischen Regierungsbeamten. Millionen sind während der

Amtsperiode der einander ablösenden Regierungen verschleudert, unterschlagen oder ganz einfach eingesteckt worden. Baumwolle im Werte von Millionen und aber Millionen ist auf der reichen Erde der Deltaprovinzen gewachsen, aber das Geld ist, weiß Gott wohin geflossen. Yasalaam! Gebt mir einhunderttausend Pfund, und ich baue ein schönes Krankenhaus mit dreihundert Betten in Damnoorah! Ich werde auch die geeigneten Leute dafür finden. Sie sind vorhanden, sie verschwenden ihr Leben in Kaffeehäusern und auf den Straßen. Die Verzweiflung über ihr eigenes Land richtet sie zugrunde. Yasalaam! Manchmal bin ich gar nicht stolz darauf, ein Ägypter zu sein.

Ich muß noch einige Worte über die ärztlichen Schaumschläger männlichen und weiblichen Geschlechts· sagen, die uns Europa auf den Hals geschickt hat. Dieser Abschaum hat sich in Damnoorah eingenistet. Ich kannte unter anderm einen Österreicher, der sich das Diplom eines verstorbenen Arztes ergattert hatte und nun auf Grund eines amtlichen Diploms praktizierte. An vielen Häusern konnte man die Schilder ausländischer Doktoren finden, die sich als Spezialärzte aufgetan hatten. Diesen ‚Doktoren' hätte ich nicht einmal die Sorge für einen kranken Hund anvertrauen mögen. Die schlimmsten ausländischen Quacksalber, besonders Griechen, trieben sich in den ländlichen Gebieten herum und übten unter den Fellachen ihre teuflische Kunst aus. Viele dieser Ausländer lebten sogar mitten unter den Bauern im Dorfe und betätigten sich unter dem Vorwande des ärztlichen Berufes als Geldverleiher. Die Lesens und Schreibens unkundigen Bauern wurden von diesen Blutsaugern verleitet, als Entgelt für ärztliche Behandlung ihre ganze Ernte zu verpfänden. Wenn der Bauer nicht bezahlen konnte, wurde er von dem ausländischen ‚Doktor' vor die gemischten Gerichte geschleppt und durch Gerichtsentscheid enteignet. Auf diese Weise kam ein großer Teil des Bodens in die Hände von Ausländern. Wenn dann gelegentlich die Bauern revoltierten, flüchteten die Ausländer unter die schützenden Fittiche ihrer Konsuln, die es selten unterließen, bei der Regierung Protest einzulegen und auf die Kapitulationsverträge hinzuweisen. Unsere feigen Regierungen aber gaben immer nach. Ägyptische Richter, mögen sie noch so gelehrte und aufgeklärte Männer sein, werden nicht für fähig erachtet, über diese ausländischen Verbrecher zu Gericht zu sitzen. Dieses Ehrenamt gebührt dem Konsul der Nation, der der Ausländer zufällig angehört. Ich habe einmal das System unserer Rechtsprechung einer befreundeten Amerikanerin erklärt. Ihr gutes Amerikanerherz pochte laut vor Entrüstung, und sie bemerkte zum Schluß: „Oh, dieses Ägypten ist ja ein richtiges Paradies für schlechte Menschen!" Aber — ist es in Amerika viel besser? Ich weiß es nicht.

Ich hatte das Glück, in meinem neuen Wohnort einige Menschen kennenzulernen, die ich mit Stolz meine Freunde nennen darf. Einige von ihnen sind mir mein ganzes Leben lang treu geblieben, und ich erinnere mich jetzt an sie mit zärtlicher Dankbarkeit. Ihre Güte, ihre Hingabe hat in mir den Glauben an menschliche Treue und Anständigkeit zu einer Zeit gerettet, da ich die schmerzlichsten Enttäuschungen durchkämpfen mußte, Erfahrungen und Enttäuschungen, die mich sonst zum Selbstmord hätten treiben können.

Meinem neuen Chef, Dr. Kolali, wurde ich durch meinen Kollegen, Dr. Maksoud, den ich vom Medizinischen Institut her kannte, vorgestellt. Maksoud sah wie ein Junge aus, so jung und frisch, aber seine Haltung hatte sich seit unserer letzten Begegnung merklich verändert. Er benahm sich jetzt zögernd und reserviert. Als er mich dem P.M.O. vorstellte, schob er mich vorwärts, blieb aber selbst im Hintergrunde. Es war im Café des ‚Kasinos' um die Mittagsstunde. Dr. Kolali spielte mit Freunden Karten. Daß ich meinen Chef in einer solchen Umgebung kennenlernte, machte auf mich keinen günstigen Eindruck. Als ich dann noch sah, daß ihn das Kartenspiel mehr in Anspruch nahm als die Ankunft seines neuen chirurgischen Assistenten, hatte ich ein böses Vorgefühl.

Ich ging mit Dr. Maksoud ins Hospital.

Unterwegs richtete er zahlreiche Fragen an mich, unter anderem fragte er, ob ich Karten spiele, ob ich Poker liebe, ob ich gern hazardiere, ob ich eine Vorliebe für Whisky und Weiber habe.

„Sehen Sie, es gibt in Damnoorah absolut nichts zu tun", erklärte er. „Sie haben nur das Kasino, das Kino und eine Frau, wenn es Ihnen gelingt, eine zu finden."

Als wir uns dem Spital näherten, sah ich eine Schar von mindestens zweihundert Menschen, meist Frauen, vor dem Ambulatorium im Staube hocken und geduldig auf Einlaß warten.

„Nichts zu tun, Maksoud? Lieber Gott, sehen Sie sich doch das an!"

Stumm betraten wir das Hospital. Man zeigte mir mein Zimmer, einen Barackenraum. Vergitterte Fenster, ein Tisch, ein Stuhl, ein alter Diwan, das war alles. Man hatte mir vor meiner Abreise die erbärmlichen Zustände im Spital von Damnoorah geschildert. Aber dies! Wohin ich auch sah, was immer meinem Blick begegnete, der Lärm der aus dem Prostituiertensaal nebenan kam, das Gekläff eines halben Dutzend schrecklicher Bastardköter auf dem Hofe, die Gesichter der Tamargies, ihre schmutzbedeckten

Kittel, der Staub, der Gestank, das alles wirkte zusammen, um meine Ankunft so trostlos und entmutigend wie nur möglich zu gestalten.

Dr. Maksoud führte mich durch die Gebäude. Er zuckte die Achseln, machte hilflose entschuldigende Gebärden. In dem Männersaal waren sämtliche Betten belegt, der Frauensaal aber war fast leer. Ich richtete keine Fragen mehr an meinen Kollegen. Ich schämte mich; offenbar fürchteten sich sogar die armen Bauernweiber vor diesem Krankenhaus. Während ich zum erstenmal zwischen den Betten umherging, richteten viele der Patienten sich mühsam auf. Ich fühlte ganz deutlich, daß ihre Augen nicht nur voller Schmerz, sondern auch voll Angst waren, daß sie mich musterten und aus meinem Äußern meinen Charakter zu erraten versuchten.

Die Türen zum Operationssaal standen weit offen. Dunkle Blutflecken bedeckten den steinernen Fußboden. Die Schränke waren von Schmutzflecken übersät. Instrumente, zum Teil verrostet, lagen in wüstem Durcheinander überall herum.

„Wie soll man hier operieren?" fragte ich Dr. Maksoud. Er zuckte die Achseln. Ich sah ihm in die Augen. Ein heimlicher Spott lag darin.

„Der Inspektor war im vorigen Monat hier. Er fand alles in bester Ordnung."

„Welcher Inspektor? Dr. Bernard?"

Maksoud zündete sich eine Zigarette an. Nun wußte ich Bescheid. Korruption! Diese Seuche, die den Leib unseres Volkes verdirbt! Viele von uns sehen allerdings in dieser Entartung eine durchaus natürliche Erscheinung und vergessen ganz, daß sie wie eine Krankheit ansteckend und verderblich sein kann. Aber ich darf zu Ehren unserer heranwachsenden Generation sagen, zu Ehren der Tausende von jungen Männern und Frauen, die jetzt unsere Schulen besuchen und eines Tages die Regierung meines Landes in ihre Hände nehmen werden, daß sie ein stärkeres Selbstgefühl und mehr Freude an Sauberkeit haben als frühere Generationen. Sie kennen die schlimmen Auswirkungen unseres Nationalübels. Ich will sie anspornen, daß sie jeden Tag ihres Lebens darum kämpfen, das korrupte Denken aus unserem Leben auszutilgen.

Mein Chef, Dr. Kolali, war der Sohn eines Regierungsbeamten und stammte aus einer Zeit, da noch die Ehrlosigkeit fröhlich und heiter auf ihren erbärmlichen Höhen thronte. Unehrlichkeit, Perfidie, Schurkerei und Geldgier hausen immer noch unter den edelsteinbesetzten Ordensdekorationen so mancher hervorragender Männer in Ägypten wie die Wanzen in den Ritzen und Ecken eines unsauberen Bettes. Ich brauchte nur ein paar Tage Zeit, um genau zu merken, was rings um mich vorging. Chef der Tamargies war Abourizk, ein großer stämmiger Mann mit dunkler Haut und einer dünnen Adlernase, die wie der Schnabel eines Raubvogels gekrümmt war. Er gebärdete sich in jeder Hinsicht als der Herr des Hospitals. Ich spürte von Anfang an, daß meine Autorität ihm nicht sehr imponierte. Ich befahl ihm, sofort den Unrat aus den Sälen zu entfernen. Zwei Stunden später erinnerte ich ihn an den erteilten Befehl. Aber es geschah nichts. Nach einiger Zeit kam ich wieder in die Säle, angelockt durch einen wilden Lärm, der so klang, als ob eine Prügelei im Gange sei. Als ich eintrat, sah ich, wie Abourizk einen Patienten in grober Weise hin und her stieß. Er hielt sofort inne, als er mich sah, und geleitete, als ob nichts geschehen wäre, den weinenden Mann zu seinem Bett. Als ich ihn fragte, was los sei, log er mich an.

Eines Morgens assistierte ich Dr. Maksoud im Ambulatorium. Da kam eine arme Frau, die sofort operiert werden mußte. Ich befahl einer der Pflegerinnen, sie in den Saal zu führen und auszuziehen. Etwa zehn Minuten später ging ich in den Operationsraum, um die nötigen Vorbereitungen zu treffen, und entdeckte zu meiner großen Überraschung, daß er besetzt war. Auf dem Tisch lag ein Mann mit einem mehrfachen Beinbruch. Der Knochen ragte ungefähr zehn Zentimeter weit aus dem Fleisch hervor, und Abourizk war gerade dabei, ihn abzusägen. Vier Personen, wie sich herausstellte, die Verwandten des Patienten, sahen zu und machten ihre Bemerkungen über die Operation. Ich trat sofort dazwischen und warf mit etwas mehr als gewöhnlicher Energie die Leute hinaus. Aber es war zu spät, um dem armen Teufel sein Bein zu retten. Nun suchte ich Dr. Kolali auf. Er war nicht in seinem Büro. Unser Buchhalter, ein etwa fünfzigjähriger Mann von sehr respektablem Aussehen, der Dr. Kolalis Gewohnheiten genau kannte, schickte einen Boy auf die Suche nach dem Doktor. Der Boy kam aus dem Kasino mit der Nachricht zurück, daß der Chef um vier Uhr nachmittag wieder im Hospital sein werde.

Zur angesagten Stunde tauchte Dr. Kolali auf. Ich ging zu ihm. Wir tranken Kaffee, das einzige, was im Spital immer gut und frisch war — er wurde nämlich für den P.M.O. besonders gebraut. Ich konnte mir nun zum erstenmal meinen Chef genauer ansehen. Er war ein recht ansehnlicher Mann in mittleren Jahren mit scharf geschnittenen Zügen und welligem grauem Haar, gut gekleidet, an den Füßen tadellos geputzte braune Schuhe. Ich saß einige Minuten in einem weißen Lehnstuhl, während er einen Stapel von Dokumenten unterzeichnete, die der Buchhalter einzeln vor ihn hinlegte. Er unterschrieb hastig, anscheinend nicht im mindesten an dem Inhalt interessiert.

Später entdeckte ich, daß er stets, wenn Leute zugegen waren, die Papiere auf diese nachlässige Art zu unterzeichnen pflegte in der kindischen Absicht, seine Tüchtigkeit ins rechte Licht zu rücken. Seine Eitelkeit war allgemein bekannt. Sie war ein Symptom seines krankhaften Charakters. Ich erfuhr auch, daß er die Gewohnheit hatte, jeden Tag zweimal mit langen, pompösen Schritten vor dem Kasino am Nilufer auf und ab zu gehen in der Hoffnung, daß die Leute ihn bewundern würden. Wenn er schließlich das Gefühl hatte, von den Zuschauern genügend gewürdigt worden zu sein, ging er befriedigt die Stufen hinauf und begab sich an seinen Ecktisch.

Während nun Dr. Kolali die zahllosen Formulare unterschrieb, die das Gesundheitsministerium in hunderterlei Abarten drucken läßt, um den großen bürokratischen Apparat in Gang zu halten, eröffnete er die Unterhaltung.

„Natürlich werde ich diese Stellung nicht mehr lange bekleiden. Sie wissen vielleicht, daß ich in London studiert habe? Ich bin mit Gilbert und Hollander befreundet. Es sollte mich nicht wundern, wenn das Departement mich sehr bald nach Alex versetzt. Dieses Hospital hier kann auch ein weniger erfahrener Mann leiten als ich. Meine Freunde — er nannte die Namen einiger Paschas — wissen recht gut, daß es lächerlich ist, einen Mann meines Kalibers auf diesen gottverlassenen Posten zu stellen. Ich werde meine Privatklinik für zwei- bis dreitausend Pfund verkaufen. Vielleicht werde ich mich in Kairo niederlassen. Es gibt in Kairo sehr wenig gute Ärzte. Aber was ich Ihnen hier erzähle, wissen Sie ja alles selbst, lieber Kollege!"

Er schwatzte darauflos, bis der Buchhalter schließlich die Mappe nahm und hinausging.

„Diese Personalarbeit ermüdet mich tödlich", fuhr er

fort, während er sich mir zuwandte. „Ich habe einen zweiten Buchhalter verlangt, aber es ist nun einmal so — es geschieht nichts. Ich werde mich an den Minister wenden. Ich bin mit ihm sehr gut befreundet."

Nachdem er auf diese Weise versucht hatte, mir zu imponieren, lächelte er befriedigt.

„Was sagen Sie übrigens zu Damnoorah? Ein bißchen primitiv im Vergleich zur Kasr-el-Aini, nicht? Ich war vor fünfzehn Jahren in der Kasr-el-Aini. — Nun?"

„Nun", — sagte ich und gab mir die größte Mühe, den Mann nicht zu beleidigen, „man würde natürlich in einer so großen Stadt wie Damnoorah ein anständiges Krankenhaus erwarten. Auf jeden Fall habe ich das Gefühl, daß meine Anwesenheit hier sehr notwendig ist."

„Mein lieber Doktor Ibrahim", unterbrach er mich etwas unruhig, „Ihre Tätigkeit ist Ihnen vorgezeichnet. Wenn ich Ihnen behilflich sein kann —."

„Sehr gut", erwiderte ich und schilderte ihm sofort meine ersten Erlebnisse.

Er hörte gelassen zu. Ich schloß meine Kritik mit der Bemerkung, daß eine sofortige Reorganisation notwendig sei.

Er sah mich verständnislos an. „Cave Canem!" dachte ich.

„Ja", sagte er, „natürlich, Sie sind jung und ein Idealist. Ich war in meiner Jugend genau so. Aber es ist eine bekannte Tatsache, daß die Regierung sich festgefahren hat und nicht vom Fleck kommt. Ich habe alles mögliche versucht, um eine Besserung der hiesigen Zustände durchzusetzen. Aber, mein lieber Freund, es ist unmöglich! Solange die Engländer im Lande sitzen, wird nichts geschehen! Abourizk!" fuhr er fort, auf meine Beschwerde zurückkommend. „Ich halte ihn für einen sehr tüchtigen

Tamargy. Er kennt die Leute und ihre Psychologie. Er behandelt sie ganz nach ihren Wünschen. Ich würde an Ihrer Stelle nicht so empfindlich sein, Dr. Ibrahim. Nehmen Sie die Dinge leichter. Regen Sie sich nicht auf! Sie müßten doch jetzt schon wissen, daß unsere Fellachen anders sind als die gebildeten Klassen. Sie leiden viel weniger als wir, aber wie alle primitiven Menschen klagen sie gern und übertreiben ihre Beschwerden. Fragen Sie Dr. Maksoud. Sie werden sehen, daß er derselben Meinung ist. Er ist noch jung und hat das alles in einem knappen Jahr Krankenhauspraxis gelernt."

Dr. Kolali blickte in einen Spiegel, der über einem Waschbecken in der Ecke hing — tief genug, daß er sich von seinem Schreibtischstuhl aus betrachten konnte. Das Herz lag mir schwer in der Brust. Unter irgendeinem Vorwand stand ich auf und verließ das Zimmer. Obwohl ich mich nicht umsah, fühlte ich Dr. Kolalis stechenden Blick auf meinem Rücken. Ich wußte, daß das Leben mich mit einem Mann zusammengebracht hatte, mit dem ich nie eine gemeinsame Arbeit würde durchführen können.

Dieser Mann war ein typisches Beispiel für die Sorte von Beamten, die unsere in Kairo zentralisierte Verwaltung liefert. Es war für ihn weit wichtiger, das Wohlwollen seiner Vorgesetzten zu erlangen, als seine Pflichten gegenüber seinen Untergebenen zu erfüllen. Und was waren die Krankenhauspatienten anderes als seine Untergebenen? Ja, sie standen so unendlich tief unter ihm, daß es sich nicht lohnte, ihnen seine Zeit zu opfern. So war Dr. Kolali nicht ein Diener der Wissenschaft und ein Diener des Volkes, sondern ganz einfach einer der zahlreichen Regierungsbeamten jener Blütezeit und nur nebenbei, gleichsam zufälligerweise, Arzt und Chirurg.

Ich will meine eigenen wissenschaftlichen Fähigkeiten

nicht loben, wenn ich sage, daß er ein schlechter Arzt und ein schlechter Chirurg war. Die Eitelkeit spielte in seinem Charakter eine so überragende Rolle, daß sie alle seine Handlungen beherrschte.

Tadellos weiß gekleidet, spazierte er in der überlegenen Haltung eines großen Herrn durch die Krankensäle. Während ich mir die größte Mühe gab, jeden einzelnen Fall zu diagnostizieren, hatte er von vornherein eine bestimmte Vorstellung von dem Zustand des Patienten und gebärdete sich wie ein allwissender, unendlich erhabener Meister. Selten machte er sich ein geistiges Bild von einem Krankheitsfall. Wenn er es einmal versuchte, erwies sich seine klinische Phantasie als unzulänglich und wirr. Nie studierte er die Gesichter der Patienten, nie sah er ihnen in die Augen. Er operierte nur zahlende Patienten. Als ich den Versuch machte, die Arbeit im Operationssaal zu organisieren, und mir die größte Mühe gab, bessere hygienische Zustände zu schaffen, warf er durch seine Methoden alle meine Anstrengungen über den Haufen. Er war ein Schlächter. Es fehlte ihm jede Achtung vor dem Menschenleben. Ich erinnere mich noch besonders an einen bestimmten Fall, an eine arme Frau, die zwei Tage nach einer Operation an einer akuten Bauchfellentzündung erkrankte. Ich ließ Dr. Kolali rufen, weil ich niemals die Verantwortung für seine Fälle übernehmen wollte. Das arme Geschöpf hatte die Oberlippe schmerzhaft verzerrt, das Gesicht trug einen Ausdruck heftigster Angst, die Spitzen der Ohren waren bläulich verfärbt. Der Atem stockte. Dr. Kolali erklärte, das sei das Herz, und gab ihr eine Digitalisinjektion. Am frühen Morgen wurde die Patientin in ihrem Bett tot aufgefunden. Das ist nur ein Fall unter vielen!

Unter einer solchen Leitung mußte natürlich die Korruption die schönsten Blüten treiben. Heilmittel aus staatseigenen Vorräten wurden, in geheimnisvolle Pakete verpackt, durch die Fenster hinausgeschmuggelt und an einen Apotheker in der Stadt verkauft. Patienten, die das Ambulatorium aufsuchten, selbst die ärmsten und elendesten, mußten eine Taxe an Abourizk entrichten, bevor sie eingelassen wurden; sie mußten auch die Arzneien bezahlen. Der Koch steckte mit den Verschwörern unter einer Decke. Ich stellte fest, daß man die Patienten manchmal hungern ließ, bis sie den von den Tamargies festgesetzten Betrag für einen Laib Brot, eine Schale Milch oder etwas Hühnerbrühe herausrückten. Abourizk verfuhr sehr systematisch. Bettdecken, Wundverbände, Zigaretten, Besuchserlaubnis für die Verwandten, ja selbst das Trinkwasser, alles mußte bezahlt werden, und Patienten, die ihre Beschwerden laut äußerten oder ihm gar zu drohen wagten, sperrte er zur Strafe in die Gefängniszellen.

Der Prostituiertensaal war eine wahre Goldgrube. Jede Woche besuchte Dr. Kolali das Frauenviertel der Stadt, und ab und zu lieferte die Polizei einige dieser unglücklichen Geschöpfe in das Krankenhaus ein. Mir brach fast das Herz, wenn ich mit ansehen mußte, wie diese Armen unter unbarmherzigen Schlägen durch das Hospitaltor getrieben wurden, schreiend, weinend, oft brüllend wie wilde Tiere. Ich sah einmal, wie eine von ihnen einem Polizisten fast die Nase abbiß. Die meisten dieser Mädchen waren krank, aber sie hatten alle etwas Geld. Dr. Kolali verhängte über sie eine sanitäre Quarantäne, und wenn er sich auch nicht für ihre Anwesenheit interessierte, so waren doch die Tamargies und bisweilen selbst die männlichen Patienten nur allzu bereit, sich kostenlos mit den kranken Mädchen zu vergnügen.

Dr. Kolali hatte einen festen Mindestpreis. Für zwei

Guineen konnte jedes Mädchen seine Freiheit zurückkaufen. Sie erhielt ein Gesundheitszeugnis, genoß ein paar Wochen ihre Freiheit und wurde dann abermals von der Polizei eingefangen. Auf diese Weise kam ein Mädchen binnen weniger Monate vierzehnmal ins Krankenhaus, und da alle diese Mädchen von bewaffneten Polizisten bewacht wurden, gab es für sie kein Entrinnen.

Mein Kollege Dr. Maksoud war, als ich in das Spital kam, bereits in diesen höllischen Korruptionssumpf hinuntergezerrt worden. Ich will mich nicht damit brüsten, daß es mir gelang, ihn zu retten. Aber ich überwachte ihn sorgfältig und brachte es fertig, seinen Stolz zu wecken.

Ich prophezeite, daß die Karriere unseres Chefs eines Tages ein schimpfliches Ende nehmen würde. Meine Prophezeiung ist eingetroffen. Heute sitzt er im Gefängnis und verbüßt eine langjährige Strafe wegen Rauschgifthandels.

Dr. Kolali war mein Chef; ich hatte alle meine Beschwerden an ihn zu richten. Es gehörte zu meinen Pflichten, seine Befehle entgegenzunehmen. Aber er hatte weder Stolz noch Gewissen. Eine seiner abscheulichsten Gewohnheiten war, sich fast jede Nacht mit Whisky zu betrinken. Mit seinen Freunden, jungen Lebemännern aus der Stadt, spielte er Poker bis zwei oder drei Uhr nachts in einem Privatzimmer im Erdgeschoß des Kasinos. Zuweilen, wenn er oder seine Freunde ‚bankerott' waren, ließen sie die Karten beiseite, veranstalteten nächtliche Feste und zechten und schmausten in Gesellschaft von Mädchen, die von zwei Polizisten durch eine Seitentür ins Kasino geschmuggelt wurden.

Das Wetter war heiß. Am Tage brannte die Sonne unbarmherzig herab. Nachts konnte man kaum atmen, denn die Gegend war feucht. Wegen der Hitze sollten die

Operationen morgens um sechs Uhr beginnen, aber erst nach acht Uhr erschien mein braver Vorgesetzter mit rot umränderten Augen und zitternden Händen. Ich empfing ihn mit kaltem Schweigen. Doch meine Verachtung kümmerte ihn wenig, er verlor nicht einmal die Fassung, wenn ich ihn darauf aufmerksam machte, daß er sich vor einer Operation waschen müsse. Er sah mich starr an und sagte: „Warum haben Sie nicht ohne mich angefangen? Abourizk kann assistieren. Was gibt es da zu fürchten?"

Schließlich, als mir seine schlampige Art unerträglich wurde, stellte ich mich auf die Hinterbeine.

„Das nächste Mal werde ich wirklich ohne Sie beginnen!" sagte ich.

Darüber war er froh, statt sich zu ärgern.

„Gut, gut, lieber Freund. Ich habe volles Vertrauen zu Ihnen."

Fortan begann ich um sechs Uhr mit den Operationen. Dr. Maksoud assistierte. Oft stand ich ohne Unterbrechung bis elf Uhr im Operationssaal. Es fehlte an Material und Instrumenten. Ich mußte beständig improvisieren, Abkürzungen einschlagen oder plötzlich riskante Entschlüsse fassen. Manchmal war meine Konzentration so tief, daß in meinem Gehirn ein Kurzschluß eintrat. Ich verlor plötzlich das Bewußtsein meiner Umgebung völlig und brauchte Minuten, um mich zu besinnen, wo ich war.

Stets machte ich mir genaue Aufzeichnungen und registrierte jeden einzelnen Fall. Zu meinem großen Schaden waren alle diese Dokumente eines Tages verschwunden. Soll ich mich weiter auf die häßlichen Einzelheiten meines Lebens im Hospital von Damnoorah einlassen? Ich will nur erwähnen, daß meine verzweifelten Bemühungen, die Zustände zu bessern, nach wenigen Monaten endgültig scheiterten, weil ich von einer korrupten, verbrecherischen

Organisation umgeben war. Es wird niemand wundern, daß ich mit meinem Chef und dem größten Teil des Personals ständig auf Kriegsfuß lebte. Heimlich wurden Dolche gegen mich gezückt, und ich konnte mich nur verteidigen, indem ich mit äußerster Entschlossenheit an meinen Pflichten festhielt. Dr. Maksoud und Abdou, einer der Pfleger, auch die Oberschwester Waheebach hielten zu mir. Sie waren meine Verbündeten. Aber da ich meine ganze moralische Kraft aufbieten mußte, um mir ihre Hilfe zu sichern, und keine Anstrengung sparte, um sie bei ihrem Bemühen, auf dem rechten Wege zu bleiben, zu unterstützen, waren sie nur recht schwache Verbündete. Eigentlich halfen nicht sie mir, sondern ich mußte ihnen helfen. Ich hatte aber immer noch Kraft genug, sie zu führen, und mich befriedigte das Bewußtsein ihrer Dankbarkeit und Achtung. Diese Achtung bewahrte sie davor, in den allgemeinen Morast zu versinken, der uns alle zu verschlingen drohte. Gott sei Dank, daß ich genügend Mut dazu aufbrachte.

Doch trotz aller Leiden erlebte ich auch Augenblicke großen Glücks. Ich kämpfte tapfer gegen den Mann mit der Sichel, der unsichtbar in jedem Operationssaal gegenwärtig ist. Manchmal verscheuchte ich ihn und hatte dann die Lacher auf meiner Seite. Da kein Beifall süßer schmeckt, als wenn er Billigung im Herzen dessen findet, der gewiß sein darf, ihn zu verdienen, erlebte ich Augenblicke gerechter Freude und sogar Sekunden größter Seligkeit. Siege, wie ich sie erfocht, muß man genossen haben, um ihre Köstlichkeit zu kennen, und jeder einzelne von ihnen ließ mich auf lange Zeit hinaus die Unzulänglichkeit alles Irdischen vergessen.

3.

Da war ein kleiner Junge namens Omar, Stiefelputzer von Beruf. Er war mir oft in den Straßen aufgefallen, wo ich mir von ihm die Schuhe putzen ließ, nur weil es mir Vergnügen machte, ihn anzusehen. Er war ungefähr vierzehn Jahre alt, schlank und von guter Gesundheit. Obwohl er nicht gerade hübsch war, lag in seinen Augen ein freundlicher und zärtlicher Ausdruck, der mir fast überirdisch erschien. Wenn er nach meinen Schuhen griff, fühlte ich durch das Leder die Berührung seiner schmalen Hand. Er erledigte seine Arbeit in fast priesterlicher Versunkenheit; von Zeit zu Zeit blickte er zu mir auf, so fromm, daß mich eine sonderbare Trauer überkam. Es war mir, als blicke aus Omars Augen mein unglückliches Vaterland, ein großes, aber seiner nur halb bewußtes Volk von Duldern, bar jeder Hoffnung auf ein besseres Los. Dieser Junge wurde eines Tages mit dem Krankenwagen ins Hospital gebracht. Er hatte auf dem Bahnhof nach Kunden Ausschau gehalten, war von einem Zuge abgesprungen, der eben anfuhr, und zwischen zwei Wagen gefallen.

Ich habe mir niemals ‚eiserne Nerven' angewöhnen können. Im Gegenteil, je mehr ich mich plagte, je mehr Leiden ich mit ansehen mußte, desto empfindlicher wurde ich, wenn es mir auch im allgemeinen gelang, meine Gefühle unter einer Maske zu verbergen. Als ich Omars Beine sah, wich mir das Blut aus dem Gesicht. Aber ich riß mich schnell zusammen, ließ ihn in den Operationssaal schaffen und nahm sofort, da nichts anderes übrig blieb, eine doppelte Amputation vor. Der Gedanke, daß dieses Kind von nun an ein Krüppel ohne Beine sein würde, erschütterte mich so tief, daß ich tagelang an nichts anderes denken konnte. Omar starb fast vor Aufregung; als er sich schließlich ein wenig erholte, war er ein Wrack. Aber er bewies großen Mut. Er war allen Patienten im Krankensaal geistig überlegen. Das Leben auf den Straßen unter seinesgleichen hatte ihm eine unerschütterliche Verachtung für jede Autorität eingepflanzt. Er, der Tausenden vornehmer und reicher Männer der Stadt die Schuhe geputzt hatte, machte sich auch aus den Berühmtheiten nichts, die von der Bevölkerung verehrt wurden. Er besaß die Unerschrockenheit des schlauen Fuchses, die Kühnheit des Wüstenschakals, die spöttische Drolligkeit des herrenlosen Hundes, dessen Paradies ein Misthaufen ist. Er hatte immer nur von einem Tag zum anderen gelebt, heimatlos und dennoch überall zu Hause. Er besaß den starken Glauben des mohammedanischen Kindes. „Es war Gottes Wille, daß ich meine Beine verliere, und Gott ist weise!"

Ich hatte es mir zur Aufgabe gemacht, ein scharfes Auge auf die Krankensäle zu haben. Mit Abourizk sprach ich nur im Befehlston. Ich beobachtete ihn so sorgfältig wie nur möglich, um zu verhindern, daß er die Patienten mißhandelte. Ich erkundigte mich stets bei ihnen, ob sie Beschwerden vorzubringen hatten. Sie beklagten sich nie, aber ich war mißtrauisch und hätte gern gewußt, was sich während meiner Abwesenheit in den Krankensälen wirklich ereignete. Ich beschwerte mich längst nicht mehr bei Dr. Kolali. Mein Chef erhielt Tribute von Abourizk. Er verschmähte auch kleine Summen nicht, denn jede Kleinigkeit vergrößerte den Pokerfonds im Kasino.

Eines Abends nach fünf Uhr ging ich durch die Säle und sah, daß Omar die Decke bis ans Kinn hinaufgezogen hatte. Alle Blicke folgten mir wie gewöhnlich, während ich an den Betten vorbeiging. Alles schwieg. Ich wußte sofort, daß etwas nicht in Ordnung war. Vor Omars Bett blieb ich stehen. Der Junge weinte. Ich richtete einige Fragen an ihn, bekam aber keine Antwort. Er hatte offenbar große Schmerzen. Ich war überrascht, untersuchte ihn und fand seinen Körper mit blutunterlaufenen Stellen bedeckt.

„Oh, Hakim Pascha", kam eine tiefe Stimme aus dem Nachbarbett, „Abourizk, der Sohn von sechzig Hunden, hat den Mikassah[1]) geschlagen!"

Nun erhoben sich Stimmen aus allen Betten. Ich leitete sofort eine Untersuchung ein. Abourizk erschien im Saal. Ich wies ihn hinaus. Er sah jeden einzelnen mit einem schnellen herrischen Blick an und ging. Tiefe Stille trat ein. Ich schritt bis ans Ende des Saales und kehrte dann zu Omars Bett zurück.

„Ich bin zu euch wie euer Vater gewesen!" wandte ich mich an die Patienten. „Wenn es in meiner Macht stände, würdet ihr alle in einem besseren Krankenhaus sein. Aber solange wir in Ägypten eine schlechte Regierung haben, werden wir auch schlechte Krankenhäuser haben."

Ein beifälliges Murmeln ging durch den Saal.

„Sagt mir die Wahrheit!" bat ich.

Einen Augenblick lang herrschte Schweigen, dann ertönte neben Omars Bett eine Stimme: „Gibt es ein größeres Verbrechen, als einen Krüppel zu berauben, einen kleinen Jungen zu schlagen, der nicht einmal Beine hat, um wegzulaufen?"

Omar richtete sich auf.

„Sie lügen!" rief er. „Glaub ihnen nicht, Hakim Pascha! Abourizk hat mich nicht geschlagen!"

Ich wußte, daß der Junge nicht die Wahrheit sprach. Er fürchtete die Folgen. Abourizk hatte ihn geschlagen und

[1]) Krüppel

bedroht. Abourizk hatte die Aufsicht über die Krankensäle. Ich konnte seine Autorität nicht offen leugnen, da es nicht in meiner Macht stand, ihn zu entlassen. Deshalb setzte ich mich auf Omars Bett, legte den Arm um die Schultern des Jungen und ermunterte ihn mit sanften Worten, mir die Wahrheit zu sagen. Zuerst war er halsstarrig, aber ich wartete geduldig, bis er zuletzt nachgab. Er erzählte mir, daß ihn frühmorgens ein Junge besucht und ihm fünfundvierzig Piaster gebracht habe, die sämtliche Stiefelputzer der Stadt für ihn unter sich gesammelt hatten. Er hatte das Geld in einen Tuchfetzen gewickelt und zwischen seinen Beinstümpfen versteckt; aber Abourizk hatte es entdeckt und es ihm weggenommen. Ich sagte Omar, falls er je wieder ein Geschenk erhielte, solle er es sofort mir geben, ich würde es für ihn aufheben. Dann verließ ich den Saal. Ich suchte Dr. Kolali und fand ihn im Kasino. Als ich ihm sagte, ich müsse mit ihm etwas Berufliches besprechen, erhob er sich zögernd, sichtlich durch die Störung gereizt. Ich setzte mich mit ihm an ein kleines Tischchen.

„Effendi", sagte ich, „ich bin Ihr Kollege und will als Kollege mit Ihnen sprechen."

„Sie sind sehr aufgeregt", erwiderte er. „Trinken Sie ein Gläschen, und beruhigen Sie sich!"

„Ich bin jetzt gerade in der richtigen Stimmung", fuhr ich fort, „ich brauche mir nicht Mut anzutrinken. Ich erkläre Ihnen, daß unser Bas-Tamargy[1]) unfähig ist, auch nur einen Tag länger seinen Posten zu bekleiden. Ich verlange von Ihnen seine sofortige Entlassung."

„Hier ist nicht der Ort, um über berufliche Fragen zu sprechen", bemerkte er mit einer hochmütigen Handbewegung.

[1]) Oberpfleger

„Es ist der einzige Ort, wo ich Sie mit Sicherheit antreffen kann", sagte ich.

Er warf mir einen eisigen Blick zu.

„Gegen Abourizk ist nichts einzuwenden", sagte er. „Aber mit Ihnen scheint etwas nicht zu stimmen. Ich bin noch nie einem jungen Menschen begegnet, der einem so viel Schwierigkeiten gemacht hat wie Sie. Aber ich bin, wie Sie wissen, immer geneigt, mir Ihre Vorschläge anzuhören. Vielleicht können wir uns morgen über die Sache unterhalten."

Dann stand er auf und begab sich zu seinen Freunden, die uns so diskret wie möglich beobachtet hatten. Wütend verließ ich das Kasino, ging nach Hause, holte eine Nilpferdpeitsche, die meinem Diener Hussein gehörte, und kehrte ins Hospital zurück. Dort suchte ich Abourizk auf und beorderte ihn in den Operationssaal. Ich ersuchte ihn, mir das Geld zu geben, das er Omar gestohlen hatte. Er leugnete, daß er jemals Geld gestohlen habe.

„Gott weiß, daß ich nie etwas gestohlen habe!"

„Du verwechselst nur aus Versehen fremdes Eigentum mit deinem", sagte ich.

Ich verlor nicht die Selbstbeherrschung, aber ein fast wollüstiges Gefühl ließ mich innerlich erzittern. Abourizk begann mich in schmeichlerisch hinterhältiger Weise anzugehen; er deutete an, daß ich mich im Frauensaal häufiger aufhielte als bei den Männern. Ich ließ ihn ausreden, und er, der mein Schweigen für Furcht hielt, fing schließlich an, zu schreien und mich zu beschimpfen. Nun zog ich blitzschnell den kräftigsten Nilpferdschweif hervor, den die Natur jemals geschaffen hatte. Die Wut verlieh meinen nicht allzu kräftigen Armen die nötige Stärke. Ich versetzte dem Mann einen Hieb über den Kopf, daß er auf den Steinboden niederfiel. In demselben Raum, wo dieser

Teufel so vielen Menschen unsägliche Leiden zugefügt hatte, gab ich ihm die Qual körperlicher Züchtigung zu spüren. Bei jedem Hieb erinnerte ich mich an eine seiner Missetaten.

Diese Erinnerungen erleichterten mein Gewissen. Ich peitschte ihn so lange, bis er blutete und um Gnade winselte. Dann hörte ich auf und stand mit erhobenem Arm über ihm.

„Abourizk", sagte ich, „du hast viele Wunden verbunden, geh jetzt und pflege deine eigenen. Es wird dir noch schlimmer ergehen, wenn du je wieder einen meiner Patienten hungern läßt, schlägst oder bestiehlst. Steh auf, und her mit dem Geld, das du Omar weggenommen hast!"

Er richtete sich mühsam auf.

„Aiwah, Doktor!" winselte er.

„Wir wollen die Summe mit einem Pfund festsetzen!" sagte ich. „Du wirst dem kleinen Omar ein Pfund zurückgeben!"

Ich sah Widerstand in seinen Augen und faßte den Griff der Peitsche fester.

Da sanken seine Schultern in stummer Unterwerfung und Angst zusammen. Er gab sich geschlagen und brach in Tränen aus.

„Aiwah, Doktor! Aiwah!"

Ich wusch mir die Hände und trocknete sie mir an einem schmutzigen Handtuch. Dann befahl ich ihm, saubere Handtücher zu besorgen, den Steinboden zu säubern und dafür zu sorgen, daß bis zum nächsten Tag sämtliche Krankensäle sorgfältig reingefegt würden.

Nachdem das erledigt war, überließ ich ihn seinen Erwägungen, ob es nicht ratsam sein würde, mir in Zukunft zu gehorchen.

4.

Wenn ich mir jetzt all diese Dinge ins Gedächtnis zurückrufe, erfüllt ein schmerzlicher Aufruhr meine Seele. Ich habe das Gefühl, als sei alles erst gestern geschehen. Zwölf Jahre haben auch die kleinsten Einzelheiten nicht wegwischen können. Ich durchlebte damals eine Zeit so tiefer geistiger und physischer Einsamkeit, daß ich kaum sagen kann, ob das eine oder das andere schlimmer zu ertragen war. Vielleicht ist es schlimmer, körperlich allein zu sein, niemand zu finden, der einem die Zuneigung schenkt, nach der man sich Tag und Nacht sehnt, zu fühlen, daß man in keines Menschen Herz ein Plätzchen hat, daß nie eine zärtliche Hand einen berührt, daß man vergebens nach einem großen Trost dürstet und daß der eigene Drang, Glück zu schenken, ungestillt bleibt. Schlimmer noch ist es, wenn du das Bewußtsein mit dir herumträgst, daß du nicht einsam zu sein brauchtest, wenn das Schicksal es anders gewollt hätte. In Wirklichkeit sind Hände ausgestreckt, dich zu streicheln; irgendwo in diesem Weltall sind Arme bereit, dich zu umfassen, du weißt nur nicht, wo du sie zu suchen hast.

Ich bewohnte drei große Räume, ein saalartiges Zimmer, eine Küche und eine Art Badezimmer. Ich hatte die Räume in meiner eigenen Weise eingerichtet, in europäischem Stil, so, wie ich ihn mir vorstellte. Mein Boy Hussein fand alles großartig. Meine Hauptbeschäftigung in meiner freien Zeit war Lesen und Schreiben. Ja, ich schrieb damals ganze Bücher voll selbstgefälliger Dinge. Sie existieren nicht mehr. Sie sind mir auf dem Wege zum Staub vorausgegangen.

Meine Fenster gingen auf eine unsaubere Seitenstraße in der Nähe des Nilufers, aber von meinem wackligen Balkon aus sah ich den großen trägen Nilstrom, auf dem die dunklen Schiffe mit ihren windgeblähten Segeln vorüberglitten. Ich konnte das unermüdliche Leben am Wasser beobachten, wo die Knaben badeten, die Pferde, Büffel und Esel tranken und die Frauen Wasser holten. Ein üppiges Feld hellroter Tomaten gedieh in dem dunklen Uferlehm. Halbe Nächte verbrachte ich auf meinem Balkon und wartete mit geblähten Nüstern auf einen frischen Luftzug. Wenn der Sommer kam, sah ich den Fluß anschwellen und alles sich verändern. Eine ziegelrote, rasch dahinströmende Flut bespülte das Ufer fast bis zur Höhe der Straße. Wenn die Züge von Shirbin-el-Koum über die eiserne Brücke fuhren, rollte der dumpfe Donner der Räder weit ins Land. Am Tage waren die Straßen verlassen. Die Stadt briet in der Sonne.

Ich ging oft mit Freunden aus. Wir saßen zusammen unter den Bäumen am Ufer des Nils. Ein Kellner brachte uns über die mit Wasser besprengte Straße etwas zu trinken. Alle meine Freunde waren Nationalisten, Männer, die wie ich nach Freiheit dürsteten und die in der ernsten Hoffnung lebten, daß sie eines Tages an die Macht gelangen und die Zustände im Lande bessern würden.

Oft saß Mahmoud bei mir, der Direktor der Schule, ein hochgewachsener fünfundvierzigjähriger Mann mit einer großen, ehrlichen Nase und den Händen eines Pyramidenbauers; gebildete Männer von der Universität, von den technischen Hochschulen leisteten mir Gesellschaft, Männer mit unverdorbenen Seelen. Aber mein Land schien sie nicht nötig zu haben. Sie hatten keine Stellungen. Sie gehörten der falschen politischen Partei an. An meinem Tische saßen streng blickende Omdahls und Würdenträger aus der Provinz, eifrige Patrioten und tief religiöse Männer. Sie schwiegen gern, denn sie dachten viel nach. Nur ab und zu sagten sie einige Worte, und diese Worte klangen bitter. Und doch vergaßen wir oft unsere Sorgen. Dann kam ein Geist der Fröhlichkeit über uns wie eine kühle Brise aus dem Norden. Wir lachten und gaben uns einer kindlichen Lustigkeit hin, denn nirgendwo lacht man so gern wie in Ägypten. Einmal wurde ich vollständig betrunken von zwei Whiskys und wurde der Hanswurst der Gesellschaft. Von da an boten mir meine Freunde immer Whisky an. Ich trank ab und zu ein Glas, hütete mich aber mehr zu trinken. Mein Chef war ein Säufer. Das genügte, um mein Verlangen nach Alkohol zu ersticken. Das schlimmste Leiden, das einen Mann heimsuchen kann, packte mich wie ein plötzlicher Zahnschmerz. Ich träumte von Aziza. Am nächsten Morgen irrten meine Gedanken wieder in die Vergangenheit zurück. Reue quälte mich. Warum hatte ich sie entschlüpfen lassen? Warum war ich so töricht gewesen? Große Sehnsucht nach ihr ergriff mich, vergleichbar nur mit dem Durst in der Kehle des Wüstenpilgers. Meine Sinne entzündeten sich. Sie verlangten nach ihr Tag und Nacht. Sie begleitete mich wie ein Schatten. Zuweilen glaubte ich, ich müsse alles stehen und liegen lassen, einen Zug besteigen, nach Kairo fahren und sie finden. Ich mußte mit ihr sprechen. Ich mußte sie retten. Ich mußte sie zu mir holen. Sie mußte hier sein, mit mir leben und arbeiten. Sie mußte meine Frau werden. . . . Aber ich wußte, es konnte nicht sein. Ich mußte allein bleiben. Ich mußte meiner Arbeit leben. Man brauchte mich hier. Das Wohl von vielen Mitmenschen hing von mir ab, von meiner Geschicklichkeit, von meinem Wissen. Ich mußte vergessen.

Meine Einsamkeit wurde immer quälender, je mehr Tage vergingen. Und wie vergingen die Tage? Der eine folgte so schnell auf den andern, daß das Leben nur aus Sonnenaufgang und Sonnenuntergang zu bestehen schien, und ich bewegte mich, ein einsamer Wanderer, zwischen den Drehungen des Erdballs und verrichtete Tag für Tag zur gleichen Stunde, ja, zur gleichen Minute, die gleichen Dinge.

Mein Balkon wurde eine friedliche Zuflucht, von dem aus ich zu dem nächtlichen Himmel aufblickte, zu den Sternen, die so hoffnungsvoll und doch so ohne Trost leuchteten. Mit dem Eifer eines leidenschaftlichen Liebhabers stürzte ich mich in meine Arbeit. Um zu vergessen! Aber die Arbeit war nicht besser als ein Betäubungsmittel. Sie war nicht das, was mein Herz allein begehrte. Mein Herz brauchte Aziza, das Dorfmädchen.

Mein junger Patient Omar erholte sich gut. Sein Zustand begann sich zu bessern. Bald konnte er sich aufrichten und sich auf den Beinstümpfen im Gleichgewicht halten. Aber er war ein anderer geworden. Sein Gesicht war hager und verhärmt, seine Augen schienen vergrößert, fast doppelt so groß als früher, und das Leid in ihnen verlieh seinem Ausdruck einen besonderen Adel. Er hatte keine Verwandten, keine Menschenseele, die sich um ihn kümmerte, und die Zeit rückte heran, da man ihn aus dem Spital entlassen würde. Künstliche Beine kamen gar nicht in Frage. Sie hätten mehr Geld gekostet, als ich oder er auftreiben konnte. Aber der Gedanke, daß er seinen Körper schlecht und recht über die Straßen schleppen müsse, war mir unerträglich. Vielleicht konnte er sich auf einem mit Rädern versehenen Brett vorwärts bewegen und seine Hände wie Ruder benutzen. Einstweilen beschloß ich, ihn im Spital zu behalten. Aber ich hatte das Personal gegen mich. Eines Tages gab Dr. Kolali Befehl, den Jungen hinauszuwerfen. Als ich Einwände erhob, machte er eine großartige und verächtliche Handbewegung.

„Sie scheinen zu vergessen, daß dies ein Regierungshospital ist und nicht ein Krüppelheim. Der Junge ist völlig gesund. Er kann sich an jede Straßenecke setzen und sich seinen Lebensunterhalt zusammenbetteln. Er wird schon einen Begleiter finden, und er wird auf diese Weise mehr Geld verdienen als mit Stiefelputzen. Morgen verläßt er das Spital!"

Omar verließ das Spital noch an demselben Abend. Ich ließ ihn zu einem Wagen tragen, und Hussein schaffte ihn zu mir nach Hause. Ich beschloß, den Jungen bei mir zu behalten. Ich war froh, daß er da war. Er lenkte mich von meinen trüben Gedanken ab und machte mir mehr Freude, als ich je erwartet hätte. Es gab von nun an in den Straßen keinen Stiefelputzer, der von mir Geld genommen hätte. Wenn ich spazieren ging, verfolgten mich diese jungen Teufel, auf ihren hölzernen Kisten trommelnd, und ich saß kaum unter einem Baum, um auszuruhen, umringten sie mich schon und prügelten sich fast um die Ehre, mir die Schuhe putzen zu dürfen, ob sie sauber waren oder bestaubt. Ich hatte die blanksten Schuhe in ganz Damnoorah. Der Gedanke an Omars Zukunft beschäftigte mich sehr. Ich lehrte ihn lesen und schreiben, und während meiner Abwesenheit war Hussein mein Stellvertreter. Ich kaufte Omar Papier und Buntstifte, und er begann, kleine Zeichnungen zu machen, Vögel auf Zweigen, schiefe Pyramiden neben einem großen Wasser, die jeden Augenblick umzufallen drohten, und Segelbarken, die gegen den Wind fuhren. Er zeichnete Palmbäume und Phantasieblumen, Hunde mit fünf oder sechs Beinen, geflügelte Fische und Esel, die auf den Knien gingen. Und fünfmal am Tag purzelte er vorwärts und murmelte seine Gebete, so mächtig war der ererbte Glaube in ihm. Er und Hussein lasen zusammen den Koran, Hussein murmelte nur, aber

Omar sang mit seiner hellen Knabenstimme die Verse, daß ich auf meinem Balkon aus einem Entzücken ins andere fiel. Eines Tages geriet mir ein Sportmagazin in die Hände. Ich sah es gleichgültig durch. Plötzlich stieß ich auf das Bild eines Rollschuhkünstlers. Da kam ich auf eine gute Idee. Ich entwarf sogleich Pläne für eine auf Rollschuhen ruhende Plattform, bestellte in Kairo ein Paar Rollschuhe und stöberte in Damnoorah einen Zimmermann auf, der nach meinen Plänen das Brettgestell anfertigen sollte. Nach einigen Tagen war das Gefährt fertig. Wenn ich mit dem Fuß dagegen stieß, rollte es durch das ganze Zimmer. Ich nahm es mit nach Hause und zeigte es Omar. Er streckte sogleich die Arme aus, und mit Husseins Hilfe setzten wir ihn auf das Brett. Ich gab ihm zwei kurze Stöcke, mit denen er sich vorwärtsstoßen konnte, und zu meiner großen Freude konnte er sich nun umherbewegen. Aber sehr bald fiel er herunter und sah mich hilflos an. Ich sagte ihm, daß es einige Zeit dauern würde, bis er gelernt hätte, sich auf diese neue Art fortzubewegen. Selbst das Gehen müsse gelernt werden. Tagelang übte Omar auf seinem Rollwagen, bis er sich schließlich im Gleichgewicht halten konnte, ohne herunterzufallen. Aber es wurde ihm schwer, um eine Ecke zu biegen. Er mußte dabei das Gewicht seines Körpers ganz auf die eine Seite werfen. Da er keine Stütze hatte, fiel er stets herunter. Tage und Wochen überlegte ich, wie man den Wagen verbessern konnte. Schließlich hatte Omar selbst eine Idee. Eines Morgens drehte er das Ding um und sagte: „Wahad! Nur einen Rollschuh, Hakim Pascha! Einer genügt!"

Wir versuchten es. Ich ließ das Wägelchen ändern und einen Rollschuh genau in der Mitte anbringen. Dann gab ich es Omar zurück. Er hatte inzwischen gelernt, sich ohne fremde Hilfe auf die Plattform zu rollen. Nach ungefähr zwei Minuten sauste er mit lautem Triumphgeschrei auf dem steinernen Fußboden umher, mit zwei dicken Seilschlingen sein Gefährt lenkend. Ich konnte ihn kaum einholen. Von diesem Augenblick an war er für mich verloren. Wie der junge Vogel, dem die Flügel gewachsen sind, sich nach der Freiheit sehnt, so wollte nun Omar unbedingt auf die Straße. Schließlich trug ich ihn hinunter und ließ ihn einen Versuch machen. Aber die Straßen waren uneben, voller Löcher, Staub, Schmutz und Unrat. Er kam nur langsam vorwärts und war bald von der Anstrengung erschöpft. Seine Hilflosigkeit schien ihn zu erschrecken, und er war froh, als ich ihn wieder hinauftrug.

Jeden Morgen vor Sonnenaufgang durfte er auf der Straße üben. Seine Arm-, Brust- und Bauchmuskeln fingen an, sich zu entwickeln. Er bekam jetzt reichlich Fleisch, Bohnen, Zwiebeln, Milch und Sahne. Nach wenigen Wochen dieses Trainings nahm sein Körper athletisches Ausmaß an. Man konnte kaum glauben, daß er keine Beine hatte. Eines Abends — wie könnte ich das je vergessen! —, als ich mit meinen Freunden unter den Bäumen am Nil saß, sah ich Omar herankommen. Er bewegte die Arme wie ein kräftiger junger Ruderer und stieß einen Freudenschrei aus, so oft er die Erde berührte, um sich vorwärts zu stoßen. Hinter ihm marschierte eine Schar von Männern, Frauen und Kindern. Die jungen Kollegen aus seinem Beruf standen stumm dabei und brachen dann in lärmenden Jubel aus. Einer von ihnen packte Omar bei den Schultern und schob ihn mit großer Geschwindigkeit vorwärts. Omar steuerte auf mich zu. Rasch versammelten sich die Leute zu Dutzenden um ihn und betrachteten Omar, das Wunder, den Mikassah, den Jungen, der sich ebenso schnell bewegen konnte wie sie alle, obgleich er keine Beine hatte. Voll Freude merkte ich, daß ich gar nicht so einsam war, wie ich es mir in meiner krankhaften Stimmung eingebildet hatte. Alle diese Menschen kannten mich nicht nur dem Namen nach. Omar nahm seinen früheren Beruf wieder auf. Er hatte die Kiste mit dem Putzgerät vorn auf seinem Wägelchen angebracht. Das Leben der Straßen hatte ihn bald wieder verschlungen. Sein Lieblingsplatz war vor dem Kasino; so oft ich dort vorbeikam, ruderte er mit kräftigen Stößen auf mich zu, legte seine Arme um meine Beine und ließ es sich nicht nehmen, meine Schuhe zu putzen.

5.

Ein älterer Herr, ein Grieche, den ich zuweilen am Niluser in Gesellschaft einer hübschen jungen Frau zu Fuß oder im Wagen gesehen hatte, redete mich eines Tages auf der Straße an.

„Yatros", sagte er, „entschuldigen Sie, daß ich Sie ohne weiteres anspreche. Erlauben Sie, daß ich Ihnen meine Karte überreiche? Jedermann kennt meine Adresse. Ich würde mich sehr freuen, wenn Sie Zeit haben sollten, mich sobald als möglich aufzusuchen, ich möchte Sie beruflich konsultieren."

Ich sah vor mir einen kleinen Mann mit einem großen Kopf, einer langen Adlernase und runden, dunkelblauen Augen. Seine Würde machte mir Eindruck. Er hieß Pierri Michaelides. Ich erwiderte, daß ich auf dem Heimweg sei. Wenn es sich um einen dringenden Fall handle, stände ich ihm sofort zur Verfügung. Ich fügte jedoch hinzu, daß ich in Staatsdiensten stände und keine Privatpraxis ausübe. Er hielt einen vorüberfahrenden Wagen an und brachte mich nach seinem Hause, einem großen, von einem Garten umgebenen palastähnlichen Gebäude im östlichen Viertel der Stadt, wo die reichen Griechen wohnten. Mit einer freundlichen Handbewegung forderte er mich auf einzutreten. Gleich darauf befand ich mich in einem luxuriös eingerichteten Raum. Wir setzten uns. Bevor wir aber mit der Unterhaltung begannen, kam die Dame herein, die ich oft in seiner Gesellschaft gesehen hatte. Sie war schlank, sehr schön, hatte üppiges, dunkles Haar und große, von dichten schwarzen Wimpern und Brauen überschattete Augen. Herr Michaelides stellte mich ihr vor.

„Meine Frau."

Sie sah jünger aus als dreißig. Nach einem festen Händedruck, der mich sofort davon überzeugte, daß sie eine aufrichtige Natur war, setzte sie sich nieder, faltete ihre schönen Hände im Schoß und sah mich mit wehmütigen forschenden Blicken an. Sie glich einer Iphigenie, und ihre Gedanken schienen hoch über den Ereignissen zu schweben, die den Gleichmut ihres Mannes störten.

„Ich kenne Sie nur vom Hörensagen, Dr. Ibrahim", sagte er einfach. „Man erzählt, daß Sie im Hospital wahre Wunder vollbringen."

Ich mußte lächeln. Aber ich fühlte mich geschmeichelt.

„Ich habe mich nach Ihnen erkundigt", fügte er schnell hinzu. „Ich muß Ihnen gestehen, daß mein Vertrauen zu den Ärzten in der letzten Zeit stark gelitten hat. Ich habe einen Zwillingsbruder, von dem Sie vielleicht gehört haben. Er heißt Michaeli. Er war jahrelang Mitglied der Baumwollbörse, wir haben gemeinsame Besitzungen im Delta. Unser ganzes Leben lang haben wir zusammengelebt und alles geteilt. Wir lieben uns sehr. Ich glaube nicht, daß es irgendwo noch zwei Brüder gibt, die einander so zugetan sind wie wir."

Ich sah Tränen in seinen Augen. Er fuhr fort:

„Vor zehn Jahren habe ich meine Frau geheiratet. Trotzdem leben mein Bruder und ich glücklich zusammen. Der arme Michaeli leidet seit langem an Halsbeschwerden. Ich nahm die Krankheit nicht sehr ernst, bis sie sich im vorigen Jahr sehr verschlimmerte. Wir wären nach Europa gereist, um einen Spezialisten zu konsultieren, wurden aber in Ägypten durch einen Prozeß zurückgehalten, der sich jahrelang hinschleppte und uns über zweitausend Pfund gekostet hat. Als wir schließlich den Prozeß gewannen, war Michaeli darüber so froh, daß seine Beschwerden zu verschwinden schienen. Sie kehrten aber wieder. Dann kam die Zeit für den Baumwollanbau, und wir konnten wieder nicht nach Europa fahren. Unser Arzt stellte einen chronischen Katarrh fest und nahm eine entsprechende Behandlung vor. Michaelis Beschwerden blieben. Er konnte nicht schlafen, manchmal brach er in Schweiß aus. Ich fuhr mit ihm nach Alexandria zu einem Halsspezialisten, der ihn ungefähr einen Monat lang behandelte und sich eine Menge Geld bezahlen ließ, Michaelis Hals aber wurde nicht besser. Wir mußten dann zur Ernte hierher zurückkehren. Wenige Wochen später begann der Hals des armen Michaeli von außen anzuschwellen. Es sah aus wie ein Gewächs, und er verlor fast die Stimme. Wohlgemerkt, ich kann gegen Dr. — nichts sagen. Aber manchmal dachten wir beide, daß vielleicht die fünfzig Pfund oder mehr im Jahr, die wir ihm für die Behandlung bezahlten, etwas damit zu tun hätten, daß es Michaeli nicht besser ging. Ich sage durchaus nichts gegen Ihren Beruf, und wir vertragen uns immer noch sehr gut mit dem behandelnden Arzt."

Ich befreite Herrn Michaelides von seiner Besorgnis.

„Sagen Sie über unsern Beruf, was Sie wollen", bemerkte ich. „Aber ich möchte vor allem wissen, wie Dr. — die Krankheit Ihres Bruders beurteilt."

„Zuerst sagte er, es sei ein Gewächs, dann schlug er vor, Dr. Kolali zuzuziehen, der als geschickter Chirurg gilt."

Ich lehnte mich in den Stuhl zurück und machte mich auf allerhand erstaunliche Dinge gefaßt.

„Wir willigten ein, die beiden berieten miteinander, und Sie können sich vorstellen, wie entsetzt wir waren, als sie erklärten, daß der arme Michaeli an einem Tumor leide."

In diesem Augenblick heftete Frau Michaelides unergründlich ihre Augen auf mich. Herr Michaelides starrte von seiner Frau zu mir. Er ballte die Fäuste und rief mit einer erschütternden Gebärde:

„Die beiden töten den armen Michaeli!"

Tiefe Stille trat ein.

„Sie sagten, daß Sie mich konsultieren wollten", sagte ich schließlich. „Statt dessen deuten Sie an, daß meine Kollegen in ihren Bemühungen, Ihren Bruder zu retten, nicht sehr erfolgreich sind."

„Ich wünsche, daß man Sie hinzuzieht!" sagte Herr Michaelides. „Ich bin verzweifelt."

„Haben Sie den beiden Herren gesagt, daß Sie mich hinzuzuziehen wünschen?"

„Ja! Vor ungefähr einer Woche."

„Was sagten sie?"

„Sie waren wütend."

„Warum?"

„Weil ich die Meinung eines Dritten hören wollte."

„Ich fürchte, daß ich ohne Einwilligung meiner Kollegen nichts tun kann."

Michaelides stand verzweifelt auf.

„Warum habe ich nur den armen Mikkie in die Klinik schaffen lassen! Warum habe ich ihn operieren lassen! Er stirbt! Er hat Anfälle, schreckliche Krampfschmerzen. Ich kann es nicht mehr ertragen. Wenn der arme Michaeli stirbt, folge ich ihm nach."

„In welcher Klinik liegt Ihr Bruder?"

„In Dr. Kolalis Privatklinik."

„Wann wurde er operiert?"

„Vor zehn Tagen. Es geht ihm von Tag zu Tag schlechter. Und ich habe Dr. Kolali dreißig Pfund bezahlt!"

Ich riet Herrn Michaelides, einen Spezialisten aus Kairo oder Alexandria zu holen. Er wollte nichts davon hören.

„Wir sind bereits bei sämtlichen Spezialisten gewesen."

„Verlieren wir doch keine Zeit mehr!" unterbrach ihn Frau Michaelides.

Ich war betroffen von dem Reiz ihrer Stimme.

„Mikkie stirbt, wenn nicht etwas geschieht. Ich werde Dr. Ibrahim begleiten und selbst mit Dr. Kolali sprechen."

„Tun Sie das nicht", sagte ich. „Wenn Sie wollen, werde ich mit ihm sprechen. Ich werde ihm sagen, daß Sie mich hinzuziehen wollen. Aber Sie dürfen nicht erstaunt sein, wenn er den Vorschlag ablehnt."

Als ich wenige Augenblicke später das Haus verließ, begleitete mich Frau Michaelides. Sie hatte den Hut auf.

„Ich komme mit, Doktor", sagte sie hastig. „Ich kann diese Ungewißheit nicht ertragen. Ich wünsche, daß Sie den Fall übernehmen."

Ich betonte noch einmal, daß es unmöglich sei. Sie gab nicht nach.

„Mein Schwager stirbt", sagte sie. „Ich will von Ihren ärztlichen Konventionen nichts wissen. Ich werde versuchen, dafür zu sorgen, daß der Fall Ihnen übergeben wird!"

Wir durchsuchten ganz Damnoorah nach Dr. Kolali. Schließlich fanden wir ihn dort, wo ich ihn am wenigsten erwartet hätte — in seinem Büro im Krankenhaus.

Frau Michaelides ließ sich überreden, draußen im Wagen sitzen zu bleiben, während ich zu ihm hineinging.

Zuerst ignorierte er meine Anwesenheit, als ich aber den Namen Michaelides murmelte, richtete er sich jäh auf und starrte mich an. Ich erzählte ihm, was geschehen war. Er lächelte verächtlich.

„Und was wünschen Sie jetzt?"

„Ich habe nicht die mindeste Absicht, mich in einen Ihrer Fälle einzumischen", erwiderte ich. „Aber diese Leute haben mir dermaßen zugesetzt, daß ich ihnen endlich versprach, mit Ihnen zu reden."

Nun, ich war jung, unerfahren und, ich gestehe es ein, nicht wenig erfreut, Kolali in der Klemme zu sehen.

„Ich wäre Ihnen sehr verbunden", sagte er mit seiner wohlbekannten Handbewegung, „wenn Sie sich um Ihre eigenen Angelegenheiten kümmern würden."

Ich sah, daß er schrecklich nervös war.

„Der Teufel soll das alles holen!" schrie er und schlug mit der Faust auf den Tisch. „Der Mann hatte einen Tumor. Was kann man da verlangen?"

Bevor ich antworten konnte, trat Frau Michaelides ins Zimmer. Dr. Kolali erhob sich und streckte ihr mit einem freundlichen Lächeln die Hand entgegen.

„Ich weiß, daß Sie hören wollen, was es Neues gibt", sagte er.

Dann hielt er inne und gab durch einen Blick zu verstehen, daß er warten müsse, bis ich mich entfernt hätte.

Ich war tatsächlich schon an der Tür, als Frau Michaelides mich am Arm ergriff.

„Bitte, bleiben Sie, Dr. Ibrahim. Ich werde die Sache jetzt gleich erledigen."

Sie zog mich fast gewaltsam in das Zimmer zurück.

„Dr. Kolali", sagte sie mit fester Stimme, „mein Mann

und ich sind sehr besorgt. Wir bestehen darauf, daß Dr. Ibrahim hinzugezogen wird, damit wir auch die Meinung eines Dritten hören. Wollen Sie sich bitte damit einverstanden erklären?"

Kolali zögerte. Er schien nachzudenken. Schließlich zuckte er verächtlich die Achseln.

„Wenn Sie darauf bestehen, gut — der Patient liegt in meiner Klinik. Sie haben ihn meiner Sorge anvertraut. Aber ich habe nichts dagegen, daß Dr. Ibrahim hinzugezogen wird, wenn Sie es verlangen. Nur — wenn er hinzugezogen wird, muß er den Fall übernehmen. Ich kann die Verantwortung nicht tragen, wenn ein anderer sich in meine Behandlung einmischt. Mein Ruf —."

„Frau Michaelides", unterbrach ich ihn, „es tut mir leid, aber ich kann Ihren Schwager gegen Dr. Kolalis Wunsch nicht behandeln."

Sie beugte sich über den Schreibtisch. Ihre Fingerspitzen berührten ganz leicht den grünen Filz.

„Sie haben gar keinen Grund, unsere Bitte abzulehnen", sagte sie etwas hitzig zu Dr. Kolali, „es sei denn, daß Sie Angst haben. Wenn mein Schwager stirbt, wird mein Mann Sie auf Schadenersatz verklagen."

Dr. Kolali warf seine Zigarette weg.

„Madame, offenbar hat die Sorge um den Bruder Ihren Mann aus dem Gleichgewicht gebracht. Wenn Sie sich beide so sehr aufregen, werden Sie sehr bald eine Behandlung nötig haben. Überlegen wir uns doch die Sache in Ruhe!"

„Geben Sie Ihre Einwilligung, daß Dr. Ibrahim hinzugezogen wird, oder nicht?" fragte sie fast drohend.

„Sie haben soeben die Ablehnung Dr. Ibrahims gehört", erwiderte er trocken.

Sie wandte sich zu mir.

„Werden Sie auch ablehnen, wenn Dr. Kolali Sie auffordern wird?"

„Madame", sagte Kolali, „wollen Sie mir bitte gestatten, mit Dr. Ibrahim unter vier Augen zu sprechen?" Ich schäme mich fast, die Unterredung zwischen ihm und mir wiederzugeben. Zuallererst setzte er sich gewichtig hin.

„Ich weiß nicht, warum ich diesen Fall überhaupt übernommen habe. Diese Griechen sind alle miteinander ein höllisches Volk." Er betrachtete sein Abbild im Spiegel.

„Dr. — hatte Tumor diagnostiziert. Er ist ein Landsmann von ihnen, er ist ihr Hausarzt und gilt als ein sehr guter Diagnostiker. Ich habe den Patienten operiert, jetzt bekommt er Anfälle von Starrkrampf. Was glauben Sie denn, was Sie tun könnten, wenn ich selbst nicht einmal weiß, was ich tun soll? Sie sind ein junger Mensch. Ich habe doch um zwanzig Jahre mehr Erfahrung als Sie. Sie wüßten nicht einmal, was für ein Honorar Sie von dem reichen Griechen verlangen sollten. Die ganze Sache ist lächerlich."

Seine oberflächliche und freche Unverschämtheit brachte mein Blut in Wallung. Aber ich beherrschte mich.

„Er hat Anfälle von Tetanie, ja?" sagte ich mit Nachdruck.

„Sagt Ihnen das etwas?" erwiderte Kolali.

Er schien plötzlich überrascht. Wie ein Hund hob er den Kopf, und ich hätte schwören mögen, daß er die Ohren spitzte.

„Natürlich", sagte ich, „sehr viel."

Dr. Kolali sprang auf.

„Hol' Sie der Teufel, Mann! Erklären Sie mir, was das heißen soll!"

„Ich werde Ihnen nichts sagen, bevor ich den Patienten gesehen habe."

Nun wußte Dr. Kolali, daß ich kein Dummkopf war, wenn er sich auch in seiner Eitelkeit eingebildet hatte, mir unendlich überlegen zu sein.

„Soweit ich es verhindern kann", sagte ich, „werde ich nicht zulassen, daß Sie mich aushorchen und dann mein Wissen für Ihre Zwecke verwenden. Ich bin gegen meinen Willen hierhergeschleppt worden. Wenn ich überhaupt geblieben bin, dann nur deshalb, weil ich meinen Beruf achte und Pflichtgefühl besitze. Wenn ich Ihnen bisher aus dem Wege gegangen bin und mich streng auf meine Tätigkeit beschränkt habe, so geschah das nicht etwa, weil ich mich vor Ihnen fürchte, sondern aus dem einzigen Grunde, weil andere darunter zu leiden hätten, wenn ich mit Ihnen zu streiten anfinge. Jetzt aber werde ich die Gelegenheit benutzen, um Ihnen zu sagen, was ich von Ihnen halte. Sie sind ein Lump. Sie sind auch ein schlechter Ägypter. Sie mögen formell mein Chef sein, aber ich sehe in Ihnen in keiner Weise meinen Vorgesetzten. Ich habe Ihnen aus mancher Klemme geholfen. Leugnen Sie es, wenn Sie es wagen! Ich will Ihnen etwas sagen: Wenn Sie mich nicht anständiger behandeln und wenn Sie nicht die Zustände in unserem Hospital schleunigst verbessern, werde ich Schritte tun, um Ihre Unfähigkeit bloßzustellen. Wenn die Michaelides vor Gericht einen Zeugen brauchen, um zu beweisen, daß Sie der größte Schuft sind, der jemals die Leitung eines Krankenhauses inne hatte, dann dürfen Sie sich darauf verlassen, daß ich ausreichendes Beweismaterial herbeischaffe. Ich habe alles schriftlich aufgezeichnet — jeden einzelnen Fall. Und ich habe auch genug lebende Zeugen. Wenn man mich vorlädt, werde ich es für meine Pflicht halten, unseren Beruf, unser

Volk, unser Land von Ihnen zu befreien, auch wenn ich mich dabei selbst zugrunde richten sollte. Ich warne Sie, Dr. Kolali."

Ich sah das Blut aus seinen Wangen weichen. Seine eckige Gestalt schien einzuschrumpfen. Ich tat einen Schritt auf die Türe zu.

„Halt", sagte er.

Ich wartete.

Nach einer längeren Pause fuhr er fort:

„Wären Sie bereit, ein Honorar von zwei Pfund für die Konsultation anzunehmen?"

Diese Kläglichkeit brachte mich fast zum Lachen. Zu seinem Glück hatte ich Husseins Nilpferdpeitsche nicht bei mir.

„Ich werde Ihnen sagen, wozu ich bereit bin", erwiderte ich. „Wenn Sie sich entschließen, mich zu konsultieren, werde ich mich bemühen, dem Patienten zu helfen. Ich werde auch versuchen, Sie nicht bloßzustellen, weil ich mich sonst schämen müßte, als Ihr Untergebener dazustehen."

Ich öffnete die Tür und rief Frau Michaelides herein. Dr. Kolali saß auf dem Tischrand. Er spielte mit seiner goldenen Uhrkette und sagte langsam:

„Wir haben uns geeinigt, Madame. Dr. Ibrahim wird den Patienten besuchen, und Dr. — wird bei der Konsultation zugegen sein."

Eine Stunde später befand ich mich in Dr. Kolalis Privatklinik im ersten Stock eines Neubaus in der Nähe des Bahnhofs. Ich warf einen Blick in den Operationssaal, wo alle die chirurgischen Instrumente umherlagen, die im Spital fehlten. Ich untersuchte den Patienten, der seinem Bruder erstaunlich ähnlich sah. Meine ehrenwerten Kollegen ließen mich mit ihm nicht allein, aber ich hatte im Nebenzimmer eine lange Unterredung mit seinem Bruder und seiner Schwägerin.

Dann nahm ich Dr. — beiseite und stellte ihm zahlreiche Fragen, die er zumeist nicht beantworten konnte. Kein Wunder, denn er hatte nie Medizin studiert, sondern er war mit dem ärztlichen Diplom seines verstorbenen Bruders und ein paar medizinischen Büchern im Koffer nach Ägypten gekommen. Er wußte nicht einmal, was die Nebenschilddrüse ist und wie sie funktioniert. Ich erklärte ihm und Dr. Kolali, daß meiner Meinung nach der Patient wahrscheinlich an einer Drüsengeschwulst der Schilddrüse gelitten hatte, einem gutartigen Gewächs, das in nekrotischem Zustande sehr leicht alle die Symptome erzeugen kann, die an dem Patienten festgestellt worden waren. Während wir uns unterhielten, wurde Michaelides von einem seiner Krämpfe befallen. Dr Kolali wollte ihm Bromkali geben. Ich hielt ihn zurück. Ich erklärte ihm, daß alle diese Mittel unwirksam bleiben müßten, da die Tetanie das Ergebnis der zufälligen Entfernung der Nebenschilddrüse sei.

Endlich begannen die beiden ‚Gelehrten' zu begreifen, daß sie mit ihrem Wissen am Ende waren. Nun konnten sie sich nicht mehr wehren. Ich ging mit ihnen in den Operationssaal, hielt ihnen einen fast zehn Minuten langen Vortrag und verlangte, daß sie mir jetzt ihren Patienten übergeben und mir erlauben sollten, eine kleine Operation vorzunehmen, die ihre ‚Behandlung' (das heißt ihre Honorare) nicht im mindesten beeinträchtigen würde. Bei dieser Operation wollte ich dem Patienten eine ähnliche Drüse einsetzen wie die von ihnen durch einen unglücklichen Irrtum entfernte.

Nach einigem Hin und Her willigten sie ein, aber sie verlangten von mir, daß ich auf keinen Fall eine Rechnung für die Operation ausschreiben dürfe. Wenn die Operation gelänge, wollten sie mir fünf Pfund von ihrem Honorar abgeben; wenn nicht, dann nur zwei Pfund. Zu ihrem Glück hatte ich wieder die Peitsche nicht bei mir. Ich war froh darüber, daß ich nun endlich einen Versuch machen konnte, dem Patienten das Leben zu retten; um mir nun weitere Diskussionen zu ersparen, nahm ich diese erbärmlichen Vorschläge an. Die beiden atmeten erleichtert auf, und wir teilten Michaelides, seiner Frau und seinem Bruder unsere Absichten mit. Alle drei erklärten sich bereit, mir das Experiment zu gestatten. Ich setzte die nächste Zusammenkunft fest, verließ das Haus und durchstöberte Damnoorah auf der Suche nach einem gesunden jungen Ochsen. Ich fand ihn, ließ ihn durch einen Schlächter töten, nahm die Drüse heraus, die ich brauchte, legte sie in eine warme Salzlösung und begab mich mit ihr in Dr. Kolalis Klinik. Lokalanästhesie, zwei Einschnitte, eine kleine Naht, und die Sache war erledigt. Ich wusch mir die Hände und ging weg . . .

6.

Innerhalb vierzehn Tagen besserte sich nun Michaelides Zustand. Sein Bruder wollte ihn möglichst schnell aus der Klinik Dr. Kolalis wegholen. Als ich ihm schließlich sagte, daß eine Übersiedlung nicht mehr gefährlich sei, ließ er den Patienten nach Hause schaffen. Der arme Teufel war natürlich ein Wrack, und ich ließ eine englische Pflegerin aus Alexandria kommen. Außerdem erklärte ich der Familie, daß die Wirkung der Operation, die zum Glück gelungen war, erst dann von Bestand sein würde, wenn die Drüse völlig absorbiert sei, und daß auch nachher der Patient in ständiger Behandlung bleiben müsse.

Die Familie überschüttete mich mit Dankbarkeit. Als ich erklärte, daß mein Honorar in den Zahlungen enthalten sei, die sie an Dr. Kolali geleistet hatten, schienen sie außer sich, und da ich jede weitere Entlöhnung ablehnte, schickte mir Herr Michaelides ein goldenes Zigarettenetui mit meinen Initialen, in Diamanten eingelegt. Ein außerordentliches Geschenk für einen Griechen! Wenn er mich heute fragen würde, was aus diesem Etui geworden ist, könnte ich es ihm nicht sagen. Wahrscheinlich hat es der Butler genommen, den ich in London hatte, der stämmige John Gosford, der Mann mit dem Kopf eines englischen Staatsmannes, aber den Instinkten einer Elster. Vielleicht hat John in einem verzeihlichen Irrtum gehandelt, denn seine Initialen waren den meinen sehr ähnlich.

Da Damnoorah ein Tratschnest war, machte die Geschichte von dem Fall Michaelides sehr schnell die Runde. Ich hatte erwartet, in Dr. Kolali jetzt einen offenen Feind zu haben. Aber zu meinem Erstaunen besserte sich sein Benehmen mir gegenüber. Er grüßte mich freundlich und machte mir sogar von Zeit zu Zeit ein Kompliment. Zum Zeichen seiner besonderen Erkenntlichkeit bot er mir als Anteil an dem Michaelides-Honorar zehn Pfund an. Ich steckte das Geld blitzschnell in die Tasche.

„Wir alle können Fehler machen, nicht wahr?" Und dann: „Sie sind schließlich jung, sehr jung! Kein Wunder, daß Sie die modernsten Methoden beherrschen. Wenn ich bloß Zeit hätte zu lesen! Sehen Sie sich das alles an!"

Er zeigte auf einen riesigen Stapel medizinischer Zeitschriften, die noch in den Postumschlägen steckten.

„Ich finde nie Zeit! Aber nächsten Sommer fahre ich auf vier Monate nach Europa. Dann endlich werde ich mich über diese Lektüre herstürzen können."

Ich versuchte, teilnahmsvoll auszusehen, aber er wußte, daß ich ihm etwas vormachte, genau so wie er mir Komödie vorspielte.

Wenige Tage nach dieser lächerlichen Unterhaltung hatte ich mich eines Vormittags auf den Diwan in meinem Zimmer gelegt, um auszuruhen. Ich hatte sieben große Operationen hinter mir, darunter zwei von jener Art, wie sie nur ein Chirurg in Ägypten in Angriff zu nehmen wagt, ohne daß sein Herzschlag stockt, in der Erkenntnis, daß er alles auf eine Karte setzen muß und daß, wenn er das Spiel verliert, ein armer Teufel mehr die Erde verläßt, für immer befreit von Armut und Leid. Eine Frau war mir unter dem Messer gestorben. Es war zum Teil ihre Schuld. Warum war sie nicht schon längst ins Hospital gekommen.

Ich streckte mich auf dem Diwan aus. Ich war sehr niedergeschlagen. Und wieder fragte ich mich, ob das Leben wirklich lebenswert sei, ob es nicht besser wäre, ein für allemal einzuschlafen, als sich gegen derartige Zustände aufzulehnen und beständig mit so geringer Aussicht auf Erfolg für das allgemeine Wohl gegen seine Vorgesetzten kämpfen zu müssen ...

Plötzlich fühlte ich neben mir eine sonderbare Bewegung unter der dünnen Baumwolldecke meines Diwans. Trotz meiner Müdigkeit sprang ich auf, gerade im richtigen Augenblick. Eine der schlimmsten Giftschlangen, eine Hornviper, schlängelte sich aus der Öffnung hervor. Sie rollte sich zusammen und wollte zustoßen. Ich stülpte aber sofort den Papierkorb über sie, beschwerte ihn mit einigen dicken Büchern und lief davon, um Chloroform zu holen. Als ich in das Zimmer zurückkehrte, wackelte der Korb samt den Büchern. Ich neigte ihn ein wenig zur Seite und schob mit Hilfe eines Stockes einen großen, mit Chloroform getränkten Wattebausch darunter. Bald hörten die Bewegungen der Schlange auf, und als ich schließlich den Korb wegnahm, war sie bewußtlos. Ich wickelte das Reptil fest in ein Handtuch, so daß es sich auf keinen Fall mehr bewegen konnte. Dann überlegte ich mir, was zu tun war. Sollte ich zur Polizei gehen und Anzeige erstatten? Der Mamour war einer der besten Freunde Dr. Kolalis. Und selbst wenn er sich davon überzeugen ließ, daß mir jemand die Schlange auf den Diwan gelegt hatte, wen konnte ich beschuldigen? Ich hatte gegen niemand Beweise. Abourizk konnte mir ebensogut die Schlange ins Zimmer geschmuggelt haben wie Dr. Kolali, ja, er konnte wahrscheinlich viel leichter in ihren Besitz gelangen als sein Chef. Schließlich ging ich in die Apotheke und steckte die Schlange in einen mit Alkohol gefüllten Glaskrug. Das Präparat stellte ich auf meinen Tisch, und dort konnte jeder, der es wollte, es bewundern. Als Abourizk es sah, streckte er die Hände zum Himmel.

„Gott hat Sie beschützt!" rief er fromm.

Ich erzählte ihm, daß die Schlange auf dem Diwan in meinen Armen geschlafen habe.

„Aber Gott hat mir den Namen des Mannes verraten, der mich ermorden wollte", sagte ich, „und es steht in meiner Macht, diese Schlange jederzeit ins Leben zurückzurufen, wenn es mir beliebt. Eines Tages wird sie den Mann töten, der sie auf meinen Diwan gelegt hat."

Abourizk, der dem finstersten Aberglauben verfallen war, begann vor Angst zu zittern.

„Ich habe es nicht getan!" rief er mindestens ein halbes dutzendmal hintereinander.

„Ich habe das nie behauptet!" sagte ich so freundlich wie nur möglich. „Aber eines Tages wird diese Schlange den Mann töten, der mich töten wollte!"

„Wenn Gott es will!" sagte er mit matter Stimme.
„Aiwah, wenn Gott es will!" wiederholte ich.
Er schlich sich davon. Erst am folgenden Tage sah ich ihn wieder.

Ich habe mich nie vor dem Tode gefürchtet. Ich bin ein ebenso großer Fatalist wie meine moslemitischen Brüder, und an einem Schlangenbiß zu sterben, ist kein unangenehmer Tod. Im Gegenteil, es ist ein schneller Vergiftungstod. Dennoch war ich froh, daß die Hornviper mich nicht gebissen hatte, wenn ich mir auch mit Hilfe des Serums, das immer bereitstand, das Leben hätte retten können. Mein Herz war voll Dankbarkeit gegen meinen Schöpfer, der nicht gewollt hatte, daß die Schlange mich verletzte. Ich fühlte abermals, daß es meine Pflicht war, weiterzuleben, den hilflosen Menschen beizustehen, diesen Ärmsten der Armen, und nach besten Kräften die Begabung zu verwerten, die der Himmel mir geschenkt hatte.

Gerade um diese Zeit erhielt ich zahlreiche Berufungen von wohlhabenden Bürgern in Damnoorah, besonders von solchen, die der großen und reichen Kaufmannsgemeinde angehörten. Viele dringende Briefe wurden im Hospital und in meiner Wohnung abgegeben. Ich bat die Briefschreiber, mich im Hospital aufzusuchen; das lehnten sie ab. Ich besaß keine Außenpraxis, keine Ordinationsräume, keine Privatklinik. Außerdem wußte ich, wenn ich Außenarbeit übernahm, würde ich bald sämtliche Ärzte der Stadt zu Feinden haben. Es waren an die Hundert, und ich hätte mich ebensogut nackt in einem Schlangennest wälzen können, als den Kampf mit ihnen aufzunehmen. Schließlich aber machte ich in meiner Freizeit einige Besuche und wurde überall gut aufgenommen. Ich fügte den Patienten nicht mehr Schaden zu als andere Ärzte auch. Auch sah ich hier eine Gelegenheit, mir eine Privatpraxis einzurichten, dem Staatsdienst den Rücken zu kehren und vielleicht reich und unabhängig zu werden. Die Versuchung war groß. Aber wieder einmal kam mir das Schicksal zuvor.

7.

Eines Tages besuchte mich Frau Michaelides. Ich war zu Hause, lag in Pantoffeln und Galabieh auf dem Bett und verdaute eine der guten Mahlzeiten Husseins. Rasch kleidete ich mich an, um die Besucherin zu empfangen. Sie wartete inzwischen in meinem kleinen Wohnzimmer, das die mit gelbem geblümtem Baumwollstoff überzogenen Lehnstühle, zwei Messingtablette, ein Bild (ich habe vergessen, was es darstellte) und schäbige Teppiche europäischer Machart enthielt. Als ich eintrat, stand sie schnell auf und reichte mir mit festem Druck ihre kleine Hand. Dann setzte sie sich wieder, nahm ihre gewohnte Haltung an und legte die Hände mit verschränkten Fingern übereinander auf die Knie. Ich erkundigte mich nach ihrem Schwager. Sie sagte, er schlafe jetzt viel besser, und ihr Mann sei mir sehr dankbar. Ich erwiderte, daß es mir wahrscheinlich gelungen sei, ‚Nikkies' Leben zu verlängern, daß aber im übrigen sein Leben in den Händen des Schicksals liege.

„In den Händen Gottes", sagte sie.

Ich nickte. Sie sah mich mit ihren schönen Augen fast streng an und fuhr fort:

„Meine Freundin, Mrs. Nikidaides, ist sehr böse auf Sie, weil Sie behaupten, Sie hätten keine Zeit, zu ihr zu kommen. Sie haßt ihren jetzigen Arzt und sagt, daß er ihrem kleinen Jungen sehr viel schade. Wollen Sie sie nicht besuchen, Dr. Ibrahim, wenn ich Sie darum bitte?"

Ihre schönen Lippen lächelten freundlich, und ich konnte ein Gefühl des Bedauerns nicht unterdrücken, wenn ich daran dachte, daß ihr Mann um mindestens fünfunddreißig Jahre älter war als sie. Ich erklärte ihr meine Lage. Unmöglich könne ich Fälle übernehmen, die von meinen Kollegen behandelt würden. Außerdem besäße ich keine Klinik und hätte keine Vorkehrungen für eine auswärtige Praxis getroffen.

„Wenn ich erkrankte, würden Sie sich dann auch weigern, mich zu behandeln?" fragte sie.

„Das ist keine ehrliche Frage."

„Würden Sie es ablehnen?"

„Nein. Zum Glück brauchen Sie keinen Arzt."

„Wenn Sie mich nicht abweisen, warum weisen Sie dann meine Freundin ab?"

Ihre Logik brachte mich ziemlich aus der Fassung.

„Ich darf nicht einem Kollegen die Patienten wegnehmen. Das ist unmöglich."

„Auch wenn Sie wissen, daß der Mann Schaden anrichtet?"

„Er ist Arzt. Er tut sicherlich sein Bestes."

„Sie sind sehr hart", sagte sie.

Dann stand sie auf. Aber bevor sie wegging, lud sie mich für einen der nächsten Abende zum Essen ein. Ich nahm an. Als sie nach diesem allzu kurzen Besuch gegangen war, stand ich noch lange da und atmete den köstlichen Duft, der in der Luft hing. Und es war da noch etwas viel Köstlicheres, das sie zurückgelassen hatte; eine Atmosphäre weiblicher Zärtlichkeit, ein unsäglich erfrischendes Etwas, das mich mit Entzücken erfüllte. Ich blickte auf den Fußboden, versuchte, mich zu erinnern, wo ihre Füße gestanden hatten, dann lief ich ans Fenster, um sie wegfahren zu sehen. Ah, was für ein Segen, über eine Sache in Erregung zu geraten, die einmal nichts mit Krankheit zu tun hatte, sondern mit Gesundheit, mit herrlicher Gesundheit! Welche Freude, zwei Augen nicht im Fieber der Krankheit, sondern von Wohlsein und Jungsein leuchten zu sehen.

Von diesem Augenblick an lebte ich in ständiger angenehmer Erwartung des Abends, an dem ich sie wiedersehen sollte. Als dieser Abend schließlich heranrückte, fühlte ich zu meiner Überraschung, daß mein Herz in höchst unvorschriftsmäßiger Weise klopfte.

Frau Michaelides empfing mich wieder mit einem herzlichen Händedruck. Sie stellte mich ihren Gästen vor, sieben an der Zahl. Unter ihnen war auch die Freundin, die sie bei ihrem Besuch erwähnt hatte. Das Abendessen ging angenehm vorüber. Essen und Weine waren ausgezeichnet. Ein Stuhl blieb leer. Michaelides erklärte, daß dieser Stuhl für seinen Bruder bestimmt sei, der im Geiste anwesend sein würde. Die allgemeine Unterhaltung war erfreulich. Die Gäste waren reich und sahen zufrieden aus. Nach dem Essen saßen wir zwanglos herum, tranken Kaffee und rauchten. Mein Gastgeber setzte sich zu mir. Plötzlich hörte ich Klavierspiel. Es war Frau Michaelides. Sie spielte gut, und alles hörte schweigend zu. Sie sang auch ein sehr nettes französisches Liedchen, hinterher noch ein englisches und erntete lauten Beifall. Auch ich klatschte in die Hände, obgleich ich damals europäische Musik noch nicht verstand, da meine Ohren nur an orientalische Klänge gewöhnt waren.

„Ihre Frau ist sehr begabt", sagte ich zu meinem Gastgeber.

Er zog seine dichten grauen Brauen hoch.

„Ja", sagte er. „Sie wurde im Kloster erzogen und hat Musik und Literatur studiert. Sie war eine Waise, und ich war ihr Vormund. Ich habe sie an ihrem einundzwanzigsten Geburtstag geheiratet, das sind jetzt zehn Jahre her. Ein Jammer, daß ich alt werde."

Er seufzte.

„Ich wünschte, ich wäre dreißig Jahre jünger! Mein armer Bruder auch! Wenn er nur eine richtige Frau gefunden hätte! Ich komme mir oft sehr egoistisch vor, weil ich Heleni geheiratet habe. Aber ich konnte nichts dafür; sehen Sie, sie hatte uns beide gleich gern, und wir haben um sie gelost. Ich habe gewonnen!"

Meine Gastgeberin unterbrach das Gespräch. Sie kam mit Frau Nikidaides zu uns, und die beiden Damen setzten sich links und rechts zu mir.

„Lieber Dr. Ibrahim, ich muß mich entschuldigen! Mrs. Nikidaides hat ihren kleinen Sohn mitgebracht. Er wartet oben. Bitte tun Sie mir den Gefallen, und sehen Sie sich ihn an. Sie haben jetzt Zeit, und andere Ärzte sind nicht in der Nähe."

Ich bewunderte die Hartnäckigkeit und Klugheit meiner Gastgeberin und ging mit den beiden Damen hinauf. In einem Schlafzimmer saß ein kleiner Junge im schwarzen Samtanzug, einen Spitzenkragen um den Hals. Mit furchtsamen Augen sah er mich an. Ich setzte mich, nahm seine Hand und zog ihn zwischen meine Knie.

„Wie heißt du?" fragte ich.

„Platon", erwiderte er mit dünner, leiser Stimme. Ich hatte bald heraus, was ihm fehlte, und sagte seiner Mutter, sie müsse den Jungen nach Europa schicken. Das versetzte sie in große Aufregung. Sie konnte den Gedanken an eine Trennung von ihrem kleinen Platon nicht ertragen. Ich erklärte, dann müsse sie ihn eben begleiten. Sie erzählte mir nun, daß Platon seit über einem Jahr Injektionen bekomme. Der bloße Name des ‚Tonikums' erschreckte mich. Ich befahl, sofort mit den Injektionen aufzuhören. Hier begannen schon die Schwierigkeiten. Wer sollte dem Arzt mitteilen, daß diese teuflischen Injektionen aufhören müßten? Platons Mutter meinte, ich sollte mit ihrem Arzt sprechen. Aber ich weigerte mich.

„Ich sage Ihnen nur meine persönliche Meinung, und es ist möglich, daß ich mich irre und Ihr Arzt recht hat."

„Ich weiß aber, daß er es falsch macht."

„Vielleicht, aber damit ist noch nicht bewiesen, daß mein Vorschlag richtig ist."

„Ich fühle, daß er richtig ist."

„Dann schicken Sie den kleinen Platon sofort nach Europa, bevor er eine neue Injektion bekommt!"

Die Dame sah sehr bestürzt aus. Sie müsse sich erst mit ihrem Manne, Platon senior, beraten. Mein Vorschlag bringe den ganzen Haushalt und alle ihre Pläne durcheinander.

„Natürlich", sagte ich, „denn Sie werden das Kind begleiten müssen."

„Du lieber Gott! Und für wie lange?"

„Für mindestens ein Jahr. Ich würde Ihnen raten, Platon in eine Schweizer Schule zu schicken und ihn von einem Schweizer Arzt beaufsichtigen zu lassen. Er ist sehr schwach auf der Brust. Ich werde Ihnen gern Adressen geben."

„Aber mein Mann! Und das Geschäft!"

„Ihr Mann ist reich. Nehmen Sie ihn auch mit, wenn Sie wollen."

Wir gingen hinunter. Der kleine Platon wurde in einem Wagen nach Hause gebracht.

Diese Griechen waren sehr kluge Geschäftsleute. Sie hatten ihre Reichtümer nicht dank einem überlegenen

Verstande angehäuft, sondern weil sie fleißig, genau und noch skrupelloser waren als wir. Dann aber bewegte sich ihr kulturelles Leben auf einem viel höheren Niveau. Sie bildeten in unserer Mitte eine geschlossene Gemeinde.

Die Gäste im Hause Michaelides konnten sich nicht genug über mich wundern. Es erschien ihnen unglaublich, daß ein Arzt, statt sich unverzüglich mit seinen Vorschlägen auf sie zu stürzen und sich so eine neue Einnahmequelle zu erschließen, die Verschickung seiner Patienten nach Europa anordnete. Die Eltern Platons befolgten meinen Rat nicht und haben es später sehr bereut.

Da mir jede geistige Anregung und jeder Umgang mit Menschen fehlte, deren Leben sich nicht nur auf Essen, Schlafen, Träumen oder endloses Philosophieren über Politik und Lebensfragen beschränkte, war ich sehr froh, als meine Gastgeberin mich vor dem Weggehen daran erinnerte, daß ihr Haus mir immer offenstehe. Sie führte mich durch sämtliche Räume, und zu meiner großen Freude entdeckte ich eine umfangreiche, mit englischen und französischen Klassikern gut versehene Bibliothek. Frau Michaelides liebte die Dichter, wie sie die Musik liebte. Sie zog ein Buch heraus und las mir einige moderne Verse vor, die mir, von ihren Lippen kommend, doppelt schön erschienen. Ich hungerte nach wirklichem Bildungsgut und sagte ihr das offen; sie schien sich darüber zu freuen und versprach mir, mich nach besten Kräften zu unterrichten. Ich versicherte ihr, daß sie in mir einen willigen und intelligenten Schüler finden würde. Als Gegenleistung für die Aussichten, die sie mir eröffnete, verpflichtete ich mich, ihr die mehr praktischen, zwar keineswegs erfreulichen, aber trotzdem so lebenswichtigen Probleme des Landes, in dem sie lebte, klarzulegen.

„Ich habe Ägypten immer geliebt!" sagte sie. „Ich bin in Ägypten geboren und fühle mich fast als Ägypterin."

„Madame", sagte ich, „das ist unzweifelhaft richtig. Sie sind keiner Unwahrheit fähig. Aber es ist ein großer Unterschied, ob man beinahe als Ägypter fühlt oder ob man durch und durch Ägypter ist."

„Ich bin noch nie einem Menschen begegnet, der so wie Sie darauf versessen ist, alles und jedes zu reformieren. Aber mein Mann meint, Sie müßten sich ein wenig mehr um Ihre eigenen Interessen kümmern und vielleicht eine Praxis eröffnen. Er würde ihnen natürlich mit der allergrößten Freude in jeder Hinsicht behilflich sein. Sie brauchen eine nette Wohnung, eine Privatklinik. Wenn ich Sie nur überreden könnte, die Sache mit ihm zu besprechen!"

Dieses wunderbare Geschöpf! So schlicht und aufrichtig! Und so voll Interesse für mich! Ich war ganz überwältigt. Und da ich nicht gewöhnt war, bemuttert zu werden, wußte ich nicht, was ich sagen sollte.

„Wir müssen uns öfter sehen!" fuhr sie ohne Zögern fort. „Unter all meinen Bekannten ist nicht ein einziger wirklich kultivierter Mensch. Das Leben hier ist sehr einförmig. Ein wenig Bridge, Musik oder Tennis. Wir versuchen die Engländer nachzuahmen. Mein Mann interessiert sich weder für Kunst noch für Literatur. Er verbringt die meiste Zeit im Büro. Nikkie hat ihm früher viel geholfen. Sie erledigten gemeinsam die Korrespondenz und besorgten zusammen die Buchführung. Seit Nikkie krank ist, hat mein Mann doppelt soviel zu tun. Aber ich habe schrecklich viel Zeit und weiß nicht, was ich anfangen soll. Ich habe den Versuch gemacht, einen literarischen Klub zu gründen. Ich bekam auch fünf Mitglieder zusammen, aber wir versammelten uns nur zweimal, und ich merkte, daß sich eigentlich niemand für Literatur interessierte. Die Leute wollen nicht lesen. Ich fühle mich unter ihnen so lächerlich einsam. Unser Priester war entsetzt, als ich ihm meine Bibliothek zeigte. Er erklärte die meisten meiner Bücher für Satanswerke. Ich habe versucht, ihm das Gegenteil zu beweisen, aber er begreift es nicht. Ich habe eigens für ihn ein Gedicht von Victor Hugo übersetzt. Er war entsetzt, als er es las. Aber ich liebe Victor Hugo, ich bewundere ihn. Durch ihn habe ich das Leben kennengelernt, das wirkliche Leben, nicht jenes Phantom, das man uns in der Schule als das Leben hingestellt hat. Oh, diese Leute sind furchtbar unwissend! Es ist ein Jammer. Sie reden immer nur von Geschäften und Geld, etwas, das mich gar nicht interessiert. Wir aber, Dr. Ibrahim, wir wollen Freunde werden! Wir wollen gemeinsam unseren Geist und unsere Seele erfreuen!"

Es machte mir große Freude, in ihre leuchtenden, begeisterten Augen unter den dichten, schwarzen Brauen zu sehen. Ich wußte, daß sie nicht mit mir spielte, denn ich empfand ja selbst nur zu deutlich den Mangel an jeglicher Kultur in Damnoorah.

„Madame", sagte ich, „nichts würde mir mehr Freude machen, als mit Ihnen eine literarische Kameradschaft einzugehen. Wenn Sie einem Verhungernden eine köstliche Mahlzeit schilderten, so könnte sein Verlangen nach Sättigung nicht größer sein als der Hunger, den Sie in mir erweckt haben!"

„Kommen Sie", sagte sie, „wir wollen gleich beginnen!"

Sie führte mich in die Bibliothek und holte zuerst einen Band Victor Hugo hervor. Sie blätterte eine Weile und las mir dann eine Stelle auf Französisch vor.

„Madame", sagte ich, „ich muß leider gestehen, im

Französischen bin ich ein erbärmlicher Schüler. Aber ich lese fließend Englisch. Haben Sie keine englischen Bücher?"

„Natürlich", rief sie begeistert, „soviel Sie wollen! Ich besitze dreihundert Bände!"

„Wunderbar, wunderbar! Dann füttern Sie mich mit Englisch!"

Sie schleppte Kipling, Keats, Byron, Walter Scott herbei, und ich weiß nicht, was sonst noch alles.

„Byron!" rief sie. „Wie hat er Griechenland und die Freiheit geliebt!"

Sie öffnete einen Band und las mir ein paar Stellen aus „The Dream" vor.

Ich setzte mich und überließ mich hemmungsloser Bewunderung, für sie — und für Byron. Oh, es war wundervoll . . .

Während sie in der einen Hand das Buch hielt, schwebte die andere regungslos in der Luft. Ihre Stimme klang wie die einer Priesterin, die einen Gottesdienst abhält. Sie stand hoch aufgerichtet da und betonte jede Verszeile mit einem Zurückwerfen des Kopfes.

Unvermittelt hielt sie inne und klappte das Buch zu.

„Es ist jetzt nicht der richtige Augenblick. Wir sind nicht in Stimmung. Wir sind nicht genügend vorbereitet."

Sie ging zu einem der Regale und holte noch einige Bücher hervor.

„Französisch werden Sie auf jeden Fall lernen müssen!" sagte sie.

Schließlich stapelte sie ein paar Dutzend Bücher auf einem Tisch auf.

„Es wird mich sehr freuen, wenn Sie diese Bücher mitnehmen wollen. Das gibt auf jeden Fall einen guten Anfang."

„Gut", sagte ich, „ich hatte gehofft, Sie würden sie mir alle vorlesen."

Da fing sie an, so hemmungslos zu lachen, daß ich zwischen den zwei Reihen blitzender Zähne ihr tief bis in die Kehle sehen konnte.

8.

Ich wünschte, ich könnte nur Gutes über mein Land berichten. Es wird aber noch viel Zeit verstreichen müssen, bevor ein ehrlicher Chronist dazu imstande sein wird. Und auch dann noch, angenommen, daß wir eines Tages den Gipfel der Zivilisation erreichen, wird mein Nachfolger die Wahrheit achten müssen, und er wird sehen, so wie ich heute, daß die Gottheit im Staube wohnt, während der Teufel im Auto fährt und in vergoldeten Häusern Champagner trinkt.

„Galli-galli-galli!" singt der beschwörende Zauberer, der Münzen aus seinen Ohren zieht, zahllose Küken unter den Armen hervorholt und das Ei, das nie mehr zur Erde zurückkehrt, in die Luft wirft.

„Galli-galli-galli!" sage ich! Dr. Kolali aber ist jetzt der Zauberer. Von einem Tag zum anderen stellte er plötzlich das ganze Hospital auf den Kopf. Ich traute meinen Augen kaum. Frisch gewaschene Tücher wurden über sämtliche Betten gebreitet, die Fußböden wurden mit Wasser gescheuert, die Wege auf dem Hof von Unrat gesäubert, überall stiegen Staubwolken empor, und unsere Tamargies eilten hin und her, um alles mit Wasser zu besprengen. Ich erhielt Befehl, das Ambulatorium zu säubern, und das ärgerte mich sehr, weil ich dort ohnedies immer für größte Ordnung gesorgt hatte. Die armen kranken Prostituierten wurden von einer starken Polizeieskorte in ihr schmutziges Wohnviertel in der Stadt zurückgetrieben, und das Isolierspital wurde mit Wasser und mit Desinfektionsmitteln überschwemmt. Und dann — Großer Gott! Fahnenmaste wurden aufgerichtet, Banner und Wimpel tauchten auf, und Abourizk brachte aus Dr. Kolalis Privatklinik eine Tasche voll ‚entliehener' chirurgischer Instrumente, die ich zu meiner größten Überraschung vorfand, als ich um sieben Uhr morgens mit Dr. Maksoud zu operieren anfing.

„Galli-galli-galli! Kein Küken — kein Mungo — keine Pocken!"

Und wenn du, freundlicher Wanderer, wissen willst, was das alles bedeutet! Ein Kabinettsminister samt einem Stab von Beamten, darunter dem Generaldirektor der staatlichen Hospitäler, hatte seinen Besuch in Damnoorah angekündigt, um die öffentlichen Einrichtungen zu ‚inspizieren'.

Die Stadt verwandelte sich in ein grünes Fahnenmeer. Die Hauptstraßen wurden nun mit Wasser besprengt, der angehäufte Mist wurde in die Seitenstraßen gefegt und vor den Türen der undankbaren armen Leute aufgehäuft, die nicht einmal ‚danke schön' sagten. Die alten englischen Feuerwehrspritzen wurden frisch poliert. Die Rettungsgesellschaft stellte Blumentöpfe vor ihrem Gebäude auf. Die Polizei zog ihre besten Uniformen an. Eine Militärkapelle marschierte in der Stadt hin und her und übte ohrenzerreißende Melodien für die Ankunft der Mächtigen. Dann begab sich alles, was offiziell war, auf den Bahnhof. Ich fuhr mit meinem Freunde Dr. Maksoud in einem Wagen, und hinter uns kam fast das gesamte Personal. Die Patienten? Gott segne sie, sie hatten sich bisher recht und schlecht durchgeschlagen, warum nicht auch weiterhin? Wir sind ein äußerst höfliches Volk. Wir respektieren unsere Vorgesetzten.

Der Bahnhofplatz wimmelte von Menschen. Überall herrschte Ordnung, denn wir sind auch ein ordentliches Volk, wenn uns nicht der Teufel in unserer Mitte in Aufruhr bringt. Der Bahnsteig war voller Menschen. Niemand kauft an solch einem Tage eine Bahnsteigkarte. Da sah man den Mudir, den Untermudir, den Mamour, die Offiziere, die Ärzte, die Schullehrer, die Schuljungen, die Eisenbahnbeamten, die ernst blickenden Omdahs aus den Nachbardörfern, zahllose Scheiks und Scharen bekannter Würdenträger. Da war auch Omar, und er und seine Kollegen machten glänzende Geschäfte. Auch sah ich eine unbestimmte Anzahl schattenhafter, armseliger und hungriger Mitglieder der ehrenwerten Gesellschaft der Gauner und Taschendiebe, die genau so schlau und geschickt sind wie die höheren Gesellschaftsklassen, nur haben sie nicht die gleichen guten Gelegenheiten.

Langsam dampfte der Zug in den Bahnhof. Die große grüne Lokomotive aus Birmingham schien ganz von der gewichtigen Majestät erfüllt, die der Anlaß verlangte. Hinter ihr fuhren drei Wagen, der erste war ein Salonwagen, der aus Lincoln, der Stadt des Kirchenruhmes, stammte. Hunderte von Händen begannen zu klatschen und hörten nicht auf zu klatschen, während die Tür des Salonwagens sich öffnete und ein freundlich blickender Pascha, von anderen freundlich blickenden Herren begleitet, auf einen besonders hingebreiteten Teppich herabstieg und von den versammelten Beamten und Würdenträgern höflich empfangen wurde. Die Menge machte den Ministern und seinen Begleitern Platz, die sich langsamen Schrittes in den eigens geschmückten Wartesaal begaben. Dort wurde ihnen sofort Kaffee serviert, den die Privatlakaien des Mudir auf silbernen Tabletten herumreichten. Ich sah so manchen sich vorwärtsdrängen, von dem

Wunsche getrieben, vor den Mächtigen zu katzbuckeln, und von der Hoffnung angespornt, dem Minister vorgestellt zu werden. Denn in meinem Lande hängt alles davon ab, die Machthaber persönlich zu kennen. Man kann der politischen Partei beitreten, der die Machthaber angehören, mit den Führern und Chefs in Berührung kommen und vielleicht, wer weiß, eines Tages einen Posten ergattern, der einem mehr einbringt als der, den man jetzt innehat.

Ich wurde von Dr. Kolali ‚vorgestellt‘:

„Unser chirurgischer Assistent, Dr. Ibrahim!"

Ich wechselte ein paar Worte mit dem Minister und schüttelte unserem Generaldirektor und einem Engländer aus dem Gesundheitsdepartement die Hand.

Der Minister, der Stab und seine Freunde wurden in stolzer Haltung photographiert, und alles drängte sich hinter sie, in der Hoffnung, mit strahlendem Gesicht auf die Platte zu kommen. Schließlich spazierten durch ein Spalier von Polizisten, die ihre uralten, einschüssigen Flinten präsentierten, die Würdenträger des Staates zu einer Kette wartender Wagen vor dem Bahnhof und wurden in den Regierungspalast entführt. Ich fuhr mit Dr. Maksoud ins Hospital zurück. Er war selig, weil ein Minister ihm die Hand gereicht hatte.

„Wie wäre es jetzt, Freund Ahmad?" sagte ich, „wenn wir beide diese Gelegenheit benützten, um den Minister oder dem Generalinspektor klarzumachen, was für eine stinkende Korruption in unserem Krankenhause herrscht? Früher oder später werden wir ja doch unseren Beruf von dieser Pest Kolali befreien müssen. Warum nicht gleich heute? Wir beide sind mutig und wollen unserem Land Gutes erweisen."

„Sie sind verrückt, Ibrahim!" lautete die Antwort meines Freundes. „Kolali sitzt im Wagen des Ministers.

Er kennt den Mudir. Wir wollen nicht für nichts und wieder nichts unsere Stellungen verlieren."

Ich mußte unwillkürlich über seinen versagenden Mut lächeln, aber als wir uns dem Hospital näherten, packte mich die Wut. Ich fing an zu überlegen, was ich dem Generalinspektor und dem Engländer sagen würde. Ja, ich würde sie beiseitenehmen und ihnen die Zustände im Hospital wahrheitsgetreu schildern.

Alle waren heute auf dem Posten. Die Patienten bekamen Hühnersuppe! Noch mehr Galli-galli-Zauberei! Hühnersuppe, ohne dafür bezahlen zu müssen! Was für ein guter Mann war doch der Minister, daß er ihnen einen so unerwarteten Segen verschaffte. Auf dem Papier bekamen sie jeden Tag Hühnersuppe. Die Regierung bezahlte dafür jeden Tag. In den Büchern war das alles verrechnet. Wenn aber zufällig einer der Patienten, den Abourizk nicht genügend eingeschüchtert hatte, sich verleiten ließe, dem Inspektor zu erzählen, daß sie hungern mußten, würde man ihn als lügnerisches Schwein bezeichnen. Alle Fellachen sind Lügner.

Den ganzen Nachmittag blieb ich im Hospital und wartete auf den Inspektor. Ich war bereit, die lang erwartete Gelegenheit zu benutzen. Der Abend kam. Die Nacht kam. Aber kein Minister erschien, kein Generalinspektor, kein Engländer. Und warum sollten sie auch das Regierungshospital besuchen? Hatte ihnen nicht Dr. Kolali erzählt, daß alles in Ordnung sei? Wenn man sich nicht auf den ärztlichen Leiter verlassen durfte, auf wen sollte man sich sonst verlassen?

Ich ging die Straße zum Nilufer entlang und sah vor dem palastähnlichen Hause eines reichen Würdenträgers eine große Menschenmenge versammelt. Polizisten standen Wache. Ich erkundigte mich bei einigen Passanten, was hier los sei. Der Minister und sein Gefolge befänden sich in dem großen Hause, sagte man mir. Es finde ein Fest statt. Ein Fest ist immer verlockend. Reis, Lammbraten, Truthahn, Tauben, Hammel, Berge von frischem Gemüse, Obst und sämtliche Produkte der Saison! Alhamdulillah! Eine hochehrenwerte ministerielle Hühnersuppe! Die Zusammenkunft hatte, wie es hieß, politische Bedeutung. Ah, Politik! Jetzt wußte ich Bescheid. Die Wissenschaft von der menschlichen Glückseligkeit!

Ich ging weiter. Ich traf meine Freunde unter den Bäumen und setzte mich zu ihnen. Das Nilufer war illuminiert. Aufregung lag in der Luft. Mahmoud saß neben mir. Seine Pyramidenbauerhände lagen untätig auf dem kleinen Marmortischchen. Die hellen Himmelssterne schienen sich in seinen scharfen Augen zu spiegeln. Schuldirektor! In unserem kleinen Kreis herrschte gelassene Ruhe. Wir unterhielten uns über unsere Partei, die Nationalisten, über die Nation und das Volk Ägyptens, über die Zeiten, da wir nicht mehr eine von der Polizei gehetzte und von menschenfeindlichen Individuen geknechtete Masse sein würden. Hier und dort unter den Bäumen saßen unsere zahlreichen Freunde um die kleinen Tische, während unten der Nil vorüberfloß, schweigsam und kraftvoll wie wir und ebenso geduldig. Wir sehnten uns nicht nach Bürgerkrieg, nach Gewalt und Blutvergießen, sondern nach Gerechtigkeit und Gleichheit und Sauberkeit. Deshalb sollten nur unsere gegenwärtigen Minister Lammfleisch, Truthahn und Tauben essen, lustig sein und sich schöne Häuser bauen, die Armen verhungern und die Kranken sterben lassen, denn so hatte das Schicksal die Gegenwart eingerichtet. Aber es wird der Tag kommen, da wird es für jedermann Lammfleisch,

Truthahn und Taube in Hülle und Fülle geben, so sicher wie Gott die kleinen Äpfel geschaffen hat!

Als ich am nächsten Morgen aus dem Operationssaal kam, hörte ich, daß der Generalinspektor Dr. Kolali einen Besuch abgestattet hatte. Sie hatten zusammen Kaffee getrunken und Zigaretten geraucht, und der Generalinspektor hatte sich sodann zu dem offiziellen Lunch im Moudiriyeh begeben. Die Inspektion war beendet. Jetzt gab es keine sauberen Bettücher und keine Hühnersuppe mehr. Die Zaubervorstellung war zu Ende.

Am Nachmittag begaben wir uns wieder auf den Bahnhof. Dieselbe Menschenmasse war versammelt, aber es gab ein wenig mehr Polizisten als am Tage zuvor, denn der Minister traute der Ruhe nicht. Er wußte, daß er sich in einem Nest der Nationalisten befand. Man schüttelte einander die Hände, klatschte und salaamte, und mein Engländer war betrunken wie der Herzog von Burgund (wie man in Frankreich sagt).

Am nächsten Tage wurden die kranken Prostituierten wieder ins Hospital getrieben, der größte Teil der chirurgischen Instrumente verschwand abermals in Kolalis Privatklinik, das Wassersprengen hörte auf, die Flaggenmaste und Fahnen wurden entfernt, und die Abendblätter berichteten über den höchst erfolgreichen Besuch Seiner Exzellenz in Damnoorah! Keine Unruhe, keine Zwischenfälle! Alles war in bester Ordnung verlaufen, und die Regierung stellte zufrieden fest, daß die Dinge auch hier ihren vorgesehenen Lauf nahmen.

Mich packte wütende Verzweiflung. Meine eigene Winzigkeit und Ohnmacht, die Belanglosigkeit meiner Arbeit kamen mir zum Bewußtsein. Als ich über den Hof ging, sah ich zwei Pfleger einen Toten, in eine Decke gehüllt, in die Leichenkammer tragen. Das war Abd-el-Hassan.

Ich hatte sechs Tage lang mein Bestes versucht, das war das Ergebnis! Ohne zu murren, hatte der Arme hinter einem Wandschirm im großen Saale gelitten. Nun würden seine Verwandten irgend jemand bestechen müssen, um den Leichnam frei zu bekommen. Ma'alesh! Es tat mir weh, als ich merkte, daß mich das eigentlich gar nicht mehr kümmerte.

Allmählich fühlte ich meine Widerstandskraft erlahmen. Es wurde mir immer schwerer, die mir freiwillig auferlegte Selbstzucht weiter durchzuführen. Ich wurde nachlässig, vielleicht nicht in meiner eigentlichen Arbeit, aber in meiner Aufmerksamkeit gegenüber den Patienten im allgemeinen. Ich hielt mich nicht mehr an eine strenge Zeiteinteilung. Das Studium der Fachzeitschriften begann mich zu langweilen. Ich verlor das Interesse für die Berichte über Neuentdeckungen auf dem weiten Gebiet der internationalen Wissenschaft. Warum sollte ich mir das Hirn mit dem Wissen anderer überladen? Ich sehnte mich nach freier Zeit und hatte das Bedürfnis nach Entspannung.

Ist es da verwunderlich, daß ich sehr froh war, Frau Michaelides kennengelernt zu haben? Ich verschlang die Romane, die sie mir lieh, und versuchte die Schönheit englischer Dichtung aufzuspüren. Aber meinem orientalischen Ohr und Verständnis erschloß sich ihr Reichtum nicht ganz. Frau Michaelides unterzog sich der schwierigen Aufgabe, mir gründlichere literarische Kenntnisse beizubringen, und schien in mir einen guten Schüler zu finden. Ich ging oft in ihr Haus, natürlich unter dem Vorwand, mich um das Befinden ihres Schwagers kümmern zu müssen. Ich wurde ein Freund des Hauses. Sehr bald aber hatte sie das Gefühl, daß die Anwesenheit ihres Mannes, wenn sie auch unsere poetischen Lehrstunden nicht gerade störte, doch zumindest unseren dichterischen Eifer dämpfte. Verse rezitieren, sagte sie, sei wie ein Gottesdienst und büße seinen eigentümlichen Zauber in der Anwesenheit dritter Personen ein, die nur allzuoft während einer Rezitation einzuschlummern pflegten. Wir fanden bald Abhilfe, um einen Zustand zu ändern, der den nötigen Respekt vor den großen Dichtern vermissen ließ. Frau Michaelides wählte nun immer die Stunden, in denen ihr Mann nicht zu Hause war, und ich entdeckte sehr bald die große Überlegenheit des weiblichen Instinkts über den männlichen Verstand. Die Abwesenheit des grauhaarigen Gatten verwandelte Helenis ganze Natur. Es war, als fiele das Bahrtuch der Jahre von ihr ab. Sie wirkte viel jugendlicher, fast wie ein achtzehnjähriges Mädchen, dessen Gedanken unter den Schöpfungen der Dichter und Musiker umherschwärmen wie die Schmetterlinge in einem Blumengarten. Ihre Begeisterung steckte mich an. Auch mich packte ein heftiges Verlangen, die lieblichen Pflanzgärten des menschlichen Genies zu erforschen.

Herr Michaelides, der nicht weniger schlau war als sein alter Landsmann Odysseus, änderte mir gegenüber sein freundliches Verhalten nicht im mindesten. Aber ich entdeckte auf seiner durchfurchten Stirn eine Falte, die erst aufgetaucht war, seitdem seine Frau mich zu ihrem Schüler erwählt hatte. Er gab mir auf geschickte Weise zu verstehen, daß er mich als Arzt und nicht als Gesellschafter seiner Frau ins Haus gerufen habe. Ich benutzte die erste Gelegenheit, um meiner Lehrerin einen heimlichen Wink zu geben. Sie runzelte die Stirn.

Gewiß, ich kam ja oft ins Haus. Aber warum denn nicht? Sie runzelte noch heftiger die Stirn und rieb sich mit einem winzigen Taschentuch die Nasenspitze. Seit ihrer Verheiratung war sie zum Müßiggang verurteilt gewesen. Weil sie ihre Jugend geopfert hatte, um die Frau und Gefährtin ihres Vormundes zu werden, durfte sie deshalb jetzt nicht eine schöne und unschuldige Freundschaft pflegen? Sie war keine Ägypterin, sie war eine emanzipierte Frau! Um ihrem Ärger und ihrer Verlegenheit Luft zu machen, vielleicht auch aus Trotz gegen ihren Gatten, las sie mir ein Gedicht von Alfred de Musset vor, das ich überhaupt nicht verstand. Aber ich behauptete, ich hätte es verstanden, und das war keine Lüge, denn ihre Augen, ihre Lippen, ihr verhaltener Atem vermittelten mir die stets gleiche Musik der Liebe. In unserer Begeisterung vergaßen wir schnell das Dasein des Herrn Michaelides. Nachdem Heleni zu Ende gelesen hatte, saßen wir Seite an Seite auf einem Sofa, und unsere Seufzer vermischten sich.

Vergebliches Bemühen, einen Damm zwischen die Gewalten setzen zu wollen, die die Springflut wechselseitigen Begehrens zueinander treibt! Ebensogut könnte man die Wellen des tobenden Meeres peitschen, wie es Xerxes tat, und sie zu zähmen versuchen. Ich war dem Zauber Helenis verfallen. Ihr Duft folgte mir überall. Ich atmete ihn selbst unter den Desinfektionsmitteln im Hospital. Ich lebte in einem Zustand unendlicher Seligkeit.

Es war für mich klar, daß so schöne Lippen wie die Heleni Michaelides' nicht für die prosaischen Funktionen des Essens und Sprechens allein bestimmt sein konnten. Ihre Zähne, die niemals die Aufmerksamkeit eines Zahnarztes in Anspruch genommen hatten, waren gleichsam ein Elfenbeinportal zu ihrer beweglichen und beredten kleinen Zunge, die so unermüdlich den großen Dichtern der Welt huldigte. Und vollends diese beiden dunklen Teiche ihrer Augen, überschattet von seidigen Wimpern und der ruhigen weißen Stirn, bis zum Rande angefüllt mit der süßen Glut des Lebens! Konnte ich anders, als stumm dasitzen und mein Spiegelbild in ihnen betrachten, nicht als eitler Narzissus, sondern wie Goethes Fischer, der unwiderstehlich in die Tiefe hinabgerissen wurde und wie eine Ratte ertrank?

Eines Nachmittags saßen wir allein im verdunkelten Zimmer. Ein lautloser elektrischer Ventilator trieb einen Strom frischer Luft gegen die Marmorstatuen der Venus, des Diskuswerfers und einer Isisfigur, die auf den Mahagoniregalen standen. Er drang bis zu uns, die wir nebeneinander auf einem großen Ruhebett saßen. Im Hause war es still. Herr Michaelides hatte sich nach dem Kaffee zurückgezogen, um im Krankenzimmer seines Bruders, das er in seiner brüderlichen Liebe selten verließ, seinen Nachmittagsschlaf zu halten. Diesmal aber opferten wir beide, Heleni und ich, nicht am Altar der Dichter, und weder Beethoven noch Schubert empfingen unsere Verehrung. Diesmal waren wir mit anderen Dingen beschäftigt. Heleni klagte über das griechische Volk und sagte, es sei eine Schande, daß die modernen Griechen mit den antiken so wenig gemein hätten. In Amerika gelte es als eine schlimme Beschimpfung, wenn man jemand einen Griechen nenne. Wie grausam und absurd seien die Wege des Schicksals, das eine so große Kultur wie die des alten Griechenlands geschaffen habe, nur um sie dann völlig in den Staub sinken zu lassen. Aber vielleicht sei das Schicksal in seiner Bestrafung gerecht gewesen? Die heutigen Griechen seien fast durchwegs skruppellose Geschäftsleute. Ihr geistiges Niveau überrage selten die flachen Ebenen eines erfolgreichen Merkantilismus. Geld und Besitz beschäftigen ausschließlich ihr Denken.

Ich konnte Frau Michaelides' Kummer verstehen. Ich erinnerte sie daran, daß wir Ägypter lange vor den Griechen eine mächtige Kultur besessen hatten.

„Ah, Frau Michaelides", sagte ich, „Völker und Kulturen sterben wie das Einzelwesen. Aus ihrer Asche aber blüht neues Leben."

Ich erinnere mich nicht mehr, wie ich fortfuhr.

Vielleicht habe ich überhaupt nicht weitergesprochen, denn auf einmal hielten wir einander in verzweifelter Umarmung umschlungen, und unsere Lippen gaben Zeugnis von dem Zustand, in den wir unversehens geraten waren. Wir preßten uns aneinander, als ob wir selbst zwei Kulturen wären, bestimmt, miteinander zu verschmelzen.

Man kann sich unsere Überraschung vorstellen, als wir in diesem Augenblick plötzlich durch ein nasales Hüsteln in der Tür jäh wieder mit der Wirklichkeit in Berührung gebracht wurden.

Wir fuhren auseinander.

Herr Michaelides stand, würdig und gelassen wie immer, in der Tür. „Heleni", sagte er, „ich wollte dir nur mitteilen, daß Nikkie sich heute nachmittag besser fühlt. Es wäre ihm recht, wenn du ihm eine halbe Stunde vorlesen würdest."

9.

Man glaube nicht, daß meine dichterischen Studien nun ein Ende hatten. Sie erlitten nur eine Unterbrechung. Ich trat eine Art Urlaub an, währenddessen meine Gedanken sich unablässig damit beschäftigten, auf welche Weise ich einen Weg zu Frau Michaelides zurückfinden könnte. Sie war jetzt ängstlich geworden; ich erwartete keine Einladung von ihr. Aber ich hatte eine Wohnung, die in ihrer Einfachheit ganz gemütlich war. Ich hatte mir ein paar Teppiche, einen Diwan und einige Stühle angeschafft, ich besaß sogar einen Eisschrank. Mein Boy Hussein war überzeugt, ich sei auf dem Wege, ein vornehmer Mann zu werden. Er nahm an meinem Wohlstand teil, indem er meinen englischen Teppich erbte und die Wände seines kleinen Zimmers mit den unbarmherzigen Meisterwerken des Stiefelputzers Omar schmückte. Über seinem Bett hing die berühmte Nilpferdpeitsche, geadelt durch das Blut unseres Hauptgangsters Abourizk. Die milden Abendstunden verbrachte ich auf meinem Balkon in verzweifeltem Durchdenken aller Möglichkeiten, um meine griechische Helena wiederzusehen. Aber wie und wo sollten wir zusammenkommen? Ich betete zum Himmel, daß ich noch einmal Gelegenheit erhielte, sie wiederzusehen.

Der Himmel schickte mir einen Boten in Gestalt Omars. Er kam auf einer seiner Stiefelputzerwanderungen an meinem Hause vorbei, erblickte mich auf dem Balkon und klopfte auf seinen Kasten, um meine Aufmerksamkeit zu erregen. Er rief den Segen des Allweisen auf mich herab und erkundigte sich nach meinem Befinden. Ich ging zu ihm hinunter. Da ich wußte, daß er sich für mich bedenkenlos in den Nil gestürzt hätte, beschloß ich, ihn als Boten zu benutzen. Dazu mußte ich ihm verraten, daß ich mit einer bestimmten Dame in der Stadt in Verbindung zu kommen wünschte. Ich beschrieb ihm ihr Haus und ihr Aussehen, und während ich noch sprach, las ich in seinen Augen, daß er sie kannte und daß er auch wußte, worum es sich handelte. Er schwor schreckliche Eide bei dem Licht seiner Augen, daß er schweigen würde wie der Tod, auch wenn er seine Arme ebenso verlieren müßte, wie er seine Beine verloren hatte; er warf stolz den Kopf zurück und freute sich sichtlich, mir einen Dienst erweisen zu können. Ich schrieb einige Worte auf einen Zettel, faltete ihn sorgfältig zusammen und bat Omar, ihn besser zu hüten als all sein bares Geld und ihn sobald als irgend möglich der Dame zu überreichen. Ein Lächeln flog über sein Heiligengesicht. Weg rollte er auf seinem Wägelchen mit mächtigen Stößen in zauberhafter Schnelligkeit.

Seine Geschicklichkeit hatte Erfolg. Als ich am folgenden Tage am frühen Nachmittag aus dem Hospital nach Hause kam, saß er vor meiner Tür. Sein Gesicht war ganz ausdruckslos, während er sich aufrichtete und unter seinen Beinstümpfen einen Brief hervorholte, der nach Frau Michaelides' Parfüm roch.

„Ich warte", sagte er tonlos und gab mir durch eine Kopfbewegung zu verstehen, lieber nach oben zu gehen. Seine Augen sagten: „Lies und sei mit mir zufrieden!"

Der Brief war ganz kurz und ohne Unterschrift.

„Heute abend um sieben an der Eisenbahnbrücke. Keine Antwort."

Ich bat Omar, morgen früh wiederzukommen.

Um sieben war es fast schon finster. Ich wartete in der Nähe der Brücke. Sie kam zehn Minuten zu spät in einem gemieteten Wagen, das Gesicht verhüllt. Sie gab mir ein Zeichen, und ich stieg schnell zu ihr ein. Wir fuhren davon gegen das flache Land zu. Sie sagte mir, daß sie nur eine halbe Stunde Zeit habe. Eine gewisse Kälte ging von ihr aus, die mich erschauern ließ. Nur ein verstohlener Händedruck, und dann begann sie:

„Ich habe mich meines Mannes wegen nicht früher mit Ihnen in Verbindung gesetzt. Ich habe Tage gebraucht, um ihn zu überzeugen, daß zwischen uns gar nichts ist, nichts außer reiner Freundschaft. Er hat mir schließlich geglaubt, daß wir nur eine poetische Szene gespielt hätten, um genau die Empfindungen Alfred de Mussets nachzuerleben, als er sein ‚Souvenir' schrieb. Armer Pierri! Er ist so schrecklich prosaisch. Aber auf jeden Fall weiß er jetzt, daß ich ihm die Wahrheit gesagt habe." Sie lächelte rätselvoll.

Als wir zur Eisenbahnbrücke kamen, stieg ich aus. „Haben Sie Vertrauen zu mir", sagte sie aufmunternd, „und ich werde glücklich sein. Mein Mann wird Ihnen eine Einladung schicken, und Sie werden uns besuchen; lehnen Sie nicht ab, sonst wird er nicht glauben, was ich ihm erzählt habe. Und ich müßte Sie, gegen meinen Willen, ewig hassen." Sie reichte mir ihre Hand, die ich küßte, dann rollte der Wagen das dunkle Niluferentlang, während ich nachdenklich nach Hause ging.

10.

Von nun an kam ich wieder häufig in das Haus Michaelides, aber meine Beziehungen zu der schönen Heleni blieben infolge ihrer vorsichtigen Zurückhaltung dieselben. Vielleicht wollte sie den immer noch nicht ganz verwundenen Argwohn ihres Mannes einschläfern. Leider war er kein guter Schläfer. Er war, zweifellos mit Recht, der Meinung, daß seine Anwesenheit nötig sei, sobald ich ins Haus kam. Unsere literarischen Übungen verloren durch ihn sehr viel an Reiz. Einige Wochen lang hielt Herr Michaelides auf seinem Posten aus. Dann aber kam doch der Augenblick, da er es nicht mehr nötig fand, uns zu überwachen. Die Langeweile hatte ihn überwältigt.

Kaum waren wir allein, faltete Frau Michaelides die Hände und rief:

„Ist er wirklich weg, oder wird er gleich wieder zurückkommen?"

„Er behütet Sie wie ein Juwel!"

„Aber ich will nicht behütet sein! Er treibt mich zum Wahnsinn! Es ist schrecklich, wenn man gezwungen wird, ununterbrochen Komödie zu spielen. Ich will mich geben, wie ich bin: Ich will ich selbst sein! Wie er mich leiden läßt! Warum muß ich seine Sklavin sein? Ibrahim, ich bin verzweifelt!"

Sie griff nach meinen Händen, warf einen schnellen Blick nach der Tür, und im nächsten Augenblick lagen wir einander in den Armen und hielten uns für die verlorene Zeit und Gelegenheit schadlos. Ich war der erste, der wieder zur Besinnung kam. Behutsam machte ich mich von ihr los.

„Heleni", sagte ich, „es ist zu gefährlich. Ich darf nicht so oft hierherkommen! Sooft wir einander sehen, wachsen nur die Schwierigkeiten!"

„Nein, nein, Ibrahim! Ich muß dich sehen! Ich muß dich sehen!"

Sie begann auf und ab zu gehen. Einen Augenblick lang schien sie in Gedanken zu versinken. Dann blieb sie stehen und sagte langsam:

„Wenn ich zu dir käme?"

„Heleni!" Fast stand mir das Herz still.

„Oh, du weißt nicht, wie ich mich manchmal danach sehne, aus diesem Hause zu fliehen! Wenn auch nur für ein paar Stunden! Es wäre doch wunderbar, irgendwo eine kleine Zuflucht zu haben, gegen jede Störung gesichert, und dort allein zu sein mit mir — und mit dir! Aber ich müßte vorsichtig sein, sonst kommt Pierri dahinter! Wenn du in deiner Wohnung bloß keine Dienstboten hättest!"

„Ich habe nur meinen Boy Hussein, den kann ich jederzeit auf einen Nachmittag wegschicken."

„Geht das wirklich? Und er wird das nicht verdächtig finden?"

„Ich kann ihn nicht hindern, sich Gedanken zu machen", erwiderte ich lachend. „Aber er ist die verkörperte Diskretion."

„Du weißt, deine kleine Wohnung hat mir gleich beim ersten Male sehr gefallen. Sie ist so einfach! Ibrahim —."

Sie ging schnell zur Tür, öffnete sie ein wenig, guckte hinaus und kam zu mir zurück. Wir stürzten uns wieder in die Arme.

„Ibrahim! Soll ich lieber zu dir kommen, statt daß du hierherkommst?"

„Wird dein Mann es nicht sonderbar finden, wenn ich jetzt seltener zu euch komme?"

„Er wird froh darüber sein, glaube mir! Du kannst ihm ja sagen, daß deine Arbeit dich ganz in Anspruch nimmt."

„Aber meine kleine Wohnung ist so primitiv —."

„Ich sage dir doch, daß ich sie entzückend finde! Je einfacher, desto besser. Wir werden sie mit unserer Liebe schmücken!"

Wieder begann sie auf und ab zu gehen. Und ich hörte sie Omar Khayyams glutvolle Zeilen murmeln:

„Komm, fülle den Becher, und in den Gluten des Frühlings wirf das winterliche Gewand der Reue!"

Ich blickte sie bewundernd an.

„Das winterliche Gewand der Reue", sagte ich. „In Ägypten braucht man solche Gewänder nicht. Wir Ägypter kennen das Wort Reue nur aus dem arabischen Wortschatz. Aber füllen wir den Becher! Verbrennen wir in den Gluten des Frühlings!"

Auf dem Heimweg ertönte in meinem Herzen eine Schubert-Melodie, die Heleni sehr schön sang, und in meinem Hirn summten die Liebesverse, die sie mich gelehrt hatte.

Zwei Tage später stand Omar unter meinem Balkon. Er klopfte mit seiner Bürste auf den Deckel seiner hölzernen Kiste. Ich ging zu ihm hinunter. Er reichte mir einen Zettel, auf dem ein von einem Pfeil durchbohrtes Herz zu sehen

war. Mitten in dem Herzen aber standen die Worte:
„Morgen halb vier! Keine Antwort!"

Ich gab Omar eine silberne Münze, die er nicht annehmen wollte, bis ich ihm drohte, wenn er sie nicht nähme, würde ich ihn auf der Straße nicht mehr kennen. Dann nahm er sie endlich und stopfte sie unter seinen Sitz, ohne auch nur ein Dankeschön zu murmeln.

Vom nächsten Tage an versank ich in ein seltsames neues Leben voller Aufregungen. Nun erlebte ich an mir selbst jene starken Antriebe, die Musset und anderen Dichtern in der Freundschaft mit dichterisch begaben Frauen zuteil geworden sind. Denn auch Heleni war eine Dichterin. Aber sie ergoß ihr Herzblut nicht nur in Versen. Ich bewunderte ihren Mut und ihre Entschlossenheit. Von diesem Tage an kam sie oft zu mir, aber nie, ohne vorher die Botschaft des pfeilbewehrten Kupido, mit der Zeitangabe im Herzen, zu schicken. Und wenn sie dann kam, war sie nicht die hübsche Frau Michaelides, sondern eine tief verschleierte ägyptische Dame, die schnell aus einem Mietswagen ausstieg, wie ein Schatten durch das Haustor schlüpfte, die Treppe hinaufeilte und lautlos das Zimmer betrat, in dem ich ungeduldig wartete. Ihre erste Frage war immer:

„Ist dein Diener weg?"

Ich antwortete stets mit Ja.

Hussein saß in solchen Augenblicken mit einigen Freunden in einem Café. Er wußte genau, warum er die Wohnung verlassen mußte, denn er war ein Ägypter. Welcher echte Ägypter mißgönnt einem anderen sein Liebesglück? Husseins Mund war mit einem unverletzlichen Siegel verschlossen. Ich glaube, er freute sich über meine Freude. Unsere dichterischen Lehrstunden dauerten nun, ungehindert durch profane Einflüsse, mehrere Monate lang fort. Heleni und ich opferten auf vielen Altären, und die

Außenwelt schien jede Bedeutung für uns verloren zu haben. Monatelang loderten die Gluten des Frühlings mit unverminderter Kraft, und die Heimlichkeit unseres Abenteuers trieb uns nur noch tiefer in das leidenschaftliche Zwielicht augenblicklichen Vergessens. Zwei altersschwache Kulturen erlebten in einem kleinen Häuschen am Nil ihre ungestüme Verjüngung. Heleni wurde für mich zur Mutter, zur Liebhaberin und Freundin zugleich. Ihr Gewissen? Vielleicht leuchtete kein Heiligenschein über ihrem schönen Haar. Sie war in ihrer Philosophie durchaus aufrichtig und praktisch: Warum sollte man die ganze griechische Kolonie durch einen Skandal in Aufruhr bringen? Warum so dumm sein? Sie ging jeden Sonn- und Feiertag in die Kirche. Und nachdem sie den orthodoxen Gott verehrt hatte, verkündete sie immer aufs neue, Gott habe Mann und Frau geschaffen, damit sie einander lieben, während die Menschen das Dogma erfunden hätten, daß Mann und Frau einander nur unter bestimmten Bedingungen lieben dürften.

Ja, Ägypten hat viele der Überzeugungen, die man sie in der alexandrinischen Klosterschule gelehrt hatte, zerstört. Was erzählte sie mir nicht alles von den emanzipierten jungen Mädchen in Alexandria! Ich ziehe den Schleier darüber. Lies, freundlicher Wanderer, die Novellen Boccaccios und laß dir von mir sagen, daß sie heute noch ebenso wahr und modern sind wie in vergangenen Jahrhunderten! Die Welt verändert sich nur äußerlich. Einige Jahrhunderte kommen für die ewige Gleichheit der menschlichen Leidenschaften kaum in Betracht.

Der beste Mensch kann zuweilen ein Narr sein. Auch das wird in alle Ewigkeit so bleiben. In der körperlichen Existenz des Menschen liegt eine eigentümliche Schwäche, ein Widerspruch. Diese Maschine, die man Körper nennt, und in der wir die Strecke unseres irdischen Lebens zurücklegen, springt oft aus den Geleisen, überfährt Signale und stößt auf katastrophale Weise mit anderen Gefährten zusammen. Ich ging von Tag zu Tag unlustiger an meine Arbeit. Der Anblick von Blut wurde mir verhaßt. Ich wollte das Stöhnen nicht mehr hören und schrak vor dem Anblick menschlicher Leiden zurück. Alle diese Demütigungen blieben gesunden Maschinen erspart, die reibungslos dahinjagen, getrieben von der unbewußten Kraft der Sauberkeit und Gesundheit. Instrumente und Schüsseln voll von Desinfektionsmitteln wurden mir unerträglich. Ich floh innerlich vor jeder Äußerung des Leides. Ich tat meine Arbeit, weil ich sie tun mußte. Es gab Augenblicke, in denen ich alles hätte hinwerfen können, um mit Heleni fortzugehen, weit, weit fort, in denen ich gern den blutbefleckten Arztkittel mit dem seidenen Schlafrock des verzückten Liebhabers vertauscht hätte.

Von allen Dichtern war Byron für mich der gefährlichste. Sein Gift war betörend süß. Er wurde mein Zauberdoktor. Er zwang mich, Heleni auf den Knien anzubeten, eine Göttin aus ihr zu machen. Ich wurde ihr Sklave. Ich wußte es und wollte es. In ihren Augen jeden Wunsch, auf ihren Lippen jeden Befehl zu lesen, noch bevor sie ihn aussprach, war mein größtes Glück. Sie erschien mir immer schöner. Aber ich muß zugeben, daß ich zuweilen eine seltene Atemlosigkeit empfand, daß ich plötzlich das Gefühl hatte, an einem Abgrund zu stehen, daß eine heimliche Stimme mir zuflüsterte: „Wie soll das enden?" Kein brutaler Tierschlächter aus dem Sudan hätte sein Opfer wütender anfallen können, als ich diese sanfte Stimme. Ich mußte sie in ihrer Kindheit töten. Ich versuchte es. Aber wenn einige Tage vergingen, ohne daß ich Heleni sah, meldete sich die Stimme abermals und wurde um so lauter, je mehr ich sie zu ersticken suchte. Es war die Stimme der Niedrigen, der Beladenen, der Blutenden, der Elenden, denen ich Treue geschworen hatte. Aber der berauschte, verzauberte Sklave in mir hörte mit tauben Ohren. „Sorge für dich selbst, so gut du kannst. Nütze diese Gelegenheit, die das Leben dir bietet, Ibrahim! Laß die vom Schicksal Verurteilten schreien!"

Ich wußte, daß ich meine Pflichten vernachlässigte. Aber war ich denn aus Pflichtgefühl Arzt geworden? Keineswegs. Ich hatte diesen Beruf aus freiem Willen gewählt, aus reiner Liebe zu ihm. Konnte ich etwas dafür, daß meine Liebe gewechselt hatte? Wieder hielt die innere Stimme mich an. Manchmal erschrak ich. Wie würde das alles enden? Heleni zerbrach sich nie den Kopf über das Ende. Sie war durch und durch Frau; Vergangenheit und Zukunft waren ihr Gegenwart. Ihr Verstand war damit ausgefüllt, ihren schwierigen Part in der Komödie durchzuführen und den Mann durch tausenderlei kleine Kniffe zu täuschen. Sie beobachtete jeden Schritt des alten Baumwollmaklers. Ich fiel zu meinem Erstaunen nie aus der Rolle. Ich blieb nach außen hin der Freund des Hauses, der Arzt. Und wenn die Rolle, die ich spielte, eine unwürdige war, so wurde sie um so reicher belohnt. Einmal fragte ich Heleni, was ihr Mann tun würde, wenn er die Sache entdeckte? Zuerst lachte sie.

„Er würde die Sofas und Betten verkaufen!"

Aber ich blieb bei meiner Frage.

„Er wird es nie erfahren!"

Ich gab noch immer nicht nach, und nun wurde sie ein wenig unruhig.

„Es ist grausam von dir, darüber zu reden! Er würde—", sie machte eine unbestimmte, schreckerfüllte Bewegung mit den Armen, „bitte, reden wir nicht darüber."

„Würdest du mich heiraten?"

Sie schüttelte den Kopf.

„Als Mann würdest du mir ebenso verhaßt sein, wie ich dich als Liebhaber liebe."

Ihre Worte brannten in mir, aber ich schüttelte sie ab, wie ein Hund nach dem Bade das Wasser von sich abschüttelt. So dauerte die Betörung an. Unsere Motoren rasten Seite an Seite dahin und achteten nicht auf die Signale am Wege ...

11.

Zu meinem Bekanntenkreise gehörte ein gewisser Mohammed Assar. Er war der Sohn des wohlhabenden und angesehenen Omdah eines großen Nachbardorfes, ein treuer Anhänger unserer Nationalpartei. Er kam mit heftigen Kopf- und Augenschmerzen ins Krankenhaus, Schmerzen, die zuweilen so heftig wurden, daß der Mann darüber fast den Verstand verlor und sich wie ein Irrsinniger benahm. Ich ließ ihm zur Ader, und da ich das Schlimmste vermutete, schickte ich sein Blut zur Analyse nach Kairo. Dann verlor ich ihn aus den Augen. Welchen stärkeren Beweis könnte es für meinen Zustand geben als mein Eingeständnis, daß ich nachher nicht einmal nachforschte, was aus dem Mann geworden war! Leider wurde gerade in diesem Fall meine Nachlässigkeit der Anlaß böser Ereignisse.

An einem Sonnabend, in aller Frühe, befand ich mich mit Dr. Kolali im Operationssaal, als plötzlich die Tür aufging und einer der Tamargies meldete, eine große Menschenmenge habe sich vor dem Krankenhaus angesammelt und verlange die Entlassung eines Patienten. Dr. Kolali entfernte sich sofort und überließ es mir, die Operation

allein zu beenden. Ich hörte die Menge draußen lärmen.
Es klang sehr drohend. Als ich fertig war, ging ich hinaus,
um Erkundigungen einzuziehen. Ein Pfleger, den ich anhielt, erzählte mir, die Leute verlangten die Entlassung
Mohammed Assars. Man stelle sich mein Erstaunen vor.
Auf meine weiteren Fragen erfuhr ich, daß Mohammed
Assar seit seiner Ankunft im Hospital von Abourizk in der
dunklen Gefängniszelle festgehalten worden war und daß
man sich kaum um ihn gekümmert hatte. Sein Vater, der
Omdah, war häufig im Spital erschienen und hatte Abourizk Geld gegeben, aber man hatte ihm nicht erlaubt,
seinen Sohn zu sehen. Auch die Verwandten des jungen
Mannes waren gekommen und hatten gleichfalls gezahlt,
und Abourizk hatte ihnen versprochen, sie zu Mohammed
zu führen, aber zu guter Letzt stets einen Vorwand gefunden, um sein Wort nicht halten zu müssen. Nun waren
die Dorfbewohner erschienen, um den Sohn ihres Omdah
zu befreien. Viele von ihnen glaubten, der junge Mann sei
im Krankenhaus umgebracht worden, und wir Ärzte getrauten uns nicht, es einzugestehen.

So schnell ich nur konnte, lief ich zu der Gefängniszelle, fand sie aber versperrt. Ich blickte durch das eiserne
Gitter, aber drinnen war es so finster, daß ich nichts wahrnehmen konnte. Ich begab mich in Dr. Kolalis Büro. Das
Geschrei der Menge draußen wurde immer lauter. Ich sah
bewaffnete Polizei und berittene Offiziere vor dem Tor.
In Dr. Kolalis Büro traf ich Abourizk und den Omdah,
mir auf den Fersen folgten vier Dorfbewohner, Brüder
Mohammed Assars, die sehr laut schimpften und mit den
Händen fuchtelten. Ein Polizeioffizier bemühte sich vergebens, sie zurückzuhalten. Ihr Vater aber gebot ihnen mit
würdevoller Gebärde Schweigen. Nun setzten sich die
vier auf Dr. Kolalis Sofa. Die edlen Züge des Dorfomdah

waren so schmerzerfüllt, daß man ihn nicht ohne Rührung ansehen konnte.

„Meine Söhne sind Zeugen!" klagte er. „Haben sie nicht selbst ihren Bruder in dieses Krankenhaus gebracht und ihn heil und sicher zur Behandlung eingeliefert? Gott helfe meinem armen Sohn, meinem geliebten Kinde! Sein Magen ist seit vielen Tagen leer, und seine Zunge ist vor Durst schwarz geworden."

Tränen flossen ihm in den grauen Bart. Die Söhne sprangen auf, um ihren Vater zu stützen, der fast zusammenbrach. Dr. Kolali drehte den Kopf zu einem Patienten, der verborgen hinter Abourizk stand.

„Was hast du vorgestern gesehen?"

Der Patient trat vor. Er zeigte auf Abourizk.

„Ich habe ihn gesehen! Ich habe ihn in der finsteren Gefängniszelle gesehen, wo er Mohammed Assar gefangenhält. Ich hörte Schreie, machte die Tür auf und sah hinein. Ich sah, wie Abourizk Mohammed mit einem großen Stock prügelte, deshalb habe ich den Omdah verständigen lassen."

„Möge ich nie wieder das Licht sehen, er lügt! Mohammed hat mich überfallen!" sagte Abourizk.

Kolali hatte den Einlieferungsschein Mohammed Assars vor sich liegen. Er lächelte müde, als handle es sich um ein hoffnungsloses Mißverständnis. Plötzlich zeigte er auf mich.

„Hier ist Dr. Ibrahim. Er hat den Fall übernommen. Er hat Auftrag gegeben, Mohammed einzusperren."

„Das ist nicht wahr!" sagte ich.

Ich sah sofort, daß sie mir glaubten. Dann erklärte ich, daß ich zwar Mohammed im Krankenhaus aufgenommen, aber niemals den Befehl erteilt habe, ihn einzusperren. Im Gegenteil, ich hätte sein Blut zur Analyse geschickt und angeordnet, daß er in sein Heimatdorf zurückkehre, um das Ergebnis der Analyse abzuwarten. Dr. Kolali ersuchte mich in kaltem Ton, das Ergebnis der Blutuntersuchung vorzulegen. Ich erwiderte, daß es noch nicht angelangt sei. Er lächelte höhnisch.

„Der Omdah beschuldigte mich — aber ich habe den Fall nie übernommen. Sie hatten sich um diesen Patienten zu kümmern, nicht ich!"

Ich verlor fast die Geduld. „Nur du bist an allem schuld, Abourizk! Du hast Mohammed eingesperrt."

Abourizk schrie zurück:

„Sie haben es angeordnet! Sie haben es angeordnet!"

„So?"

Ich bat Dr. Kolali, mir den Einlieferungsschein zu zeigen. Er weigerte sich. Da war ich mit einem raschen Schritt neben ihm und riß den Schein an mich. Ich erinnerte mich sehr gut, daß ich auf ihm besonders vermerkt hatte: „Ist zu entlassen. Soll nach der Blutanalyse zu einer neuerlichen Untersuchung wiederkommen." Ich sah jetzt, daß meine Anordnung ‚zu entlassen' ausradiert und durch die Worte ersetzt worden war: ‚. . . in die Gefängniszelle zu sperren.'

Ich zeigte das Papier dem Omdah, dem anwesenden Polizeioffizier und den Söhnen des Omdah und beschuldigte Abourizk, er habe meine Handschrift gefälscht. Ich verlangte, daß der Polizeioffizier ihn verhafte. Der Offizier aber rührte sich nicht, und Kolali richtete sich auf, warf einen flüchtigen Blick voller Selbstbewunderung in den Spiegel und sagte zu mir:

„Darf ich fragen, seit wann Sie die Funktionen des ärztlichen Leiters übernommen haben?"

Einen Augenblick lang herrschte Schweigen. Die Menge vor dem Tore heulte vor Wut. Plötzlich rannte das aufgehetzte Volk das Tor ein und strömte am Fenster vorbei auf den Hof. Der Omdah erhob sich, verließ mit seinen Söhnen das Zimmer und schrie von der Schwelle aus die Dorfleute an, sie sollten sofort das Krankenhaus verlassen und sich ruhig verhalten. Er befahl ihnen, auf der Straße auf ihn zu warten. Aber ihr Zorn ließ sich nicht mehr zügeln. Politische Agenten, die gefährlichsten Feinde des Volkes, hatten ihre Leidenschaften aufgepeitscht. Sie fingen an, Ziegel aus der Hofmauer zu reißen und die Polizei damit zu bombardieren. Ich ging hinaus und versuchte umsonst, sie aufzuhalten. Ich konnte nichts machen. Sie waren außer Rand und Band.

Plötzlich hörte ich auf der Straße Schüsse fallen. Berittene Polizei, die man herbeigerufen hatte, galoppierte durch das Tor und war mit einemmal mitten zwischen uns. Polizisten zu Fuß drängten hinterher, schlugen unbarmherzig nach allen Seiten drauflos und trieben die Massen zum Tor hinaus. Draußen fielen abermals Schüsse; ich sah die Menge nach allen Seiten auseinanderstieben. Inzwischen rannten viele Neugierige aus der Stadt herzu, um das Schauspiel mit anzusehen, sie wurden aber durch einen Polizeikordon zurückgehalten. Seine Exzellenz, der Mudir erschien und übernahm das Kommando. Furchtlos ging er auf die Menge zu und befahl ihr, sich zu zerstreuen.

„Was soll das? Geht nach Hause! Ich werde dafür sorgen, daß Gerechtigkeit geübt wird. Ich bin wie euer Vater!"

Die Menge beruhigte sich und gehorchte. Binnen kurzem hatten Krankenhaus und Straßen wieder ihr gewohntes Aussehen. Zwei Menschen aber waren getötet worden, und weitere zwanzig Verwundete wurden hereingeschleppt. Ich hatte alle Hände voll zu tun, um die Verwundeten zu versorgen, während der Pascha und der Mamour, der Gerichtspräsident und andere hohe Beamte, die Hals über Kopf herbeigeeilt waren, eine offizielle Untersuchung einleiteten.

Die Toten, zwei unschuldige Fellachen, die am Morgen ihr Dorf verlassen hatten, mit keiner anderen Absicht, als den Protest des Omdah zu unterstützen, wurden den Verwandten übergeben, die jammernd und wehklagend die Leichen umstanden. Unsere Polizisten sympathisierten jetzt mit den Dorfleuten. Hier und dort schüttelten Uniformierte denselben Leuten die Hand, mit denen sie sich eben herumgeschlagen hatten. Sie schienen zu wissen, daß sie auf der falschen Seite gekämpft hatten. Einer der Offiziere, ein netter Mensch, den ich recht gut kannte, weinte fast. Er bemühte sich, die zornigen und traurigen Verwandten zu trösten.

Ich wurde aufgefordert, sogleich vor der Untersuchungskommission zu erscheinen, aber ich ließ mich entschuldigen, ich müsse mich um die Verwundeten kümmern. Ich verlor obendrein die Geduld und schickte Dr. Kolali einen Zettel: „Ihre Pflicht ist, zuerst einmal hier mitzuhelfen; dann können Sie an der Untersuchung teilnehmen."

Ich wußte, was er vorhatte. Er wollte mir und anderen die Verantwortung aufladen und sich selbst reinwaschen. Dr. Maksoud arbeitete unterdessen wie ein Held. Kein Wort kam über seine Lippen. Als ich ihn schließlich verließ, um mich zu waschen und meinen Mantel abzulegen, drückte er mir die Hand.

„Ibrahim, Sie können sich auf mich verlassen", sagte er, „mag kommen, was will!"

Der diensthabende Offizier sagte mir, man erwarte mich im Gebäude des Gouverneurs. Ich nahm sofort einen Wagen.

Zu meiner Überraschung stellte sich heraus, daß ich nur

als Zeuge vorgeladen war. Man stellte mir hundert unwichtige Fragen im Zusammenhang mit den Unruhen, und mir wurde bald klar, daß die Regierungsbehörden die Verantwortung für die Toten und Verwundeten den Dorfleuten aufbürden wollten. Der Omdah und seine Söhne waren, wie man mir sagte, als Rädelsführer verhaftet worden, obwohl ich zu ihren Gunsten aussagte; denn ich hatte mit eigenen Augen gesehen und mit eigenen Ohren gehört, wie sie sich vergebens bemüht hatten, die wütende Menge zu besänftigen. Aber es gab auch andere Zeugen, die behaupteten, sie hätten die Leute aufgehetzt und den Angriff auf die Polizei veranlaßt. Man war offenbar entschlossen, diese Gegner der Regierung aus dem Wege zu räumen. Der Beamte, der die Untersuchung mit großer Ruhe und scheinbarer Unparteilichkeit leitete, sagte, es sei nicht zu bezweifeln, daß der Omdah alle seine Dorfleute mitgebracht habe, um sich gewaltsam den Zutritt zum Krankenhaus zu erzwingen, in der Absicht, seinen Sohn mit Gewalt zu entführen. Das sei ein schweres Verbrechen.

„Es ist nicht unsere Sache, die früheren Vorgänge in dem Krankenhaus zu untersuchen", sagte er zu mir, als ich ihm schildern wollte, was sich in der Gefängniszelle abgespielt hatte. „Diese Angelegenheit untersteht einem anderen Departement. Dr. Kolali wird die Vorfälle untersuchen, die sich im Krankenhaus zugetragen haben."

Ich erwiderte, daß die Sache sicherlich ernst genug sei, um von Anfang an eine gründliche polizeiliche Untersuchung zu rechtfertigen, damit das Gericht sich ein genaues Bild von den Ursachen machen könne, die zu dem Aufruhr geführt hätten. Er blieb hartnäckig.

„Ich sage Ihnen doch: Wenn Unregelmäßigkeiten im Krankenhaus vorgekommen sind, ist es die Sache eines anderen Departements, die Angelegenheit zu untersuchen."

„Und angenommen, ein Mensch wäre im Krankenhaus ermordet worden?"

„Dr. Kolali würde uns verständigen, und wir würden dann den Mörder festnehmen und eine Untersuchung einleiten."

Nun, ich beantwortete alle Fragen, die man mir vorlegte, und entfernte mich schließlich, kochend vor Wut. Instinktiv lenkte ich meine Schritte nach dem Café am Nilufer, wo ich wahrscheinlich meine Freunde antreffen würde. Sie waren alle da und saßen an den kleinen Tischen unter den Bäumen. Polizei patrouillierte in der Nähe, denn man wußte ja, daß wir Nationalisten waren. Wir waren das ägyptische Volk und erregten daher das Mißtrauen einer Regierung, die gegen das Volk regierte. Meine Freunde waren bereits über alles unterrichtet. Als ich ihnen aber erzählte, daß Abourizk ein von mir geschriebenes Dokument gefälscht habe und daß ich in einer gefährlichen Lage sei, sah ich ihre Augen aufleuchten, als ob ihre Seelen Feuer gefangen hätten.

Nach einiger Zeit kehrte ich ins Hospital zurück, um nach dem armen Teufel zu sehen.

Ich fragte nach Abourizk.

Man sagte mir, Dr. Kolali habe ihn entlassen, und er sei bereits weggegangen. In den Sälen herrschte sehr lautes Stimmengewirr. Es gab Hühnerbrühe und eine doppelte Brotration. Yasalaam!

12.

Als ich mich meinem Haustor näherte, sah ich Omar im Finstern an der Mauer lehnen. Er reichte mir einen Zettel. Natürlich — Heleni! Ich hatte sie ganz vergessen.

„Hoffentlich geht es Dir gut. Komm heute abend zu mir!"

Ich war sehr müde. Ich schickte Omar weg und ging hinauf. Ich zog mich aus, setzte mich auf den Balkon, um die kühle Nilluft zu atmen und dachte über die Ereignisse des Tages nach. Kurze Zeit später brachte mir Hussein einen Brief, den ein Diener von Michaelides abgegeben hatte.

„Wir sind sehr besorgt um Ihr Befinden. Bitte, geben Sie uns sofort Nachricht! Mit herzlichen Grüßen Ihr Pierri M."

„Es geht mir ausgezeichnet, aber ich bin sehr müde. Vielen Dank für die freundliche Nachfrage. Ich komme morgen vorbei", schrieb ich zurück und trug Hussein auf, den Brief zu besorgen.

In mir sah es trübe aus. Mir fehlte jede Lust zum Plaudern. Ich überdachte meine Lage und versuchte, mich auf jemand zu besinnen, der mir von Nutzen sein könnte. Ich hatte aber wenig oder gar keinen Zusammenhang mit einflußreichen Leuten. Kaum kannte ich meine Vorgesetzten im Gesundheitsministerium. Ich kannte auch keine Zeitungsredakteure und hatte mich niemals mit den örtlichen Regierungsbeamten verbrüdert. Wie sollte ich es also allein fertigbringen, Dr. Kolali zu erledigen? Wir hatten keinen Ärzteverband und keinen Ehrenrat. (Auch heute gibt es noch keinen!) Es gab keine Aufsichtsbehörde, vor der ich ihn anklagen konnte. Man hatte versucht, eine Vereinigung zu gründen, aber die ausländischen Ärzte, die sich so ungeheuer überlegen dünkten und den Schutz der Kapitulationsverträge genossen, weigerten sich entschieden, einem ägyptischen Ärzteverband beizutreten. Ich wollte nicht auf halbem Wege haltmachen. In meiner Verzweiflung beschloß ich, einen Bericht an den Innenminister zu schicken und die Folgen auf mich zu nehmen. Sofort setzte ich mich hin und schrieb einen Entwurf. Es galt, die Ursachen aufzudecken, die die heutigen Unruhen veranlaßt hatten. Ich entlarvte Kolali, Abourizk und ihre Werkzeuge. Ich warf ihnen vor, daß sie Patienten erpreßten, Geld herauslockten und ihrer Obhut anvertraute Personen peinigten. Weiter beschuldigte ich sie, daß sie Morphium, Kokain, Heroin und andere Rauschgifte an private Agenten in der Stadt verkauften, mit staatlichen Vorräten Geschäfte machten und Rechnungsbücher fälschten. Ich nannte alle ihre Vasallen und Helfershelfer mit Namen und fügte schließlich eine Liste der von Kolali begangenen ärztlichen Kunstfehler bei. Ich beschuldigte ihn, daß er durch seine Nachlässigkeit und Unwissenheit Patienten getötet habe. Mein Gedächtnis ließ mich schließlich im Stich, so zahlreich waren seine Verbrechen, so umfangreich wurde die Liste. Aber da ich die Sache schnell beenden wollte, zog ich mich an und ging ins Hospital, um mein Tagebuch zu holen, das ich bis vor ungefähr zwei Monaten gewissenhaft geführt hatte. Im Krankenhaus entdeckte ich, daß die Schubladen meines Schreibtisches erbrochen worden waren. Mein Tagebuch und ein Teil meiner Papiere waren verschwunden. Auf dem Heimweg überlegte ich, welche Schritte ich nun tun sollte. Ich beschloß, den Bericht umzuarbeiten, um ihm eine solche Fassung zu geben, daß ein einigermaßen gewissenhafter Minister gezwungen sein würde, eine Untersuchung einzuleiten. Ich vermied alle direkten persönlichen Anschuldigungen und beschränkte mich auf die nackten Tatsachen. Der Morgen dämmerte herauf, als ich endlich mit dem Bericht fertig war. Ich schlief zwei Stunden und ging dann ins Krankenhaus.

Im Laufe des Vormittags hatte ich eine private Unterredung mit Dr. Maksoud. Ich las ihm den Bericht vor. Er wußte, daß jedes Wort darin richtig war, aber als ich ihn bat, seine Unterschrift neben die meinige zu setzen, änderte sich sofort seine Miene.

„Ibrahim, Sie setzen Ihre Stellung aufs Spiel!"

„Lieber mit den Fellachen leben, als diese Zustände noch länger ertragen!"

„Kolali steht seit über dreißig Jahren im Staatsdienst! Er kennt alle Leute, auf die es ankommt."

„Um so mehr Grund, ihn zu erledigen."

„Er ist ein alter Busenfreund des Generaldirektors."

„Dann wollen wir auch den Generaldirektor sowie die übrigen wegräumen."

„Sie werden die ganze Regierung wegräumen müssen!"

„Auch dazu bin ich bereit, wenn es sein muß. Unterschreiben Sie, Maksoud! Es geschieht im Interesse unseres Volkes!"

„Ibrahim", sagte er, „ich habe schwer kämpfen müssen, um Arzt zu werden. Ich war noch ärmer als Sie, als ich anfing. Ich habe schwer gearbeitet, um diese Stellung zu bekommen, und ich hoffe, noch mehr zu erreichen. Was kann es unserm Volk nützen, wenn ich am Beginn meiner Laufbahn hinausgefeuert werde. Wir beide können viel mehr machen, wenn wir im Staatsdienst bleiben und die Leiter höher steigen."

„Hm! Auch Sie also ..."

Ich klopfte Maksoud auf die Schulter und steckte den Bericht wieder ein.

„Wenn eine offizielle Untersuchung stattfindet, werde ich natürlich die Wahrheit sagen", erwiderte er. „Ich werde jede Frage beantworten..."

Seine letzten Worte hörte ich nicht mehr.

Ich steckte den Bericht in einen amtlichen Umschlag, adressierte ihn an ‚Seine Exzellenz den Innenminister' und brachte ihn selbst zur Post.

Der Minister war ein braver Mann, aber, wie so viele unserer Minister, völlig in den Geleisen festgefahren, die eine ererbte, träge, schlampige und völlig unfähige Bürokratie ihm vorgezeichnet hatte. Er beherrschte sich selbst, statt andere zu beherrschen, und füllte den Posten des bestbezahlten Beamten in seinem Departement mit möglichst viel persönlicher Würde aus. Ernstlich bemüht, das zu tun, was die hohen Herren meines Landes ihm vorschrieben, war er emsig damit beschäftigt, seinen Untergebenen zu sagen, was sie nicht tun dürften. Wehe meinem Lande, solange man solchen Männern die Ministerposten anvertraut!

Meine grandiose Unerfahrenheit in allen den Dingen, die unsere komplizierte Verwaltung betrafen, gab mir das Gefühl tiefer Befriedigung, und ich glaubte, meine Sache gut gemacht zu haben. Ich fühlte mich endlich erleichtert. Bald, in ein paar Tagen, vielleicht in einer Woche, würde der Generaldirektor persönlich erscheinen und eine offizielle Untersuchung einleiten. Ich sah bereits Kolali mit Schande bedeckt das Hospital verlassen. Ich bildete mir ein, die Polizei würde Abourizk finden und diesen Schuft einsperren. In meiner Phantasie spielte ich die Rolle eines Volksbefreiers und nahm mir vor, diese Ehre bescheiden und mit Würde zu tragen.

Aber die Dinge entwickelten sich ganz anders als ich erwartet hatte.

Ich wartete einige Tage, ohne daß sich etwas Besonderes ereignete. Dann, eines schönen Tages, reiste Dr. Kolali nach Kairo. Er sprach mit mir vor seiner Abreise und machte einen sehr nervösen Eindruck.

„Ich muß zum Generaldirektor. Ich weiß nicht, wie lange ich wegbleiben werde."

Er tat mir fast leid. Beinahe wünschte ich, ich hätte

meinen Bericht nicht abgeschickt. Ich hätte es ihm sagen
sollen, bevor ich es tat. Aber ich hatte ihn gewarnt. Ich
hatte ihn nochmals gewarnt. Ich hatte ihm sogar gedroht.

13.

Während seiner Abwesenheit übernahm ich die Leitung
des Hospitals. Ich sorgte dafür, daß die Patienten ihre
vorschriftsmäßigen Rationen erhielten, und hatte einen
schrecklichen Auftritt mit dem Koch, der vor Wut die
Arbeit hinwarf und weglief. Ich mußte nun sofort einen
neuen Koch finden. Ich rief die Tamargies zusammen und
befahl ihnen, die Krankensäle zu säubern. Sie machten
saure Gesichter. Waheebah aber war fast zu Tränen gerührt, als sie mich auf dem Stuhl des P.M.O. sitzen sah.
„Wenn es Gottes Wille ist, soll es so bleiben", sagte sie.
Ich besuchte während Kolalis Abwesenheit mehrmals
die Michaelides in ihrem Hause, nachdem mein Tagewerk
getan war. Heleni half mir, die Schönheiten Verlaines und
Rabelais' zu entdecken, besonders die Rabelais', dessen
Eingebungen aus dem Staube meines Landes stammen
könnten. Sie war böse, weil ich zu Hause geblieben war
und meinen Bericht geschrieben hatte, statt ihrem Befehl
zu gehorchen und sofort zu ihr zu kommen, aber es freute
sie, daß ich heil und gesund war und bei den Zusammen-
stößen nicht einmal einen blauen Fleck davongetragen
hatte. Sie richtete viele Fragen an mich in der Vorausset-
zung, daß sie berechtigt sei, alle meine Sorgen kennenzulernen. Meine letzten Besorgnisse aber vertraute ich ihr
nicht an. Und ich erzählte ihr auch nicht, daß ich während
Kolalis Abwesenheit immer unruhiger wurde und mich
zuweilen sogar vor der nächsten Zukunft fürchtete. Sieben

Tage waren bereits verstrichen. Kolali kehrte nicht zurück, und ich hatte auch noch keine Antwort vom Minister erhalten.

Heleni setzte einen Nachmittag fest, um mich zu besuchen, aber ich mußte ihr sagen, daß ich während Dr. Kolalis Abwesenheit das Krankenhaus unmöglich verlassen könne. Das paßte ihr nicht.

„Du mußt für mich Zeit haben! Schenke mir diesen Nachmittag!"

Sie fügte hinzu: „Wenn du mich liebst!" Ich blieb fest. Ich konnte das Hospital nicht verlassen. Ich wunderte mich selbst über meine Haltung. Auch sie schien überrascht. Ihre Augen öffneten sich weit.

„Ibrahim!"

In ihrer Stimme war die Spur eines Vorwurfes. Das nahm ich ihr insgeheim übel. Aber sie war zu großmütig, um noch weiter in mich zu dringen. Sie fügte nur noch hinzu, es sei sehr schade, weil ihr Gatte den ganzen Tag in Mehallah el Kebirca weilen würde.

14.

Ich wußte nicht, daß Dr. Kolali bereits zurückgekehrt war. Ich erfuhr es erst von Dr. Maksoud, der ihn im Kasino gesehen hatte inmitten seiner Freunde. Sie hatten die Köpfe zusammengesteckt und schmiedeten anscheinend Pläne. Am Abend war ich im Männersaal beschäftigt, als Dr. Kolali in seinem tadellos weißen Kittel erschien. Ich nahm keine Notiz von ihm, und auch er schien sich für meine Anwesenheit nicht zu interessieren. Aber als er an mir vorüberkam, fixierte er mich, als habe er mich noch nie gesehen. Dann lächelte er höhnisch, zuckte die Achseln und ging davon, ohne ein Wort zu sagen. Am nächsten Tage wich ich ihm aus. Er schien ebenfalls bestrebt, mir nicht zu begegnen. Aber am Abend kam er zu mir und teilte mir kurz mit, daß morgen ein Inspektor eintreffen würde.

Der Inspektor kam. Es war Dr. Bernard, den ich bei dem Empfang auf dem Bahnhof kennengelernt hatte. Ich war wie gewöhnlich in einem Krankensaal beschäftigt, als ich sein pflaumenfarbiges, joviales Gesicht vor mir auftauchen sah. Er befand sich in Dr. Kolalis Gesellschaft und nahm offenbar eine ‚offizielle‘ Besichtigung vor. Lächelnd kam er auf mich zu.

„Hallo, Dr. Ibrahim! Wir haben uns schon einmal kennengelernt, nicht wahr?"

„Hallo, Dr. Bernard! Sehr erfreut."

Wir schüttelten uns die Hände. Dann legte er mir eine Hand auf den Rücken — sie lag dort allzu schwer für meinen Geschmack. Dr. Kolali verzog verächtlich die Lippen. Die Unterhaltung wurde nicht fortgesetzt, und beide Männer gingen weiter. Keiner von ihnen interessierte sich auch nur im mindesten für die Einrichtungen des Krankensaales, geschweige denn für die Patienten, obwohl sie beide Ärzte waren.

Mir wurde plötzlich schwach. Ich fühlte mich wehrlos. Nicht, daß ich mich vor Dr. Bernard oder sonst irgendeinem Engländer gefürchtet hätte. Aber seine Gegenwart demütigte mich. Eine ägyptische Regierung hatte als Antwort auf meinen Bericht einen Engländer hierhergeschickt. Ich muß sagen, daß Dr. Bernard in seinem Auftreten durchaus nichts Offiziöses hatte. Aber würde das etwas nützen? Er gehörte zu dem Typus der jovialen Händeschüttler. Seine Haltung war gönnerhaft und hatte einen leisen Anstrich plumper Vertraulichkeit, der erkennen ließ, daß er nach englischen Begriffen kein Gentleman war.

Er hatte viele Jahre als Privatarzt eines Maharadscha in Indien verbracht, hatte in Grenzkriegen gedient, war durch die Hintertür von Port Sudan nach Ägypten gekommen und hatte durch irgendwelche unbekannten einflußreichen Manöver einen jener wichtigen Posten ergattert, die die Leiter der auswärtigen und reichsbritischen Politik in Whitehall für englische Staatsbürger reserviert haben. Seine Tätigkeit war teils beratender, teils administrativer Natur. Er hatte sich so sehr in seinen Posten ‚eingelebt', daß er sich mit uns fast zu identifizieren schien. Das war auch in gewisser Weise nicht verwunderlich, da er ein sehr hohes Gehalt bezog. Eine halbe Stunde nach seinem Eintreffen kehrte Dr. Bernard zu mir zurück.

„Ich sehe, Sie haben noch zu tun! Interessanter Fall, wie?" Er schwatzte ein Weilchen drauflos.

Ich sagte: „Ja, ja" und „ja, ja."

„Ich möchte mich gern ein wenig mit Ihnen unterhalten, Dr. Ibrahim."

Ich blickte auf. Ich legte in meinen Blick einen Ausdruck, der ihm von vornherein zu verstehen gab, daß er es mit einem Manne zu tun hatte, der zwar im medizinischen Dienst einen niedrigeren Rang bekleidete als er, ihm aber in anderer Beziehung durchaus ebenbürtig war.

„Ich meine, wenn Sie Zeit haben, alter Freund!"

„Wollen Sie mir die Ehre geben, bei mir zu Hause zu essen?"

„Furchtbar gern, alter Freund. Ich habe nur schon Dr. Kolali versprochen, mit ihm zu lunchen. Es tut mir schrecklich leid. Können wir nicht jetzt ein bißchen plaudern?"

„Ah, ich verstehe. Sie lunchen mit Dr. Kolali."

„Ja, warum nicht?"

„Gehen wir in mein Zimmer."

Ich ging voran, bestellte Kaffee für ihn und bot ihm Zigaretten an. Er wollte keinen Kaffee, sondern goß sich aus einer Flasche, die er bei sich trug, Brandy in ein Wasserglas.

„Mein lieber alter Freund!" begann er. „Sie haben einen furchtbaren Bock geschossen, daß Sie Ihre Beschwerde an den Innenminister gerichtet haben!"

„Wieso? Er ist doch der oberste Chef des Departements?"

„Warum haben Sie nicht gleich an den Ministerpräsidenten geschrieben?" spottete er.

„Ich habe auch daran gedacht", sagte ich ernsthaft. „Aber da er sich um die Vorgänge im Lande nicht zu kümmern scheint — hm! Der arme Mann hat tausend andere Dinge zu tun!"

Dr. Bernard sah mich über sein Glas hinweg etwas belustigt an und schüttelte den Kopf.

„Sie sind einer von der jungen Generation, nicht wahr?" Da er keine Antwort erhielt, fuhr er fort:

„Was hat Sie veranlaßt, so schwere Beschuldigungen gegen Ihren Chef und Kollegen zu erheben?"

„Erstens einmal weigere ich mich, Dr. Kolali als Chef oder Kollegen anzuerkennen. Wenn ich ihm diese Ehre erwiese, hätte ich keine derartigen Vorwürfe gegen ihn erheben können! Außerdem stützen sich alle meine Beschuldigungen auf Tatsachen, und ich habe gehandelt, wie es mir die Rücksicht auf die Ehre unseres Berufes und die Interessen des Staates gebot."

„Sie können doch nicht einfach alle unsere Reglements über den Haufen werfen", sagte Dr. Bernard ein wenig verärgert. „Wenn jeder mit seinen Beschwerden loslegen wollte wie Sie, mein Gott, was gäbe das für ein Durcheinander! Wußten Sie denn nicht, daß Sie sich in solchen Fällen an das Departement zu wenden haben?"

„O ja! Das weiß ich. Aber meine Beschwerden in diesem besonderen Fall gehören eigentlich vor den Staatsanwalt, finde ich!"

„Sie sind verrückt, alter Freund! Vergessen Sie doch nicht, daß Sie Arzt sind!"

„Ja, ein ägyptischer Arzt. Einer der zahllosen ägyptischen Ärzte, die das alte System satt haben."

Dr. Bernard rümpfte die Nase.

„Wozu rollen Sie politische Fragen auf?"

„Politische Fragen? Was hat die Politik mit dem zu tun, was ich sage? Ich möchte gern wissen, was aus meinem Bericht geworden ist."

Dr. Bernard lächelte.

„Er liegt bei mir. Ich habe ihn vom Pascha bekommen. Der Innenminister hat ihn weitergeleitet. Mit dem Vermerk ‚non reçu'. Das heißt, daß er ihn offiziell nicht erhalten hat. Er hat nichts damit zu tun. Ich habe die Sache jetzt übernommen."

„Sie? Gut, dann wollen wir in allerFreundschaft darüber sprechen. Ich werde Ihnen alle erforderlichen Informationen geben, und ich werde Ihnen für jede Unterstützung, die Sie mir gewähren, dankbar sein."

„Schön, schön", sagte er und sah mich nicht ohne Bosheit an. „Seien wir ganz ehrlich! Ich habe den Eindruck, daß Sie sich eine Wichtigkeit beimessen, die Ihre Stellung schwerlich rechtfertigt. Ich mache Sie darauf aufmerksam, daß ich Ihr Vorgesetzter bin. Ebenso Dr. Kolali. Sie wissen vielleicht nicht, daß er einen guten Namen hat. Ich begreife nicht recht, warum Sie ihn beseitigen wollen."

„Er ist unwürdig, Leiter eines Hospitals zu sein. Ich halte sämtliche Beschuldigungen aufrecht, die ich gegen ihn vorgebracht habe. Ohne Ausnahme."

„Unsinn, mein Lieber!" sagte Dr. Bernard. „Sie irren

sich. Sie haben zu wenig Erfahrung. Sie können nicht beurteilen, was vorgeht. Ich sage Ihnen, jedes Ding hat seine zwei Seiten. Ich habe dieses Krankenhaus zu einer Zeit gekannt, als Sie noch nicht einmal mit Ihrem Studium begonnen hatten. Ich habe mich immer um dieses Krankenhaus gekümmert." — „Wahrscheinlich sind alle jene Kleinigkeiten Ihrer Aufmerksamkeit entgangen?" unterbrach ich ihn ironisch. — „Unsinn!"

Er hielt einen Augenblick inne, dann fuhr er fort:

„Wissen Sie, Dr. Ibrahim, Sie sind ein recht schwieriger Charakter. Es wundert mich nicht, daß Sie sich hier nicht zurechtfinden. Warum müssen Sie mit all diesen Fanatikern in der Stadt gemeinsame Sache machen? Sie sind ein Mann der Wissenschaft. Sie wissen ganz genau: Wenn man Ihre Freunde aus der Stadt sich selbst überlassen würde, ginge alles drunter und drüber! Ich lebe seit zwanzig Jahren im Orient, und ich weiß, was ich sage. Wenn Sie in England studiert hätten, würden Sie mir zustimmen."

Er hielt inne, um Atem zu schöpfen.

„Deshalb sage ich Ihnen jetzt, es ist besser, wir erledigen die Sache in aller Ruhe und Freundschaft. Ich gebe zu, es mögen hier kleine Unkorrektheiten vorgekommen sein, aber, wie gesagt, es ist lächerlich, einen derartigen Bericht an den Innenminister zu schicken. Wenn Sie sich offen und ehrlich mit Dr. Kolali ausgesprochen hätten, hätte Ihnen vielleicht viele Dinge erklärt, die Ihnen nicht ganz einwandfrei erscheinen. Sie wissen selbst, wie schwer es ist, tüchtige Pfleger zu bekommen. Man muß ihnen ein bißchen Bewegungsfreiheit lassen."

Ich lachte schallend auf.

„Sie werden nicht mehr lange lachen", sagte Dr. Bernard wütend. „Sie sind nicht der erste widerspenstige

Bursche, mit dem ich es zu tun gehabt habe! Trotzdem will ich Sie anständig behandeln."

Er bemühte sich sehr, sich zu beherrschen, und drohte mit der Faust nicht mir, sondern sozusagen der ganzen Welt.

„Ich werde aber nicht dulden, daß Sie alle Anstandsregeln und Formalitäten —"

„Diese sogenannten Anstandsregeln und Formalitäten haben von jeher jede Verbesserung verhindert", unterbrach ich ihn. „Sie waren von jeher das Hindernis, über das die anständigen, ehrlichen Leute gestolpert sind. Ich erwarte nicht von Ihnen, daß Sie meinen Standpunkt begreifen. Dazu werden Sie nie imstande sein. Wir gehören zwei verschiedenen Schulen an ... Aber dieser Kolali weiß ganz genau, daß er nicht einen Fetzen von Recht auf seiner Seite hat. Er versteht es vielleicht, sich gut herauszureden. Er ist auf seine schändliche Art nicht ungeschickt. Aber ich dachte, Sie würden imstande sein, das alles zu durchschauen. Wenn das Departement ihn nicht entbehren kann, dann ist das Sache des Departements. Im übrigen bin ich bereit, alle Folgen meiner Handlungsweise zu tragen — so ungern ich auf die Gelegenheit verzichten würde, meinem Volk zu dienen."

Einen Augenblick lang schien Dr. Bernard nachzudenken. Vielleicht kam ihm zum Bewußtsein, daß er seine Pflichten nicht genügend erfüllt hatte. Möglicherweise erinnerte er sich, daß es so viele Krankenhäuser in der Provinz gab, die seiner Obhut unterstanden; daß er sich persönlich ein wenig mehr Mühe hätte geben müssen, um die Art ihrer Verwaltung gründlicher nachzuprüfen. Ich war sicher, daß er seinen Posten nicht gern verlieren wollte.

„Sie müssen wissen", sagte er schließlich, „daß ich Ihre

Bemerkung, ich könnte Ihren Standpunkt nicht begreifen, wirklich übelnehme. Sie scheinen zu glauben, daß ich Sonderinteressen verfolge, weil ich Engländer bin, daß ich vielleicht meinen Einfluß benutze, um die ägyptische Jugend von den guten Stellungen fernzuhalten. Schlagen Sie sich das aus Ihrem widerspenstigen Kopf! Ich werfe Ihnen nur vor, daß Sie sich nicht an die Dienstvorschriften gehalten haben. Ob ihre Anschuldigungen falsch oder richtig sind, das hat nichts damit zu tun. Das wird sich später herausstellen. Für den Augenblick möchte ich Ihre Aufmerksamkeit nur auf die Tatsache lenken, daß Sie sich in einem Disziplinarverfahren zu verantworten haben."

Dr. Bernard stand auf.

„Auf Wiedersehen, alter Freund. Wir können nicht alle Revolutionäre sein. Die meisten von uns müssen still und ruhig ihrer Arbeit nachgehen. Und ich will Ihnen einen Rat geben: Wenn ich an Ihrer Stelle wäre, würde ich ein wenig vorsichtiger sein, wenn ich mit andern Leuten rede."

Er setzte seinen Tropenhelm auf und ging zur Tür.

„Jetzt will ich mich wieder an die Arbeit machen. Lästige, ekelhafte Sache. Wir sehen uns später, lieber Freund! Diese lausige Hitze —"

Er stand einen Augenblick in der offenen Tür. Als die glühenden Sonnenstrahlen ihn trafen, schwankte er ein wenig, dann riß er sich zusammen und ging die Stufen hinab. Ich habe ihn nicht wiedergesehen.

15.

Drei Tage später erhielt ich einen eingeschriebenen Brief in einem amtlichen Umschlag. Ich getraute mich zuerst nicht, ihn zu öffnen. Schließlich riß ich den Umschlag auf und las die Mitteilung, die er enthielt. Das Dokument war vom Unterstaatssekretär unterzeichnet und ordnete meine sofortige Versetzung nach dem Markhaz von Edfou an, mit siebentägiger Frist.

Ich wurde also nilaufwärts in das dunkle Nubien geschickt. Verbannt nach Edfou! Yasalaam! Unter allen weltfernen Nestern gerade Edfou!

Ich besuchte Heleni und teilte ihr mit, was geschehen war. Ich fühlte mich verpflichtet, ihr alles zu erzählen. Sie war ebenso entrüstet wie ich und versuchte, mich mit gütigen Worten zu trösten. Als ich ihr aber sagte, daß ich Damnoorah verlassen müsse, verwandelte sich ihr Mitgefühl in Widerspruch.

„Du fährst natürlich nicht nach Edfou!" sagte sie zuversichtlich.

„Ich wüßte nicht, wohin ich sonst gehen könnte."

„Du wirst nicht gehen! Zeige ihnen, daß du Charakter hast! Du mußt stark sein. Du mußt aus dem Staatsdienst austreten."

„Das geht nicht."

„Aber du mußt! Im Staatsdienst vergeudest du nur deine Fähigkeiten."

Mein Blick mußte sie erschreckt haben, denn sie legte die Arme um mich.

„Nein, es ist zu schrecklich! Ich kann den Gedanken nicht ertragen. Du darfst nicht weggehen. Du mußt bleiben! Ich werde das schon machen. Ich werde einen Ausweg finden, ich verspreche es dir."

Sie ließ mich los und ging im Zimmer umher.

„Diese Schurken! Diese Schurken!" murmelte sie durch die Zähne. „Aber ich weiß, was ich tue! Mein Mann besitzt Aktien einer französischen Zeitung in Alexandria. Er soll den Herausgeber veranlassen, diese skandalöse Affäre an die Öffentlichkeit zu bringen!"

„Heleni", sagte ich, „wir sind ein völlig wehrloses Volk. Gib nicht einer ausländischen Zeitung neue Gelegenheit, uns Korruption und Lumpereien nachzuweisen! Wir wollen nicht einen öffentlichen Skandal entfesseln, der gar keinen Zweck hätte. Ich bitte dich, deinem Manne nichts davon zu sagen."

Sie stand vor mir, die Hände in die Hüften gestemmt.

„Du wirst nicht nach Edfou fahren, das ist einmal sicher! Was für eine Idee! Edfou! Edfou! Abscheuliches Nest! Wo liegt das überhaupt?"

Ich sagte ihr, es liege zwischen Luxor und Assuan.

„Sie hätten dich nach Luxor schicken können, aber Edfou? Edfou?"

Sie hielt inne und sah mir fest in die Augen.

„Gehst du gern?"

„Heleni", erwiderte ich, „ich gehe nicht gern, aber —."

„Damit ist die Sache erledigt."

Ich verließ sie ziemlich verzweifelt, suchte meine Freunde am Nilufer auf und erstattete ihnen Bericht. Sie sagten nicht viel dazu, denn es gab kaum noch etwas, das sie überraschen konnte. Was mir jetzt geschah, war außerdem während meines Aufenthalts in Damnoorah schon mehreren meiner Freunde passiert. Auch Mahmoud, der Schuldirektor, stand auf der geheimen Schwarzen Liste der Regierung und wußte nicht, wann es ihn treffen würde, entlassen oder ‚versetzt' zu werden.

„Liebe Freunde", sagte ich, „mein Los ist nicht ärger als das vieler anderer auch. Warum sollte ich mich beklagen? Wahrscheinlich werde ich in Edfou mehr nützen können als hier."

Ihre Augen waren voll Trauer.

Als ich meinem Boy Hussein erzählte, daß wir nach Edfou müßten, war er entzückt.

„Alhamdulillah!"

„Warum?"

„Weil Gott es so gewollt hat für dich!"

Hussein hatte recht, aber das wußte ich damals noch nicht.

„Alhamdulillah!" rief er und klatschte in die Hände.

„Warum freust du dich so?" fragte ich ihn.

Weil er nun zu seinen engeren Landsleuten käme!

„Aber was wird aus Omar?" fragte er plötzlich.

Ja, was wird mit Omar? Ich wußte genau, wie sehr der Krüppel an mir hing. Er lebte in den Straßen der Stadt, aber sein eigentliches Heim war in meinem Herzen. Der Gedanke an Omar quälte mich.

„Können wir den Mikassah nicht mitnehmen?" meinte Hussein.

Ich schüttelte den Kopf.

„Er wird sich im Nil ertränken!" rief Hussein.

„Nein. Er wird weiterleben und mich vergessen."

Hussein ging in die Küche und klapperte mit der Bratpfanne. Im Geist packte er bereits für die Reise. Und er sang mit näselnder Stimme vom Lande seiner Väter.

Ein Diener von Michaelides brachte mir eine Einladung zum Abendessen. Ich war sehr traurig, und nicht einmal der freudige Empfang konnte mich aufheitern. Wir waren zu viert. Mr. Pierri, Mr. Michaelides, Heleni und ich. Während des Essens drehte sich das Gespräch unablässig um mich. Ihre Empörung über meine Feinde war so groß, daß ich mich fast geneigt fühlte, diese Halunken zu verteidigen. Und so sehr waren sie durch den Gedanken an meine Abreise erschüttert, daß ich sie mit der Hoffnung zu trösten suchte, die Tatsachen würden bald meine Unschuld ans Licht bringen und eine neue Regierung würde mich sicherlich auf einen Posten stellen, der mir mehr

Freiheit ließe, die geringen Fähigkeiten auszunutzen, die unser Schöpfer mir geschenkt hatte. Ich sei überzeugt, sagte ich, daß nur die Angst meiner Feinde an meiner Versetzung schuld sei und daß nach einiger Zeit meine Feinde selbst entfernt werden würden.

Nach dem Essen brachte die Pflegerin Mikkie ins Bett, und Heleni verschwand. Ich blieb mit Herrn Pierri allein. Er schlürfte seinen Commanderia, lehnte sich in den Stuhl zurück und schwieg, die Brauen über der breiten Nasenwurzel gerunzelt. Er sah alt und mager aus. Ich war mir meiner Jugend bewußt und empfand Mitleid mit ihm. Er sah mich an.

„Warum richten Sie sich nicht eine Praxis in Damnoorah ein?" fragte er.

Ich sagte ihm meine Gründe. Ich stand im Staatsdienst. Ich liebte mein Land und hatte den Ehrgeiz, ihm zu dienen. Selbst wenn ich Lust gehabt hätte, den Staatsdienst zu verlassen — welche Aussichten hatte ich in dieser Stadt, wo schon über hundert praktische Ärzte einander die Luft zum Atmen mißgönnten...

„Eröffnen Sie ein privates Krankenhaus, eine Klinik!" Ich lächelte.

„Warum nicht? Warum interessieren Sie sich immer nur für den kranken Straßenpöbel? Haben Sie sich Ihren Idealismus noch immer nicht abgewöhnt? Warum denken Sie nicht ein wenig realistisch, mehr wie ein Geschäftsmann? Was gehen Sie die hundert verfluchten Doktoren in der Stadt an? Ich wette, daß in wenigen Monaten das beste Publikum zu Ihnen kommt, wenn Sie eine Klinik aufmachen. Man hat Vertrauen zu Ihnen. Und Sie wissen, wie lieb Sie uns sind. Ich persönlich halte Sie für einen der ganz wenigen Ärzte, denen ich vertrauen kann. Sonst würde ich mir nicht Ihretwegen den Kopf zerbrechen."

Er sprach mit solcher Aufrichtigkeit, daß ich nicht wußte, wie ich den Blick seiner Augen ertragen sollte.

„Können Sie mir nicht einen Vorschlag machen?" fuhr er fort. „Einen geschäftlichen Vorschlag? Nein?"

Ich gab keine Antwort. Wie konnte ich denn?

„Dann will ich Ihnen einen machen", sagte er schließlich. „Wir haben hier eine große griechische Gemeinde, wie Sie wissen. Wir haben schon seit langem unter uns darüber gesprochen, ob wir uns nicht ein eigenes Krankenhaus einrichten sollen. Es sind sogar schon zehntausend Pfund zugesichert worden, aber die Sache ist nicht vorangekommen, weil es so schwer ist, erstklassige Ärzte zu finden. Mikkie und ich sind bereit, viertausend Pfund anzulegen. Wie wär's, wenn Sie dieses Geld nehmen und eine Klinik einrichten würden? Wir haben auf der anderen Seite des Bahnhofs ein großes Grundstück, und es wäre kein schlechtes Geschäft, dort zu bauen. Ein schöner Bau würde den Wert des umliegenden Bodens erhöhen. Was sagen Sie zu diesem Vorschlag?"

In meiner ersten Verwirrung konnte ich keine Worte finden. Endlich aber sagte ich Herrn Michaelides, daß ich ihm mehr als dankbar sei für dieses Angebot.

„Entscheiden Sie sich möglichst bald. Ich wäre froh, wenn Sie den Staatsdienst verlassen würden und Ihr eigener Herr wären."

Die Versuchung war groß. Ich geriet völlig aus dem Gleichgewicht.

„Auf jeden Fall halte ich mein Angebot aufrecht. Ich werde es nicht zurückziehen."

Heleni kehrte zurück und meldete, daß der Kaffee in dem Nebenzimmer bereitstehe. Ich warf einen raschen Blick auf ihr Gesicht. Sie sah nicht zu mir herüber, sondern machte sich am Büfett zu schaffen, die Lippen geschürzt, als pfeife sie eine unhörbare Melodie vor sich hin. Sie sah reizend aus in ihrem hellroten, tief ausgeschnittenen Kleid, rote Schuhe an den Füßen und das Haar in einem Lockenknäuel über dem weißen Nacken zusammengefaßt. Ich hätte eigentlich in lauten Jubel ausbrechen müssen, da mir das Leben alles, was ich mir nur wünschen konnte, wie auf einem Servierbrett darzubieten schien. Ich hätte diese wunderbare Gelegenheit ergreifen und über meine Feinde triumphieren können. Aber der Gedanke daran machte mich nicht froh. Die Großmut Michaelides' erfüllte mich mit einem Gefühl der Demütigung. „Kommt in den Salon", sagte Heleni, „ich will Klavier spielen, und wir lassen die Tür offen, damit Mikkie es oben hören kann..."

Ja, nun war es also so weit: Ich wurde aus dem Hospitalsdepartement entlassen und zum Sanitätsbeamten ernannt. Das war ein Abstieg. Meine Familie wußte noch nichts davon, mit Ausnahme meines Bruders, des Anwalts, dem ich geschrieben hatte. Er kam Hals über Kopf nach Damnoorah. Und da er von Natur aus klüger ist als ich, schüttelte er düster den Kopf, nachdem ich ihm meine Geschichte erzählt hatte. Er prüfte die Lage vom juristischen Standpunkt aus und kam schließlich zu der Überzeugung, daß man nichts machen könne. Ich mußte entweder die Versetzung annehmen oder aus dem Staatsdienst ausscheiden. Natürlich erzählte ich ihm nichts von Michaelides' Angebot.

Nachdem er einen Tag und eine Nacht bei mir geblieben war, zog er seine Börse und bot mir stolz seinen brüderlichen Beistand an. Er beklagte tränenden Auges mein Geschick, bat mich, mit ihm in Verbindung zu bleiben und reiste wieder ab. Ich begleitete ihn zum Zuge.

Michaelides ging so weit, mir einen Brief zu schicken,

in dem er sein Angebot schriftlich wiederholte. Ich raffte meine ganze Willenskraft zusammen, um ihm zu antworten. Ich dankte ihm von ganzem Herzen für sein großmütiges Angebot und lehnte es ab.

Ich wußte wohl, daß Heleni hinter der Sache steckte, und machte mich auch darauf gefaßt, noch mehr darüber von ihr zu hören.

Sie erschien auch sofort. Diesmal war sie keine ägyptische Dame, sondern nur eine Frau.

Es kam zu einer Szene. Sie wollte die Gründe meiner Ablehnung nicht gelten lassen. Auf alles, was ich sagte, antwortete sie hartnäckig: „Wenn du mich wirklich liebst, dann bleibst du unter allen Umständen in Damnoorah."

„Heleni", sagte ich, „etwas in mir ist mächtiger als alle Liebe der Welt. Ich habe das Gefühl, daß ich nicht mir, sondern meinem armen Volk gehöre. Vergiß nicht, ich bin der eigentliche Anlaß für den Tod der zwei armen Teufel gewesen, die bei den Unruhen umkamen. Meine Nachlässigkeit ist schuld, daß Mohammed Assar von Abourizk mißhandelt worden ist. Ich hätte alles sehen müssen, was in dem Krankenhause vorging. Ich hätte jeden Tag die Gefängniszelle inspizieren müssen und habe es nicht getan! Ich bin schuld daran, daß der arme Omdah und seine Söhne im Gefängnis sitzen und daß ihr Grund und Boden konfisziert worden ist."

„Was für ein Wahnsinn!" rief sie. „Das ist wie eine Krankheit, die dich gepackt hat! Du wirst dir bald die Schuld an jedem Unfall geben, der irgendwo passiert, weil du nicht dabei warst, um ihn zu verhindern! Verlaß mich nicht, Ibrahim! Ich kann es nicht ertragen. Wir waren so glücklich miteinander. Ich werde alles für dich tun, alles, was ich kann."

„Würdest du meinetwegen auch deinen Mann verlassen?"

Ich bereute meine Worte fast sogleich, nachdem ich sie ausgesprochen hatte. Ich hatte Angst, sie würde ja sagen. Aber sie antwortete nicht. Meine Frage schien sie wie ein Fausthieb getroffen zu haben. Sie sank auf einen Stuhl und weinte. Ich wußte nicht, wie ich sie trösten sollte, und schwieg. Schließlich blickte sie auf.

„Ich gehe jetzt."

Sie ordnete ihr Haar. Ich begleitete sie an die Tür. Mir war jämmerlich zumute, daß ich so von ihr Abschied nehmen mußte, dabei ängstigte mich der Gedanke, sie könnte sich besinnen und bleiben.

Sie ging die Treppe hinunter. Stumm sah ich ihrem Wagen nach.

Am nächsten Tag erschien Herr Michaelides in höchster Unruhe und bat mich, sofort zu ihm zu kommen. Heleni sei krank. Seine Angst teilte sich mir mit. Ich fürchtete, sie könnte sich etwas angetan haben.

Ich fand sie blaß, krank und erschöpft im Bett. Sie hatte seit vierundzwanzig Stunden weder etwas gegessen noch geschlafen.

Ich untersuchte sie in Anwesenheit ihres Mannes, fand aber keine beunruhigenden Symptome irgendwelcher Art, sie wollte mir auch nicht erklären, was mit ihr los sei. Ihr Puls ging sehr schnell, aber das war alles.

Ich nahm an, daß sie Komödie spielte. Zu Herrn Pierri sagte ich, er brauche sich keine Sorge zu machen, seine Frau habe wahrscheinlich durch die Hitze einen kleinen Nervenzusammenbruch erlitten. Ich empfahl völlige Ruhe und versprach, bald wiederzukommen.

Ich kam wieder. Im Verlauf zweier Tage besuchte ich sie mehrere Male, und jedesmal war ihr Mann dabei. Sie aß während der ganzen Zeit keinen Bissen. Ihre Augen brannten fiebrig, und ich begann mir schließlich doch Sorgen zu machen. Simulierte sie oder war sie wirklich krank?

Dann traf ich sie eines Nachmittags allein. Als ich hereinkam, lag sie in den Kissen totenblaß und anscheinend vollkommen erledigt. Sie richtete sich sofort auf und sah mich sehnsüchtig an.

„Heleni", sagte ich, „endlich kann ich offen mit dir sprechen. Warum benimmst du dich so? Du machst mir alles so unendlich schwer. Willst du nicht vernünftig sein? Schließlich bedeutet meine Abreise vielleicht nur eine vorübergehende Trennung."

„Ibrahim, ich lasse dich nicht gehn!" rief sie immer wieder aus. „Sag, daß du mich nicht verlassen wirst!"

„Ich muß, Heleni, es ist schon alles geregelt. Ich kann nicht hierbleiben. Es kommt nicht in Frage. Du weißt, warum!"

Sie starrte mich an.

Plötzlich waren ihre Augen voll Haß.

„Dann geh! Geh weg!" sagte sie tonlos. „Ich will dich nicht wiedersehen!"

Sie brach in Tränen aus und verbarg das Gesicht in den Kissen.

Ich versuchte, ihre Hand zu fassen, sie zu küssen, aber sie zog sie heftig zurück. Ich zögerte einen Augenblick, dann sagte ich: „Gott schütze dich!" und verließ sie.

Ich ging zum Bahnhof, um den nächsten Zug nach Kairo zu nehmen. Hussein erwartete mich mit dem Gepäck. Er schien doppelt so viel eigenen Kram zu haben wie ich. Auch Omar war da. Meine Abreise stimmte ihn nicht allzu traurig. Im Gegenteil! Er überhäufte mich mit

Segenswünschen, und seine Augen leuchteten vor Fröhlichkeit. Auch eine Menge anderer Leute waren auf dem Bahnhof erschienen, um mir Lebewohl zu sagen, meine nächsten Freunde und etwa hundert Männer und Weiber, manche mit ihren Kindern auf den Armen. Sie sahen im großen und ganzen alle recht erbärmlich aus, aber ihre Anwesenheit erfüllte mich mit Stolz. Sie waren schließlich meine besten Freunde. Ich hatte sie vergessen, aber sie erinnerten sich meiner an diesem Tage, und ihre Tränen waren mir ein Trost.

SECHSTES KAPITEL

EDFOU

un lebte ich im Lande des Horus, des fliegenden Falken.

Es gab kein Krankenhaus in Edfou, nur eine große, aus Lehm gebaute und weiß getünchte Baracke, vor der ein hoher Baum stand. Die Räume aber waren groß und luftig. Ich richtete mich im oberen Stockwerk ein; von meinem großen, schattigen Balkon aus konnte ich den Nil sehen und die Hügel der östlichen Wüste. Unten befand sich mein Büro, das eine Unmenge Papier, einige halbzerbrochene Möbelstücke, ausgeweidete Lederstühle und einen Schrank mit einer Apotheke enthielt, deren Inhalt für einen Bezirk mit einer Bevölkerung von nahezu zwanzigtausend Seelen ausreichen sollte. Hinten im Hause gab es zwei Zimmer mit vier leeren Betten, dahinter noch einen Raum mit einem breiten, roh gezimmerten Tisch, über den ein Gummituch gebreitet war. Da das Tuch einige dunkle Flecken aufwies, mutmaßte ich, daß dies ein Operationstisch sei. Die Fensterscheiben waren sämtlich zerbrochen. Es wimmelte überall von Fledermäusen.

Mein Buchhalter hieß Ismail. Er war ungefähr so alt wie ich und trug eine goldumränderte Brille.

Um die Ecke hatte ein Armenier namens Madjoubian

ein Hotel, das durchaus dem Standard meiner ‚Sanitätsstation' entsprach. (So lautete der offizielle Name auf dem hölzernen Schild, das meinen neuen Aufenthalt schmückte.) Der Armenier betätigte sich nebenbei auch als Zahnarzt. Er war recht geschickt, wie diejenigen seiner Mitbürger, die es sich leisten konnten, durch leuchtende Goldplomben in ihrem Munde bezeugten, und ich erfuhr später, daß sehr viele sich absichtlich in ihre gesunden Zähne Löcher bohren ließen, damit sie ein „goldenes" Lächeln zeigen konnten. Manche von ihnen dachten ohne Zweifel, in den Zähnen sei das Gold sicherer als auf der Bank; diese armen Narren hatten wahrscheinlich recht.

Dann war hier der junge ‚Inspektor für Altertümer', der offizielle Hüter des Horustempels, Mansour. Er war durchaus nicht stolz darauf, daß seinem Schutze der schönste Tempelschrein Ägyptens, vielleicht der ganzen Welt anvertraut war, sondern lechzte nur danach, vom Departement für Altertümer in eine zivilisierte Gegend versetzt zu werden. Mansour hatte meine volle Sympathie, obschon ich um seinetwillen wünschte, die Natur hätte ihn mit ein wenig mehr Verstand ausgestattet.

Dann war da der Mamour, der mit seiner zahlreichen Familie im schönsten Hause des Ortes wohnte. Er und seine Polizistenschar führten ein geruhsames Leben, denn die Bewohner von Edfou waren ein friedfertiges Volk. Ab und zu gab es einen Mord, eine Vendetta natürlich, einen Fall von ‚Cherchez la femme', und den Mörder zu fassen war nicht schwieriger, als eine Fliege zu fangen. Jeder Mensch von einiger Bedeutung kannte alle andern Bürger in der Stadt. Und alle die Niemande kannten alle andern Niemande. Die Händler und die Vertreter der Fremdenindustrie versuchten einander den Hals abzuschneiden, wie das überall so Sitte ist, und die Straßen waren mit Unrat und Schmutz angefüllt wie anderswo im Lande der Pharaonen auch. Die kleinen Eseltreiber kämpften während der Fremdensaison um die Trinkgelder, Dolmetscher in seidenen Anzügen führten die gaffenden Fremden umher und machten Ägypten in den Augen der unwissenden großen Welt lächerlich.

Es gab im Ort eine Schule mit einem Oberlehrer und drei andern Lehrern. Hundertundfünfzig Knaben und kein einziges Mädchen besuchten sie. Diese Schule vorschriftsmäßig zu inspizieren, war eine meiner angenehmsten Pflichten, denn die Jungen waren lebhaft, hübsch und im ganzen gesund. In einem bestimmten Viertel hausten etwa ein Dutzend Prostituierte, die meiner ärztlichen Aufsicht unterstanden, aber am Bairam und an anderen Festtagen konnte man unmöglich die Nase in dieses schmutzige Gäßchen stecken. Es gab einige Cafés, das beste gehörte unserem Hotelier-Zahnarzt; dort traf ich gelegentlich die Crème der Gesellschaft und die Intelligenz der Stadt des Horus. Nirgends gab es einen Brunnen mit reinem Wasser, nirgends eine Straßenlaterne, nirgends eine saubere Straße! Niemand hatte schuld. Wo sollte eine zentralisierte Regierung, die nicht einmal Zeit fand, sich um den Dreck mitten in ihrer eigenen Hauptstadt zu kümmern, die Zeit hernehmen, sich um ein großes Dorf oben am Nil, Hunderte von Meilen entfernt, zu kümmern?

Ich bemühte mich, daran zu denken, daß schließlich alle Zivilisation und Kultur, wo immer sie nun in der Welt existierten, ursprünglich nur aus Dreck und menschlichem Bemühen entstanden waren, und da ich mir vom ersten Augenblick an darüber im klaren war, daß ich, der Sanitätsinspektor, versuchen müsse, hier saubere Verhältnisse zu schaffen, ging ich sofort mit aller Macht daran, dem Gesundheitsdepartement Beine zu machen.

Einen Monat lang schnüffelte ich herum und studierte die örtlichen Bedingungen. Ich holte sämtliche Beamten zusammen wie eine Schar gutwilliger Schuljungen und feuerte sie an, mir bei meinem Kampf um bessere Lebensbedingungen zu helfen. Sie reagierten scheinbar mit Eifer, hatten aber nicht die Absicht, sich sehr anzustrengen.

Mein Chef im Departement war Salib Bey. Ich kannte ihn nur flüchtig. Er war sehr dick und gutmütig. Aber wie alle Kröten seiner Gattung war er ständig betrunken. Er hatte eine lange Dienstzeit als praktischer Arzt und im Bürodienst hinter sich, und man schätzte ihn sehr. Seine zahlreichen Freunde empfing er mit großer Liebenswürdigkeit in seinem schönen Büro in Kairo. Trotz seiner Dicke konnte er sich sehr gewandt bewegen, wenn es galt, einem Vorgesetzten einen Dienst zu erweisen. Jedermann im Ministerium wußte, daß er mit beiden Augen nach dem Stuhl des Generalsekretärs schielte, der für seinen ballonartigen Hintern gerade groß und komfortabel genug war. Es hing nur davon ab, wann die jetzige Regierung zurücktreten und ob der neue Minister seinen privaten Voraussagungen entsprechen würde. Armer Salib! Er konnte seinen Ehrgeiz nicht befriedigen; er starb am Herzschlag, während er als Delegierter bei einem Hygiene-Kongreß in Paris weilte. Solange er aber lebte, mußte ich mit ihm rechnen. Und das tat ich auch!

Er gab sehr viel auf Formalitäten. Ohne Papiere war er verloren. Sein Geist lebte in Dossiers unter Bergen von Dokumenten, sein Sekretär war der fleißigste Bearbeiter gedruckter Formulare, den ich je gekannt habe. Ich darf ruhig behaupten, daß das Dossier über Edfou nicht viel enthielt, bevor ich meine neue Stellung antrat. Aber, wie gesagt, einen Monat nach meiner Ankunft begann ich zu arbeiten, und binnen kurzem lieferte ich dem Departement ein Material, das ausgereicht hätte, nicht nur die Geschichte Edfous, sondern auch die sämtlicher Dörfer und kleinen Städte im Said zu schreiben, die ich bei meinen Inspektionen berührte und die auch nicht besser dran waren. Salib Bey war Arzt, aber er liebte Ruhe und Behagen und ließ sich daher nicht gern belästigen. Ich aber war entschlossen, mich für meine Versetzung und Degradation an dem Departement zu rächen; freilich sollten die Früchte dieser Rache nicht mir, sondern dem Volk und dem Lande zugute kommen. Obwohl ich aber durchaus imstande war, das Dossier mit Berichten, Statistiken, mit dringenden Anforderungen aller möglichen Hilfsmittel und sogar mit heimlichen Anspielungen, die die Ehre des Gesundheitswesens und des Departements in Zweifel zogen, kräftig vollzupfropfen, konnte ich doch nicht dem verfetteten Herzen Salib Beys Vaterlandsliebe einflößen. Er bestätigte sorgfältig den Empfang jedes kleinsten Zettels, den ich ihm schickte. Aber die Regierung hatte kein Geld. Budgetäre Erwägungen verhinderten das Departement, seine vielfältigen Pläne durchzuführen. Ich trommelte auf Salib Bey los, aber eher konnte man einen Elefanten mit einer Pfauenfeder aus dem Schlaf wecken, als meinen Chef zu einer Tat aufrütteln!

Geduld, mein Junge! Geduld!

In Oberägypten gab es weniger Krankheiten als im Delta. Ich lebte unter einer Bevölkerung, deren Moral eine strenge war, die auch fleißig arbeitete. Das bebaute Land umfaßte nur wenige Meilen zwischen Wüste und Wüste, aber es wurde bis zur äußersten Grenze seiner Fruchtbarkeit ausgenützt.

Bald kannte man in weitem Umkreis meinen Namen,

besonders durch die propagandistischen Bemühungen meines Boys Hussein, über den ich in dieser Hinsicht keine Macht hatte und der, wohin er auch kam, gewaltige Geschichten über mich erzählte. Die Leute erwarteten viel von mir. Ich hatte ihnen aber nur wenig zu geben.

Endlich kam Nachricht, daß Arzneimittel unterwegs seien; es war aber kein Geld da für die übrigen Bedürfnisse. Man teilte mir mit, daß man den Plan erwöge, in Edfou ein Krankenhaus zu errichten. Ich wußte, daß ein derartiger Plan bereits existiert hatte, bevor ich zur Welt kam. Jedenfalls gelang es mir nach monatelanger Mühe und Arbeit, mit örtlicher Hilfe ein kleines Hospital mit einem einigermaßen zureichenden Operationssaal einzurichten. Er war recht primitiv, aber tadellos sauber. Mein Buchhalter Ismail, der aus dem nicht weit entfernten Komombo stammte, hatte einige Erfahrung im Assistieren bei Operationen und konnte Narkosen durchführen. Ich borgte bei meinen Kollegen in den Hospitälern von Assuan und Luxor einige Instrumente, und schließlich führte ich mit Gottes Hilfe, wie ich wohl sagen darf, die Operationen durch, die ich für absolut notwendig hielt, aber nur dann, wenn ich wußte, daß meine technische Ausrüstung genügte, um einen Erfolg zu gewährleisten. Ich registrierte die Geburten und Todesfälle. Ich impfte. Ich untersuchte die Augen der Hunderte von Augenkranken. Ich bewog den Mamour, Straßenfeger zu bestimmen und die Hauptstraße täglich besprengen zu lassen. Ich verurteilte Häuser zum Abbruch und erklärte sie für ungeeignet, als menschliche Behausung benutzt zu werden, aber die Leute blieben weiter darin, und ich glaube bestimmt, sie wohnen auch heute noch dort. Die Fellachen schickten mir ihre kranken Kinder, aber ihre Frauen ließen sie lieber sterben, als sie mir zur Untersuchung anzuvertrauen, mochten sie noch so krank sein. Ich ließ einige abscheuliche Diahs wegen ungesetzlichen Praktizierens verhaften. Bald aber ließ ich in meinen Bemühungen nach, denn ich merkte, daß man zwar kleine Kinder, aber nicht erwachsene Menschen erziehen kann. Was für ein schönes Durcheinander! Erziehungsfragen gehörten in ein anderes Departement!

Manchmal saß ich grübelnd und träumend auf meinem Balkon. Ich fühlte, wie Energie und Eifer mich verließen, als ob mein Blut einer geöffneten Ader entströmte. „Ich bin nur einer in einer Million, was kann ich tun? Ma'alesh! Mögen die Dinge ihren Lauf nehmen. Möge die Natur mich besiegen. Möge das Leben den Willen zur Tat in mir ersticken. Das Schlimmste, das mir passieren kann, wäre, daß das Departement meine Existenz vergißt. Dann würde ich für ewige Zeiten hier in der Stadt des Horus begraben sein."

Und die Hitze! Eine richtige oberägyptische Hitze, trocken und beißend. Die Sonne verbrannte einem nicht nur die Haut, sie röstete auch noch darunter das Fleisch. Die Luft am Tage war wie der Hauch eines offenen Schmelzofens. Kaffee, Schlaf, Zigaretten! Schlaf, Kaffee, Zigaretten! Zigaretten, Kaffee, Schlaf! Ein dreieckiger Zeitvertreib, der viele Monate lang in verdunkelten Räumen fortdauerte. Hätte ich mich zwischen acht Uhr morgens und sechs Uhr nachmittags aus dem Hause gewagt, ich würde kaum einen Hund auf der Straße angetroffen haben. Ab und zu ein Schlangenbiß, zahlreiche Skorpionstiche — das waren die hauptsächlichen Fälle, die ich im Sommer zu behandeln hatte.

Ich hatte Gesellschaft in meinem Hause. Da war Hussein, immer vergnügt, weil er in der Stadt einen Bruder und einige Vettern entdeckt hatte. Und da war —

überraschenderweise — der Stiefelputzer Omar. Er hatte sich nicht selbst auf seinem Wägelchen von Damnoorah hierherbefördert. Nein, wie ein Fürst war er eines Tages auf dem Wasser eingetroffen, in einer großen Feluke. Sie hatten ihn an Land gesetzt, und er hatte für die Reise bezahlt. Er war sofort zu mir gekommen, begleitet von der Hälfte der Bevölkerung, die voll Erstaunen den beinlosen Jungen sich schneller fortbewegen sah als einen Jungen mit Beinen. Er hatte seinen früheren Beruf aufgegeben, denn außer mir und einem Dutzend Effendis wandelten die Männer von Edfou mit bloßen Füßen einher. Natürlich putzte er mir und Hussein die Schuhe; das war der Preis, den er dafür bezahlen mußte, daß er in der Küche aus und ein gehen und sich von den Krumen nähren durfte, die von des Herrn Tische fielen. Krumen! Sie aßen wie die Paschas in meinem Hause. Er trug jetzt einen weißen Turban, der kleine Lump, und statt auf der Bürstenkiste saß er auf einem Koran, den er bei allen möglichen Gelegenheiten aufschlug, um mit seiner wunderschönen Stimme laut die weisen Worte des Propheten vorzulesen. Omars Stolz kannte keine Grenzen, als mein Freund, der Oberlehrer, ihn als Vorleser für die unterste Klasse bestimmte. Stundenlang hockten die Kleinen um Omar herum, und gemeinsam sangen sie das Lob des allmächtigen Gottes. Es war auch ein kleines Mädchen in meinem Hause. Sie kam eines Tages aus der Wüste gewandert, niemand wußte, woher. Eine Badawiyah[1]), ein Geheimnis; sie verriet nicht, welchem Stamm sie angehörte. Sie sah recht wild aus, und ihr dunkles, ausdrucksloses Gesicht hatte einen seltsamen Reiz. Sie war das magerste Geschöpf, das ich je gesehen habe. Es war so wenig an ihr dran, daß sie im Schatten eines Telegraphen-

[1]) Beduinenmädchen

mastes hätte schlafen können. Sie tat mir leid oder ich tat ihr leid. Ich weiß nicht, ob es das eine war oder das andere. Sie war intelligent, lebhaft und sehr stolz. Bald gewöhnte sie sich daran, ein wenig häusliche Arbeit zu verrichten. Nie verließ sie das Haus. Es war, als lauere auf der Straße ein Schrecken auf sie. Ich bat den Mamour, alle wandernden Beduinen scharf im Auge zu behalten und Erkundigungen nach dem Mädchen einzuziehen.

Allmählich verlor ich jedes Zeitgefühl. Tage vergingen wie Stunden, Wochen wie Tage und Monate wie Wochen, bis nach und nach die Nächte wieder kühler wurden und die große Hitze am Tage nachließ. Da fühlte ich fast unmerklich, daß ich zu neuem Leben erwachte, und begann fröhlich zu atmen wie ein Wanderer, der nach einer beschwerlichen Reise durch die wasserlose Wüste in einen kühlen Garten zurückkehrt.

2.

Ein frommer wandernder Inder kam durch Edfou. Omar brachte ihn vor mein Haus.

„Hier ist ein Hindi[1]), der meinen Herrn sucht, den Hakim Pascha."

Ich sah vor mir einen gut gewachsenen Mann mit einem kurzen, gegabelten Bart. Er trug einen indisch geschnittenen, gelblichen, etwas schäbigen Seidenanzug und schief auf dem Kopf einen großen weißen Turban aus sehr leichtem Stoff. Seine Augen betrachteten mich mit der sanften Heiterkeit eines heiligen Mannes, er grüßte mich mit einer feierlichen Verbeugung. Dann setzte er ein kleines geheimnisvolles Bündel am Boden ab und legte die Flächen seiner Hände gegeneinander. Sein asketisches

[1]) Inder

Gesicht war mit Pockennarben übersät, aber diese Entstellung nahm seinen Zügen nicht das geringste von ihrem Adel.

Er zog eine alte lederne Brieftasche aus dem Rock und reichte mir eine englische Visitenkarte: „Mirzah Shingh, indischer Astrologe." Er sprach Englisch genau so gut wie ich, und wir konnten uns in der Lingua Franca der Welt gut miteinander unterhalten.

„Mein Herr befiehlt mir, Sie aufzuhalten", sagte er.

„Wer ist Ihr Herr?"

„Ich kenne ihn nicht. Ich weiß nur, daß er in Indien ist."

„Wie kann er Ihnen Befehle erteilen, wenn Sie ihn nicht einmal kennen?"

„Er hat mich im Geiste besucht und gesagt: Wenn du durch das Land Ägypten ziehst, geh in die Stadt des Horus. Dort wirst du einen Mann der Wissenschaft finden. Wohne in seinem Hause, aber nicht länger als von einem Mond zum anderen."

„Willkommen", sagte ich und mußte über so viel heilige Schlauheit lächeln. „Aber woher wissen Sie, daß ich der Mann der Wissenschaft bin?"

„Ich habe eine Nacht meditierend im Tempel verbracht. Eine Stimme sagte zu mir: ‚Geh zu dem Sanitätsbeamten. Er ist der, den dein Herr beschützt.' Ich komme jetzt zu Ihnen, geleitet von diesem Knaben, dem Sie durch Ihre Geschicklichkeit das Leben gerettet haben."

„Mein Haus ist Ihr Haus", sagte ich. „Bitte."

Ich machte eine einladende Handbewegung. Er trat ein, ging aber nur bis zu der schrägen Wölbung unter der Treppe. Dort setzte er sich mit untergeschlagenen Beinen auf den Boden und versank sogleich in einen träumerischen Zustand. Seine Augen starrten geistesabwesend ins Leere, ein sonderbares Feuer brannte in ihren Tiefen.

Ich verließ ihn und gab allen im Hause Anweisung, von meinem indischen Gast keine Notiz zu nehmen, damit er in keiner Weise gestört würde. Dann ging ich an meine Arbeit. Ich mußte immerfort lächeln, denn ich war überzeugt, daß mir der würdevollste Bettler der Welt über den Weg gelaufen sei. Zwei Stunden nach seiner Ankunft saß der Hindu immer noch unter dem Treppenbogen, ohne sich zu rühren. Ich bemühte mich, seine Anwesenheit zu vergessen. Als aber der Tag vorrückte, fühlte ich eine starke seelische Unruhe in mir, die ich mir nicht zu erklären vermochte. Auf dem Wege zum Kaffeehaus des armenischen Zahnarztes, wo ich mit dem Schulmeister eine Partie Domino spielen wollte, war ich fast gezwungen, kehrt zu machen und nach Hause zu gehen. Der Hindu war gerade dabei, sein Bündel zu öffnen; er holte ein Stück Brot hervor, das er in kleine Stücke zerbrach.

„Die Sonne hat dieses Brot mit der Kraft ihrer Strahlen gesegnet", sagte er. „Es ist mit der Gerechtigkeit getränkt, die im All lebt."

Die Badawiyah kam wie ein Schatten herangeglitten. Ihre dunklen Augen schimmerten wie schwarze Juwelen. Sie stellte eine Goulah mit frischem Wasser auf den Boden.

„Das Wasser, das er verlangt hat", murmelte sie.

Sie wandte sich um wie ein Schatten und verschwand die Treppe hinauf.

„Sorgen Sie dafür, daß dieses Mädchen Ihr Haus nicht früher verläßt, als vier Wochen nach meiner Abreise", sagte der Hindu. „Sie ist von Gefahren umgeben. Männer aus der Wüste trachten ihr nach dem Leben. Geht sie aber erst nach der vorgeschriebenen Zeit von hier weg, dann wird sie außer Gefahr sein; es wird ein Mann kommen, der sie wegholt, und er wird sehr gut zu ihr sein."

Langsam begann der Hindu sein Brot zu essen.

Ich ging zu der Badawiyah und fragte sie, ob sie mit dem Hindu gesprochen habe. Sie verneinte es fast entsetzt.

„Aber er hat dich doch gebeten, ihm Wasser zu holen?"

„Er hat nie mit mir gesprochen."

„Warum hast du dann das Wasser geholt?" Sie sah mich bestürzt an und konnte es nicht erklären.

Ich stand vor einem Rätsel, empfand aber keinerlei Unbehagen. Im Gegenteil. Während das alles geschah, fühlte ich mich in einem warmen Vertrauen zu dem sanftmütigen Inder hingezogen. Ich war Wissenschaftler genug, um mir seine telepathischen Kräfte zu erklären. Außerdem hatte ich selbst in jenen Regionen geweilt, die sich jenseits der Grenzen meiner Sinne erstrecken und für die der Verstand keine Erklärung findet. Ich spürte die Anziehungskraft des Hindu und hatte die Empfindung, im Schutze eines väterlichen Geistes zu stehen.

Ich überließ meinen Gast völlig seinem Belieben, und er fiel mir nicht im mindesten zur Last. Er hauste unter der Treppenwölbung, ging manchmal aus, kehrte zurück und versenkte sich in seine Meditationen. Zuweilen schlief er auf einer Grasmatte, die Hussein ihm verehrungsvoll zur Verfügung gestellt hatte. Ich untersagte Hussein, unseren Gast zu belästigen oder im Dorf über ihn zu reden. Der Befehl war kaum nötig, denn Hussein rollte in ehrfürchtiger Scheu die Augen, so oft er an dem heiligen Manne vorüberging; seine Gebete verrichtete er auf einer Matte dicht vor der Tür, damit der heilige Mann aus Bilad el Hind[1]) ihn beten sehe und wisse, er, Hussein, sei gleichfalls ein gottesfürchtiger Wanderer auf dieser Erde. Nachdem Mirzah Shingh ungefähr zehn Tage lang seine Yoga-Übungen durchgeführt hatte, änderte er seine Le-

[1]) Indien

bensweise. Er kam zu mir herauf auf meinen Balkon und benahm sich wie ein gewöhnlicher Mensch. Aber er sprach äußerst wenig und schüchtern und lehnte es ab, etwas anderes zu essen als Reis, Datteln und ab und zu eine Zwiebel. Ich verhielt mich sehr zurückhaltend und fragte ihn nie nach seinen religiösen Übungen. Nachts saß er mit gekreuzten Beinen auf dem Balkon und blickte nach dem Mond und den Sternen. Von meinem Bett aus konnte ich seinen beturbanten Kopf sehen, umgeben von der leuchtenden, milchigen Weiße des ägyptischen Mondes. Wenn ich morgens bei Tagesanbruch erwachte, war er jedesmal verschwunden. Das sonderbarste war, daß ich selbst jetzt viel weniger aß, keine Zigaretten mehr rauchte und auf den ewigen Kaffee verzichtete. Ich fühlte eine seltsame, wonnevolle Leichtigkeit in meinem Körper. Er erinnerte mich an die Zeit meiner Fastenübungen im Garten auf der Insel Rhoda.

Zuletzt wurde Mirzah Shingh ein wenig gesprächiger.

„Sind Sie jemals außerhalb Ihrer selbst gewesen?" fragte er und heftete den Blick seiner leuchtenden Augen mit einem Ausdruck durchdringender Güte auf mich.

„Außerhalb meiner selbst — wie meinen Sie das?"

„Vermählt mit dem ewigen All, wie eine Frau mit ihrem ganzen Sein mit dem Manne vermählt ist, den sie liebt."

„Ich habe von Zeit zu Zeit seltsame Zustände von Abwesenheit gehabt", räumte ich ein. „Aber als Mann der Wissenschaft kann ich nicht sagen, daß ich ‚außerhalb meiner selbst' gewesen wäre."

„Genug! Ich weiß jetzt alles!"

Er versank in ein langes gedankenvolles Schweigen.

„Können Sie mir sagen, was mir die Sterne prophezeien?" fragte ich.

Er starrte vor sich hin.

„Ja?" drängte ich.

Er schüttelte den Kopf. Ich drang nicht weiter in ihn. Ich fühlte, daß er nicht sprechen wollte.

„Aber ich werde in Ihrer Hand lesen", sagte er plötzlich. „Ich will Ihnen sagen, was Ihre Hand mir verrät."

Ich legte meine Hände mit den Flächen nach oben auf seine Knie. Er studierte die Linien und erzählte mir dann mit erstaunlicher Genauigkeit die Ereignisse meines vergangenen Lebens. Er beschrieb auch künftige Ereignisse, die zum größten Teile dann eingetroffen sind. Ich erinnere mich jetzt, daß ich während meines Aufenthaltes in Europa mehrere Male versucht habe, gewissen Situationen und Ereignissen aus dem Wege zu gehen, weil ich mich der Voraussagen des Hindu erinnerte, aber ohne Erfolg. Er erzählte mir in unbestimmten Worten, daß ich bedroht sei. Ich bat ihn, sich genauer auszudrücken. Er weigerte sich. Ich fragte ihn, wie ich der Drohung entrinnen könne. Er lächelte.

„Lassen Sie alles zurück, und machen Sie sich auf, den Meister zu suchen. Nur dann werden Sie entrinnen. Aber Sie können nicht entrinnen, weil Sie Ihren eigenen Willen nicht verleugnen können."

Schließlich nahm er meine Hände von den Knien.

„Eine gute Hand, und die Hand eines Meisters! Ihr Name wird leuchten vor dem Volk!"

Er schob den Turban ein wenig aus der Stirn und lächelte fröhlich wie ein Schuljunge. Dann machte er eine erstaunliche Prophezeiung:

„Sehr bald, im November, wird eine Dame hierherkommen. Sie werden sich mit ihr befreunden."

„Eine Ägypterin?"

„Nein. Eine Engländerin. Ihr ganzes Leben wird durch diese Dame verändert werden."

„Was soll das heißen? Werde ich Sie heiraten?"

„Nein. Sie ist mit einem englischen Herrn verheiratet."

Er streichelte sanft meine Hand.

„Erzählen Sie mir mehr über diese Dame!"

Er schüttelte den Kopf.

„Das wäre nicht gut."

Und mit dem Zeigefinger gegen seine Schläfe klopfend:

„Sie haben einen starken Willen und fürchten weder Menschen noch Ereignisse. Aber wenn Sie Ägypten verlassen, müssen Sie sich in acht nehmen, daß Ihre Lunge nicht krank wird."

Er erhob sich mit einer mühelos fließenden Bewegung aus seiner hockenden Stellung, als ob eine unsichtbare Kraft ihn emporhöbe. Er lächelte, legte die Hände aneinander und verbeugte sich. Dann ging er die Treppe hinunter und zum Hause hinaus, sein kleines Bündel in der Hand. Ich sah ihn in der Mitte der Straße dahingehen, er blickte weder nach links noch nach rechts. Ein Gefühl tiefen Bedauerns war in mir, denn ich wußte, er würde nicht zurückkommen. Ich habe ihn wirklich nie wiedergesehen. Dennoch — war er gegangen? Wie oft in meinem Leben habe ich an ihn gedacht! Eben jetzt, während ich diese Zeilen schreibe, brauche ich nur aufzublicken, und er sitzt dort mir gegenüber, ich brauche nur die Augen zu schließen, um zu fühlen, wie er meine Hand sanft streichelt. Manchmal, wenn ich in der Dunkelheit der Nacht gegen meinen elenden Zustand ankämpfe, sehe ich sein leuchtendes Antlitz ganz nahe vor mir, und seine Nähe scheint mir Kraft und Mut zu geben. Ich weiß, daß er lebt, irgendwo in der weiten Welt, und an mich denkt und mir seine Kraft und Teilnahme sendet. Ich werde ihm ewig dankbar sein.

3.

Der November war fast schon zu Ende, aber die Engländerin hatte sich noch nicht gezeigt. Ich beobachtete die Touristen, die gelegentlich auf dem Wege zum Tempel auf Eseln vorbeiritten, in der Hoffnung, sie würde unter ihnen sein. Aber sie kam nicht.

Eines Tages brachte mir die Polizei einen verwundeten Beduinen. Sie hatten ihn bei einem Patrouillenritt aufgelesen. Er war sehr jung, hochgewachsen, und benahm sich mit der schweigsamen Gleichgültigkeit eines Aristokraten. Er verweigerte der Polizei jegliche Auskunft, und man ließ ihn in meiner Obhut zurück. Ich verband seine Wunde, die nicht sehr gefährlich war, und seine kräftige Konstitution ließ ihn rasch genesen. Eines Tages gab er mir seinen mit Gold und Juwelen eingelegten silbernen Dolch. Er sagte, daß er mir viel Dank schulde, nicht so sehr für meine ärztlichen Bemühungen, sondern weil ich zu seiner leiblichen Schwester wie ein Vater gewesen sei. Man kann sich mein Erstaunen vorstellen. Er klärte mich mit wenigen Worten auf. Seine Schwester war von einem Angehörigen eines Nachbarstammes entführt worden, mit dem seine Familie von jeher in Fehde gelegen hatte. Die Badawiyah stand neben ihm, ihre Zähne schimmerten wie Lichter in ihrem dunklen Gesicht. Ihr Bruder legte schützend den weiten Kamelhaarburnus um ihre Schultern.

„Ich nehme sie mit", sagte er schließlich. „Mein Vater wird Ihnen einmal seine Dankbarkeit beweisen."

Ich war betrübt, daß ich meinen kleinen Hausgeist verlieren sollte. Sie hatte mir nicht mehr Mühe gemacht als eine eigenwillige, ein wenig freche Katze, andererseits war sie trotz der ihr eigenen unordentlichen Art immer willig und hilfsbereit gewesen. Ich erinnerte mich an die Worte des Hindu und ließ sie mit ihrem Bruder ziehen. Das war genau einen Monat nach dem Weggang des Hindu.

Es blieben jetzt nur noch fünf Novembertage übrig. Ich wurde unruhig. Eine der Prophezeiungen des Hindu war eingetroffen. Was aber war mit meiner Engländerin?

Am 29. November, nachmittags, saß ich auf meinem Balkon. Die Natur rings um mich schien zu träumen. Ich versank gleichfalls in Träumerei und schlummerte schließlich ein. Hussein weckte mich und reichte mir den gewohnten Schluck frischen Wassers. Ich zog mich an und ging in mein ‚Büro‘ hinunter, um die täglichen ‚Geschäfte‘ zu erledigen.

Plötzlich hörte ich draußen die Stimme eines Engländers.

„Oh, hier ist es? Ist das ein Regierungsbüro?"

„Ja, mein Herr, hier wohnt der Regierungsarzt", antwortete eine Stimme, die zweifellos einem Ägypter angehörte.

Meine Haustür stand während des Tages immer offen. Ein eleganter Dragoman kam herein.

„Guten Abend. Sind Sie der Hakim Markhaz?"

„Ja. Was wünschen Sie?"

„Mein englischer Herr von der Dahabiyah wünscht Sie zu sprechen."

„Führen Sie ihn herein und warten Sie draußen."

Er ging zur Tür.

„Bitte, Sir."

Er trat zur Seite. Herein kam ein magerer Engländer in hellgrauem Anzug mit weißer Halsbinde, die von einer goldenen Nadel in Gestalt einer Reitpeitsche gehalten wurde; auf dem Kopf trug er einen breitrandigen grauen Filzhut. Er hatte eine etwas lederne Haut; ich schätzte ihn auf ungefähr sechzig Jahre. Alles in allem war er einem Pferde so ähnlich, wie ein Mensch es sein kann, ohne ein Pferd zu sein. Er hob die Nase in die Luft.

„Guten Tag, Sir", sagte er, „ich vermute, Sie sind der hiesige Arzt oder — nicht?"

Seine Stimme klang rauh, wahrscheinlich vom zu vielen Rauchen.

„Guten Tag", erwiderte ich in meinem besten Englisch, das keineswegs vollkommen war. „Ich bin Dr. Ibrahim."

„Amtsarzt?"

Er blickte sich neugierig im Zimmer um. (Auch Pferde sind neugierig.)

„Ja, Sir. Womit kann ich Ihnen dienen?"

Er kam näher. Obwohl ich ihm einen Stuhl anbot, setzte er sich auf den Rand meines Schreibtisches und ließ das eine Bein baumeln.

„Ich bin Dr. Lister! Dr. Lister!"

„Es ist mir eine Ehre, Ihre Bekanntschaft zu machen Dr. Lister!"

Wir drückten uns die Hände.

„Ich reise mit zwei englischen Damen auf einer Dahabiyah. Die eine Dame ist meine Patientin; es geht ihr ziemlich schlecht. Ich brauche etwas Morphium oder Panthopon. Und ich möchte Sie fragen, ob Sie mir aushelfen wollen, bis ich mir etwas aus Kairo schicken lasse."

„Sir", sagte ich, „als Arzt wissen Sie zweifellos, daß die giftigen Narkotika, die Sie von mir verlangen, ohne besonderes Rezept nicht ausgehändigt werden dürfen. Übrigens habe ich kein Panthopon. Solche Kostbarkeiten gibt es hier nicht."

Ich hielt es für möglich, daß die befreundete Dame, von der dieser Mann sprach, eine Morphinistin war.

„Man sagte mir, daß Sie eine Apotheke haben."

„Ja und nein. Es gibt hier in der Straße eine Art Apotheke, aber aus Gründen der öffentlichen Gesundheit kontrolliere ich das Giftbuch."

„Schön, dann können Sie mir wohl, da ich Arzt bin, meinen Wunsch erfüllen."

„Gewiß, Sir. Ich möchte mich nur vorerst davon überzeugen, daß Sie wirklich Arzt sind."

Er stieg vom Schreibtisch herunter und blickte mich ein wenig erstaunt an.

„Sie wollen doch nicht sagen, daß Sie das Wort eines Engländers anzuzweifeln wagen?"

„Ich zweifle oft auch an dem Wort meiner eigenen Landsleute."

„Das kann ich verstehen, aber an dem Wort eines Engländers?"

„Oder eines Chinesen, soweit ich daran interessiert bin."

Ich mußte unwillkürlich lachen. Auch er lächelte und zeigte seine großen Pferdezähne.

„Hören Sie zu, Dr. Lister", sagte ich, versetzen Sie sich in meine Lage. Ich darf Ihnen kein Morphium geben, bevor ich mich nicht überzeugt habe, daß Sie Arzt sind. Gesetzt den Fall, ich komme in einem Boot die Themse entlanggefahren, steige aus, erscheine bei Ihnen und verlange von Ihnen Morphium..."

„Richtig, richtig!" rief er gutmütig und streckte seine mit Ringen beladenen Hände aus wie ein Beschwörer. „Genug!"

Er zog eine rotlederne Brieftasche hervor und warf seine Visitenkarte auf den Tisch. Ich nahm sie höflich auf.

„Besten Dank, Dr. Lister. Jetzt aber brauche ich ein Rezept, von Ihrer Hand auf einem Ihrer üblichen Formulare ausgestellt."

„Gut, das ist leicht zu machen."

Er holte seinen Block aus der Tasche und schrieb ein Rezept aus.

„Ich gehöre nämlich", sagte ich, „zu den zahlreichen Ägyptern, die unseren englischen Mitarbeitern sehr dankbar dafür sind, daß sie uns helfen, eine nationale Pest auszutilgen — den Mißbrauch von Rauschgiften. Vielleicht werden wir uns einmal dafür erkenntlich zeigen können, indem wir den Engländern helfen, ihren nationalen Hang zu berauschenden Getränken zu überwinden."

Meine Bemerkung erregte Dr. Listers Heiterkeit. Er lachte, nein, er wieherte wie ein Pferd und endete mit einem heftigen Hustenanfall.

„Wenn Sie wollen", sagte ich, „gebe ich Ihnen eine Arznei, die diesen Husten binnen vier Wochen beseitigt."

„Tun Sie das! Bitte, tun Sie das! Sie ahnen nicht, wie der Husten mich quält!"

„Ich werde Ihnen die Arznei auf die Dahabiyah schicken. Aber Sie müssen natürlich auch das Rauchen einschränken. Wir alle rauchen zuviel."

„Ich weiß. Ist das nicht einfach idiotisch? Wir ermahnen unsere Patienten, nicht zu rauchen, und rauchen selbst zuviel."

Hussein brachte Eiswasser, Kaffee und Zigaretten. Dr. Lister nippte an dem Kaffee und bemerkte:

„Köstlich."

„Ich werde Ihnen etwas davon auf das Boot schicken—"

„O nein, Sie dürfen sich nicht soviel Mühe machen. Wir haben auf der Dahabiyah einen ganz anständigen Kaffee."

Er stellte die Tasse beiseite und runzelte seine lederne Stirn.

„Sie müssen heute abend zu mir auf die Dahabiyah kommen und mit mir ein Glas trinken. Wir können einige Erfahrungen austauschen oder uns Witze erzählen. Ich habe ein krankhaftes Verlangen nach Lustigkeit. Seit mehreren Wochen war ich nicht in Männergesellschaft. Ich habe nur Damen an Bord, und Sie wissen, was das heißt — mögen die Damen auch noch so liebenswürdig sein."

Jetzt erst kam mir zum Bewußtsein, daß der Patient, von dem er sprach, eine Frau war — eine Engländerin. Ich wurde merkwürdig wach.

„Ihre Patientin ist eine Engländerin?"

„Gewiß. Ich habe sie hierhergeschafft, weil das Klima warm und trocken ist. Sie leidet an Rheumatismus und Ischias ... Wollen Sie nicht gleich mit mir kommen? Das Boot liegt dort drüben."

Er deutete mit unbestimmter Gebärde durch die offene Tür.

„Mein Pech, daß mir das Morphium ausgehen muß! Mein Pech!"

„Es freut mich, daß ich Ihnen behilflich sein kann. Wenn Sie einen Augenblick warten wollen, hole ich die Ampullen."

Fünf Minuten später ging ich mit Dr. Lister zum Nil hinunter. Eine schöne Dahabiyah, die ‚Osiris', lag dort vor Anker, durch eine Laufbrücke mit dem Ufer verbunden. Die Diener bauten gerade am sandigen Ufer ein Zelt für ihren eigenen Gebrauch. Dr. Lister bat mich, auf dem Oberdeck auf ihn zu warten, während er im unteren Teil des Bootes verschwand. Ich ging hinauf. Als ich sah, daß ich allein war, betrachtete ich in aller Ruhe meine Umgebung. Das Deck, das über den Kabinen lag, war wunderbar eingerichtet. Kleine Tischchen, beladen mit Büchern, silbernen Dosen und Bibelots, standen auf dicken Teppichen. Es war auch ein großer Schreibtisch da mit einer silberumrahmten Schreibmappe und einem schönen Tintenfaß aus Silber. Zwei Photographien in silbernen Rahmen standen auf dem Tisch. Die eine stellte einen stämmigen, ungefähr fünfzigjährigen Engländer dar mit scharfen Zügen und den Augen eines Jünglings, die andere einen ganz jungen Offizier in der Uniform der Garde. Vasen voller Blumen standen überall. Ich fühlte mich von der Atmosphäre eines echt englischen Heims umgeben. Während ich so, meine Umgebung genießend, bescheiden auf der Kante eines großen Lehnstuhles saß, kam eine schmächtige Dame die Treppe herauf. Ihre Lippen waren geschminkt, ihre Zähne klein und weiß, und sie fixierte mich, anscheinend ein wenig überrascht, mit ihren dunklen Augen. Langsam kam sie auf mich zu. Sie trug ein hellgrünes Kleid und goldene Sandalen an ihren kleinen Füßen.

„Guten Tag!" sagte sie mit einer tiefen Stimme, und nach kurzer Pause: „Wünschen Sie jemand zu sprechen?"

Ein wenig verwirrt erklärte ich, daß Dr. Lister mich hierhergeführt hatte.

„Oh!"

Sie nahm aus einer der zahlreichen Silberdosen eine Zigarette und setzte sich in einiger Entfernung von mir nieder.

„Sind Sie vielleicht Mansour Effendi?"

„Meinen Sie Mansour, den Inspektor der Antiquitäten?"

„Ja. Der Generalinspektor war so freundlich und hat ihm geschrieben, daß er uns aufsuchen soll."

„Mansour ist ein sehr netter Mensch", sagte ich. „Er wird sicher alles tun, was er kann, um Ihre Wünsche zu erfüllen."

Sie blickte weg.

„Ich bin im Augenblick nicht auf Sehenswürdigkeiten erpicht. Ich habe eine Freundin an Bord, die sehr krank ist."

„Dr. Lister hat es mir erzählt. Es tut mir sehr leid."
„Er hat es Ihnen erzählt?"
„Ja, Madame, er kam zu mir, um Arzneimittel zu borgen, und lud mich hierher ein."
„Dann sind Sie also der hiesige Arzt?"
„Ja."
„Darf ich nach Ihrem Namen fragen, Doktor?"
„Ibrahim el Assiuti."
„Was heißt das?"
„Das heißt Ibrahim aus Assiut. Es gibt hier bei uns so viele Ibrahims."
„Ich weiß. Ist es nicht lästig? So wie in England die Johns und Bills!"
Sie lehnte sich zurück.
„Wenn Lady Avon nicht so viel leiden müßte, würde mir die Reise ungeheuren Spaß machen! Ich kann mir nichts Schöneres vorstellen als den Nil und Ägypten! Dieser Friede! Dieses Klima! Das Volk! Die kleinen Kinder, die man überall sieht, diese kleinen entzückenden Geschöpfe! Sie sind sehr glücklich, Doktor, daß Sie einem solchen Lande angehören."
Wird man sich wundern, wenn ich sage, daß ich innerlich sehr erfreut war? Diese englische Dame liebte mein Land. War sie die Frau, deren Kommen der Hindu vorausgesagt hatte? Schade, daß Dr. Lister erschien, noch bevor ich mich ausführlicher mit ihr unterhalten konnte. Er sah sehr bekümmert aus.
„Ich weiß gar nicht, was heute mit Lady Avon los ist. Ich werde wirklich unruhig. Hoffentlich verschlechtert sich ihr Zustand nicht. Wir sind hier Meilen von allem entfernt."
Er hielt inne.
„Oh, Dr. Ibrahim — Mrs. Ronald Cole."

Mrs. Cole fixierte mich mit einem merkwürdig starren Blick und wandte sich dann Dr. Lister zu.

„Dr. Ibrahim — ich weiß. Wir haben uns soeben ein wenig unterhalten. Es freut mich, zu wissen, daß wir nicht ganz in der Wildnis verloren sind, wenn wir für Emilie etwas brauchen."

„Kann ich noch irgend etwas tun?" fragte ich. „Meine Apotheke steht zur Verfügung."

„Ich glaube, wir müßten doch eine Pflegerin kommen lassen", sagte Dr. Lister, „trotz aller Einwände Lady Avons. Wo aber wollen wir eine Pflegerin hernehmen?"

„Ich kann Ihnen eine aus Kairo besorgen", sagte ich.

„Eine Engländerin?" fragte Mrs. Cole.

„Fast", erwiderte ich. „Sie ist eine Irin. Eine ausgezeichnete kleine Person, immer guter Laune und sehr tüchtig, wie die britischen Krankenpflegerinnen meistens sind."

„Dann wollen wir es in Gottes Namen mit ihr versuchen", sagte Dr. Lister. „Ich bestehe darauf, daß Lady Avon eine Pflegerin bekommt. Bitte, Doktor, veranlassen Sie sofort, daß die Pflegerin verständigt wird. Ich nehme sie auf Ihre Empfehlung hin."

„Wenn sie frei ist, wird sie gern zu Ihnen kommen. Und ich bin überzeugt, Sie werden mit ihr zufrieden sein."

„Ich brauche nicht ihretwegen meine Kabine aufzugeben?" fragte Mrs. Cole.

„Oh, sie schläft auf einem Stuhl oder auf einem Sofa oder auf einem Teppich. Sie ist ein alter, gedienter Soldat!"

„Ein vollendetes Exemplar", sagte Dr. Lister. „Wenn wir sie nur erst hier hätten."

„Ich werde noch heute abend nach Kairo an die Oberschwester des Hospitals Kasr-el-Aini telegraphieren. Das ist der beste Weg."

Dr. Lister blickte auf seine Taschenuhr.

„Die Nadel wird jetzt wohl schon ausgekocht sein", murmelte er. „Ich gehe hinunter."

Ich habe oft bemerkt, daß Engländer laut sagen, was sie tun oder zu tun im Begriffe sind. Dr. Lister redete immer noch mit sich selbst, während er die Stufen zum unteren Deck hinunterging. In seiner Abwesenheit machte mir Mrs. Cole einige kleine Geständnisse.

„Was halten Sie von den Knochenheilkünstlern?" sagte sie. „Wie nennt man sie bloß? Osteopathen? Oder Naprapathen? Sie behaupten, daß alle Beschwerden vom Rückgrat herrühren. Die arme Lady Avon war vorigen Sommer in Paris bei einem von ihnen in Behandlung."

„Leidet Lady Avon an Lähmungserscheinungen?"

„Sie ist jetzt an beiden Beinen gelähmt."

„War dieser Naprapath ein Amerikaner?"

„Wie kommen Sie darauf? Kennen Sie ihn vielleicht?"

Ich schüttelte den Kopf.

„Worin bestand seine Behandlung?" erkundigte ich mich.

„Emilie mußte mit entblößtem Rücken vor einem Stuhl niederknien, und er rieb ihr sanft das Rückgrat auf und ab. Dann versetzte er ihr weiter unten am Rückgrat einen unerwarteten und heftigen Stoß mit den Handknöcheln. Ich muß sagen, es war schon ein richtiger Faustschlag! Sie biß die Zähne zusammen, um nicht aufzuschreien. Ich hätte dem Mann ins Gesicht geschlagen!"

„Warum ist sie zu ihm gegangen?"

„Er wurde ihr von einem Freund empfohlen, Prinz Hubertus, einem Österreicher, und von allen möglichen anderen bekannten Persönlichkeiten. Königliche Hoheiten laufen dutzendweise zu ihm."

„Wie alt ist Lady Avon, wenn ich fragen darf?"

„Einundvierzig. Gott gebe, daß sich jemand findet, der ihr wirklich hilft. Ich kann es nicht ertragen, sie leiden zu sehen."

„Gewiß!" sagte ich. „Aber es freut mich, daß sie einen guten Arzt hat."

Mrs. Cole verzog den Mund.

„Dr. Lister ist ein sehr guter Bridgespieler und er tippt wie kein zweiter immer auf das richtige Pferd."

„Auch Ärzte müssen ihren Zeitvertreib haben", sagte ich. Mrs. Cole blickte auf wie eine hübsche kleine Maus. Sie musterte mich neugierig. Eine Zofe kam die Treppe herauf.

„Wollen Sie etwas von mir, Sloane?"

„Ja, Madame, Mylady möchte Sie gern sprechen."

„Ich komme."

Mrs. Cole stand auf, entschuldigte sich und ging hinunter. Ich blieb für einige Minuten allein, dann erhob ich mich und wollte mich still entfernen. Aber in diesem Augenblick kehrte Dr. Lister zurück.

„Hören Sie!" sagte er wie ein Mensch, der die Nerven verliert. „Es geht ihr miserabel, aber sie lehnt sehr entschieden Injektionen ab."

Er klatschte in die Hände. Ein Diener erschien.

„Whisky und Soda, Abdou."

Dann nahm er meinen Arm.

„Wir sind unter uns", sagte er. „Ich muß gestehen, daß ich sehr beunruhigt bin. Eine scheußliche Verantwortung, wenn man so ganz allein ist, in solcher Zeit!"

Mrs. Cole kam heraufgerannt.

„Schnell, Dr. Lister, Emilie ist ohnmächtig geworden."

Dr. Lister zog sein Taschentuch hervor und wischte sich die Stirn. Ich sah deutlich, daß er mit seinem Witz zu Ende war.

„Wenn mir bloß jemand sagen würde, was ich tun soll", hörte ich ihn vor sich hin murmeln, während er wieder hinunterging.

Auch ich wollte jetzt gehen. Ich hatte hier nichts zu tun und fühlte mich als Außenseiter. Aber bevor ich meine Absicht durchführen konnte, kehrte Dr. Lister abermals zurück.

„Hören Sie zu, Dr. Ibrahim", begann er sofort, „ich mache mir wirklich Sorgen um Lady Avon. Kommen Sie mit! Zwei Köpfe sind immer besser als einer. Haben Sie etwas dagegen? Vielleicht hat sie sich hier eine Ansteckung zugezogen, von der ich nichts verstehe!"

Er wischte sich immer wieder die Stirn. Ich zögerte einen Augenblick; dann begleitete ich ihn zu einer großen Kabine am Ende des Korridors.

Eine sehr blasse Frau lehnte in einem Berg weißer Spitzenkissen, regungslos, mit geschlossenen Augen. Sie machte den Eindruck einer Sterbenden. Mrs. Cole streichelte ihre Hand, und die Zofe stand weinend am Ende des Bettes.

„Würden Sie bitte so freundlich sein?" sagte ich zu Mrs. Cole und der Zofe. Beide gingen hinaus, und die Zofe flüsterte mir zu:

„Oh, Doktor, bitte, tun Sie etwas für sie!"

„Haben Sie etwas dagegen, wenn ich ihre Lage verändere?" fragte ich Dr. Lister.

„Sie behauptet immer, daß es ihr so bequemer ist."

„Ich schlage vor, sie flach zu betten."

„Gut, einverstanden."

Zusammen brachten wir Lady Avon in eine horizontale Lage. Ein paar Augenblicke später öffnete sie die Augen. Ich sah flüchtig zwei verzweifelt blickende blaue Kreise, zwei schimmernde Lichter, dann schloß sie die Augen wieder, biß die Zähne zusammen und legte das Gesicht zur Seite. Sie hatte Muskelkrämpfe in den Beinen.

„Ich würde kein Morphium geben", sagte ich zu Dr. Lister. „Ich würde es mit ein wenig Äther versuchen."

„Ich habe keinen."

„Ich werde etwas holen lassen."

Ich schrieb schnell einige Zeilen an Ismail und schickte einen Schiffsjungen damit weg. Inzwischen hatte ich mit Dr. Lister im Salon eine Aussprache. Er sprach sich sehr offen aus und war offenbar froh, daß er an diesem abgelegenen Ort einen Kollegen gefunden hatte. Ja, er gab es sogar ohne Zögern zu, ein Eingeständnis, das selten ein Arzt vom andern hört.

Er sei, erzählte er, als Privatarzt Lady Avons mit ihr nach Ägypten gekommen. Sie sei auf den Rat ihres Londoner Arztes, Sir Robert Milbourne, eines Spezialisten, der ihr übrigens auch Dr. Lister als ärztlichen Begleiter empfohlen hatte, nach Ägypten gereist, um dort den Winter zu verbringen. Seit fünf Jahren leide sie an schrecklichen Schmerzen in der Hüftgegend und an Ischias und Rheumatismus. Vor einem Jahr habe sie fast sämtliche Muskelfunktionen der unteren und der äußersten Rückenpartien eingebüßt, sich aber nach einer besonderen Behandlung etwas erholt.

Ich fragte Dr. Lister, ob Verletzungen des Isthmus vorhanden seien. Er schüttelte den Kopf auf eine Weise, daß ich merkte, er wußte gar nicht, was ich meinte. Ich fragte ihn, ob eine Wassermann- und Kahnprobe vorgenommen worden sei. Er sah micht entsetzt an.

„Wie? Lady Avon? Eine der höchsten Damen Englands?"

„Hat Sir Robert Milbourne eine besondere Behandlung vorgeschrieben?"

„Sir Robert war völlig überzeugt, daß Lady Avon gesund aus Ägypten zurückkehren würde."

„Gut", sagte ich. Mein Buchhalter Ismail war inzwischen mit meiner kleinen Handtasche erschienen. „Wir wollen im Interesse Lady Avons Sir Robert nicht enttäuschen."

Wir gingen ins Krankenzimmer zurück. Vor allem trug ich Sorge, mich nicht in Widerspruch mit Dr. Lister zu setzen. Ich habe meine eigene Untersuchungsmethode und fragte Dr. Lister, ob ich sie anwenden dürfe. Er nickte. Ich untersuchte Lady Avon, äußerte aber keine Meinung. Dann verabreichte ich etwas Äther. Sie erholte sich ein wenig. Ich blieb über eine Stunde lang in Dr. Listers Gesellschaft bei ihr. In dieser Zeit kam ich zu bestimmten Schlüssen, wußte aber noch immer nicht genau, was eigentlich los war. Schließlich gingen wir hinaus. Dr. Lister bot mir einen Whisky an. Ich bat um eine Tasse Kaffee. Mrs. Cole saß in einem tiefen Lehnstuhl. Sie zitterte fast vor Unruhe.

„Was, denken Sie, fehlt ihr? Ich glaube, eigentlich weiß es niemand", sagte sie zu mir.

„Meiner Meinung nach ist das Bett dort unten eine Folterbank für Lady Avon", erwiderte ich. „Wenn Sie gestatten, werde ich sofort ein Spezialbett kommen lassen, auf dem sie ordentlich liegen kann."

„Es wird am besten sein, wenn wir mit dem nächsten Zug Emilie nach Kairo schaffen."

„Wenn Sie Ihre Freundin lieben, tun Sie das nicht", sagte ich.

„Warum nicht? Könnte sie nicht in einem Sonderschlafwagen reisen?"

Ich blickte Dr. Lister an.

„Er ist Lady Avons Arzt."

Dr. Lister hustete und goß etwas Sodawasser in seinen Whisky. „Wir werden sie nach Kairo schaffen müssen."

„Tatsache ist", sagte ich, „daß Lady Avon England nie hätte verlassen dürfen. Ich halte es für ratsam, ihre Familie zu verständigen, daß ihr Zustand sehr ernst ist."

Mrs. Cole stand auf.

„Sie soll selbst entscheiden, ob sie nach Kairo gebracht werden will oder nicht!"

Sie verließ uns. Dr. Lister trat zu mir, das Whiskyglas in der Hand.

„Ibrahim", sagte er, „was halten Sie von diesem Fall?"

„Es ist eine sehr merkwürdige Art von Rheumatismus", erwiderte ich.

„Sir Robert Milbourne müßte es eigentlich wissen. Aber mich würde Ihre Ansicht außerordentlich interessieren."

„Ich habe noch keine Ansicht. Ich habe den Fall noch nicht genügend studiert, um ein klares Bild zu haben. Eines aber weiß ich: Wenn das Ischias und Rheumatismus ist, dann bin ich kein Arzt."

„Ich hatte auch zuweilen meine gelinden Zweifel."

„Ich will Sir Robert Milbourne nicht herabsetzen. Vielleicht war seine Meinung über den Fall damals, als er Lady Avon behandelte, durchaus begründet. Ich persönlich aber neige zu der Ansicht, daß wir es hier mit einem typisch klinischen Fall zu tun haben. Ich betone, daß ich zu dieser Ansicht neige. Ich bin noch nicht überzeugt. Ich muß darüber nachdenken und die Patientin noch einmal untersuchen."

„Eine schreckliche Verantwortung, die da plötzlich auf mir lastet!" sagte er und leerte langsam sein Glas. „Was würden Sie an meiner Stelle tun?"

„Ich würde sofort einen Arzt aus Kairo kommen

lassen, womöglich einen englischen Arzt, um mit ihm die Verantwortung zu teilen."

„Allan!" rief Dr. Lister. „Ja! Ich kenne doch den alten Allan! Ich werde mich morgen früh mit ihm in Verbindung setzen, falls bis dahin Lady Avons Zustand sich nicht gebessert hat. Würden Sie inzwischen so freundlich sein, die Pflegerin und das Bett zu beschaffen?"

„Ich werde das sofort mit dem größten Vergnügen erledigen", sagte ich, und da ich keinen Grund für meine weitere Anwesenheit sah, verließ ich die Dahabiyah.

Ich ging in unser kleines Postamt, um an die Pflegerin zu telegraphieren und ein Spezialbett aus der Privatklinik meines alten Freundes Dr. Willy oder Bimbo, wie er im Dienst genannt wurde, zu beordern. Dr. Willy war damals P. M. O. am staatlichen Hospital in Luxor.

4.

Kurz nach Tagesanbruch erschien Dr. Lister bei mir. Er sah sehr müde aus, erzählte, daß Lady Avon eine schlechte Nacht verbracht hätte, und bat mich um die Erlaubnis, mein Telephon zu benutzen.

„Gewiß! Welche Nummer?"

Er wollte mit der Residentschaft in Kairo sprechen. Gegen acht Uhr wurde die Verbindung hergestellt. Er bat mich, im Zimmer zu bleiben, während er sprach, und ich hörte, wie er einen der Sekretäre ersuchte, dafür zu sorgen, daß Dr. Allan sich unverzüglich nach Edfou begebe. Außerdem teilte er dem Sekretär mit, Lady Avons Zustand scheine so kritisch, daß es ratsam sei, Lord Avon in England zu benachrichtigen. Ob sie so gut sein würden, sich mit ihm in Verbindung zu setzen, da sie dazu die schnellste Möglichkeit hätten. Der Sekretär verband nun Dr. Lister mit dem High Commissioner selbst, und Dr. Lister wiederholte alles, was er dem Sekretär mitgeteilt hatte. Seine Exzellenz versicherte dem Doktor, daß er persönlich in dieser Angelegenheit alles tun würde, was er nur könnte, und beauftragte ihn, Lady Avon und Mrs. Cole herzlich zu grüßen. Dr. Listers Dankbarkeit mir gegenüber war sehr wortreich.

„Wollen Sie mit auf das Boot kommen?" fragte er.

„Ich habe zwar noch einiges zu tun — aber wenn Sie es wünschen, komme ich mit."

„Ich lege Wert darauf. Lady Avon wird Sie sehr gern empfangen.

„Erlaubt ihr Zustand, daß sie Besucher empfängt?"

„Sie sind kein Besucher, Sie sind Arzt. Sie wünscht mit Ihnen zu sprechen — als Arzt."

„Es wird mich freuen, wenn ich Ihnen und Ihrer Patientin von einigem Nutzen sein kann."

„Glauben Sie mir, mein Freund, ich weiß Ihre Liebenswürdigkeit zu schätzen. Ich bin nicht einer von denen, die sich für allwissend halten. Man muß Sportgeist haben. Es gibt viel zu wenig Sportgeist in unserem Beruf."

Gemeinsam wanderten wir zum Nil. Sobald wir das Boot bestiegen hatten, begab sich Dr. Lister in Lady Avons Kabine. Er blieb nur zwei Minuten weg, dann kam er heraus und nahm mich freundschaftlich beim Arm:

„Gehen Sie zu ihr hinein! Flößen Sie ihr ein bißchen Vertrauen ein!"

Ich ging hinein und machte die Tür ganz behutsam hinter mir zu. Lady Avon heftete ihre blauen Augen auf mich. Zwei dichte, hellblonde Haarsträhnen hingen ihr auf die Schultern herab und umgaben wie ein goldener Rahmen ihr weißes, leidendes Gesicht. Die Stirnhaut war in der Mitte zwischen den Augen in Falten zusammengezogen. Sie lächelte und bot mir mit einer matten Handbewegung einen Stuhl an.

„Sie sehen, ich bin folgsam gewesen. Ich habe meine Lage nicht geändert."

Ich nahm vorsichtig ihre Hand und stellte fest, daß sie kühl war.

„Dr. Lister sagt, es kommt noch ein Arzt aus Kairo!" sagte sie mit müder Stimme.

„Wir sind eine wahre Landplage, nicht wahr? Aber schließlich wird es einem von uns doch gelingen, Ihnen zu helfen."

Ich beugte mich zu ihr nieder.

„Sind Sie als Kind einmal ernstlich krank gewesen?"

Sie runzelte die Stirn. Ich glättete die Falten mit meiner Hand.

„Der Schmerz läßt nach!" sagte ich.

„Machen Sie das noch einmal, es ist so angenehm", bat sie. Ich strich ihr abermals über die Stirn; sie lächelte.

„Können Sie sich erinnern? Wenn ja, dann beantworten Sie bitte meine Frage!"

„Mit sechs Jahren hatte ich Scharlach."

„Nachwirkungen?"

„Ja. Ich konnte die Beine nicht bewegen."

„Wie lange?"

„Ungefähr zwei Jahre lang."

Sie hielt inne, dann fügte sie hinzu:

„Sie sind der erste Arzt, dem es einfällt, mich danach zu fragen."

„So? Darf ich Ihnen nun helfen, sich auf die Seite zu legen, ich möchte Ihr Rückgrat untersuchen."

Ich untersuchte sie gründlich, nach der Methode, die ich für richtig hielt. Das klinische Bild, das ich mir während der Nacht im Geiste gemacht hatte, bestätigte sich. Ich bettete sie wieder bequem zurecht.

„Fürchten Sie sich vor dem Sterben?" fragte ich.

„Ich glaube nicht. Aber ich habe einen Mann und einen Sohn."

„Denen sehr daran liegt, daß Sie am Leben bleiben und gesund werden?"

„Gewiß. Warum stellen Sie mir solche Fragen?"

„Weil ich Sie bitte, auf keinen Fall nach Kairo zu fahren, wenn Sie nicht wollen, daß Ihre Angehörigen Sie betrauern müssen. Ich will Ihnen ganz offen sagen, was Ihnen meiner Meinung nach fehlt. Ich habe das Gefühl, daß Sie ein starker Charakter sind, der die Wahrheit ertragen kann. Übrigens wird vielleicht das, was ich Ihnen jetzt sage, Ihnen eine gewisse Erleichterung bringen. Sie haben ein Gewächs, wahrscheinlich einen Tumor, im Rückgrat. Das ist die Quelle aller Ihrer Beschwerden. Und wenn das Ding zu beseitigen ist, müssen Sie bestimmt gesund werden."

„Würde es eine gefährliche Operation sein?" fragte sie.

„Ja, es ist eine gefährliche Operation. Und nachher würde eine sehr langwierige und ermüdende Behandlung nötig sein. Aber die Operation würde weniger gefährlich sein als eine Reise nach Kairo in Ihrem jetzigen Zustand."

Ich drückte sanft ihre Hand.

„Ich bin brutal, nicht wahr?"

„Nein, Sie sind nur sehr ehrlich, und das gefällt mir. Aber wo könnte ich hier operiert werden? Und von wem?"

„Madame", sagte ich, „es gibt in meinem Lande massenhaft Chirurgen."

„Sind Sie Chirurg?"

„Ja."

In diesem Augenblick trat Dr. Lister ein.

„Nun, wie finden Sie meine Patientin?"

„Dr. Lister", erwiderte ich, „ich hatte die Ehre, Lady Avon jetzt gründlich untersuchen zu dürfen."

„Ja, und zu welchem Ergebnis sind Sie gekommen?"

Ich teilte ihm in wenigen Worten meine Diagnose mit. Er sah mich verblüfft und ein wenig verstört an.

„Sicher hat er recht!" sagte Lady Avon. „Gehen Sie und sprechen Sie sich mit ihm darüber aus. Ich weiß, daß er recht hat."

Wir verließen zusammen die Kabine. Ich wiederholte meine Schlußfolgerungen und machte ihm klar, wie ich zu ihnen gekommen war. Ich erklärte ihm auch, daß die Operation sofort vorgenommen werden müsse, je früher, desto besser. Ich bot ihm die Einrichtungen meines kleinen Hospitals an und riet ihm, Hussein Bey, ein ganz großes Tier von der Kasr-el-Aini, mit der Durchführung der Operation zu betrauen.

„Ich weiß nichts von diesem Mann", sagte er.

Ich zuckte die Achseln.

„Unter den jetzigen Umständen gebe ich Lady Avon nicht mehr als eine Woche. Wenn man sie nach Kairo befördert, kann eine einzige heftige Erschütterung während der Fahrt zu einer Ausrenkung des Rückgrates führen, und das würde den Tod bedeuten!"

„Ich bezweifle Ihre Diagnose nicht. Vielleicht handelt es sich um einen Tumor."

„Es ist ein Tumor", sagte ich.

„Warten wir die Ankunft Dr. Allans ab und hören wir, was er vorschlägt."

„Gut. Aber hoffentlich kommt er bald!"

Dr. Lister war so ängstlich, daß er mich möglichst lange auf dem Boot festzuhalten versuchte. Offenbar war es ihm eine Erleichterung, sich mit einem Kollegen über den Fall zu unterhalten. Ich persönlich hatte ein durchaus klares Bild und war bereit, meinen ganzen Ruf für meine Überzeugung aufs Spiel zu setzen, wenn mein ärztlicher Ruf damals vielleicht auch noch nicht viel wert war. Ich versicherte meinem Kollegen wieder und wieder, daß ihm alle meine Hilfsquellen zur Verfügung ständen, und stellte ihm ohne Zögern auch die Unterstützung der ägyptischen Regierung in Aussicht, mit der man zweifellos rechnen durfte, da Lord Avon eine der einflußreichsten Persönlichkeiten im englischen Weltreich war.

Früh am nächsten Tage kam in größter Eile Dr. Lister zu mir.

„Hallo! Allan ist soeben in einem Sonderzug eingetroffen. Er hat noch einen anderen Arzt mitgebracht. Wie freundlich von dem High Commissioner, ihm einen Zug zur Verfügung zu stellen!"

„Gute, schnelle Arbeit der Zivilisation!" sagte ich. Wir plauderten einen Augenblick miteinander, dann jagte er wieder auf die Dahabiyah zurück, während ich nach Luxor telephonierte und mit Bimbo sprach. Ich hielt sehr viel von Bimbo. Sein chirurgisches Geschick war allgemein bekannt. Er war der sanfteste und uneigennützigste Mensch, den ich während meines Aufenthalts in der Kasr-el-Aini kennen und schätzen gelernt hatte. Ich erzählte ihm genau, was sich seit der Ankunft der ‚Osiris' ereignet hatte und bat ihn um einen freundschaftlichen Rat. Ohne Zögern sagte er: „Ich komme mit dem nächsten Zuge nach Edfou, damit ich zur Hand bin, falls Sie mich brauchen. Der Zug fährt in einer Stunde."

Dann riet er mir, ruhig zu Hause zu bleiben und das Feld vollständig den englischen Ärzten zu überlassen, sonst würde es nur die schrecklichsten Scherereien geben. Er selbst hatte in Luxor wenig angenehme Erfahrungen gemacht, wenn englische Ärzte aus Kairo zu Patienten ins Winter-Palace-Hotel gerufen wurden. Gewöhnlich nahmen sie die Anwesenheit ägyptischer Ärzte übel, besonders wenn es ‚Provinzärzte' waren. Er ermahnte mich deshalb, meine Ruhe zu bewahren und die Entscheidung den englischen Ärzten zu überlassen.

Ich wußte, daß Bimbo recht hatte. Ich hatte ihn seit drei Monaten nicht gesehen und freute mich wie ein Kind auf das bevorstehende Zusammentreffen. Es war mir sehr lieb, ihn in meiner Nähe zu wissen, falls man mich schließlich doch auf der Dahabiyah brauchen sollte.

Freundschaft ist etwas so Schönes im Leben, daß ich an diesem Abend, den ich mit ihm verbrachte, meine ganze Unruhe und Verantwortung vergaß. Wir saßen auf meiner Terrasse mit dem freien Ausblick auf das Land und gaben uns völlig dem Genuß des Beisammenseins hin.

Am nächsten Morgen, als ich gerade im Ambulatorium beschäftigt war, erschien Dr. Lister.

„Sagen Sie, lieber Freund, kann ich einen Augenblick mit Ihnen sprechen?"

Ich beendete meine Arbeit, und wir gingen in mein Büro.

„Wir sitzen in einer verdammten Klemme!" begann er.

„Sie sind jetzt zu dritt und können keinen Entschluß fassen! Stimmt's?"

„Ja, verdammt nochmal! Allan behauptet, es handle sich um eine Form von Neuritis, und Lynch will sich überhaupt nicht äußern, bevor er Lady Avon geröntgt hat. Beide aber sind dafür, sie in ihrem Sonderwagen nach Kairo zu schaffen. Nur — Lady Avon weigert sich! Sie wünscht Ihre Anwesenheit."

„Es tut mir leid, Dr. Lister", sagte ich. „Ich habe Ihnen meine Diagnose und meine Meinung über den Zustand

Ihrer Patientin gesagt. Sie haben jetzt Dr. Allan und Dr. Lynch. Nachdem die beiden gleicher Meinung sind, darf ich keinen Keil dazwischentreiben."

Dr. Lister stieß ein unwilliges Brummen aus.

„Was ist denn in Sie gefahren, daß Sie bange sind?"

„Wie beurteilen denn Sie den Fall?" fragte ich. „Sie haben noch gar nichts gesagt."

„Ich habe gar keine Meinung", rief er ärgerlich. „Ich will nur das Beste für Lady Avon und Sir Robert Milbourne. Das ist alles."

„Und was halten Sie für das Beste?"

„Wenn eine Frau sich in einem solchen Zustand befindet, wie Lady Avon, dann ist es das beste, man nimmt Rücksicht auf ihre Wünsche. Sie will nicht nach Kairo. Sie weigert sich rundheraus. Sie verlangt, daß man Sie zu einer Konsultation hinzuzieht. Meiner Meinung nach ist es Ihre verdammte Pflicht und Schuldigkeit, sich dem Wunsche Lady Avons zu fügen."

„Haben Sie den beiden Herren meine Diagnose mitgeteilt?"

„Ich bin nicht so ein Narr, daß ich Ihnen das Spiel verderbe, noch bevor Sie in Erscheinung getreten sind."

„Wie geht es Lady Avon?"

„Ungefähr so wie gestern. Aber nun hören Sie zu, kommen Sie mit mir! Ich muß Lady Avon sagen können, daß Sie da sind. Es wird für sie ungeheuer wichtig sein."

„Dann sagen Sie ihr also, daß ich gegen Mittag komme. Ich kann nicht früher weg. Und sagen Sie ihr, daß ich ihr rundweg verbiete, sich irgendwelche Sorgen zu machen."

„Gut! Ich werde ihr das ausrichten! Auf Wiedersehen!"
Und er verschwand.

5.

Ich muß gestehen, ich ging mit Herzklopfen auf die Dahabiyah. Ich sollte zwei berühmte Ärzte aus Kairo kennenlernen. Der High Commissioner und ganz England würden mit wachsamen Augen die Ereignisse verfolgen, die sich in Edfou abspielten. Ich war nur ein Ägypter.

Gegen Mittag standen wir vier Ärzte unter dem Sonnendach, das über das breite Deck der ‚Osiris' gespannt war. Dr. Lister spielte die Rolle des wohlwollenden Beobachters. Ehre seiner Aufrichtigkeit! „Ich habe gar keine Meinung!" Er brauchte sich nicht um das Honorar zu kümmern. Er war beauftragt worden, Lady Avon zu betreuen und bekam dafür ein festes Gehalt.

Dr. Allan und Dr. Lynch, beide fast doppelt so alt wie ich, an ärztlicher Erfahrung mir weit überlegen und englischer Nationalität noch dazu, empfingen mich nicht besonders liebenswürdig. Ihre Höflichkeit war gerade noch ein Versuch, höflich zu erscheinen. Zu meiner Belustigung erfuhr ich hinterher, daß Dr. Allan einige Male von mir als von einem ‚Kanalisationsinspektor' gesprochen hatte. (Die Inspizierung der Kanäle gehörte nämlich zu den Pflichten eines Markhaz Hakim, obgleich es in Edfou keine Kanäle gab, die diesen Namen verdient hätten.) Dr. Allan erklärte mir, daß Lady Avon so gütig gewesen sei, mich rufen zu lassen, da sie anscheinend auf meine Meinung Wert lege. Sie formulierten ihre Diagnose, die sie gemeinsam aufgestellt hatten, obgleich Dr. Allan es jetzt ablehnte, vorbehaltlos zu behaupten, daß es sich um einen Fall akuter Neuritis handle.

„Wir müssen warten", sagte er, „bis Dr. Lynch in Kairo die erforderlichen Röntgenaufnahmen gemacht hat."

Ich entsann mich der Worte Bimbos: „Sprechen Sie

nicht zu viel. Lassen Sie die anderen reden!" Daher schwieg ich. Dr. Allan begann nun mit Dr. Lynch eine gelehrte Diskussion über die Harnsäure, dieses schändliche Produkt des menschlichen Organismus, das soviel lästige und schmerzhafte Krankheiten verursacht. Aber eines wußten sie dabei nicht richtig zu würdigen! Die Harnsäure ist einer der wichtigsten Geldhecker in unserem Berufe, und Patentmedizinen im Werte von vielen Millionen Pfund werden alljährlich fabriziert, verkauft und von Leuten, die zu viel Harnsäure haben, brav geschluckt, ohne daß es ihnen schadet. Vielleicht nützt es sogar ein wenig in dem einen oder anderen Falle. Die moderne Drüsentherapie, moderne Hygiene und eine richtige Ernährung werden, meine ich, mit der Zeit alle diese Pülverchenerzeuger bankerott machen.

Ich hatte bis jetzt meine Ansicht über den Fall noch nicht geäußert.

Dr. Lynch nahm sich nun die Mühe, sich nach meinen persönlichen Erfahrungen und Qualifikationen zu erkundigen. Die Informationen, die ich ihm gab, schienen seine Achtung vor mir nicht sonderlich zu erhöhen. Während wir uns unterhielten, kam Mrs. Cole die Treppe herauf. Sie winkte Dr. Lister zu sich heran und flüsterte ihm etwas ins Ohr. Er kam zurück.

„Dr. Ibrahim, Lady Avon läßt Sie sehr bitten, zu ihr zu kommen."

Ich machte eine Handbewegung, die meine Kollegen aufforderte, vorauszugehen.

„Bitte, gehen Sie zu ihr!" sagte Dr. Allan.

Ich folgte dieser diktatorischen Aufforderung und ging hinunter. Lady Avon schien äußerst erschöpft, aber ich hatte, als ich ihre Kabine betrat, das deutliche Gefühl, daß sie über eine konstitutionelle Kraftreserve verfügte, die ich in einer derartigen Krise, wie sie uns nun bevorstand, stets für einen sehr wichtigen Faktor gehalten habe. Diese Kraftreserve würde ihr vielleicht ermöglichen, der drohenden Gefahr zu entrinnen. Ich trat an ihr Lager. Sie ergriff meine Hand und umklammerte sie.

„Was soll das alles? Wozu diese vielen Ärzte? Ich lasse mich nicht wegschaffen. Ich vertraue Ihnen. Ich weiß, daß Sie recht haben. Ich fühle es. Ich gebe mich vollständig und rückhaltlos in Ihre Hände. Wenn es Ihnen mißlingt, schön, dann macht es nichts."

Tränen standen in Ihren Augen.

„Madame", sagte ich, „ich bin tief bewegt über Ihr Vertrauen. Sie sind Engländerin; diese Ärzte sind Ihre Landsleute. Ich bin ein Ägypter."

Sie lächelte.

„Dr. Ibrahim, ich liebe Ägypten. Ich möchte lieber in Ägypten sterben als irgendwo sonst."

„Wir wollen nicht, daß Sie sterben, weder hier, noch anderwärts. Aber die Herren sind berühmte Ärzte. Ich kann nicht gegen ihre Ratschläge handeln."

„Schön, dann laßt mich hier liegen und in Frieden sterben. Meine Familie weiß bereits, wie krank ich bin. Der High Commissioner hat nach England telegraphiert!"

„Nun gut", sagte ich, „ich werde auf jeden Fall meinen Kollegen oben nachdrücklichst sagen, was nach meiner Meinung zu geschehen hat."

„Ich fürchte mich vor gar nichts", flüsterte sie. „Ich werde Sie unterstützen. Sprechen Sie jetzt mit den Herren. Schicken Sie sie nach Kairo zurück, wenn Sie können!"

Ich ging hinauf. Ich fühlte mich stark und zuversichtlich. Alle Bedenken fielen von mir ab. Ich war Herr meiner selbst, wenn auch—noch nicht—Herr der Lage. Dr. Allan und Dr. Lynch erwarteten mich.

„Sie sind mit Ihrer Untersuchung sehr schnell fertig geworden."

„Ich habe Lady Avon bereits zweimal untersucht."

„Oh, das hat sie uns gar nicht erzählt. Und auch Sie haben kein Wort darüber gesagt, Lister." Sie wandten sich erstaunt an Dr. Lister.

„Nein, weil ich es für das beste hielt, wenn Dr. Ibrahim Ihnen seine Ansicht persönlich mitteilt."

„Oh!"

„Ja", brummte Dr. Lister energisch.

„Wirklich!"

Und Dr. Lynch zog seinen schlitzförmigen Mund ein wenig schief.

„Dürfen wir Ihre Meinung erfahren?" fragte Dr. Allan.

Ich teilte sie ihnen mit. Ich sagte ihnen alles, was ich dachte. Ich betonte, daß ein Transport für die Patientin unbedingt lebensgefährlich sei.

Sie hörten mit äußerster Gleichgültigkeit zu — ich will nicht sagen mit Unhöflichkeit.

„Gesetzt den Fall, Sie hätten recht", sagte Dr. Lynch. „Wohlgemerkt, ich bin vom Gegenteil überzeugt. Aber nehmen wir an, Sie hätten recht. Wie wollen Sie Lady Avon in diesem Dorf operieren, wo es nicht einmal ein Lokal gibt, das sich mit einem anständigen Hundespital vergleichen ließe?"

„Ich würde eine Operation nicht vorschlagen, wenn ich keine Möglichkeit hätte, sie durchzuführen", sagte ich mit kalter Entschlossenheit. „Ich gebe zu, es ist primitiv bei mir, aber es reicht aus in einem derartigen Notfall."

„Wir setzen uns am besten sofort mit der Residentschaft in Verbindung, um ein Unglück zu verhüten", bemerkte Dr. Allan.

„Meine Herren", sagte ich, „ich glaube nicht, daß selbst

Seine Exzellenz, der High Commissioner, einen qualifizierten Arzt und Chirurgen hindern kann, eine wissenschaftliche Meinung zu haben. Ebensowenig sehe ich ein, daß irgend jemand einen Patienten an der Ausübung seines guten Rechts hindern könnte, selbst über sich zu verfügen."

„Lister", sagte Dr. Allan, „ich glaube, Sie sollten sofort ein aufklärendes Telegramm an Lord Avon schicken."

„Gut. Das kann nicht schaden."

Ich sagte: „Ich halte es für unbedingt nötig, Lord Avon zu informieren, um ihm die volle Wahrheit mitzuteilen. Inzwischen stehe ich Ihnen mit meinen beschränkten Hilfsmitteln zur Verfügung, falls ich gebraucht werde."

„Wir werden Lady Avon noch einmal untersuchen", sagte Dr. Lynch.

Ich wußte, daß sie den Tumor nicht finden würden. Er war nicht sichtbar. Aber ich wußte, daß er da war. Ein sehr harter Tumor wie eine kleine Nuß, in der Lendengegend des Rückgrats. Eine gute Röntgenaufnahme hätte ihn sicherlich zum Vorschein gebracht, aber in Edfou gab es keine Möglichkeit, eine derartige Aufnahme zu machen. Ich hatte ungefähr drei Jahre vorher bei einer Frau einen ganz ähnlichen Fall gehabt, und ich hatte den Tumor mit Erfolg entfernt. Dadurch hatte ich den Vorteil der gründlichen Erfahrung in der nachoperativen Behandlung, die ebenso wichtig war wie die Operation selbst. Kein Morphium, keine heftigen Püffe konnten Schmerzen beseitigen, die der ständig wachsende Druck eines Tumors gegen die Nervenstränge verursachte. Es gab, soviel ich wußte, keine Behandlung irgendwelcher Art, die hier hätte helfen können, nur das Messer und das Wichtigste für einen Chirurgen, eine geschickte Hand.

Ich verließ die Dahabiyah in Kampfesstimmung. Meine

Berufsehre, mein Wissen, meine ganze Zukunft standen auf dem Spiele. Es war ein Entscheidungskampf. Ich war besessen von dem leidenschaftlichen Verlangen, diesen Tumor zu besiegen. Und dann: Ein Leben retten; den Tod aus dem Felde schlagen! Und was für ein Leben! Eine freundliche, gütige englische Dame, die trotz ihrer Schwäche und ihrer Schmerzen gesagt hatte, daß sie Ägypten liebe, und die außerdem restloses Vertrauen zu mir hatte.

Der Abend kam. Bimbo und ich saßen auf den hölzernen Stühlen in Madjoubians Café.

Dr. Lister spazierte zweimal die Straße auf und ab, ohne uns zu sehen. Der Postmeister erschien. Nie in seinem Leben, sagte er, habe er so viele englische Telegramme abgeschickt und auch empfangen. Dr. Lynch ritt auf einem Esel vorbei, hinter ihm der Dragoman. Er hatte die Gelegenheit benutzt, den Tempel zu besuchen. Miß Sloane, Lady Avons Zofe, und Dr. Lister fuhren in einer Kutsche vorüber. Der Telegraphist aus dem Postamt kam, um den Postmeister zu holen.

„Noch mehr Telegramme? Yasalaam! Der Staat verdient Geld! Sie müssen mir das Gehalt erhöhen. Ich habe bereits fünfmal darum nachgesucht und noch keine Antwort bekommen."

So schnell seine Beine ihn tragen wollten, eilte er ins Postamt. Ismail erschien mit einem Brief. Ich riß ihn auf.

„Lieber Dr. Ibrahim!

Die Situation wird unerträglich. Sie wäre lächerlich, wenn Lady Avon sich nicht in so schwerer Gefahr befände. Sie hat so viel Vertrauen zu Ihnen und so wenig Vertrauen zu den andern Ärzten, daß sie durch mich fragen läßt, was Sie vorschlagen. Sie will weder gegen Dr. Allan noch gegen Dr. Lynch unhöflich sein; aber sie sehnt sich danach, daß die beiden verschwinden. Sie sagt, wenn sie nur könnte, würde sie aufstehen und sich anziehen, um ihnen zu beweisen, daß sie sie nicht braucht. Bitte, antworten Sie sofort!

(Entschuldigen Sie die Eile.) Virginia Cole."

Wortlos reichte mir Bimbo seine Füllfeder.

„Madame!

Das einzige Mittel, um Ärzte loszuwerden, ist, ihnen zu sagen, daß sie gehen sollen. Beauftragen Sie Dr. Lister damit! Leider gibt es, soviel ich aus meiner persönlichen Erfahrung weiß, keine andere Methode. Ein Patient darf einen Arzt unhöflich behandeln, solange er es sich leisten kann, nachher dafür zu bezahlen. Ich habe die Ehre zu sein usw. ..."

Ich gab Ismail den Brief mit dem Auftrag, ihn sofort auf die Dahabiyah zu bringen. Dann hörte ich nichts mehr. Ich verbrachte den Abend mit Bimbo. Es war für mich eine unbeschreibliche Freude, ihn zu Gast zu haben. Wir wurden engere Freunde als je, wirkliche Freunde fürs Leben. Zwischen uns konnte es nie auch nur das leiseste Gefühl der Rivalität geben. An jenem Abend saßen wir lange zusammen und tauschten unsere Erfahrungen aus. Die Zeit verging blitzschnell. Er wollte nicht in meinem Bett schlafen, und so schliefen wir nach einigem Wortwechsel beide auf dem Fußboden.

Am nächsten Morgen in aller Frühe erschien Dr. Lister. Er schien in Anbetracht der frühen Stunde ungewöhnlich erregt.

„Ich habe die ganze Nacht kein Auge zugetan", sagte er. „Ich bin völlig durchgedreht. Dr. Allan und Dr. Lynch waren sehr beleidigt. Sie sind wütend abgereist. Sie haben mich gefragt, warum zum Teufel ich sie nach Edfou gerufen habe."

„Das ist mein Freund, Dr. William!" sagte ich und zeigte auf Bimbo, der in seinem rosenroten Pyjama neben mir in der Tür stand.

„Großer Gott!" rief Dr. Lister. „Die Ärzte scheinen hier über Nacht wie Pilze aus dem Boden zu schießen!"

„Durchaus nicht, Sir!" sagte Bimbo, „Ich bin der P. M. O. des Regierungshospitals in Luxor."

„Und was bedeutet Ihre Anwesenheit hier, wenn ich fragen darf?"

Bimbo lachte. „Dr. Ibrahim hat mich für einige Tage zu seinem Assistenten ernannt."

Dr. Lister suchte mit zitternder Hand nach einer Zigarette. Ich holte eine Schachtel Zigaretten und bot ihm eine an.

„Mir fällt ein Stein vom Herzen", sagte er, während er die Zigarette anzündete.

„Wieso?" fragte Bimbo.

„Weil Sie da sind, Sir. Ehrlich gesagt, ich fühle mich nicht imstande, bei einer Operation zu assistieren. Ich würde es heute im besten Fall gerade noch fertigbringen, ein Becken zu halten. Jedenfalls —" er bekam einen heftigen Hustenanfall — „jedenfalls wollte ich Ihnen sagen, ich bin nach reiflichem Nachdenken zu der Überzeugung gelangt, daß Dr. Ibrahims Diagnose höchstwahrscheinlich richtig ist. Ja, ich bin fast sicher, daß er den Fall richtig beurteilt. Aber bevor ich die Verantwortung übernehme —", er wackelte mit dem Zeigefinger — „— und wohlgemerkt, ich akzeptiere Dr. Ibrahims Ansicht entgegen den Ratschlägen Dr. Allans und Dr. Lynchs — bevor ich die Verantwortung übernehme, die Operation zu gestatten, muß ich Sie darum bitten, mir die Räume zu zeigen, die Sie meiner Patientin zur Verfügung stellen wollen."

Er blickte über den Balkon. Die Sonne warf soeben einen Fächer goldener Strahlen in den Himmel. Der blaßblaue Rauch der Fellachendörfer kroch über die Felder und umgab die Palmbäume mit zerflatternden Schleiern. Unendlicher Friede lag rings um uns her.

„Oh, das ist alles sehr nett. Um ehrlich zu sein, das habe ich nicht erwartet! Ein Zimmer für die Pflegerin, ein Zimmer für die Zofe, ja im Notfall sogar ein Zimmer für eine Freundin. Ein hübscher Balkon für eine Rekonvaleszentin. Mein Kompliment, Dr. Ibrahim! Sie sind sehr tüchtig."

Einen Augenblick lang, nur einen Augenblick lang dachte ich, er würde nun auf das Honorar zu sprechen kommen. Aber zu meiner Freude erwies er sich als Gentleman.

„Wie wollen wir nun aber Lady Avon hierhertransportieren?" fragte er.

Ich schlug eine Tragbahre vor. Zwei kräftige Leute von der Dahabiyah konnten die Bahre tragen, sehr langsam und sehr vorsichtig.

„Sehr gut, Dr. Ibrahim."

Er hielt inne, entfernte sich ein paar Schritte, kehrte zurück und richtete sich auf.

„Sehr gut! Wollen Sie von jetzt an den Fall übernehmen?" Er blickte mir in die Augen.

„Ja", sagte ich, „wenn alle Beteiligten einverstanden sind."

„Abgemacht, alter Freund!" sagte Dr. Lister und reichte mir die Hand.

6.

Ohne weiteres Zögern machte ich mich an die Arbeit. Ich ging mit Dr. Lister auf die Dahabiyah. Mrs. Cole erwartete uns ängstlich, und ich sah, daß sie geweint hatte. Der Anblick der Tragbahre wirkte nicht gerade tröstend auf sie.

„Dr. Ibrahim", sagte sie, „sind Sie ganz sicher, daß das, was Sie tun wollen, das einzige ist, das Beste, was man tun kann?"

„Ganz sicher."

„Ohne jeden Vorbehalt?"

„Ohne jeden Vorbehalt. Und ich bin sehr froh, daß Sie hier sind. Lady Avon wird ihre gute Freundin sehr nötig haben. Sie werden mir helfen, sie glücklich durchzubringen."

„Ich werde ihr sagen, daß Sie hier sind."

Sie verschwand für einen Augenblick und kam dann zurück, um mich zu holen. Als ich die Kabine betrat, legte Lady Avon ein kleines Gebetbuch beiseite. Ihr Gesicht war weiß, ihre Lippen waren aufeinandergepreßt, aber in ihren Augen lag eine große Entschlossenheit.

„Ich bin bereit", sagte sie leise. „Ich habe dieses Elend so viele Jahre erdulden müssen, daß selbst der Tod mir wenig bedeutet."

Sie nahm das Gebetbuch und zog ein zusammengefaltetes Telegramm heraus, das sie als Lesezeichen benutzt hatte.

„Ich möchte gern, daß alles vorüber ist, wenn mein Mann kommt." Sie gab mir das Telegramm zu lesen. „Ich zeige es Ihnen für den Fall, daß etwas passiert. Es ist von meinem Mann."

Das Telegramm lautete:

„Reise morgen Helouan. Kopf hoch. Folge nur Deinem eigenen Rat. Handle demgemäß. Meine Gedanken und meine Liebe sind bei Dir. Gott segne Dich. Jack."

Ich gab ihr das Telegramm zurück und konnte einen Augenblick nicht sprechen.

„Ich habe Mrs. Cole einen Brief für meinen Mann gegeben für den Fall —." Sie zwang sich zu einem Lächeln. „Bitte, sprechen Sie Mrs. Cole Mut zu! Seien Sie freundlich zu ihr, sie ist wie ein Engel zu mir gewesen."

Sie strich sich mit der Hand langsam über die Augen.

„Ich bin bereit", sagte sie.

Ich gab ihr ein wenig Äther, dann schafften wir sie mit unendlicher Behutsamkeit in mein Haus. Mrs. Cole und die Zofe gingen hinter der Bahre her. Die arme Sloane weinte, als ob sie dafür bezahlt würde. Ich sagte zu ihr: „Wenn Sie nicht zu heulen aufhören, lasse ich Sie nicht ins Haus!"

„Ich heule nicht, Doktor!" erwiderte sie entrüstet.

Alles ging programmgemäß vonstatten. Ich stellte Bimbo vor. Ich zog meinen Operationskittel an. Wir wuschen uns im Nebenzimmer die Hände, während Mrs. Cole und die Zofe Lady Avon nach meinen Anweisungen zurechtmachten. Dann schickte ich die Frauen hinunter. Bimbo nahm eine sorgfältige Untersuchung vor und legte bald den Finger genau auf die richtige Stelle.

„Natürlich!" flüsterte er.

Ich nickte. Auch Dr. Lister nickte mit ernster Miene. Ich glaube, er hatte seit Jahren keiner Operation mehr beigewohnt. Sein Gesicht war aschgrau. Bimbo fuhr fort mit der Narkose. Dann rollten wir unsere Patientin in den nach Norden gelegenen Raum und schlossen die Tür.

Binnen einer Stunde waren wir mit der ganzen Sache

fertig, und ich hatte einen netten kleinen Tumor herausgeholt. Ich legte ihn in ein Fläschchen und war sehr mit mir zufrieden.

Bimbo war für mich ein wahres Gottesgeschenk. Mit fachmännischer Sicherheit bandagierte und korsettierte er unsere bewußtlose Patientin.

Ich hatte mein Herz und meine Seele in meine Arbeit gelegt und all meinen Wagemut. Ich muß gestehen, ohne ein gewisses Maß von Überschwang, der in meiner Kunst Erfolg verheißt, hätte ich vielleicht nur Flickarbeit geleistet. Ich hatte möglichst wenig Instrumente verwendet und möglichst wenig Gewebe zerstört. Es war eine große Ehre für Bimbo und für mich, als schließlich Dr. Lister seine Handschuhe auszog, um uns herzlich die Hand zu schütteln. „Zwei Kerle mit so prächtigem Sportsgeist sind mir noch kaum über den Weg gelaufen!" sagte er.

Zu meiner großen Freude und Erleichterung erschien mit dem Mittagszug unsere kleine Pflegerin. Ich fiel ihr fast um den Hals.

„Liebe kleine Nellie! Sie kommen gerade zu rechter Zeit. Ich habe hier einen Dreimonatsposten für Sie!"

Lady Avon fühlte sich sehr schlecht. Ihre neue Lage war ihr sehr unbequem, und sie war keineswegs außer Gefahr. Sie weinte viel und redete irre unter den Nachwirkungen der Narkose und später, am Nachmittag, versank sie in einen tiefen, ohnmachtsähnlichen Schlaf. Bimbo fuhr abends nach Luxor zurück. Tiefe Stille herrschte im Hause. War sie der Vorbote eines noch größeren Schweigens? Würde es heißen: „Operation gelungen, Patient gestorben?"

Ich konnte in dieser Nacht kein Auge zutun. Immer von neuem wiederholte ich im Geiste die Operation. Ich war so ruhelos, daß ich mindestens zehnmal ins Krankenzimmer ging. Nellie saß dort und hielt Wache, eine kleine irische Fee, von Mondlicht übergossen.

„Alles in Ordnung, Doktor", flüsterte sie. „Ich bin ja da!"

Drei Tage und drei Nächte dauerte meine Besorgnis unvermindert an. Dann sah ich eine Veränderung bei meiner Patientin. Es war nur ein kleines Flackern in ihren Augen, aber ich wußte jetzt, daß meine Hand vom Glück gesegnet worden war. Ich verdoppelte meine Energie. Sechs Tage und sechs Nächte waren vergangen. Zum erstenmal sah ich Farbe auf ihren Wangen und ein Lächeln, das von weither zu kommen schien. Am siebenten Tage hatte ihre Stimme wieder Klang, und an diesem Tage kam der Mann, den ich tief verehrte wegen der mächtigen Worte des Beistandes, die er über Tausende von Meilen an Lady Avon geschickt hatte.

Lord Avon war eingetroffen. Er war so groß, daß er sich bücken mußte, um durch die Haustür hindurchzukommen. Man holte mich aus dem Krankensaal. Er stand wie ein Turm neben der Treppe, eine dunkelgraue Haarlocke hing ihm in die Stirn. Er war schneller zu Fuß gegangen, als ein Wagen aus Edfou hinter den halbverhungerten Pferden einherrollen konnte. Er sah mich aus halbgeschlossenen Augen an. Ich existierte einstweilen noch kaum für ihn.

„Wie geht es meiner Frau?" fragte er.

„Es geht vorwärts", erwiderte ich, „ich werde ihr sagen, daß Sie da sind."

„Ist sie — ist sie außer Gefahr?"

„Als Mensch kann ich sagen: ja; als Arzt sage ich: wahrscheinlich."

Er öffnete weit die Augen. Sie waren dunkelblau, von herrischem Blick und paßten gut zu der vorspringenden, kräftigen Nase und den gutgeschnittenen Lippen, die sich niemals unnötig bewegten.

Eine Sekunde lang schien es mir, als bräche aus seinen Augen ein Strom von Güte hervor. „Ich verlasse mich immer auf das Wort eines Mannes!" sagte er und betonte das Wort ‚Mann'.

Wir gingen hinauf, ich rief Nellie heraus, stellte sie Lord Avon vor und sagte ihr, sie solle Lady Avon mitteilen, daß ihr Mann eingetroffen sei. Nellie war eine erfahrene kleine Pflegerin. Nach zwei Minuten kam sie aus dem Krankenzimmer und nickte dem Manne zu. Er stand auf der Schwelle. Ich hörte nur einen leisen Aufschrei: ‚Jack!', machte die Tür zu und ging wieder hinunter.

Es heißt, daß Engländer niemals weinen. Ich bezeuge, daß ich Tränen in Lord Avons Augen gesehen habe.

7.

Lord Avon wohnte auf der Dahabiyah. Zuerst war er recht ungeduldig und wollte seine Frau nach Luxor oder Assuan schaffen, um sie so schnell wie möglich in einem der Luxushotels unterzubringen. Ich erklärte, daß sie unter keinen Umständen transportiert werden dürfe, vielleicht erst nach zwei oder drei Monaten. Er hatte einen schwierigen herrischen Charakter. Man merkte, daß er gewöhnt war, Befehle zu erteilen und sie ohne Widerrede ausgeführt zu sehen. Es ärgerte ihn fast ein wenig, daß er sich dem Willen eines ägyptischen Arztes unterwerfen mußte, der wie die meisten Menschen von normaler Größe und um einen guten Kopf kleiner war als er. Nach ein paar Tagen aber verschwand seine Unruhe, und die angenehmen Seiten seines Wesens kamen zum Vorschein. Er wurde die verkörperte Liebenswürdigkeit und Güte. Nicht einmal ein Elefant in Gefangenschaft hätte gutmütiger sein können. Er bemühte sich, auch die gewöhnlichsten Leute an Bord der ‚Osiris' persönlich kennenzulernen, und der Dragoman mußte ihm ihre Wünsche und Beschwerden verdolmetschen. Er interessierte sich mit knabenhaftem Eifer für jede Einzelheit des Schiffes, auf dem er wohnte. Er lernte arabische Worte auswendig, studierte die Karten Ägyptens, des Nils, des Sudans, ließ sich eine ganze Kiste mit Büchern aus Kairo schicken, um sich über dies alles zu informieren, und fast jeden Morgen bei Tagesanbruch ging er, in einen dicken Wollsweater gehüllt, rudern, um in Form zu bleiben. Er zerbrach dabei mehrere Ruder. Die Schiffsleute sprachen mit ehrfürchtiger Scheu von ihm. Er war auch ein leidenschaftlicher Photograph, der alles knipste, was ihm in den Weg kam. Er fischte im Nil, und einmal angelte er einen riesigen Fisch. Aber er war dann tagelang unglücklich, bis er endlich den englischen Namen des Fisches herausgefunden hatte. Sein Koch briet auf ägyptische Art einige Koteletts, die Lord Avon einfach köstlich fand. Zweimal am Tage besuchte er seine Frau. Ich beschränkte die Dauer seiner Besuche auf je eine halbe Stunde, denn ich bemerkte, daß er eine Vitalität hatte, die nicht nur nach allen Seiten ausstrahlte, sondern auch die Lebenskraft der anderen aufzehrte. Es schien, als sei er sich dieser Tatsache nicht bewußt. Aber ich hatte das Gefühl, daß er es wußte. Ich sah mit Vergnügen, daß er gern allein war. Er langweilte sich ebensowenig wie ein fünf- oder sechsjähriger Junge, der auf einem Sandhaufen spielt.

Mrs. Cole aber gewährte ich freien Zutritt zu Lady Avon. Diese Dame, die als eine der größten Gastgeberinnen Londons bekannt ist, war ein Wunder an Aufopferung. Ihr Mann befand sich in England, aber sie schien sehr froh zu sein, daß sie so weit von ihm entfernt war. Ihre Ehe war nicht glücklich. Ronnie war anscheinend wie ein Teufel hinter den Weiberröcken her. Nun aber, da sie ein friedliches, fast monotones Leben führte, ihre Freundin pflegte, Briefe für sie schrieb und die Ereignisse ihres vergangenen Lebens mit ihr erörterte, schien sie ganz zufrieden. Ich entdeckte aber bald, daß sie nicht zufrieden war. Sie erzählte mir einige von den Enttäuschungen ihres Lebens. Sie hatte ein tiefes Verständnis für das Leben. Für sie war es wie eine Schule gewesen, die nur die Härtesten und Tauglichsten mit Erfolg absolvieren können. Sie liebte die Gesellschaft, in der sie geboren und erzogen worden war, und verachtete sie zugleich. ‚Natürlich sein‘, lautete ihre Losung; trotzdem war fast alles an ihr gemalt und geschminkt. Sie liebte ‚natürliche‘ Menschen. Kurz, sie war ein weibliches Paradox, aber dennoch ein so echter Mensch unter all ihrer Künstelei, daß ich sie sehr liebgewann, obschon es einige Zeit dauerte, bis ich ihren Charakter erfaßte. Wäre sie weniger reich, weniger verwöhnt, weniger mit sich selbst beschäftigt gewesen, sie wäre sicher eine glückliche Frau geworden.

Was soll ich nun über Lady Avon sagen? Darf ein Arzt eine Patientin liebgewinnen und sie in jenem höheren Sinne lieben, der fast der Verehrung gleichkommt? In all den Jahren, die ich Lady Avon kenne, habe ich sie nicht ein einziges Mal über ihre vielen Leiden klagen hören. Sie war mitfühlend, gütig und wirklich adelig, so daß selbst die Londoner Gesellschaft von ihr als von einem Menschen sprach, der über jede Kritik erhaben ist. Dabei war sie durchaus nicht langweilig. Im Gegenteil! Sie schien nie mit sich selbst beschäftigt zu sein. Stets kümmerte sie sich um das Wohl anderer. Selbst als ihr Mann kam, war es ihr größter Kummer, daß sie nicht persönlich für seine behagliche Unterkunft auf der Dahabiyah Sorge tragen konnte. Das quälte sie.

Ihr Neues Testament und das Gebetbuch waren vollgepfropft mit kleinen Photographien von ihrem Mann, ihrem Sohn, ihren nächsten Verwandten und besten Freunden, den Kindern von Verwandten und Bildnissen königlicher Persönlichkeiten. Aber man darf nicht glauben, daß sie bigott war. Nein, sie war von innen heraus religiös, und die Frömmigkeit war ein Teil ihres Wesens. Alle kleinen Handlungen ihres Lebens zeugten von dieser Frömmigkeit, dieser Unweltlichkeit, die ihre Seele erfüllte. Sie war so erzogen worden. Ihr Vater und ihr Großvater waren sehr stark in die Angelegenheiten der Evangelischen Hochkirche verstrickt gewesen, obgleich sie beide als leidenschaftliche Politiker im Hause der Lords gleich wachsamen Bulldoggen über den Privilegien ihrer Klasse gewacht und mit Nachdruck ihre Stimme erhoben hatten, wenn sie die Interessen des britischen Imperiums gefährdet glaubten. Lady Avon liebte weder Probleme noch schwierige Fragen. Alles, was sie über Politik, Kunst, Literatur und andere Dinge wußte, hatte sie zufällig aufgelesen.

Geld hatte ihr offenbar niemals Sorgen bereitet — wahrscheinlich deshalb, weil das Vermögen ihrer Familie fest gegründet war wie ein Fels und vielleicht auch dann noch bestehen würde, wenn die Wogen der Zerstörung den halben Reichtum der Nation längst weggeschwemmt hätten. Finanzielle Nöte berührten Leute wie die Avons nur ganz leicht. Große britische Familien haben niemals für den Tag gelebt oder für den Erfolg einer einzelnen Generation; ihre Fundamente sind fest gelagert schon in längst vergangenen Generationen. Und sogar heute noch formt ihre Macht, die so lange Zeit die Nation und das Reich beherrscht hat, unmerklich die Gestalt der künftigen britischen Entwicklung. Nur eine Weltkatastrophe kann den Felsen einreißen, auf dem solche Familien wohnen. Diese harte Britenart, vereint mit einer Weichheit des Empfindens, einer Liebe zu kleinen Dingen und dem Wunsch, die ganze Welt auf englische Art umzumodeln, gleichsam aus der ganzen Welt eine gute englische Kolonie zu machen, eine Welt erfüllt von britischen Gedanken, britischer Gerechtigkeit, britischer Freiheit — das waren die Kräfte, die die sanfte Seele meiner Patientin bewegten. Mit ihrem blonden Haar, ihren blauen Augen, ihrem zurückhaltenden Wesen und ihrer Abneigung gegen jedes Zurschautragen innerer Gefühle ließ sie ständig die Schönheit ihrer Seele ahnen. Und — soll ich es sagen? — je mehr ich Einblick gewann in diese Seele, die ganz Duft und voller Blumen war, ohne Fehl und ohne eine Spur von Lieblosigkeit, desto stärker fühlte ich in mir die Wüste, die afrikanische Nacht. Und ich begann einzusehen, daß fast all das, was ich gelernt hatte, ob es nun gut oder schlecht war, aus Europa stammte. Europa hatte die heutige Welt der Technik, die Welt der Zivilisation geschaffen. Europa hatte mich geschaffen. Den Teil meines Wesens, der in meinem Beruf meinem eigenen Volk von wirklichem Nutzen war, hatte Europa mir geschenkt. Mein Fleisch und Blut stammten von meinen Eltern; meinen Charakter, meine Begabung, alle meine natürlichen Neigungen verdankte ich meinem geliebten Land. Aber das übrige? Was wäre ich heute, so fragte ich mich, wenn ich nicht von Europa gelernt hätte — gleichgültig, was und wie und wann?

Lady Avon betrachtete es als eine Gnade des Himmels, daß sie die Zeit ihrer Genesung in meinem bescheidenen kleinen Hause in Edfou verbringen durfte. Sie versicherte mir, daß sie sich noch nie so unmittelbar mit der Bevölkerung eines Landes verbunden gefühlt habe, wie hier in

Ägypten, obwohl sie jahrelang in Indien gelebt und dort wie eine Königin Hof gehalten hatte.

„Ich muß Ihr Land wirklich kennenlernen", sagte sie. „Ich weiß so wenig von allem."

Nach zwei Wochen war sie so weit, daß wir sie täglich mit ihrem Bett auf die Terrasse rollen konnten. Mrs. Ronald Cole bezog das Zimmer neben dem Zimmer der Zofe. Die Pflegerin schlief im Krankenzimmer, um immer zur Hand zu sein. Hussein kochte wundervolle Gemüseplatten. Seine Linsensuppe, seine gebratenen Tauben, seine Ragouts waren so vorzüglich, daß Lord Avon, der häufig bei mir zu Gast war, oft fragte:

„Sagen Sie, wann bekommen wir wieder einmal diese köstliche Linsensuppe?"

Er hatte sich auf der Dahabiyah ein Weinlager eingerichtet, und obwohl er selbst nur mäßig trank, liebte er es, fröhliche Zecher um sich zu sehen. Dr. Lister war überglücklich. Gelegentlich verbrachte ich den Abend auf dem Boot, aß dort, und nach dem Essen spielten wir Bridge. Bekannte, die den Nil hinauf- und hinunterfuhren, kamen auf das Schiff, und einige Freunde blieben ein paar Tage, besuchten Lady Avon und beglückwünschten sie zu dem ‚Wunder' ihrer Rettung.

Eines Tages tauchte Lord Avons Mutter auf. Sie sagten zu ihr ‚Mama'. Diese großartige alte Dame von über achtzig Jahren schien unzerstörbar. Mit einem großen Hut, flatternden Schleiern, Hals und Busen mit altmodischen Ketten und Juwelen überladen, in der Hand einen grünen seidenen Sonnenschirm, kam sie eines Morgens von der Dahabiyah herüberspaziert in der stattlichen Haltung einer Dame, die im Buckingham Palace durch den Ballsaal geht. Ich stand wie ein Gastwirt auf der Schwelle, als ich sie zum ersten Male erblickte.

„Ich komme, Emilie!" rief sie schon von weitem, als sie ihre Schwiegertochter auf dem Balkon erkannt hatte. „Ich komme, mein Kind! Lieg nicht in der Sonne! Das ist gefährlich! Du wirst einen Sonnenstich bekommen! O mein Gott!"

Sie wandte sich zu Lord Avon, der neben ihr ging.

„So etwas! Liegt auf einem Balkon in der Sonne! Und was sind das für schmutzige Leute, die da um sie herumsitzen!"

Ihre Stimme schnappte zuweilen über wie die eines Papageis. Sie blieb stehen und klappte mit einem Ruck ihren Schirm zu.

„Frauen und Kinder? Was soll das heißen? Jack, geh voraus und mach Platz für deine Mama!"

Lord Avon bot ihr seinen Arm, aber sie stieß ihn weg.

„Wenn das Ägypten ist und wir angeblich für Ägypten sorgen, dann macht es uns nicht viel Ehre! Warum tun wir denn nicht etwas?" zeterte sie. „Jack, ich schäme mich für dich! Du bist Generalgouverneur gewesen. Kannst du nicht etwas tun?"

Sie schwang ihren Sonnenschirm.

„Ich komme, Emilie! Reg dich nicht auf! Ich komme von London her, um dich zu besuchen! Und zu Weihnachten kommt Noël!"

Mit unwahrscheinlich kräftigen Schritten näherte sich die hochgewachsene, achtzigjährige Dame der Tür, in der ich zu ihrem Empfange bereitstand in meinem weißen Mantel und ohne Kragen.

„Wer ist dieser Mann?" fragte sie Lord Avon und zeigte mit ihrem Schirm auf mich.

„Dr. Ibrahim. Das ist der Mann!"

„So? Aber er lacht ja!" sagte die alte Dame. „Ich hoffe,

daß er nicht über mich lacht! Ich habe hier meinen Schirm, wissen Sie!"

Sie drohte mir.

„Es freut mich, Sie bei so guter Laune zu sehen!" sagte ich. „Seien Sie herzlich willkommen, Madame!"

„Sie hätten ein Mörder werden können!" schrie sie mich an. „Sie hätten das arme Kind umbringen können!"

„Behandelt sie alle Welt wie einen Kindergarten?" fragte ich mich im stillen.

„Ich könnte Ihr Sohn sein, Madame, wenn Ihr Gatte mein Vater gewesen wäre!" sagte ich lachend.

„Was ist das für ein komischer Mann?"

Sie sah mich starr an, als ob sie nicht klug aus mir würde. Dann lachte sie laut heraus.

Als sie wieder zu Atem gekommen war, fragte sie mich:

„Lassen Sie Ihre Patienten immer in der Sonne braten?"

„Manche Blumen haben die Sonne nötig, andere gedeihen besser im Schatten", erwiderte ich.

Wieder fixierte sie mich. Lord Avon sagte lächelnd: „Er vergleicht Emilie mit einer Blume."

„Wirklich, Jack!" bemerkte sie, und ihre Stimme schlug in tiefen Baß um. „Wahrhaftig!"

Sie schritt ins Haus, hob den Rock hoch und stapfte die Treppe hinauf, daß das Haus förmlich erzitterte.

„Mutter ist zweiundachtzig", flüsterte Lord Avon mir ins Ohr, „und sie freut sich schrecklich, daß sie hier ist!"

„Ja — aber nur eine halbe Stunde, nicht länger bitte", flüsterte ich zurück.

Hussein trug Kaffee und Zigaretten hinauf; eine halbe Stunde lang hörte ich oben ‚Mamas' Stimme, sonst nichts.

8.

Um Weihnachten herum bat mich Lord Avon, mit ihm den Tempel zu besichtigen. Wir fuhren mit dem Wagen frühmorgens los, die Sonne umgab den Tempel der Liebe mit einem goldenen Glorienschein. Meine Vorfahren haben die Kraft zu großartigen, ja überirdischen Visionen gehabt, das läßt sich nicht bezweifeln. Denn ein Bauwerk, das unserer heutigen platten, alltäglichen Welt fremder wäre als der Tempel des Horus, ist sicher auf der ganzen Welt nicht zu finden. Wir gingen durch die Säulenhallen, und Lord Avon, der Riese, der nun inmitten der gigantischen Säulen wie ein winziges Insekt stand, sah sich zerstreut um.

„Ich kann nicht behaupten, daß ich auch nur einen Schimmer von Ägyptologie habe", sagte er. „Das alles ist gewiß sehr prächtig, aber ich verstehe nichts davon."

Er wechselte den Ton, und plötzlich versetzte er meinem Arm einen heftigen Stoß. Er hielt das wahrscheinlich für eine freundschaftliche Geste, aber er renkte mir dabe fast den Arm aus.

„Wissen Sie, Dr. Ibrahim", sagte er, „Sie sind wirklich ein furchtbar anständiger Kerl. Ich weiß nicht, wie ich Ihnen danken soll für alles, was Sie für meine Frau getan haben und noch tun. Sie werden es vielleicht sonderbar finden, daß ich Ihnen das jetzt sage — aber ich liebe meine Frau. Was hier geschehen ist, war für mich und mein Leben von größter Bedeutung. Sie wissen — ich bin ein Mensch, kein Heiliger, und ich fürchte, ich habe in meinem Leben alle möglichen Dinge getan, die meine Frau unglücklich gemacht haben. Aber es ist mir nie wirklich Ernst damit gewesen. Sie ist sehr religiös. Ich bin auch religiös, aber ich denke anders als sie. Ich bin nicht orthodox."

Wir schlenderten Seite an Seite zwischen den gewaltigen Säulen dahin. Die Blumenkapitäle im Morgenlicht sahen aus wie aus purem Gold geschmiedet. Lord Avon blickte an den Säulen empor.

„Wissen Sie", sagte er so nebenher wie möglich, „es war mir ein wirkliches Vergnügen, Sie kennenzulernen. Ich weiß nicht viel über Ihr Land und Ihr Volk, aber mir scheint, daß hier noch eine Menge zu tun ist — obgleich ich zugeben will, daß Ägypten weit fortgeschrittener ist als Indien."

Er machte eine Pause.

„Sie sind vermutlich Nationalist? Ich sehe durchaus ein, daß die gebildete Jugend in Ägypten nationalistisch gesinnt sein muß, sonst würde das Land nicht vorwärtskommen!"

Er blieb stehen, und seine schönen dunkelblauen Augen schauten mich an. Ich sah in seinem Blick ein Stück des guten alten Englands — und all dessen, was dahinter steckt.

„Sie müssen mir sagen, wie es möglich ist, daß ein Mann mit Ihren Fähigkeiten hier in diesem elenden kleinen Nest arbeitet, und warum Sie nicht einen Posten haben, der zumindest Ihre Arbeit lohnt."

„Das ist eine lange Geschichte", erwiderte ich.

„Wir haben doch Zeit, wie?"

„O ja, ich habe Zeit. Aber das ist eine Beichte, die für mein Land ziemlich demütigend ist."

Er verrenkte mir wieder beinahe den Arm auf seine liebevolle, schmerzhafte Art.

„Also los! Ich will wetten, daß ich schon Schlimmeres gehört habe! Millionen Menschen in Indien bezeichnen mich als einen britischen Tyrannen. Ist das nicht ein Geständnis? Ist das nicht auch demütigend für mich? Ich wollte doch immer nur das Beste für sie tun. Aber man kann ihnen nicht alles geben. — Jedenfalls, bitte, erzählen Sie mir jetzt von sich!"

Ich erzählte Lord Avon, soviel ich konnte, und hielt mich streng an die Wahrheit. Er nickte ab und zu mit seinem prächtigen Kopf und brummte vielsagend, als sei ihm in meiner Geschichte nichts neu.

„Ich weiß, Sie sind nie in England gewesen", sagte er, nachdem ich endlich meine Erzählung beendet hatte. „Das hat mich sehr gewundert. Aber warum gehen Sie nicht? Sie sollten es wirklich tun! Selbst wenn wir Engländer eure Feinde wären — wir sind es bestimmt nicht — aber selbst wenn wir es wären, würde es sich nicht für Sie lohnen, nach England zu gehen und unsere Methoden zu studieren?"

„Ich weiß, daß die meisten meiner Kollegen, die drüben waren, als Freunde Englands zurückgekehrt sind. Sie werden hier dann auch mit größerer Rücksicht behandelt."

„Das bedeutet, daß sie dort etwas erworben haben, was sie hier nicht bekommen konnten, etwas, von dem sie Gebrauch machen können, wenn sie hierher zurückkehren, und wenn es nur ein gesteigertes Ansehen ist!"

„Ich darf in England nicht praktizieren. Wenigstens nicht, ohne noch einmal meine Prüfungen abgelegt zu haben, und das würde mich eine ganze Menge Zeit kosten."

„Ein lästiges Hindernis sicherlich", erwiderte er. „Trotzdem würde ich Ihnen dringend raten, für einige Zeit nach England zu gehen. Sie werden dann bei Ihrer Rückkehr eine weit bessere Stellung haben. Ihre Vorgesetzten werden Sie mit anderen Augen ansehen, glauben Sie mir. Ich kenne diese Leute, wenn ich ihnen auch nie begegnet bin und gar keine Lust habe, ihnen zu begegnen. Und Ägypten wird Nutzen davon haben, wenn Sie für ein Weilchen nach England gehen. ... Sie sind noch sehr jung, deshalb müssen Sie mir verzeihen, daß ich so mit Ihnen spreche. Ich tue es aus Dankbarkeit — ich wünsche, daß Sie Karriere machen."

Was sollte ich diesem Manne antworten, der so aufrichtig mit mir sprach?

„Nun", sagte ich und warf mich in die Positur eines Weltmannes, „es ist durchaus möglich, daß ich eines Tages nach England und Europa reise, um meine Kenntnisse zu vermehren. Es wäre unbedingt nötig. Ich wäre schon vor Jahren gereist, wenn ... Aber ich muß leider warten, vielleicht noch sehr lange."

„Warum?" fragte er.

„Etliche junge Ägypter haben reiche Eltern, andere nicht; so wie der eine einen Stammbaum hat und der andere hat keinen. Ich kann meine Vorfahren durch Jahrhunderte zurückverfolgen, aber sie haben mir leider kein Vermögen hinterlassen."

„Ach!" unterbrach er mich mit einer Handbewegung. „Darum brauchen Sie sich keine Sorgen zu machen. Ich schulde Ihnen weit mehr, als Sie für Ihre Studienzeit in England brauchen werden!"

Und er fuhr rasch und taktvoll fort:

„Sehen Sie mich an! Ich liebe mein Land, aber es war für mich immer ein besonderes Erlebnis, wenn ich England verlassen konnte. Fünfzehn Jahre meines Lebens habe ich im Ausland verbracht. Und es hat mir nicht geschadet. Ich habe keine neuen Eroberungen gemacht, ich habe nur die von unsern Vätern eroberten Gebiete verwaltet."

„Aber England über alles, nicht wahr?"

„Gewiß! Und für Sie Ägypten über alles! Warum nicht?"

Er trat zurück und fragte, ob er mich photographieren

dürfe. Ich war in trauriger Stimmung, aber ich nahm mich zusammen und machte ein freundliches Gesicht. Er knipste mich, und während er die Kamera zuklappte, sagte er:

„Dieses Bild lasse ich vergrößern und hänge es zu Hause in meinem Arbeitszimmer auf."

Lord Avons Sohn, ein netter junger Mann, militärisch erzogen, groß und kräftig und frisch wie ein Windhauch über dem Heidemoor, kam den Nil heraufgefahren, und seine Ankunft hatte eine erstaunlich wohltätige Wirkung auf Lady Avons Zustand. Ihre Muttergefühle brachen sich Bahn, und ‚Boyo', immer auf dem Balkongeländer balancierend, als wolle er im nächsten Augenblick einen Saltomortale nach hinten machen, lachend und scherzend, förderte ihre Genesung kräftiger als jede Behandlungsmethode.

Sie feierten auf der Dahabiyah Weihnachten. Ich wurde eingeladen, und ich fürchte, ich trank zuviel Champagner. Nach Mitternacht nahm Dr. Listers Freundschaft zu mir erschreckende Formen an. Er setzte sich eine Papierhaube auf und schwor, daß er mich durch alle Mühen des Lebens hindurch wie einen Bruder auf den Schultern tragen würde, und wenn ein Feind mich anrühre, würde er sein Leben für mich hingeben.

‚Mama' war nicht anwesend. Sie fühlte sich nicht wohl. Welch ein Wunder! Ich mußte sie besuchen. Sie behauptete den anderen gegenüber, ganz wohl zu sein, aber eben nicht imstande, ihre Kabine zu verlassen. Aber ich will hier die wahren Hintergründe ihrer sonderbaren Krankheit schildern.

Für den nächsten Tag wurden ein anglikanischer Bischof, seine Frau und ein schottischer Pater erwartet. Sie wollten für zwei Tage auf der Dahabiyah zu Gast sein. Der

Bischof sollte am Morgen nach seiner Ankunft in Lady
Avons Krankenzimmer einen Gottesdienst abhalten. Nun
hatte zufälligerweise ein paar Tage vor Weihnachten die
Lady-Mutter eine ihrer Perücken, die sie infolge Mangels
an natürlichem Haar leider tragen mußte, an einen Friseur
nach Kairo geschickt mit dem Auftrag, sie in Ordnung zu
bringen und sie sofort zurückzusenden. Sie wollte sie bei
dem bevorstehenden Anlaß tragen, um vor dem Lord-
Bischof und seiner Frau möglichst vorteilhaft auszusehen.
Inzwischen trug die alte Dame ihre zweite Perücke, die in
jeder Einzelheit der ersten glich, aber ihrer Meinung nach
für ein so wichtiges Ereignis nicht schön genug war. Am
Morgen des Weihnachtstages unternahm sie einen Ausflug auf einem jungen Esel, den der Dragoman eigens
ausgesucht hatte. Sie wahrte im Sattel eine Haltung wie
ein Gardeoffizier auf seinem Streitroß. Leider aber kam
es während des Spazierrittes, den sie nicht nur ihrer Gesundheit wegen unternommen hatte, sondern auch, um
sich zu bestätigen, daß sie noch zu allem fähig sei, dem
Esel, über den sie ebensowenig Gewalt hatte wie ein Ei
über das Messer, auf dessen Schneide es balanciert, in
den Kopf, widerspenstig zu sein und selbst zu entscheiden,
welchen Weg er gehen wollte. Er schrie nachdrücklich,
versuchte, die entschlossene Frau mit kräftigen Hieben
seines Schweifs aus dem Sattel zu fegen, und da ihm das
nicht gelang, spielte er plötzlich das folgsame Tier, um auf
diese Weise der Reiterin ein falsches Gefühl der Sicherheit
zu geben. Während sie damit beschäftigt war, den Anblick
des ländlichen Ägyptens zu genießen, erspähte der Esel
plötzlich einen niedrigen Baumast, der über dem Pfad
hing, und marschierte auf ihn zu. Diese Heimtücke hatte
verhängnisvolle Folgen, denn die alte Dame kollerte aus
dem Sattel und fiel in den Staub, ohne sich jedoch, Al-

hamdoulillah, auch nur im mindesten weh zu tun. Als sie sich wieder erhob und dabei Worte gebrauchte, die man aus ihrem Munde nicht vermutet hätte, sah sie zu ihrer tiefen Bestürzung, daß ihr Hut samt Schleier und Perücke einen steilen, kleinen Abhang hinuntergerollt waren und nun in dem schmutzigen Wasser des Kanals lagen, an dem sie entlanggeritten war, und den sie bis dahin noch gar nicht bemerkt hatte. Der Eseltreiber hatte zuviel Zeit mit der herzlosen Beschäftigung vergeudet, seinem Esel reichliche Prügel zu verabreichen (die der Esel gar nicht übelzunehmen schien), und kam zu spät, um die Perücke vor dem Durchnäßtwerden zu retten.

Dr. Lister, der auf seinem Esel der alten Dame um volle hundert Meter voraus war, machte kehrt, als er ihre herzzerreißenden Wutschreie hörte. Aber alle seine Anstrengungen, sich zu beherrschen, waren vergebens. Als er sah, wie die Lady-Mutter ihren Kopf mit den Händen zu bedecken suchte, konnte er seine Lachlust nicht mehr unterdrücken und wandte sich ab, um sich keiner Unhöflichkeit schuldig zu machen.

„Oh, Sie dürfen ruhig hersehen, Sie!" rief die alte Dame, „Sie haben selbst nicht mehr viel Haare auf dem Kopf und Sie könnten mein Sohn sein. Gott sei Dank, daß Sie es nicht sind!"

Das große Taschentuch des Doktors um den Kopf gewickelt, kehrte sie zu der Dahabiyah zurück. Dr. Lister trug ein kleines Bündel in der Hand, die in den nassen Schleier eingewickelte Perücke, die er sofort der Zofe der alten Dame übergab. In ihrer Verzweiflung schickte ‚Mama' ihre Zofe zu mir, „ich sollte kommen auf der Stelle". Diesem energischen Befehl gehorchte ich unverzüglich. Und dort in ihrer Kabine fand ich die verzweifelte Mutter eines der vornehmsten Granden Englands, ein buntes

Taschentuch um den Kopf, mit der Miene einer betrübten Marktfrau, die ihre Äpfel nicht loswerden kann.

„Sehen Sie woanders hin!" befahl sie. „Wahrscheinlich wissen Sie es längst! Ich kenne die Ägypter, seit ich auf meiner Hochzeitsreise hier war. In Weibersachen wißt ihr gründlich Bescheid. Unterstehen Sie sich nicht zu lachen ... Teufel noch mal! Hoffentlich kommt die andere Perücke rechtzeitig aus Kairo zurück!" Sie unterbrach sich. „Hubbard! Hub—bard!" schrie sie, und die Zofe erschien. „Geben Sie dem Doktor die Telephonnummer des Friseurs in Kairo. Er wird telephonieren und sich nach der Perücke erkundigen. Schnell!" Die Zofe verschwand.

„Gibt es in Edfou einen Friseur?"

Ich bejahte.

„Dann bringen Sie um Himmels willen sofort diese Perücke zu ihm. Er muß sie trocknen, säubern und frisch in Locken legen. Hubbard! Hubbard!" Die Zofe erschien wieder.

„Sie gehen sofort mit dem Doktor zum Friseur. Sagen Sie ihm, was er machen soll, und bleiben Sie dort und passen Sie auf, daß er es macht!"

„Ja, Mylady!"

Die alte Dame streckte den Arm aus wie Lady Macbeth.

„Gehen Sie jetzt, schnell! Gütiger Himmel! Übermorgen ist Kommunion!"

Ich entfernte mich mit höchster Geschwindigkeit, die Zofe an meiner Seite. Ich verdolmetschte unserem Barbier die Anweisungen der Miß Hubbard und erklärte ihm, wie man Locken dreht. Er nickte weise, erklärte aber, die Arbeit würde erst morgen früh fertig sein. Und das war der Grund für das Unwohlsein der Lady-Mutter Avon, der Grund, warum sie sich weigerte, Besuch zu empfangen, und warum sie nicht an unserer kleinen Festlichkeit teilnahm.

9.

Vor seiner Abreise nach England bat mich Lord Avon, mit ihm allein auf der Dahabiyah zu essen.

„Ich verlasse Ägypten in dem glücklichen Bewußtsein, daß es meiner Frau gut geht und daß sie gut aufgehoben ist. Gestatten Sie mir, Dr. Ibrahim, Ihnen eine kleine Anzahlung auf die Summe zu geben, die ich Ihnen schulde." Damit überreichte er mir einen Scheck über vierhundert Pfund. Ich wußte nicht, was ich sagen sollte, als ich den Scheck in Händen hielt. Nie in meinem Leben hatte ich so viel Geld besessen. Ich wußte, daß es nutzlos sein würde, mit Lord Avon zu streiten, besonders angesichts des Umstandes, daß Dr. Lynch und Dr. Allan für ihre Tätigkeit je hundert Pfund berechnet hatten. Ich stotterte also meinen Dank und schob den Scheck in die Rocktasche.

„Wie gesagt, es ist nur eine erste Rate", sagte Lord Avon im Herrenton. „Im geeigneten Zeitpunkt werden wir das Ganze erledigen, und dann werden Sie die Summe erhalten, die Sie verdient haben."

Zwei Tage später reiste Lord Avon nach England ab und nahm seinen Sohn mit. Eine Woche nach seiner Abreise schickte ich die alte Dame und ihre Zofe nach Assuan, weil ihre Vitalität mich und meine Patientin fast erdrückte.

„Lady Avon braucht völlige Ruhe", sagte ich und wunderte mich über die Folgsamkeit, mit der sie meinen Befehlen gehorchte.

Kurz darauf erhielt Mrs. Cole dringende Telegramme aus London, die sie zurückriefen. Sie reiste im Februar ab, und ich blieb nun endlich mit meiner Patientin, ihrer Zofe, der Pflegerin und Dr. Lister allein. Er besuchte Lady Avon jeden Tag und zog sich dann auf die Dahabiyah zurück, aber da sie jetzt außer Gefahr war, bestand sie darauf, daß er Urlaub nehme und nach Kairo fahre. Sie wußte, daß er nichts so sehr liebte wie Pferde und Pferderennen. Sie gab ihm eine Fünfpfundnote mit, die er für sie auf einen ‚Favoriten' setzen sollte.

Ich blieb mit Lady Avon allein. Da nun keine gesellschaftlichen Pflichten mich ablenkten, verlor ich mich in tiefe Gedanken über mein eigenes Leben. Ich kann gar nicht sagen, was für eine überwiegende Rolle die vierhundert Pfund in meinen Überlegungen spielten, welche große Unruhe sie in mein Leben brachten. Ich sah die Möglichkeit vor mir, den ehrgeizigen Traum jedes ägyptischen Arztes zu verwirklichen: Eine Fortsetzung des Studiums in Europa. In Europa volle Qualifikation zu erwerben und dann mit vermehrtem Wissen und Prestige nach Ägypten zurückzukehren, das war mein Traum. Aber ich konnte mich lange nicht entschließen. Mich befielen schwere Zweifel, ob es der Mühe wert sei, so lange Zeit in England zu verbringen, während es in meinem Heimatland an erfahrenen Leuten mangelte.

Lady Avon kannte meine Sorgen. Unsere Freundschaft hatte ein Stadium wechselseitigen Vertrauens erreicht. Sie bot mir ihre Unterstützung an. Ihr schönes Heim in England würde mir immer offenstehen. Sie führte eine geschickte Propaganda für ihr Vaterland. Sie war der Meinung, ich sollte in England graduieren und Mitglied des Royal College of Surgeons werden. Ich könnte viel dazu beitragen, die zwischen England und Ägypten herrschenden Unstimmigkeiten zu beseitigen. Aber trotz dieser schönen Aussichten konnte ich zu keinem Entschluß gelangen. Ich dachte an meine Eltern, an meine zahlreichen Freunde, an Omar und ein Dutzend anderer kleiner Omars, die zu erwähnen ich bisher keine Zeit gefunden habe. Ich dachte an meine Armen, die geduldig, in kleinen Gruppen im Staube sitzend, auf mich warteten. Sollte ich sie alle für unbestimmte Zeit verlassen? Denn dort am andern Ende der Straße erwarteten mich unbekannte Versuchungen.

Bimbo kam zu kurzem Besuch nach Edfou. Ich begrüßte ihn wie einen Boten des Himmels. Er gab mir einen Umschlag mit einem Scheck über fünfzig Pfund, den Lord Avon ihm geschickt hatte. Er war fast empört, weil man ihn für seine Assistenz bezahlt hatte. Es sei ihm eine Freude gewesen, mir zu assistieren.

„Sie — ja! Aber ich? Ich habe gar nichts gemacht! Sie müssen den Scheck nehmen!"

„Niemals!" sagte ich. „Abadan! A—ba—dan!"

Ich erzählte ihm, daß ich die Möglichkeit habe, nach England zu gehen.

Er nahm das so an, als hätte man ihm gesagt, er habe ein Vermögen in der Lotterie gewonnen. Er umarmte mich.

„Gehen Sie! Gehen Sie, sobald Sie können!"

Ich erwähnte meine Zweifel. Er schüttelte den Kopf.

„Wollen Sie so dumm sein und sich eine derartige Gelegenheit entgehen lassen? Wollen Sie sich damit bescheiden, für immer der Sklave unseres Regierungsdepartements zu bleiben, wenn Sie eine Möglichkeit haben, sich zu befreien und eines Tages vielleicht als Chef des Departements zurückzukehren? Los, mein Freund, im Sommer nehme ich Urlaub und besuche Sie."

Aber mein Entschluß war noch immer nicht gefaßt.

10.

Mein Chef, Salib Bey, kam auf einer Inspektionsreise mit einem Regierungsdampfer den Nil herauf. Er hatte eine Menge Freunde und Anhänger bei sich, die auf diese Weise kostenlos einen Ausflug nach Assuan machten.

Eines Tages kam er anmarschiert, dick, schrecklich, wie ein Nilpferd, das auf den Hinterbeinen geht. Er ging in der Mitte der Straße, seine Freunde folgten ihm in respektvoller Entfernung, um dadurch seine Bedeutung gebührend zu betonen. Ich ging hinaus, um ihn zu empfangen; er war die verkörperte Liebenswürdigkeit. Er beglückwünschte mich, daß eine angesehene englische Dame sich mir anvertraut habe, und gab der Erwartung Ausdruck, ich würde ihr die besten Wünsche des Departements für eine rasche Genesung überbringen. Ich bat ihn und seine vier Gefolgsleute in mein Haus, das er mit ernster Amtsmiene besichtigte.

„Die reiche Dame haben Sie oben untergebracht?"

„Ja, in meiner Privatklinik."

„Was? Sie haben im Amtsgebäude eine Privatklinik eingerichtet?"

Er machte mir noch weitere Komplimente, und ich bat ihn, mir die Ehre zu geben und bei mir zu speisen. Er nahm an und ließ sich gewichtig in einen Stuhl fallen. Drei Stunden blieb er bei mir, trank Kaffee und rauchte Zigaretten. Unsere Unterhaltung bewegte sich meist in offiziellen Bahnen, ging aber plötzlich zu persönlichen Dingen über; er erkundigte sich nach meinem Leben, nach meinen Erfahrungen und bedauerte die schlimmen Dinge, die ich hatte durchmachen müssen. Dann wollte er wissen, wieviel Geld ich durch meine Privatpraxis verdiente. Ich sagte es ihm. Er zog die Brauen hoch und ließ sie langsam wieder sinken. Alle paar Augenblicke mußte ich mich entschuldigen und weglaufen, um meine verschiedenen kleinen Arbeiten zu erledigen. Ich hatte gehofft, er würde sich entfernen und zur Zeit des Essens wiederkommen. Aber er blieb sitzen wie angeleimt.

Ich dankte Gott, als Hussein endlich das Essen hereinbrachte. Es war das Beste, was sich auftreiben ließ, und meine Gäste ließen sich's schmecken. Die Mahlzeit schleppte sich bis drei Uhr hin. Dann schickte Salib Bey endlich seine Freunde mit verschiedenen Aufträgen weg, und ich blieb mit ihm allein. Ich machte mich auf eine offizielle Strafpredigt gefaßt, denn ich wußte, daß er streng auf die Beobachtung der amtlichen Etikette hielt. Aber nichts dergleichen geschah. Im Gegenteil, sein Gesicht schien in dem darunterliegenden ungeheuren Fettsumpf zu versinken, und als er dann nach längerem Zögern den Mund aufmachte, war es, um mich als Kollegen und Freund anzureden. Er begann mit einer kleinen Dissertation über das Wechselverhältnis zwischen Freunden, über die gegenseitige Hilfeleistung, und verweilte mit großem Behagen bei dem Umstand, daß es in seiner Macht liege, mir eine bessere Stellung zu verschaffen, als ich sie gegenwärtig innehätte. Er sei sogar in der Lage, mich dem Unterstaatssekretär zu empfehlen, der seine Empfehlungen stets berücksichtige, und er könne mir im Laufe eines Jahres die Stellung des P. M. O. in einem der besseren Staatskrankenhäuser verschaffen.

Ich dankte ihm von ganzem Herzen. Er ließ sich noch tiefer in den Stuhl sinken. Dann begann er von neuem. Er ließ das ‚Doktor' weg und nannte mich liebevoll ‚Ibrahim'.

„Sie haben in der Tat unserem Beruf Ehre gemacht in den Augen unserer englischen Freunde", sagte er. „Der Orientsekretär der Residentschaft hat mich in dieser Sache aufgesucht."

„Ich kenne ihn gar nicht."

„Ah, aber er kennt Sie! Offiziell natürlich, seit Sie sich einen Ruf gemacht haben. Er äußerte seine Anerkennung und gab mir zu verstehen, daß Seine Exzellenz es begrüßen würde, wenn Sie einen besseren Posten erhielten, auf dem Sie Ihre hervorragenden Fähigkeiten im Interesse des Departements und des ganzen Landes gründlicher verwerten könnten."

Ich geriet in Verwirrung. Wunder geschahen. Ich wäre gar nicht erstaunt gewesen, wenn Salib Bey den Nilorden aus der Tasche gezogen und ihn mir um den Hals gelegt hätte. Nach einem halben Dutzend weiterer Tassen Kaffee trank er ein riesiges Glas Wasser und schickte sich an, seinen gewaltigen Leib aus dem Stuhl emporzustemmen. Das gelang ihm auch schließlich, und er entfernte sich in bester Laune, nachdem er mich gebeten hatte, nach seiner Rückkehr aus Assuan mit ihm auf seinem Dampfer zu lunchen. Zwei Wochen später kehrte er mit sonnverbranntem Gesicht von den Grenzen des Sudans zurück, wo er hoffentlich befriedigende sanitäre Zustände vorgefunden hatte. Ich stattete ihm gleich nach der Landung in Begleitung meines Buchhalters einen Höflichkeitsbesuch ab. Sein breites, wohlwollendes Lächeln begrüßte mich vom Oberdeck her, und da es gerade um die Mittagszeit war, bat er mich, gleich dazubleiben.

Nach einer längeren Mahlzeit zogen seine Freunde sich zu einem Schläfchen zurück. Ich verspürte eine ähnliche Neigung und wollte mich verabschieden. Aber Salib Bey ließ mich nicht weg. Er begann zahlreiche Fragen zu stellen, kindische Fragen nach lokalen Einzelheiten aus dem Sanitätsdienst und so weiter, bis ich mich schließlich in eine so untergeordnete Stellung hinabgedrückt fühlte, daß ich mich dagegen aufzulehnen begann und das Gespräch auf meine Erlebnisse in Damnoorah lenkte. Ich benutzte die Gelegenheit, um meine früheren Anklagen zu wiederholen, und sagte ihm ganz offen, was ich von dem Verhalten der Regierung hielt.

Er hörte mir geduldig wie ein Vater zu und sagte schließlich:

„Nun, Ibrahim, Sie haben viel Zeit zum Nachdenken gehabt, seit ich das letztemal hier war."

„Gewiß."

„Ich las in ‚Al Ahram', daß der englische Lord in Kürze nach Ägypten kommt, um seine Frau abzuholen."

„Ich habe davon gehört."

Salib Bey reichte mir eine Zigarette und machte ein langes Gesicht.

„Ich werde wohl versuchen müssen, Ihnen einen besseren Posten zu verschaffen. Aber ich habe gegenwärtig viele Sorgen, private und auch amtliche. Ich spreche zu Ihnen als Freund. Mein Herz beginnt vor lauter Sorgen zu versagen. Ich besitze zweihundert Feddans guten Boden, und um die Kosten der Erziehung meiner Kinder zu decken, habe ich vor drei Jahren bei einem Syrer in Kairo eine Hypothek von zweitausend Pfund aufgenommen. Ich muß ihm fünfzehn Prozent im Jahr bezahlen. Das vorige Jahr war für mich katastrophal. Ich konnte die Hypothekzinsen nicht bezahlen, und jetzt hat mich der Syrer an der Gurgel!" Salib Bey machte eine Gebärde, als ob er sich aufhängen wollte.

„Er droht fast jeden Tag, mich zu verklagen und das Grundstück zu beschlagnahmen. Zweihundert Feddans im Wert von hundert Pfund den Feddan! Es ist schrecklich! Ich würde Tausende von Pfunden dabei verlieren! Der Besitz hat meiner Familie gehört seit den Zeiten Mohammed Ali Paschas!"

Und er jammerte drauflos, bis ihm fast die Tränen kamen.

„Ibrahim", sagte er schließlich, „Gott ist gut zu Ihnen gewesen und hat Ihnen eine reiche englische Patientin geschickt. Ich bin überzeugt, der englische Lord ist sehr freigebig gewesen. Sie haben es mir ja selbst gesagt. Ibrahim, ich muß zweihundert Pfund haben, oder ich bin ruiniert. Meine Kinder werden zugrunde gehen. Borgen Sie mir zweihundert Pfund, ja?"

Je mehr Salib redete, desto größer wurde mein Ekel.

„Ya Bey!" sagte ich. „Es ist ein Jammer, wenn man das Unglück anderer mitansehen muß, ohne helfen zu können. Wenn Gott gut zu mir gewesen ist, dann wahrscheinlich, weil ihr Herren in Kairo mich bisher verdammt schlecht behandelt habt. Was Ihre Hypothek betrifft, so will ich nur bemerken, daß jede anständige Bank in Kairo Ihnen nicht nur zweihundert, sondern auch weitere zweitausend leihen wird, wenn Ihr Besitz zweihundertmal hundert Pfund, also zwanzigtausend Pfund, wert ist."

Sein Benehmen veränderte sich jäh.

„Wünschen Sie, daß ich mich für Ihre Beförderung einsetze", sagte er wütend, „oder soll ich einen ungünstigen Bericht über Sie machen?"

„Hol' Sie der Teufel, Salib!" rief ich und sprang auf. „Ich habe alles Recht auf das Geld, das ich verdient habe. Ich bin nicht verpflichtet, es mit meinem Chef zu teilen!"

„Wie können Sie es wagen, mich zu beleidigen?" schrie er.

„Gott erhalte Sie bei guter Gesundheit, damit Sie Ihrem Land noch lange dienen können!" sagte ich. „Als ich Damnoorah verließ, war ich bereit, jede Demütigung und Ungerechtigkeit zu ertragen, weil ich noch keines der Ideale, mit denen ich in den Staatsdienst getreten war, verwirklicht hatte. Als ich hierherkam, bat ich Sie hundertmal, mir zu helfen, die hiesigen Zustände zu verbessern. Sie erklärten immer, im Budget sei kein Geld vorhanden.

Nun, Salib Bey, ich war entschlossen, beim Departement zu bleiben, bis es mich hinauswirft. Heute aber habe ich mich entschieden, ihm dazu keine Gelegenheit zu geben, sondern selbst zu verschwinden, und zwar auf die sanfteste und schnellste Weise: Ich werde Ihnen noch heute mein Rücktrittsgesuch überreichen!"

Weiß Gott, dieser plötzliche Entschluß machte mich nicht glücklicher. Ich wanderte durch Edfou, über das Dorf hinaus, am Tempel vorbei bis an den Rand der Wüste und wieder zurück, wie von einem geheimnisvollen Dämon getrieben.

Mein Geist war in größter Verwirrung. Ich empfand einen heftigen Schmerz — das bittere Bewußtsein einer Niederlage. Ich hatte das Gefühl, daß ich meine Pflicht gegenüber meinem Vaterland versäumte. „Um mein Studium in England zu vervollständigen", wiederholte ich mir unablässig. „Unsinn! Eitelkeit! Bin ich nicht heute schon ein ausgezeichneter Chirurg? Habe ich nicht Erfahrungen gesammelt, wie sie nur wenige meiner Kollegen sich aneignen konnten?" Um mein Studium in England zu vervollständigen! Um mit einer englischen Dame und ihrer Familie nach England zu reisen! Was für eine erniedrigende Angelegenheit erschien mir das jetzt. Und hier in meinem Hause, vor meiner Schwelle brauchte ich nur den Arm auszustrecken, um irgendeinen armen Teufel zu finden, der meine Hilfe nötig hätte.

Ich ging so schnell, daß ich zuletzt stehenbleiben mußte, um Atem zu schöpfen.

„Nein", sagte die Stimme in mir, „sei gerecht. Weder in einem Jahr noch in zwanzig Jahren wird dein Land so werden, wie du es wünschest. Mit langsamen, fast unmerklichen Schritten wandert die Zeit durch das Land deiner Väter. Deine Zeit in England zählt in diesem Land der Ewigkeit wie ein Tropfen im Ozean. Gerade diese Jahre, die du fern von deinem Lande verbringst, werden dir vielleicht die Kraft geben, stärker, wissender zurückzukehren, bereit, mit Erfolg in die Speichen zu greifen oder vielleicht sogar das Steuer in die Hand zu nehmen. Wer weiß? Besser vielleicht, du gehst, du ergreifst diese große Gelegenheit und gehst!"

Ich saß mit Lady Avon auf dem Balkon. Nellie brachte den Tee, den Fortnum & Mason aus London geschickt hatten. Es war ein köstlicher Tee. Lady Avon strickte. Ihre gewandten Hände reihten Masche an Masche. Ich bildete mir ein, ruhig zu erscheinen, aber sie durchschaute mich.

„Sie sind ein wenig unruhig heute, Dr. Ibrahim", sagte sie lächelnd, ohne aufzublicken. „Hoffentlich mache ich Ihnen nicht zuviel Mühe."

„Doch!" sagte ich.

Ihr Lächeln vertiefte sich.

„Nur noch zwei bis drei Wochen! Sie haben mir versprochen, daß ich in Etappen nach Hause reisen darf."

Ich schwieg.

„Was haben Sie für Sorgen, Doktor?" fuhr ihre sanfte Stimme fort.

„Meine Sorge ist Ägypten!"

Dann nach einem Zögern:

„Warum soll ich es Ihnen nicht sagen? Ich habe mich heute entschlossen, nach England zu fahren."

Lady Avon legte ihre Strickerei beiseite und nahm die Teetasse von dem neben ihr stehenden Tischchen.

„Sie scheinen nicht sehr froh darüber zu sein?"

„Sie haben recht. Ich bin nicht froh. Aber ich werde trotzdem gehen."

„Ich glaube, mein Freund, das ist klug von Ihnen", sagte sie.

SIEBENTES KAPITEL

HEIMKEHR

Dr. Macleod, ein Spezialist für Lungenkrankheiten, der zwei Türen entfernt von mir praktizierte, untersuchte meine Lunge.
„Mein lieber Freund", lautete sein Verdikt, „wenn ich Sie wäre, ich würde mich beeilen, England zu verlassen."
„Wohin würden Sie mir raten zu gehen?"
„Davos! Das ist die einzig richtige Gegend für Sie!"
Ich beschloß, seinem Rat zu folgen und in die Schweiz zu fahren. Es war ohnedies für mich unmöglich, meine Tätigkeit fortzusetzen. Da waren bezeichnende Höhlen in Schläfen und Wangen. Meine Hände hatten das Fleisch verloren. Alle Arzneimittel der Welt konnten nicht verhüten, daß ich vor Fieber zitterte. Mein Appetit war fast vollständig verschwunden. Milch war meine Hauptnahrung. Viele meiner Freunde wußten, daß ich ein gezeichneter Mann war, und ich sah zu meiner Freude, wie tief ihr Mitgefühl für mich war. Einige, unter ihnen auch Lady Avon, versprachen, mich in der Schweiz zu besuchen. Ich machte meiner Sekretärin, Miß Grey, ein schönes Geschenk und bezahlte meine Rechnungen. Hussein packte die Koffer.

An einem rauhen Novembermorgen bestieg ich den Zug nach Paris. Ich saß im Pullmanwagen, die Beine in eine Decke gewickelt. Es erschien mir nicht als ein besonders schreckliches Schicksal, in ein Sanatorium zu gehen, mich dort pflegen zu lassen, an nichts zu denken außer an mich selbst, um die Zeit mit Lesen, Schreiben und Spazierengehen zu verbringen. Sobald der Zug die Victoria-Station verlassen hatte, begann ich in einer Geschichte der Schweiz zu lesen. Hussein studierte seine Lieblingszeitung „The Daily Mirror".

In Paris stieg ich im Ritz ab, das mir von allen Pariser Hotels am besten gefiel. In einem solchen Augenblick hatte ich keine Lust, mir Komfort und Luxus zu versagen, und da mein Vermögen recht bedeutend geworden war, erfreute mich der Gedanke, daß ich auf jeden Fall nicht dazu verdammt war, in Armut zu sterben. Ich beabsichtigte, zwei Tage in Paris zu bleiben und dann nach der Schweiz weiterzufahren. Alle meine Angelegenheiten waren geordnet. Sogar mein Testament lag in versiegeltem Umschlag in einem meiner Handkoffer, und Hussein hatte die Weisung, es gleich nach meinem Tode auf ein ägyptisches Konsulat zu bringen.

Der arme Hussein konnte sich mit der Möglichkeit meines baldigen Sterbens nicht abfinden.

„Mein Herr", sagte er, „Gott ist weise und barmherzig! Würde er uns bis nach England geschickt haben, damit Sie sterben sollen, sobald wir Reichtum und Erfolg erworben haben? Sie werden noch viele Jahre leben!"

„Ich fürchte, mein treuer Hussein", erwiderte ich, „daß Gott seine eigene Methode hat, mir meine Medizin zu verschreiben. Ich habe Reichtümer gesammelt und bezahle dafür mit meiner Gesundheit."

„Yasalaam! Haben Sie nicht Tausende von Menschen

von ihren Krankheiten geheilt? Jetzt werden Sie sich selber heilen!"

„Schicksal, Ibrahim!"

Und doch — das Schicksal, das uns alle in der Hand hält, war noch nicht fertig mit mir. Während meines Aufenthaltes in Paris trat ein Ereignis ein, das mir wieder einmal zeigte, wie nutzlos es ist, Pläne zu machen, sei es auch nur für die eigene letzte Fahrt in den Tod. Europäer mögen über meinen unbedingten Glauben an das Schicksal lächeln. Das kümmert mich nicht. Mögen Sie lächeln. Ich habe zuviel Menschen elend Schiffbruch erleiden sehen, die versuchten, ihr Geschick selbst zu meistern. Soweit die Menschen des Westens an den freien Willen glauben, sind sie für mich Ungläubige, denn sie leugnen die Vorsehung. Ich hatte kaum das Hotel betreten, da hörte ich hinter mir eine Frauenstimme.

„Hallo! Das ist ja Dr. Gamal Bey!" (Viele Leute in England gaben mir den Titel Bey, und da es nur eine Höflichkeitsformel war, hatte ich es längst aufgegeben, mich dagegen zu sträuben.)

Ich drehe mich um und stand Lady Wylebourne gegenüber, einer alten Freundin, und dem früheren amerikanischen Botschafter Marley, einem Mann gut über die Siebzig, mit einem ziegelroten Gesicht, umrahmt von einem kurz gestutzten, weißen, spröden Bart und zwei Augen, die fast boshaft leuchteten.

„Hallo, hallo! Was machen denn Sie in Paris?" sagte Lady Wylebourne.

„Ich bin gegenwärtig auf der Durchreise nach der Schweiz", erwiderte ich.

Lady Wylebourne war eine in England außerordentlich bekannte Persönlichkeit. Ihr Ruf schwankte zwischen Berühmtheit und Anrüchigkeit. Sie hatte ein schönes Haus in Carlton House Terrace mit einer stets offenen Tür für vornehme Leute, einem ausgezeichneten Koch und einem wohlgefüllten Weinkeller, wenn sie selbst auch verurteilt war, eine strenge Diät einzuhalten, die ich ihr vorgeschrieben hatte. Obgleich sie wie ein lebendes Skelett aussah, war sie ein Bündel nervöser Energie. Sie war sogar so weit gegangen, ihre Memoiren in drei Bänden zu schreiben, ein literarisches Unternehmen, das ihr mehr Schande als Lob eingetragen hatte, denn sie hatte auf diesen Seiten ihre ahnungslosen Bekannten unbarmherzig verhöhnt, verletzt, ja viele von ihnen bloßgestellt und in den Schmutz gezogen. Die amüsierten Kritiker hatten ihr Buch nicht nur angeprangert — wobei sie den glänzenden Stil anerkannten —, sondern sie waren mit geschwungenen Fäusten über sie hergefallen und hatten sie beschuldigt, den guten Ton der englischen Gesellschaft zu verderben und dem Verfall der guten Sitten Tür und Tor zu öffnen. Ein flüchtiger Blick auf ihre harten Züge hätte genügt, um zu beweisen, daß diese Kritiken sie wenig berührten. Sie hatte das hakennasige Gesicht einer Hexe, aber ihre großen, schönen, dunkelgrauen Augen hatten einmal ein sanfteres Antlitz verschönt. Sie hatte ihren Mann geliebt und ihm mit ihrer Klugheit und Energie einen Weg durch die Dschungel des politischen Lebens in England gebahnt; sie hatte ihm geholfen, zu der hohen Stellung emporzusteigen, die ihr Ehrgeiz für ihn erstrebte, obgleich ihm diese Stellung viele Enttäuschungen einbrachte und ihm das Leben verkürzte.

Sie wußte, daß ich England verlassen wollte. Alle meine Freunde und Bekannten in London wußten es. Ich vermochte aber, ihr meinen wirklichen Zustand zu verbergen, und sagte, ein paar Monate Ruhe in der Gebirgsluft würden mir meine frühere Gesundheit zurückgeben. Ich hätte das selbst gern geglaubt. Lady Wylebourne überhäufte mich mit Vorwürfen, daß ich sie so viele Wochen lang nicht aufgesucht hätte. Sie ließ keine Entschuldigung gelten, aber schließlich sagte sie mit ihrer tiefen rauhen Stimme:

„Ich verzeihe Ihnen! Ich verzeihe Ihnen! Wir soupieren heute abend im Café de Paris. Sie werden natürlich mit uns essen. Ich möchte alles von Ihnen wissen. Ich muß Sie häufig sehen, solange Sie in Paris sind."

Sie wandte sich an den alten Mann.

„Und Sie, Mr. Marley, wie steht es mit Ihnen? Dr. Gamal Bey ist einer unserer bedeutendsten Ärzte. Ein ägyptischer Zauberer! Glauben Sie nicht, daß es gut wäre, wenn Sie sich von ihm ansehen ließen? Sie behaupten, daß Sie keinen Kognak vertragen. Er wird dafür sorgen, daß Sie ihn vertragen!"

Ich hatte von Boulogne bis Paris im Zuge geschlafen und fühlte mich daher trotz meines Zustandes versucht, Lady Wylebournes Einladung anzunehmen. Das sollte mein letzter Besuch in Paris sein. Warum ihn nicht ausnützen und auswärts essen? Warum sollte ich mir die Gesellschaft dieser Frau versagen, die so viel zu erzählen hatte und nicht verlangte, unterhalten zu werden? Es würde sein wie ein Besuch im Kino, im Zirkus, in einer Gemäldegalerie, in einer Menagerie oder wie eine Kombination aller dieser Vergnügungen.

„Der junge Dick vom Auswärtigen Amt kommt auch", sagte sie. „Vielleicht kennen Sie ihn? Nein? Nun, Sie werden ihn kennen lernen. Das halbe Foreign Office kommt heutzutage übers Wochenende nach Paris. Ohne die Frauen natürlich! Englands große Politik! Deshalb sind wir so gut Freund mit den Franzosen. Gut also — um neun im Café de Paris! Nachher gehen wir irgendwohin, um uns zu amüsieren."

2.

Oben in meinem Schlafzimmer packte Hussein die Koffer aus. Er machte ein finsteres Gesicht, als ich ihm sagte, daß ich heute abend ausgehen würde. Seiner Ansicht nach war das Bett der einzige richtige Platz für mich. Die zehnjährige Abwesenheit von Ägypten war für ihn ein großes Erlebnis gewesen. Er hatte Englisch gelernt; er hatte die Sitten der Engländer, besonders der englischen Diener, angenommen, aber sein Charakter war derselbe geblieben. Gott und ich waren immer noch seine einzigen Freunde auf der weiten Welt, und nur Gott und ich wußten, daß er vor Heimweh fast verging. Wie oft hatte ich selbst diese Sehnsucht in meiner Seele gespürt! Wie oft hatte ich zu mir gesagt: „Nun, Ibrahim, Ende dieses Jahres wirst du deine Praxis aufgeben, alle Brücken hinter dir abbrechen und heimfahren. Du hast dein Wissen vermehrt, deine Erfahrungen vergrößert und Geld genug verdient, um deine kühnsten Erwartungen befriedigt zu sehen. Geh zurück zu deinem Volk. Es hat dich nötig!"

Aber wie schwer war es, mich von der Arbeit in London loszureißen! Ich konnte es nicht. Ich war ein Sklave meiner Arbeit geworden. Hundert Bande fesselten mich an sie: die Londoner Krankenhäuser, die eigene Klinik, meine Forschungstätigkeit und nicht zuletzt der große Krieg. Zahlreiche Studenten aus Ägypten holten sich bei mir Hilfe und Rat. Und dann war da meine Partnerschaft mit Dr. Agnew. Aus vielen Ländern kamen die Leute zu mir, um mich zu konsultieren. Manche meiner Kollegen werden sehr froh gewesen sein, als ich London verließ. Nicht wenige von ihnen hielten mich für einen Scharlatan. Hatten sie recht? Die Tausende von Operationen, die ich erfolgreich durchgeführt hatte, waren sicherlich nicht das

Werk eines Scharlatans. Jahr um Jahr verstrich. Ich hatte mein eigenes Haus am Cavendish Square, ein Haus voller Kunstschätze, die ich eifrig sammelte. Ich liebte den Glanz des Erfolges. Ich umgab mich mit unnützem Prunk. Ich tauchte unter in dem gesellschaftlichen und künstlerischen Leben der großen Stadt. Manchmal war mein Vormerkbuch für vier Wochen im voraus mit Verabredungen angefüllt. Minister, Geschäftsleute, Künstler und Wissenschaftler versammelten sich um meinen Tisch. Aber ich vergaß nie meine Landsleute. Armen ägyptischen Studenten stand mein Haus immer offen. Und dann ganz plötzlich, aus heiterm Himmel, befiel mich ein schweres Unglück. Ich zog mir durch eigene Unvorsichtigkeit eine Erkältung zu. Die Erkältung entwickelte sich zu einer Lungenentzündung und die Lungenentzündung zur Tuberkulose. Da wußte ich, daß die Götter mich gestraft hatten. Meine Kollegen rieten mir, England zu verlassen. Aber nein — ich blieb, ich hoffte weiter auf Besserung, bis ich schließlich gezwungen war, alles aufzugeben und auf meine Mission als Hakim zu verzichten. Ein Hakim wollte ich werden, als ich Kind war, und ein Hakim war ich geworden, und manche meiner Methoden werden auch weiterhin der Menschheit nützen, bis ein anderer Mann bessere findet.

„Hussein", sagte ich, „sieh nicht so ernst drein! In zwei Tagen sind wir in den Schweizer Bergen. Dort gibt es Sonnenschein und Schnee und gute Luft."

„Nichts gegen die Sonne und die Luft in Ägypten!" sagte er verachtungsvoll über einen Koffer gebeugt.

3.

Am Abend ging ich in das Café de Paris, obwohl der Tod in meiner Brust rumorte wie die Ameisen in einem Ameisenhaufen. Lady Wylebourne, Mr. Marley und ‚Dick‘ erwarteten mich. Sie wollten sich amüsieren. Augenscheinlich hatte Paris mit seinen unbegrenzten Möglichkeiten in dieser Hinsicht einen besonderen Reiz für diese alten Leute. ‚Dick‘ war zu Anfang ein wenig gelangweilt und wachte erst nach reichlichen Trankopfern auf. Lady Wylebourne aß gekochten Fisch, aber sie verleibte sich gleichzeitig eine Menge Champagner ein. Das half ihr dabei, eine Menge wohlbekannter Persönlichkeiten mit ihrer gewohnten geistreichen Unbarmherzigkeit durchzuhecheln. Ich nippte an meinem Glase. Wir sprachen über Ägypten, Indien und China, bis es fast Mitternacht war. Mr. Marley tauchte unaufhörlich den oberen Teil seines roten Gesichtes in ein riesiges Kugelglas mit Napoleon-Kognak. „Hm-ja? M-ja?“ waren seine wichtigsten Beiträge zu Lady Wylebournes Unterhaltung, doch konnte er englisch sprechen ohne eine Spur von Akzent.

Ich dachte an Hussein. Er würde in meinem Zimmer sein und auf mich warten. In einem Zustand zwischen Schlafen und Wachen würde er die Zeit verbringen. Ich fürchtete mich fast vor dem Augenblick, wenn er sich von dem Sofa erheben, ‚Leyltak sayeedah‘ sagen und in sein Zimmer gehen würde, den Blick voll Groll und Verzweiflung über mich.

Wir standen endlich auf. Aber ich ging nicht nach Hause. Ich ließ mich mitschleppen. In der Nähe der Oper stieß das Auto des Botschafters beinahe mit einem Taxi zusammen. Die Boulevards waren noch voll Leben. Aber als wir weiterfuhren, wurden die Straßen stiller. Blasse junge Mädchen standen auf den Bürgersteigen herum; ausgemergelte junge Burschen lehnten an den dunklen Häuserecken. Alle Fallen von Paris waren gestellt, aber das Wild schien selten in diesen Tagen. Bald danach glitten wir hinauf nach Montmartre. Eine Flut von Licht überschüttete uns. Wir hielten vor der „Souricière". Hier waren wir auf dem Boden, den die kleinen Leute gern die ‚Große Welt' nennen, und den das vornehme Publikum als Ort zur Befriedigung heimlicher Laster betrachtet.

Die Luft war dick von Rauch. Ich hatte große Mühe, einen heftigen Hustenanfall zu unterdrücken. Ein Mann nahm mir Hut und Mantel ab. Er war klein; seine stämmigen Schultern waren hochgezogen, so daß es aussah, als habe er gar keinen Hals. Seine Ohren waren dick, rot, verkrümmt und standen weit vom Kopfe ab. Seine Nase war krumm und fleischig. Sein rotes Gesicht hatte einen Ausdruck beflissener Servilität. Er trug Brillantringe und diamantene Hemdknöpfe. Das war ‚Le Patron' — bekannt unter dem Namen ‚Monsieur Leopold'.

Ich setzte mich in eine Ecke, halb im Dunkeln, und begann mich mit Interesse in diesem Nachtcafé umzusehen und das sonderbare nächtliche Treiben zu beobachten, das mir immer fremd geblieben war. Aber ich war ja nur einer Dame zuliebe hierhergekommen und brauchte mich nicht vor mir zu entschuldigen.

Der Herr mit den Brillantknöpfen geruhte an unsern Tisch zu kommen. Er rieb sich seine fettigen Hände. Mr. Marley hielt Champagner für das richtige Getränk, um das nächtliche Fest fortzusetzen. Die unermüdliche Lady Wylebourne tanzte bereits mit ‚Dick'.

„Sehr geschickt von ihr, diesen jungen Mann zum Tanz

aufzufordern!" bemerkte der Botschafter zu mir. „Er sieht gut aus. Hält sehr viel von sich selbst."

„Haben Sie diese Tanzerei gern?"

„Leider nein."

„Nein? Warum nicht?"

Er schwatzte weiter wie ein Automat. Seine Blicke schweiften über die herumsitzenden Weiber.

Um ein Uhr war das Lokal überfüllt. Das Negerorchester spielte mit erstaunlicher Energie. Plötzlich erloschen sämtliche Lichter, und der Lichtkegel eines Scheinwerfers wurde auf die Tanzfläche gerichtet. Ein junger Mensch mit glattem, öligem Haar und einem Gesicht, an das ich mich nicht mehr erinnern kann, so sehr ich mich auch bemühe, kündigte eine Mademoiselle Soundso an, und eine blaßhäutige Blondine, bis zu den Hüften hinauf in Rüschen gehüllt und über dem sonst nackten Busen nichts als ein paar silberne Bänder, begann einen wirbeligen Tanz.

Ich fühlte mich alt, uralt —. Meine Gedanken wanderten weit fort in ein Dorf in Oberägypten. Ich sah mich dieses Dorf betreten, bekleidet mit einem langen Baumwollhemd, das nach Desinfektionsmitteln roch. Ich sah mich den Nil hinunterfahren auf meiner ersten Reise von Assiut nach Kairo. Meine erste Patientin war auf dem Schiff die alte Frau, Hofnis Mutter. Ich erinnerte mich, daß ich ihr sagte: „Heilen ist eine Gottesgabe, und wer diese Gabe für Geld verkauft, ist nicht würdig, sie zu besitzen." Ich erinnerte mich ihrer Worte: „Ich sehe eine goldene Kette um deinen Hals. Aber eines der Glieder ist nicht aus Gold. Nur die Blume wirst du finden, und sie wirst du behalten bis ans Ende deiner Tage." Unbestimmt hörte ich am Nebentisch einen Champagnerpfropfen knallen.

Das Gesicht meines alten Vaters stieg vor mir auf in der raucherfüllten Luft. „Oh, junger Teufel von einem Sohn!

Willst du uns wirklich das Herz brechen durch deine heidnischen Sitten?"

Auch Mr. Marley war ein alter Mann. Was für Briefe mochte er an seinen Sohn oder an seine Söhne schreiben? Ich betrachtete Lady Wylebournes kühnes Profil. Die Marquise de Brinvilliers? Nein — natürlich nicht! Verzeihung! Eine der berühmten Damen Englands — aber nicht in einem Atem zu nennen mit Lady Avon, die vom Blauesten des Blauen kam. Emilie hätte sich geschämt, ein Lokal wie die ‚Souricière' zu betreten. Lady Wylebourne fand Emilie langweilig. Aber sie bezeichnete viele Leute als langweilig, die regierenden Fürstlichkeiten eingeschlossen. Ich schluckte eine Pille, um meine Temperatur herabzudrücken. Warum sollte ich nach Hause gehen und mich ins Bett legen? Verhaßte Stunden der Nacht zwischen eins und vier. Kalter Schweiß. Schlaflosigkeit. Ein Mensch ohne Schlaf leidet Höllenqualen. Aber natürlich, ich könnte lesen, ich könnte in meiner Phantasie die Welt durchschweifen, lieben, schwelgen, morden. Ah! Der Tod ist süß, wenn man es versteht, den Knochenmann mit der Sense zu beschwatzen. Er kann ein Befreier sein, der zahnlose Mann, der auf Befehl der Vorsehung die Menschen niedermäht. Er kann einen sanft und für immer in den Schlaf wiegen. „Mademoiselle Aziza!" hörte ich die metallische Stimme des glatthaarigen Mannes ohne Gesicht verkünden. „Dans sa célèbre danse africaine."

„Sehen Sie sich dieses Mädchen an!" sagte Lady Wylebourne. „Was für ein reizendes Geschöpf!"

Stille herrschte. Nur die Neger musizierten. Und sie spielten gut. Ich richtete mich starr auf. Das Mädchen tanzte einen orientalischen Tanz. Sie war fast nackt. Ihre Haut schien aus Gold zu sein. Ihr Haar war pechschwarz. Das Gesicht hatte jenen Schnitt und jene Schönheit, die

die Natur den Gesichtern der Kinder des Nils vorbehalten hat.

Aziza!

„Ich möchte gern wissen, von welcher Nationalität das Mädchen ist!" sagte Lady Wylebourne.

„Keine Ahnung."

„Sie müßten es wissen!"

Ich zuckte die Achseln.

„Fragen wir doch Monsieur Leopold", schlug Dick vor.

Ich brauchte keine Einzelheiten über diese Aziza. Es gab nur eine Aziza auf der Welt. Ich sah mich um. Ich sah Hunderte von Augen sie mit gierigen Blicken verfolgen. Ein Kellner kam an den Tisch.

„Dites-moi, quelle est la nationalité de cette danseuse?" fragte Lady Wylebourne.

„C'est une égyptienne! Là-bas elles sont toutes comme ça!"

Sie wandte sich zu mir.

„Ich dachte mir gleich, daß sie eine Landsmännin von Ihnen ist!"

„Sie sieht aus wie eine Araberin", bemerkte Mr. Marley. „Ich erinnere mich, daß ich vorigen Winter auf meinem Trip nach Bousaada solche Mädchen gesehen habe."

„Sie hat eine wunderbare Figur", erklärte Dick.

Wir schauten ihr zu. Aziza tanzte an unserem Tische vorbei. Sie sah uns nicht. Sie schien niemand zu sehen. Ihr Gesicht hatte einen abwesenden, rätselhaften Ausdruck. Jede Fiber ihres Körpers tanzte. Sie schwang ihre Hüften und Brüste im Rhythmus der Musik, und der Kapellmeister feuerte sie gelegentlich durch ein wildes Urwaldgeheul an. Monsieur Leopold stand am Eingang, sah zu und beobachtete seine Gäste mit einem zufriedenen Lächeln. Es war ein sehr gewöhnlicher Tanz.

Ich lehnte mich zurück, das Blut stieg mir in die Schläfen. Ich war empört. Alle Beleidigungen meines Volkes durch die fremden Mächte, all die Ungerechtigkeiten, die mein Land in seiner langen Geschichte hatte erdulden müssen, erschienen mir geringfügig im Vergleich zu der Schmach, die ich jetzt mit ansehen mußte. Eine Ägypterin, eine Fellachin, Aziza Sadeq, meine Aziza hier im Mittelpunkt aller Laster der Welt. Unter dem Schutz einer ‚zivilisierten' Regierung bot sie sich den wollüstigen Blicken dieses lasziven Publikums dar.

Aziza ging an das andere Ende des Saales. Ich sah Männer und Frauen sie umringen, sah ihre Zähne blitzen im Lächeln. Sie verschwand in den fernen Rauchschwaden. Mein erster Impuls war, ihr zu folgen; aber ich blieb, wo ich war. Ein tiefer Schmerz betäubte mich fast. Ich schloß für eine Sekunde die Augen und zählte die Jahre, die seit unserer Trennung verstrichen waren.

„Na", sagte Dick zu mir und lehnte sich über den Tisch, „wenn alle ägyptischen Frauen so aussehen, dann beglückwünsche ich Sie zu der Vollkommenheit ihrer Weiblichkeit."

Ich hätte ihn erdrosseln können, diesen unschuldigen Neuling aus London.

„Messieurs, Mesdames! Mademoiselle Aziza dans sa célèbre danse égyptienne: Cléopâtre!" rief die metallische Stimme des Mannes ohne Gesicht.

Die Menge johlte. Die Kapelle spielte von neuem, und Aziza kehrt zurück, prunkvoll kostümiert, wie eine schöne Statistin aus Verdis ‚Aida'. Jetzt zeigte sich, daß sie niemals richtig tanzen gelernt hatte. Sie wiederholte sehr oft die gleichen Bewegungen wie in ihrem ersten Tanz.

Ihr Gesicht trug noch den gleichen Ausdruck wie vorher. Aber ihre Augen und Zähne schimmerten wie Edelsteine, und einmal kam sie so dicht an mir vorbei, daß ich sie in meine Arme hätte schließen können. Ihr rechter Mundwinkel hing immer noch ein wenig herab. Ihre Nüstern waren zusammengepreßt, aber mir schien, nicht mehr vor Stolz wie ehemals, sondern in Verachtung. Wieder tanzte sie an unserem Tisch vorüber. Unwillkürlich murmelte ich ‚Aziza'. Aber niemand hörte es, nicht einmal die Leute, die bei mir saßen. Ich fühlte Tränen in meine Augen steigen und schluckte sie hinunter. Qualen zerrissen mein Herz. Ich starrte in das geliebte Gesicht. Wenn ihre Tochter lebte, mußte sie jetzt in dem Alter sein, in dem Aziza war, als ich ihr zum erstenmal begegnete. Ein heftiges unwiderstehliches Verlangen packte mich, sie zu sprechen. Aber wie? Lady Wylebourne studierte heimlich mein Gesicht. Sie war eine hartgesottene Menschenkennerin. Es würde ihr Vergnügen machen, mein Geheimnis auszukundschaften. Eines der versiegelten Bücher aus Harley Street! Wäre es nicht ein großer Spaß, begierig die Seiten aufzuschneiden wie die Seiten eines französischen Romanes, den man frisch aus dem Buchladen bekommen hat....

Ich mußte dieser Folter ein Ende machen und allein sein. Nachdem Aziza ihren Tanz beendet und sich entfernt hatte, benützte ich die Gelegenheit, um mich zu verabschieden und meinen Freunden eine fröhliche Fortsetzung des Abends zu wünschen. Ich verließ die ‚Souricière' und fuhr ins Hotel.

4.

Hussein saß schlafend auf einem Stuhl, sein Kopf und sein Oberkörper ruhten auf dem Tisch.

Ich rüttelte ihn wach. „Halunke! Geh ins Bett!"

Ich wußte, daß er absichtlich diese rührende Haltung eingenommen hatte, um mir zu zeigen, wie sehr ihn mein langes Ausbleiben beunruhigte. Ganz langsam öffnete er seine großen Sudanesenaugen, stand auf und begann mir beim Auskleiden zu helfen.

„Geh ins Bett", wiederholte ich.

Ich hätte ebensogut zu einem Laternenpfahl reden können. Er füllte meine Wärmeflasche und wärmte mein Bett an. Er brachte mir meinen dicken Schlafrock und meine Pantoffeln, trug meine Schuhe weg und goß mir aus einer Thermosflasche heißen Kamillentee ein. All seine Bewegungen waren zögernd und widerborstig, darauf berechnet, mir seinen Unwillen deutlich zu machen. Dann empfahl er mir zum hundertsten Male eine Medizin, die ihm sein Vater aus dem Sudan geschickt hatte, und die besonders gesegnet war, um mich zu heilen. Es war ein Beutelchen mit Kräutern.

„Ma'alesh!" sagte ich. „Geh jetzt ins Bett!"

Endlich verließ er nun doch das Zimmer, und, wie um sich über die Engländer lustig zu machen, murmelte er beim Hinausgehen im Tonfall eines Oxford-Studenten: „Goodnight, Sir!"

Ich war froh, allein zu sein und setzte mich hin, um nachzudenken. Ich konnte Paris unmöglich verlassen, ohne Aziza gesprochen zu haben. Ich schrieb ihr einige Zeilen, daß ich sie zufällig gesehen habe, und daß ich mich freuen würde, mit ihr zusammenzutreffen. Ich adressierte den Brief an Mademoiselle Aziza, La Souricière, Montmartre, und schickte ihn frühmorgens ab in der Hoffnung, am folgenden Tag ihre Antwort zu haben. Ich ließ meine Fahrkarte verfallen und blieb in Paris, jede mögliche Vorsichtsmaßnahme anwendend, um mein Zimmer von Infektion freizuhalten. Ich, der ich sonst immer bemüht war, zu verhüten, daß andere Menschen Infektionskeime verbreiteten, war nun selbst ein Infektionsherd geworden. Von Aziza kam keine Nachricht. Ich wartete noch einen Tag. Vergebens. Mein Wunsch, sie zu sehen, steigerte sich zu einer Ungeduld, die ich kaum noch beherrschen konnte. Ich telephonierte abends in der ‚Souricière' an und verlangte Aziza zu sprechen. Sie war nicht da. Ich erkundigte mich, wann sie da sein würde, und man sagte mir: „Nicht vor elf." Ich beschloß also, gegen Mitternacht in das Nachtcafé zu gehen.

Monsieur Leopold stand im Vestibül und empfing seine Gäste. Er verbeugte sich vor mir mit unterwürfiger Liebenswürdigkeit. Ich bezahlte mein Eintrittsgeld, und die dicke, mit Brillanten besäte, platinblonde Kassiererin mit den etwas schrägen unruhigen Augen in dem lasterhaften Gesicht lächelte mich freundlich an.

Ich setzte mich an einen Tisch in der Nähe des Wandschirms, hinter dem die Künstler nach ihrer Nummer verschwanden, um in ihre Garderobe zu gehen. Ich bestellte eine Flasche Champagner. Zwei oder drei hübsche junge Frauen erspähten mich, versuchten es mit mir, fanden aber meine Gesellschaft wenig ermutigend und entfernten sich wieder. Ich hätte mich bei ihnen nach Aziza erkundigen können, aber ich unterließ es instinktiv. Die Nacht verging, wie alle solche Nächte vergehn. In meiner Nüchternheit fühlte ich allzu deutlich die Öde, den Schmutz, das Grauen dieses Lebens, das mich umgab. Was machte es diesen Leuten aus, die mich anstarrten, daß diese Souricière eine Brutstätte für alle möglichen Laster, Verbrechen und Krankheiten war! Was kümmerte es sie, wenn die Unterwelt Europas aus tausend Souricières ihr übles Schmarotzerdasein nährte!

Ich hatte in meinem Testament verfügt, daß mein Vermögen zur Gründung eines Hospitals für arme Fellachenkinder in Ägypten verwendet werden sollte. Die Kinder sollten dort nicht nur körperlich, sondern auch geistig und moralisch betreut werden. Ich hatte einen genauen Plan ausgearbeitet. Das sollte mein Abschiedsgeschenk an mein Heimatland sein, ein Reugeld für die vielen Jahre, die ich in der Fremde im Dienst eines anderen Volkes verbracht hatte. Nun sah ich, daß ich noch eine letzte Anstrengung machen mußte. Ich hatte vor meinem Tode noch eine Pflicht zu erfüllen. Da mein Geld dazu bestimmt war, Fellachenkinder zu retten, mußte ich auch Aziza retten, denn auch sie war das Kind eines Fellahs.

Schmerzerfüllt dachte ich an ihren Vater Hassan Sadeq in seinem Dorf in Oberägypten. Ich sah auf meine Uhr und berechnete, daß es jetzt in Ägypten halb zwei Uhr nachts war. Die Dörfer lagen im Schlummer. Der Mond hüllte Felder und Bäume und Lehmhütten in seinen milchweißen Nachtmantel. Hunde bellten, Eulen kreischten, Frösche quakten im Kanal, der Schakal stieß seinen Wüstenschrei aus. In wenigen Stunden würden nun die kleinen Säulen blauen Holzrauches aufsteigen, er würde die federblättrigen Tamarisken umschweben, die Sonne würde in der Stille des frühen Morgens aufgehen und die rauhen Stämme unserer herrlichen Palmen in Säulen von reinem Golde verwandeln.

Schreckliches Heimweh überfiel mich plötzlich. Meine Heimat! Das Land meines Vaters und meiner Vorväter. Die Brust tat mir förmlich weh vor Erregung, als zitterten plötzlich alle meine Nerven bei der seligen Vision, die mein inneres Auge erblickte.

„Mesdames, Messieurs! Mademoiselle Aziza dans le célèbre . . ."

Sie glitt an mir vorbei und betrat die leere Tanzfläche. Sie war so nackt, daß ich vor Scham hätte weinen mögen. Mir war zumute, als würde meine eigene Schwester vor meinen Augen geschändet. Sie tanzte, verbeugte sich und verschwand. Dann erschien sie wieder als ‚Cléopâtre'. Sie tanzte abermals und erntete Beifall. Mehrere Male hatte sie meinen Tisch fast gestreift, ohne mich zu sehen. Als sie nun schnell näher kam und sich grüßend nach meiner Ecke hin verbeugte, rief ich ihren Namen. Sie blieb stehen und starrte in dem trüben Licht angestrengt zu mir herüber. Plötzlich erkannte sie mich. Auf ihrem Gesicht erschien ein Ausdruck grenzenloser Freude. Sie kam einige Schritte auf mich zu, ihre Miene veränderte sich plötzlich, erstarrte zu einem gekünstelten Lächeln. Dann verschwand auch dieses Lächeln.

„Ich ziehe mich schnell um und komme wieder", flüsterte sie arabisch und verschwand hinter dem Wandschirm.

Nach wenigen Minuten kehrte sie in einem auffallend schönen Abendkleid zurück. Ihre Handgelenke waren mit Brillanten bedeckt. Sie setzte sich an meinen Tisch, nahm meine Hand und ließ sie eine Ewigkeit nicht los. Sie konnte über die Begrüßung nicht hinauskommen.

„Salamaat! Izzai sahetak? Salamaat! Yasalaam, ya Ibrahim! Izzaiyak!"

Tränen glitzerten in ihren Augen. Ein Kellner kam und goß ihr Champagner ein. Sie setzte das Glas an die Lippen und stellte es wieder hin, ohne zu trinken. Ihre Augen mieden mich. Sie blickten schnell hierhin und dorthin und starrten schließlich fast ausdruckslos auf das Tischtuch. Ihr Gesicht wurde traurig. Ihr Hals war ein wenig dicker geworden, aber die Linie vom Kinn zur Kehle war immer noch vollendet schön.

„Du hast dich gut gehalten, Aziza", sagte ich.

„Das Äußere bedeutet nichts."

Ihre Bemerkung wunderte mich.

„Du bist nicht glücklich?"

„Ana mabsutah? Là! Abadan!"

Langsam hob sie die Augen und sah mir voll ins Gesicht. Ich erwiderte ihren Blick.

„Que veux-tu — c'est la vie!" sagte sie gleichmütig.

„Warum hast du meinen Brief nicht beantwortet?"

„Ich habe keinen Brief von dir bekommen."

„Dann ist er verlorengegangen. Ich habe dir arabisch geschrieben."

„Ich habe ihn nicht erhalten."

Sie wandte den Kopf ab; ihre Blicke wanderten durch den Saal hin zum Ausgang.

„Ibrahim!" sagte sie, und ihre Gestalt schien zusammenzuschrumpfen. „Warum bist du hierhergekommen?"

„Um mit dir zu sprechen!"

Ich zögerte.

„Ich nehme dir hoffentlich nicht deine Zeit weg..."

Sie faßte nach meiner Hand.

„Nein!"

„Sonderbar — ich habe plötzlich das Gefühl, als wären wir erst gestern zusammen in Ägypten gewesen."

„Ägypten!"

Sie seufzte; aber sofort wurde ihre Miene wieder undurchdringlich. Sie biß sich auf die Lippen und starrte ihre gefalteten Hände auf dem weißen Tischtuch an.

„Nun, siehst du", fuhr ich mit einer ungewissen Gebärde fort, „du wolltest immer Tänzerin werden, und jetzt bist du eine geworden. Ich wollte immer ein Hakim werden, und ich bin einer geworden. Ich habe die ganzen Jahre in England gelebt und praktiziert, und jetzt fahre ich in die Schweiz, um mich auszuruhen."

Sie hob den Blick und sah mich forschend an.

„Wo wohnst du?" fragte sie.

„Im Ritz-Hotel."

„Bist du verheiratet? Hast du Familie?"

„Ich bin allein", sagte ich. „Und du — bist du verheiratet, und hast du Kinder?"

„Ibrahim, sieh dir dieses Leben an! Würde ich mir hier mein Brot verdienen, wenn ich einen Mann hätte und Kinder?"

„Und ich dachte einen Augenblick, du hättest deinen Ehrgeiz verwirklicht und seist glücklich!"

„Ibrahim", sagte sie schwer, „ich bin nie mehr glücklich gewesen, seit ich dich verlassen habe!"

Sie preßte die Lippen zusammen, und Tränen traten ihr in die Augen.

„Du weißt nicht, was es schon für mich bedeutet, daß ich Arabisch sprechen kann! Ich habe in all diesen Jahren nur zwei- oder dreimal meine Muttersprache gesprochen. Die ärmste Französin in Paris ist besser dran als ich, denn sie lebt in ihrer Heimat. Aber ich — ich bin verbannt von allem, was mir teuer ist."

Sie hielt einen Augenblick inne, dann fuhr sie fort:

„Als ich dich zum zweitenmal traf, in Kairo, da war etwas in mir, das mich nicht zur Ruhe kommen ließ. Ich wollte tanzen! Ich wollte berühmt werden. Ich wollte in das Leben hinaus, so wie du. Ich wollte, daß mein Name in ganz Ägypten bekannt würde. Ach, was war ich damals für ein Kind! Was für ein Dummkopf! Sieh, was ich aus meinem Leben gemacht habe!"

„Aziza, vielleicht wartet noch anderes auf dich."

„Ja, vielleicht ein Halsabschneider!" Plötzlich wechselte sie den Ton und sagte: „Gib mir eine Zigarette!"

Ich bestellte eine Schachtel Zigaretten und erklärte ihr, daß ich nicht mehr rauchen dürfe.

„Bist du lungenkrank?"

„Ja."

Sie sah mich mitleidig an.

„Du hast ein gutes Leben geführt, du verdienst es nicht, krank zu sein. Ich habe ein schlechtes Leben geführt, und ich bin . . ."

Sie beendete den Satz nicht, sondern fügte unvermittelt hinzu: „Gott ist nicht gerecht."

„Es ist Schicksal", sagte ich.

„Hat das Schicksal gewollt, daß ich dieses erbärmliche Leben führe?"

„Ja, und das Schicksal hat mich hierhergeführt zu dir", erwiderte ich. „Es stand so geschrieben."

Sie lächelte nachdenklich.

„Lieber Ibrahim, du hast dich nicht verändert. Du bist derselbe geblieben, genau so gut zu mir, wie du es immer gewesen bist. Aber ich habe mich verändert. Wie könnte auch jemand ein Leben führen wie ich und sich nicht verändern? Tanzen müssen, die Gäste zu teurem Champagner animieren und . . . Du lieber Gott! Ich will nicht darüber reden. Ich verderbe mir die Freude an unserm Wiedersehen! Aber — ich weiß nicht, was mir sonst bleibt!"

„Aziza", sagte ich, „du hast deinen Stolz verloren."

Sie sah mich an.

„Ich habe viel Stolz. Wenn du nur wüßtest, wie ich alle diese Menschen verachte . . ."

„Das ist nicht Stolz, Aziza. Und da dies die Welt ist, nach der du dich gesehnt hast, ist es unrecht von dir, sie zu verachten. Nein, ich meine einen ganz anderen Stolz. Aziza, könntest du nicht diesen Ort verlassen und ein anderes Leben beginnen?"

Sie lächelte müde und schüttelte langsam den Kopf.

„Enta magnoum! Ibrahim, du bist verrückt!"

Ich war einem Hustenanfall nahe und wußte, daß ich gehen mußte. Ich zog meine Brieftasche, um den Wein zu bezahlen.

„Oh, geh noch nicht!" bat sie. „Laß mich nicht allein!"

„Du bist nicht allein. Ich bleibe in Paris, bis du diesen erbärmlichen Beruf aufgegeben hast."

„Wie kann ich ihn aufgeben?" sagte sie verwirrt.

„Komm morgen zu mir! Ich muß jetzt gehen. Vergib mir, diese Luft schadet meiner Lunge."

Ich riß mich los, und es gelang mir, den Hustenanfall gerade so lange zurückzuhalten, bis ich glücklich im Taxi saß.

5.

Liegt nicht im Schmerz ebensoviel Weisheit wie in der Freude? Nachdem ich mich mit meinem Zustand abgefunden und mich auf die Zerstörung in mir vorbereitet hatte, die so schnelle Fortschritte machte, daß mir gar keine Hoffnung auf Genesung blieb, hatte ich auch das Buch meines Lebens abgeschlossen, oder ich glaubte es getan zu haben, hatte meinen Frieden mit meinen Mitmenschen gemacht und in den Tiefen meiner Seele nach einem Rest von Stärke und Trost zu suchen begonnen, der mich über das bittere Ende hinwegbringen sollte. Hätte ich mich nur ein wenig genauer gekannt, ich wäre nicht so tief erstaunt gewesen über das Wiedererwachen von Wünschen in mir.

Aziza weckte in mir noch einmal das große Begehren. Wie oft hatte ich in all den Jahren an sie gedacht! In den unerwartetsten Augenblicken war sie mir gegenwärtig gewesen, ja die erste in meinen Gedanken. Alles, was gut war an ihr und unglücklich, war in mir lebendig geblieben fast wie ein Teil von mir selbst. Keine andere Frau konnte jemals ihre Stelle einnehmen. Sie stand in ihrem Schrein an der Straße meines Lebens, in ferner Vergangenheit zwar, aber lebendig und verschönt von Liebe und zärtlicher Sorge. Und schien es nun nicht, nach soviel Jahren, als sei ich im Kreise gewandert wie ein Mann, der ohne Führer und ohne die Sterne zu kennen, in die Wüste aufbricht? War ich nicht an dieselbe Stelle zurückgekehrt, von der ich ausgegangen war?

Ach, freundlicher Wanderer, verwechsle nicht das Verlangen in mir mit der Flamme jener anderen körperlichen Liebe, die den Besitz des Wesens fordert, das sie entfachte. Nein, es war nicht mehr als das Schmachten des Verdurstenden nach einem Schluck Wasser.

Die Dämmerung graute hinter den schweren Vorhängen, als ich endlich einschlief. Mein Schlaf! Armer Schlaf! Unruhiges Sichhinundherwälzen, fieberhafte Gesichte um mich und der kalte Schweiß des Todes, als triebe ich in einem großen Fluß durch die Dunkelheit seiner Tiefen dahin. Ich richtete mich auf, halb wachend, halb im Traum. Ich fühlte die sanfte Hand des Hindu auf meiner Stirn und sank friedlich zurück. Im Zwielicht dieser Existenz, in diesem Elend, das ich bis heute erduldet und lieben gelernt habe wie einen Schatz, finde ich meine köstlichste Verzückung, denn dort bewege ich mich in dem Lande der Schatten, im Lande zwischen Leben und Tod.

Ich erwachte spät und blieb im Bett. Ich sah Hussein zu, wie er das Zimmer aufräumte. Ich trank etwas Milch. Ich las eine Zeitung. Aber es war in mir, als hätte ich keine Berührung mehr mit der Welt meiner Mitmenschen — so unwirklich und unbedeutend erschien mir all ihr Tun. Die unwichtigsten Dinge regten mich auf bis zum Übermaß, und der Lärm ihrer Aufregung war wie der Autolärm, der von der Straße heraufscholl. Wozu das alles? Warum rannten die Leute hierhin und dorthin? Welchen Zweck hatte ihre jagende Hast? Ich hörte eine schrille Autohupe kreischen. „He, Ibrahim! Nimm dich zusammen, beherrsche deine Nerven! Vielleicht sitzt in diesem Auto ein Arzt, der schnell ins Hospital muß. Man kann es nicht wissen!"

„Hussein", sagte ich, „ich habe eine leidenschaftliche Sehnsucht nach Wärme. Ich möchte so richtig durch und durch Wärme fühlen. Ich muß Sonne haben. Ich habe mich nun entschlossen, nicht in die Schweizerberge zu fahren. Wir gehen nach Ägypten zurück!"

Er starrte mich an, und die Arme fielen ihm herunter.

„Effendim?"

„Ich sagte, daß wir nach Ägypten gehen."

„Masr?"

„Aiwah!"

Er stand wie angewurzelt. Dann stürzten ihm die Tränen in Strömen aus den Augen. Er begann zu tanzen, mit den Armen um sich zu schlagen und Gott zu danken mit lautem Singsang, daß er seine Gebete erhört habe.

Das Telephon läutete. Ich nahm den Hörer ab.

„Il y a une dame qui désire vous voir, Monsieur."

„Faites monter Madame dans mon salon!" Und: „Hussein, ich stehe jetzt auf. Eine Dame ist gekommen, um mich zu besuchen."

Er sah mich argwöhnisch an.

„Hast du etwas dagegen?"

„La!" sagte er. „Die Frau, die einer guten Nachricht folgt, bringt Glück."

„Sie bringt Glück", sagte ich. „Sie ist eine Ägypterin. Mach deinen besten Kaffee!"

Ich rasierte mich hastig, betrachtete mein müdes Gesicht und zog mich an. Ob es wirklich Aziza war, die nebenan saß? Vielleicht war es irgend jemand anders. Mir waren genug Weiber nachgelaufen. Ich warf einen zornigen Blick auf den Stapel ungeöffneter Briefe auf meinem Tisch. Aber nein, es mußte Aziza sein.

Und es war Aziza! Als ich die Tür öffnete, sah ich sie auf einem niedrigen Sessel sitzen, den Körper vorgeneigt, das Kinn auf die Hände gestützt. Sie trug ein einfaches dunkles Kleid. Sie blickte nicht auf, als ich ins Zimmer trat; stumm und wie aus Stein gehauen saß sie da.

Ich zog sie sanft empor und blickte ihr in die dunklen, müden und verzweifelten Augen.

„Was ist los, Aziza?"

Sie sah weg und zögerte.

„Ich bin gekommen, um dir Lebewohl zu sagen", sagte sie endlich mit fast tonloser Stimme. „Ich gehe fort."

„Fort? Wohin?"

Sie machte eine unbestimmte Gebärde.

„Irgendwohin, wo ich allein bin und mir selbst entrinnen kann."

„Du kannst dir nicht durch Alleinsein entrinnen. Habe ich dich in irgendeiner Weise verletzt?"

„O nein!"

Sie legte ihre behandschuhte Hand leicht auf meinen Arm.

„Im Gegenteil! Du bist gut zu mir gewesen. Deshalb gehe ich von hier fort."

Ich nahm ihre Hand sanft in die meine.

„Das heißt, du willst vor mir davonlaufen?"

Sie blieb stumm, aber ich fühlte, wie sie zitterte.

„Du bist übermüdet", sagte ich. „Komm, setz dich und ruhe dich aus! Du hast deine Nerven zugrunde gerichtet."

Ich führte sie zu einem Stuhl. Sie setzte sich schweigend.

„Erzähle mir etwas über dich", bat ich.

Sie schien nachzudenken, dann bewegte sie sich ein wenig.

„Seit ich dich wiedergesehen habe, Ibrahim, ist alles anders geworden. Ich habe vor dir kein Geheimnis aus meinem Leben gemacht. Warum sollte ich auch? Aber bevor du kamst, glaubte ich, ich hätte eine Grundlage für dieses Leben gefunden: die Gleichgültigkeit! Ich hatte mich daran gewöhnt, obgleich ich es haßte und verabscheute! Schließlich ist es doch eine Leistung, gleichgültig zu werden, nicht wahr?"

Sie wandte sich ab und nagte an ihrem Handschuh.

„Aber das ist jetzt alles wie weggeblasen. Du hast meine Gleichgültigkeit zerstört, meinen einzigen wirklichen Besitz. Du hast ihn getötet! Und mich mit ihm."

„Kind", sagte ich, „wenn ich dich von dem Seil, auf dem du tanztest, herabgestoßen habe, dann geschah es nicht, damit du zur Erde stürzen solltest. Ich strecke dir meine Arme entgegen. Ich kenne meine Verantwortung."

„Das ist sehr liebevoll von dir. Aber ich will nicht, daß du dich mit mir abgibst. Ich bin nicht gut."

„Ich werde nicht versuchen, irgend etwas aus dir zu machen, das du nicht sein kannst", sagte ich.

„Nein. Das hast du schon einmal vergeblich versucht."

Sie brach in heftiges Schluchzen aus, das mir ins Herz schnitt.

„Ibrahim! All diese Jahre hindurch habe ich viel Unrechtes getan. Das Gute, das du versucht hast, in mich zu pflanzen, hat mir nirgends geholfen. Ich bin in eine Welt verdorbener Menschen geraten, und ich habe in ihr gelebt und bin selbst verdorben worden."

Sie weinte. Langsam quollen die Tränen aus ihren

Augen, und mir war, als weine ein Kind. Ich ging im Zimmer umher und versuchte einen Entschluß zu fassen.

„Wir wollen vernünftig sein", sagte ich schließlich. „Was hätte es für einen Zweck, wenn du allein weggehst? Du würdest am Ende doch wieder zu deinem alten Leben zurückkehren und dich nach dem Erleben der Einsamkeit nur noch elender fühlen. Niemand kann sich ohne fremde Hilfe aus einem Leben befreien, wie du es führst. Ich helfe dir nicht in der Absicht, dich zu meinem Eigentum zu machen. Ich bringe dir auch kein Opfer. Ich handle nicht aus Barmherzigkeit oder um das egoistische Vergnügen eines Menschen zu genießen, der aus Verlegenheit eine gute Tat tut. Ich möchte dich vollkommen unabhängig sehen. Ich möchte das Gefühl haben, daß du noch all das Böse, das dir geschehen ist, überwinden kannst. Ich verlange nichts von dir. Nichts! Alles, worum ich dich bitte, ist, meine helfende Hand anzunehmen. Nenne es Liebe, wenn du willst. Es ist Liebe. Nenne es Freundschaft. Es ist Freundschaft."

Arme Aziza. Ihre Tränen flossen reichlicher, als bereitete ich ihr immer größeren Kummer. Man kann eine wunde Stelle aus dem Fleisch schneiden, aber es ist viel schwieriger, sie aus dem Geist zu entfernen, und fast unmöglich, sie aus der Seele zu lösen.

„Ich bin dumm", sagte sie, sich die Tränen trocknend. „Ich hätte dich nicht wiedersehen dürfen."

Dann stand sie schnell auf und strich ihren Rock glatt.

„Nein, nein, nein! Es ist zwecklos. Ich muß gehen!"

Sie machte eine schnelle Bewegung zur Tür. Für einen kurzen Augenblick wandte sie mir ihr Gesicht zu.

„Gott schütze dich, Liebster!" sagte sie.

Dann öffnete sie rasch die Tür, ging hinaus und machte sie hinter sich zu.

„Ibrahim!" sagte ich zu mir, „nun bist du so alt geworden und kennst die Frauen immer noch nicht!"

Die Tür ging auf, und Hussein erschien mit dem Kaffee.

„Effendim?"

„Sie ist fort, Hussein. Ich werde den Kaffee allein trinken müssen."

6.

Ich wartete. Ich hoffte, daß sie wiederkommen würde. Ich litt Kummer um sie. Das Hotel wagte ich nicht zu verlassen. Das Wetter war kalt, rauh, gefährlich. Mein Körper verfiel. Ich war fast am Ende meiner Kraft. Und als Krönung meines Elends packte mich eine Art Wahnsinn: Ich wurde eifersüchtig. Eine stille Wut ergriff mich, wenn ich an Aziza dachte, und im Geist erdrosselte ich jeden Mann, der jemals etwas mit ihr zu tun gehabt hatte. Aber edel sein heißt, einer Torheit fähig sein.

Sagt das nicht Nietzsche? Es war plötzlich ein großer Trost für mich, als ich merkte, daß in meinem kranken Körper immer noch ein Funke von Leidenschaft lebte. Eine warme schottische Decke um die Beine, saß ich in einem tiefen Lehnsessel im dämmerigen Zimmer und beschritt wieder einmal den Kriegspfad, um gegen das verderbte Denken der Welt anzukämpfen. Ich tadelte Aziza nicht wegen ihrer Fehler. Sie war nie sehr klug gewesen. Wie ein dummer Schmetterling in eine Flamme, so hatte sie sich ins Leben gestürzt, ohne jede Vorbereitung, ohne Erziehung, ohne Wissen. Mit den primitiven Mitteln einer Fellachin hatte sie sich den Weg zu der Erfüllung ihres Ehrgeizes bahnen wollen. Natürlich hatte sie Schiffbruch erlitten. Der Himmel war verdunkelt gewesen von den Raubvögeln, die auf sie lauerten. Sie hatten sich ihrer Schönheit, ihrer Jugend, ihrer Torheit bemächtigt und sie fast zugrunde gerichtet. Nun war sie wieder fort; losgerissen von dem zarten Faden, der mich an sie band, irrte sie durch die Straßen von Paris, ihre Fellachenseele war gedemütigt und verzweifelt. Ich zitterte um ihr Schicksal. Wohin trieb sie?

Nein, ich konnte sie nicht gehen lassen. Ich mußte sie noch einmal sprechen. Das durfte nicht das Ende sein. Ich mußte noch einen Versuch machen. Und wenn es mich das Leben kostete, ma'alesh! Mein Leben war ohnehin nutzlos.

Hussein machte sich in meinem Schlafzimmer zu schaffen. Er erfand allerlei Beschäftigungen. Jetzt war es ein Fleck auf dem Aufschlag eines Rockes von mir, den er säuberte. Er hatte keine Ruhe mehr. Die geplante Rückkehr nach Ägypten wirkte auf ihn wie ein anregendes Gift. Ich ersuchte ihn, mir meine Papiere aus dem Koffer zu geben. Ich wollte meinem Testament ein Kodizill anfügen und Aziza etwas Geld hinterlassen. Ich schrieb den Zusatz und fühlte mich nun sehr erleichtert. Nun würde sie jedenfalls genügend Geld haben, um ehrlich leben zu können. Wenn sie Lust hatte, konnte sie sich ein kleines Haus mit einem Garten kaufen. Vielleicht in Frankreich. Und einen Hund halten, Enten, Hühner, eine Katze und sogar auch ein oder zwei Kühe. Was konnte sich eine Fellachin mehr wünschen? Wenn es ihr aber gefiel, konnte sie auch das Geld verschwenden, es zum Fenster hinauswerfen, sich zu Tode trinken. Wenn das ihr Schicksal war, konnte sie es vermeiden? Aber ich bezweifelte es. Vielleicht könnte sie nach Ägypten zurückkehren und sich verheiraten. Das wäre vielleicht das beste für sie. Ich fügte dem Kodizill noch einige Worte hinzu, die einen entsprechenden Rat enthielten. Dann legte ich das Dokument beiseite. Ich wollte später den ägyptischen Generalkonsul anrufen, mit dem ich sehr befreundet war.

Im Laufe des Nachmittags stieg meine Temperatur. Ich dämmerte stundenlang dahin im Zwielicht meiner Sorgen, aber während der ganzen Zeit fühlte ich, daß ich noch einmal versuchen müsse, Aziza wiederzusehen. Ich behandelte mich selbst. Ich schluckte Pulver. Wenn mir jemand gesagt hätte, daß ich lebend durch diesen Winter kommen würde, ich hätte ihn einen Lügner genannt. Und doch, wußte ich nicht im Innersten meines Herzens, daß ich ihn überleben würde? Ich hatte zwei Botschaften bekommen, eine aus dem Süden, eine aus dem Osten. Sie stimmten miteinander überein. Mein Leben war noch nicht erfüllt.

Ich hatte einen Traum. Mir träumte von der Vergangenheit und von der Zukunft. Mein Freund Mirzah führte mich an der Hand wie ein Vater sein Kind. Er führte mich einen schattigen Pfad entlang zwischen Palmbäumen bis an den Rand der Wüste. Ich sah in der Ferne die Berge von Mokattam und die Türme der Moschee von Mohammed Ali und die Zinnen der Zitadelle. Ich sah junge Araberpferde in langer Kette vorbeiziehn in die Wüste, und eine tiefe, herrliche Stille kam über mich ...

Hussein weckte mich aus meinem Traum. Er reichte mir ein Glas Milch. Der Kellner erkundigte sich nach meinen Wünschen.

„Gar nichts, ich danke."

Die Nacht war gekommen. Ich sah nach der Uhr. Ich stand auf.

„Hussein, ich gehe um elf Uhr aus."

Resigniert legte er meine Kleider zurecht.

„Nur noch ein einziges Mal", sagte ich. „Morgen nehmen wir die Fahrkarten nach Ägypten."

„Gott sei gelobt!" sagte er inbrünstig.

Kurz nach elf Uhr war ich in der Souricière. Monsieur Leopold geleitete mich zu einem kleinen Tischchen und streifte mich dabei mit einem merkwürdigen Blick. Ich bestellte eine Flasche Champagner. Monsieur Leopold öffnete persönlich die Flasche, verbeugte sich und ging. Gegen Mitternacht begann das Lokal sich zu füllen. Ich hielt nach Aziza Ausschau. Das Kabarett fing an, aber ich merkte, daß bei den Artisten hinter der Szene etwas los war. Ein junges, hübsches, blondes Mädchen kam an meinen Tisch. Sie fragte mit einem Blick, ob sie Platz nehmen dürfe. Ich machte eine einladende Handbewegung.

Sie setzte sich und stellte sich vor: „Ernestine."

„Monsieur", sagte sie, „Sie sind Ägypter. Ich habe Sie vorgestern nacht mit Aziza gesehen. Aziza wohnt mit mir zusammen. Sie ist heute morgen weggegangen und nicht zurückgekommen. Sie hat mir nicht gesagt, wohin sie gehen wollte. Ich habe entdeckt, daß sie nur ein kleines Köfferchen mitgenommen hat. Jetzt ist sie noch nicht hier. Wir möchten wissen, was aus ihr geworden ist. So etwas hat sie noch nie gemacht. Vielleicht wissen Sie etwas darüber?"

Ich goß Ernestine etwas Sekt ein und bemühte mich, meine Unruhe zu verbergen.

„Ich weiß nichts", sagte ich.

„Sind Sie nicht ein alter Freund von ihr?"

„Ich habe sie vor Jahren gut gekannt. Aber ich weiß nicht, wo sie jetzt ist."

Einige der Artisten sahen zu uns herüber. Auch Monsieur Leopold beobachtete uns.

Ich zuckte die Achseln und machte ein ausdrucksloses Gesicht.

„Ich bin sehr in Sorge um Aziza", sagte Ernestine.

„Das sehe ich."

„Vielleicht macht sie eine Dummheit!" sagte sie. „Sie hat in der letzten Zeit schon ein paarmal gesagt, daß sie dieses Leben satt habe."

„Das tut mir furchtbar leid", sagte ich, kaum noch wissend, wie ich meine Gefühle verbergen sollte.

„Verzeihen Sie, daß ich Sie belästigt habe." Ernestine stand· auf. „Ich hoffte, Sie würden mir etwas sagen können von meiner Freundin."

Sie entfernte sich und erzählte offenbar den andern, daß ich keine Auskunft über Aziza geben könne. Mein Herz war von tiefem Kummer erfüllt. Ich machte mir Vorwürfe, daß ich sie am Vormittag hatte gehen lassen. Hatte ich falsch gehandelt? Da das Schicksal unsere Begegnung gewollt hatte, wäre es nicht meine Pflicht gewesen, mich mit all meiner Kraft an diese Entscheidung des Schicksals zu klammern und sie nicht fortzulassen?"

„Messieurs, Mesdames! La Direction regrette de vous annoncer l'absence de Mademoiselle Aziza ce soir, à cause d'une indisposition. A sa place, elle vous présente Mademoiselle Jacqueline, dans son célèbre chef-d'œuvre..."

Ich hatte das niederdrückende Gefühl, daß Aziza nicht mehr lebte, daß sie für immer von mir gegangen war. Kummer und Angst befielen mich.

Ich wartete bis zwei Uhr in vergeblicher Hoffnung auf Azizas Rückkehr.

Mein Kopf dröhnte. Zuletzt bezahlte ich den Kellner, hüllte mich in meinen Mantel und schleppte mich durch die feuchten Straßen in der rauhen Luft des frühen Pariser Morgens.

Die städtischen Müllsammler schütteten den Unrat aus den Eimern in die großen Wagen. Ich hätte sie am liebsten gebeten, mich mitzunehmen. Schließlich erwischte ich ein Taxi und kehrte erschöpft ins Ritz zurück.

Ah! Was für ein Segen für einen Menschen in meinem Zustande, sich hübsche, stille Räume leisten zu können. Die Welt blieb draußen, als ich eintrat. Hussein half mir beim Auskleiden. Ich brauchte nur ins Bett zu sinken zwischen die glatten, warmen Leintücher.

„Hussein", sagte ich, „morgen abend fahren wir nach Südfrankreich; dann nehmen wir das nächste Schiff, das von Marseille nach Alexandria fährt. Du kannst morgen früh durch den Hotelportier die Fahrkarten bestellen."

Er schwieg. Seine Sorge um mich überwog die Freude über die Heimkehr. Er küßte mir die Hand. Ich zog sie rasch weg.

„Ich gedenke noch nicht zu sterben!" sagte ich mit starker Stimme, um mich selbst zu überzeugen.

Er entfernte sich stumm und ging in sein Zimmer, das neben dem meinen lag.

In dieser Nacht glaubte ich, es sei mit mir aus. Aber jener andere Ibrahim, der mir geholfen hatte, aus einem mit Cholera gefüllten Grabe zu entkommen, lebte noch und war ernstlich entschlossen, dem Ibrahim Nummer eins beizustehen.

Als die Dämmerung durch die Vorhänge kroch, versank ich in schweren Schlaf, der wie ein Vorbote des Todes war, voll Seligkeit. Ich erwachte um elf Uhr. Ich stand auf und beschloß, Paris heute abend noch nicht zu verlassen. Ich konnte nicht gehen, ohne zu wissen, was aus Aziza geworden war, auch wenn ich hier in Paris sterben sollte. Ich nahm mir vor, eine private Agentur mit der Suche nach Aziza zu beauftragen. Da läutete plötzlich das Telephon. Ich nahm den Hörer ab.

„Eine Dame wünscht Sie zu sprechen, Sir."

Beinahe ließ ich den Hörer fallen.

„Geh in dein Zimmer, Hussein! Eine Dame kommt zu mir!"

„Gott sei Dank!" rief er. „Jetzt gehen wir endlich nach Ägypten."

Ich saß im Lehnstuhl, die Decke über den Knien. Nein, ich würde nicht aufstehen, um sie zu empfangen. Sie mußte ja wissen, wie krank ich war. Ein leises Klopfen an der Tür. „Herein."

Die Tür ging geräuschlos auf. Aziza kam herein. Sie schloß die Tür hinter sich und blieb stehen. Mit einem rätselvollen Blick sah sie zu mir herüber. Ihre Lippen und Wangen waren nicht mehr geschminkt. Sie trug keine kostbaren Kleider, sondern einen langen, dunkelblauen Mantel. Sie drehte sich um und zog den Mantel aus. Ich sah erstaunt, daß sie darunter weiß gekleidet war, und als sie den Mantel beiseite gelegt hatte und sich zu mir umwandte, wurde mein Erstaunen noch größer. Sie stand da in der Tracht einer Pflegerin vom Kasr-el-Aini-Hospital in Kairo.

„Malakah!" rief ich. „Engel!"

Sie streckte ihre Hände aus in einer schlichten, fast mädchenhaften und etwas linkischen Art.

„Willst du mich so haben?" fragte sie.
